밀키
러브

밀키러브

초판 1쇄 찍은 날 | 2017년 9월 21일
초판 1쇄 펴낸 날 | 2017년 9월 27일

지은이 | 뚜이
펴낸이 | 서경석

편 집 책 임 | 조윤희
편　　　집 | 이은주
　　　　　　 이예진
디 자 인 | 최진실

펴 낸 곳 | 도서출판 청어람
등록번호 | 제387-1999-000006호
등록일자 | 1999. 5. 31
어람번호 | 제5-466호

주소 | 경기도 부천시 부일로 483번길 40 서경B/D 3F
　　　 (우) 14640
전화 | 032-656-4452 팩스 | 032-656-4453
http://www.chungeoram.com
E-mail | chungeorambook@daum.net

ⓒ 뚜이, 2017

ISBN 979-11-04-91446-1　03810

밀키 러브

뚜이 장편소설

도서출판 청어람

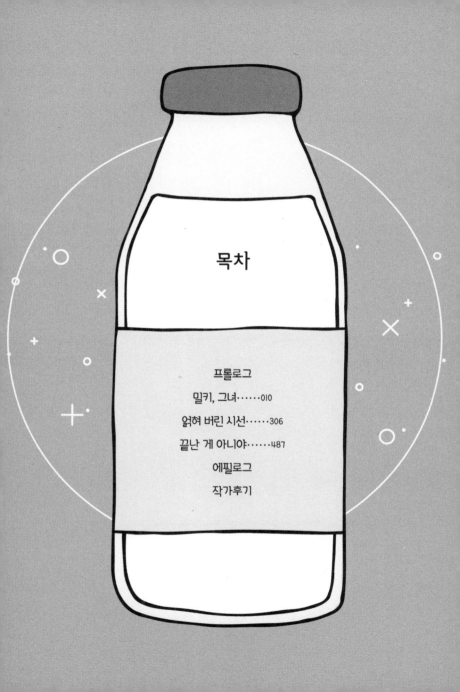

목차

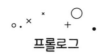

프롤로그

아직 해도 뜨지 않은 여름 새벽. 안개가 자욱한 거리에 한 여자가 자전거를 타고 주택가의 번잡한 골목길을 들어서고 있었다. 골목 곳곳에는 운동을 위해 아침 일찍 나온 사람들이 보였다.

그녀는 한 오피스텔 입구에 자전거를 세우고, 자전거 뒷좌석에 실은 상자 안에서 우유 하나와 샌드위치를 꺼내 들고 안으로 들어섰다. 엘리베이터에 올라 12층 버튼을 누르고 벽에 설치된 거울로 자신의 모습을 비춰본 그녀는 옷매무새를 다듬었다. 후드 반팔 티에 낡은 청바지를 입은 그녀는 하나로 묶었던 머리를 풀러 다시 매만졌다.

띵.

적막한 고요함 속에 벨이 울리더니 엘리베이터 문이 열렸다. 그녀는 가벼운 발걸음으로 내려 1203호 문 앞에 섰다.

띠리리.

익숙한 도어 록 비밀번호를 누르자 문이 열리는 소리가 복도에
울려 퍼졌다. 그녀는 망설임 없이 그 안으로 들어갔다. 신발을 벗
고 집 안으로 들어서려던 그녀는 현관 앞에 놓인 신발을 보고 멈
췄다.

낯선 여자 구두 한 켤레에 그녀의 눈동자가 불안하게 흔들렸
다. 아닐 거야, 하고 마음속으로 되뇌면서도 쉽게 그 떨림이 멈추
지 않았다. 그녀는 발소리를 죽이며 집 안으로 들어서 한 방문
앞에 섰다. 떨리는 손길로 문손잡이를 살며시 잡았다 놓기를 반
복했다. 몇 번의 망설임 끝에 천천히 손잡이를 잡고 문을 열었다.

창문 사이로 들어오는 햇살로 방 안이 어렴풋이 보이기 시작
했다.

"하."

침대 위에는 알몸의 남녀가 뒤엉켜 있었다. 그녀는 들고 있던
우유와 샌드위치를 그대로 바닥에 떨어뜨렸다.

떨어진 충격으로 우유가 터져 사방으로 흩뿌려졌다. 그 소리
에 두 남녀는 하던 행위를 멈추고 고개를 돌려 방문 앞에 서 있
는 그녀를 바라봤다. 침대에 있던 그는 당황한 얼굴로 그녀에게
다가오려고 했다.

"애다야……."

"오지 마."

그녀의 차가운 말투에 그는 멈추었다. 그녀는 천천히 뒷걸음질
치더니 완전히 몸을 틀어 현관 밖으로 나가 버렸다. 그녀의 차가
운 뒷모습만 멍하니 바라보고 서 있는 그의 뒤, 침대 위에 있는
여자는 입술 한쪽을 말아 올린 채 차가운 미소만 보이고 있었다.

오피스텔 밖으로 나온 애다는 세워둔 자전거를 타고, 그 악몽

같았던 곳을 빠져나갔다. 그녀의 눈에는 눈물이 흘러내리고 있었다.

정말 최악의 하루였다.

밀키, 그녀

이 년 후.

추운 겨울 새벽, 한 고급 아파트.

애다는 아파트에 들어서 맨 위층인 23층을 누르고 그곳에 도착하는 동안 차가워진 손에 입김을 불어가며 조금이나마 따뜻하게 만들어보려고 했다.

띵.

엘리베이터에서 내린 애다는 23층 한 곳에 우유를 넣고 계단을 통해 아래로 빠른 걸음으로 내려오며 우유를 배달하기 시작했다. 추운 겨울이지만 애다의 이마에는 땀이 맺히고 있었다.

'다음은 1706호…… 우유 200밀리 한 개.'

1706호 앞에 서서 우유 가방에 우유를 넣으려는 순간, 인기척을 느끼고 행동을 멈추었다.

"아, 깜짝이야."

애다는 놀란 가슴을 쓸어내리고는 현관 앞에 널브러져 있는 한 남자를 바라봤다. 날씨도 추운데 밤색 코트 하나만 걸치고 있는 남자가 조금 걱정되었다. 아무리 멋이 중요하다고 하지만 저렇게 입고는 영하권의 새벽 온도를 견디기 힘들 것이었다.

한참 동안 지켜보아도 꼼짝도 하지 않는 남자가 걱정된 애다는 용기를 내서 천천히 그에게 다가갔다. 자세히 들여다보니 남자는 잠을 자고 있었다. 옅은 숨소리에 애다의 입에서 안도의 한숨이 흘러나왔다. 애다는 그의 어깨를 조심히 흔들어 보았다.

"저기요…… 이봐요. 여기서 잠들면 얼어 죽어요."

애다의 목소리가 들렸는지 잠을 자고 있던 그가 천천히 고개를 들어 올렸다. 살며시 뜬 그의 눈은 잠에서 덜 깨 초점이 맞지 않았다. 주먹만 한 얼굴에 하얀 피부. 귀여운 소년 같은 외모를 가진 모습에 넋이 잠깐 나갔던 애다는 곧 정신을 차리고 다시 한 번 그에게 말을 건넸다.

"여기서 잠들다간 얼어 죽는다고요. 집이 여기예요? 어휴, 술 냄새. 술 마시면 더 위험해요. 빨리 들어가……."

"……채은아."

가라앉은 목소리에 애다는 미간을 찌푸렸다. 그가 무슨 말을 하는지 잘 들리지 않았다.

"네?"

"임…… 채은."

"이봐요. 저기…… 앗."

당황한 애다가 그에게서 멀어지려고 할 찰나, 그는 애다의 손목을 잡고 자신의 품으로 잡아당겼다.

"가지 마……."

"저기요. 저는⋯⋯."

그는 당황해하는 애다의 입술에 무작정 자신의 입술을 갖다 댔다. 놀란 애다가 그의 품에서 발버둥 치며 빠져나가려 했지만, 그는 애다가 자신의 품에서 벗어나지 못하게 더 강하게 잡아당겼다. 그러고는 숨 막혀 하던 애다가 숨을 쉬려 입술을 벌린 순간, 입안으로 자신의 혀를 집어넣었다.

"읍."

애다는 자신의 입안에서 그의 혀가 여기저기 헤집고 다니자, 그의 어깨를 치며 벗어나려고 애를 썼다. 미친 게 분명했다. 아무리 술에 취했어도 모르는 여자에게 이런 일을 벌이다니!

애다가 그를 마구 치며 벗어나려고 하자, 그는 아픔을 느꼈는지 애다에게서 조금 떨어졌다. 하지만 아직 정신을 차리지 못했는지 긴 손가락으로 그녀의 입술을 천천히 매만졌다.

"맛있다."

"네?"

엉뚱한 소리를 하는 그를, 애다는 황당한 표정으로 바라봤다. 자신은 너무 놀라 심장이 발작을 일으킬 정도로 뛰고 있는데 맛있다니? 정말 미친 게 확실했다.

"우유 냄새 나. 아기 냄새. 한 번⋯⋯ 만. 더 먹어보자."

"하."

애다는 그가 내뱉은 말에, 얼른 그를 밀어내며 일어났다. 위험하다, 위험해. 이 남자 정말 위험하다.

"무슨 이런 남자가 다 있어? 이봐요. 당신 내가 고소할 거야!"

그는 애다의 화난 모습을 바라보고 있다가 천천히 씨-익 미소를 지었다. 그 미소가 너무 해맑아서 순간 애다는 이게 꿈이 아닌가 하고 의심을 해보았다. 그의 장난기 어린 미소를 보면서 애다는 어이없는 표정을 지었다. 자신이 무슨 짓을 했는지도 모르는 모습을 보고 있자니 울화가 치밀어 올랐다.

'저놈을 때려 죽여?'

그는 긴 머리를 하나로 묶고 긴팔 후드 티에 노란 패딩 조끼를 입은 그녀를 보며 미소를 짓다, 잠이 오는지 그대로 눈을 감았다. 그 모습에 기가 막힌 애다가 그를 피해 걸음을 옮기려는 순간 전화벨이 울렸다.

rrrr.

"이봐요! 전화 오잖아요."

아무런 미동도 없는 그를 보고, 애다는 한숨을 내쉬었다.

"하…… 내가 전생에 무슨 죄를 지었다고 이런 개고생을 시키는 거야. 정말. 짜증 나."

애다는 그의 품에서 들려오는 휴대폰 벨소리에, 잠들어버린 그에게 천천히 다가가 코트 주머니에서 휴대폰을 조심스레 꺼냈다.

〈수현 형〉

액정에 뜬 발신자를 확인한 애다는 잠시 망설이다가 조심스레 통화 버튼을 눌렀다.

[야! 안지후! 넌 왜 전화를 안 해? 집에 들어간 거 맞아? 그러게 누가 그렇게 술을 퍼마시래! 네가 미쳤지? 아침에 촬영 있는 거 알아 몰라? 너 정말 죽고 싶어 환장했어!]

전화를 받자마자 소리부터 지르는 상대방의 목소리에, 애다는 당황해하며 전화기에 대고 천천히 말했다.

"저기요……."

[어? 누구세요? 여자네? 뭐야. 이 자식 사고 친 거야? 으악!

안지후 너 가만 안 둬!]

"저기 그게 아니라……."

[저 죄송한데요. 이번 일은 없던 거로…… 워낙 그 자식이 요즘 상태가 안 좋아서…… 어떻게든 제가 보상을 해줄 테니 소문만…….]

무슨 말을 제대로 듣지도 않고 자기 할 말만 해대? 애다는 머리가 아파와 이마에 손을 대고는 버럭 소리를 질러댔다.

"이봐요! 제 말 좀 들어보시라고요!"

[네?]

"여기 이 전화 주인이 제 앞에 쓰러져 잠들었거든요."

[앞이요?]

"재림 아파트요."

[어. 네.]

"그럼 그쪽이 잘 아시는 분 같으니까, 빨리 와서 이분 좀 데리고 가세요. 안 그래도 이 사람 때문에 완전 늦었는데 그쪽이 와서 해결하라고요. 안 그러다간 이 남자 얼어 죽는다고요."

[죄송한데 그쪽은 누구신지…….]

"우유 배달원이요!"

뚝.

참. 말 많다. 사람이 얼어 죽는다는데 냉큼 오지는 못할망정 무슨 얘기를 그리하려고 하는지. 애다는 화가 나서 그대로 전화를 끊어버리고, 잠들어 있는 남자를 한번 흘겨본 후 그의 코트 속에 휴대폰을 넣어주었다.

"이제 우리 두 번 다시 마주치지 맙시다."

애다는 자신의 할 일은 다했다는 듯, 다시 우유가 든 가방을

밀키러브

들고 계단을 내려갔다. 그러던 중 무슨 생각이 들었는지 한숨을 쉬며, 다시 계단을 올라와 지후 앞에 앉았다.

"이봐요. 당신 나 만난 걸 감사히 여기라고."

애다는 목에 감고 있던 빨간 넥워머를 빼서 지후의 목에 씌워줬다. 입은 쉴 새 없이 구시렁대면서도 그의 목을 꼼꼼하게 감싸주는 애다의 손길은 정성스러웠다.

"잘 자요. 귀여운 양반. 부디 살았으면 좋겠네요. 어휴…… 늦었네."

애다는 현관 문고리에 걸려 있는 주머니에 우유를 넣어두고 이젠 아무런 미련이 없다는 듯이 빠른 속도로 계단을 내려갔다.

*

집 안의 따뜻한 온기가 지후의 온몸을 감싸주었다. 이제야 술에서 깨어나는 느낌이었다. 지후는 주방으로 가서 식탁 위에 있는 우유를 손에 쥐고 거실 소파에 앉아 있는 수현의 눈치를 슬슬 보기 시작했다.

최수현. 형 지성의 친한 친구이자, 그의 매니저를 하고 있는 그는 남자다운 외모에 늘 인상을 쓰고 있지만 마음만큼은 그 누구보다 여리고 착한 성품을 지닌 사람이었다. 특히나 애교 많은 지후에게는 꼼짝도 못하는 단점 아닌 단점을 지니고 있었다.

지후는 자신을 한없이 못마땅한 얼굴로 바라보는 수현을 흘깃 바라보고, 눈치를 살피며 우유를 마셨다.

"너…… 진짜."

"형! 미안해. 내가 죽을죄를 졌어. 아…… 이놈의 술이 웬수야. 그치? 하하."

지후는 수현에게 혼이 날까 봐 미리 선수를 치며 그의 말을 가로막았다. 지후는 트레이드마크인 귀여운 웃음을 지으며 수현의 화를 풀어보려고 했다.

이래도 안 풀려? 어라? 안 풀리네?

수현의 얼굴이 더 험악하게 일그러지자, 지후는 수현에게 마지막 필살기로 애교를 떨어댔다.

"미안해. 화 풀어라. 응? 잘못했다니까? 응? 형…… 잘못했어요. 네? 아잉."

지후의 애교에 수현은 어이없는 미소를 지었다. 남자까지 뻑 가게 저리 애교를 떨어대니 화도 못 내고 그저 황당해서 웃음만 났다. 그가 여자로 태어났으면 모든 남자들을 제 손에 쥐고 주물러 댔을 게 분명했다. 여우 같은 놈.

"헤헤. 풀렸네?"

"진짜. 너란 자식은…… 어디서 나한테까지 그런 미소를 보여?"

어떤 사람이든 지후의 애교 어린 미소를 보면 사랑하지 않을 수 없을 것이다. 광고계와 화보 모델로서는 완벽한 마스크였다. 저런 마스크를 가지고 있으면서도 런웨이에 왜 미련을 못 버리는 건지…… 수현은 그런 지후가 안타까웠다.

"너 하마터면 얼어 죽을 뻔했어. 그 추운 날 왜 집 앞에서 잠들어 있냐?"

"몰라. 나도 기억 안 나."

지후는 대수롭지 않다는 듯 어깨를 으쓱거렸다.

"너 그 여자 아니었으면 오늘 황천길 갔어."

"여자? 무슨 여자?"

수현의 말에 지후는 마시던 우유를 내려놓고 생각에 잠겼다. 기억이 날 듯 말 듯했다.

"진짜 기억 안 나? 네가 마시고 있는 그 우유 아가씨가 전화해 줘서 망정이지, 안 그랬음 넌 그대로 끝이었어."

"우유 아가씨?"

지후는 수현이 한 말을 되새기며, 기억을 해내려고 미간을 찌푸렸다. 그의 기억 속에 희미하게나마 몇 장면들이 스쳐 지나갔다.

"저기요…… 이봐요. 여기서 잠들면 얼어 죽어요……."

후드 티, 노란 패딩 조끼, 긴 머리…… 필름처럼 스쳐 지나가는 기억…… 그리고 입술, 우유 냄새, 아기 냄새…….

"그게 꿈이 아니었단 말이야?"

"꿈? 무슨 꿈?"

넋이 나간 채 중얼거리는 지후를 보고, 수현이 물었다. 지후는 마시던 우유를 한번 바라본 후 소파 옆에 널브러져 있는 정체 모를 빨간 넥워머를 손에 들었다.

"그런데 그건 뭐냐? 너 목에 감고 있던데…… 그런 촌스러운 건 어디서 사는 거야? 요즘 유행하는 거야?"

수현의 말을 무시하고, 지후는 넥워머를 손으로 쓸어내리며 살며시 미소를 지었다. 보드라운 넥워머를 만지고 있자니 이상하게도 가슴이 따뜻해졌다. 잠깐 머릿속에 스치듯 지나가는 기억이지만 그녀의 목소리와 향은 가슴에 남아 묘한 기분을 들게 했다.

이 기분이 정확히 어떤 느낌인지는 아직 모르겠지만, 이상하게 입꼬리가 올라갔다. 요즘 같은 세상에 어떤 놈인지도 모르고 이런 친절함을 베푸는 여자라니.

"형. 무료하던 내 삶이 앞으로 재밌어질 것 같지 않아?"

"뭐라는 거야?"

"그냥. 갑자기 그런 기분이 들어서."

지후가 하는 말을 잘 이해하지 못한 수현은 자리에서 일어나 기지개를 쭉 켜고는 그때까지도 가만히 넥워머만 바라보고 있는 지후에게 말을 건넸다.

"쓸데없는 소리 말고 얼른 씻기나 해. 11시에 촬영 있다니까. 빨리 가봐야 해."

지후는 수현의 말이 들리지 않는 듯, 그저 넥워머만 바라보며 의미 모를 미소만 짓고 있었다.

*

찰칵. 찰칵.

"오케이. 좋아."

찰칵. 찰칵.

"이야! 좋다. 역시 안지후. 와우. 이 포즈 좋은데?"

사진작가의 셔터 눌러대는 소리가 울리는 가운데 지후는 카메라 앞에서 냉소적인 표정으로 카메라를 응시하며 포즈를 취하고 있었다.

부스스한 회색빛 헤어와 잔 근육들이 잘 드러나 보이도록 제작된 블랙 티셔츠와 검은 가죽 스키니 진을 입은 그는 기다란 손가락에는 두 개의 반지 액세서리를 착용하고, 카메라 앞에 섰다.

평소의 귀여운 장난기 어린 미소는 사라진 채 시크하고 냉소적인 모습이 눈길을 끌었다. 짙은 스모키 메이크업 덕분에 더 날카로워진 턱 선은 남성미와 카리스마를 배가시켰다.

"오케이! 여기까지! 수고했어. 안지후 씨!"

"수고하셨습니다."

지후는 유명한 사진작가인 이현수 작가에게 꾸벅 인사를 했다. 지후가 모니터링 하러 이 작가에게 다가가자, 그는 웃으며 지후의 어깨를 쳤다.

"오올. 안지후. 날 선 카리스마가 아주 표독해. 꽃미남 속에 숨겨진 의외의 나쁜 남자! 아주 황홀한 반전인데?"

이 작가의 칭찬에 지후는 괜스레 쑥스러워졌다. 촬영할 때는 모르겠는데 끝나고 나면 민망하기도 하고 사진 속 자신의 모습이 낯설기도 했다.

"선생님이 잘 찍어주셔서 그렇죠. 헤헤."

"겸손은…… 난 자네랑 일할 때가 제일 신나고 재밌어. 그 얼굴에서 어떤 표정과 제스처가 나올지 아주 기대되거든."

"칭찬 감사히 받겠습니다!"

다른 스태프들이 도구를 정리하는 동안, 이 작가와 지후는 모니터링을 하며 찍은 사진들을 검토했다.

"어때?"

"좋은데요?"

"그렇지? 그런데 이 부분 말이야. 이 부분은 크로핑을 해야 할 것 같아."

"저는 그냥 둬도 괜찮을 것 같은데요?"

"그래? 그럼 두 가지 콘셉트로 편집해 보고 맘에 드는 거로 넘기도록 하자."

"넵!"

"수고했어."

"수고하셨습니다. 선생님!"

지후는 이 작가에게 인사를 한 후 대기실로 들어갔다. 그러고 는 옷을 갈아입으려 티셔츠를 벗고 있던 그때, 수현이 문을 열고 대기실 안으로 들어왔다.

"깜짝이야! 노크 좀 해라."

"노크는 무슨. 새삼스럽게. 어때? 속은 괜찮아? 안 피곤해?"

수현이 이온음료를 던져 주자, 지후는 재빨리 그것을 받고는 뚜껑을 땄다. 목이 탔는지 한 번에 쭉 마셔 버렸다.

"시원하다. 형. 지금 완전 속 뒤집힐 것 같아. 몸속에서 장기 들이 서로 뒤섞여 전쟁 중이야."

"쯧쯧."

"촬영하면서 이렇게 힘든 적 처음이야. 그래도 오늘 웃는 사진 은 안 찍어서 다행이지만……."

"그러게 작작 좀 마시지. 그래도 우리 지후 프로네."

지후는 티셔츠를 얼른 갈아입고는 거만한 표정으로 수현을 바 라봤다.

"그럼 당연하지. 이런 슈퍼 대스타랑 일하는 걸 영광으로 여기 라고."

"까분다."

"헤헤. 오늘 스케줄 끝이지?"

"왜?"

"오늘 일 없으면 그냥 이대로 가서 자려고. 여기선 이 메이크업 못 지우겠어. 피곤해."

정말 피곤하다. 다시는 술을 먹으면 안지후가 아니다. 부모님 기일에 맞춰 친형인 지성과 술 한잔한 게 평상시의 주량을 넘어섰나 보다.

"그러게 코디랑 메이크업 담당자 뽑자니까? 왜 사서 고생해?"

"형. 내가 무슨 연예인이야? 그런 사람들 줄줄이 달고 다니게? 형 하나 가지고도 벅차다. 코디는 무슨? 어차피 촬영 오면 스태프들이 입으라는 옷 입으면 되고, 메이크업도 스태프들이 다 알아서 해주는데 뭐 하러? 인력 낭비야. 귀찮아."

지후는 니트 티 아래에 블랙 스키니 진을 입고 카키색 재킷을 걸쳤다. 역시 모델이라 그런지 대충 걸쳐도 모든 옷을 잘도 소화해 냈다.

"그래도 집에 가서 화장 지우고 자. 트러블 생긴다."

"알겠습니다. 자, 이 옷은 정중히 스태프분한테 넘겨주세요."

"이거 줘야 해? 너한테 맞게 따로 제작한 거잖아."

"내 취향 아니야."

지후는 협찬 받은 옷을 수현에게 건네고, 빨간 넥워머를 뒤집어썼다. 그 모습을 보고 있던 수현이 맘에 들지 않는지 볼멘소리를 해댔다.

"그 워머는 왜 하고 다니는 거야? 그 옷하고 어울린다고 생각하는 거야? 너 모델 맞아?"

"평소에는 모델처럼 보이지 않아도 돼. 난 튀는 거 엄청 싫어."

"그 워머 때문에 더 튄다. 도대체 왜 하고 다니는 거야?"

지후는 넥워머를 만지작거리더니 살며시 미소를 지었다. '그러게? 왜 자꾸 여기에 손이 가지?'라는 생각은 들지만 지후도 알 수 없었다. 그냥 이걸 가지고 다니면 그 우유 아가씨를 우연이라도 다시 만날 것 같은 예감이 들었다. 그래서 만나면 감사의 인사라도 해야겠다는 그런 적당한 핑계를 대면서 말이다.

"일종의 신데렐라 구두 같은 거라고 해두자. 그리고 이거 은근히 따뜻하거들랑. 헤헤."

지후의 말에 수현은 고개를 절로 흔들었다. 정말 알다가도 모를 놈이다.

"형. 나 먼저 간다."

지후는 수현을 뒤로하고 문을 나서려다가 다시 뒤를 돌아 그를 불렀다.

"아차차. 형, 차 키!"

"옜다!"

"나이스 캐치! 내일 봐."

수현이 던진 차 키를 받은 지후는 손을 흔들며 대기실을 나섰다. 나가는 그를 보고 있던 수현은 무슨 생각이 났는지 급하게 지후를 다시 불렀다.

"야! 안지후!"

"왜 또?"

지후는 수현이 부르는 목소리에 고개만 뒤로 젖혀 내밀고는 그를 바라봤다.

"저기…… 임채은 귀국한다더라."

지후의 표정이 순식간에 굳어졌다. 수현이 눈치를 살피며 조심히 말을 했다.

"……내가 괜히 말한 거야?"

"임채은이 누군데?"

지후의 차가운 말투에 수현이 한숨을 크게 내쉬었다. 아무래도 괜히 말한 것 같다. 아직도 임채은을 잊지 못한 건가? 왜 저렇게 냉정하게 말하는지.

"하. 지후야. 내일은 오후 촬영이니까 가서 푹 쉬어. 전화할게."

"진짜 간다. 내일 봐."

지후는 지하 주차장으로 내려와, 자신의 자동차에 올라 시동을 걸었다. 그러곤 핸들 위에 손을 올려놓고 손가락으로 툭툭 두드렸다.

"임채은 귀국한다더라."

지후는 인상을 찌푸렸다. 좋았던 기분이 한순간에 나빠졌다.

"젠장. 재수 없게. 미안하지만 내 기억, 아니 맘속에서 떠난지 오래라고."

지후는 목에 둘렀던 넥워머를 벗어서 얌전히 조수석에 내려놓았다. 그리고는 액셀을 거침없이 밟고 주차장을 빠져나갔다.

＊

강남에 있는 한 패밀리 레스토랑.

"주문하시겠습니까?"

애다는 테이블로 다가가 한쪽 무릎을 꿇고, 커플에게 주문을 받는 중이었다.

"다시 주문 확인해 드리겠습니다. 스파이시 치킨&쉬림프 스파게티와 카카두 그릴러, 사이드 메뉴는 구운 통감자, 음료는 레몬 샹그리아 맞으신가요?"

"네."

"주문 확인해 드렸습니다. 감사합니다. 잠시만 기다려 주세요."

애다는 주문서 용지를 주방에 건네고, 탈의실로 들어가 유니폼을 벗고 자신의 옷으로 갈아입었다. 거울을 보며 제 모습을 정돈하던 애다는 목이 허전해 살짝 어루만졌다.

'괜히 줬나? 또 없으니까 아쉽네.'

빨간 넥워머를 생각하니 어이없게 키스를 하게 된 그 남자를 떠올리며, 애다는 인상을 찌푸렸다.

"주정뱅이. 변태. 재수 없어."

쾅!

애다는 캐비닛을 소리 내며 닫아버리고는 가방을 메고 탈의실에서 나왔다.

"점장님! 저 퇴근합니다!"

"어, 그래. 애다 씨, 수고했어!"

애다는 레스토랑에 나와서 지하철역으로 향하며, 휴대폰을 꺼내 전화를 했다.

[여보세요.]

"아줌마. 저예요."

[어. 그래.]

"엄마는 좀 어때요?"

[그렇지 뭐.]

"……별 차도는 없고요?"

[아직까지는.]

"네. 주말에 갈게요. 엄마 잘 부탁드려요."

[그래. 걱정 마. 무슨 일 있으면 바로 연락해 줄게.]

"네."

애다는 한숨을 쉬며, 전화를 끊고 지하철역으로 내려갔다. 그렇게 학교에 도착한 후, 애다는 강의실에 앉아 교육학 강의를 들었다. 새벽엔 우유 배달을 하고 오전에 잠깐 잠을 잔 뒤, 오후엔 레스토랑에서 근무를 하고 난 후 저녁엔 이렇게 유아교육을 전공하며 야간 대학을 다니고 있었다.

그녀가 하루 24시간을 이렇게 힘들게 보내는 이유는 단 하나.

바로 교통사고를 당한 엄마의 병원 치료비 때문이었다. 뭐가 그렇게 급하셨는지 엄마는 무단횡단을 하다 교통사고를 당하셨다. 무단횡단이다 보니 보상비조차 제대로 나오지 않았다. 병원에서는 거의 식물인간 판정까지 내렸지만, 애다는 포기할 수 없었다.

단 하나의 가족. 엄마니까…….

＊

귀에는 헤드폰을 쓰고 트레이닝복을 입은 지후는 상쾌하게 아침 운동을 하고 아파트 엘리베이터에 몸을 실었다.

"그냥 헬스나 다니지. 추운데 무슨 길거리 운동이냐? 살다 살다 너 같은 놈 처음 본다. 집도 잘사는 놈이 왜 그래?"

수현의 잔소리가 생각난 지후는 엘리베이터 안에서 웃음을 지었다. 정말 항상 옆에서 마누라처럼 쉬지 않고 잔소리를 해대는 수현이었다.

17층에 도착한 지후는 엘리베이터에서 내려 집이 있는 방향으로 몸을 틀었다. 현관 앞에 낯선 여자가 우유 가방에 우유를 넣는 것이 보였다.

"빙고! 드디어 만났네?"

등 뒤에서 들려오는 소리에 고개를 돌린 애다는 헤드폰을 벗으며 웃고 있는 남자를 발견했다.

'이런. 그 변태다.'

애다가 그런 생각을 하고 있는 것을 모르는 지후는 미소를 띠며 손목시계를 보곤 중얼거렸다.

"정확히 5시 32분. 신데렐라는 12시던데, 우유 아가씨는 5시 32분이네?"

애다는 지후의 말을 무시하고, 우유 가방을 들고 계단이 있는 방향으로 몸을 틀었다. 그러자 지후가 급하게 다가와서 애다의 팔을 잡았다.

"자, 잠깐!"

"뭐예요?"

지후는 날카로운 애다의 말투에 순간 움찔했다.

지후는 다시 한 번 애다의 모습을 찬찬히 살펴봤다. 대충 묶은 긴 머리. 노란 패딩 조끼에 하얀 피부. 자신을 경계하는 눈빛과 키스하기 딱 좋은 붉은 입술…… 마치 도도한 고양이 같다. 키우고 싶네.

"맞지?"

"뭐가요?"

"내 생명의 은인."

"지랄."

애다의 욕지거리에 깜짝 놀란 지후는 순간 당황했다. 애다는 지후를 한번 흘겨본 후, 잡혀 있던 팔을 빼내고 남은 배달을 하기 위해 몸을 움직였다. 그때 지후가 애다의 손목을 다시 잡았다.

"뭐예요!"

"맞잖아! 여기서 얼어 죽을까 봐 나 구해준 우유 아가씨!"

"아닌데요?"

"아, 아니야?"

"네. 난 사람 구해줄 만큼 그리 착한 여자 아니에요. 그러니 이 팔 좀 놓으시죠? 내가 워낙 바빠서."

애다의 가시 돋친 말투에 지후는 장난기 어린 미소를 짓더니, 그녀의 입술에 베이비 키스를 했다.

갑작스러운 행동에 놀라서 멍하니 있는 애다의 귀에 대고, 그가 낮은 음성으로 속삭였다.

"맞네. 우유 냄새. 그리고…… 아기 냄새. 내가 진짜 좋아하는 냄새거든."

지후는 아주 만족스럽다는 듯 애다에게서 떨어지며, 팔짱을 끼고 그녀를 웃으며 바라봤다. 그 뻔뻔한 모습에 애다가 얼굴을 찌푸리더니 망설임 없이 지후의 뺨을 세게 내리쳤다. 짝 소리가 복도에 울렸다.

지후는 뺨을 손으로 감싸며 눈을 커다랗게 뜨고 그녀를 바라봤다.

"야, 야! 너 나 때렸어? 지금? 너 내 얼굴이 얼마짜리인 줄이나 알아? 아, 진짜! 나 오늘 촬영 있는데…… 나 얼굴 부으면 책임질 거야? 책임질 거냐고!"

잘못은 제가 해놓고 도리어 날뛰는 지후를 바라보던 애다는 이를 악물고 무서운 눈을 한 채 그에게 다가갔다. 눈에 독기를 품고 다가오는 애다를 보며, 지후는 겁먹은 얼굴로 조금씩 뒤로 물러났다.

"뭐, 뭐야. 오지 마."

"주정뱅이."

"뭐?"

"변태."

"뭐? 변태?"

"거기다 자뻑 증세까지?"

서로의 숨결이 느껴질 만큼 얼굴을 가까이 들이민 애다는 그를 날카롭게 쏘아봤다.

가까이서 본 애다의 얼굴에 지후의 심장이 꿈틀대며 이상한 반응을 하기 시작했다. 너무 오랜만에 가져보는 설렘으로 인해 지후의 입안이 바싹 말라가고 있다.

'뭐야, 이 여자. 씨…… 변태? 내가? 그런데 이 여자 입술 또 맛보고 싶네. 아, 안지후! 너 진짜 변태야?'

지후가 이상한 생각을 하고 있을 때, 애다가 낮은 목소리로 말을 건넸다.

"한 번만 더 내 몸에 손댔다간 넌 이 세상 하직하게 될 거야. 우연이라도 마주치면 절대 아는 체하지 마. 만약 그럴 시엔 너 가만 안 둬. 난 무서울 것도, 더는 잃을 것도 없는 사람이니까."

애다는 지후에게서 떨어져선 계단 아래로 유유히 사라졌다. 애다가 가고 한참이 지난 뒤에야 정신을 차린 지후는 멍한 표정으로 중얼거렸다.

"뭐야. 신데렐라가 아니라 완전 독이 잔뜩 오른 고양이였네?"

지후는 자신이 애다에게 했던 행동을 생각하며 웃음을 지었다. 정말 미치지 않고서야 어떻게 뽀뽀할 생각을 한 건지. 하지만 그녀의 입술에 뽀뽀한 순간 술에 취한 채 그녀와 키스했던 기억이 잠깐 떠올랐다.

기분이 묘했다.

안지후. 정말 미친 거야?

"훗. 저 들고양이를 어떻게 길들이지? 우연이 세 번이면 인연인 거야. 벌써 두 번째니까 다음에 만나면 내 손에 잡힌다. 너."

애다가 내려간 계단을 바라보며 미소 짓던 지후는 아픔이 느껴지는 뺨을 어루만지며 미간을 좁혔다.

"아, 젠장. 수현이 형이 또 한마디 하겠네. 집에 얼음 찜질팩이 있으려나?"

지후는 뺨을 어루만지며 집으로 들어갔다. 문이 닫히자마자 지후는 다시 문을 열고 나와 우유 가방에서 우유를 꺼냈다.

"우유 아가씨. 다음번에 만나면 기대해. 쪽."

우유가 애다인 양 입을 맞춘 지후는 기분 좋은 웃음을 띠었다.

✳

[Top model News]

지난 1일 톱 모델 임채은(24세)이 홍콩 프레젠테이션 마지막 일정을 마치고 인천국제공항을 통해 입국했다. 그녀는 톱 모델 리얼웨이 공항 패션을 선보이며, 타고난 모델 포스로 주변의 시선을 모았다. 임채은은 데님재킷과 데님팬츠에 세련된 청청패션으로 눈길을 끌었다. 그녀는 2년 전 프랑스로 가 세계적인 모델과 어깨를 나란히 하며 무대 위에 올라 자신의 이름을 널리 알렸다.

한편, 그녀의 연인이면서 세계적인 톱 모델 송현민(25세) 또한 며칠 후에 모든 일정을 마치고 귀국할 것으로 보인다. 두 사람은 한때 결별설이 나돌기도 했지만, 소속사 측은 사실무근이라며 결별설을 부인했다. 송현민 역시 최근 런던 패션위크를 성공적으로 마치며 큰 관심을 받은 바 있다. 특히 쟁쟁한 외국 모델들 사이에서도 밀리지 않는 존재감과 포스를 발산해 팬들의 눈길을 끌었다. 앞으로 있을 한국에서의 올해 S/S 컬렉션 무대에서도 이 두 모델을 볼 수 있는 기회가 많이 있을 것으로 보인다. 런웨이에 서는 이 두 모델의 행보를 기대해 본다.

Top model News 장준희 기자

　

지후는 인터넷 기사를 한참 바라보더니 그대로 모니터를 꺼버렸다.

'임채은. 송현민……'

두 사람의 이름이 머릿속에서 쉽게 지워지지 않았다. 지후가 꺼진 모니터를 죽일 듯이 노려보고 있던 그때, 수현이 사무실 문을 열고 들어왔다.

"뭐 해? 밥 먹으러 가자. 점심때도 훨씬 지났는데 배 안 고파?"

무슨 생각을 그리 하는지 수현의 목소리에도 지후는 대답을 하지 않고 컴퓨터 모니터만 바라보고 있었다.

"지후야."

"……."

"야! 안지후!"

수현의 큰 목소리에 그제야 지후는 고개를 돌렸다. 뭐가 그토록 맘에 들지 않은지 수현이 인상을 쓰고 서 있었다.

"어? 왜?"

"무슨 생각을 하기에 내 말도 안 듣고 있어?"

"어, 아니야. 뭐라고 했어?"

"밥 먹자고. 배고프다."

"배고프면 밥 먹지. 왜 날 기다리고 있어?"

지후의 반응에 수현은 어이가 없었다. 내 생각은 눈곱만큼도 안 하는 녀석이다. 나쁜 놈.

"야! 직원 한 명 있는 거 제때 밥이나 좀 챙겨주라. 어째 사장이란 놈이 그러냐?"

"그러는 형은? 사장한테 꼬박꼬박 반말이나 하는 직원이 세상에 어디 있어?"

"난 자격 있다. 네가 소속사에서 나와서 1인 기획사 사무실 차린다고 할 때 나도 투자했다. 이 사무실 엄연히 반은 내 것이야."

"네네. 아주 눈물겹게 고맙습니다."

지후가 웃으면서 점퍼를 걸치고 소지품을 챙기는 모습을 보던 수현이 책상 모퉁이에 살짝 엉덩이를 걸치고 못마땅한 표정으로 팔짱을 꼈다.

"그러게 그냥 편안히 회사에 있지. 왜 나와서 고생이냐? 나까지 덩달아 힘들잖아."

"형. 그래도 마음만은 편하잖아. 회사에서 시키는 대로 하는 거 이젠 신물 나. 몸 파는 애들도 아니고 그게 뭐야? 우리가 옷 입으려고 일하는 거지, 옷 벗으려고 일하나?"

모델. 겉으로는 화려하고 좋아 보이는 직업이지만 깊숙이 파고들면 꼭 그렇지만도 않았다. 시기와 질투가 서리는 곳. 경쟁구도가 심한 곳이 이 모델계이기도 했다.

"휴. 그래, 네 말이 맞긴 맞다. 그래도 네 스케줄 잡느라 나만 고생이야. 직원 하나 두자."

"됐어. 형이 무슨 고생이야? 내가 워낙 잘나서 가만히 있어도 같이 작업하자고 줄을 섰구만."

"어휴. 저 자뻑!"

그 말에 지후가 피식 웃자, 그 웃음의 의미가 궁금한 수현이 물었다.

"왜 웃어?"

"형 말고, 나한테 자뻑이라고 말한 사람이 생각나서."

"누구?"

"있어. 들고양이 한 마리."

"고양이?"

지후는 애다의 고양이 같은 모습이 떠오르자 자신도 모르게 미소를 지었다. 지후는 입가에 미소를 머금은 채 수현에게 어깨동무를 하며 그를 이끌고 문 쪽으로 다가갔다.

"많은 걸 알려고 하지 마시고요. 뭐 드시렵니까?"

"나쁜 놈. 넌 오늘 형 생일인 것도 모르지?"

"어? 형 생일이야?"

"이…… 씨."

수현의 살벌한 눈빛에 지후는 애교 미소를 보이며 웃었다. 정말 깜빡하고 있었다. 분명 엊그저께만 해도 기억했었는데 고양이 같은 그녀를 생각하느라 잊어버렸다. 이상하게 자꾸만 그녀의 얼굴이 떠올랐다. 웃지도 않고 버럭 성만 내던 그녀가 왜 생각이 날까? 그런데 더 어이가 없는 건 그녀를 생각할 때마다 계속 웃음이 나온다는 거다.

이 감정이 정확하게 뭔지는 모르겠지만, 아직은 그녀에 대한 단순한 호기심으로 치부하고 싶었다.

사실 그녀의 얼굴을 보겠다고 마음만 먹으면 언제든지 다시 볼수 있었다. 새벽마다 우유를 가지고 오는 그녀이기에 항상 볼 수는 있지만, 왠지 그러고 싶지가 않았다. 그냥 지금의 이 기분이 좋아서, 만약 다시 만난다면 그때는 그녀의 웃는 얼굴을 보고 싶을 뿐이었다.

그땐 정말 변태같이 안 하고 다정하게 대해줘야지. 무심히 그런 생각을 하던 지후는 순간 제 마음에 놀랐다.

아니 왜? 왜 다정하게 대해줘?

"야. 안지후."

"……응?"

수현은 오늘따라 자꾸 생각을 저 멀리 안드로메다에 보내는 지후가 못마땅했다. 어디 하나 나사 빠진 애처럼 딴생각을 하지를 않나, 미친놈처럼 실실거리지를 않나. 대체 왜 그러는 건지 모르겠다.

"너, 오늘 뭐 잘못 먹었냐? 대체 온종일 뭔 생각을 그렇게 해?"

"아, 미안."

"나쁜 자식. 형 생일이라고 해도 또 한 귀로 듣고 흘려보내 버렸지? 됐다. 적어도 생일 축하한다는 말 한마디라도 좀 해주라!"

"생일 축하해! 됐지?"

"에잇. 됐어, 이놈아!"

지후는 수현을 어르고 달래서 사무실 밖으로 끌고 나왔다. 은근히 잘 삐치는 수현을 또 어떤 방법으로 풀어주나? 아휴. 이참에 매니저를 바꿔 버려?

"에잇. 형 또 왜 그래. 알았어. 가자. 내가 근사한 데 가서 파티 해줄게."

*

"네가 말한 근사한 곳이 여기야?"

수현은 못마땅한 듯 지후를 흘겨보았다. 여자하고도 이런 곳
은 와본 적이 없는데, 남자 둘이 여기서 마주 보고 앉아 뭘 하는
지 모르겠다. 테이블을 둘러보니 아이를 데리고 온 가족이나 연
인들만 보였다.

아무리 둘러봐도 남자 둘이 와서 앉아 있는 모습은 보이지 않
았다. 지후는 수현의 기분 나쁜 시선을 애써 외면하며 뻔뻔스럽
게 메뉴판만 들여다봤다.

"형, 얼마나 좋아? 말 그대로 패밀리 레스토랑이잖아. 형과 나
는 한 가족!"

"너는 어째 돈도 많은 놈이 이런 데 오냐? 유치하게 어린애도
아니고."

수현의 말에 지후가 인상을 쓰며 투덜거렸다.

"아. 나 돈 없어. 형도 알잖아. 우리 할아버지. 쳇. 돈 한 푼
안 주는 영감 같으니라고."

"어휴. 내가 너한테 무슨 말을 하겠냐?"

지후는 모델 일을 하면서 절대로 집에 손을 벌리지 않았다.

집에서 반대를 하는 것도 아닌데 지후는 혼자서 모든 걸 해보
고 싶다고 했다. 그런 모습이 기특하면서도 한편으로는 안쓰러울
때가 있었다. 수현은 그런 지후를 보며 짧은 한숨을 내쉬었다.

수현의 한숨을 오해했는지 지후가 메뉴판에서 고개를 들고 씩

웃어 보였다.

"왜 또 삐치고 그래? 아, 알았어. 생일 축하 노래도 불러줄게. 고깔모자 쓰고."

"너 그러기만 해!"

지후가 수현을 놀리고 있을 때, 주문을 받기 위해 직원이 다가왔다.

"주문하시겠습니까, 손님?"

지후는 고개를 숙인 채 메뉴판을 손가락으로 짚어가며 주문을 하기 시작했다.

"어, 우드 화이어 그릴 레드아인 립아이 하고, 레몬 시저샐러드…… 음료는 과일에이드요."

"주문 확인해 드리겠습니다."

지후는 만족스러운 표정을 지으며 메뉴판을 내려놓고 고개를 들어 주문을 받는 직원을 바라봤다.

"우드 화이어 그리……."

"어? 너!"

지후는 놀란 눈을 하며 검지로 그녀를 가리켰다. 그녀. 지후의 머릿속에서 떠나지 않았던 바로 그녀다. 고양이 같은 그녀. 우유 아가씨! 맙소사.

"이야! 여기서 만나네?"

그녀가 너무 반가워 지후는 함박 미소를 지으며 반가워했다. 하지만 애다는 무표정으로 지후의 말을 무시하고 말을 이었다.

"우드 화이어 그릴 레드아인 립아이와……."

"우리 세 번째지? 우와! 이런 인연이 있나? 하하."

"레몬 시저샐러드……."

"너 여기서 일해?"

"음료는 과일에이드, 맞으신가요?"

"진짜 반갑다. 세상에 이런 우연이 또 있나?"

애다의 미간이 살짝 좁혀졌다. 이 남자는 대체 뭐가 그렇게 기분이 좋을까? 우리가 웃으면서 서로 아는 체할 정도로 반가운 사이는 아닌데 말이다. 정말 똘끼가 있는 건가?

애다는 지후의 말에 대답은 하지 않고 재차 주문을 확인했다.

"맞으신가요? 손님?"

"넌, 나 안 반가워?"

저 웃고 있는 면상을 또 한 대 갈겨 버리고 싶었다. 안 반가워. 전혀! 애다는 이를 악물고 시선을 앞에 앉은 수현에게 돌렸다. 그를 보니 지후의 행동에 좀 당혹스러워하는 것 같았다.

"맞으신가요? 손님?"

지후의 행동에 민망해하던 수현이 애다의 질문을 받고 얼버무리며 대답을 했다.

"네? 아…… 네."

"주문 확인해 드렸습니다. 감사합니다. 잠시만 기다려 주세요."

애다가 인사를 하고 테이블을 떠나려 하자, 지후는 재빨리 그녀의 손목을 잡았다. 가긴 어딜 가?

"야. 왜 나 모른 척해?"

기분이 나빴다. 물론 웃으면서 반기지는 않더라도 대충 인사는 받아줘야 하는 거 아냐? 사람을 앞에 두고 무시하는 경우는 뭐지? 지후는 그녀의 차가운 행동에 기분이 나쁘면서도 이상하게 섭섭했다.

애다가 제 손목을 잡은 지후에게 한마디 하려는 찰나였다.

rrrr.

수현은 휴대폰이 울리자 그것을 꺼내 들며 지후를 바라봤다.

"지후야. 나 전화 좀 받고 올게."

수현은 애다의 손목을 잡고 있는 지후를 이상하게 여기면서 슬그머니 자리에서 일어나 밖으로 나갔다. 지후는 수현에게는 관심도 없는 듯 오로지 애다의 얼굴만 바라봤다.

"이 손 놓으시죠. 손님."

"싫은데?"

지후는 입꼬리를 말아 올리며 싱긋 미소를 지었다. 그러고는 애다의 왼쪽 가슴에 달린 명찰을 바라봤다.

"밀키? 여기서 네 이름이 밀키야?"

"손님."

이를 악물며 조심스레 말하는 애다의 표정이 재밌다. 정말 왜 이렇게까지 하는지 지후 자신도 아이러니했다. 그저 이 밀키라는 여자가 또 어떠한 행동을 할지 너무 궁금했다.

정말 미쳤나 봐. 안지후.

"우윳빛이란 뜻인가? 그럼 부드럽게 좀 대해봐. 어째 이리 까칠해? 이름하고 안 어울리게."

애다는 제 손목을 잡고 있는 지후의 면상을 확 갈겨주고 싶은 것을 꾹 참고 마음속으로 참을 인을 새겼다. 여기는 자신의 직장이고 이 정신병자 같은 놈은 손님이었다. 애다는 지후만이 들을 수 있는 목소리로 작게 속삭였다.

"좋은 말 할 때 놔라. 내가 다시 만나도 아는 체하지 말랬지?"

"이것 봐라? 야. 네가 저번에 뺨 때린 것 때문에 내가 얼마나 고생한 줄이나 알아?"

"웃기시네. 여기서 창피당하고 싶지 않으면 이 손 놓으라고. 진짜 죽고 싶어? 어디다 함부로 손을 대? 이 변태 새끼야."

"헉! 넌 무슨 여자가 말만 하면 욕이야?"

애다의 살벌한 말과 눈빛에 지후는 움찔하며 그녀의 손목을 놓아주었다. 이상하게도 손에서 빠져나간 그녀의 손목이 아쉽게 느껴졌다.

뭐지? 이 싸한 기분은?

지후는 예의상 고개 숙여 인사를 하고 미련 없이 돌아서 가버리는 그런 애다의 모습에 어이가 없으면서도 자신도 모르게 홀 안에서 분주하게 움직이는 그녀의 모습을 계속 주시하고 있었다. 그때 전화를 받고 들어온 수현이 지후를 따라 주변을 두리번거렸다.

"뭘 그렇게 봐?"

수현이 지후의 시선을 따라가 보니 조금 전의 그 직원이었다. 대체 그가 왜 이러는지 궁금했다.

"지후 너 아는 여자야?"

"응."

"어떻게? 그리고 너 아까 그게 뭐야? 창피해 죽는 줄 알았네."

지후의 시선이 계속 그 여자를 좇아가고 있자 수현이 심드렁하게 말을 건넸다.

"야. 누가 보면 네가 저 여자 좋아서 쫓아다니는 줄 알겠다."

수현의 말에 지후는 그제야 고개를 돌리고 어이없다는 표정을 지었다.

"내가 저 여자를 좋아한다고? 미쳤어?"

"아니면 말지. 흥분하기는? 그러니까 더 의심스럽다?"

"아, 진짜 아니래도! 저번에 내 얼굴 봤지? 나 때린 여자가 저 여자야!”

“진짜?”

“진짜라니까!”

수현은 지후가 이렇게 날뛰는 게 더 의심스러웠다. 여자 때문에 이렇게 흥분하는 모습을 처음 보았다. 오호. 안지후. 네 가슴에 새로운 바람이 불어오는 게야?

“감히 안지후 뺨을 갈겨? 저 여자가 너 모른대?”

“날 어떻게 알아? 내가 무슨 연예인이야?”

“아니, 몰라도 그렇지. 너의 그 잘생긴 얼굴을 때리고 싶대? 만져 보고 싶었던 게 아니고?”

“내 말이!”

짝짝짝.

“브라보!”

수현이 기분 좋게 웃으며 박수를 쳐 댔다. 지후가 이럴수록 더 놀리고 싶어졌다. 단순한 놈.

지후는 수현의 행동에 인상을 찌푸리며 맘에 들지 않는다는 말투로 이야기했다.

“지금 뭐 하는 거야?”

“와우! 저 여자 대단하다! 멋진데? 그리고 때린 이유가 있었겠지. 네가 잘난 체했거나 변태 짓을 했거나.”

“아, 형까지 왜 그래?”

무슨 변태 짓을 했다고! 해, 했나? 지후는 약간 당혹스러워하며 수현을 힐끔 쳐다봤다. 그러다 곧 지후의 입술이 뾰루퉁해졌다. 수현이 미소를 지으며 애다를 뚫어지게 쳐다보고 있기 때문이었다.

"지후야. 그런데 저 여자 귀엽게 생겼다. 은근히 신비해 보여."

애다를 바라보는 수현의 두 눈이 빛났다. 그 말에 지후는 이상하게도 기분이 나빠졌다.

"그만 봐."

지후의 표정과 어투를 들어보니 기분이 좋지 않아 보여 수현은 고개를 갸웃거렸다.

"응? 왜?"

"아니, 계속 그렇게 쳐다보면 이상하게 생각할 거 아니야."

수현이 빤히 쳐다보자, 지후는 그의 시선을 피하며 괜히 메뉴판만 이리저리 넘겼다.

'어쭈? 안지후. 수상해. 저 여자한테 관심 생긴 거야? 그래서 임채은이 한국에 왔대도 아무런 반응이 없었던 건가? 만약 그런 거라면 좋은 현상이긴 한데…….'

수현은 이제 지후도 새로운 사랑을 시작했으면 좋겠다고 바랐다. 지금 반응을 봐서는 그녀에게 호감이 있다는 건 확실했다.

그렇게 둘이 서로 잠시 동안 말없이 다른 생각을 하고 있을 때 직원 한 명이 다가와 음식 세팅을 하기 시작했다.

"주문하신 음식 나왔습니다."

어라? 밀키 어디 갔어? 지후는 애다가 아닌 다른 남자 직원이 오자 조심스레 그에게 물었다.

"저기요."

"네, 손님."

"주문받은 직원이 음식 가져오는 거 아니에요?"

"아, 저희는 따로 테이블 지정 직원이 없습니다."

그의 말에 지후는 주변을 두리번거리며 애다를 찾았다. 그녀

밀키러브

가 다른 테이블에서 주문을 받고 있었다. 왜 이리 아쉬운 마음이 드는 거지? 당장에라도 그녀를 불러 이 자리에 세워두고 싶었다.

"그럼, 맛있게 드세요."

남자 직원이 테이블을 떠나려 하자 지후가 재빨리 그를 다시 붙잡았다.

"저기요."

"네. 뭐 필요한 거라도 있으신가요?"

참, 친절도 하다. 그렇지 이렇게 친절해야 정상이지. 그런데 밀키는 왜 그러냐고! 지후는 애다가 자신을 쳐다보며 웃는 모습을 한번 보고 싶었다. 힐끔 보니 다른 테이블에서는 간간히 미소를 보여주는 모습이 보였다. 괜한 심통이 나서 고개를 돌려 보니 앞에 앉아 있는 수현의 모습이 눈에 들어왔다.

지후는 수현을 보며 개구쟁이의 미소를 날렸다. 그의 미소에 괜스레 불길한 기분이 드는 수현이다.

'서, 설마……'

수현은 그건 아니겠지, 하며 속으로 바라고 또 바랐다. 그런데 이 자식 자신의 바람도 무시하고 진짜 하려나 보다.

"여기 생일 축하 노래 되죠?"

"야, 안지후."

지후의 말에 남자 직원은 잠시 표정이 굳어졌다가 이내 다시 친절하게 웃으며 고개를 끄덕였다. 수현은 그런 지후를 말리고 싶었다.

"지후야, 하지 마."

지후는 그런 수현의 말을 깔끔하게 무시했다.

"여기 이 앞에 앉아 있는 분이 오늘 생일이거든요. 노래 한 번 부탁해요!"

"야! 안지후. 하지 말래도!"

남자 직원은 웃으면서 수현과 지후를 번갈아 쳐다보더니 고개를 끄덕거렸다.

"네. 곧 준비하겠습니다."

"안지후!"

수현의 목소리가 더 커졌다. 지후는 수현의 험악한 눈빛을 애써 외면하며, 홀 안의 애다를 찾았다.

"그리고 부탁이 하나 있는데요. 저기, 저 여자분 말이에요."

지후의 시선을 따라 그가 고개를 돌렸다. 그곳에는 주문을 받고 있는 애다의 모습이 보였다.

"밀키…… 말인가요?"

"네, 밀키."

"그런데요?"

"저분도 함께 축하 노래 해주세요. 제가 아는 사람이라서. 저분의 축하 노래를 꼭! 듣고 싶네요."

남자 직원이 웃으며 고개를 끄덕이고는 자리를 떠나자 수현은 테이블 아래로 지후의 다리를 발로 찼다.

"너 왜 그래? 창피하게 뭐 하자는 거야? 다 큰 남자 둘이서 생일 축하 노래나 들으며 여기 앉아 있고 싶냐?"

"형. 내가 잊지 못할 생일 파티 해줄게."

"야, 안지후!"

수현은 정말 지후가 제 친동생이었다면 죽어라 패줬을 텐데, 라고 생각을 하다가도 만일 제가 한 대라도 진심으로 때렸다가는 지후를 아끼는 그의 친형 지성이 자신을 가만두지 않을 것이란 생각에 부르르 몸을 떨었다. 그놈은 제 가족을 건들면 친구도 필요 없을 테니까 말이다.

지성의 성격은 정말이지…… 아흐. 생각하기도 싫다.

지후와 다섯 살 차이 나는 형이자 수현의 친구인 안지성은 스물여덟의 나이에 한 기업의 이사 자리에 앉아 있었다. 누가 형제 아니랄까 봐 지후와 같이 장난기 어린 마스크를 갖고 있는 그지만 일에 있어서만큼은 냉철하고 남자다움을 내뿜었다.

잠시 후. 수현의 투덜거림 속에서 차려진 음식을 먹고 있는데, 준비가 다 되었는지 직원 몇 명이 고깔모자와 탬버린, 마라카스와 기타를 들고 그들 테이블 앞에 섰다. 수현은 그들의 모습에 거의 자포자기한 심정이었다.

지후는 수현의 마음도 모른 채 애다를 바라봤다. 그녀는 뭐가 불만인지 지후의 시선을 피해 살짝 인상을 쓰고 있었다. 애다는 지후를 한번 흘겨본 후 고개를 홱 돌려 버렸다. 그런 그녀의 모습을 보던 지후는 살며시 휴대폰을 꺼내들었다.

그때 직원 한 명이 수현과 지후의 머리에 고깔모자를 씌워주었다. 지후도 이건 민망했는지 고깔모자를 벗으려는 순간 애다의 작은 웃음소리가 들려왔다.

"풉."

다 큰 성인 남자 둘이서 고깔모자를 쓴 모습을 본 애다는 입을 굳게 다물고 웃음이 나오는 걸 참고 있었다. 지후는 애다의 웃음소리에 그녀의 웃는 모습이 신기하듯이 바라봤다.

수현은 이 상황이 너무 창피해서 한 손으로 얼굴을 가리고 고개를 숙였다.

"자. 시작하겠습니다."

남자 직원의 주도 하에 직원들은 악기를 연주하며 생일 축하 노래를 불렀다. 애다는 귀여운 미소를 보이며 마라카스를 흔들어댔다.

"생일 축하합니다~ 생일 축하합니다~ 멋진 당신의 생일을~ 당신이 태어난 행복한 하루~ 오늘은 당신의 날~ 축복받으며 태어난~ 당신의 생일을 축하합니다~"

레스토랑 안에 있는 다른 손님들은 음악 소리가 들리자 모두 지후와 수현이 앉은 테이블을 바라봤다.

수현은 쥐구멍에라도 숨어 들어가고 싶은 심정이었지만 지후는 아랑곳하지 않고 휴대폰을 들어 수현의 동영상을 찍고 있었다.

처음에는 수현을 두고두고 놀려줄 생각으로 그의 모습을 찍다가 어느새 카메라는 애다 쪽을 향했다. 휴대폰 화면 안에는 오로지 애다의 모습만 줌인 되어 담기고 있었다. 지후는 웃으면서 노래를 부르는 화면 안의 애다의 모습에서 눈을 떼지 못했다.

'이렇게 웃을 줄도 아는 여자였네? 예쁘다. 정말 키우고 싶을 정도로…… 가지고 싶다. 이 고양이.'

자신이 무슨 생각을 하고 있는지도 모른 지후는 노랫소리가 끝이 나자 동영상을 저장했다.

"축하합니다!"

직원들이 웃으며 테이블에서 멀어지자, 수현은 그제야 고개를 들고 고깔모자를 벗어 지후에게 던졌다.

"너 안지후! 가만 안 둬!"

"훗. 재밌잖아. 얼른 먹어."

수현이 인상을 찌푸리며 음식을 먹기 시작하자, 지후는 애다의 모습을 찾아보았지만 홀 안에 보이지 않았다.

"안지후. 뭐해? 안 먹어?"

"어? 응."

수현의 재촉에 지후의 고개가 테이블로 향하려는 순간, 애다가 옷을 갈아입고 나와 레스토랑을 나가는 모습이 보였다. 지후는 바로 손목시계를 들여다봤다.

"오후 다섯 시."

"응?"

수현이 지후의 중얼거림에 고개를 갸웃거렸다.

오늘 대체 이 녀석 왜 이래?

"안지후. 왜? 약속 있어? 왜 시계를 들여다봐?"

"아무 것도 아니야. 신데렐라가 변신하며 사라지는 시간 체크한 거야."

수현이 이해할 수 없다는 표정을 짓자, 지후는 의미심장한 미소를 지으며 음식을 먹기 시작했다.

＊

"56. 57. 58. 59. 땡!"

띠리리링.

손목시계를 바라보고 있던 지후는 오전 5시 30분에 휴대폰 알람 소리가 울리자, 벌떡 일어나 현관 앞에 달려 나갔다. 그러고는 숨을 죽이며 밖에서 들려오는 소리에 귀를 기울였다.

지후는 왜 새벽부터 일어나서 이러고 있는지 자신도 알지 못했다. 그냥 잠이 오질 않았다. 어제도 밤샘 촬영을 했는데 집에 와서 두세 시간 잔 게 다였다. 무엇 때문에 알람까지 맞춰놨는지,

왜 알람이 울리기도 전에 일어나서 똥마려운 강아지처럼 안절부절못하며 초조해했는지. 설렘 반, 기대 반으로 지후는 지금 온몸의 신경세포를 현관 밖에서 들려오는 소리에 집중하고 있었다.

'이건 순수한 호기심이야. 요즘 내가 재밌는 일이 없어서. 심심해서 이러는 거라고. 다른 건 아무것도 없어. 암. 그렇고말고.'

지후가 마음속으로 변명 아닌 변명을 하고 있던 그 순간, 누군가가 계단을 바삐 내려오는 소리가 들려오자 그의 귀는 더 현관에 붙어서 떨어질 줄을 몰랐다.

현관 앞에서 정확히 발소리가 멈추고 우유 가방 만지는 소리가 들리자, 지후는 이때다 싶어 망설임 없이 문을 열었다.

"아. 깜짝이야."

애다는 갑자기 현관문이 열리자 뒷걸음질 치며 가슴을 쓸어내렸다. 아, 내 심장. 정말 놀랐는지 창백해진 애다의 얼굴을 보던 지후는 약간 미안한 맘이 들어 멋쩍은 헛기침을 해댔다.

"흠흠. 놀랐어?"

애다는 놀란 마음을 애써 진정시키며 지후를 노려봤다. 대체 이 남자는 전생에 무슨 악연이었기에 매번 자신을 놀라게 하는 건지 모르겠다.

"아, 또 뭐예요!"

지후는 애다의 성난 외침에 어색한 미소를 지으며 조심스레 말을 건넸다.

"왜 소릴 지르고 그래? 옆집 사람 놀라겠다."

"나 놀란 건 생각 안 해요?"

"아니, 내가 내 집에서 나오는데 너한테 허락받고 나와야 해?"

"아흐! 진짜!"

딸기러브

이 남자와 이야기하고 있으면 아마 제 명에 못 살 듯싶어 애다는 지후를 흘겨본 후 냉정하게 몸을 돌렸다. 그 모습을 보고 지후가 빠르게 다가가 애다의 손목을 잡았다.

"자, 잠깐."

애다는 제 손목을 잡는 지후의 정강이를 발로 차버렸다.

"아야!"

지후는 정강이를 어루만지며 눈물을 글썽거렸다. 정말 아팠다. 때리는 강도를 봐서는 정말 화가 난 것 같았다. 아, 이러려고 그런 건 아닌데. 그런데 너무 아파 화가 났다.

지후는 씩씩거리는 애다에게 마음과는 다르게 소리를 버럭 질렀다.

"야! 너는 무슨 여자애가 욕지거리 아니면 이렇게 폭력적이야? 폭행죄로 고소당하고 싶어!"

지후의 말에 애다는 기가 찼다. 마음 같아서는 저 주둥아리를 꿰매 버리고 싶었다.

"핫. 뭐? 고소? 그러는 너는! 왜 걸핏하면 스킨십인데? 내가 내 몸에 손대지 말랬지! 너야말로 성희롱으로 고소당하고 싶어!"

"야! 이 얼굴이 어딜 봐서 성희롱하는 범죄자처럼 생겼냐? 이게 큰일 날 소릴 하네?"

"원래 너처럼 기생오라비같이 생긴 것들이 더하거든!"

"하! 뭐? 기생오라비? 네 눈은 동태 눈깔이야? 이런 얼굴은 기생오라비가 아니라 꽃미남이라고 하는 거다. 나보다 못생겨가지고는!"

"웃기셔. 여자보다 예쁘게 생겨서 뭐 어쩔 건데? 남자가 그게 뭐냐! 너 동태눈깔은 제대로 보기나 하고 하는 소리야? 바로 너 같이 생긴 눈을 동태눈깔이라고 하는 거야! 집에 거울 있으면 한 번 봐봐. 생긴 건 꼭 해삼 말미잘같이 생긴 게 어디서 감히!"

지후는 애다의 말에 어이가 없었다. 단 한마디도 지지 않고 덤비는데 이상하게도 이 상황이 짜증이 나지 않았다. 그녀의 화내는 모습에 도리어 설레기까지 했다. 안지후, 너 정말 변태야?

"야. 내 얼굴이 얼마짜리인 줄이나 알고 하는 소리야?"

"내가 그걸 꼭 알아야 해? 쓸데없는 소리 하거들랑 가서 발 닦고 잠이나 퍼 주무셔! 얼굴이 밥 먹여주냐?"

애다는 자신이 지금 이 남자와 이런 대화를 하고 있다는 것 자체가 웃겼다. 보통 이런 일이 있는 경우 그냥 무시하면 되는데, 왜 일일이 이 남자의 말에 반응을 보이는지 모르겠다.

"그래! 난 내 얼굴로 밥 먹고 산다. 왜!"

"아, 그러셔? 술집 얼굴마담이나 되나보지?"

애다의 비꼬는 말에 지후는 어이가 없어 말을 더듬거렸다.

"뭐, 뭐, 뭐? 얼굴마담?"

"아무튼, 난 지금 한가한 너랑 이렇게 실랑이할 시간 없어. 한 번만 더 건드려라. 그땐 확!"

애다가 손을 치켜들자 지후는 흠칫하며 재빨리 제 얼굴을 가렸다. 안 돼! 얼굴은 안 돼! 무슨 일이 있어도 다시는 뺨을 맞지 않으리라.

지후의 어이없는 모습에 애다는 혀를 끌끌 차며 고개를 저었다. 그저 한숨만 흘러나왔다. 새벽부터 이게 뭔 짓인지. 애다는 지후를 뒤로하고 계단을 터벅터벅 내려갔다.

지후는 애다의 목소리가 들리지 않자, 얼굴을 가린 손가락을 살며시 벌려 그 사이로 앞을 바라봤다. 애다는 사라지고 없었다.

지후는 그제야 얼굴에서 손을 내리고 고개를 쭉 내밀어 그녀가
계단 아래로 내려가는 모습을 지켜봤다.

"훗. 재밌네. 잠 안 자고 기다린 보람이 있군. 그나저나 해삼과
말미잘이 어떻게 생겼더라? 동태눈깔은 어떻게 생겼었지? 가서
찾아봐야지."

괜히 기분이 좋아졌다. 그녀를 보고 있으니 절로 미소가 지어
졌다. 무슨 초등학생도 아니고 이런 유치한 짓을 하는 건지. 그
런데 고양이 너무 까칠하다. 어떻게 해야 하지? 사실은 이렇게
싸우려고 한 것도 아니고, 그녀를 화나게 할 마음은 전혀 없었는
데. 그냥 대화를 나누고 싶었을 뿐인데, 마음과는 다르게 행동이
나와 버렸다.

지후는 우유 가방에서 우유를 꺼내 그것을 한참 동안 바라보며
서 있었다. 밀키…… 더 그녀가 궁금해지기 시작했다.

＊

"형. 방금 뭐라고 했어? 나, 안 해."

아침까지 애다 때문에 좋았던 기분이 수현이 내뱉은 한마디로
인해 더러운 진흙탕 속으로 빠져 버린 기분이었다. 정말 황당하
고 어이가 없어 말도 제대로 나오지 않았다. 굳어진 지후의 표정
을 보고 수현도 미안한 마음뿐이었다. 그렇다고 이 일을 이제 와
서 없었던 일로 하기에는 너무 늦어버렸다.

"그럼, 어떻게 해? 나도 몰랐어. 여기 현장에 와서 알았다고."

"취소해."

지후의 차가운 말투에 수현은 머리를 감싸더니 이내 헝클어뜨

렸다. 그게 쉬운 일이 아니라고!

"지후야. 그게 말이 돼? 이거 취소하면 위약금이 두 배야."

"그럼 물어줘!"

지후의 마음은 충분히 이해가 가지만 사적인 감정으로 처리해서는 안 될 문제였다. 특히나 이 바닥에서는 더욱더 그러했기 때문에…… 지금 수현은 어떻게 해서든 지후를 설득해야만 했다.

"지금 우리가 그런 돈이 어디 있어?"

"내 주식을 팔아서라도 물어주라고!"

"야. 안지후! 네 맘 알겠는데 이건 일이잖아!"

"일? 일도 가려가면서 해야지. 지금 나보고 임채은이랑 같이 찍으라고? 미쳤어?"

지후는 기어이 수현에게 큰 소리를 쳤다. 정말 싫다. 죽어도 싫었다. 어떻게 과거에 헤어졌던 여자랑 연인 콘셉트로 촬영하란 말인가. 지후는 지금 할 수만 있다면 모든 걸 포기하고, 이 자리를 박차고 나가고 싶은 심정이었다. 서로가 소원해져서 합의하에 헤어졌더라면 이렇게까지는 싫어하지 않았을 것이다. 좋아하는 감정이 남아 있는 상태에서 일방적으로 차였던 지후는 다신 그녀와 마주치고 싶지 않았다. 그게 아무리 일이라도 말이다.

"어쩔 수 없잖아. 지후야. 그러지 말고 이번 한 번만 그냥 눈딱 감고 하자. 응? 지후야."

"싫어. 죽어도 안 해."

부드럽게 달래도 소용이 없었다. 지후의 완강한 태도에 수현은 한숨을 내쉬었다. 결국 할 수 없이 잡지 화보 담당자에게 가기 위해 발걸음을 움직이던 그때 그들의 뒤에서 목소리가 들려왔다.

"아마추어도 하지 않는 짓을 하네? 그래도 안지후는 이 바닥에선 프로라는 소리를 듣는 모델 아닌가?"

뒤에서 들려오는 소리에 지후는 고개를 돌렸다. 어깨까지 오는, 웨이브가 들어간 갈색 머리에 흰 망토와 빨간 스키니 진을 입고 선글라스를 낀 그녀. 실제로 본 사람들은 여신이라고 부를 만큼 쭉 뻗은 긴 다리와 가는 팔. 하지만 그 모습에 전혀 동요되지 않은 무표정한 얼굴로 지후는 그녀를 바라봤다.

"채, 채은아."

채은은 웃으면서 선글라스를 벗었다.

"수현 오빠. 오랜만이야."

"어? 어, 그래."

수현은 아무 말도 하지 않고 채은만 바라보고 있는 지후의 눈치를 살피면서 어찌할 바를 몰랐다. 누가 이 분위기를 깨주었으며 하는 바람이었다. 그 순간 정말로 수현의 마음을 알아챘는지 그를 돕는 목소리가 들려왔다.

"최수현 씨! 여기 와서 안지후 씨 의상 좀 체크해 주실래요?"

"네? 아, 네!"

수현은 스태프의 말 한마디에 구세주를 만난 듯 재빨리 살얼음 같은 그 자리에서 벗어났다. 수현이 사라지자 채은은 지후의 따가운 시선을 받으며 천천히 그에게 다가갔다.

"오랜만이야, 지후야. 그동안 잘 지냈어?"

"어. 아주 잘 지냈어."

지후의 예상 밖의 대답에 살짝 놀랐는지 채은의 한쪽 눈썹이 꿈틀거렸다. 지후는 그런 그녀의 모습을 바라보면서도 조금의 표정 변화가 없었다. 채은을 보는 지후의 눈빛은 너무나 차가웠다.

"오늘 촬영, 파트너가 지후 너란 걸 알고 내가 한다고 했어. 알지? 나 원래 화보 촬영 잘 안 하는 거."

"왜?"

"보고 싶어서."

웃기고 있네. 지후는 순간 욕지거리가 입에서 튀어나올 뻔했다. 어떻게 이제 와서 그런 뻔뻔한 말을 잘도 하는지. 자신이 알던 임채은이 아니었다. 변해도 너무 변한 그녀다. 지후는 어이가 없다는 듯이 비웃는 듯한 어조로 말을 건넸다.

"왜 보고 싶었는데?"

"글쎄, 왜 네가 보고 싶었을까……."

채은은 지후의 얼굴 가까이 손을 올렸다. 채은이 얼굴을 만지려고 하자 지후는 그녀의 손목을 잡고 차가운 미소를 보였다.

"이러시면 안 되죠. 내 얼굴이 얼마짜린데. 함부로 만지시려고 하면 곤란한데."

지후의 서늘한 말투에 채은은 순간 표정이 굳어졌다. 너무나 낯선 지후의 모습에 채은의 눈동자가 떨리기 시작했다. 하지만 그런 모습을 지후에게 보여주고 싶지 않았는지, 채은은 이내 생긋 웃어 보였다.

"훗. 여전하구나."

채은의 말에 지후는 잡고 있던 그녀의 손목을 던지듯이 놓아주었다. 그의 행동에 채은은 대수롭지 않다는 듯이 여전히 지후를 보며 웃음을 지었다. 지후는 그런 그녀의 모습에 화가 치밀어 이를 악물었다.

"안지후. 아직도 나에 대한 감정이 남아 있는 거니?"

"하. 감정? 대체 무슨 감정을 말하시는 걸까?"

"나에 대한 사랑인 거니…… 아님, 미움인 거니?"

채은의 말에 지후는 어이없는 표정을 지었다. 지금 감정이라고 했나? 대체 채은은 뭘 믿고 당당하게 제 앞에 나타났는지 모르겠다. 그녀의 속셈이 무엇이든 간에 전혀 신경 쓰고 싶지도, 알고 싶지도 않았다.

"너무 착각이 심하신 거 아니에요? 그렇지 않으면 아직까지 당신에 대한 감정이라도 남아 있기를 바라시는 건가?"

지후의 비꼬는 말투에도 채은은 변함없는 미소를 보였다. 하지만 지후의 말 한마디에 채은의 심장은 따끔거리며 아파오기 시작했다.

"안지후. 너의 최대의 단점이 뭔지 말해줄까? 넌 감정을 숨길 수가 없어. 네 얼굴에 고스란히 나타나거든."

그러니 지후야. 제발 그렇게 차갑게 대하지 말아줘. 채은은 마음을 다시 가다듬고 그에게 냉정하게 말을 건넸다.

"네가 왜 런웨이에 설 수 없는지 알아? 키? 아니, 너의 그 잘난 얼굴 때문이야. 사람들의 시선이 옷이 아니라 너의 그 얼굴로 가면 곤란하잖아. 안 그래? 자신들이 만든 옷을 사람들에게 보이고 싶은 게 디자이너들의 마음이야. 옷보다 잘난 너의 그 얼굴이 아니라. 그래서 넌 화보나 광고계가 더 어울리는 거야. 알겠어?"

채은의 충고에 지후는 그녀를 노려봤다. 지금 감히 누구한테 충고 따위를 하는 건데? 그럴 자격도 없는 여자가 감히…….

"지금 나한테 훈계하는 건가? 하. 외국물 먹고 오면 다 당신같이 되는 거야? 그렇게 오만하고 자신이 최고인 양? 좋아. 그 훈계 같은 충고 기꺼이 받아주죠. 선배, 아니 같은 동기니까 선배도 아니네. 그렇죠? 누나?"

사귈 때 단 한 번도 존대어와 누나라는 호칭을 쓰지 않았던 지후의 말에 채은의 미소 짓고 있던 표정이 순간 굳어졌다. 지후가 너무 낯설었다. 따뜻한 애였는데 어쩌다 이렇게 차갑게 변해 버린 건지.

"누나? 언제부터 날 누나로 대하기 시작한 거야?"

"날 떠난 그날부터? 내 여자도 아닌데, 누나라고 부르는 게 당연하죠. 아닌가요?"

"지후야."

굳어진 채은의 표정을 보고 지후는 비웃음을 보였다. 그녀의 얼굴에서 미소가 사라져 버린 것을 보니 꽉 막혔던 가슴이 이제야 시원하게 뚫린 기분이었다.

"내 홈그라운드에 오신 걸 환영합니다. 그쪽 말대로 내가 화보나 광고계에 맞는 얼굴이라면 오늘은 어쨌든 간에 내가 누나보단 한 수 위네요? 한번 열심히 해봅시다! 내 얼굴보다 잘 나오려면 제대로 준비하고 나오세요. 잠시 후에 뵙죠. 그럼 전 이만."

지후는 미련 없이 채은에게 등을 돌려 대기실 안으로 들어가 버렸다. 지후의 냉정한 모습에 채은은 흘러내리는 머리를 뒤로 넘기며 한숨을 내쉬었다.

'하. 이러려고 널 만나러 온 게 아니야. 지후야, 네가 보고 싶었다고. 미치도록……'

지후의 따뜻한 마음까지는 기대를 안 했지만 이렇게 무서울 정도로 차가운 모습도 기대하지 않았었다. 귀국하면 그의 마음을 돌릴 수 있을 거로 생각했다. 웃는 얼굴이 예쁘다며 무척이나 좋아해 주던 그였기에, 앞에서 웃어 보이면 심경의 변화가 있을 줄 알았다.

자신이 너무 뻔뻔하다는 걸 알지만 지후의 따뜻한 마음과 사

밀키러브

랑이 그립고 그리웠다. 그런데 그의 마음을 다시 비집고 들어가기에는 그 벽이 너무 단단해져 버렸다는 것을 느낀 채은이었다.

채은은 지후가 들어간 대기실 문만 멍하니 바라보며 입술을 깨물었다. 굳게 닫힌 그 문이 꼭 지후의 마음을 대변하는 기분이 들었다.

한편, 채은을 뒤로하고 대기실로 들어온 지후는 메이크업을 받으며 그녀가 한 말을 곱씹었다. 그럴수록 짜증이 물밀 듯이 몰려왔다.

"네가 왜 런웨이에 설 수 없는지 알아? 키? 아니 너의 그 잘난 얼굴 때문이야."

'웃기고 있네. 그러는 당신은 잘난 줄 알아? 성공하기 위해 날 버리고 갔으면, 내가 기를 못 펼 정도로 최고가 되어서 오든가. 이 년이나 프랑스에 가서 뭘 하다 왔는데? 런웨이에서 메인 모델 한 번 못해본 여자가 어쩌고 어째? 감히 누구한테 훈계야?'

"엿 같아. 젠장, 빌어먹을."

"네?"

메이크업해 주고 있던 세희가 지후의 입에서 나오는 욕지거리에 당황하며, 동작을 멈추었다. 원래 지후는 항상 웃는 얼굴인데, 오늘따라 무엇이 그를 화나게 했는지 메이크업 받는 내내 인상을 쓰고 있었다.

"저기, 화장이 맘에 안 드세요? 오빠?"

세희의 조심스러운 물음에 지후는 정신을 차리고 미안한 표정을 지었다. 이 느낌을 촬영 때까지 가져가면 안 되는데, 괜스레 걱정이 되었다.

"아, 미안. 내가 딴생각하고 있느라고. 세희 너한테 한 말 아니야. 신경 쓰지 마."

세희는 고개를 끄덕이며, 다시 지후의 얼굴에 메이크업하기 시작했다.

＊

"자, 이제 마지막 촬영입니다. 조금만 힘내자고요!"

촬영 스태프의 말에 브이넥 그레이 티셔츠와 카고팬츠, 갈색 트렌치코트를 입은 지후와 화이트 블라우스, 리본 디테일의 스커트를 입은 채은이 다시 스튜디오에 들어섰다.

카메라의 셔터 소리가 들리지 않을 때는 서로가 모르는 사람인 양 한마디의 말도 하지 않던 두 사람이었지만 촬영 시작과 동시에 언제 그랬냐는 듯 프로답게 자연스러운 연인의 콘셉트를 소화해 냈다.

"자. 저기 의자에 안지후 씨가 앉고 그 무릎 위에 임채은 씨가 앉아보죠."

포토그래퍼 김 작가의 말에 지후는 황당한 표정을 지었다. 아니, 왜 포즈까지 정해주냐고. 지금까지 한 것도 짜증나고 곤혹스러워 미칠 지경인데 말이다.

지후는 동의할 수 없다는 듯이 그의 말에 반박했다.

"네? 제 무릎에요? 너무 과한 포즈 아닌가요?"

김 작가는 지후의 말은 전혀 신경 쓰지 않는지 그저 어깨만 으쓱거렸다.

"지후 씨, 한두 번 해본 것도 아니면서 왜 그래요? 채은 씨랑 하려니 떨려서 그래요?"

"아니, 그게 아니라…… 하."

더는 말하기에도 입이 아팠다. 그럴수록 시간만 더 지체되고 이 짜증스러운 상황을 계속 연출해야만 했다. 지후는 한숨을 쉬며 힐끔 채은을 바라봤다. 채은은 지후의 짜증스러운 표정을 애써 무시하며, 미소를 짓고 그를 바라봤다. 넌 웃음이 나오냐?

채은이 의자로 먼저 다가가자, 지후도 어쩔 수 없다는 듯이 의자에 털썩 주저앉았다. 채은은 의자에 앉아 있는 지후의 무릎에 두 다리를 모으고 옆으로 비스듬하게 앉으며, 그의 목에 팔을 둘렀다.

"지후야. 프로답게 하자. 나 때문에 이러는 거 안 좋아 보여."

채은이 지후의 귀에 대고 속삭이자, 지후는 그녀의 말에 대꾸조차 하기도 싫은지 눈을 지그시 감았다 떴다. 그러고는 모델다운 표정으로 순식간에 돌변했다.

찰칵, 찰칵.

카메라 셔터 누르는 소리가 스튜디오 안에 울려 퍼지기 시작했다. 두 사람은 감정을 뒤로하고 프로답게 다양한 포즈로 촬영에 임했다.

그들의 모습을 멀리서 지켜보고 있던 수현은 가슴을 쓸어내렸다. 정말 지후가 이곳에서 큰 사고를 치는 줄 알았다. 왜 하필이면 상대 모델이 임채은이었는지. 그걸 제대로 확인하지 못한 자신의 아둔함에 고개를 숙였다.

'자식. 안 한다고 날뛰더니만…… 넌 타고난 모델이야, 안지후.'

한참 후, 막바지 촬영에 들어갈 즈음이었다.

"자, 마지막으로 입맞춤 한 번 가고 끝냅시다!"

"네?"

지후는 황당함에 잠시 할 말을 잃었다. 자신이 잘못 들은 게 분명했다. 그런데 잘못 들은 게 아니었는지 김 작가는 시간이 많이 지체되었다며 얼른 마지막 컷을 촬영하고 끝내자고 했다. 정말 미치고 팔딱 뛰겠다.

"선생님. 갑자기 뽀뽀라니요. 도대체 왜 그러세요?"

"둘이 잘 어울려서 그래. 이대로 끝내면 아쉽잖아."

지후의 황당해하는 말투에도 별 감흥을 느끼지 못했는지 김 작가는 심드렁하게 대꾸했다. 솔직히 오늘따라 지후가 왜 이러는지도 이해가 가지 않았다. 오늘 촬영보다 더한 자세도 했으면서 대체 왜 저러는지.

"선생님. 하는 척이 아니라 진짜 하라고요?"

"응. 채은 씨 어때? 괜찮겠어요? 채은 씨가 꺼리면 그냥 두고."

김 작가의 시선이 채은을 향하자 지후 역시 자연스레 그녀를 돌아봤다.

설마 한다고 하겠어? 미치지 않고서야…….

"아뇨. 전 괜찮아요."

"오케이! 그럼 갑시다!"

'정말 미쳤나? 왜 이래 진짜? 임채은. 도대체 무슨 속셈이야?'

지후는 못마땅한 표정을 지으며 그녀를 거의 노려보다시피 쏘아봤다. 채은은 지후의 눈빛을 다 받아내면서 입가에 살짝 미소를 지었다.

"홈그라운드라며? 그럼 제대로 한번 해봐."

채은의 도발에 지후는 화가 났다. 젠장. 정말 욕이 나오려는 걸 참고 또 참았다. 지후는 숨을 한번 내쉰 후, 채은의 뒷머리를 자신 쪽으로 잡아당기며 그대로 입을 맞췄다.

잠시 동안 모든 시간이 정지해 버린 것처럼 지후의 행동이 그 대로 멈췄다. 이상했다. 모든 신경에 마비가 온 것처럼 아무런 행동도 할 수가 없었다. 마치 심장이 죽어버린 것처럼 뛰고 있다는 느낌도 들지 않았다.

채은과의 입맞춤에 전혀 떨리지 않았다. 얼마 전까지만 해도 정말 보고 싶었고, 미워했고, 그리워했던 그녀였는데 지금은 아무런 느낌이 나지 않았다. 도대체 언제부터 채은이 자신에게 있어서 아무렇지도 않은 사람이 되어버렸는지 지후는 점점 머릿속이 혼란해지기 시작했다.

그 순간 지후의 머릿속을 헤집는 여자가 있었다. 바로, 그 들고양이 같은 여자 말이다.

'왜…… 갑자기 그녀가 생각나는 거지? 우유 냄새, 아기 냄새. 항상 전투적인 자세로 까칠하기만 한 그녀가 생각나는 거야? 그 것도 임채은 앞에서…… 사람의 마음이 이렇게 간사한가? 이렇게 쉽게 변할 수 있는 거야? 안지후. 네가 속물인 거야? 젠장. 보고 싶다. 지금 이 순간, 짜증 나게 그녀가 보고 싶다. 지금 당장 그녀, 밀키가 보고 싶다…… 미친놈. 이 마음은 도대체 뭐야? 단순한 호기심인 건가? 아님, 서, 설마…… 아니겠지?'

"오케이! 좋았어! 수고했어요!"

지후는 지금 이 순간 자신이 깨달은 속마음에 눈을 번쩍 뜨고, 곧바로 채은을 품에서 떼어내고는 의자에서 일어났다. 마지막 촬영을 끝낸 스태프들이 장비를 정리하며 분주하게 움직이고 있었다. 마치 정지되어 버린 시간이 다시 제자리로 돌아온 기분이었다.

"지후야."

멍하게 서 있는 지후를 보던 채은은 그를 조심히 불러봤다. 조금이나마 자신을 향한 애정이 다시 샘솟기를 바라며 간절한 눈빛을 보내는 채은이었다.

"안지후. 난……."

"고마워."

지후의 이해할 수 없는 말에 채은은 말을 멈췄다. 지후는 앞에 서 있는 채은을 똑바로 마주하며 씩 웃었다. 그녀, 밀키의 존재만으로 채은에 대한 애증도 모두 사라져 버렸다. 대체 그녀가 어떤 존재이기에 이런 마음까지 없애주는 것인지 혼란이 잠시 왔지만, 마음만은 시원했다. 마치 어려운 수학 문제를 푼 기분이었다.

"고마워. 나 멋지게 차버려 줘서."

"지, 지후야."

"덕분에 확실해졌네, 내 마음."

"무슨 소리야?"

"내가 지금 이 순간 누굴 원하는지 확실히 알아버렸다고."

"……."

"고마워요. 누나."

지후는 멍하니 서 있는 채은을 뒤로하고 서둘러 대기실 안으로 들어갔다. 채은은 지후가 한 말의 의미를 되새겨 보았다. 그러고는 그 의미를 깨닫고는 인상을 찌푸린 채로 부들부들 떨리는 두 손을 감싸며 서 있었다.

대기실로 들어온 지후는 옷을 급히 갈아입으며 수현에게 물었다.

"형. 지금 몇 시야?"

"지금? 4시 조금 넘었어."

"뭐? 젠장. 형. 나 먼저 갈게. 뒷일은 형이 좀 마무리해 줘."

지후가 서둘러 야상 점퍼를 걸치고 차 키까지 챙겨들자, 수현은 당황하며 어쩔 줄 몰랐다.

"야! 지금 어딜 간다고 그래? 모니터링도 해야지!"

"나 늦었어. 모니터링은 임채은 보고 알아서 하라 그래. 나 먼저 갈게. 미안."

지후가 급히 나가 버리자 수현이 버럭 소리를 질러댔다.

"야! 안지후! 야!"

수현은 속으로 지후에게 욕을 하고 애꿎은 머리만 마구 헝클어댔다.

*

[Top model News]

톱 모델 안지후(23세)와 임채은(24세)의 커플 화보가 공개되어 화제다. Style magazine과 함께 진행된 패션 화보에서 안지후와 임채은은 완벽한 호흡을 선보였다. 둘은 서로의 등에 기대서 앉기도 하고, 소파에 앉아 서로 장난치는 귀여운 커플 모습을 보여주었으며, 또한 임채은이 안지후의 무릎 위에 앉아 입맞춤을 하는 등 자연스러운 커플의 느낌을 물씬 풍겼다.

요즘 화보 모델 섭외 1순위로 떠오른 안지후와 세계적인 톱 모델로 한 발 내디디며 귀국한 임채은과의 만남이어서 그런지 이번 화보 사진은 큰 이슈가 되었다.

사진을 본 누리꾼들은 '이 둘이 이렇게 잘 어울릴 줄이야', '연인 느낌이 물씬 난다', '둘 다에게 질투가 난다'는 등의 반응을 보였다.

이 두 모델 커플 화보는 Style magazine 2월호에서 만나볼 수 있다.

Top model 온라인 뉴스 팀

끼이익.

건물 지하 주차장에 차 한 대가 급하게 들어오더니, 주차선 안으로 단 한 번에 정확하게 주차했다. 지후는 애다가 일하는 레스토랑에 주차하고, 시계를 보며 시간을 확인했다. 5시 10분……이런 늦었다. 그래도 혹시나 하는 조금의 기대를 갖고 차에서 내리려는 순간, 룸미러에 비친 자신의 모습이 보였다.

'오 마이 갓. 아무리 급했어도 메이크업은 지우고 나올걸.'

촬영을 끝내고 서둘러 나오는 바람에 헤어스타일과 메이크업을 그대로 한 채 나온 거다. 지후는 차 안에 혹시나 화장을 지울 만한 물티슈가 있는지 확인해 보았지만, 그런 게 있을 리 만무했다. 이런 화장은 물로만 해서는 지워지지 않는데 큰일이었다.

"아, 이렇게 나가면 사람들 이상하게 쳐다보는데……."

지후는 혼자서 중얼거리다 선글라스를 발견하고는 그것을 임시방편으로 끼고, 야상점퍼에 달린 모자를 뒤집어썼다.

"어쩔 수 없네. 이렇게라도 하는 수밖에. 쩝."

지후는 서둘러 차에서 내려 곧장 레스토랑으로 이동하는 엘리베이터에 탔다.

rrrr.

점퍼 안에서 벨소리가 들리자 지후는 핸드폰을 꺼내 발신자를 확인했다. 수현이었다. 분명 잔소리를 해댈 테지만 그의 성격으로 보아 받지 않으면 끈질기게 전화를 걸 것임을 아는 지후는 이

내 핸드폰을 귀에 가져다 댔다.

"어. 형."

[야! 너 어디야!]

수현이 버럭 소리를 지르는 바람에 지후는 휴대폰을 귓가에서 떨어뜨렸다. 그러고는 아주 태연한 목소리로 말을 했다.

"왜? 무슨 일 있어?"

[지금 그걸 말이라고 해? 이대로 그냥 가버리면 어떡하냐고!]

"미안. 급한 일이 있어서 그래."

[도대체 그 급한 일이 뭐야? 너 진짜 죽고 싶어?]

그 죽인다는 말 지겨워 죽겠다. 밀키도 그러고, 수현 형도 그러고. 대체 내가 뭘 그렇게 크게 잘못을 했기에 이러는지. 목숨이 여러 개라도 부족하겠다.

"아, 왜 다들 나만 보면 죽이려고 해?"

[김 작가님 화내고 난리 났어. 어떡할 거야?]

"나중에 내가 따로 사과드릴게."

[으이그, 진짜. 내가 너 때문에 못 산다.]

"미안. 나 그만 끊어야겠다. 나중에 통화해."

[야! 안지…….]

지후는 레스토랑 입구에 다다르자 수현과의 전화를 가차 없이 끊어버렸다. 나중에 또 한소리 듣겠지만 어쩔 수 없었다. 내일은 주말이라 우유 배달도 안 오기 때문에 그녀를 만날 시간은 오늘밖에 없었다.

주말 동안 내내 이런 마음으로 조바심을 내고 싶지 않았다. 만나서 또 욕을 얻어먹든, 맞든 간에 그녀를 꼭 만나서 이 마음의 실체가 무엇인지 확인해 봐야 했다. 레스토랑 문을 열고 들어가 그녀가 있는지 살펴보았다.

"손님. 예약하셨나요? 몇 분이신가요?"

안내 데스크에 있던 여자 직원이 다가와 친절하게 말을 건넸지만 지후는 잠시 머뭇거렸다.

"아, 그게…… 어? 잠깐만요."

지후는 때마침 서빙을 하고 돌아서는 한 남자 직원을 발견하고 말을 걸었다. 지난번에 왔을 때 생일 축하 노래를 해주었던 그 남자 직원이었다.

"저기요."

"네, 손님."

"저 알죠?"

"네?"

남자 직원은 야상점퍼 모자를 둘러쓰고 선글라스 낀 지후를 위에서부터 아래까지 의심 가는 눈빛으로 쭉 훑어보았다. 다짜고짜 이런 차림으로 물어보면 어찌 안단 말인가.

"누구……."

"아."

지후는 살짝 선글라스를 아래로 내렸다. 직원은, 눈에 아이라인을 선명하게 그린 지후의 모습을 보고 더 흠칫 놀라는 표정을 지었다.

지후는 남자의 표정을 보고는 이건 아니다 싶었는지 다시 선글라스를 쓰고는 그가 기억할 수 있도록 설명에 나섰다.

"아. 저번, 그러니까 일주일 전쯤에 남자 둘이 와서 생일 축하 노래 부르고 그랬는데…… 고깔모자까지 쓰고."

"아…… 네."

"기억나요?"

"당연히 기억나죠."

다 큰 남자 둘이서 고깔모자 쓰고 생일 파티를 했는데 어찌 잊어버릴 수 있단 말인가. 그런데 이 남자 정체가 뭐야? 남자 둘이 파티를 하지를 않나, 거기다가 화장까지. 혹시…… 이 사람 게, 게이? 서, 설마. 작업 거는 건가?

남자 직원의 표정을 보니 이상한 상상을 하고 있는 듯하다. 아, 이건 아닌데…… 지후의 인상이 절로 찌푸려졌다. 이런 오해는 정말 죽도록 싫었다.

"저기요. 이상한 상상하지 마세요. 저 그런 사람 아닙니다. 제가 직업상 오늘은 이 꼴이네요. 평소에는 이렇지 않거든요."

"아, 네."

지후의 해명 같은 말에도 불구하고, 남자 직원은 떨떠름한 표정을 지으며 다시 한 번 지후를 위아래로 훑어보았다.

"그런데 무슨 일로……."

"아, 혹시 밀키 어디 있는 줄 알아요?"

"네?"

"밀키. M. I. L. K. Y 밀. 키. 어디 있는 줄 아냐고요."

"글쎄요……."

남자 직원은 지후의 이상한 행동에 의심쩍은 눈빛을 거두지 않았다. 왜 이 남자가 밀키를 찾는 거야? 대체 뭔 관계인 거지? 그의 지후에 대한 의심은 계속 커져만 갔다.

"혹시 퇴근했어요?"

"네. 몇 분 전에 나갔는데요."

"아이씨."

지후의 짜증 섞인 말투에 남자 직원은 흠칫하며, 고개를 살짝 숙이고는 그 자리에서 떠나려고 했다. 그때 지후가 다시 그 남자 직원을 불러댔다.

"잠깐만요."

"……."

"그럼, 혹시 여기 일 끝나고 어디로 가는지 알아요? 집에 가나? 집이 어딘지…… 당연히 모르시겠죠. 하하. 그럼, 연락처라도?"

"죄송합니다. 손님. 저희 직원의 연락처는 함부로 알려드릴 수가 없는데요."

　아주 단호하고 완강했다. 하긴, 이런 모습을 하고 있는데 쉽게 동료의 연락처를 가르쳐 줄 사람은 아마 거의 없을 것이다. 그러나 지후는 쉽게 포기할 수 없었다. 지후는 그를 붙잡고 다시 간절하게 부탁을 했다.

"아, 저 이상한 사람 아니에요. 그냥, 제가 그녀한테 갚아야 할 빚이 있어서 그래요."

"……."

"진짠데……."

　진짜라고. 생명의 은인인데 갚아야지, 암. 갚아야 한다고. 지후는 이대로 돌아가서 월요일까지 기다려야 하나 하는 마음에 한숨만 쉴 뿐이었다. 대체 그 고양이가 뭐기에 이렇게 애를 태우는지. 정작 그녀는 나 같은 놈은 생각도 안 하고 있을 텐데 말이다. 그런데 이상하게 이럴수록 더 생각나는 그녀다.

　'안지후. 너 정말 미쳤나 보다. 아니, 미쳐 가고 있는 중이겠지.'

　지후는 이대로는 그냥 돌아갈 수 없었다. 수현에게 잔소리 들어가며 달려왔는데, 그리고 지금 이 남자 앞에서 이상한 놈 취급까지 받았는데, 이왕 이렇게 된 거 그녀에 대한 조금의 정보라도 알아야 했다. 정 안 되면 이름이라도 말이다.

남자 직원이 계속 의심스러운 눈빛을 하자, 지후는 두리번두리번 고개를 돌려 살펴보더니 대기 의자 옆에 꽂혀 있는 잡지를 가지고 왔다. 그러고는 잡지를 이리저리 넘겨보더니 어느 한 페이지에 시선을 두었다. 몇 달 전 촬영한 향수 광고였다. 지후는 펼쳐진 잡지를 그대로 남자 직원에게 보여줬다.

"여기요. 이것 보세요. 이게 저거든요."

"네?"

"그러니까 이 모델이 저라고요. 여기 이름도 있네. 안지후요."

남자 직원은 지후가 보여주는 잡지를 힐끔 쳐다보더니 심드렁한 말투를 대답했다.

"아…… 네."

"이젠 됐죠? 신분 확실하니까 좀 알려줘요. 급해서 그래요."

남자 직원은 눈앞의 지후와 잡지 속의 모습을 다시 한 번 번갈아 바라보았다. 이 남자의 직업이 이 잡지에 실리는 모델이라 이런 차림이었던 건가? 조금씩 지후에 대한 의심이 풀어져 갔다. 그는 잠시 망설이다가 이내 천천히 입을 열었다. 지후는 그가 하고자 하는 말을 토씨도 빼놓지 않고 듣기 위해 온 신경을 그의 입에 집중했다.

"음…… 연락처는 알려드릴 수가 없고요."

이런. 정말 그녀에 대해 알 수가 없는 건가? 하고 좌절하려던 순간, 그의 입에서 희망적인 이야기가 흘러나왔다.

"애다가 끝나고 학교에 가요. 여기서 지하철로 두 정거장쯤 되는 여대라고 들었어요."

지후의 얼굴에 다시 희망의 빛이 보였다. 남자의 입에서 나온 그녀의 이름에 괜히 가슴이 두근거렸다.

　"애다?"

　"네. 선애다. 설마 이름도 몰라요?"

　"아, 아뇨! 당연히 알죠! 내가 왜 몰라요!"

　괜히 양심에 찔려서 목소리가 커졌다. 안지후 정말 뻔뻔해졌다. 선글라스를 쓰고 있어서 망정이지 눈이 보인 채로 말을 했다면 당장에 거짓말이 들통 났을 게 뻔했다. 남자 직원은 살짝 지후에게 또다시 의심이 갈 뻔했지만 그리 나쁜 사람 같아 보이지는 않았기에 대충 넘어가 주기로 했다.

　"아, 아무튼 야간 대학 다니고 있어요."

　"혹시 무슨…… 과?"

　"글쎄요. 그것까지는 저도 잘…….."

　더 이상은 저 남자 직원의 입에선 그녀에 관한 정보를 들을 수 없을 것 같았다. 그래도 이게 어딘가. 이름하고 학교를 알는데 말이다. 지후는 아주 큰 수확을 얻은 기분이었다. 이름도 예쁘네. 선애다.

　"하하. 고마워요. 저기, 잠시만요."

　지후는 웃으면서 남자 직원 가슴주머니에 꽂혀져 있는 펜을 꺼내더니 잡지에 있는 자신의 사진 위에 멋지게 사인을 해놓았다. 그러고는 아주 만족스러운 표정을 지으며 남자 직원의 손에 잡지를 쥐여주었다.

　"이건 감사의 인사."

　"네?"

　"내 사인을 나중에 엄청 비싸게 경매로 팔 수 있을 거예요. 토비 씨."

지후는 남자 직원 명찰에 적힌 이름을 불러주며 웃었다. 어찌 되었든 그녀에 대한 조금의 정보라도 준 그가 진심으로 고마웠다.

"고마워요. 복 받으실 거예요."

지후가 다시 한 번 고마움의 인사를 전하고는 레스토랑을 나가 자, 남자 직원은 지후가 나간 문만 멍하니 바라봤다. 그는 정신 을 곧 차리고 마침 옆에 지나가는 또 다른 직원을 붙잡고 물었다.

"야. 너 모델 안지후라고 알아?"

"안지후? 글쎄. 들어본 것 같기도 하고, 아닌 것 같기도 하고. 그건 왜?"

"아니. 그냥 좀 이상한 것 같아서."

그는 지후가 사인한 잡지를 한참 들여다보았다. 방금 제 눈앞 에 있던 남자라고 믿기지 않을 만큼 섹시한 남자가 잡지 속에서 매혹적인 눈빛으로 자신을 바라보고 있는 것 같았다. 아까는 분 명 이런 눈빛이 아니었는데.

그는 뭔가 홀린 듯한 느낌으로 고개를 갸웃거리더니 잡지를 덮 은 후 다시 제자리에 꽂아두었다.

＊

애다는 잠깐 쉬는 시간에 복도에 나와 커피를 마시며 창밖을 바라봤다. 인적이 드문 바깥은 가로등 불빛만이 건물 앞 주차장 과 나무들을 비추고 있었다.

'아. 오늘로 끝이네.'

엄마의 갑작스러운 사고로 인해 수업을 제대로 들을 수 없었던 애다는 학점이 모자라 계절학기 등록을 할 수밖에 없었다. 방학 동안 모자란 학점을 채우며 수업을 들었는데 오늘이 마지막 수업이라는 생각에 개운함마저 느껴졌다.

무심히 창밖을 바라보던 애다가 몸을 돌려 강의실로 들어가려는 찰나, 그녀의 시야에 낯선 무언가가 들어왔다. 주차장 앞에서 한 남자가 야상점퍼 모자를 둘러쓰고 건물을 두리번거리며 살피고 있는 모습이 보였다.

'뭐야, 저 남자. 여대에 웬 남자? 여친 기다리나? 그런데 야밤에 저 선글라스는 뭐야? 설마, 말로만 듣던 바바리맨? ……은 아니겠지?'

애다는 호기심 어린 눈빛으로 그를 바라보다가 뒤에서 들려오는 목소리에 고개를 돌렸다.

"애다야! 수업 시작했어."

"어? 어."

애다는 같이 수업을 듣는 친구 희진의 말에 종이컵을 쓰레기통에 버리고 강의실로 들어갔다.

한편, 지후는 레스토랑과 가까운 하나뿐인 여대에 들어와 차를 주차해 놓고 건물들을 두리번거렸다. 여대라서 함부로 못 들어올 줄 알았는데 방학이라 그런지 들어올 때 별 제지가 없었다.

"아. 어느 건물인 거야? 불 켜진 저 건물인가? 아으, 추워. 배도 고프고."

지후는 추위에 몸을 부르르 떨며 안 되겠다 싶었는지 차 안으로 다시 들어가 히터를 강하게 틀었다.

"대체 언제 끝나는 거야……."

지후는 차 안이 따뜻해질 때까지 점퍼로 몸을 감싸며 몸을 떨었다. 어느 정도 몸이 따뜻해지자, 조수석에 두었던 빨간 넥워머가 눈에 들어왔다. 지후는 그것을 손에 쥐고 부드럽게 쓸어내렸다. 그녀의 마음도 이 넥워머처럼 부드럽게 풀렸으면 좋겠다.

"기다려라. 곧 주인 찾아줄게."

지후는 빨간 넥워머를 한참 동안 바라보다가 음악을 틀었다. 차 안에 곧 잔잔한 음악이 흘러나왔다.

한 시간쯤 지났을까? 음악을 들으며 이 지루한 시간을 보내고 있으니 건물 안에서 사람들이 나오기 시작했다. 지후는 몸을 바로 세우고는 두 눈을 크게 뜨고 애다의 모습을 찾아댔다.

"밀키밀키, 애다, 선애다, 애다…… 앗싸. 찾았다."

지후는 애다의 모습이 보이자 부리나케 다시 선글라스를 착용했다. 그리고 차 안에 두었던 빨간 넥워머를 손에 쥐고 차에서 내렸다. 지후는 넥워머를 등 뒤로 감추고는 애다가 자신의 곁을 지나가기만을 기다렸다.

건물 밖으로 나온 여학생들은 훤칠한 남자가 학교 안에 서 있자, 서로 수군대며 지후 곁을 지나갔다.

애다는 희진과 함께 이런저런 이야기를 나누며 점점 지후 곁으로 다가갔다. 애다가 점점 다가올수록 지후의 몸은 긴장감에 휩싸였다. 괜히 가슴이 콩닥거리고 떨리기 시작했다. 추워서 그래, 추워서 떨리는 거야. 지후는 애써 그리 마음을 먹고 괜히 신발로 바닥을 툭툭 치며 이 긴장된 마음을 달래고 또 달래보았다.

"뭐야. 애다야, 저기 좀 봐."

"응?"

애다는 희진이 가리키는 쪽으로 고개를 돌려 강의 전에도 보았던 수상한 행색의 남자를 바라봤다. 애다는 슬그머니 희진을 옆으로 밀며 조심히 그를 지나쳐 가려했다.

그런데 그 순간, 그 이상스럽게 생긴 남자가 아는 체를 해왔다.

"어? 우와. 여기서 또 만나네?"

자신을 보고 반가워하는 그 남자로 인해 애다의 걸음이 절로 멈춰졌다. 애다는 혹시나 자신이 아닌 다른 사람에게 하는 말인가 하고 고개를 두리번거렸다. 그렇지만 지금 이곳에는 자신과 희진 말고는 그가 아는 체할 만한 사람이 보이지 않았다.

'희진이에게 하는 말인가? 뭐지 이 남자? 누구세요?'

"애다야. 너 아는 사람이야?"

희진의 말에 애다가 그녀를 바라봤다. 희진이 아는 사람이 아니라면……. 애다는 다시 한 번 이 정체 모를 남자를 의심스러운 눈빛으로 힐끔 쳐다보고는 곧 희진을 보며 고개를 내저었다.

"어? 아니……."

"반가워."

지후가 해맑게 인사하며 한 걸음 다가가자, 애다가 흠칫거리며 한 발 뒤로 물러섰다. 지후는 애다의 그런 모습에 괜히 서운함이 몰려왔다.

"그새 내 목소리도 잊어버렸나?"

애다는 잠시 놀란 눈을 했다. 이, 이 목소리는…….

"어? 어…… 당신 그 변태……."

애다가 검지로 지후를 가리키며 변태 소리를 꺼내자, 지후의 미간이 좁혀졌다. 아, 이 이미지 어찌할 거야.

희진은 애다와 지후를 번갈아 바라보더니, 곧 그녀의 이름을 부르며 어깨를 툭 건들었다.

"애다야. 나 먼저 갈게. 개강하면 보자."

"어? 어, 그래. 잘 가."

애다는 희진을 얼떨결에 먼저 보내 버리고는 시선을 다시 지후에게 두었다. 애다는 기분 나쁜 표정으로 지후를 경계하며 거의 노려보다시피 했다.

"여긴 또 무슨 일이에요?"

"아. 볼일이 있어서."

지후는 애다의 찌를 듯한 시선을 받아내며 괜히 말을 얼버무렸다. 그녀를 향해 뛰는 심장 때문에 목소리도 떨려 나왔다. 추워서 그런 거라고 생각을 하려 해도, 이놈의 심장은 몸 안에서 더 뜨거운 열을 내며 콩닥거렸다. 오히려 더울 정도로 몸에 뜨거운 열기가 감돌았다.

"볼일? 여대에 볼일이라면 여자친구 만나러 왔나?"

"여대?"

생각해 보니 이곳이 여대구나. 지후는 지금 그 생각도 하지 못한 채, 이 상황을 어디서부터 어떻게 풀어나가야 할지 생각 중이었다.

지후의 머뭇거림에 애다는 고개를 갸웃거렸다. 그러고는 무미건조한 말투로 그에게 말을 건네고는 뒤돌아섰다.

"그럼 만나고 가세요."

"잠깐!"

지후는 갑자기 돌아서서 애다가 떠나려 하자, 자신도 모르게 그녀의 팔을 손으로 잡았다.

"잡지 마! 내 몸에 손대면 진짜 성희롱으로 고소할 거야."

애다의 살벌한 말에 지후는 얼른 손을 뒤로 숨겼다. 깜짝이야. 아, 이게 아닌데.

지후는 자신을 노려보고 있는 애다의 눈치를 살피면서 최대한 부드럽게 말을 건넸다.

"아. 진짜. 무서워서 근처에 가지를 못하겠네. 난 그냥 우연히 만나서 반가워 그러는데 너무하는 거 아니야?"

"우연은 무슨. 나 만나러 왔으면서."

지후는 놀란 표정으로 그녀를 바라봤다. 애다는 순간 이 남자가 참 바보 같다는 생각이 들었다. 그런데 그의 놀란 얼굴을 보고 있으니 다른 한편으로는 귀엽다는 생각마저 들었다. 지후는 당황한 목소리로 애다에게 조심히 물었다.

"어떻게 알았어?"

"이 늦은 시간에 행정 일 보러 학교에 왔을 일은 없고. 이 시간에 남자가 오면 뻔하죠. 사람 만나러 온 거. 그런데 보아하니 사람들 다 나갔는데 아직까지 이러고 있는 거 보면 나 만나러 온 거잖아요. 아니에요?"

애다의 똑 부러진 말투에 지후는 잠시 할 말을 잃었다. 괜히 이런 바보 같은 행동을 그녀에게 들킨 것 같아 창피함이 몰려왔다.

"어. 맞아."

지후가 순순히 인정하며 목소리가 개미만큼 작아지자, 애다는 웃음이 나왔다. 애다는 기가 죽은 지후의 모습을 보며, 웃음을 억지로 참아내고 그에게 물었다.

"왜 왔어요?"

"그게…… 밥 한 끼 사주려고."

"네?"

이건 또 뭔 소리야? 갑자기 웬 밥? 애다는 말이나 들어봐야겠다는 생각에 그의 얼굴을 빤히 쳐다봤다. 지후는 애다가 자신을

말기러브

경계하지 않고 뚫어지게 쳐다보자 괜히 얼굴이 달아올랐다. 아, 미치겠네. 너, 왜 이러니. 지후야.

"저번에 집 앞에서 나 도와줬잖아. 고마워서 밥 사주려고."

"밥이요? 그거 고마워서 한 시간 동안이나 나 기다렸다고요?"

'아니 이건 또 어찌 안 거야?'

지후는 애다가 자신이 기다린 시간까지 알고 있자 더욱더 당혹스러워하며 어쩔 줄 몰랐다. 그녀에게 잘 보이려고 했던 모습은 와르르 무너져 버렸다. 이 일을 정말 어찌하면 좋지? 싶었다.

"어, 어떻게 알았어?"

"쉬는 시간에 창밖으로 보니까 야밤에 선글라스 끼고 건물 앞에서 서성거리고 있던데요?"

"아…… 이 선글라스는 내가 사정이 있어서."

애다의 한심스러워하는 표정에 지후는 괜히 입술만 깨물었다. 먼저 그녀에게 지금까지 보였던 행동을 사과부터 해야겠다. 오해가 풀릴지는 모르겠지만.

"주정뱅이에 변태, 자뻑. 거기다 스토커 짓까지 해요? 대체 내가 여기 있는 건 어떻게 알았대?"

오해를 해도 단단히 오해하고 있네. 아닌가? 오해가 아닌가? 지후는 이제 스스로도 그녀에게 보여주었던 자신의 모습이 혼란스러웠다.

"아. 진짜. 나 그런 남자 아니라니까."

"됐고. 그런데 어쩌죠? 나 진짜 그쪽 구해준 사람 아닌데?"

'난 당신과 더는 엮이고 싶지 않다고.'

애다는 이 남자와 정말 이대로 모르는 사람처럼 지내고 싶어 거짓말을 했다. 지후는 그녀의 거짓말에 한숨이 나왔다. 이럴 정도로 자신과 알고 지내는 게 싫은가 보다. 그런데 어쩌나? 이럴수록 더 관심이 가고, 욕심이 나는데.

"맞잖아. 왜 거짓말해? 수현이 형이 그랬어. 우유 아가씨가 나 도와줬다고."

지후는 애다가 아무 말을 하지 않고 예쁜 두 눈만 위아래로 굴리고 있자, 살며시 웃으며 그녀 곁에 한 발자국 다가갔다.

"아무리 술에 취했어도 기억해. 노란 패딩 조끼, 긴 머리, 하얀 얼굴. 그리고…… 붉은 입술까지."

애다는 그가 제 입술을 빤히 바라보고 있자, 그날 지후와의 키스가 떠올라 얼굴이 붉어졌다. 아, 왜 이 시점에서 그게 생각나는 건데?

"그, 그건."

"그리고 이것도."

애다가 당황하며 말을 더듬거리자, 지후는 등 뒤로 들고 있던 빨간 넥워머를 그녀의 목에 둘러 씌워줬다. 지후의 갑작스러운 행동에 애다는 잠시 흠칫거렸지만, 곧 목에 둘린 익숙한 넥워머를 만지작거렸다. 잠시 이것을 잊고 있었다.

애다가 고개를 들고 바라보자, 지후는 누구나 반할 정도로 환한 웃음을 보이며 자신의 손에 따뜻한 입김을 불어댔다. 그러고는 곧 따뜻해진 손을 들어 조심히 그녀의 볼에 살짝 대어보았다. 혹시나 또 소리를 지르며 화를 낼까 봐 지금 지후의 마음은 조마조마했다.

애다가 가만히 서 있자, 다행이라는 마음에 지후는 좀 더 용기를 내어 그녀의 볼을 두 손 가득 감쌌다. 애다의 볼이 차가운 것이 그녀가 감기에 걸리지 않을까, 하는 걱정이 앞섰다. 지후는 맑

밀키러브

은 두 눈을 동그랗게 뜨고 자신을 보고 있는 애다를 내려다봤다. 애다의 볼을 따뜻하게 감싸고 있는 지후의 손이 미세하게 떨려왔다. 예쁘다. 선애다.

"드디어 찾았다. 내 신데렐라 구두의 주인."

아무도 없는 조용한 학교 안. 가로등 불빛 아래 두 사람은 서로의 얼굴을 바라보고 있었다. 환한 미소의 지후와 무표정한 애다가 그렇게 서로 바라보면서…… 마주 서 있었다.

잠시 후, 하늘에서 그들의 만남을 축복이라도 하는 듯 새하얀 눈이 조금씩 머리 위에 내려앉기 시작했다. 애다는 볼을 감싼 지후의 손길에 잠시 멍해졌다. 생각 외로 그의 손이 너무나 따뜻했다. 하지만 그것도 잠시, 애다의 미간이 점점 좁혀지면서 절로 인상이 찌푸려졌다. 아무튼, 틈만 주면 스킨십을 해오는 남자다. 대체 왜 이러는 거지? 부모의 사랑을 덜 받고 자랐나?

지후는 애다의 변화되는 표정을 보면서 얼굴에서 웃음기를 서서히 거두었다. 신데렐라가 다시 고양이로 변해가고 있었다. 이런. 애다가 순간 발을 들어 지후의 정강이를 차려는 찰나, 그가 반사적으로 발을 들어 피했다.

"지금 피한 거야?"

애다가 기분 나쁘다는 투로 말하자 지후는 겸연쩍어 하며 웃어댔다.

"응."

"이…… 씨."

애다가 억울했는지 다시 발을 들자, 지후는 그녀의 얼굴을 감쌌던 손을 재빨리 내리고 뒤로 한 발짝 물러났다. 하마터면 또 맞을 뻔했다. 이러다 몸에 멍이 가시는 날이 없게 생겼다.

"하여튼 대단해. 때리지 좀 말고 만져 주면 안 될까?"

"뭐라는 거야? 누가 변태 아니랄까 봐."

이제 그녀의 저런 말에도 익숙해졌나 보다. 이상하게 애다의 노려보는 눈빛에도 웃음이 나왔다. 지후는 자신의 얼굴에 차가운 눈이 내려앉자 하늘을 쳐다보았다. 그녀의 얼굴처럼 새하얀 눈이, 그녀의 눈동자처럼 깨끗한 눈이 소복소복 내리고 있었다.

"눈 온다."

애다는 지후의 말에 고개를 들어 하늘 위를 올려다봤다. 제법 굵어진 눈송이들이 애다의 얼굴에 떨어져 녹아내렸다. 차가운 눈을 맞으며 애다는 천천히 눈을 감았다. 괜히 기분이 좋아졌다. 무엇 때문에 이런 감정이 드는지 모르겠지만, 그와 이러고 있는 게 그리 싫지만은 않았다. 싸우다가 정이 들었나?

한참 후, 눈의 차가움이 느껴지지 않자 애다는 이상하게 생각하며 서서히 눈을 떴다. 그새 눈이 그친 건가? 눈을 떠보니 지후가 두 손으로 애다의 얼굴로 떨어지는 눈을 막아내고 있었다.

지후는 하늘을 향해 눈을 감고 있는 애다를 보면서 다시 한 번 심장이 두근거렸다. 그래서 자신도 모르게 팔을 뻗어 애다의 얼굴에 떨어지는 눈을 막아주었다. 그녀를 내려다보면서 붉은 입술에 입을 맞추고 싶은 것을 간신히 참아냈다. 원래 아무 데나 들이밀고 그러는 성격이 아닌데, 왜 애다만 보면 자꾸 만지고 싶은지 잘 모르겠다.

지후는 애다와 눈이 마주치자 헛기침으로 당혹스러운 표정을 감추고는 주먹 쥔 두 손을 몸 옆으로 내렸다.

"흠흠. 감기 걸리겠다. 그만 가자."

지후는 애다가 아무 말 없이 뚫어지게 쳐다보자, 더 민망해졌

다. 아, 안지후. 오늘 별 모습을 다 보여주는구나. 지후는 자신이
한 행동에 창피해져서 얼른 다른 말로 화제를 돌렸다.

"배 안 고파? 가자. 밥 사줄게."

애다는 천천히 고개를 끄덕거렸다. 이 남자에 대해 선입견을
가지고 있었는지도 모르겠다. 그리고 그가 굉장히 따뜻한 사람
이라고 느껴졌다. 그래서 애다는 마지막으로 그와 밥 한 번 먹고
끝내자는 생각을 했다. 그래야지만 그와 더 이상의 인연으로 이
어지지 않을 테니까.

*

"너 이런 거 좋아해?"

"왜요? 싫어요?"

지후는 애다가 가자는 데로 차를 몰았다. 애다가 선택한 곳은
24시간 감자탕 집. 수현과는 몇 번 와본 곳이긴 하지만 여자와
단둘이 온 건 처음이라 지후는 이 자리가 불편했다. 점수를 좀
따야 하는데 감자탕 집이라니! 비싸고 좋은 곳에 가서 분위기 좀
잡아보려 했건만 자신의 의도와 달라지자 난감했다.

"아니. 좋은 곳에 가서 더 맛있는 거 사주려고 그랬지."

"이것도 맛있어요. 한번 먹어봐요."

지후는 애다의 의외의 모습에 더 호기심이 일었다. 그도 그럴
것이 채은과는 항상 고급 일식집이나 좋은 레스토랑에만 다녀서
애다도 그럴 거로 생각했기 때문이었다.

"뭐 드릴까요?"

주문 받으러 온 아줌마의 말에 애다는 벽에 걸린 메뉴판을 보

며 익숙하게 주문을 했다.

"감자탕 소(小)짜리 하나하고요. 소주 한 병 주세요."

지후는 애다의 주문이 황당하면서도 웃음이 나왔다.

"너 소주도 마셔?"

"왜요? 마시면 안 돼요?"

"아니. 그게 아니라……."

일적이든 사적이든, 여태까지 만나왔던 여자들은 늘 칵테일
아니면 와인을 마셨다. 선애다. 특이하네? 남자와 처음 식사하
는 자리에 당당하게 소주도 시키고.

"이때까지 만나던 여자들은 이런 거 안 먹었나 보네?"

"응?"

지후는 흠칫 놀란 표정을 지으며 애다를 바라봤다. 애다가 턱
을 괴고 빤히 쳐다보고 있었다. 아, 미치겠네. 애다가 저렇게 자
신을 쳐다볼수록 지후는 그녀의 눈을 똑바로 쳐다볼 수가 없어
난감했다.

'쟤 독심술 하나?'

애다의 눈은 마치 자신이 하는 생각을 훤하게 다 들여다보는
것 같다.

"얼굴에 다 드러나요. 무슨 생각하는지."

지후는 표정을 굳힌 채 테이블에 놓인 밑반찬에 시선을 두었
다. 대체 얼굴에 다 드러나는 표정은 어떤 건지 저 자신도 궁금해
졌다. 화보 사진으로 봤을 때는 모르겠는데, 평소의 얼굴은 어떤
지. 특히나 애다에게 비추어지는 표정은 어떤 것인지 궁금했다.

"너의 최대의 단점이 뭔지 말해줄까? 넌 감정을 숨길 수가 없

어. 네 얼굴에 고스란히 나타나거든."

순간 채은이 한 말이 생각났다. 진짠가? 내 표정이 그런가? 그럼, 지금의 이 감정도 애다에게 들킨 건가?

"이게 정상이에요. 어떤 사람들을 만나고 대했는지 몰라도 대부분 다 이런 걸 즐긴다고요."

"여자들도?"

"당연하죠."

"여자들은 와인하고 칵테일 그런 거 좋아하지 않나?"

"그거야 개인 취향이죠. 난 이런 게 더 좋아요."

"그렇구나."

지후는 천천히 고개를 끄덕였다. 개인 취향이라…… 지후는 애다의 그 취향이 아주 맘에 들었다.

"그런데 그 선글라스 좀 벗으면 안 되나? 실내에서 점퍼 입고 선글라스 쓰고. 안 답답해요? 안 더워?"

"어? 그게 말이야. 내가 상태가 좀…….."

지후가 곤란해하며 머뭇거리자 애다는 작게 피식거렸다.

"지금 그 모습이 더 이상해 보여요."

"그래?"

지후는 주변을 좀 둘러보더니 천천히 야상을 벗고 선글라스를 벗었다. 뭐, 그녀만 괜찮다고 하면 상관없었다. 오로지 애다가 이상하게 볼까 봐 가리고 있었던 것뿐이니까.

"헉."

그러나 애다는 지후의 모습을 본 순간 놀란 입을 다물지 못했다. 평소에 봤던 지후의 모습이 아니었다. 머리는 부스스한 보라색이고, 눈에는 진한 스모키 화장까지 하고 있었다. 이 남자 뭐야? 진짜? 보면 볼수록, 만나면 만날수록 매번 이상한 모습만 보여주는 그였다.

"머, 머리가 왜 그래요? 아니 머리는 그렇다 쳐도 설마, 화장하고 다녀요?"

애다가 이상하게 쳐다보자, 지후는 그럴 줄 알았다는 듯이 인상을 찌푸리며 한숨을 내쉬었다.

"거봐. 내가 이상하다 했잖아."

"진짜 그런 거예요?"

"뭐가?"

지후는 그녀의 입에서 변태라는 말이 나올까 봐 걱정이 됐다. 그게 아니면 또 기겁할 만한 다른 말이 나올까 싶어 괜히 긴장되었다. 아, 안지후 너 정말 이미지 어쩔 거야.

애다는 의심쩍은 눈빛으로 입을 달싹거리며 조심스럽게 말을 건넸다.

"……게이."

이 여자가 진짜. 이젠 못하는 소리가 없네. 지후는 너무 어이가 없어서 버럭 소리를 질러댔다.

"아니거든! 나 여자 좋아하는 건강한 대한민국 남자야. 이상한 상상하지 마."

"아니면 진짜 호스트…… 뭐 그런 데서 일해요?"

'맙소사! 정말 나락으로 이미지가 떨어지는구나. 안지후. 큰일났네.'

"아. 진짜. 그런 거 아니라고."

"그럼 왜 그러고 다니는데요?"

"모델이야. 오늘도 촬영 끝나고 바로 오는 바람에 이 꼴이고."

모델이란 말에 순간 애다의 표정이 굳어졌다. 갑자기 아무 말 없는 애다를 보며 지후는 의아해했다. 왜 저래?

"왜? 뭐 문제 있어? 표정이 왜 그래?"

"아, 아니에요."

테이블에 잠시 어색한 기류가 돌 때쯤, 주문한 감자탕이 나왔다. 아줌마는 음식 세팅을 해주며 지후를 힐끔 바라봤다.

"연예인인가?"

"네?"

"아니, 모습이. 호호호. 연예인이면 사인 한 장 해줘요. 우리 가게에 연예인들도 많이 왔다 가는데. 어쩜 남자가 이리 곱게 생겼을까?"

지후는 애다를 힐끔 쳐다보더니 민망한 표정을 지으며 괜스레 앞에 놓인 수저만 만지작거렸다. 그런데도 아줌마는 얼굴을 지후 가까이 들이밀며 노골적으로 쳐다봤다.

"아, 아줌마. 저 연예인 아니에요."

"그래? 그럼 왜 그러고 다녀?"

"그럴 일이……."

"모델이에요. 촬영하고 오느라 그런 거래요."

지후가 아줌마의 시선을 피해 얼버무리자 대신 애다가 아줌마의 궁금증을 풀어줬다.

"그렇구나. 그럼 맛있게 드세요."

아줌마가 그 자리를 떠나자 애다와 지후의 시선이 한 곳에서 서로 얽히기 시작했다. 애다의 얼굴을 보고 있노라니 자꾸만 그녀에게 빠져드는 느낌이 들어 지후는 먼저 시선을 피했다. 그리고 메이크업한 자신의 얼굴을 바라보는 그녀의 시선이 부담스러 웠다. 그 순간 제 머리 위에 따뜻한 기운이 느껴져 지후가 고개를 들었다. 그 기운을 찾아 눈을 돌려보니 제 앞에서 애다가 하얀 털모자를 머리에 씌워주고 있었다.

머리와 화장한 얼굴을 자꾸 신경 쓰는 지후를 한참 바라보던 애다가, 가방에 있던 하얀 털모자를 꺼내 그의 머리에 씌워준 것이다.

잠깐이지만 스치고 지나간 손길과 그녀의 향으로 인해 지후는 정신이 아찔해졌다. 지후는 대수롭지 않게 다시 자리에 앉아 만족스러운 표정을 짓는 그녀를 보며, 떨려오는 손에 힘을 주고 주먹을 쥐었다.

"이러면 덜 신경 쓰이죠? 얼굴은 어차피 나와 마주하고 있으니 괜찮겠다. 이젠 맘 놓고 먹어요."

애다는 지후의 접시에 감자탕을 떠주었다. 그러고는 이젠 자신의 접시에 감자탕을 뜨기 시작했다. 지후는 애다가 떠준 감자탕에 눈길을 줬다가 이내 고개를 들고 그녀를 바라봤다. 애다가 뜨거운지 입김으로 접시를 불어댔다.

"원래 이렇게 친절해?"

"네?"

애다는 영문을 몰라 눈만 깜박댔다. 졸지에 친절한 애다 씨가 되는 건가? 그나저나 지후가 진지하게 묻자 살짝 당혹스러웠다.

"다른 사람한테도 이렇게 신경 써주고, 관심 가지고 그러냐고."

"뭐. 상황 봐가면서? 그런데 그건 왜요?"

지후의 잇새 사이로 들리는 웃음소리에 애다는 그를 빤히 바라볼 뿐이었다. 그러고 보니 오늘은 여태까지의 장난기가 어린 모습은 보여주지 않고 있었다. 언제부터 이 남자가 진지했다고 이러는 건지. 안 어울리게 말이야.

"기분 좋아서."

지후는 애다의 조그만 친절에도 괜히 기분이 좋아지고, 웃음이 나왔다. 대체 이 여자를 몇 번이나 봤다고 이러는 건지. 선애다. 도대체 어떤 여자인 걸까? 까칠한 것 같기도 하고, 냉정하게 차가운 것 같기도 하고. 그리고 지금처럼 이런 행동을 보면 여리고 착한 것 같기도 하고. 어떤 게 진짜 그녀의 모습일지 궁금했다. 아니, 솔직히 말하면 지금까지 보여주었던 그녀의 모습이 다 끌리는 건 사실이었다. 어떤 모습이든 그녀를 볼 때마다 설레는 감정을 느꼈으니 말이다.

애다는 지후의 시선이 어색했는지 소주를 가져가 그의 잔에 따르려다 멈췄다.

"아. 운전하니까 마시면 안 되겠네?"

"이리 줘."

지후는 애다의 손에 든 소주를 가져가 그녀의 앞에 놓인 잔에 따라주었다. 이 여자 술꾼 아니야? 여자가 이렇게 아무 데서나 술 마시고 그러면 안 되는데. 이젠 애다의 조그만 행동에도 별 관심이 다 가는 지후였다.

"오늘 너의 새로운 모습을 많이 본다."

"그런데 아까부터, 아니, 처음 봤을 때부터 왜 반말이에요?"

"너도 반말했잖아."

"그거야 그쪽이 자꾸 날 건드리니까. 그래도 난 존댓말도 썼는데, 그쪽은 처음부터 끝까지 반말이잖아요."

"안지후."

"네?"

"내 이름 그쪽이 아니라 안지후라고."

"아."

안지후. 그의 이름을 이제야 듣는구나. 애다는 지후라는 이름
이 그와 참 잘 어울린다고 생각했다.

잠시 둘 사이에서 침묵이 흐르자, 애다는 자신도 이름을 말해
줘야 하나? 하고 고민에 휩싸였다. 오늘 한번 보고 말 사람한테
굳이 이름을 말해줄 필요가 있을까 싶었다.

"애다 너도 내가 반말하는 게 거슬리면 말 놔."

애다의 고민이 말끔히 사라져 버렸다. 그가 이름을 알고 있었
다. 분명 그에게 이름을 알려준 적이 없는데도 말이다.

"내 이름 어떻게 알았어요? 진짜 스토커예요?"

"아까 학교에서 네 친구가 말한 거 들었어."

"아."

애다가 고개를 끄덕이며, 뼈에 붙은 고기를 젓가락으로 발라
먹기 시작했다. 지후는 그녀의 모습을 보고 있다가 속으로 안도
의 한숨을 내쉬었다. 애다가 이름을 어떻게 알았느냐고 묻는 순
간, 또 한 번 긴장감에 휩싸였다. 그래도 이번에는 이 거짓말
이 자연스럽게 들렸는지 애다는 별말이 없었다. 천만다행이네.

지후는 애다에 대해 궁금증이 몰려왔다. 이름도 알았겠다. 좀
더 구체적으로 나가볼까?

"몇 살이야?"

"스물셋."

"진짜?"

"왜요? 설마 나보다 어린 건 아니죠?"

이런. 절대 오빠 소리는 듣지 못하겠네. 지후는 약간 아쉬워하
는 말투로 대답했다.

"동갑이네."

"진짜? 이씨. 그럼 이때까지 동갑한테 존댓말 썼단 말이야?"

존댓말 쓴 게 그리 억울했나? 갑자기 애다가 표정을 일그러뜨
리며 지후에게 따지듯이 물어왔다.

"몇 월?"

"10월."

지후의 말에 애다는 씨익 웃음을 지었다. 그러고는 승리에 찬
미소를 지으며 분명한 어조로 말을 했다.

"난 4월. 앞으로 누나라고 불러."

"웃겨."

"뭐가?"

"동갑인데 누나는 무슨."

"쳇."

'어디서 누나 소리를 들으려고 해?'

지금 오빠 소리 못 듣게 생겨서 속상해 죽으려고 하는 사람한
테 말이다. 지후는 은근 애다의 귀여운 모습에 절로 미소가 지어
졌다.

'뭐, 동갑내기 연인도 괜찮겠네. 연인?'

지후는 순간 자신이 생각한 단어에 화들짝 놀랐다. 이제 겨우
이름하고 나이 알았으면서 벌써 연인이라니. 아마 애다가 지후의
이런 생각들을 읽었더라면 또 한 번 독이 잔뜩 오른 고양이가 되
었을 것이다.

둘은 한참 동안 말없이 먹기만 했다. 아줌마가 볶음밥을 볶아

주고 갈 때까지 말이다. 그래도 이상하게 어색하지가 않았다. 이렇게 조금씩 익숙해져 가는 걸까?

"그런데 아침에 우유 배달하면 안 힘들어?"

"어렸을 때부터 운동 삼아 했던 거라 괜찮아."

"어렸을 때부터?"

"응. 우리 집이 우유 대리점이었거든. 그래서 배달하며 용돈 받아 쓰고 그랬어. 지금은 습관이 되어서 괜찮고."

많이 힘이 들 텐데도 얼굴에 잔잔한 미소까지 머금고 말하는 애다를 보니, 지후의 마음 한편에 따뜻한 바람이 일렁거리기 시작했다. 그녀가 대단해 보였다. 새벽엔 우유 배달, 낮엔 레스토랑, 그리고 야간 대학. 무엇 때문에 이렇게 열심히 사는 건지 궁금해졌다.

"꽤 열심히 사네?"

"다들 그렇게 살아. 나 정도면 아무것도 아냐."

"멋지네."

"뭐가?"

"그냥. 바쁘게 살아가는 네가 멋져 보여. 또 한 번 반하겠다."

"나한테 반했어?"

"응."

지후의 말이 농담처럼 들렸는지 애다는 별 반응을 보이지 않고 그저 미소를 담은 채 한마디 툭 내뱉었다.

"역시 동태눈깔이네."

"마지막 그 말은 하지 말지. 말 좀 예쁘게 해라."

지후의 타박에 애다는 민망했는지 전보다 더 환한 미소를 보였다.

두근.

처음이었다. 애다가 이렇게 환하게 웃어주는 거. 애다의 웃는 모습을 보던 지후의 가슴이 뜨거운 불구덩이에 들어갔다 나온 것처럼 찌릿해지기 시작했다. 그 느낌에 지후는 잠시 숨을 멈췄다.

처음 느껴보는 이 생소한 느낌에 심장 부근을 천천히 어루만지며 애써 진정시키려 했다. 미치겠다. 순간 이 느낌이 지속되면 죽을 수도 있겠다는 생각이 들 정도로 통증이 몰려왔다. 그런데 아픔의 통증이 아니라 심장의 쿵쾅대는 느낌이었다. 이러다 진짜 심장이 멈춰 버리지는 않을까 걱정이 되었다.

'도대체 내게 무슨 짓을 한 거야? 선애다. 이 마녀 같은 계집애.'

그녀를 직접 만나서 이야기해 보니 완전 요물이었다.

어느새 그들의 식사는 끝이 보이기 시작했다. 함께 밥을 먹으면서 자연스레 말도 놓게 되었고, 지후에게는 이 시간이 애다에 대해 조금이라도 알 수 있는 좋은 기회였다. 그런데 애다는 지후에 관해 궁금한 게 별로 없는 듯 그에 대해 별다른 질문을 하지 않았다.

"다 먹었어? 그럼, 이만 가자."

애다가 가방과 옷을 주섬주섬 챙기며 자리에서 일어나려 했다. 지후는 그 행동이 못내 아쉬웠는지 입술이 뾰루퉁해졌다. 이제 앞으로 무슨 핑계를 대고 애다를 만나야 하는지 잠시 생각에 잠겼다. 그녀와 이렇게 헤어지는 게 싫었다. 지후는 자리에서 먼저 일어나려는 애다에게 휴대폰을 꺼내 슬그머니 앞으로 내밀었다.

애다는 지후의 휴대폰을 보며, 다시 엉덩이를 바닥에 붙이고는 어리둥절한 표정을 지었다.

"뭐야? 웬 휴대폰?"

"뭐긴. 네 번호 가르쳐 줘."

"번호? 왜?"

그걸 정말 몰라서 묻나? 아니면 모른 척하는 건가? 지후는 그저 속이 답답해졌다. 단 한 번도 여자에게 이렇게 조바심 내며 안달 난 적도 없었는데, 그녀는 시작도 하기 전부터 잔뜩 긴장하게 만들고 있었다.

"왜긴. 그냥 번호 가르쳐 주면 안 돼?"

"밥 먹어줬잖아. 이젠 빚도 갚았겠다. 더는 만날 일 없을 것 같은데?"

정말 차가웠다. 지후는 애다에게 서운했다. 함께 식사를 하며 조금은 친해졌다고 생각했는데, 그녀는 너무 차갑게 대했다. 정말로 자신이 맘에 들지 않는 것 때문에 그런 건지 기운이 쏙 빠져버렸다. 따뜻하게 신경 써줄 때는 언제고. 그러려면 차라리 그런 모습도 보여주지 말지.

"야. 선애다. 넌 왜 그리 냉정하냐? 정말 알다가도 모르겠다."

"너야말로. 도대체 뭐 하자는 건데?"

"이렇게 만난 것도 인연이고. 그리고……."

"그리고?"

애다는 한쪽 눈썹을 살짝 올리며 지후를 바라봤다. 지금 지후의 행동이 무엇을 의미하는지 알고 있었다. 알고 있지만 지후와 더는 엮이고 싶은 마음이 없었다. 지금은 정말 그럴 여유가 없기 때문이었다.

"그게 애다 너랑 계속 만나보고 싶어."

"날 왜 만나? 난 싫은데?"

애다의 직설적인 말에 지후는 할 말을 잃었다. 그런데도 이놈의 심장은 계속 두근대고 있었다. 그녀의 냉정한 거절인데, 이놈의 심장은 자존심도 없는지 앞에 앉은 애다를 향해 쉴 새 없이 뜀박질하고 있었다.

"애다야. 너 친구 없지?"

"뭐래?"

"분명 없을 거야. 너 이런 성격이면 친구 없을 것 같아."

"그러는 넌 있고?"

정말 한 번도 지지 않았다. 그냥 못 이기는 척하고 받아주지. 지후는 살짝 아랫입술을 깨물었다. 잠시 말을 아끼던 지후는 애다의 물음에 천천히 대답했다.

"나야 뭐, 미국에서 학교 다니고. 그래서 한국에는 별로 없긴 한데……."

"그래서 나보고 친구 해달라고?"

"말이 그렇게 되는 거야?"

"나랑 친구 하고 싶어?"

지후는 애다를 흘겨봤다.

'저 계집애가 나 놀리네. 쳇. 아무렴 어떠하리. 네 옆에만 있을 수 있다면 내가 한 발 물러서마. 그런데 안지후. 네가 어쩌다 이렇게 됐냐? 넌 잘나가는 모델이라고!'

애다는 지후의 찌푸린 얼굴을 보니 웃음이 나왔다. 정말 처음 봤을 때와의 이미지하고 많이 다른 것 같았다. 그땐 정말 안하무인으로 봤는데, 지금 쩔쩔매는 그의 모습을 보고 있노라니 웃기면서도 귀엽다는 생각이 문득 들었다.

"어. 너랑 친구하고 싶어. 애다야, 나랑 친구 해주라. 응?"

애다는 지후의 목소리에 눈이 동그래졌다.

"풉."

이 남자 애교까지 있었다. 안지후, 남자가 이렇게 귀여워도 되는 거야? 키는 멀대같이 커가지고는 안 어울리게…… 가 아니고 무척이나 어울렸다. 키워보고 싶은 애완동물 느낌이 났다.

선애다. 너 이런 스타일 남자 좋아하니? 애다는 잠시 자신의 이상형에 대해 골똘히 생각해 봤다. 하지만 지후의 이런 모습은 이상형 축에도 끼지 않았다.

"친구라……."

애다가 살짝 고민하는 모습을 보이자, 지후는 온몸이 떨릴 정도로 긴장이 됐다. 한 번도 여자에게는 이런 애교를 보인 적이 없었다. 불리한 상황에 부딪칠 때마다 수현에게만 보여주던 모습이었다. 왜냐하면, 수현은 이런 모습에 아주 약했기 때문에. 그런데 이 모습이 애다에게 통하려나? 그녀가 아까와는 다르게 고민하는 모습을 보니 약간은 기대감이 생기기도 했다.

'그냥 사귀자고 말할까? 그럼 저 성격에 뒤도 돌아보지 않고 갈 거야. 그래. 우선 친구부터 시작하고 슬슬 길들여 보자.'

지후는 애다 앞에 놓인 술잔에 소주를 한 잔 따라주었다. 애다야. 네가 원한다면 얼마든지 이런 애교 따위 보여줄 수 있어. 그러니까 제발…… 응? 고민 따위 그만하라고 마음속으로 생각했다.

"애다야. 대답하기 곤란하면 술 한 잔 마셔. 네가 이 술 마시면 나랑 친구 하는 걸로 생각할게."

"참 애달프다."

"그렇게 불쌍하게 쳐다보지 말고."

지후는 애다의 안쓰러운 눈빛에 입술을 삐죽거렸다. 이렇게 여자에게 매달려 본 적도 없는데. 그런데 이상하게도 애다에게만은 자존심도 내세우지 못하겠다. 그저 그녀를 어떻게 해서든 계속 만나보고 싶은 마음뿐이었다.

"너 같은 남자가 뭐가 아쉬워서 나한테 그래?"

"그러게. 나도 모르겠다."

애다는 지후의 기가 죽은 모습에 의아함을 가졌다. 딱 보기에도 주변에 여자들도 끊이지 않을 것 같이 생겨서는 마음만 먹으면 자신 말고도 더 멋지고 예쁜 여자를 만날 수 있을 것은 사람이 왜 자신에게 이러는지 이해할 수 없었다.

그가 타고 다니는 외제 차, 그리고 미국에서 학창시절을 보냈다고 하는 것을 보면, 분명 잘 사는 집 아들일 것이다. 그런데 왜 이러는 것일까? 더구나 지금 지후의 행동에서 자신을 어찌 한번 해보려고 하는 모습 따위는 전혀 보이지 않았다. 지후의 순수한 진심이 그대로 느껴졌다. 그동안 웃을 일도 없었는데 지후를 보고 있노라니 절로 미소가 지어졌다.

애다는 겉옷을 입고 가방을 챙겨 들며 자리에서 일어났다. 그 모습을 보고 지후가 놀란 눈을 하고 그녀를 올려다봤다.

거절인가? 친구라는 이름으로도 옆에 있을 수 없는 건가?

"애다야. 왜 일어나? 그냥 가려고? 대답은 해줘야지."

"피곤해. 술까지 마시니 알딸딸하다. 얼른 가자. 그리고 오늘 반가웠어. 지후야."

어? 이게 아닌데. 지후는 애다의 말에 괜히 화가 났다. 나쁜 선애다.

"야. 선애다! 너 진짜 너무한다. 너 그러다 후회해. 아마 땅을 치고 후회할 거야!"

"쓸데없는 소리 하지 말고 빨리 일어나. 안 일어나면 나 혼자 간다."

애다는 가방을 멨다. 그리고 허리를 숙여 테이블 위에 있는 소주잔을 들고 마신 뒤, 먼저 밖으로 나갔다. 뒤도 돌아보지 않고 밖으로 나가는 애다를 보던 지후도 자신의 옷을 급하게 입고 서둘러 일어섰다.

"야! 같이 가! 애다……."

지후는 그 자리를 벗어나려 하다가 순간 테이블 위를 바라봤다. 비어 있는 술잔. 지후의 입가에 슬쩍 미소가 지어졌다.

'술…… 마신거야? 홋. 하여튼 여우 같으니라고. 이러다 내가 먼저 길들여지겠네.'

지후는 기분 좋은 마음으로 밖으로 먼저 나간 애다를 서둘러 따라나섰다.

"애다야. 같이 가! 선애다!"

*

애다의 집을 향해 운전하던 지후는 신호가 바뀌자 차를 멈추고 고개를 돌렸다. 술을 마셔서 그런 건지, 피곤해서 그런 건지, 애다는 잠들어 있었다.

'얘가 겁도 없네. 내가 남자로 안 느껴지는 건가. 그냥 확 잡아먹어 버릴까?'

그런 생각을 하던 지후의 입에서 헛웃음이 나왔다. 만약 그랬다간 애다는 안지후라는 남자를 기억 속에서 지워 버리고 매몰차게 돌아서 버릴 것이다. 도대체 이런 여자에게 왜 호감이 가고 좋아하는 감정까지 들게 되었는지, 그저 웃음만 나왔다.

빵빵.

그새 신호가 바뀌었는지 뒤에서 울리는 클랙슨 소리에 지후는 애다에게 두었던 시선을 거두고 다시 차를 몰았다.

잠시 후, 애다가 말한 동네 어귀에 다다르자 지후는 차를 세우고 고개를 돌려 이리저리 동네를 둘러보더니 자신의 집이랑 꽤 가까운 거리라는 것을 확인했다. 서로의 집이 가까운 것에 대해 만족스러운 표정을 짓는 지후였다.

지후는 애다를 깨우려다가 가만히 그녀의 자는 모습을 바라봤다. 아기처럼 눈을 감고 곤히 잠든 모습을 보니 절로 입가에 미소가 지어졌다. 지후는 의자에 몸을 기대고 한참 동안 애다의 얼굴만 바라보고 있었다.

바깥에서 비치는 가로등 불빛에 의해 그녀의 눈 아래로 긴 속눈썹의 그림자가 드리워졌다. 그 속눈썹을 한번 쓸어내려 보고 싶은 심정이 들었지만, 그녀가 깰까 봐 지후는 올라가려는 제 손에 힘을 주고 참아냈다. 귀여운 콧방울. 그리고 립스틱도 바르지 않은 붉은 입술. 예뻤다.

'잘 때는 천사네. 애다. 선애다……'

지이잉.

지후가 애정 어린 눈빛으로 그녀를 바라보고 있을 때, 어디선가 휴대폰 진동음이 느껴졌다. 지후는 자신의 휴대폰을 확인해 보더니 계속 울려대는 진동음에 차 안을 두리번거렸다. 애다의 가방 안에서 들려오는 소리였다. 지후는 애다가 깰까 봐 조심스레 그녀의 가방에서 휴대폰을 꺼내 들었다. 화면을 보니 저장되어 있지 않은 번호였다. 지후는 잠시 망설이다 계속해서 울리는 진동음에 통화 버튼을 눌렀다.

"여……."

[……애다야.]

지후는 휴대폰 너머로 애다의 이름을 애처롭게 부르는 남자의 목소리로 인해 순간 말문이 막혔다. 지후의 심장은 자신도 주체할 수 없을 정도로 급속하게 떨리기 시작했다.

[나야…….]

"……."

[잘…… 지냈어?]

"……."

[나, 돌아왔어…….]

"……."

[보고 싶다…… 애다야.]

지후는 낯선 남자의 목소리에 자기도 모르게 전화를 끊어버렸다. 더 이상 전화는 걸려오지 않았지만 지후는 멍하니 휴대폰만 내려다보았다. 휴대폰을 잡고 있는 지후의 손이 떨리고 심장은 불규칙하게 뛰어대기 시작했다. 굳은 얼굴을 한 채 손으로 자신의 심장 부근을 어루만지며 떨리는 마음을 진정시키려 애를 썼다.

'뭐야, 애인인가? 그러기엔 목소리가…… 도대체 뭐지?'

남자의 목소리는 듣는 이로 하여금 심장이 울릴 정도로 너무 애처롭게 들려 마음 한구석에 아련함까지 올라오게 했다. 잘못 걸려온 전화이기를 바랐지만 애다의 이름을 부르는 것 보면 분명 그녀와 아는 사이였다. 지후는 고개를 돌려 애다를 바라봤다.

'아니지? 선애다. 아니지? 만약 그렇다면…… 난 어떡해야 해?'

지금껏 애인이 있는 여자는 단 한 번도 빼앗아본 적도 없고, 관심조차 둔 적도 없었다. 그런 놈은 평소에 인간 취급도 안 했는데, 정작 앞에 이런 숙제가 던져지니 망설여졌다. 애다가 다른 남자와 웃으며 함께 지내는 모습을 상상해 보니, 마음속에 벌써부터 천불이 일었다. 혼자 시작한 마음인데, 그녀는 이 마음 따위는 아랑곳하지 않고 무시할 게 뻔한데도 쉽게 놓고 싶지가 않았다.

한참 후, 지후가 혼자서 어려운 고민에 빠져 있을 때쯤 애다가 몸을 뒤척이며 천천히 눈을 떴다. 애다는 눈의 초점을 뚜렷이 맞추고는 놀라서 의자에 기댔던 몸을 벌떡 일으켰다가 차창 밖으로 보이는 익숙한 동네의 모습에 안도의 한숨을 내쉬었다.

애다는 천천히 고개를 돌려 옆에 앉아 있는 지후를 바라봤다. 무슨 생각을 골똘히 하는지 지후의 시선이 핸들 쪽에서 떨어지지 않고 있었다.

"언제 도착한 거야? 왜 안 깨웠어?"

지후는 들려오는 애다의 목소리에 곧 정신을 차리고, 미소를 지으며 그녀를 바라봤다.

"너무 곤히 잠들어서. 그런데 넌 어째 겁도 없어? 날 뭘 믿고 이렇게 함부로 잠이 들어? 아주 큰일 날 여자네."

애다는 민망한 표정을 지으며, 괜히 머리를 만지작거렸다. 한 번도 이런 경우가 없었는데, 정말 그의 말대로 잠깐 정신이 나갔나 보다. 아니면, 무의식적으로 지후를 믿고 있었던 건가? 한때나마 그에게 변태라고 소리까지 질렀는데, 게다가 그는 아무 때나 스킨십을 해오던 남자인데. 어떻게 오늘 밥 한 번 먹었다고 이렇게까지 마음을 놓을 수가 있는 건지. 자신이 생각해도 참 아이러니했다.

지후는 애다가 민망해하며 고개를 숙이고 있자, 피식거리며 그녀에게 휴대폰을 건네주었다.

"여기."

애다는 어리둥절한 표정으로 그에게서 휴대폰을 받아들었다.

"진동이 계속 울리기에 너 깰까 봐 내가 받았어. 그런데······ 잘못 걸려온 전화더라. 대출 상담."

"그래?"

지후는 차마 그녀의 눈을 보지 못하고 고개만 끄덕거렸다. 그러고는 이내 다시 생긋 웃으며 자랑스럽게 이야기를 했다.

"애다야. 내 번호 저장시켜 놨어. 1번이 비어 있더라."

애다는 미소 짓는 지후의 얼굴을 빤히 쳐다봤다. 이상하게 지금까지의 그의 웃는 모습과 많이 달라 보였다. 웃고는 있지만 왜 눈은 슬퍼 보이는지. 하지만 애다는 자신이 착각했을 거로 생각하고, 가방을 챙겨 차 문을 열었다.

"데려다줘서 고마워. 잘 가."

"저기. 애다야."

"응?"

애다는 지후의 부름에 차에서 내리려던 몸을 다시 바로 했다. 지후의 얼굴을 보니 할 말이 있는 것 같은데 망설이는 모습이 보였다.

"너, 혹시······."

좋아하는 남자 있어?

"······아니야. 가자. 집 앞까지 데려다줄게."

지후가 차마 그 뒷말은 물어보지 못한 채 먼저 차 문을 열고 내리자 애다도 서둘러 가방을 챙겨 내렸다.

애다의 집 앞에 도착할 때까지 둘은 서로 별다른 말을 하지 않았다. 말이 없는 지후가 좀 의아하긴 했지만 애다는 그가 피곤해서 그런 거라고 생각하며 대수롭지 않게 여겼다.

"여기야?"

"응. 저기 위!"

애다의 시선이 위를 향하자 지후가 고개를 들었다. 다세대 주택의 옥탑방. 지후는 한참을 그곳을 주의 깊게 살펴보더니 이내 옅은 미소를 지었다.

"우와! 멋진 곳에서 사네? 저기 위에서 내려다보면 전망 죽이겠다."

"그만 가. 늦었어."

또 그런다. 애다의 저 차분하면서도 은근히 차가운 말투. 그런데 이상하게도 이제 그녀의 말투에 익숙해졌는지 그녀의 목소리만 들어도 기분이 좋아졌다. 그래도 차 한 잔 마시고 가라는 빈말은 죽어도 안 하네.

"애다야, 내일 뭐 해?"

"갈 곳이 있어."

"어디?"

"비밀."

지후는 불안한 눈길로 애다를 바라봤다. 애다가 그 남자를 만나러 갈까 봐 순간 괜히 긴장이 되면서 심장이 조여왔다. 설마, 아닐 거야.

애다는 또다시 굳어지는 지후의 얼굴을 보며, 괜히 걱정이 앞섰다. 정말 피곤한가? 그의 집이 여기서 차로 5분 내라고 하지만 운전을 하고 갈 걸 생각하니 괜히 걱정되었다. 더는 지후를 붙잡아서는 안 될 것 같았다.

"들어갈게. 운전 조심해서 가."

애다가 몸을 돌려 들어가려고 하자, 지후는 재빨리 그녀의 손목을 잡았다. 그러자 애다의 몸이 지후를 향해 다시 돌려졌다. 지후는 애다를 그대로 당겨 품에 안았다.

"지후야."

애다가 놀란 눈으로 그의 품에서 벗어나려고 하자, 지후의 차분한 음성이 귓가에 들려왔다.

"인사. 친구 된 기념 인사."

지후의 차분한 음성으로 인해 애다의 동작이 멈췄다. 다른 때 같았으면 또 욕을 하고 때려야 하는 게 맞는데 움직일 수가 없었다. 날씨가 추워서 그런 건가? 생각보다 지후의 품은 너무 따뜻했다. 얼굴을 감싸주던 손도 참 따뜻했는데.

지후는 애다가 생각 외로 가만히 있자, 좀 더 그녀를 꽉 껴안았다. 좋았다. 안아보니까 그녀를 놓치고 싶지 않을 만큼 너무나 좋았다. 이 기분. 정말 뭐라 설명할 수 없을 정도로 아주 좋았다.

두근. 두근. 두근.

서로를 안고 있는 그들에게서 동시에 울려대는 두근거림. 그 느낌에 애다는 곧 정신을 차리고 지후를 살짝 밀어냈다. 지후는 품에서 멀어지는 애다에 못내 아쉬움이 남았는지, 두 손으로 그녀의 얼굴을 살며시 잡고는 이마에 조심스레 입을 맞췄다.

"애다야, 잘 자."

애다는 지후의 인사를 뒤로하고 집으로 들어갔다. 계단을 한 발 한발 올라설 때마다 무언가에 홀린 듯 정신을 빼놓고 있었다. 지후의 품에 있을 때 순간의 두근거림. 그 느낌에 제대로 정신을 못 차리고 있을 때, 연이어 그가 해주는 이마 키스. 애다는 혼란스러운 제 마음을 생각하며 천천히 계단을 올라갔다.

지후는 계단을 올라가는 애다의 모습이 완전히 사라질 때까지 그 자리에 그대로 서 있었다.

'애다야. 나 왜 이렇게 불안하지? 이렇게 빨리 네가 좋아질 걸 알았다면…… 애초에 시작하지 말걸 그랬나 봐. 그냥 이 느낌이 단순한 호기심이었으면 좋겠다. 정말 그랬으면 좋겠다. 만약 이게 단순한 호기심이 아니라면 앞으로 널 사랑하게 될 나 자신이 너무 무서워. 애다야…….'

* 　

"보고 싶다…… 애다야."

휴대폰을 들고 있는 현민의 손이 힘없이 아래로 떨어졌다. 현민은 컵에 담긴 양주를 단숨에 마셔 버렸다. 아파트 통유리의 창문 밖을 내려다보니 한강 다리와 올림픽대로에 많은 자동차 불빛들이 비쳤다. 그 불빛들로 인해 창문에 드리워진 현민의 모습이 보였다가 사라지기를 반복하고 있었다.

이 년 전, 애다에게 보여서는 안 될 실수 하나로 큰 상처를 주고 말았다. 다음날 프랑스로 출국하는 바람에 애다에게 제대로 된 용서도 빌지 못하고 떠났다. 프랑스에 가서도 매일 전화하고 메일을 보냈지만 애다에게는 단 한 번의 연락도 없었다.

한 번도 잊어본 적 없는 그녀. 현민이 맘속에서 단 하루도 떠나보낸 적 없는 그녀. 선애다. 이제 와서 애다 앞에 뻔뻔하게 다시 나타날 순 없겠지만, 한국에 들어오니 그녀가 보고 싶어 미쳐 버릴 것만 같았다. 지금 전화한 번호가 애다의 휴대폰 번호가 맞는지도 모르겠다. 그저 술의 힘에 빌려서 그전에 알고 있던 번호로 전화를 걸었다.

상대방이 미친놈 취급해도 어쩔 수 없다고 생각했다. 정말 잘못 걸었는지 상대방은 아무런 말도 없었고 그냥 무심하게 끊어버렸다. 차라리 전화 잘못 걸었다고 말이라도 해주지.

딩동.

현민이 눈을 감고 애다의 생각을 하고 있는데 초인종 소리가 들려왔다. 그는 천천히 눈을 뜨고 걸음을 옮겨 현관문을 열었다. 방문자를 확인한 순간 그의 표정이 싸늘하게 굳어져 갔다. 집 앞에는 더는 만나고 싶지 않은 여자, 정말 죽이고 싶도록 미운 여자. 임채은이 서 있었다.

"네가 여기 무슨 일이야?"

"들어가서 이야기해요."

현민을 밀치고 들어온 채은은 코트를 벗어 소파 위에 던졌다. 그러고는 테이블에 있는 양주를 따라 한 모금 마시면서 소파에 다리를 꼬고 앉았다.

"그래도 공식적인 애인이 귀국했는데 애틋한 만남은 해줘야죠. 안 그래요?"

채은의 가식적인 웃음을 보며 현민은 그대로 구역질이 나올 뻔했다. 아직도 무슨 미련이 남아서 저런 여유로운 자세를 취하는지. 현민은 당장에라도 그녀의 목을 조르고 싶은 걸 참아내고 있었다.

"형식적인 우리 관계 더는 유지할 필요 없을 것 같은데?"

"그러긴 하죠. 이제 더 이상 당신과 나. 이런 관계 필요 없으니까요."

채은의 말에 현민의 입에서 비릿한 웃음이 새어나왔다. 정말 재수라고는 조금의 눈곱만치도 없는 여자였다. 많이 변했네. 임채은.

"훗. 이제 다 이용해 먹었으니까 내가 필요 없다는 건가?"

"무슨 그런 말씀을. 선배가 그렇게 말하면 내가 정말 나쁜 여자 같잖아요."

"그럼 네가 무슨 천사라도 돼?"

"선배도 나쁘지 않았잖아. 아니야?"

"……."

"선배도 똑같아. 나 욕할 자격 없다고요."

이 년 전, 현민은 국내에서 잘나가는 톱모델이었다. 후배들의 롤 모델이기도 했던 현민은 어린 나이에도 불구하고 프랑스의 유명 모델 에이전시인 IMG에서 그의 이름을 거론하며 스카우트하기를 원했다. 동양인 최초로 파격적인 대우로 스카우트되었던 현민은 패션계에서 일하는 사람들에게 선망의 대상이 되었다.

채은은 이런 현민이 필요했다. 이른 시일 내에 자신이 모델로서 입지를 굳히기 위해서는 아무런 힘이 되어주지 못하는 지후보단 현민의 연인이라는 타이틀이 필요했다. 선택할 수밖에 없었다.

채은은 사랑을 버리고 자신의 꿈, 미래, 야망을 택했다. 지후에게 이별을 통보하면서 쓰라린 아픔을 달래야만 했다. 채은은 지후의 순수함을 진심으로 사랑했다. 하지만 채은에게는 현민이 더 필요했다. 언제까지 연애만 할 수 있을 수는 없지 않은가. 현민을 유혹하는 것은 어렵지 않았다. 그냥 술에 약만 조금 타면 되니까…….

현민은 그날 단 한 번의 실수로 연인을 잃었다. 채은의 꼬임에 넘어가 사랑하는 애다를 잃었다. 채은은 그걸 빌미로 현민을 협박했다. 현민 또한 앞으로의 미래가 달린 문제였고 성 스캔들은 그에게 치명적인 오점이 될 수도 있는 상황이었다. 그 스캔들은 애다뿐만 아니라 모델의 꿈, 둘 다 잃는 일이기 때문이었다.

결국 채은과 함께 같이 바닥으로 떨어지느냐, 아니면 함께 비상하느냐의 문제였다. 그 또한 선택할 수밖에 없었다. 그래서 현민은 사랑 대신 자신의 꿈을 선택했다. 성공하고 다시 애다를 찾을 거라 다짐하면서. 무릎을 꿇고 빌면서라도 그녀의 용서를 받으면 된다고 생각했다. 그렇게 둘은 연인이라는 타이틀 아래 프랑스에서는 유명한 동양 모델 커플이 되었고 그걸로 인해 더 이슈화되어 서로에게는 그리 나쁘지 않은 생활을 했다.

"그래. 나도 너랑 별다를 바 없지."

"선배, 그거 알아?"

채은에게 등을 보이며 서 있던 현민은 몸을 돌려 그녀를 바라봤다. 채은의 눈에 눈물이 아른거렸다. 하지만 현민은 그녀의 눈을 보면서도 무표정으로 그저 담담한 얼굴만 보여줄 뿐이었다.

"어쩌면 난 선배의 사랑을 원했는지도 몰라. 지후를 버린 대신 선배를 택했으니까. 차라리 선배를 사랑하자는 마음도 있었어."

"……."

"그런데 선배는 단 한 번도 날 원하지 않았어. 그게 나한테 얼마나 비참한 일이었는지 알아?"

채은의 애절한 목소리에도 현민은 눈 하나 깜박하지 않고 체념이 섞인 말투로 이야기했다.

"넌, 지후를 버리지 말아야 했어."

"……."

"내가 널 원하지 않았다고? 그건 너도 마찬가지 아냐? 지후를 버리고 네 야망을 택한 넌. 너 자신을 원망하며 보냈잖아. 내가 몰랐을 것 같아?"

"……."

"사랑을 버린 너. 후회하게 될 거야. 지금의 나처럼."

채은의 눈에 맺혀 있던 눈물 한줄기가 볼을 타고 주르륵 흘러내렸다.

'알아. 벌써 후회해. 죽도록 후회해. 지후를 다시 만난 순간부터 이미 후회했어.'

채은의 눈물을 보고 있던 현민은 차갑게 돌아서며 그녀를 외면했다. 저런 눈물 따위 이제 와서 아무 소용없는 짓이거늘. 현민의 눈에는 그저 가증스러운 눈물로밖에 보이지 않았다.

"이만 돌아가."

현민의 차가운 말에 채은은 천천히 일어서며 코트를 집어 들었다. 이제 정말 어떻게 해야 하는 건가. 어디서부터 바로 잡아야 하는 걸까?

"많이 변했다. 임채은. 그래도 너, 지후 옆에 있을 때는 천사 같았어."

코트를 잡고 있던 채은의 손이 미세하게 떨려왔다. 그래. 누구든 지후 옆에 있으면 그렇게 될 거야. 설령 나쁜 여자라도 말이야. 그래서 아마 더 후회하고 있는지도 모르지.

"내일 결별 기사 나갈 거야."

현민의 차가운 말에 채은은 잠시 멈칫거리더니 이내 입가에 미소를 지었다. 그리고 아무렇지 않은 듯 몸에 코트를 걸치고는 여전히 등을 보이며 서 있는 현민을 바라보았다.

"원하던 바야."

채은은 그 말을 현민의 등 뒤에 남기고 그대로 현관 밖으로 나갔다. 문을 닫고 나온 그녀는 현관문에 기대어 바닥으로 힘없이 주저앉고 말았다.

'아니. 선배가 틀렸어. 선배가 날 사랑해 줬다면 난 지후 잊었을 거야. 많이도 아니야. 그저 조금의 관심이라도 줬다면 지후의 사랑을 그리워하지 않았을 거야. 내가 지후를 못 잊은 건 내가 택한 내 야망 때문이 아니라 선배 때문이야. 선배가 날 그렇게 만든 거야. 사랑에 목마른 날. 지후를 다시 찾고 싶게 만들어 버리고 싶은 나의 이 몹쓸, 염치없는 이 나쁜 마음. 다 송현민 너 때문이라고. 나쁜 자식. 너 보란 듯이 다시 지후 찾을 거야. 무슨 일이 있어도 반드시 다시 내게 오게 할 거라고.'

채은의 눈에서는 눈물이 하염없이 흘러내렸지만, 그녀는 이를 악물며 울음소리를 내지 않으려고 손으로 입을 막았다. 울지 않으리라. 이 악랄한 마음을 다시 잡아줄 수 있는 지후를 생각하며 울지 않겠다고 다짐을 했다.

채은이 현관문을 닫고 나가자 현민은 한숨을 쉬며 소파로 다가가 몸을 기댔다. 공허한 눈빛을 하는 그의 머릿속은 방금까지 여기 머물렀던 임채은이 아니라 애다의 생각으로 가득했다.

'애다야. 나 좀 용서해 줘. 미안해. 다시 내 품으로 돌아와라. 그냥 그대로 있어줘. 나 원망하고 미워해도 좋으니까 다른 사람한테 마음 주지 말고. 그대로 있어줘. 평생 내가 갚을게. 평생 너에게 용서 빌게. 그러니 제발 옆에만 있게 해주라. 제발……'

＊

[Top model News]

세계적인 톱 모델 커플 송현민(25세)과 임채은(24세)이 2년 열애 끝에 결별을 맞았다. 송현민 소속사의 한 관계자는 Top model 스타뉴스에 "송현민과 임채은은 귀국하기 전인 지난 12월에 헤어진 것이 맞다"고 밝혔다. 이어 "서로의 바쁜 일정으로 인해 자연스럽게 사이가 멀어진 것 같다"며 "현재도 모델 동료로서 잘 지내고 있는 것으로 안다"고 덧붙였다.

한편, 프랑스로 건너가 함께 모델 활동을 하면서 2년 전부터 본격적인 연애를 시작한 송현민과 임채은은 각종 세계적인 컬렉션 무대와 커플 화보 촬영으로 많은 이슈를 낳았고 팬들의 부러움을 한 몸에 받은 바 있다. 현재 송현민은 며칠 전 한국으로 귀국한 후 올해에 있을 서울 S/S 컬렉션 무대에 오를 연습에 매진하고 있다고 밝혔다.

Top model 라인 스타뉴스 팀

지후는 애다를 만나고 온 다음 날, 침대 위에서 양반다리로 앉아 휴대폰만 죽어라고 노려보고 있었다. 손가락으로 여기저기 터치도 해보고, 괜히 귀에 대보기도 하다 결국에는 침대 위에 살포시 올려놓았다. 그러고는 마치 휴대폰과 눈싸움이라도 하는 것처럼 뚫어지게 보고 있었다.

"전화 온다. 전화 온다. 전화 온다."

마치 주문이라도 외우는 것처럼 지후의 입에서는 쉴 새 없이 같은 말만 되풀이되어 나왔다.

rrrr.

"앗싸!"

기다리고 기다리던 휴대폰 벨이 울리자 확인도 안 하고 냉큼 전화를 받았다.

"여보세요?"

[나야.]

원했던 상대방의 목소리가 아니었는지 지후의 얼굴에 실망한 표정이 역력했다. 휴대폰의 화면을 보고 수현인 것을 확인한 지후는 다시 귓가에 가져다 댔다. 전화를 받는 지후의 목소리에 힘이 없었다.

"왜."

[뭐야? 내가 전화해서 실망한 눈치다? 뭐 기다린 전화 있어?]

"아니야. 왜 전화했어?"

[꼭 일이 있을 때만 전화하냐? 집 앞인데 뭐 필요한 거 있나 해서.]

"없어."

[알았다. 그럼 내가 대충 사가지고 갈게.]

"응."

지후는 수현과의 전화를 끊고 휴대폰에 메시지를 확인했다. 애다에게 전화를 걸어보았지만 휴대폰은 꺼져 있고 메시지 또한 확인을 안 하고 있는 상태였다.

"도대체 뭐하느라 휴대폰도 꺼져 있는 거야."

휴대폰을 들고 있던 지후의 손이 힘없이 떨어졌다. 보고 싶었다. 겨우 하루밖에 되지 않았는데 애다가 무척이나 보고 싶었다. 그녀의 차가운 말투마저 그리웠다.

"나, 돌아왔어."

"보고 싶다…… 애다야."

애다의 휴대폰 너머로 들렸던 그 정체 모를 남자의 목소리가 머릿속에서 자꾸 생각났다. 지후는 그 생각을 떨쳐 보려고 머리를 흔들며 미간을 찌푸렸다.

"돌아왔는데 뭐 어쩌라고? 보고 싶기는 개뿔. 감히 누구 얼굴을 본대? 나 혼자 보기도 아깝고만. 아아악! 짜증 나!"

침대에 벌러덩 엎드려 누운 지후는 베개 밑에 얼굴을 집어넣고 헤엄치듯이 발을 동동 거리며 소리를 질렀다. 정말 되는 일이 하나도 없었다. 안지후, 23년 인생에서 최대의 고난을 맞이했다.

한편, 지후가 발버둥을 치며 애다의 연락을 기다리는 그 시각. 그녀는 엄마가 입원한 대전의 병원에 와 있었다. 서울의 대학병원은 너무 비싸 감당할 수 없었던 애다는 지인의 도움으로 엄마를 대전에 있는 국립병원에 장기 입원시킬 수 있었다.

애다는 여전히 숨만 쉬고 있는 엄마의 몸을 닦아주며 보호자용 의자에 앉았다. 그러고는 가만히 눈을 감고 있는 엄마에게 말을 건넸다.

"엄마. 오늘은 날씨가 많이 풀렸네. 이제 곧 봄이 오려나 봐. 얼른 일어나서 나랑 벚꽃 구경하러 가자. 엄마 벚꽃 좋아하잖아. 그러니까 봄이 오기 전까지 얼른 일어나. 알았지?"

애다는 엄마의 까칠해진 손을 잡고 부드럽게 어루만졌다. 아빠가 일찍 돌아가시고 엄마는 이 손으로 우유 대리점을 운영하며 애다를 힘겹게 키워내셨다. 엄마의 손을 만지고 있자니, 마음 한구석에 아픔이 몰려왔다. 그러다가 갑자기 지후를 떠올린 애다는 슬쩍 미소를 지었다.

"엄마. 나, 친구 생겼어. 멋있고, 귀엽고, 착하고, 엉뚱하고.

품. 가끔은 변태 짓에 스토커 짓, 자뻑 증세까지 보이기는 하지만 그래도 좋은 애야. 걔 때문에 얼마 만에 웃었는지 몰라."

애다는 잡고 있던 엄마의 손에 깍지를 끼워보았다. 따뜻했다. 지후의 손만큼 엄마의 손도 참 따뜻했다. 지후도 엄마처럼 따뜻한 아이인 건 분명했다.

'엄마, 나 현민 오빠한테 받았던 상처. 이젠 내려놓을까 해. 그만 잊을 때도 됐잖아. 그치? 바뀌는 계절처럼 내 마음에도 이젠 따뜻한 봄이 왔으면 좋겠어.'

애다는 엄마의 손을 잡고 그대로 침대에 엎드려 눈을 감았다. 앞으로 자신에게 다가올 따뜻한 봄을 생각하면서……

*

"뭐 하는 거야?"

수현은 사온 물건들을 방바닥에 내려놓으며 침대에 누워 있는 지후에게 말을 걸었다.

"그건 또 무슨 쇼냐? 새로운 놀이야?"

지후는 멍한 표정으로 침대에 반듯하게 누워 천장만 바라보고 있었다. 수현의 눈에 그는 마치 혼이 빠져나간 아이 같았다.

"형."

"왜?"

수현은 방바닥에 편한 자세로 앉고는 봉지에서 오징어와 맥주를 꺼내 들었다. 촤악! 맥주 캔 따는 소리만 들어도 벌써부터 목구멍에 시원함이 몰려왔다. 수현은 오징어 다리를 뜯어 질겅질겅 씹으며 맥주 한 모금을 시원하게 들이켰다.

"안 보면 보고 싶고. 생각나고 그래."

뜬금없는 지후의 말에 수현은 그저 오징어만 씹어댔다. 아무래도 지후가 이상했다. 다른 때 같았으면 벌써 맥주 앞에 자리 깔고 앉았을 놈이 여전히 시체처럼 누워 입만 움직이고 있었다.

"그래서 막상 만나서 보면, 보고 있는데도 보고 싶고 생각나. 이게 뭘까?"

"수수께끼야?"

지후가 아무런 대답이 없자, 수현은 들고 있던 맥주 캔을 내려놓고 호기심 어린 눈빛을 했다.

오호라. 요놈 봐라?

"지후야. 너 누구 좋아하냐?"

"그렇지? 이거 좋아하는 거 맞지?"

지후는 수현의 말에 언제 그랬냐는 듯 침대에서 벌떡 일어나 앉으며 잽싸게 물었다. 마치 해답을 찾은 것처럼 두 눈을 초롱초롱 빛내며 수현의 말을 기다렸다.

"사랑 처음 해본 것도 아니면서 왜 그래? 누군데? 너, 설마 채은이는 아니지?"

"미쳤어!"

지후가 버럭 외치자 놀란 수현은 속으로 투덜거렸다. 녀석 아니면 아닌 거지, 정색은. 그리 생각하면서도 수현은 우선 채은이 아니라니까 다행이다 싶었다. 그런데 지후의 표정을 보니 심상치 않은 얼굴이었다.

이거 상사병 걸린 놈들이랑 똑같네?

"풉. 이번엔 누구냐? 이번엔 좀 다른 것 같다?"

"이번엔 그런 거 아니야."

지후의 단호한 말투에 수현은 놀란 표정을 지었다. 드디어 지후에게 살랑살랑 사랑의 바람이 불어 닥치는 건가?

　"오. 진짜? 하긴 지금 네 상태 보니까 네가 먼저 좋아한 것 같다. 맞지?"

　"그런 것 같아."

　"누구야? 천하의 안지후가 먼저 좋아하고? 너 처음이잖아. 누구를 먼저 좋아하는 거. 사실 말이 나와서 하는 말인데 채은이도 그 계집애가 먼저 너 꼬신 거잖아. 거기에 순진한 네가 홀라당 넘어간 거고."

　지후의 표정이 굳어졌다. 이젠 그 임채은이라는 이름은 그만 듣고 싶었다. 애다에게 향한 이 감정을 인정하는 순간, 채은과의 만났던 그 감정은 아무것도 아니었다. 애다하고는 시작도 못 하고 이 감정을 느끼는 거 보면, 나중에 그녀와 사랑을 할 땐 어떻게 될지 자신도 감당이 안 될 정도였다.

　"아이, 재수 없게. 그 여자 얘기 좀 그만해. 듣기 싫어."

　"내가 봤을 땐 너 임채은 사랑하지 않은 거야."

　"그건 또 무슨 소리야?"

　"야. 막말로 채은이를 사랑했다면 네가 채은이 떠나게 뒀겠냐? 너는 도움이 안 된다며 자기 꿈을 이루려고 너 버리고 간 건데. 네가 정말 죽도록 채은이 사랑했다면 네가 어느 집안 손자인지 밝히고 네 배경을 이용해서라도 넌 채은이 꿈을 이루어줬을 거야."

　지후는 정곡을 찌르는 수현의 말에 말을 잇지 못했다. 채은과 만나면서 그녀에게 절대로 집안에 대해 말하지 않았다. 그냥 온전히 편견 없이 자신만을 사랑했으면 했기 때문에. 그녀가 이별을 통보할 당시에는 그다지 마음이 아프지 않았다. 다만 채은이 떠나고 그 빈자리가 공허해서 가끔 그리웠을 뿐.

"형은 왜 내 지나간 사랑이 거짓말이래? 그래도 그땐…… 사랑했다고."

"퍽이나! 그런 놈이 채은이 떠날 때 눈물 한 방울 안 흘리고 붙잡지도 않냐? 아주 쿨하게 헤어져 주시더고만."

"그건, 내 일종의 자존심이었어."

"말이나 못 하면. 만약 지금 네가 신경 쓰고 있는 여자가 그 상황이면 어떡할래? 그때도 쿨하게 보내줄 거야? 그거 생각하면 알겠네."

애다가 떠난다고? 지후는 채은이 떠났던 상황에 애다를 대입시켜 보았다. 하지만 생각할 겨를도 없었다. 한 치의 망설임도 없이 애다를 붙잡았을 것이다. 마음 같아서는 그녀가 집안 좋은 남자를 원한다면 제 배경을 당장에라도 밝히고 싶을 정도였다. 그녀의 마음만 얻을 수 있다면. 갖고 싶었다. 선애다. 어떤 방법을 동원해서라도 그녀를 제 여자로 만들고 싶은 마음이 간절했다.

'젠장. 생각하니 보고 싶네.'

수현은 맥주 한 모금을 마신 뒤, 멍하니 생각에 잠겨 있는 지후에게 정신 차리라며 맥주 캔을 하나 던졌다. 지후는 그것을 만지작거리기만 할 뿐 입으로 가져가지 않았다.

"안지후. 그 여자 맞지?"

"응?"

"그 레스토랑. 밀키인가 하는 여자."

"어떻게 알았어?"

순진한 놈.

수현은 그때 레스토랑에서의 지후의 모습을 떠올렸다. 그녀에게서 한시도 눈을 떼지 않고 계속해서 쳐다보던 그가 수상했지만, 그게 지금 지후의 모습을 이렇게 만들 것이라고는 상상도 못했다. 분명 자신이 모르는 둘만의 썸씽이 있었던 게 확실했다. 그러지 않고서야 지후가 이렇게 상사병 걸린 것처럼 행동하지 않을 테니까.

"어쩐지 그날 너 수상하다 했어. 아니라고 딱 잡아떼더니만."

"……."

"왜? 그 여자가 너 싫대?"

"모르겠어. 아직 남자로 안 보이나 봐."

"진짜로? 우와! 천하의 안지후가 들이대는데도? 그 여자 대단하네. 어쩜 그리 예쁜 짓만 골라 한대?"

지후는 그렇지 않아도 지금 미치기 일보 직전인데 수현마저 진담 같은 농담을 건네고 있으니 짜증이 나서 못마땅하다는 듯 인상을 찌푸렸다.

"형. 누구 놀려?"

"넌 고생 좀 해봐야 해. 모든 여자가 네가 작업 걸면 다 넘어오는 줄 알았지? 하하. 걔 맘에 드네. 얼굴도 예쁜데. 아까워."

"생각하지 마. 형이 애다 생각만 하는 것도 기분 나쁘니까."

"애다? 이름도 예쁘네."

"생각하지 말래도!"

"하하하."

지후의 짜증 섞인 흥분이 재미있었는지 수현은 지후를 한참이나 놀려댔다. 다시 사랑을 시작한 지후가 기특하면서도 아주 흐뭇했다. 이번에 찾아온 사랑은 아무래도 지후에게 힘든 사랑이 될 것 같기도 했다. 원래 먼저 좋아하는 사람이 더 힘들고 항상

져 줘야 하지만 지금 지후의 상태로 봐서는 이미 안 봐도 훤했다.

수현은 지후의 발길질을 피하면서도 뭐가 그리 좋은지 낄낄댔다. 속으로는 그의 사랑을 응원하면서 밤새도록 그를 놀려댔다.

*

해가 진 일요일 저녁.

대전에서 서울로 올라온 애다는 피곤한 기색으로 집 계단을 올랐다. 옥상에 다다른 후, 집으로 들어가려고 현관에 열쇠를 꽂는데 인기척이 느껴져 고개를 돌렸다.

"깜짝이야. 너 거기서 뭐 해?"

지후가 평상에 앉아 애다를 바라보며 해맑게 웃고 있었다. 지후는 자신의 옆에 검은 비닐봉지를 들고 그것을 흔들어댔다.

"이제 와? 애다야. 우리 삼겹살 파티하자."

갑자기 나타난 지후의 모습에 애다는 할 말을 잃고 어이없는 표정을 지었다. 하지만 그것도 잠시, 그의 웃는 모습에 절로 미소가 지어졌다.

정말 못 말려, 안지후.

잠시 후. 그들은 평상에 자리를 깔고 앉아 삼겹살을 구웠다. 애다는 담요를 몸에 돌돌 감싸며 삼겹살을 굽는 지후를 흘겨봤다.

"이게 뭐야, 추워 죽겠는데. 꼭 여기서 이렇게 먹어야 해?"

"응. 재밌잖아."

"이게 뭐가 재밌어?"

"애다야. 이런 데 살면 공간 활용을 잘 해줘야 해. 얼마나 좋아? 밖에서 먹으니 집에 고기 냄새도 안 베고. 아주 낭만적이잖

아. 그리고 오늘 별로 춥지도 않고만 뭘 그렇게 오버야?"

"넌 이게…… 읍."

애다는 말을 잇지 못하고 고기를 씹었다. 지후가 잘 익은 고기를 잘 식힌 다음, 그대로 그녀의 입속에 넣어준 것이다.

"맛있지?"

"뭐, 맛은 있네."

입을 오물거리며 심드렁하게 말하는 애다의 모습이 아주 귀여웠다. 지후는 그런 그녀의 볼을 잡아당기며 어쩔 줄을 몰라 했다.

"으. 귀여워."

"압포(아파). 이거 놔라."

지후는 아쉬운 듯이 애다의 볼에서 손을 천천히 뗐다. 겨우 볼을 만진 것뿐인데 벌써 손이 화끈거렸다. 지후는 그 온기가 빠져 나가지 않게 하기 위해 손에 주먹을 쥐고 다른 손으로 고기를 입속에 넣었다.

"그런데 너 모델 맞아?"

"왜?"

"무슨 모델이 이렇게 잘 먹어? 식단조절 안 해?"

"나 그런 거 안 해. 워낙 타고난 체질이라 그딴 거 안 해도 돼."

"으이그. 저 자뻑."

"헤헤헤."

지후는 잘 익은 고기를 젓가락으로 쑥쑥 꽂아보며, 대수롭지 않은 말투로 물었다.

"애다야. 어디 다녀왔어?"

"뭐, 그냥."

설마, 그 남자 만나고 온 건 아니겠지?

지후는 애써 뒤의 질문을 삼켰다. 그러지 않으려고 해도 자꾸만 신경 쓰여 죽겠다. 그냥 속 시원하게 물어봐? 그러다 정말 그 남자 만나고 온 거면 어쩌나? 지후는 지금 궁금하기도 하지만 차마 물어볼 수 없는 이 마음이 답답했다. 정말 이 여자 때문에 미치겠다. 이내 마음도 모르고 저렇게 편하게 앉아서 고기 먹는 모습이 얄미웠다. 아니, 예뻐 죽겠다. 진짜.

"누구…… 만나고 오는 거야?"

"응."

"누구?"

"소중한 사람."

지후의 젓가락질이 멈췄다. 차마 고개를 들고 애다의 얼굴을 보지 못하겠다. 대수롭지 않게 물어봤지만 속은 지금 말이 아니었다. 심장은 욱신욱신 아파오고 손은 떨려 죽겠다. 정말 어떻게 하냐, 안지후.

"……전화했었어."

"아, 미안. 휴대폰 집에 두고 갔어."

차마 지후는 더는 물어보지를 못했다. 그 소중한 사람이 누군지, 전화 걸어온 남자가 누군지, 애인은 있는지, 사랑하는 사람은 있는지. 물어보고 싶은 질문이 많았지만 애다의 입에서 자신이 아닌 다른 사람의 이름이 흘러나올까 봐 두려웠다. 애다 앞에서는 겁쟁이가 되어갔다. 미리부터 겁을 먹는 겁쟁이.

이런 감정이 생기기 전, 그녀에게 무턱대고 다가갈 때는 언제고, 왜 이제야 그녀의 눈치를 보게 되고, 두려움을 갖게 되는 건지. 지후도 자신의 이런 모습이 낯설고 당혹스럽기는 마찬가지였다. 지금 당장에라도 애다에게 좋아한다고 사귀자고 하고 싶지만, 거절할까 봐, 지금 있는 친구라는 자리로도 옆에 있지 못하게 할까 봐 아무런 말을 못하겠다.

처음부터 자신을 거절한 애다였다. 차갑게, 냉정하게 말이다. 이제야 겨우 그녀 옆에서 이렇게 말도 하고 웃는 모습도 보게 되었으니 천천히 하자고 마음먹었다.

지후는 혹시나 자신의 마음을 애다가 눈치를 챌까 봐 다른 말로 화제를 돌렸다.

"나, 내일 호주 가."

애다는 눈이 동그래진 채 지후에게 되물었다.

"호주?"

"응. 촬영 있어서."

"얼마나?"

"4박 5일."

애다는 순간 그동안 뭐 하며 지낼까 하고 생각했다. 그것을 깨닫자마자 마음에 조금씩 이상한 변화가 시작되었다. 그저 평소처럼 생활하면 될 문제를 가지고 지후의 한마디에 왜 서운한 감정이 들었을까? 애다는 그 생각을 떨쳐 버리고자 머리를 흔들어댔다. 그러고는 여전히 시선을 불판에 두고 있는 지후를 바라봤다.

"잘 갔다 와."

"애다야."

"응?"

지후는 망설이는 듯한 모습을 보였다. 무슨 할 말이 있는 것 같은데 아까부터 머뭇거리는 얼굴이었다.

"같이 갈래?"

그거였나? 호주에 같이 가자는 말? 애다는 어이없는 웃음이 나왔다. 진심으로 말하는 건지, 아니면 그냥 할 말이 없어서 그런 건지. 애다는 지후를 믿지 않은 시선으로 흘겨보며 눈을 가느다랗게 떴다.

지후의 눈에는 그 모습마저 사랑스러워 보였다. 애다는 자신을 보며 웃는 지후를 보더니 볼멘소리를 해댔다. 요거요거 웃는 거 보니까 놀리는 거네? 쳇.

"호주가 가자고 하면 내일이라도 당장 갈 수 있는 나라야?"

"여권 없어?"

"응. 해외 나가본 적이 없어서."

"아……."

지후는 다음에 해외 나갈 일이 있으면 무조건 애다의 여권부터 만들어줘야겠다고 생각했다. 떡 줄 사람은 생각도 안 하는데 김칫국부터 미리 홀라당 마셔 버리는 지후였다. 애다는 뜬금없이 왜 지후가 호주에 같이 가자고 하는지에 의문이 생겼다. 분명 자신이 바쁘게 생활한다는 것도 알고 있고 그럴 여유가 없다는 것도 알고 있을 텐데 말이다.

"지후야."

애다가 다정하게 이름을 불러주자, 지후는 고개를 들고 그녀를 바라봤다. 이상했다. 그녀의 다정한 목소리. 그거 하나에도 심장이 설레면서 따뜻해져 왔다.

"왜 그래? 갑자기 왜 호주에 같이 가자고 하는 거야? 안 되는 거 뻔히 알고 있으면서."

"불안해서."

"뭐가?"

지후는 말을 잇지 못했다. 자신이 없는 사이 애다에게 무슨 일이 생길 것만 같았다. 정말 상상조차 하기 싫은데도 자꾸만 그녀가 다른 사람을 만나 행복하게 웃고 있을까 봐 두려웠다. 그래도 곁에 있으면 이런 불안한 마음 따위는 없을 것 같았다. 그러면서 자주 애다 앞에 모습을 보이면 좋은 감정이 생기지 않을까 하고 막연하게 그런 생각을 해보았다. 하지만 지후는 이런 속마음을 내비치지 않고 활짝 웃어 보이며 장난스럽게 이야기했다.

"그냥. 또 어느 놈하고 시비 붙어 막무가내로 싸울까 봐 걱정돼서."

"이게."

"헤헤."

애다는 혀를 쏙 내밀며 배시시 웃는 지후를 보니 헛웃음이 나왔다. 저 얼굴을 보고 있으면 화도 내지를 못하겠다. 애다는 잘 구워진 고기를 골라 그의 접시에 올려주었다. 그 모습을 보고 있던 지후가 나지막하게 그녀의 이름을 불렀다.

"애다야."

"왜 또."

"모르는 전화 오면 받지 마."

"뜬금없이 그게 무슨 소리야?"

지후는 애다가 눈치 못 채도록 심각한 표정을 지으며 격양된 목소리로 이야기하기 시작했다.

"어, 그게. 요즘 보이스 피싱이 많잖아. 이게 수법이 다양해져서 전화만 받아도 돈이 결제가 된대."

"정말?"

"응. 그러니까 저장되지 않는 번호로 전화가 오면 절대로! 받으면 안 돼. 알았지?"

"알았어."

애다가 동그란 눈을 하며 고개를 연신 끄덕거리자 지후는 그제야 조금 안심이 됐다. 이럴 때 보면 순진한 구석도 있었다. 이러니 자신이 좋아할 수밖에 없다고 생각하면서도 한편으로는 걱정되었다. 이래서 촬영 제대로 마치고 올 수 있을는지 모르겠다.

"애다야. 나, 여기서 자고 가면 아마 네 손에 맞아 죽겠지?"

"당연한 거 아냐?"

애다가 눈을 무섭게 치켜뜨며 노려보자, 지후는 웃으며 평상에서 내려왔다. 그냥 농담 삼아 한 이야기에 아주 죽일 것처럼 쳐다보니. 이거야, 무서워서 원. 앞으로 앞날이 캄캄하다.

지후가 먹던 자리를 정리하려고 하자, 애다도 평상에서 내려와 그를 거들었다. 얼추 깨끗이 치워진 자리를 보고 있던 지후는 설거지거리를 만들어준 것 같아 못내 미안한 마음이 들었다.

"설거지 해주고 갈까? 나 잘하는데."

"됐어. 그만 가. 어디서 머리를 써? 그러면서 은근슬쩍 우리 집에 들어오려는 거 다 알거든."

"에이, 들켰네. 쩝."

지후는 아쉽다는 표정을 지으며 이마를 긁적거렸다. 그 모습에 애다는 웃음이 나오는 걸 참았다. 은근히 귀엽다니까. 안지후.

"애다야. 정말 가야겠다. 너도 새벽에 나가려면 자야지."

"그래."

"나 없는 동안 내 우유 네가 다 마셔."

"응."

지후는 발걸음이 쉽게 떨어지지 않는지 잠시 망설이다가, 애다 앞으로 한 걸음 다가가 마주 섰다. 손이 자꾸 애다의 얼굴을 만지고 싶어 안달이라 자꾸 그녀를 향해 올라가려는 걸 주먹을 쥐며 참아내고 있었다. 그냥 한 대 맞더라도 만져 볼까?

"호주 가서도 전화할게. 전화 꼭 받아."

"응. 조심히 잘 다녀와."

"응."

애다는 지후를 배웅해 주기 위해 먼저 발걸음을 떼면서 그의 곁을 스쳐 지나갔다.

"애다야."

지후의 부름에 애다가 고개를 돌리는 그 순간.

"응?"

애다가 고개를 돌렸을 때를 맞춰 지후는 재빨리 그녀의 입술에 뽀뽀를 했다. 정말 참고 참다가 도저히 견딜 수 없어 저지른 행동이었다. 그래도 후회는 안 한다. 도둑 키스 한번이 천국의 길로 인도해 주는 느낌이었다.

애다는 놀라 댕그래진 눈으로 지후를 바라보다 점점 미간을 좁히면서 예쁜 얼굴에 인상을 썼다. 잠잠하다 했더니 또 버릇이 나온다, 안지후.

"안지후. 너……."

지후는 어색한 미소를 보이며 슬그머니 그녀에게서 뒷걸음질 쳤다. 이러다 또 맞겠다 싶었다.

"애, 애다야. 응원 인사로 한 거야. 나 열심히 촬영하고 올게. 응?"

"넌 뭔 인사를 이딴 식으로 해!"

지후는 얼른 몸을 돌려 계단 쪽으로 도망갔다. 계단 아래로 내려갔던 그는 다시 얼굴만 쏙 내밀고 애다를 향해 웃었다.

밀키러브

"애다야. 잘 자."

"야! 안지후! 너 이리 안 와!"

애다의 외침에 지후는 재빨리 계단 아래로 내려갔다. 애다는 그의 모습이 완전히 사라지자 중얼거리며 미소를 지었다.

"훗. 하여튼 못 말려."

애다는 짧은 한숨을 쉬며 몸을 돌려 현관문을 열었다. 그러다 무슨 생각을 했는지 잠시 멈춰 서더니 평상으로 시선을 두었다. 방금까지 지후와 머물렀던 자리. 이곳에 처음으로 사람이 방문했다. 늘 혼자 적막하게 지냈는데, 고작 지후가 몇 시간밖에 있지 않았는데도 그의 빈자리가 너무 크게 느껴졌다. 지금이라도 지후가 다시 웃으며 저 계단에서 나타날 것만 같았다. 그의 장난기 있는 목소리가 귓가에서 환청처럼 들리고, 그의 미소가 눈앞에서 아른거렸다.

애다는 천천히 자신의 심장 부근에 손을 올렸다. 오랜만에 갖는 이 설렘과 두근거림, 그 느낌에 기분이 좋아졌다. 딱딱하게 굳어버린 마음이 다시는 이런 기분 못 느낄 줄 알았는데. 눈을 살며시 감고 온몸으로 그 설렘을 느꼈다.

잠시 후, 그녀는 그 설렘을 준 이에게 인사를 했다.

"반가워, 지후야."

＊

지후가 호주로 촬영을 간 지 삼 일이 지났다. 지후는 그 삼 일 동안 시간이 날 때마다 애다에게 안부 전화를 했다. 아마 국제전화 요금 엄청나게 나올 것이다. 지후는 호주 시드니를 배경으로

찍은 자신의 사진을 휴대폰으로 보내주기도 하면서, 그녀가 다른
생각은 전혀 하지 못하도록 정신을 쏙 빼놨다.

애다가 옷을 갈아입고 레스토랑에 나갈 준비를 하고 있는데
사 일째인 오늘도 어김없이 벨이 울려댔다.

rrrr.

"네네. 안지후 씨 갑니다."

분명 지후 전화일 것이다. 휴대폰의 화면을 바라본 애다는 갸
웃거리며 살짝 인상을 찌푸렸다. 지후인 줄 알았는데 낯선 번호
가 떠 있었다.

"누구지?"

애다는 통화 버튼을 누르려다 순간 지후의 말이 생각나 멈칫
했다.

"요즘 보이스 피싱이 많잖아. 이게 수법이 다양해져서 전화만
받아도 돈이 결제가 된대. 그러니까 절대로 받으면 안 돼."

애다는 잠시 머뭇거리며 휴대폰의 벨소리를 무시했다. 잠시 후
벨소리가 멈추자, 다시 나가려고 몸을 일으키던 그 순간 메시지
오는 소리가 들려왔다.

휴대폰 메시지를 확인했다. 좀 전에 걸려온 번호였다.

〈보고 싶어.〉

"뭐야. 잘못 보냈나?"

애다는 황당한 표정을 지으며, 메시지 삭제 버튼을 누르려다
멈칫했다. 그러고는 한참을 그 메시지를 눈에 담았다.

'설마…… 송현민? 만약 그렇다 쳐도 이제 와서 왜? 아, 아닐

거야. 누군가 잘못 보낸 문자일 거야.'

그래, 그럴 것이다. 마음속에서 오래전에 떠나보낸 사람이었다. 그를 보내고 나서는 전혀 생각하지 않고 살았는데 왜 오늘 이 메시지를 보고 현민을 떠올렸을까? 모델. 아마 지후의 직업이 모델이라서 그를 떠올린 건 아닐까 싶었다. 지후에게서 직업이 모델이라는 말을 들은 순간, 현민이 생각났었다.

애다는 더는 생각하고 싶지 않다는 듯, 메시지 삭제 버튼을 눌렀다.

그때 약속이라도 한 듯, 지후에게서 전화가 왔다. 마치 이 메시지가 삭제되기만을 바란 사람처럼 말이다.

〈멋진 남자♡〉

애다는 지후가 몰래 자신의 번호를 저장시켜 놓으며 설정해 둔 애칭이 화면에 뜨자 웃음이 나왔다. 자기를 보고 스스로 멋진 남자라고 칭하는 걸 보면, 참 뻔뻔했다.

"어."

[뭐 해?]

역시나 그의 음성은 부드러웠다. 영상 통화도 아니건만 지후의 표정이 어떨지 눈앞에 보였다. 분명 또 환하게 웃고 있겠지.

"이제 나가려고. 넌?"

[나, 이제 늦은 점심 먹으러.]

"배고프겠다. 맛있게 먹어."

애다는 휴대폰을 귀와 어깨 사이에 걸치고 거울을 보며 겉옷을 입었다. 이젠 지후와 전화를 끊고 집을 나설 준비를 해야 했다.

[애다야.]

"응?"

[별일 없지?]

지후의 걱정스러운 말투에 애다는 입가에 살짝 미소를 지었다. 정말 어떤 놈하고 또 시비가 붙을까 봐 걱정이 되어 이러는 걸까?

"무슨 별일?"

[그냥. 뭐.]

"없어."

[애다야. 내가 네 선물 샀어.]

화제를 돌리려는지 지후의 밝은 목소리가 들려왔다. 애다는 괜스레 그를 놀려주고 싶은 마음이 들었다.

"선물? 이왕이면 명품 백으로 주라. 아니면 구두도 괜찮고."

[뭐야. 너도 그런 여자야?]

"그런 여자라니?"

[명품 밝히는 여자.]

"명품 밝히면 다 그런 여자가 되는 거야?"

[쳇. 완전 속았어. 애다 넌 안 그럴 줄 알았는데.]

웃긴다. 안지후.

그의 토라진 모습이 생각나 웃음이 절로 나왔다. 갈수록 지후의 새로운 모습을 보게 되어서 그것 또한 재미있는 일상이었다.

"명품 싫어하는 여자가 어디 있어? 살 능력은 안 돼도 누가 선물 주면 좋은 거잖아."

[그럼…… 내가 명품이고 뭐고 네가 사달라고 하는 거 다 사주면. 나랑 사귈래?]

"응."

[정말?]

안지후. 또 오버하시네. 정말 속물인 여자친구를 원하는 건가? 애다는 지후가 눈앞에 있었으면 그를 또 흘겨보고, 한심하단 듯이 쳐다봤을 것이다. 아님, 온갖 구박을 했을지도 모른다.

"대신 조건이 있어."

[뭔데?]

"내 몸 털끝 하나 건드리면 안 돼. 내 손도 못 잡고, 안지도 못하고, 키스도 못 해. 물론 그 이상도 안 되고. 오로지 내가 원하는 것만 사줘야 해. 그럴 수 있어?"

지후는 잠시 동안 아무 말도 없었다. 애다는 그의 목소리가 들리지 않자, 미안한 말투로 지후를 불렀다. 농담 삼아 한 이야기를 진심으로 받아들인 것 같았다.

"지후야. 여보세요?"

[……그게 무슨 사귀는 거냐?]

"그러니까 그냥 이대로 있어주라고."

애다는 신발을 신은 채 현관 바닥에 앉아 있었다. 지후의 목소리가 갑자기 힘이 없자 더 미안해졌다. 그러고 보면 참 마음도 여린 남자 같다.

[너, 상당히 나쁜 거 알아?]

"응. 미안. 내가 나빴어."

둘은 말을 잇지 못하고 서로의 숨소리만 휴대폰 너머로 들었다. 애다는 벽에 걸린 시계를 한번 바라보고는 이젠 더 이상 지체해서는 안 되겠다 싶어 전화를 끊어야겠다고 생각했다. 애다가 지후의 이름을 부르려는 순간, 그에게서 들려오는 한마디가 그녀를 설레게 했다.

[보고 싶다.]

"……."

[보고 싶어. 애다야.]

그 한마디에 애다는 움직일 수가 없었다. 휴대폰을 귀에 대고 붙잡은 채, 얼음이 된 것처럼 꼼짝도 할 수가 없었다. 그리고 그녀의 눈에 조금씩 눈물이 비치더니 기어이 볼을 타고 흘러내렸다.

이 년 전. 현민이 떠나고, 그때 맞춰서 엄마가 사고를 당하고, 그렇게 불행의 연속이었던 애다는 하루하루를 정신없이 힘들게 보냈다. 힘든 그녀 곁에 누군가 단 한마디의 따뜻한 말을 건네주는 이가 있었더라면. 지후처럼 누군가가 자신을 안아주고 웃게 해주며 위로해 주는 이가 있었더라면…….

지후의 다정스러운 말에 그동안 참았던 눈물이 폭포수처럼 흘러내렸다. 울지 않고 잘 버티고 있었는데. 그러면서 스스로 잘하고 있다고 칭찬도 하면서 그렇게 버텼는데. 지후의 '보고 싶다'는 한 마디에 가슴이 무너져 내려 버렸다.

기대고 싶었다. 그래도 된다면 지후에게 기대고 싶었다. 하지만 친구라는 이름 아래 계속 붙잡고 있는 건 그에게 잔인한 일이라는 걸, 애다도 잘 알고 있었다. 그녀의 눈에도 보이는 지후의 마음, 그저 모른 척하는 것일 뿐. 마음을 받아주면 그도 언젠가는 떠날까 봐. 친구는 그대로 남지만, 사랑은 언젠가 떠날 것 같은 그런 불안함이 싫어서 애써 모른 척했다.

현민처럼 지후가 그렇게 떠날까 봐 두려웠다. 그땐 정말 다시 일어설 수 없을 만큼 무너져 버릴 것 같아, 다시 사랑할 용기가 없었다. 하지만 지후라면…… 가능하지 않을까? 하는 작은 희망이 보였다. 하지만 현재의 애다에게는 심적으로나 처해 있는 상황이나 그런 여유가 없었다. 그렇지만 조금씩 욕심이 생겨났다.

욕심내도 괜찮을까? 하는 마음이 자꾸만 비집어 나오고 있었다.

지후의 말처럼 정말 나쁘다, 선애다. 이기적인 애다, 너의 마음에 진저리가 나.

[애다야.]

지후의 나지막한 목소리에 애다는 입을 손으로 막았다. 울음소리가 그에게 들릴까 봐 울음을 참아가며 애써 마음을 추슬렀다.

[애다야. 너, 울어?]

숨긴다고 했는데 지후가 들었나 보다. 애다는 서둘러 눈물을 닦아내고 숨을 진정시키며 최대한 침착한 어조로 말을 했다.

"아니야. 하."

[……]

"지후야, 나 늦었어. 전화 끊을게."

지후와 인사도 하지 않고 그냥 끊어버린 애다는 서둘러 현관문을 열고 나왔다. 하늘을 보니 구름 한 점 없는 파란 하늘이 보였다. 지후의 마음처럼 맑고 깨끗해 보이는 하늘. 애다는 호주에 있을 그를 생각하며 애써 미소를 지었다.

"나도. 보고 싶어, 지후야."

일방적으로 끊겨 버린 전화에 지후는 휴대폰을 천천히 귀에서 내렸다. 잠시 멍하니 휴대폰만 내려다보던 그의 마음이 착잡했다. 그녀가 울고 있었다. 애다의 참는 듯한 울음소리를 들었다. 사귀자는 자신의 말에 그러자고 대답한 애다 때문에 심장이 하늘로 치솟았다가, 농담이란 걸 알았을 땐 그 심장이 곤두박질치며 바닥에 떨어졌다. 그녀의 말 한마디에 자신의 기분이 왔다 갔다 한다는 걸 애다는 알고 있을까?

지후는 애다에게 줄 고양이 인형을 만지작거렸다. 고양이를 닮은 그녀. 그런 그녀가…… 내 그녀가 울고 있었다. 당장 달려가서 안아주고, 달래주고, 위로해 주고 싶은데 지금 그럴 수 없다는 것에 미안하고 마음이 아팠다. 처음으로 모델 일 하는 걸 후회했다. 단 한 번도 이 일을 하면서 후회라는 걸 해보지 않았는데, 지금 이 순간 마음대로 움직일 수 없다는 것에 대해 그저 한숨만 흘러나왔다.

＊

[Top model News]

Korea.멜라가 호주에서 촬영한 톱 모델 안지후(23세)의 티저 화보 영상을 공개했다. 이번 '코리아 멜라'는 세련된 도시의 멋과 아름다운 대자연의 매력을 함께 즐길 수 있는 호주에서 올 로케이션으로 촬영됐고 화보 모델 섭외 1순위를 달리며 바쁘게 일정을 보내고 있는 안지후가 그만의 매력이 듬뿍 담긴 감성적인 화보를 선보였다.

공개된 사진 속 안지후는 연한 베이지 컬러의 반팔 티셔츠 차림에 블랙진을 입고 편안한 일상생활 속의 모습을 보여주었으며 또 다른 사진에는 비니모자에 바다빛 셔츠, 흰 면바지를 입고 그만의 귀여운 미소를 보여주었다. 그 외의 사진 속 안지후는 뽀얀 피부를 자랑해 눈길을 끌었으며, 꽃 미모와는 대조적인 탄탄한 팔 근육을 드러내 반전 매력을 뽐냈다.

한편, 안지후가 올해에 있을 서울 S/S 컬렉션의 어느 디자이너 무대에 설지에 대해서도 많은 관계자가 관심을 쏟고 있다. 안지후의 이번 호주 화보 사진에 대한 정보는 홈페이지를 통해 확인할 수 있다.

Top model News 박선영 기자

애다는 새벽의 찬 공기를 마시며, 지후가 사는 아파트에 들어섰다. 엘리베이터를 타고 올라가 23층에서부터 우유를 넣고 계단을 통해 내려갔다. 17층에 다다르자 1706호 앞에 선 애다는 지난날 지후와의 만남이 떠올라 웃음을 지었다. 그때는 정말 지후하고 이렇게 될 거라고는 상상도 하지 못했다. 차분하게 이야기를 하면서 그에 대한 오해를 풀었으니 망정이지, 안 그랬으면 친구는커녕 서로를 못 잡아먹는 원수보다 더 못한 사이가 되었을 거다. 아니, 그냥 남 대하듯 모른 척 살아갈 수도 있었을 거다.

몸을 돌려 계단을 내려가려는 찰나 지후의 집 현관에서 소리가 들려왔다. 애다는 고개를 갸웃거리며 천천히 문 앞으로 다가갔다.

똑똑똑.

또 한 번 지후의 집 현관문을 두드려대는 소리가 들려왔다. 분명 집 안에서 들려오는 소리였다.

'뭐야…… 도둑 들었나? 지금 이 집에 아무도 없는데.'

애다는 주먹을 쥐고 문에서 한 발짝 물러섰다. 괜히 이른 새벽에 겁부터 났다. 잔뜩 긴장을 한 채 서 있는데 조금씩 현관문이 열렸다. 빼꼼.

"이번엔 안 놀랐지?"

지후가 고개만 쏙 내민 채 애다를 향해 웃었다. 애다는 멍한 표정으로 지금 눈앞에 있는 사람이 지후인지 재차 확인했다. 지후는 지난번처럼 갑작스레 문을 열면 애다가 또 놀랄까 봐 문을 두드려 그녀가 다가오기를 기다리고 있다가 애다가 다가온 걸 알고 조심히 현관문을 열었던 것이다.

"지후야…… 언제 왔어? 오늘 밤에 온다며."

"이리 와."

지후는 문 앞에 선 애다의 손목을 잡고 집 안으로 이끌었다. 여전히 어리둥절해 있는 그녀를 보고 지후는 계속 웃어 보였다.

"너 보고 싶어서 나 먼저 일찍 왔어. 촬영도 끝났는데 굳이 있을 필요 없잖아. 그리고 마지막 날은 거의 관광이야. 그래서 그냥 먼저 왔어. 나 잘했지?"

"뭐야. 전화도 없이."

"새벽에 도착했어. 너 자고 있는 거 아는데 전화 못 하겠더라. 오늘 이렇게 보니까 더 좋지?"

지후는 마치 칭찬을 바란 것처럼 눈을 동그랗게 뜨고 잘 왔다고 반겨주길 간절히 바라며 그녀의 대답을 기다렸다.

"응."

지후는 애다의 대답에 그녀를 껴안을 뻔한 걸 애써 참아내고 그녀를 식탁 의자에 앉혔다. 애다는 식탁 위에 차려진 음식들을 보고 놀란 표정을 지었다.

"이게 다 뭐야?"

"너 아무것도 안 먹었지? 얼른 먹어."

식탁 위에는 샌드위치, 우유, 계란프라이, 베이컨, 샐러드 등 음식이 한가득 놓여 있었다. 애다는 지후의 얼굴을 차마 보지 못하고 식탁 위에 시선을 두었다. 손이 떨려와 주먹이 쥐어졌다.

"새벽에 와서 많이 준비 못 했어. 그래도 맛있게 먹어. 알았지?"

"지후야. 나, 배달 남았어."

여전히 고개를 들지 못한 채, 애다는 간신히 말을 뱉어냈다.

"내가 할게. 우리 아파트 라인이 마지막이잖아. 그거 내가 할 수 있어."

지후는 애다의 우유 가방을 들고 품목을 꼼꼼하게 확인해 내려갔다.

"조금밖에 없네. 내가 얼른 넣어두고 올게. 그때까지 다 먹고 있어."

지후가 돌아서서 문밖으로 나가는 소리가 들리자, 애다는 그제야 숙였던 고개를 들었다. 눈에 눈물이 차올랐다. 누군가 자신을 위해 이렇게 음식을 차려준 게 얼마 만인지. 너무 기뻐서, 지후의 마음이 아주 예뻐서, 고마워서…… 애다의 눈물은 멈출 줄 모르고 흘러내렸다.

요즘 들어 왜 이렇게 눈물이 많아졌는지 모르겠다. 지후는 애다가 속으로 꽁꽁 숨겨두었던 눈물을 자꾸 끄집어내고 있었다.

지후에게 눈물을 보이기 싫어 자리에서 일어나 욕실로 들어가 세수를 하기 시작했다. 거울에 비친 자신의 모습을 보던 애다는 생긋 미소를 지었다. 눈은 빨갛게 변해 좀 따갑기는 하지만, 마음만은 너무나 따뜻했다.

지후는 남아 있는 우유를 다 돌리고 1층에서 집으로 다시 올라가기 위해 엘리베이터를 타고 생각에 잠겼다. 어제 애다와의 통화를 끝내고 그대로 있을 수가 없었다. 촬영은 끝이 나도 특별한 일이 없는 한은 스태프들과 함께 움직여야 하지만, 지후에게는 애다가 특별한 일이라 마지막 촬영이 끝나자마자 비행기를 타고 한국으로 왔다. 수현에게 또 갖은 욕을 얻어먹고 혼이 날 걸 알면서도 모른 체하고 그냥 와버렸다. 어쩔 수 없는 선택이었지만, 아주 잘했다는 생각을 또 한 번 하게 되었다.

지후는 애다의 생각에 기분 좋게 웃으며 엘리베이터에서 내렸다. 그때 뒷모습이 많이 익숙한 여자가 그의 집 벨을 누르려고 하고 있다. 지후는 재빨리 팔을 뻗어 벨을 누르려는 그녀의 손목을 잡았다.

"여긴 어쩐 일이야."

지후의 입에서 차가운 목소리가 흘러나왔다. 그녀를 보는 지후의 눈이 아주 매서웠다.

"여기 무슨 일이냐고 묻잖아. 임채은."

"지후야."

채은의 행동에 화가 났다. 이 여자가 정말 미쳤나 보다. 새벽부터 여기가 어디라고 함부로 온 거지? 조금만 늦었더라면 채은과 애다가 마주칠 뻔했다. 생각만 해도 끔찍했다. 아직 시작도 못 한 애다와의 관계가 채은으로 인해 다 망가질 뻔했다.

지후는 임채은의 슬픈 얼굴 따위는 관심이 없었다. 오로지 집에 있는 애다의 생각으로 머릿속이 가득 찼다. 심장이 불규칙적으로 뛰어댔다. 임채은을 향한 심장이 아니라, 애다를 향한 심장이 주인을 찾아달라고 뛰어대고 있었다.

지후는 애다가 있는 집을 한번 쳐다보고 채은을 끌고 엘리베이터를 탔다. 엘리베이터를 타고 내려오는 동안 둘 사이에는 침묵만이 흘렀다. 아파트 1층 현관 앞으로 나온 지후는 채은을 매섭게 노려봤다. 아직도 화가 진정되지 않았다.

"미쳤어? 여기가 어디라고 와? 그것도 이 새벽에."

지후의 화난 모습을 처음 본 채은은 고개를 숙였다. 항상 웃음만 보여주던 지후다. 채은이 이별을 통보했을 때도 그저 말없이 고개만 끄덕거리고 돌아섰던 지후였다.

"……잠이 오질 않아. 아무리 자려고 해도 잠이 오질 않아, 지후야."

채은의 목소리가 힘이 없고 지쳐 있었다. 그런데도 지후의 얼굴에 깃든 차가운 표정은 쉽게 풀리지 않았다.

"그래서? 나보고 어쩌라고. 자장가라도 불러줘?"

채은이 아무 말 없이 고개를 숙이고 있자, 지후의 입에서는 한숨이 새어 나왔다.

"하. 제발 이러지 마. 다시는 여기 오지 마."

지후는 채은을 뒤로하고 매몰차게 몸을 돌렸다. 정말 채은의 이런 모습은 원하지 않았다.

"미안해."

채은의 낮게 가라앉은 한마디에 지후가 걸음을 멈췄다. 그리고 천천히 몸을 돌려 그녀를 바라봤다. 금방이라도 채은의 두 눈에서 눈물이 떨어질 것 같았다.

"잘못했어. 미안해, 지후야. 나…… 용서해 줘."

채은의 울음 섞인 목소리에도 지후의 차가운 표정은 여전했다. 아프지가 않았다. 그녀의 눈물과 힘든 기색에도 전혀 마음의 동요가 일어나지 않았다. 오로지 지금 지후는 집에 혼자 있을 애다가 걱정되어 한시라도 이 자리에서 벗어나고 싶을 뿐이었다.

"용서? 용서라는 것도 상대방에 대한 감정이 남아 있어야 하는 거야. 왜 누나는 항상 그렇게 일방적이야? 나한테 다가올 때도, 떠날 때도, 이젠 사과까지도. 나는 아무것도 준비가 안 됐는데 왜 항상 마음 내키는 대로 즉흥적인 거야? 그럼 난, 누나가 하는 대로 그대로 받아줘야 해?"

채은은 지후의 냉정함에 손이 조금씩 떨려왔다. 마음이 약한 아이라서 이렇게 하면 받아줄 거라 생각했지만 차갑게 대하는 지후로 인해 심장이 욱신거리며 아파왔다.

"그런데 어떡하지? 이젠 그런 거 못 하겠어. 내 눈이 임채은을 보고 있지 않아. 내 가슴 또한 임채은을 원하지 않아. 무엇보다 중요한 내 심장이! 임채은을 향해 뛰지 않는다고. 아무런 감정이 남아 있지 않아. 미워하는 감정이라도 남아 있을 때 사과하지 그랬어. 늦었어. 사과라는 것도 시기가 있는 거야. 누나는 그 시기를 놓친 거야. 잘 가. 일 외에는 다시 부딪치는 일 없었으면 좋겠다. 그게 내가 누나한테 하는 최선의 배려야."

지후는 울고 있는 채은을 외면하고 그대로 아파트 입구로 들어가 버렸다.

냉정하게 돌아서 가버린 지후를 보던 채은은 그 자리에서 한참을 서 있었다. 어쩌다 지후가 이렇게 모질게 변한 걸까? 어디서부터 잘못된 건지. 그런데 염치없게 이러면 안 된다는 걸 알면서도 지후한테 이러는 저 자신이 너무 싫었다. 그래도 지후가 한 번만 봐주고 다시 돌아왔으면 하는 바람이었다.

"지후야. 미안해. 제발, 돌아와 줘. 부탁이야."

채은은 고개를 들고 지후가 있을 집 발코니에 시선을 두었다. 그녀의 눈에서는 후회의 눈물이 계속해서 흘러내렸다.

집으로 들어온 지후는 바로 주방으로 들어갔다. 식탁 앞에 가만히 앉아 있는 애다의 모습이 보였다.

애다는 사람의 인기척에 고개를 돌렸다. 제 앞에 지후가 웃으며 바라보고 있었다.

"왜 이렇게 늦었어?"

"처음이라 헷갈렸어. 그런데 왜 안 먹고 있어?"

"지후 너랑 같이 먹으려고."

"에이. 베이컨 다 식었다. 다시 해줄게."

지후가 다시 돌아서 냉장고 문을 열자, 애다는 그를 만류하며 옆 의자를 툭툭 쳐댔다.

"아니야, 괜찮아. 여기 앉아서 같이 먹자."

지후는 웃으며 고개를 끄덕이고는 그녀의 옆에 앉았다. 애다의 얼굴을 찬찬히 살펴보던 지후의 표정이 점점 굳어져 갔다.

"애다야, 울었어?"

"티나?"

"왜 울어."

"지후 너한테 고마워서. 나 완전 감동 받았어."

지후는 가만히 손을 올려 눈시울이 빨갛게 변한 애다의 눈가를 부드럽게 어루만졌다. 휴대폰 너머로 그녀의 우는 목소리에 바로 한국으로 날아왔고, 그저 눈 주위가 빨갛게 변한 모습만 본 것인데도 마음이 아프다. 조금 전까지 채은의 눈물을 보고 왔는데, 이렇게까지 마음이 다를 줄은 몰랐다. 애다가 흘린 눈물을 보면 심장이 내려앉을 게 분명했다. 정말, 큰일 났네. 안지후.

"선애다는 까칠하고, 어떨 땐 친절하다가도 차가운 것 같기도 하고. 거기다 완전 울보이기도 하네."

"좋아서 흘린 눈물이야."

지후의 손이 애다의 눈가에서 내려와 이제는 볼을 어루만졌다. 부드럽다. 아기 피부처럼 계속 만지고 싶을 정도로 애다의 피부는 무척 부드러웠다.

"그래도 네가 우는 거 싫어. 내가 눈물 날 것 같아. 더는 너 감동 주면 안 되겠다."

애다는 지후의 다정스러운 손길에 웃으며 천천히 손을 들어 올리고는 그가 하던 대로 똑같이 그의 얼굴을 어루만졌다. 그녀의 손길에 지후는 잠시 놀란 표정을 짓다가 이내 미소를 보였다. 애다의 손이 차가워 걱정이 되면서도 그녀가 만져 주는 손길에 기분이 좋아지고 설레었다.

"내 얼굴 비싼데. 아무나 못 만져. 그래도 특별히 애다 너한테만 허락할게. 아주 많이 만져 줘."

"풉."

애다가 웃었다. 그녀의 웃는 모습에 지후의 심장이 급속하게 뛰기 시작했고, 미소 짓던 그의 표정이 점점 긴장되어 갔다.

"좋아해."

무언가에 홀린 듯 자기 의지하고는 상관없이 입에서 고백의 말이 흘러나왔다. 정말 미쳐 버릴 정도로 애다가 좋았다. 지금 이 순간 말을 하지 않으면 평생을 후회할 것만 같았다.

애다의 얼굴에서 미소가 곧 사라지더니 지후의 얼굴을 어루만지고 있던 손이 내려갔다. 지후는 얼굴에서 떨어지는 애다의 손을 재빨리 잡았다. 제발, 멀어지지 마.

"애다야. 네가 좋아."

"……지후야."

"어딜 가든지 네가 생각나고, 가슴 떨리고, 보고 싶어."

지후가 잡고 있는 애다의 손이 미세하게 떨려왔다. 그를 바라보고 있는 애다의 눈동자가 흔들리면서 입술마저 떨려왔다. 지후의 진심 어린 고백에 애다의 애써 막아왔던 심장에 균열이 가기 시작했다. 아니 굳어져 있던 단단한 것들이 부셔져 내리기 시작했다.

"어떡하지? 갈수록 애다 네가 더 좋아져. 이러다 내 심장 터지는 거 아니야?"

애다는 지후의 입술에 가볍게 입을 맞췄다. 방금 무슨 일이 일어난 거지? 지후는 그녀의 행동에 너무 놀라 눈만 크게 뜨고 멍한 표정을 짓고 있었다.

"고마움의 인사. 지후 네가 나 많이 좋아해 주고 생각해 줘서 해주는 고마움의 인사야."

"선애다. 네가 방금 한 행동이 나에게는 엄청난 큰 파장인 거 알아?"

지후의 떨리는 목소리를 느낀 애다는 천천히 고개를 끄덕거렸다. 지후는 믿을 수 없다는 표정으로 그녀에게 재차 물어댔다.

"나, 받아주는 거야?"

"명품 선물 준비해 왔어?"

"쳇. 내가 명품이야. 그리고 고마움의 인사는 제대로 해야지."

지후는 애다의 얼굴을 자신 쪽으로 잡아당겨 그녀의 입에 입술을 갖다 댔다. 지후는 그녀와 키스를 나누고 있는 지금 이 순간에도 믿어지지가 않았다. 제발 꿈이 아니기를 바라고 또 바랐다.

애다는 지후의 옷 앞자락을 떨리는 손으로 잡고 그가 해주는 키스를 받아들었다. 그리고 그의 진심 어린 마음까지 모두 다 가슴에 담았다. 둘은 그렇게 한참 동안이나 키스를 나누고 애다의 숨이 차오를 때쯤 지후의 입술이 살며시 멀어져갔다. 그러고도 아쉬운지 지후는 애다의 입술에 계속 베이비 키스를 해댔다.

"그만하지?"

애다가 인상을 쓰며 계속 뽀뽀를 해대는 지후의 입술을 손으로 막았다.

"싫어. 먹어도 먹어도 배고파."

"내가 무슨 음식이야?"

지후는 제 입술을 막고 있는 애다의 손을 잡아 내리고, 정말 배가 고픈 것처럼 다시 그녀의 입술에 연신 뽀뽀를 해댔다.

쪽. 쪽. 쪽.

"안지후. 그만하라니까?"

"애다 너한테는 좋은 냄새가 나."

"무슨 냄새?"

"우유 냄새하고 아기 냄새."

지후는 애다의 손에 깍지를 끼고 계속 싱글벙글 웃어 보였다. 좋아하는 사람의 마음을 얻는다는 게 이렇게 기분 좋은 일인지 몰랐다. 하지만 애다는 지후의 말에 신경이 쓰여 고개를 갸웃거렸다. 참 희한한 남자다. 안지후는.

"아기 냄새는 그렇다 쳐도 우유 냄새? 비리지 않아?"

"아니. 난 우유 냄새가 좋아. 아주 고소하거든. 특히 너한테 나는 건 더 좋아."

"참 특이해."

지후는 애다를 당겨 품에 꼭 안았다. 그녀를 안고 있으니 세상 전부를 다 가진 느낌이었다. 얼마나 안고 싶었는지. 품에 애다를 얼마나 안고 싶었는지 그녀는 아마 모를 것이다.

"애다야. 내가 많이 아껴주고 사랑해 줄게. 넌 항상 내 옆에서 그 사랑받고 행복하기만 하면 돼."

지후의 품에 안겨 있던 애다의 얼굴에 잔잔한 미소가 드리워졌다. 지후는 정말 착하고 예쁜 사람인 것 같다. 사람을 따뜻하게 해주는 천사 같은.

"지후 넌, 말을 참 예쁘게 하는 것 같아."

"네가 예쁘니까 예쁜 말이 나오는 거야."

지후와 애다는 서로 애정 어린 눈길을 나누며, 한참을 그렇게 웃으면서 동이 틀 때까지 함께 했다.

＊

rrrr.

"응. 지후야."

[끝났어?]

애다는 레스토랑 탈의실에서 옷을 갈아입으며 지후에게 걸려 온 전화를 받았다. 지후와 사귄 지 이 주가 지났다. 그는 항상 다정다감했고 촬영이 없는 날은 오늘처럼 끝나는 시간에 맞춰 전화를 했다.

"응. 지금 옷 갈아입는 중."

[나는 그 모습을 상상하고 있는 중.]

지후의 말에 웃음이 나왔다. 사귀고 나서 그에 대해 또 다른 사실을 알았다. 바로 엄청나게 개구지다는 것을. 그와 함께 있으면 웃음이 끊이지 않았고 기분이 늘 좋았다.

"하여튼, 안지후 못 말려."

[애다야, 앞에 차 세워놓고 기다리고 있어. 얼른 나와. 보고 싶어 죽겠다.]

"오늘 아침에 봐놓고는."

지후는 촬영이 없는 날에는 애다가 배달하는 시간에 맞추어 항상 집 앞에서 그녀를 기다렸다. 그리고 새벽에 함께 우유 배달을 해주었다. 애다가 한사코 말려도 운동 겸 하는 거라 괜찮다며 늘 그렇게 새벽마다 함께하고는 자신에게 살 좀 찌라며 아침을 꼭 챙겨주는 지후였다.

그뿐만 아니라 레스토랑에도 차로 데려다주고 데리러 오는 기사 역할까지 하고 있다. 처음에는 그게 부담스러웠던 애다도 지후의 막무가내로 인해 이제는 그의 행동에 익숙해져 버렸다. 오히려 그가 촬영이 있어서 못 해주는 날에는 서운함이 들 정도로 말이다.

[내가 말했지? 보고 있어도 보고 싶다고.]

"알았어. 금방 나갈게."

애다는 전화를 끊고 며칠 전 그가 사준 아웃도어 빨간 커플 점퍼를 입었다. 단정하게 묶었던 머리끈을 풀자 그녀의 긴 머리가 어깨 아래로 출렁거렸다. 애다는 서둘러 자신의 짐을 챙겨 들고 탈의실을 나갔다.

"스파게티는 여기가 맛있다니까."

현민은 화보 촬영을 끝내고 배고파하는 스태프들과 함께 스튜디오에서 가까운 패밀리 레스토랑 입구에 서 있었다. 스태프 중의 한 명이 이곳 스파게티가 맛있다고 적극 추천하며 앞장을 섰다. 한 스태프가 가게의 문을 연 것과 동시에 누군가 안에서도 그 문을 열고 나왔다. 그 바람에 서로 어깨가 부딪쳤다.

"죄송합니다."

애다는 급하게 나오느라 들어오는 손님을 보지 못하고 부딪치자, 먼저 고개를 숙이고 사과를 했다.

"괜찮아요."

함께 부딪친 사람이 웃으며 말을 하자, 애다는 다시 한 번 미안한 표정을 지으며 고개를 숙이고 옆으로 살짝 비켜주었다. 그러고는 천천히 몸을 돌려 지후의 차가 보이는 곳으로 걸음을 옮겼다.

현민은 낯익은 목소리에 고개를 들고 가게 입구에서 나온 그녀를 보려고 했지만, 스태프들에 둘러싸여 그녀의 얼굴을 보지 못했다. 스태프들이 문으로 들어가자 시야가 확보된 현민은 저만치 뛰어가는 그녀의 뒷모습을 바라봤다. 그녀는 길가에 정차해 둔 SUV 차에 올라탔다. 긴 머리에 가려져 잘 보이지는 않았지만, 얼핏 얼굴의 옆모습이 보였다.

"애다? 아닌…… 가?"

현민은 두근거리는 마음을 안고 그녀를 확인하고자 걸음을 떼었지만, 그 순간 현민을 부르는 목소리가 들려왔다.

"현민 씨. 뭐해요? 빨리 들어와요."

"네? 아, 네."

현민은 다시 한 번 그녀가 탄 차를 바라본 후, 고개를 갸웃거리며 가게 문을 열고 들어갔다.

한편, 차 안 핸들에 몸을 기대고 애다를 기다리던 지후는 가게 앞에 몰려 있는 사람들을 보고 있었다. 며칠 전 함께 작업했던 스태프들이 보이자 지후는 더 눈여겨 그들을 바라봤다. 보아하니 저녁을 먹으려고 하는 것 같았다. 그때 누구를 발견했는지 지후의 미간이 찌푸려졌다. 지후는 자세를 바로 하며 그를 계속해서 주시했다.

"송현민."

그 순간 애다가 가게 문을 열고 밖으로 나오는 모습이 보였다. 스태프 한 명과 부딪친 애다를 본 지후는 그녀가 걱정돼 차에서 내리려고 손잡이를 잡았다. 다행히 크게 부딪친 건 아닌지 애다가 고개를 숙이고 인사한 후 뛰어오는 모습이 보였다.

　지후는 자신에게 오고 있는 애다의 모습을 바라보다 가게에 아직도 들어가지 않은 채 서 있는 현민을 힐끔 돌아봤다. 현민의 시선이 뛰어가는 애다의 뒷모습에 머무르자 지후는 기분이 순식간에 나빠졌다.

　"뭐야. 왜 애다를 쳐다보는데?"

　딸깍.

　"빨리 왔지?"

　애다가 웃으며 차에 타자 지후는 그녀에게 한번 웃어준 후 다시 현민에게 시선을 돌렸다. 가게에 들어갔는지 이젠 그의 모습이 보이지 않았다. 창 너머로 시선을 두는 지후를 이상히 여긴 애다가 그의 팔을 툭 치며 물었다.

　"왜 그래? 아는 사람 있어?"

　"아니. 아무것도 아니야."

　지후는 다시 고개를 돌려 애다의 모습을 머리 위부터 발끝까지 찬찬히 살펴보았다. 애다는 걱정스러운 표정을 짓고 있는 지후를 보며 고개를 갸웃거렸다.

　"애다야. 어디 안 다쳤어? 나올 때 부딪힌 거 같던데."

　지후가 봤나 보다. 그래서 그런 걱정스러운 표정을 짓고 있었구나. 애다는 그의 세심함에 고개를 끄덕이며 웃어 보였다.

　"괜찮아."

　"머리 풀었네?"

　"응."

　또 그런다. 지후가 묘한 눈빛으로 애다를 뚫어지게 쳐다봤다.

지후의 뜨거운 시선에 애다는 쑥스러운 듯 머리를 매만졌다.

"왜? 이상…… 해?"

"아니. 예뻐서."

"그런데 표정이 왜 그래?"

지후는 애다의 긴 머릿결을 만지작거리며 입술을 삐죽 내밀었다. 이렇게 자꾸 예뻐지면 안 되는데. 지후는 짧은 한숨을 내쉬며 그녀의 손에 깍지를 꼈다.

"걱정이다."

"뭐가?"

"이렇게 예쁜 너 누가 채갈까 봐."

"네 눈에만 예쁜 거야."

"아니야. 아까도!"

지후는 순간 애다에게 현민의 이야기를 하려다 입을 닫았다. 솔직히 말해 레스토랑에서 일하는 애다가 맘에 들지 않았다. 혹시나 애다에게 껄떡대는 놈이 있지 않을까 하고 말이다. 더구나 방금 전처럼 그녀를 보는 현민의 시선이 괜히 신경이 쓰였다.

선애다를 안지후 옆에 둘 수 있는 방법이 없을까? 지후가 심각하게 고민하고 있을 때, 애다의 목소리가 들려왔다.

"아까도? 누가 나한테 반했대?"

지후는 고개를 절레절레 흔들어댔다. 그런 놈이 있으면 절대로 가만두지 않을 거다. 감히 안지후 여자한테 반해?

"아니야. 안지후가 선애다 머리 푼 모습에 또 한 번 반했다고."

지후가 웃으며 애다의 입술에 뽀뽀했다. 선애다는 안지후 거야. 찜. 또 지후의 버릇 나왔다. 아무 데서나 입술에 뽀뽀하는 버릇. 애다는 지후에게 밉지 않게 눈을 흘겼다. 무슨 아기도 아니고, 그렇다고 강아지도 아닌데, 그렇게나 입을 맞추고 싶을까?

"안지후. 내 입술 닳겠다."

"그 입술 아그작 아그작 씹어서 먹어 삼켜 버리고 싶어."

어쩜 표현을 해도 그런 표현을 해대는지. 지후의 애교스러운 표정에 애다는 그저 웃음만 나올 뿐이었다.

"풉. 뭐야."

"헤헤. 자. 가자."

"어디 가는데?"

"근사한 곳!"

지후가 애다에게 윙크를 하며 웃어준 후 액셀을 밟았다. 목적지에 도착할 때까지 지후는 왼손으로 핸들을 잡고 오른손은 애다의 손을 만지작거리며 놓지 않았다. 신호에 차가 잠시 멈출 때마다 애다의 손등에, 볼에, 입술에, 계속해서 뽀뽀를 해대는 지후다. 결국에 애다는 참다못해 운전하는 그에게 큰 소리를 질러 버렸다.

"이 뽀뽀 귀신아!"

＊

"지후야, 여기!"

칵테일 바에 들어서니 수현이 손을 흔들며 자신의 위치를 알렸다. 지후는 어리둥절해 있는 애다의 손을 잡고 그에게 다가갔다. 애다가 먼저 수현을 보고 인사를 하자, 수현도 간단하게 그녀를 보며 손을 흔들어주었다. 지후는 애다를 먼저 자리에 앉히고, 그 옆에 앉으며 투덜거리기 시작했다.

"왜 여기서 보자고 그래? 우리 애다 배고픈데. 더 좋은 곳으로 가지. 밥 먹는 곳으로."

누구는 연애 안 해봤나? 수현은 인상을 찌푸리며, 감자튀김 하나를 집어 대뜸 지후에게 던졌다. 누가 보면 혼자 연애하는지 알겠다.

"하여튼 그놈의 주둥아리. 입만 열면 우리 애다, 애다. 내 귀에 딱지 생기겠다!"

"으. 더러워. 귀 좀 파고 다녀!"

"야!"

"풉."

지후와 수현의 대화에 애다의 웃음이 터졌다. 그 웃음소리에 지후가 신기해하며 그녀의 얼굴을 빤히 쳐다봤다.

"애다야, 재밌어? 수현 형 더 놀려줄까?"

애다는 웃음을 참으며 수현의 얼굴을 보더니 지후의 옆구리를 쿡 찔렀다. 수현이 지후를 죽일 듯이 노려보며 이를 갈고 있는 모습이 보였기에.

"지후야, 왜 그래. 하지 마."

"네가 재밌어 하니까."

얼씨구. 아주 잘들 논다. 수현은 지후를 보며 안타까운 표정을 지었다. 변했다, 안지후. 완전히 변했어. 자신이 알고 있는 모습이 아니었다.

며칠 전, 수현은 지후를 데리러 갔다가 집 앞에서 애다와 함께 있는 걸 보았다. 그렇게 좋아하는 티를 팍팍 내더니만 결국, 애다를 제 여자로 만들어 버린 지후였다.

애다와 처음 인사했을 때, 나이에 비해 꽤 어른스러운 면을 보고 놀랐다. 그리고 이렇게 둘이 알콩달콩한 모습에 심술이 나기도 했지만 꽤 어울리는 커플이라 크게 뭐라 할 수도 없었다. 그저 장난 삼아 놀리는 것 외에는.

"이야. 안지후. 네가 어쩌다 이렇게 됐냐? 애다야. 나 완전 너한테 실망이야."

"네? 왜요?"

수현이 애다를 보며 섭섭하다고 하자, 애다는 긴장을 하며 그에게 물었다. 혹시 자신이 무슨 잘못이나 실수를 한 게 있나 싶어 골똘히 생각을 해보는 애다였다.

"왜 그렇게 쉽게 저 녀석 받아줬어? 애다 너 때문에 골골대는 저 녀석 모습 더 보고 싶었는데. 놀리는 맛이 아주 쏠쏠했거든. 너는 지후한테 안 넘어갈 줄 알았는데 그렇게 쉽게 넘어가나? 애다 네가 몰라서 그러는데 저 녀석 완전 여우야!"

"이렇게 멋진데 안 넘어가는 여자가 어디 있어요? 다른 여자가 채가기 전에 얼른 내가 잡아야죠."

애다의 말에 지후가 얼른 두 손으로 그녀의 얼굴을 잡고 자신을 보게 했다. 아, 미치겠네. 선애다.

"어유. 이 귀여운 것. 말도 어쩜 이리 예쁘게 해?"

지후가 애다의 입술에 연신 뽀뽀를 해대자, 그 모습을 보고 있던 수현의 짜증나는 목소리가 가게 안에 울렸다.

안지후, 저 자식을 진짜!

"여기요! 주문 받아요!"

잠시 후, 그들은 도수가 약한 칵테일 몇 잔과 피나 콜라다, 바나나 피자를 시켜 즐거운 시간을 보냈다. 지후는 옆에 앉은 애다를 챙겨가며 계속해서 먹여대기 바쁘고, 수현은 그 모습에 정말 연애를 하든지 해야지, 서러워 못 살겠다며 술만 연신 들이켰다. 지후와 애다의 연애가 부럽기도 하면서 또 다른 한편으로는 애다가 아주 대견스럽기도 했다.

열심히 사는 선애다가 수현의 눈에도 예뻐 보이는데, 지후의 눈에는 오죽하겠는가 말이다. 수현은 지후의 마음을 충분히 이해할 수 있었다.

"그런데 애다야. 일 안 힘들어? 서비스업이라 많이 힘들잖아."

수현의 걱정스러운 질문에 애다는 생긋 웃어 보이며 고개를 절레절레 흔들었다.

"세상에 안 힘든 일이 어디 있어요? 괜찮아요."

지후는 잠시 생각하더니 애다의 팔을 붙잡고 진지한 말투로 이야기를 꺼냈다.

"애다야. 너 레스토랑 그만두고 다른 일 해보는 건 어때?"

"무슨 일?"

"어. 아주 잘생긴 사장님하고 일하는 건데. 별로 힘들 건 없어. 그냥 그 사장 일하는 데 따라다니기만 하면 돼. 물론 사장이 일이 없을 땐 쉬는 날이야. 완전 좋지?"

"그런 일이 있어?"

"응."

수현은 지금 지후가 하는 말에 어이가 없었다. 힘드니 직원 하나 두자고 그렇게 말해도 콧방귀만 뀌어대던 녀석이 지금 애다를 고용하려고 하는 거다. 것도 자기 옆에 두려고 하는 모습이 눈에 훤하게 보였다. 어디서 잔머리를 굴려?

"안지후. 잘하는 짓이다. 그걸 말이라고 하냐?"

"왜?"

"내가 그렇게 직원 하나 뽑자고 해도 싫다던 놈이 애다라니까 바로 스카우트하려고 하네? 너 인생 그렇게 살지 마!"

애다는 수현이 꺼내는 말에 고개를 갸웃거렸다. 지후가 말하는 일이 그가 있는 회사란 말인가? 정말 웃음이 나왔다. 지후, 널 어쩌면 좋니?

수현의 구박에도 지후는 그저 눈만 말똥거리고 뭐가 문제냐며 아무렇지 않은 표정을 지었다.

"지후야. 사장이 너야?"

"응. 멋지지?"

지후가 해맑게 웃었다. 어깨를 쫙 펴고 무슨 대단한 일을 하는 것처럼 애다에게 잘 보이려고 하는 모습이었다.

"내가 거기서 일하면 돈은 얼마 줄 거야?"

"얼마가 필요해?"

"원하는 대로 다 줄 거야?"

"부르는 게 네 연봉이야."

지후와 애다의 대화를 듣고 있던 수현은 점점 짜증이 몰려왔다. 정말 짝 없는 사람은 두 눈 뜨고 못 볼 광경이다. 저 닭털 날리는 커플들을 어쩌면 좋단 말인가. 너희는 좀 심하다. 수현은 몸에 열이 나는지 물을 단번에 쭉 들이켰다. 이제야 좀 살 것 같다.

"내가 다시는 너희 둘하고 안 만난다."

수현의 목소리가 심상치 않자, 애다는 미안한 표정을 지었다. 일부러 그런 건 아닌데, 지후와 이야기하다 보면 어느새 그에게 동화가 되는 제 모습을 발견하게 되었다.

"수현 오빠. 미안해요. 농담이었어요. 저희 가끔 이러고 놀거든요. 그러니 이해를 좀……."

그래도 애다는 뭔가 눈치가 있다. 수현은 조금 누그러진 표정으로 애다에게 웃어 보이려는 찰나, 지후의 말에 또 한 번 인상이 찌푸려졌다.

"형. 괜히 왜 우리한테 심술이야? 애인 없다고 티 내는 것밖에 더 돼? 나도 애다랑 둘이 있고 싶지, 형하고 이렇게 셋이 만나는 거 나도 별로야. 일하면서 매일 보는 형 얼굴인데 좋겠냐고. 다음부턴 애다랑 있을 때는 부르지 마."

저 눈치 없는 놈. 애다만 옆에 없었으면 저 잘난 뒤통수를 한 대 쥐어박아 버리고 싶은 심정이다. 애다는 어색한 표정을 지으며 지후를 말렸다. 이러다간 정말 수현이 폭발할 것 같다.

"지후야. 그만해. 나, 네 회사에서 일하는 거 힘들어. 그리고 그랬다가는 수현 오빠 일 그만둘 것 같아."

"그런가?"

애다의 말에 금방 헤벌레 웃는 지후의 모습은 완전 바보였다. 선애다 바보. 수현은 정말 저 닭털 커플들을 보면서 앞에 있는 테이블을 엎어버리고 싶은 심정이었다. 계속 애정행각을 눈앞에서 보여주는 그들을 보며 결국 수현은 버럭 소리를 질러댔다.

"아, 정말 너희들 재수 없어!"

지후는 수현의 부러움에 깃든 외침에도 못 들은 척했다. 그리고 애다는 수현에게 농담이라고 했지만 지후는 아니었다. 정말 애다가 레스토랑 일을 그만두고 사무실에서 함께 있었으면 좋겠다는 생각을 했다. 그녀와 단 한시도 떨어지고 싶지 않았다.

"애다야. 진짜로 한번 생각해 봐. 농담 아니야."

"지금 레스토랑을 그만두는 건 힘들어. 내 편의도 많이 봐주셨는데 갑자기 그만두면 곤란하잖아."

"그럼, 아직 학교 안 나가니까 레스토랑 끝나고 우리 사무실에서 잠깐씩이라도 알바해라. 응?"

"음. 그럼 그냥 네가 필요할 때 잠깐 가서 도와주는 것만 할게."

"그래. 좋아."

수현은 지후의 모습을 보고 헛웃음이 나왔다. 그렇게 애다가 좋을까. 옆에 두고 싶은 마음이야 이해를 하지만 어떨 때는 지후의 이런 모습이 불안하기까지 했다. 지금 지후는 채은 때와는 달라도 너무 달랐다. 물론 채은에게도 잘했지만 이건 뭐 상상 이상이었다. 역시 더 좋아하는 쪽이 지는 거라더니. 저렇게 빠른 시일 내에 애다를 좋아하게 될 줄 몰랐다. 지금 지후의 모습은 아주 좋아 보이는데, 만약 애다와 헤어지기라도 한다면……

그 뒤의 지후의 모습은 상상하기도 싫었다. 그땐 아마 저 녀석 죽는다고 할지도 모르겠다. 정말 생각만 해도 끔찍했다.

*

어느 한 고급 일식집.

조용한 룸 안에 칠십대 초반쯤으로 보이는 풍채 좋은 노인과 이십대 후반 나이의 청년이 함께 저녁 식사를 하고 있다. 조용히 식사하던 중 노인이 지나가는 어조로 앞에 앉은 청년에게 물었다.

"그래. 새로운 광고 기획은 어떻게 진행되어 가고 있는 게야?"

청년은 고개를 들고 물 한 모금을 마신 뒤, 노인의 질문에 대답했다.

"올라온 제안들을 검토해 보고 있는데 광고 모델을 연예인이 아닌 일반인으로 하면 어떻겠나 하는 제안이 눈에 띕니다."

"일반인?"

"네."

노인은 잠시 말이 없더니 이내 고개를 끄덕거렸다.

"그 일반인이라는 게 누구야?"

"좀 더 회의를 해봐야 알겠지만 우선 우리 회사 직원으로 하는 게 좋을 것 같다는 제안이 나왔습니다. 발탁되면 광고 모델료도 있으니 많은 지원이 예상되고요."

"회사 직원이라면 본사 직원들을 말하는 게야?"

"거기까지는 아직 구체적인 검토를 안 해봤습니다."

잠시 생각이라도 하는 듯 노인의 손가락이 까딱까딱 움직이며 테이블 위를 두드렸다. 그러다 어느 순간 손가락의 움직임이 멈추었다.

"대리점 쪽도 알아봐."

"네?"

"그 사람들한테도 같은 기회를 주라고. 우리 직원이잖아."

"……."

"요즘 세운유업 밀어내기다 뭐다 하며 언론이 때린 거 몰라? 이미지만 나빠지고. 그 사이를 우리가 파고들자 이거야. 대리점 과 이 기회에 융합을 잘하면 우리 조은유업 이미지가 상당히 좋 아질 거란 말이지."

"좋은 생각이신데요? 한번 추진해 보도록 하겠습니다."

새로운 광고에 대한 이야기를 하고 있는 그들은 지후의 할아버 지인 조은유업 회장 안태규와 조은유업 대표이사직을 맡고 있는 지후의 형, 지성이다.

"그나저나 지후 이 녀석은 뭘 하기에 코빼기도 안 보여?"

"얼마 전 호주 다녀온 것 같던데요?"

"호주? 너하고는 연락하고 지내는 게야?"

"아뇨. 수현이한테 들었습니다. 부모님 기일 때 술 한잔하고 그 뒤로 저도 본 적 없어요."

"괘씸한 놈 같으니라고."

안 회장은 모델 일이다 뭐다 바빠서 얼굴조차 보이지 않는 둘째 손주가 야속하기만 했다. 안 회장의 모습을 보던 지성의 얼굴에 미소가 드리워졌다. 지후가 막내라서 그런지 유난히 지후를 예뻐하시는 할아버지이시다.

지성은 그 모습이 질투가 나기는커녕 오히려 감사한 마음을 가졌다. 부모님이 갑자기 돌아가시는 바람에 저보다 많은 사랑을 받지 못하고 자란 지후이기 때문이다.

"할아버지께서 물질적으로 지원을 다 끊으셨으니 그런 거 아닙니까."

"그럼, 젊은 놈이 직접 일해서 벌어먹어야지. 어디서 내가 번 돈을 날름 먹으려고 해!"

"안 그래도 요즘 잘나간다고 합니다. 그래서 바쁜 거고요."

안 회장은 못마땅한 표정을 지었다. 가만히 회사에 들어와서 일이나 배우면 좋을 것을. 이상하게도 지후에게만은 강압적이 되지 않았다. 솔직히 너무 버릇없이 키웠나 싶을 정도로 걱정이 되기도 했다.

"언제까지 모델이라는 짓을 한다는 게야? 미련한 놈 같으니라고. 쯧쯧."

"그래도 약속대로 연예인 쪽으로는 안 가지 않습니까. 제의도 많이 들어오는 것 같던데."

"내 그래서 아무 말 안 하고 있는 게야. 그 자식 연예인만 했단 봐. 족보에서 파버릴 테니. 모델도 맘에 들지 않아. 그래도 그나마 노상 얼굴 팔리고 다니는 연예인보다 나으니까 봐주는 거야."

지성은 웃으며 싱싱한 회 한 점을 골라 안 회장의 개인 접시 위에 올려놓았다. 그 모습을 빤히 보고 있던 안 회장은 지후에게 향했던 화살을 지성에게 돌렸다.

"너는 대체 언제 결혼해서 증손자 안겨줄 게냐!"

안 회장의 호통에 지성은 흠칫거리며 얼굴에서 웃음기를 거두었다. 그리고 거의 기어들어 가는 목소리로 입을 열었다.

"그게. 아직 소현이 공부가 덜 끝나서……."

"쯧쯧쯧. 달랑 손주 둘이 있는 게 왜 다들 이 모양인지. 에잇."

안 회장은 자신의 신세를 한탄하며 앞에 놓인 술을 들이켰다. 하나밖에 없는 아들 내외가 사고로 사망하고, 지성과 지후를 키워냈다. 다행히 삐뚤어지지 않고 반듯하게 잘 자란 아이들이다. 그 모습을 항상 대견해 했지만, 이제 나이가 먹어서인지 자꾸만 사람에 대한 욕심이 생기고 핏줄이 땡겼다. 어서어서 결혼해서 귀여운 증손자를 낳았으면 하는 바람이었다. 다 늙은 노인네가 은퇴하면 무슨 낙이 있겠는가. 그 어린것들 재롱이나 보면서 여생을 즐겨야지. 지성이든, 지후든 아무나 빨리 효도를 했으면 좋겠다.

안 회장은 식사가 끝날 때까지 앞에 앉은 지성을 계속해서 닦달해 댔다. 지성은 안 회장의 잔소리를 들으며 이 자리에 없는 지후가 괜히 원망스러웠다. 남들은 형제간의 경영권 다툼이 없어서 좋다고 하겠지만, 지성은 전혀 그렇게 생각하지 않았다. 오히려 지후가 회사에 들어와서 경영에 참여했으면 하는 바람이었다. 가끔은 지후의 자유스러움이 부러울 때가 있었다. 그 자유로움을 느끼지도 못하고 스물여덟의 나이에 대기업의 대표이사직이라니. 요즘은 특히 외롭기까지 했다.

안 회장이 원하는 대로 결혼이나 할까? 그저 사랑하는 소현이 이른 시일 내에 유학을 마치고 한국에 돌아오기를 바랄 뿐이었다.

*

애다는 오늘도 어김없이 우유 배달을 끝내고 아파트 1층 현관에 세워두었던 자전거에 올랐다.

"애다야!"

자전거 페달을 밟고 막 그곳에서 출발하려는 순간, 들려오는 목소리에 뒤를 돌아봤다. 지후가 새벽 운동을 하고 오는지 트레이닝복 차림으로 웃으며 다가오고 있다.

"운동 갔다 오는 거야?"

"응. 그런데 왜 내 얼굴도 안 보고 가? 너 보려고 시간 맞춰서 오는 건데."

"자는 줄 알았지. 어제도 지방에서 촬영하느라 늦게 왔잖아."

"그래도 너 얼굴 볼 시간은 있어."

지후는 자전거가 움직이지 못하게 잡고, 다른 한 손으로 애다를 자전거에서 내리게 했다.

"새벽부터 운동하고 안 피곤해? 좀 더 자지 그랬어."

"괜찮아. 애다야, 집에 올라가자."

"집에? 왜?"

"밥 안 먹었잖아. 같이 먹자."

지후는 자전거를 한편에 잘 세워두고, 애다의 손을 잡고 집으로 올라갔다. 지후의 집에 몇 번 와본 경험이 있는 애다는 자연스레 소파에 가서 앉았다.

"애다야. 샤워 좀 하고 나올게. 잠깐 기다려."

"응."

지후가 샤워를 하러 욕실에 들어가자, 애다는 천천히 거실을 둘러봤다. 거실 한 벽면에 지후의 커다란 사진이 눈에 띄었다. 흑백으로 처리된 사진은 지후만의 신비한 매력을 발산하고 있었다.

"멋있네."

애다는 옅은 미소를 짓고 중얼거렸다. 그리고 주변을 더 둘러보니 테이블 옆에 많은 잡지가 꽂혀 있다. 그중 한 권을 들어 올린 애다는 그새 흐뭇한 미소를 지었다. 지후가 커버 모델로 나온 잡지였다. 케이크를 들고 귀여운 미소를 보이며 찍은 사진. 이 사진은 지후 평소 때의 귀여운 미소와 비슷했다.

애다는 호기심 어린 눈으로 잡지를 한 장 한 장 넘기다 어느 한 페이지에서 손을 멈추었다. 지후의 화보 사진이 실려 있다. 이때까지 보지 못한 그의 모습을 많이 볼 수 있었고, 촬영 비하인드 컷도 보였다.

'이렇게 일하는구나.'

잡지에 실린 비하인드 스토리를 읽어가며 쿡쿡대고 웃었다. 이 잡지에 실린 지후가 남자친구라니, 신기하면서도 웃음이 나왔다.

"애다야, 뭐해?"

샤워를 마치고 나온 지후가 소파에 앉아 있는 애다 곁으로 다가오더니, 그녀의 어깨에 팔을 두르며 앉았다. 지후는 잡지를 보고 있는 애다를 힐끔 쳐다보고는 그녀의 부드러운 머릿결을 쓸어내렸다.

"네 남자친구 멋있지?"

"응. 지후 너 아닌 것 같아. 완전 옴므파탈이네."

애다는 사진 속의 지후에게 시선을 떼지 않으며 말했다. 잘하면 잡지 속으로 들어갈 기세다. 지후는 입술을 삐죽 내밀며, 애다의 얼굴을 살며시 잡고 자신을 볼 수 있도록 들어 올렸다. 지후와 시선을 마주한 애다는 동그란 눈을 깜빡이며 고개를 갸웃거렸다. 샤워를 막 끝낸 그에게서 상큼한 체리향이 풍겼다.

"실제로 보고 있는 인간 안지후가 멋있어, 아님 사진 속의 모델 안지후가 멋있어?"

"인간 안지후."

애다의 망설임 없는 대답에 지후의 입가에 미소가 지어졌다. 이러니 안 예뻐할 수가 없다.

"왜?"

"인간 안지후는 나만 볼 수 있잖아."

"음. 그 대답 아주 맘에 드네."

지후는 만족스러운 표정을 지으며 마치 칭찬이라도 하듯이 그녀의 머리를 쓰다듬었다. 그러다 지후의 눈이 점점 가늘어지더니 음흉한 눈빛으로 애다를 바라봤다.

"인간 안지후가 좋은 점 또 있는데."

"응? 뭔데?"

"만질 수 있잖아."

지후가 하는 말이 이해가 잘 가지 않는지 애다의 큰 눈 안에서 눈동자가 쉴 새 없이 움직이기 시작했다.

만질 수 있다고?

"이렇게."

지후의 뽀뽀에 애다는 그제야 말의 뜻을 이해했는지 피식 웃었다. 이제 지후의 이런 행동이 익숙해져서 그가 하는 입맞춤이 싫지가 않았다. 지후에게 사랑받는 느낌이라 오히려 더 설레고 기분이 좋아졌다.

애다는 밉지 않은 시선으로 지후를 살짝 흘겨봤다. 지후는 그런 애다의 모습마저 예뻐 보이는지 그녀의 볼을 살짝 꼬집었다.

"안지후. 뽀뽀 귀신 붙은 것 같아."

"그럼 그 귀신의 능력을 한번 믿어볼까?"

"그게 무슨 말이…… 읍."

지후는 애다의 말을 입으로 가로막으며 진하게 키스했다. 그녀를 보자마자 얼마나 하고 싶었던 키스인지. 애다를 보면 자연스레 만지고 싶었다. 처음 그녀를 만났을 때부터 지금까지 이 마음은 변하지 않았다. 한 번도 여자에게 이렇게 행동을 한 적이 없었다. 그 어떤 여자하고도 이런 스킨십을 자주 하지 않았는데, 애다만 보면 제 몸이 아닌 것처럼 자연스럽게 반응이 왔다. 만나면 만날수록 그녀에 대한 욕심이 커져 갔다. 어렵게 얻은 그녀의 마음이라서 더 바랄 것이 없었는데, 이젠 또 다른 바람이 생겨났다. 애다를 온전히 제 여자로 만들고 싶은 욕심.

애다는 지후가 해주는 키스를 항상 그랬듯이 거리낌 없이 받아들였고, 그들은 평소보다 오랫동안 키스를 나누었다. 지후는 애다에게 입을 맞추며 소파 위로 그녀를 조심스레 눕히고는 그 위로 살짝 올라갔다. 키스는 멈출 줄 몰랐고, 애다는 이제 그만 해야겠다는 심정으로 그의 어깨를 살짝 밀었지만 꼼짝을 하지 않았다.

지후는 천천히 입술을 떼고 애다의 목 언저리에 얼굴을 묻고 그곳에 키스했다. 그녀에게서 아기 냄새가 났다. 맡으면 맡을수록 중독되어 가는 느낌이었다. 애다는 야릇한 기분을 느끼며 주먹을 불끈 쥐었다. 가느다란 이성의 끈을 붙잡고 있던 그녀의 입에서 당황스러워하는 작은 목소리가 흘러나왔다.

"저, 저기. 지후야, 잠깐만……."

지후는 애다의 목소리는 들리지 않는지, 아니면 못 들은 척하는 건지, 그녀의 말에 대답은 하지 않고 계속해서 애다의 목, 쇄골…… 여기저기 입을 맞추었다.

"하. 지후야…… 읍."

애다는 옷을 살며시 들어 올리려는 지후의 행동에 너무 놀라 그의 손을 붙들었다. 아무리 생각해도 이건 아니었다. 갑자기 이럴 수는 없었다.

"지후야. 저기."

애다의 목소리가 떨려 나왔다. 지후는 예사롭지 않은 목소리에 그제야 하던 행동을 멈추고 고개를 들었다. 애다는 얼굴이 붉어진 상태로 시선을 마주치지 못하고 있다. 아, 미치겠다. 정말 미쳐 버릴 것 같다.

지후는 마른침을 한번 삼키며 그녀의 얼굴을 간절하게 쳐다봤다. 애다는 지후의 상기된 표정을 힐끔 쳐다보며, 이 상황을 어떻게 해야 할지 갈피를 못 잡고 두 눈동자만 연신 굴려댔다.

"지후야. 그, 그게."

지후는 애다의 입술에 짧은 입맞춤을 한 후, 그녀의 눈을 잠시 가만히 바라보았다. 지금 끌어 모을 수 있는 인내란 인내는 다 모아 참아내고 있다.

"하. 나 이러다 사고 치겠다. 미안."

지후는 애다의 티셔츠를 바르게 정리해 주며 그녀에게 실었던 몸을 일으켰다. 그러고는 애다의 팔을 잡고 조심히 일으켜 줬다. 나란히 앉은 그들은 잠시 동안 어색하게 서로의 눈치만 살피고 있었다. 그 정적을 지후가 먼저 웃으며 깨뜨렸다.

"애다야."

"으, 응?"

당혹스러워하는 애다의 목소리에 지후 또한 긴장되는 건 마찬가지다. 지후는 그녀의 눈치를 보며 작은 목소리로 말을 건넸다.

"나 말이야. 애다 너, 무지 갖고 싶은데. 아직은 안 되나?"

"픕."

지후의 질문에 애다는 웃음이 나왔다. 갖고 싶다고? 물건도 아니고 무슨 표현이 저런지. 웃음을 참으며 지후를 돌아보니, 그가 심각한 모습으로 입술을 이로 자근자근 깨물고 있었다. 지후는 애다의 웃음의 의미를 몰라 긴장된 표정으로 되물었다.

"왜 웃어?"

"넌 어쩜 그렇게 솔직해? 너의 그 솔직한 질문에 난 뭐라고 대답해야 할지 모르겠어."

"왜 몰라? 그냥 예스하면 되지."

"뭐?"

"난, 애다 네가 좋아. 그래서 너랑 하고 싶어. 이게 잘못된 생각이야?"

순간 할 말을 잃었다. 지후의 저돌적인 질문에 애다는 잠시 병찐 표정을 지었다. 그가 묻는 말에 즉각 대답을 할 수가 없었다. 지후는 좋아한다는 고백도 함께 몸을 나누고 싶다는 말도 어쩜 저렇게 태연하게 잘하는지. 본래의 성격인가? 그렇다 해도 이 질문에 뭐라고 확실하게 대답을 할 수가 없었다.

그와 처음 만난 지 두 달이 되어가고 정식적으로 연애한 지는 한 달이 넘어섰지만, 지후의 지금 같은 모습은 당황하지 않을 수가 없다. 예전 같으면 한 대 쥐어박아 버리면 그만이겠지만 그의 연인이 된 지금은 거부할 수도, 그렇다고 이렇게 쉽게 허락할 수도 없지 않은가. 참, 여자란 동물은…….

아무런 말이 없는 애다를 보며, 지후의 마음에 불안한 기운이 엄습해 왔다. 아무래도 큰 잘못을 한 것 같다. 하지만 애다를 제 여자로 만들어야지만 안심이 될 것 같은데. 그녀가 실망했을까 봐, 살짝 두려운 마음이 들었다. 어떡해야 하나? 어떡하긴 뭘 어떡해. 무릎이라도 꿇고 싹싹 빌어야지.

"애다…….."

"지후…….."

동시에 이름을 부른 그들은 서로의 눈치만 보다가 지후가 먼저 말을 건넸다.

"애다야, 미안해. 다시는 네 허락 없이는 안 그럴게."

"지후야."

"응?"

지후는 조심스럽게 이름을 부르는 애다의 목소리로 인해 온몸에 긴장감이 스며들었다.

"나도 네가 좋아."

예상외의 그녀의 대답에 긴장이 되었던 몸이 순식간에 풀어져 버렸다.

"그런데 나도 모르겠어. 지후 네가 싫은 건 아닌데…… 이런 나한테 실망했어?"

"아, 아니. 전혀! 내가 왜? 하나도 실망 안 했어. 그런 생각 절대 갖지 마. 앞으로도 널 미워하거나 싫어하거나 그런 일은 절대 없을 거야."

실망이라니. 감히 안지후가 선애다에게 실망이라고? 하늘이 무너져도 그런 일은 절대 없을 것이다. 오히려 자신이 할 말을 애다가 하고 있었다. 정말 미안한 마음이 들게 말이다.

"애다야. 너도 나 미워하거나, 이런 내가 싫어졌다고 나한테서 멀어져 버리면 안 돼. 알았지?"

지후의 말에 애다는 고개를 끄덕거렸다. 어떻게 그를 미워할 수가 있겠는가. 지후의 행동이 충분히 이해가 갔다.

"응. 안 갈게."

지후는 그제야 안심을 하며 그녀를 당겨 품에 안았다. 바보 안지후. 이렇게 안고만 있어도 좋은 그녀인데, 이렇게 곁에만 있어도 행복한 마음이 드는데, 너무 욕심이 과했나 보다. 다행이다. 선애다가 안지후라는 놈에게 실망하지 않아서 정말 다행이다.

"애다야. 나 원래 이런 놈 아니야. 오해하지 마. 정말 너한테만 이러는 거야. 나도 내가 왜 이런지 잘 모르겠는데, 그냥 네가 좋아서, 그래서 그런 거야."

애다는 지후의 따뜻한 품 안에서 생긋 미소를 지으며 고개를 끄덕거렸다. 쩔쩔매는 지후의 모습이 웃기면서도 귀여웠다.

지후는 그녀를 사랑스럽다는 눈으로 한참을 바라보았다. 그러다가 긴 한숨을 내쉬며 인상을 찌푸렸다.

"나 샤워 한번 더해야겠어. 안 그러면 정말 너 덮칠지 몰라."

"풉."

"웃지 마. 정말 이건 힘든 고난이라고. 안 겪어본 사람은 몰라."

"다시는 네 집에 안 올 거야."

웃음을 짓던 표정이 순식간에 사라져 버린 애다의 입에서 차가운 말투가 흘러나왔다. 지후는 그런 애다의 손을 잽싸게 잡으며 심각한 표정을 지었다.

"왜? 나 때문에? 내가 그래서 우리 집에 안 온다는 거야? 미안, 정말 미안해. 안 그럴게. 정말 다시는 안 그럴게. 그러니까 애다야. 그렇게 말하지 마."

지후 놀리는 맛이 이런 거구나. 수현 오빠의 마음이 이해가 갔다. 애다는 놀란 것 같은 지후의 모습을 보니 장난친 게 미안해졌다.

"농담이야. 그러니까 그 표정 풀어."

"선애다. 넌 무슨…… 심장 떨어질 뻔했잖아."

"헤헤."

지후는 애다의 웃음에 기가 막혔다. 놀리는 게 그리 재밌나? 그래도 그녀를 미워할 수가 없었다. 그래, 놀려라 놀려. 네가 웃을 수만 있다면 그까짓 거 얼마든지 당해주마. 지후는 애다의 웃음소리를 뒤로하고, 씩씩거리며 잽싸게 욕실로 들어갔다.

얄미워, 선애다.

"지후야. 이게 뭐야?"

잠시 후, 애다는 지후가 차려준 식탁을 보며 입을 다물지 못했다. 지후는 샤워를 한 번 더 하고 나오더니 주방으로 곧장 들어갔다. 주방에는 얼씬도 못 하게 해서 지난번처럼 간단하게 차리는 줄 알았다. 애다는 지후를 놀란 눈으로 한 번 더 바라보고는 식탁의 음식을 뚫어지게 쳐다봤다.

"웬 사골국? 이거 인스턴트야?"

"무슨 소리! 하루 동안 열심히 고아서 대령한 건데."

뭐라고? 이걸 믿어야 하나, 말아야 하나. 애다는 지후를 의심 쩍은 눈빛으로 쳐다보며 믿을 수 없다는 듯이 되물었다.

"진짜? 나 또 감동받아야 되는 건가?"

"헤헤. 사실은 내가 한 거 아냐."

"그렇지? 어쩐지."

애다가 그럴 줄 알았다며 웃어 보이자, 지후는 그녀를 식탁 의 자에 앉히며 수저를 챙겨주었다.

"그렇지만 인스턴트 아니야. 진짜 정성 들여 고은 거야."

"그게 무슨 말이야?"

"우리 집 아주머니가 나 먹으라고 열심히 고아서 보내준 거야."

애다는 숟가락으로 국을 떠먹으려다가 고개를 들었다. 지후가 하는 말이 이해가 잘 되지 않았다.

"아주머니?"

"응. 본가에서 집안일 해주시는 아주머니."

"본가?"

"응. 왜?"

본가에서 일하시는 아주머니라…… 애다는 숟가락을 내려놓고 지후를 빤히 쳐다봤다. 그러고는 그가 사는 집을 한 번 더 둘러 보았다. 애다는 그제야 이런 값비싼 집에 지후 혼자 산다는 걸 인지했다. 여태까지 별생각 없이 드나들었는데. 지후가 타고 다 니는 차나 입고 다닌 옷을 보며, 모델 일을 해서 돈을 번 거라고 생각했다. 아니, 조금은 잘 사는 집의 아들이라고 생각은 되었지 만, 혹시…… 재벌 뭐 그런 건가?

지후는 애다가 잠시 생각하는 모습을 보고 고개를 갸웃거리며 그녀를 재차 불렀다.

"애다야. 왜 그래? 무슨 문제 있어?"

"너, 혹시 뭐 재벌 그런 거…… 부잣집 아들이야?"

"응? 그게 갑자기 무슨 말이야?"

"보통 그냥 우리 집이라고 하지, 본가라는 말은 잘 쓰지 않잖아. 그리고 일하는 아주머니도 있다고 해서. 혹시나 하고."

"응."

"응?"

지후의 망설이지 않는 대답에 애다는 두 눈이 동그래져 그의 말을 따라 했다. 정말이란 말인가? 정말?

"아들은 아니고 손자?"

"그건 또 무슨 소리야?"

지후는 애다의 놀란 표정을 보고 씁쓸한 미소를 지었다. 모델 일을 하면서 누구에게도 집안에 대해 말한 적이 없다. 선입견을 가지고 바라보는 시선이 싫었기 때문이다.

실력을 보지 않고 배경을 이용해서 광고를 따고 스폰서를 물었다느니, 디자이너에게 뒤로 돈을 줘서 좋은 무대 위에 섰다느니, 그런 말을 듣고 싶지 않았다. 그래서 광고 모델로는 잘 서지 않았다. 그런데 왜 애다에게는 망설임 없는 대답이 나왔을까? 어쩌면 그녀에게 믿음이 있었는지 모르겠다. 조건을 보지 않고 오로지 인간 안지후로만 봐줄 거라고 믿었기 때문이라고 생각되었다.

"우리 부모님. 나, 중학교 들어갈 때 사고로 돌아가셨어."

애다는 아무렇지 않게 자신의 가족사를 말하는 지후를 놀란 눈으로 바라봤다.

"그래서 할아버지가 형하고 나 뒷바라지하셨어."

"아. 미안해, 지후야."

"왜 네가 미안해?"

"몰랐어."

"당연히 모르지. 내가 말 안 했는데."

그런데도 지후는 어쩜 저렇게 밝게 자랄 수 있었던 거지? 부모님 없이 자란 아이 같아 보이지 않았다. 너무 밝고 해맑아서 부모님의 사랑을 듬뿍 받고 자랐다고 생각했었다. 그래서 사랑을 받은 만큼 남에게도 그런 예쁜 사랑을 주는 거로 생각했었는데.

"지후야."

"응?"

"넌, 왜 나에 대해서는 안 물어봐?"

"너니까."

"응?"

"난 선애다 그 자체가 좋은 거지. 네 환경은 내겐 중요하지 않아. 그런데 가끔 궁금하기도 했어. 왜 혼자 사는지, 가족관계는 어떻게 되는지."

"……."

"그런데 애다 너도 안 물어보더라. 나를 처음 만난 사람들은 항상 내 가족에 대해 물어봤거든. 부모님 돌아가셨다고 하면 다들 불쌍한 눈빛으로 바라봐. 그러다 내가 하고 다니는 거 보면 자라온 환경은 괜찮아 보이는지 그때야 너희 집 뭐 해? 하고 물어오더라고. 그런데 애다 넌, 단 한 번도 궁금해하지 않았어. 그냥 나 자체를 좋아해 주는 것 같아서 고마웠거든. 그래서 나도 물어볼 수가 없었어."

지후의 눈빛을 보고 애다는 뭐라고 형용할 수가 없었다. 늘 장난기 있는 모습만 보여준 지후였는데 그런 생각을 했다는 게 정말 고마웠다. 애다 또한 그 누구에게도 현재의 제 가정상태를 말해주기가 참 곤란했었다.

"아빠 돌아가셨어. 나 여섯 살 때."

애다의 잔잔한 목소리에 지후는 아무 말 없이 그녀가 하는 이야기를 들었다. 용기를 내서 말하는 그녀의 모습이 보였다.

"엄마는 내 뒷바라지를 하기 위해서 우유 대리점을 하셨어. 그러다 이 년 전에 갑작스레……."

사고를 당하셨어. 애다는 차마 지후에게 엄마의 사고를 말할 수가 없었다. 지후에게 그런 부담을 주기 싫었고, 자신의 힘든 상황을 지후에게 나눠주기 싫었다. 이 사실을 알면 지후는 분명 지금의 이 힘든 삶의 무게를 져 주려고 할 것이다. 그녀에게는 안식처가 필요했다. 그저 옆에서 항상 웃게 해주는 안식처 말이다. 이것도 이기적인 욕심인가? 지후의 미소와 그의 사랑을 받으면 없던 힘도 생겨났다. 그가 괜히 걱정하며 안쓰럽게 보는 게 싫었다.

"갑작스레 대전에 내려가셨어. 그래서 지금은 대전에 가 계셔."

"아, 그래서 주말마다 대전에 가는 거였어?"

"응."

"그럼 다음에 대전 같이 가자. 가서 인사드릴게."

"응. 그러자."

지후는 더는 애다에게 아무것도 묻지 않은 채 숟가락을 들어 그녀의 손에 쥐여주었다.

"애다야, 고마워. 이야기해 줘서. 이제 먹어. 국 다 식겠다."

지후의 미소에 애다는 고개를 끄덕이며, 국을 한 숟가락 떴다. 조금씩 서로에 대해 알아가는 이 기분 나쁘지 않았다.

지후는 밥을 먹고 있는 애다를 보며 그녀와 조금 더 친밀해진 것 같아 절로 기분 좋은 웃음이 나왔다.

'애다야. 네 아빠 몫까지 내가 많이 사랑해 줄게.'

지후는 애다를 향한 사랑의 마음을 굳게 다짐하고, 갖은 밑반찬을 그녀의 숟가락 위에 올려주기 바쁘다. 애다는 그런 지후를 보며 제 숟가락으로 밥을 떠서 그의 입 앞으로 내밀었다. 지후는 그것을 망설이지 않고 받아먹으며 씩 웃었다.

"완전 맛있어."

"참. 지후야 이것 봐봐."

애다는 밥을 먹다가 문득 떠오른 생각에 가방에서 종이 한 장을 꺼내 지후에게 보여주었다. 지후는 그것을 대수롭지 않게 받으며 물었다.

"이게 뭐야?"

"나, 여기 응모해 보려고."

"조은유업…… 조은유업?"

지후는 두 눈이 휘둥그레지며 놀란 표정을 지었다. 조은유업이 여기 왜 있나? 애다는 지후의 얼굴을 보며 고개를 갸웃거렸다. 그러고는 그 전단지를 뚫어지게 쳐다보고 있는 그에게 괜히 말했나? 하며 걱정스러운 표정을 지었다. 왜 꼭 뭘 잘못한 느낌이 드는 거지?

"지후야. 왜 그래? 이거 안 좋은 거야?"

"응? 아, 아니야."

지후는 애다가 준 전단지를 보며 깜짝 놀라지 않을 수가 없었다. 조은유업에서 광고모델 사원 모집이라니. 회사 일에 전혀 참여하지 않으니 뭐가 어떻게 된 건지도 모르겠다.

"이번에 본사에서 직원들을 대상으로 광고모델 모집한대. 발탁되면 모델료도 준다나 봐. 대리점 사장님이 나 한번 해보라고 주셨어."

"그, 그래서 이거 한다고?"

"그럴까 생각 중. 왜? 안 될 것 같아? 난, 네가 모델이라서 한번 물어본 거야. 어떨 것 같아?"

애다의 조심스러운 질문에 지후는 잠시 고민에 빠졌다. 애다가 모델이라…… 뭐, 그리 나쁜 건 아니지만, 괜히 조은유업이라 신경이 쓰였다.

"애다야. 이거 왜 하려고 하는데?"

"모델료 나오면 이번 학기 등록금 내려고. 안 될까?"

안 될 거야 없지. 다만 이게 쉽게 된다는 보장이 없으니 문제다. 분명 지원자가 엄청날 게 뻔했다. 그래서 그 치열한 경쟁 속에서 떨어지면 애다가 실망할까 봐 그게 걱정인 것이다.

"언제 개강이지?"

"이 주 후."

"벌써 그렇게 됐어? 만난 지 엊그제 같은데."

"응. 시간 정말 빨리 가는 것 같아. 벌써 봄이야."

애다와 만났을 때가 추운 겨울이었는데 벌써 따뜻한 봄이 다가왔다니. 그 시간 동안 애다와 함께했다는 생각에 지후는 괜스레 기분이 좋아졌다. 하지만 그것도 잠시. 곧 그의 얼굴이 시무룩해졌다.

"그럼, 학교 다니면 자주 못 만나겠네?"

"졸업반이라 수업 별로 없어. 거의 실습 위주라."

"아. 그래?"

애다의 한마디에 기분이 다시 좋아졌다. 그나마 애다를 만날 수 있는 시간은 그녀의 레스토랑 일이 끝나고 나서다. 그런데 다시 학교에 다니게 되면 그녀와 자주 못 만나게 될까 봐 그게 못내 서운했던 것이다. 지후는 애다가 준 전단지를 다시 한 번 자세히 쭉 훑어 내려갔다.

"애다야. 한번 해봐. 괜찮을 것 같아."

"정말?"

"응. 참 그리고 오늘 나 오후 늦게 촬영 있어. 레스토랑에 데리러 못 갈 것 같아."

"괜찮아."

난 안 괜찮거든? 지후는 너무 쉽게 대답하는 애다를 보며 입이 뿌루퉁해졌다. 좀 서운한 기색이라도 내비치지. 바로 괜찮다고 하냐?

지후는 잠시 고민하더니 좋은 생각이 났는지, 얼굴에 금세 화색이 돌았다.

"애다야. 그러지 말고 네가 스튜디오에 올래?"

"그래도 돼?"

"당연하지. 끝나고 연락해."

"응."

애다가 온다는 말에 벌써부터 두근거리고 설레었다. 지후는 밥을 먹는 그녀를 한번 바라보고는 식탁 위에 올려진 전단지에 시선을 고정했다.

조은유업이라…… 아무래도 조만간 형한테 다녀와야겠다.

*

지후는 스튜디오에 들어서자마자 인상을 확 구겼다. 세트장 위에서 채은이 촬영하고 있는 모습을 보던 그는 수현에게 짜증 섞인 목소리로 물었다.

"왜 또 저 여자가 여기 있는 거야?"

"난들 아냐? 와보니까 촬영하고 있더라."

수현의 성의 없는 말투에 지후는 짜증이 급속도로 몰려왔다. 오늘 애다도 온다고 했는데, 왜 임채은이 여기 있느냐고.

"형은 내가 누구랑 촬영하는지 상대 모델 정도는 알고 일 잡아야 하는 거 아니야?"

"야. 내가 그걸 어떻게 다 알아내? 그리고 이번 일은 너부터 잡힌 거야. 저건 분명 임채은의 계략이다."

"하."

그저 한숨만 나올 뿐이었다. 지후는 채은의 촬영을 차가운 시선으로 지켜보면서 고개를 절레절레 흔들었다. 아무래도 이번 일 못할 것 같다. 그런 지후의 마음을 눈치챘는지 수현이 그의 어깨를 토닥거리며 달래기 시작했다.

"지후야. 그래도 다행히 오늘 커플 촬영은 없어. 남녀 모델 따로 찍는 거라 채은이와 부딪치는 일 없을 거야."

"그럼 다행이고."

수현의 말에 지후는 걱정되었던 마음이 한시름 놓았다. 임채은과 함께 찍는 게 없다면 별걱정이 없었다. 분명 채은은 이번 촬영이 끝나면 바로 돌아갈 것이기에 신경 쓰지 않아도 될 듯싶었다.

"지후야. 임채은과 촬영하는 거 그렇게 싫어?"

"그것도 그거지만 좀 있다 애다 올 거란 말이야."

수현은 입에서 절로 한숨이 새어 나왔다. 왜 하필 오늘 애다가 오는 건지. 수현은 촬영을 하는 채은을 바라보며 걱정스러운 표정을 지었다. 그는 제발 아무 일이 일어나지 않기 바라며 속으로 기도했다.

"지후야. 얼른 준비해. 채은이 찍고 너 바로 들어갈 거야."

지후는 자신의 머리를 헝클어뜨리며 어쩔 수 없다는 표정으로 몸을 돌렸다. 지금 채은과도 마주치고 싶지 않기에 서둘러 대기실 안으로 들어가 버렸다.

"오케이! 임채은 씨, 수고했어요."

포토그래퍼의 마지막 말로 모든 촬영이 끝났다. 채은은 세트장에서 내려와 수현이 있는 곳으로 다가왔다. 그러고는 지후의 모습을 찾아 두리번거린다.

"오빠 왔어? 지후는?"

"어? 어. 대기실에."

채은은 지후가 들어간 대기실 쪽으로 시선을 두었다. 그날 새벽에 지후를 찾아간 이후로 그를 쉽게 만날 수가 없었다. 개인 소속사를 차리고 나가 버린 지후였기에 에이전시에 나가도 그를 볼 수 없었고, 모델 모임에도 참석하지 않는 지후여서 그와 자연스럽게 만날 기회가 없었다.

"저기, 채은아."

"응?"

수현은 잠시 입을 달싹거리더니 조심스레 그녀에게 궁금한 것을 물었다.

"너 오늘 촬영, 지후가 하는 거 알고 일부러 잡은 거야?"

"아니야. 원래 진영이가 하는 거였는데 어제 발목이 삐끗해서 내가 하게 된 거야."

"그래?"

수현은 채은이 하는 말이 의심스러웠지만 뭐라고 반박할 수가 없었다. 이젠 그녀가 얼른 모니터링을 끝내고 이곳에서 나가주기만을 바랄 뿐이었다.

'얼른 가라. 임채은. 지후 폭발하기 전에.'

채은은 모니터링을 다 끝내고 지후가 들어간 대기실 문을 바라봤다. 굳게 닫힌 그 문이 지후의 마음을 대신해 주는 것 같았다. 촬영 전에 세트장에 서 보기도 하고, 포토그래퍼와 오늘의 콘셉트에 관해 이야기를 나눌 법도 한데, 그는 그 안에서 얼굴조차 보여주기 싫은지 꿈쩍도 하지 않았다. 마치 채은이 이 자리에서 사라져 주기만을 기다리는 사람처럼 말이다.

그 순간 대기실 문이 열렸다. 하지만 곧 채은의 얼굴에는 실망감이 내비쳤다. 그곳에서 나오는 사람이 지후이기를 바랐건만, 수현이었다. 채은은 수현에게 천천히 다가갔다. 그에게서라도 지후에 대해 듣고 싶었다.

"오빠."

수현은 채은이 다가오자 살짝 미간에 주름이 잡혔다.

"너, 아직 안 갔어?"

"이제 가려고. 오빠한테 물어볼 말이 있어서."

"뭐?"

수현은 채은과 마주치기 싫어하는 지후를 위해서라도 그녀를 빨리 보내고 싶었다. 할 이야기가 없는데 그녀는 무슨 말이 하고 싶은 걸까?

"이번 S/S 컬렉션 무대 말이야."

"응."

"지후, 무대에 선대?"

"글쎄. 아마 서지 않을까?"

지후가 자주 런웨이에 서지는 않지만, 매 시즌 컬렉션 무대에
는 꼭 참석하는 걸 채은도 알고 있었다. 수현은 그녀의 뜬금없는
이 질문이 의심스러울 뿐이었다.

"어느 선생님?"

"그거야…… 그런데 그건 왜?"

"아니, 그냥. 한번 헤이니 정 선생님 무대에 서보는 건 어떨까
해서."

"헤이니 정?"

수현의 눈썹이 꿈틀거렸다. 디자이너 헤이니 정은 자신의 무대
에 톱 모델들만 세우는 거로 유명했고, 그 무대에 선 모델들은
많은 스포트라이트를 받아왔다. 그만큼 헤이니 정은 국내뿐만
아니라 세계적으로도 유명한 디자이너이기 때문에 세계의 패션
언론까지 그녀의 작품을 주시하고 있었다. 그리고 그녀의 쇼는
프랑스, 이탈리아 에이전시들이 한국 모델을 스카우트해 가는
발판이 되기도 했다.

대외적으로는 오디션을 통해 신인 모델들을 세운다고는 하지
만, 실질적으로는 에이전시의 힘이 강했다. 유명한 에이전시에
소속되어 있는 모델들만이 그 무대에 선다는 건 암묵적인 사실이
었다. 그러기에 1인 소속사를 차린 지후에게는 그럴 기회가 드문
편이었다.

"헤이니 정 선생님. 지후 화보 사진 보고 욕심냈거든. 지후 마
스크 좋다면서 한번 일해보고 싶다고."

"그, 그래?"

"지후한테 연락하기가 힘들다고 나한테 부탁하더라. 혹시 친하면 말 좀 해보라고. 물론 메인 모델은 아니겠지만, 지후에게는 좋은 경험일 것 같아. 매번 이상훈 선생님 무대에만 섰잖아. 다른 선생님 무대에도 서봐야지."

지후에게는 좋은 기회이긴 하지만, 채은이 중간에 개입된 걸 알면 지후는 싫어할 것이 분명했다. 채은은 수현의 고민을 이해했는지 옅게 웃어 보이며, 그의 고민을 해결해 주었다.

"헤이니 정 선생님 사무실에서 오빠한테 연락 갈 거야. 내가 오빠 연락처 가르쳐 줬거든. 이건 내가 부탁한 것도 아니고, 온전히 지후의 실력을 보고 선생님이 직접 거론한 거니까 부담 갖지 마. 나랑 상관없어."

수현은 채은의 말이 무슨 뜻인지 충분히 알 수 있었다. 국내 화보 남자 모델로는 지후가 독보적이었고, 섭외 1순위를 달리고 있는 그였기에 헤이니 정 같은 디자이너가 눈독 들일 만도 했다.

"채은아. 그런데 갑자기 왜 그래? 왜 그런 말을 해주는 거야?"

"도와주고 싶어서. 지후 꿈 도와주고 싶어서."

채은의 표정을 보니 그녀의 진심이 와 닿았다. 채은을 보면 너무 안타까웠다. 그러게 지후 버리지 말고 그냥 계속 만나지, 왜 이제야 와서 이러는지.

"채……."

"수현 오빠!"

수현이 채은에게 고맙다는 말을 건네려는 순간, 애다가 스튜디오에 들어서며 그를 불렀다.

"애, 애다야."

수현은 애다를 보면서 당혹스러운 표정을 지었다. 채은과 애다가 맞닥뜨리는 곤란한 상황에 처해졌다. 채은이 애다를 보지 않길 바랐는데, 이걸 어쩌나?

"누구?"

"어? 그게…….”

채은이 수현에게 호기심 어린 눈빛으로 물었다. 수현이 이 상황을 어떻게 해야 하나 갈팡질팡하는 사이 지후의 목소리가 들려왔다.

"애다야, 왔어?"

준비를 끝내고 대기실을 나온 지후가 애다에게 웃으며 다가갔다. 곧 도착한다는 애다의 문자에 서둘러 나온 것이었다.

"지후야."

"오는데 괜찮았어? 찾기 어려웠을 텐데.”

밖의 날씨가 쌀쌀한지 애다의 얼굴에 찬 기운이 느껴지자, 지후는 그녀의 볼에 손을 올려 따뜻하게 감싸주었다.

"아니야. 괜찮았어. 우와! 지후 너, 예쁘다.”

사진 촬영을 위해 단장한 지후의 모습이 신기한지 애다의 입에서 연신 감탄 어린 목소리가 흘러나왔다. 지후는 그런 애다의 볼을 사랑스럽게 어루만지며, 그녀에게 다정스럽게 말을 건넸다.

"내 눈엔 네가 더 예뻐.”

지후와 애다의 다정한 모습에 채은은 입술을 깨물며 그들을 바라봤다. 지후의 이런 모습은 처음 봤다. 항상 매너 있고, 친절한 그였지만, 저렇게 상대방이 예뻐 죽겠다는 듯한 눈빛과 말투는 본 적 없었다.

충격을 받은 듯한 채은의 모습은 보이지 않는지, 지후는 그녀에게 단 한 번의 눈길도 주지 않고, 그대로 애다를 데리고 대기실로 들어가 버렸다. 지후의 행동을 보고 난감해진 건 수현이었다.

'이 자식아. 그렇게 사라져 버리면 어떻게 하냐고.'

"누구야? 저 여자?"

역시나 채은에게서 바로 질문이 날아왔다. 채은 앞에서도 당당하게 애다와 애정행각을 하는 지후 녀석인데, 전전긍긍하며 더는 숨길 것도 없었다. 지후가 채은을 두고 바람을 피운 것도 아닌데, 그럴 필요가 전혀 없는 거였다.

"지후가 지금 만나고 있는 여자."

채은은 주먹 쥔 손을 부르르 떨며 지후가 들어간 대기실을 노려봤다. 지후는 마음이 여린 아이라 조금만 더 그에게 다가가면 다시 돌아올 줄 알았다. 그런데 그는 생각보다 너무 차가웠고 냉정했다.

'그런 거였어? 안지후. 네가 날 밀어낸 이유가 저 여자 때문이었던 거야? 다른 여자가 생겨서?'

*

[Top model News]

톱모델 안지후(23세)가 순수와 터프를 오가는 상반된 매력을 선보였다. 안지후는 오는 20일 발간되는 스타 스타일 매거진 화보를 통해 착한 남자와 나쁜 남자, 두 가지 반전 매력을 발산했다. 심심한 듯 하품을 하는 미소년과 강렬한 눈빛을 보이며 담배를 태우는 터프한 남자의 모습이 극과 극을 이룬다. 순수와 터프를 오가는 안지후의 두 가지 얼굴이 인상적인 이번 화보는 샤이니맨의 의상들을 입고 촬영했다.

한편, 안지후와 같은 콘셉트를 여성 버전으로 촬영한 톱모델 임채은(24세)도 화보를 공개, 이목을 끌고 있다. 임채은은 촬영 내내 세계적인 모델답게 시크한 느낌으로 강렬한 분위기의 화보를 만들어냈다. 또한, 스모키 화장과 부스스한 머리로 그녀의 매력을 살렸다. 화보 속 그녀는 빨간 립스틱을 매치함으로써 섹시하고 농염한 분위기를 자아내는 반면 손에 들고 있는 캔디로 순수함을 표현했다. 여기에 골드 주얼리와 블랙 의상을 코디해 시크하면서 화려한 매력을 자아냈다.

건강하고 유쾌한 에너지가 넘치는 톱모델 안지후와 임채은의 미공개 컷들은 스타일 매거진 온라인에서 확인할 수 있다.

Top model news 이다정 기자

"이게 다 뭐야?"

애다는 자신의 집에 들어서는 지후를 보며 어리둥절한 표정을 지었다. 지후는 들고 온 쇼핑백을 내려놓고 그 안에서 기다란 통을 꺼내 들었다. 그러고는 애다를 향해 비밀 가득한 눈빛을 보내며 미소를 지었다.

"기대하시라!"

애다는 지후의 말대로 기대에 찬 눈빛으로 그가 하는 행동을 지켜봤다. 대체 이게 무엇이기에 시작부터 긴장하게 하는지 모르겠다.

"짜잔!"

지후는 기다란 통의 뚜껑을 열고 그 안에서 둘둘 말린 물건을 꺼내 애다 앞으로 활짝 펼쳤다.

"애다야. 멋지지?"

애다는 지후가 펼친 물건을 보고 입을 다물지 못했다. 그건 그의 화보 브로마이드였다. 검정 슈트에 나비넥타이를 착용하고, 입에는 풍선껌을 불며 귀여운 포즈를 하고 있는 지후의 반신이 담긴 사진이었다. 멋있는 것보다 귀엽고 사랑스러워 보였다. 그는 역시나 이런 모습이 잘 어울렸다.

"이, 이걸. 왜 가지고 왔어? 설마……."

"그 설마가 맞아."

"엥?"

지후는 애다의 방 안을 여기저기 살펴보더니 침대 맞은편으로 다가가 테이프를 이용해 그것을 벽에 붙였다. 그리고 아주 만족스럽다는 듯이 턱을 쓰다듬으며 고개를 끄덕였다.

'아주 완벽해.'

"아주 좋아!"

"안지후. 너 이거 뭐하는 거야?"

"왜? 좋잖아. 나 없을 때 이놈이 널 지켜줄 거야."

"무슨 이상한 소리를 하고 그래."

지후의 엉뚱한 행동에 그저 어이없는 웃음만 나왔다. 그저 지 잘난 모습 자랑하려고 붙여놓은 거 같은데, 지키기는 뭘 지켜? 정말 못 말리는 지후다.

지후는 제 사진을 바라보다가 옆에 서 있는 애다의 몸을 돌려 자신과 마주하게 했다.

"그리고……."

"그리고?"

"너희 집에 어떤 남자든 못 올 거 아니야. 네 남자친구가 이렇게 두 눈 시퍼렇게 뜨고 쳐다보는데 감히 누가 너한테 허튼짓하겠어. 안 그래?"

"하. 또 오버하시네."

애다는 고개를 절레절레 흔들며 바닥에 있는 다른 가방에 시선을 돌렸다.

"그럼. 이건 또 뭐야? 이것도 사진이야?"

"이거? 아니. 선물."

"선물?"

지후는 애다의 손을 잡고 함께 쇼핑백 앞에 앉았다. 그리고 그 안에서 물건을 하나씩 꺼내 바닥에 진열하듯이 나란히 놓아두었다. 그 모습에 애다의 눈은 점점 더 휘둥그레지고, 입이 쩍 벌어져 넋이 나간 채 아무 말도 하지 못했다.

"이건 우리 처음 만난 기념 선물, 이건 우리 첫 키스 기념 선물, 이건 우리 사귀기로 한 기념 선물, 이건 한 달 넘은 기념 선물, 이건 우리 50일에 챙기지 못 했던 선물, 이건 밸런타인데이 선물, 그리고 오래 변치 말자고 약속한 선물!"

"……."

지후가 가져온 선물은 구두, 가방, 옷, 인형, 액세서리…… 등 딱 봐도 값이 나가는 명품들이었다.

애다는 곧 정신을 차리고 지후를 바라봤다. 마치 칭찬해 달라는 표정으로 두 눈만 깜빡이는 그를 보며 큰소리로 뭐라고 할 수도 없을 것 같다. 아무리 그래도 이게 대체 다 뭐란 말인가. 몸속 어디에선가부터 조금씩 뜨거운 기운이 끓어오르기 시작했다. 애다는 애써 그 마음을 누르고 최대한 차분한 어조를 그를 불렀다.

"지후야."

"응?"

"왜 그래?"

"뭐가?"

"갑자기 웬 선물?"

"내가 그동안 바빠서 기념일도 못 챙기고 선물하나 해준 게 없어서. 그래서 몰아서 한꺼번에 한 거야. 감동받았지?"

'감동은 무슨. 이게 돈 지랄이지 선물이냐!'

애다는 깊은 한숨을 내쉬며 입을 굳게 다물었다. 그렇지 않으면 그를 향해 욕이 튀어나오고 손으로 마구 때릴 것만 같았다.

지후는 애다의 표정을 조심스레 살피며 그녀가 무슨 말을 할지 기대에 찬 눈으로 답을 기다렸다. 처음이었다. 여자에게 이런 값비싼 선물을 사준 것은. 여자들은 이런 선물을 받으면 좋아할 거라는 매장 직원들의 부러운 눈길을 받으며 골랐던 것이다. 분명 애다도 받으면 좋아할 거라고 믿었다.

"아니. 전혀."

"응?"

기대했던 대답이 아니었는지 지후의 얼굴에는 곧 실망감이 자리 잡았고 시무룩해졌다. 여자들의 마음을 통 알 수가 없다. 특히나 애다의 마음은 더 모르겠다.

'대체 어떤 선물을 해줘야 하는 거야?'

지후는 애다의 침대 머리맡에 있는 고양이 인형을 힐끔 쳐다봤다. 호주 촬영을 끝내고 돌아온 날 그녀에게 준 첫 선물. 나름대로 신중하게 골랐던 고양이 인형이었는데도 애다는 그것을 받고 그저 고맙다고만 할 뿐 좋아서 방방 뛰거나 그러지 않았다. 그래서 별로 마음에 들지 않는가 보다 생각하고 정말 이번에는 값비싼 선물을 준비했건만, 그녀는 그때보다 표정이 더 좋지 않았다.

"왜? 안 좋아? 선물이 맘에 안 들어? 다른 거로 사줄까?"

"지후야."

"응."

"지난번에도 우리 커플 운동화랑 옷이랑 샀잖아."

"그건 말 그대로 커플용이고. 이건 오로지 너만을 위해서 산 거야."

바닥에 널브러진 그의 선물들을 보자 애다의 입에서는 한숨이 저절로 흘러나왔다. 이것들을 다 어찌한단 말인가.

"하. 이건 아닌 것 같아."

"왜? 명품 사달라며."

애다는 어이없는 표정을 지으며 지후가 사온 선물을 하나하나 들어보더니 다시 내려놓았다. 정말 철딱서니가 없었다.

'그렇다고 이렇게나 많이 사오다니. 이게 다 얼마야?'

"그럼, 내가 했던 말 그대로 이런 값비싼 선물 사주고 내 몸 털끝 하나 건드리지 마."

"뭐?"

"그 조건이 맘에 들었다면 그렇게 하라고."

"애다야."

지후는 입술을 깨물었다. 불안한 기운이 순식간에 그의 온몸을 감쌌다. 애다의 차가운 표정과 말투에 어찌해야 할 바를 몰랐다. 아마도 잘못을 한 것 같은데, 뭘 어떻게 이 상황을 수습해야 할지 모르겠다. 지금은 그녀의 차가운 눈빛이 보기 싫었다.

"지후야. 예전에 내가 한 그 말은 너랑 친구로 남고 싶어서 그랬던 거야. 몰랐던 거 아니잖아. 네가 한 말처럼 지후 네가 명품인데 이게 다 무슨 소용이야. 네가 이런 거 하나하나 나에게 사준다면 난 아마도 너랑 사귀면서 더 큰 거, 더 좋은 걸 바라게 될 거야. 내가 그런 속물이 되었으면 좋겠어? 내가 원할 때마다 이런 거 다 사줄 거야? 사귀는 동안에도 서로 지켜야 할 예의가 있는 거야. 물론, 알아. 넌 이 선물들을 고르면서 기뻐하는 내 얼굴을 상상했겠지. 이런 비싼 선물을 받고 내 남자친구가 사줬다며 자랑하고 싶은 게 여자들 마음이기도 해."

애다는 손을 꼼지락대며 고개를 숙이고 있는 지후의 손을 살며시 잡아주었다. 무슨 교무실에 끌려와 선생님께 혼나는 학생 같아 보였다.

"고마워, 지후야. 내 생각하며 선물 골라줘서. 하지만 앞으로 그러지 마."

지후는 고개를 들고 잡은 애다의 손을 만지작거렸다. 항상 느끼는 거지만 애다의 손은 차갑다. 그녀의 눈을 보니 언제 그랬냐는 듯 자신을 바라보는 평소의 눈빛으로 돌아와 있었다. 그제야 마음이 놓였다.

"알았어. 잘못했어."

지후는 애다의 눈치를 살피며 낮은 목소리로 대답했다.

"나, 더 혼나야 하는 거야? 아직도 혼낼 게 남았어?"

"뭐? 풉."

애다는 황당한 표정을 지으며 지후를 살짝 흘겨봤다. 그 모습에 지후는 그녀에게 다시 미소를 보이며 웃었다.

"그래도 오늘 사온 건 받아줄 거지? 영수증 다 버려서 환불도 못 해."

"안지후."

"헤헤. 나 런웨이에 설 때 내가 사준 옷 입고 나 축하하러 와 줘. 그러면 되잖아. 응?"

"런웨이?"

"응."

애다는 지후가 런웨이에 서는 모습을 상상해 보았다. 며칠 전 화보 촬영 때도 평소의 지후와 달라 굉장히 낯설었는데, 런웨이에 서는 지후의 모습은 또 어떨까 하고 기대가 되었다. 지후의 촬영하는 모습을 보고 왜 그가 요즘 화보 모델 섭외 1순위라고 불리는지 알 수가 있었다. 그는 정말 타고난 모델이었다. 지금 제 앞에 있는 지후와는 또 다른 모습. 일하는 그가 굉장히 멋져 보였었다.

"언제 하는데?"

"3월에 서울 패션위크가 있어. 나 요즘 그거 연습하느라 정신 없어."

"그렇구나."

"와줄 거지?"

"응. 갈게."

"헤헤. 네가 와서 응원해 주면 나 워킹 완전 잘할 것 같아."

지후의 얼굴에서 조금 전의 기가 죽은 모습은 찾아볼 수가 없었다. 애다는 괜히 그에게 미안해졌다.

"지후야. 미안해."

"응? 뭐가?"

"그냥. 다."

지후는 애다를 당겨 제 품에 꼭 안고 그녀의 등을 어루만졌다. 애다가 무엇 때문에 미안해하는지 조금은 알 수 있을 것 같다. 그 어떤 모습도 지후는 다 좋았다. 그녀의 웃는 모습, 화내는 모습, 찡그린 모습, 그리고 오늘처럼 차가운 눈으로 대할 때조차도 그녀가 아주 좋았다.

"애다야. 난, 네가 참 좋아. 아주 많이."

지후의 낮은 속삭임에 애다는 옅게 미소를 지으며, 그의 품에 꼭 안겼다.

'나도 그래, 지후야.'

"지후야."

"응?"

지후는 제 품에서 들려오는 애다의 부름에 그녀를 잠시 떼어 놓고 시선을 마주했다. 애다는 잠시 머뭇거리더니 이내 그에게 내내 궁금했던 것을 질문했다.

"넌, 꿈이 뭐야?"

"꿈?"

"응. 예를 들어 세계 무대에 선다든가, 세계 톱모델이 되는 거라든가 그런 거 말이야."

"어떻게 그렇게 잘 알아?"

애다는 지후의 질문에 순간 뜨끔했지만 내색하지 않았다. 그건 현민의 꿈이었다. 세계적인 모델이 되는 꿈. 현민이 그 꿈을 위해 떠난 것처럼 지후 또한 언젠가는 그 꿈을 이루기 위해 떠나는 날이 올 거란 생각을 했다. 모델이라면 누구나 갖는 꿈이기에 그도 그럴 거라 생각을 한 것이다.

"물론……."

지후가 입을 달싹거리며 말문을 열었다. 그러다 자신을 빤히 쳐다보고 있는 애다를 향해 살짝 미소를 지었다.

"물론 나도 그런 꿈이 있지. 그런데 너도 알잖아. 내 키가 런웨이 서는 데는 그렇게 썩 좋지는 않아. 184라는 키는 다른 모델에 비해서는 작은 편이니까. 그래도 워낙 비율이 좋아서 사람들은

잘 모르지만. 헤헤. 그래서 화보 사진을 많이 찍는 편이야. 성장
판이 이미 닫혔는데도 키 크려고 우유 마시고 있고."

애다가 고개를 살짝 끄덕이며 지후의 말에 웃어 보였다. 키 크
려고 우유를 마신다는 그가 엉뚱해 보였다.

"애다야. 나도 런웨이에 서는 세계적인 모델이 되는 게 꿈이었
는데, 이젠 그 꿈을 바꿨어."

"꿈을 바꿔?"

지후는 애다의 까만 눈동자와 눈을 맞추며 그녀를 사랑스럽다
는 듯이 바라봤다. 이 여자 때문에 그동안 갖고 있던 꿈을 바꿨
다. 망설임 없이.

"너와 함께하는 꿈. 어떤 일을 하더라도 너와 함께하는 게 내
꿈이야."

애다의 눈동자가 조금씩 흔들렸다. 지금 그가 하는 말이 진심
인지, 아닌지는 모르겠지만 그 말 한마디로 모든 걱정이 눈 녹듯
이 사라졌다.

"또 감동 먹었지? 아, 선애다 남자친구 너무 멋진 것 같아. 어
떻……."

지후는 애다가 갑자기 자신의 목에 팔을 두르고 안겨오자 하
던 말을 멈추었다. 그녀의 행동에 가슴이 굉장히 설레고 두근거
리기 시작했다.

"고마워, 지후야. 네 꿈에 나라는 아이를 포함시켜 줘서. 네
인생에 나를 넣어줘서 고마워."

지후는 애다의 머리를 쓰다듬어 줬다. 그녀는 알고 있을까? 이
렇게 말없이 애정표현을 불쑥 해올 때마다 이놈의 심장은 제멋대
로 뛰어댄다는 걸. 아마 죽었다 깨어나도 이 마음을 모를 것이다.

"나도 고마워. 내 앞에 나타나 줘서. 이 세상에 태어나 줘서 정말 고마워. 애다야."

둘은 서로의 심장 소리를 느끼면서 한동안 그렇게 꼭 안고 있었다.

며칠 후.

"진짜 됐다고?"

[그렇다니까.]

지후는 운전 도중 걸려온 애다의 전화를 받고 있다. 그렇지 않아도 지금 형에게 가서 부탁해 보려고 했는데, 모델로 발탁되었다는 말을 듣고 놀라지 않을 수가 없었다.

'이 여자는 남자친구 빽도 무시하고 능력 있게 혼자 힘으로 발탁되다니. 역시 선애다네.'

"지원자가 많이 없었나 보지? 애다 네가 된 걸 보니."

[뭐? 안지후. 너 요즘 이제 막 나간다?]

"농담이야. 그럼 언제부터 촬영이야?"

[삼 일 후. 오전에 홍보팀 팀장님 만나고 왔어.]

속전속결이네. 여기서도 애다의 성격을 엿볼 수가 있었다. 확실하지 않은 건 미리 말하지 않는 것. 다른 사람 같으면 연락받자마자 여기저기 소문내며 자랑하느라 바빴을 텐데 말이다.

"혼자 하는 거야?"

[아니. 남자 모델이랑 한다는데 아직 정해지지는 않았나 봐.]

"모델? 뭐야. 혼자 찍는 거 아니었어?"

[그런가봐. 자세한 내막은 잘 모르겠어. 지후야. 이제 나 일해야 해. 나중에 전화할게.]

'모델이라니. 그것도 남자 모델? 젠장.'

혼자 찍는 줄 알고 안심을 하고 있었다. 자신도 여러 여자 모델과 해보아서 너무나 잘 알고 있었다. 이건 정말 안 될 일이었다. 본인이야 프로 모델이라 치지만, 애다는 전문적인 모델이 아니기 때문에 다른 남자 모델과 촬영을 한다는 건 있을 수 없는 일이었다. 무엇보다 한 공간에서 장시간 동안 함께 있다는 게 싫었다.

어떤 콘셉트와 콘티가 짜여 있는지 모르겠지만, 만약 조금이라도 스킨십이 있는 촬영이라면…… 어우. 상상만 해도 열이 뻗쳐 올라왔다. 지후는 빠른 속도로 차를 몰아 조은유업 본사 주차장으로 내려가 단번에 주차하고는 서둘러 차에서 내려 엘리베이터에 몸을 실었다.

엘리베이터에서 내리자마자 익숙한 복도 길을 지나 대표이사실의 문을 열었다. 지후를 확인한 윤 비서가 자리에서 일어나 인사하려 했지만, 그는 뭐가 그리 급한지 그녀의 인사를 받는 둥 마는 둥 했다.

"형, 안에 있죠?"

"네? 저기 지금 이사님……."

지후는 윤 비서의 말이 채 끝나기도 전에 노크도 하지 않고 문을 벌컥 열었다.

"형!"

지성은 문이 열림과 동시에 들려오는 지후의 목소리에 그를 힐끔 쳐다본 후, 다시 서류에 시선을 두었다.

"형. 나랑 이야기 좀 해."

"일하는 거 안 보여?"

"급한 일이야."

"이것도 급한 서류야. 할 이야기 있으면 앉아서 기다려."

지후는 입술을 삐죽거리며 소파 위에 앉았다. 지성은 일에 있어서 정말 완벽했다. 젊은 나이에 회사 일에 파묻혀 생활하는 형이 어떨 때는 가엽기도 했다. 그렇다고 회사에 들어와서 일을 배우고 싶은 마음은 추호도 없었다.

지후는 지성이 일을 마무리할 때까지 한숨을 쉬며, 그렇게 한참 동안을 기다려야만 했다.

한참의 시간이 흐른 후. 지성은 검토한 서류에 사인하고 인터폰으로 비서를 불렀다. 윤 비서가 노크 소리와 함께 사무실 안으로 들어오자, 지성은 결재 서류를 그녀에게 건넸다.

"나머지 안건은 회의를 거쳐서 진행하도록 하죠."

"네. 이사님."

지성은 그때까지도 골똘히 제 생각에 빠져 있는 지후를 불렀다. 지후는 지성의 부름에 눈동자만 굴려 힐끔 그를 쳐다봤다.

"차는 뭐 마실 거야?"

"됐어. 안 마셔."

지후의 볼멘소리에 지성은 윤 비서에게 말을 건네며 자리에서 일어났다.

"차는 됐어요. 그만 나가보세요."

"네."

윤 비서가 가볍게 고개를 숙이고 밖으로 나가자, 지성은 지후가 앉아 있는 소파로 다가오며 물었다.

"무슨 일인데 연락도 없이 이렇게 쳐들어와? 바쁘신 몸께서."

"형. 이번에 회사 광고 찍지?"

회사 일에는 전혀 관심 없는 놈의 입에서 회사에 대한 질문이 나오자, 지성은 소파에 편한 자세로 앉아 두 눈썹을 꿈틀거렸다.

"광고? 우유 광고 말이야?"

"어. 그거."

"그건 왜?"

"그 광고 내가 할게."

지성은 팔짱을 끼고 한쪽 다리를 꼬며, 소파 등받이에 몸을 기댄 채 지후를 한참 동안 바라봤다.

'요놈 봐라? 갑자기 무슨 꿍꿍이인지 모르겠는데.'

그의 마음속에 지후에 대한 의심스러운 기운이 스멀스멀 올라오기 시작했다.

"안 돼."

지성의 단호한 음성에 지후는 자세를 바로 하고 대뜸 그에게 따지는 듯한 목소리로 물었다.

"왜? 왜 안 돼?"

"벌써 정해졌어."

"무슨 소리야? 정해지다니."

"말 그대로. 모델 정해졌다고."

지성의 여유로운 목소리에 지후는 애가 탔다.

'정해지기는 뭐가 정해져? 내가 있는데?'

"모델이 정해지다니. 그게 누군데?"

"우리 대리점 여사원이 발탁됐어."

지후는 안도의 한숨을 내쉬고 입술을 삐죽거렸다. 애다가 발탁된 걸 알고 지금 남자 모델을 말하는 건데, 그것을 말하지 않는 지성이 괜히 얄미웠다.

"혼자 찍는 거 아닐 거 아니야."

지성은 지후를 향해 의심쩍은 눈빛을 마구 쏘아대고 있다. 그 눈빛에 지후는 그의 시선을 피하며 말을 얼버무리기 시작했다.

"아니, 일반인이면 옆에 도움을 주는 전문 모델이 필요하지 않을까 해서. 하하."

"그렇지 않아도 남자 모델 한 명 알아보고 있어."

"그러니까! 그걸 내가 한다니까?"

지후의 망설임 없는 외침에 지성은 꼬았던 다리를 풀며 몸을 그의 앞으로 숙였다.

아무래도 안지후 이놈. 아주 수상하다.

"안지후. 너, 왜 그래?"

"뭐가?"

"우리 회사 광고는 절대로 안 찍는다던 놈이 갑자기 왜 이러냐고."

지후는 괜스레 당황스러워하며, 입술을 깨물었다. 지성의 말대로 여태까지 조은유업과 관련된 광고나 홍보에 도움이 될 만한 일은 절대로 하지 않았다.

"그, 그게. 나도 이제부터 우리 집 일 좀 도우려고. 하하. 요즘 불경기라 그런지 일도 줄었네? 그래서 겸사겸사 해서 한번 해보려고."

"뻥치네. 요즘 잘나간다는 안지후가 일이 없어? 솔직히 말해라. 수현이한테 전화해서 확인하기 전에. 보니까 수현이하고 말도 안 하고 독자적으로 이러는 것 같은데. 너, 대체 뭐야?"

"아, 정말. 의심도 많다. 진짜 우리 회사 돕고 싶어서 그러는 거라고."

"진짜야?"

지성의 의심스러워하는 목소리에 지후는 대뜸 소리부터 질러 댔다. 목소리 큰 자가 이기는 법. 그냥 무조건 큰 소리로 우겨보기부터 하는 그였다.

"진짜라니까!"

"그렇다면 넌 모델료 없다?"

"오케이."

"그리고 이거 TV 광고야."

"TV?"

잠시 망설여졌다. 지후의 머뭇거림에 지성은 피식 미소를 지었다.

'그럼, 그렇지. 어디서 감히 광고를 찍는다고 해?'

"어. 그래도 할래? 너 CF 안 찍잖아."

"아······."

지후의 인상이 찌푸려졌다. 지면 광고인 줄 알았는데 CF였나 보다. 그렇다고 애다를 다른 남자랑 찍게 할 수는 없었다. 그것만은 절대로 안 되는 일이었다.

"좋아. 할게."

어럽쇼? 지후 이 녀석이 대체 무슨 생각으로 이러는지 모르겠다. 지성은 진지한 표정과 말투로 지후에게 물었다.

"너, 진짜 왜 그래?"

"왜 또!"

지성은 지후를 한참 바라보더니 소파에서 일어나 책상으로 다가갔다. 그러는 중 지후에게 냉정한 목소리로 이야기했다.

"그렇게 하고 싶으면 네 프로필하고 포트폴리오 만들어서 홍보팀에 보내."

"그건 또 무슨 소리야?"

지성은 의자에 앉아 덮어두었던 서류를 펼쳤다. 그렇게 정 하고 싶다고 하니 해줘야 할 게 아닌가. 지성은 지후의 어리둥절한 표정에도 전혀 흔들림 없이 공적으로 지후를 대했다.

"말 그대로야. 똑같이 다른 모델하고 심사해서 뽑을 거니까 그렇게 하라고."

"흭! 내가 왜 경쟁을 해야 해?"

정말 기가 막혔다. 지후는 어이가 없어 헛웃음만 흘릴 뿐이었다. 그런 지후의 모습에도 지성은 아무렇지 않다는 듯이 시선을 서류에만 두고 있다.

"너, 할아버지 성격 몰라? 어디서 낙하산 짓 하려고 그래?"

"형!"

"할아버지가 아시면 너 가만둘 것 같아? 공정하게 해서 네가 뽑히면 할아버지도 별말 없으실 거야."

"하……."

지후의 입에서 한숨이 새어 나왔다. 맞다. 할아버지 성격에 빽으로 모델을 하려고 한다는 사실을 알면 노발대발하실 게 뻔했다. 그래서 지성에게 몰래 부탁하려던 거였는데, 그마저 도움을 주지 않고 차갑게 돌아섰다.

지후는 자리에서 일어나 여전히 서류만 들여다보고 있는 지성에게 다가갔다.

"형이 날 잘 모르나 본데. 나 안지후야. 아주 잘나가는 모. 델."

지성은 고개를 들고 지후를 바라봤다. 지후의 표정은 그 어느 때보다 자신감이 넘쳐흘렀다. 대체 뭐 하자는 건지.

"좋아. 공정하게 심사대에 오르겠어. 그런데 내가 장담하는데 말이지. 100% 내가 돼. 왜냐고? 난 안지후니까."

지성은 순간 입 밖으로 욕이 튀어나올 뻔했다. 그런 쓸데없는 자신감은 대체 어디서 나오는 건지. 원래부터 지후가 약간 뻔뻔스러운 성격인지는 알았지만, 정말 엉뚱한 놈이었다.

"그럼, 이 몸은 바빠서 그만 퇴장해야겠어. 쳇."

지후는 미련 없이 지성을 뒤로하고 그의 사무실에서 나가 버렸다. 지성은 지후가 나가자마자, 인터넷 포털 사이트에서 지후를 검색하기 시작했다. 요즘 잘 나간다는 소리를 듣긴 들었지만 대체 어느 정도인지 알아보기는 해야겠다. 지후 저 녀석이 자신만만한 이유는 분명히 있을 것이다.

잠시 후. 지성의 입에 잔잔한 미소가 걸렸다.

"안지후. 제법이네. 네가 이 정도야? 내 동생 맞아?"

지성은 인터넷에 올라와 있는 지후의 화보 사진과 기사들, 네티즌들의 반응을 보느라 얼굴에 미소가 떠나지 않았다. 지성은 무슨 생각이 들었는지 책상에 놓인 전화 수화기를 들고 익숙한 번호를 눌렀다. 곧 상대방의 목소리가 들려왔다.

"처남. 나야."

[처남은 무슨. 형님이라고 불러라.]

"친구한테 형님이 뭐냐?"

[안지성. 소현이는 내 동생이거든? 그러니 당연히 내가 손윗사람이야.]

"싫어."

[그렇지 않으면 우리 소현이 미국에서 돌아오는 대로 다른 놈한테 보낼 거다.]

"최수현!"

[왜?]

지성은 친구이자 약혼녀 소현의 오빠인 수현한테 어쩌다 이런 취급을 받게 되었는지 그저 한숨만 나왔다. 이게 다 사랑하는 소현 때문이었다. 왜 하필 친구 동생을 사랑해서 원. 사랑이 도대체 뭐기에. 그래도 사랑하는 소현이를 위해서 수현에게 굽히고 들어갈 수밖에 없었다. 게다가 수현은 동생 지후를 뒤에서 묵묵히 도와주는 놈이니 말이다.

"야. 아니, 형님."

[어. 그래.]

수현의 거만한 목소리에 지성의 인상이 절로 찌푸려졌다. 지성은 이내 마음을 침착하게 다스리고 전화한 목적에 대해 말을 건넸다.

"방금 지후 다녀갔어."

[지후? 왜?]

"그 녀석 갑자기 우리 광고 찍을 거래. 알고 있었어?"

[그게 무슨 소리야? 광고라니?]

역시나 수현 몰래 지후가 독단적으로 한 행동이었다. 이놈의 자식을 그냥.

"갑자기 지후가 왜 그러는지 좀 알아봐. 아무리 봐도 수상해."

수현에게서 아무런 대답이 없자, 지성의 미간에 주름이 잡혔다.

"최수현. 내 말 듣고 있어?"

[아, 알았어. 알아보고 연락해 줄게.]

"그래. 조만간 만나서 술 한잔하자."

[알았다.]

지성은 통화를 끝내고 모니터에서 여전히 반짝거리고 있는 지후의 화보 사진을 바라봤다.

"안지후!"

지후는 엘리베이터를 기다리는 동안 뒤에서 들려오는 익숙한 목소리에 흠칫 놀랐다. 아, 그냥 조용히 가려고 했는데 들켰나 보다.

"하, 할아버지."

안 회장은 지후를 향해 손가락 하나를 들고 자신에게 오라며 까딱거리고 있었다. 지후는 살며시 웃으면서 안 회장에게 다가갔다. 안 회장을 보는 지후의 얼굴에는 벌써부터 애교스러운 표정이 자리 잡고 있었다.

"우와. 우리 회장님은 갈수록 회춘하시네. 연애하시나?"

지후의 능글거리는 모습을 보고 안 회장은 손에 쥔 지팡이를 들어 그의 머리를 때렸다.

"아야. 할아버지!"

지후가 머리를 손으로 문지르며 인상을 쓰자, 안 회장은 오히려 더 버럭 소리를 질러댔다.

"이놈의 자식이 어디서 큰 소리야!"

"왜 또 그래요. 그래서 내가 여기 오기 싫다니까?"

"오기 싫은 놈이 여기 왜 왔어?"

"형 좀 만나려고요."

지후가 입을 삐죽 내밀며 투덜거리자, 안 회장은 그의 모습에 못내 서운한 감정을 내비쳤다. 뭐가 그리 바쁜지 통화하기도 힘든 녀석이다. 괘씸한 놈 같으니라고.

"여기까지 왔으면서 너는 형한테만 얼굴 비치고 이 할아비는 안 만나고 갈 참이었어!"

"아, 왜 또 그러실까. 우리 할배 삐치셨나? 알았어요. 제가 다음에 근사한 데 가서 한번 모실게요. 응?"

지후의 애교에 안 회장은 상했던 마음이 조금씩 풀렸다. 얼마나 아끼면서 키웠던 막내손자인데…… 이놈의 자식이 이젠 컸다고 이 노인네는 보이지 않나 보다. 망할 것.

"너 요즘 뭐 하고 다니는 거야? 결혼은 언제 할 거야?"

지후는 할아버지의 고정적인 레퍼토리가 시작된 걸 느끼고는 어색하게 웃어 보였다.

"할아버지. 나, 이제 스물셋이야. 아직 한창이라고. 저 말고 형이나 보내요. 소현 누나도 있잖아. 빨리 날 잡아서 후딱 보내 버려요!"

"너는! 너는 아직 만나는 사람 없어?"

"저요?"

지후는 괜스레 할아버지의 질문에 얼굴이 붉어졌다. 지금 여기서 애다의 존재를 말하면 바로 호구조사가 들어갈 것이다. 생각만 해도 싫었다.

"할아버지. 나, 지금 바빠. 빨리 촬영하러 가야 돼요. 나중에 봬요. 전화 드릴게요."

"야! 지후 네 이놈."

지후는 때마침 도착한 엘리베이터에 타고 안 회장의 시야에서 쏜살같이 사라졌다. 안 회장은 조금 전 지후의 행동에 의심이 갔는지 옆에 있는 비서실장에게 지시를 내렸다.

"김 실장."

"네. 회장님."

"지후 저 자식 요즘 뭐 하고 다니는지 알아봐. 혹시 만나는 여자가 있으면 어떤 여자인지 조사해서 하나도 빠짐없이 보고하도록 해. 저 자식 표정 보니 뭔가 있는 것 같아."

"네. 회장님."

안 회장은 지후가 타고 내려간 엘리베이터를 잠깐 바라보다가 몸을 틀어 지성의 사무실로 들어갔다.

*

채은은 며칠 전 스튜디오에서 만난 애다를 떠올리며, 자신의 잘 다듬어진 손톱을 물어뜯었다. 어디서 많이 본 얼굴인데 잘 생각나지 않았다. 지후와 애다의 다정했던 모습이 머릿속에서 지워지지 않아 답답함이 몰려왔다. 지후의 그런 모습은 처음 봤다. 자신에게도 보여주지 않았던 눈빛과 다정함이었다.

'도대체 뭐지? 대체 뭐 하는 계집애야? 안지후. 고작 그런 여자 때문에 날 밀어내?'

지후의 보여주기 위한 도발인 건지, 아니면 질투를 끌어내려고 제 앞에서 그런 애정행각을 벌인 건지. 도저히 알 수가 없었다. 아니, 그날 지후의 눈빛은 도발하거나 질투심을 유발하기 위한 눈빛이 아니었다.

'그럼, 뭐지? 정말로 그 여자를 사랑하기라도 한다는 건가? 아, 미치겠다.'

채은은 그 둘의 모습을 떨쳐내려 고개를 흔들었다. 그러다 갑자기 무슨 생각이 들었는지 방 안에 있는 화장대 서랍을 열었다.

채은은 그 안에서 사진 한 장을 들어 올렸다. 구겨진 사진을 반듯하게 펴내는 채은의 손길이 떨려왔다. 사진 속에 현민의 모습이 있다. 애다를 다정하게 껴안고 찍은 모습. 현민이 프랑스에서도 잊지 못하고 그리워했던 여자. 현민이 매일 이 사진을 들여다보는 게 싫어 그 몰래 슬쩍해 두었던 것이었다.

"애다…… 맞아. 이름이 애다였어. 하. 뭐야. 지후 네가 만나는 여자가 이 여자였어? 송현민이 그렇게 그리워하고 보고 싶어 했던 그녀가…… 지금 지후가 만나는 여자라고?"

채은은 어이없는 표정을 지으며 사진을 다시 한 번 구겨 버렸다. 그러고는 급하게 화장대 위에 있는 우울증약과 수면제를 손에 털어 한입에 삼켰다. 가슴이 떨려와 도저히 쉽게 진정이 되지 않았다.

'지후가 만나는 여자가 송현민의 옛 연인이라…… 이거 재밌어지겠는데?'

채은은 자신의 가슴을 쓸어내리며 눈을 감았다.

*

안 회장은 자택 거실에서 신문을 들여다보며 비서실장에게 보고를 받고 있다.

"그래. 요즘 지후 그 녀석 뭐 하고 지내?"

"특별한 일은 없습니다. 해외와 지방 오가면서 화보 촬영에 임하고 있습니다."

"그래? 여자관계는?"

"지금 만나는 여자가 있습니다."

신문을 보고 있던 안 회장의 눈썹이 꿈틀거렸다. 김 실장은 서류 봉투를 테이블에 내려놓았다.

"읽어봐."

안 회장은 신문에서 시선을 떼지 않은 채 김 실장에게 말했다. 김 실장은 서류 봉투에서 조사한 자료를 꺼내 침착한 어조로 입을 뗐다.

"이름 선애다. 나이 스물셋. 가족관계는 여섯 살 때 부친이 암으로 사망. 모친은 조은우유 대리점을 운영하다 이 년 전 교통사고로 현재 의식불명인 식물인간……."

"잠깐."

안 회장은 신문을 내려놓고 쓰고 있던 안경을 테이블에 올려놓았다.

"조은우유?"

"네. 우리 회사 대리점을 운영하셨다고 합니다."

"음. 계속해."

안 회장은 소파에 몸을 기대며 눈을 감았다. 김 실장은 안 회장을 한번 바라본 후 계속해서 말문을 이었다.

"현재 식물인간으로 대전의 한 국립병원에 장기입원 중. 새벽에는 우유 배달을 하고 오후에는 패밀리 레스토랑에서 근무 중이며 올해 재명여대 야간대학 유아교육 졸업반입니다."

"어떻게 지후랑 만난 게야?"

"그것까지는 아직 알아내지 못했습니다. 그런데……."

안 회장은 김 실장이 머뭇거리자 눈을 뜨고 그를 바라봤다.

"선애다 씨가 이번 우리 우유 광고 모델로 발탁되었습니다."

"모델?"

"네."

안 회장이 심기가 불편한지 이내 인상이 찌푸려졌다. 며칠 전 지성을 찾아온 지후를 생각하니 더 마음이 좋지 않았다.

"지후가 뒤에서 힘쓴 거야?"

"그건 아닙니다. 공정한 심사로 저희가 원하는 이미지와 맞아서 발탁된 걸로 압니다."

"이미지라…… 깨끗하고 순수한 이미지인가 보군."

안 회장은 천천히 고개를 끄덕거리며, 소파의 팔걸이를 손가락으로 툭툭 두드렸다. 더는 김 실장이 아무런 말을 하지 않자 안 회장은 그에게 그만 나가보라고 손을 들었다.

"그리고……."

들려오는 김 실장의 목소리에 안 회장은 손을 내리고 그를 바라봤다.

"또 뭐가 있는 게야?"

"지후가 이번에 선애다 씨와 함께 광고모델로……."

"뭐야! 지후 이놈의 자식이. 그래서 지성이 만나러 회사에 온 거군. 지성이 놈 연결해!"

지후 이 녀석이 제 여자친구가 모델이 된 걸 알고 함께 일하기를 원했었나 보다.

'어디서 감히, 괘씸한 놈 같으니라고.'

김 실장은 노발대발하는 안 회장을 진정시키기 위해 서둘러 입을 열었다.

"저기 회장님."

"뭐야, 또?"

"지후가 홍보팀 협의로 정상적인 절차를 밟고 다른 모델들과 경쟁해서 뽑혔다고 합니다."

"사실이야?"

"네."

안 회장은 테이블에 놓인 국화차를 들어 한 모금 마셨다. 마음이 조금 진정이 되는 것 같다. 여자 때문에 그리 싫어하던 회사 광고까지 찍으려고 하는 지후를 생각하니, 어떤 여자인지 더 궁금해졌다. 안 회장은 김 실장에게 물었다.

"가볍게 만나고 있는 거 같진 않고?"

"그건 아닌 것 같습니다."

"아니면 아니지. 같습니다, 는 왜 붙여!"

안 회장의 성난 외침에 김 실장은 흠칫거리며, 그가 원하는 대답을 서둘러 해주었다.

"이때까지 만나온 여자들에게 했던 행동과는 다릅니다."

"다르다니?"

"지후가 먼저 쫓아다녀서 사귄 것 같습니다."

"먼저?"

"네."

'오호. 요놈 봐라? 도대체 어떤 여자이기에.'

안 회장은 지후의 행동이 꽤 흥미로웠다. 지후가 좋아서 먼저 쫓아다녔다는 말에 더 호기심이 일었다.

"남자관계는 어때?"

안 회장의 질문에 김 실장이 머뭇거리며 잠시 말을 잇지 못했다. 안 회장은 무슨 문제가 있는 것 같아 불안한 마음이 들었다.

"왜 대답을 안 해! 무슨 문제 있는 거야? 혹시…… 유부녀는 아니겠지?"

"그건 아닙니다."

"그럼 뭐야?"

"이 년 전에 모델 일을 하는 남자와 사귀었습니다."

"그게 누군데?"

"송현민이라고. 선애다 씨와 헤어진 후 프랑스에 가서 모델 임채은 씨와 사귀었습니다. 그리고 얼마 전 결별 기사가 났습니다."

"임채은?"

"네."

안 회장의 인상이 자연스레 찌푸려졌다. 임채은이라면 잘 알고 있었다. 물론 직접 한 번도 본 적은 없었지만 지후의 연애사는 항상 귀로 보고를 받았기 때문이다.

"이 년 전에 지후랑 만났다던 그 모델 아가씨 말이야?"

"네. 회장님."

"허허. 무슨 이런 일이."

기가 막혔다. 이건 무슨 짝 바꿔치기도 아니고. 어째 이 네 명이 이리도 얽혔을까. 안 회장은 잠시 뜸을 들이더니 걱정스러운 말투로 김 실장에게 조용히 물었다.

"지후도 이 사실을 알고 있나?"

"아직 모르는 듯합니다."

"음……."

김 실장은 손에 쥐고 있던 애다의 신상명세 자료를 서류 봉투에 넣어 테이블에 올려놨다.

"조만간 그 아가씨를 직접 만나봐야겠군. 어디를 가면 만날 수 있는지 알아와."

"네. 회장님."

김 실장이 묵례를 하고 서재 밖으로 나가자, 안 회장은 긴 한숨을 내쉬며 이마에 손을 짚었다. 또다시 편두통이 몰려왔다. 무슨 이런 일이 있는지 모르겠다. 어찌 됐든 팔은 안으로 굽는다고 지후가 상처받는 일이 없었으면 하는 바람이었다. 그 아가씨가 지후에게 도움이 될 아가씨인지, 그렇지 않을 아가씨인지는 직접 이 두 눈으로 보고 판단을 해야 할 듯싶다.

여태까지 지성이나 지후가 만나는 사람에 대해서는 보고만 받았지, 직접 이렇게 나서본 적은 한 번도 없었다. 만약, 지후에게 해가 될 친구라면 수단과 방법을 가리지 않고 떼어낼 것이다. 지후를 위해서라도 말이다. 절대로 지후가 마음이 다치는 일이 없어야 했다. 그 누구보다도 마음이 여리고 정도 많은 아이가 지후다. 그렇기에 더더욱 안 되는 일이었다.

안 회장은 다시 두 눈을 지그시 감고 소파에 몸을 기댔다. 그들의 사랑이 아무쪼록 아무런 탈 없이 진행되기를 바랄 뿐이었다.

∗

"어떻게 된 거야?"

"서프라이즈!"

애다는 오늘 광고 촬영을 하기 위해 세트장에서 스탠바이를 하고 있었다. 아직 남자 모델이 오지 않아 기다리고 있는데 지후가 나타난 거다. 애다의 궁금해하는 표정에 지후는 그저 웃으며 그녀를 반겼다.

"나 보러 온 거야?"

"글쎄."

지후의 의미 모를 웃음에 애다는 어리둥절할 뿐이었다. 대체 이게 무슨 일인지 모르겠다. 그가 아무래도 응원을 하러 온 것 같다.

"안지후 씨. 얼른 준비해 주세요."

"네!"

지후는 그때까지도 두 눈만 깜박여 대는 애다의 어깨를 한 번 두드려준 후, 대기실로 들어갔다. 준비라니? 대체 통 무슨 일인지 모르겠다. 애다는 두리번거리며 수현을 찾았다. 수현이 스태프와 이야기를 다 끝냈는지 천천히 걸어 들어왔다.

"오빠. 어떻게 된 거예요? 지후가 여기 왜 왔어요?"

"보시다시피."

"네? 그게 무슨 말이에요?"

"애다 너 때문에 지후가 모델로 나선 거야."

"왜요?"

"다른 남자랑 찍는 거 죽어도 못 보겠대."

"네?"

애다는 황당한 표정을 지으며 지후가 들어간 대기실 문만 바라보고 있었다. 아무래도 같이 찍는 남자 모델이 지후인가 보다. 어째 이런 일이. 수현도 기가 막혔는데 애다는 오죽하랴.

그날, 수현은 지성의 전화를 받고 지후를 찾아갔다. 어떻게 된 거냐며 묻자 뜬금없이 조은유업 광고를 찍는다고 했다. 그러더니 프로필과 포트폴리오를 만들어 조은유업 홍보실로 보내야 한다고 했다. 계속 닦달을 하며 물어대자 그제야 애다가 다른 남자랑 광고 찍는 걸 못 보겠단다. 기가 막히고 어이가 없었다. 그렇게 찍기 싫어하던 광고를 애다 때문에 찍다니. 그것도 조은유업의 광고를.

안지후. 선애다에게 아주 제대로 빠져 버렸다.

"광고 콘셉트는 이거야. 한번 봐봐."

오늘 광고촬영을 맡은 조 감독이 콘티 자료를 지후와 애다에게 건네주었다. 지후는 콘티 자료를 보더니 웃음이 터졌다.

"픕. 푸하하."

지후가 웃어대자 애다는 입이 뾰루퉁해지며 그를 흘겨봤다.

"그만 웃지?"

"하하. 애다야. 나 오늘 어떤 상상을 하고 왔는지 알아?"

지후의 입에서 또 무슨 말이 나올지 그저 한 귀로 듣고 흘려버리고 싶었다. 지금 이 콘티를 보는 순간, 아무런 이야기도 듣고 싶지 않았다.

"네가 여신처럼 예쁘게 화장하고, 예쁜 옷 입고. 완전 반할 정도로 꾸며질 줄 알았거든."

"그런데?"

애다도 그럴 줄 알았다. 화장품 광고를 찍는 예쁜 연예인들처럼 그렇게 꾸며질 줄 알았다.

"그런데 젖소라니! 맙소사. 애다 네가 젖소라잖아. 푸하하하. 완전 대반전이야."

애다의 얼굴이 곧 시무룩해졌다. 전문 모델이 아니라서 많은 기대를 한 건 아니지만, 콘셉트가 젖소라는 말에 실망을 한 건 사실이다.

아무 말이 없는 애다를 보며 지후는 웃음을 그치고 헛기침을 했다. 그래도 애다가 젖소가 된 걸 상상하니 자꾸만 웃음이 새어 나왔다.

"흠흠. 애다야, 미안. 픕."

"너, 진짜…….."

조금만 더하면 애다가 정말 화를 낼 것 같기에 지후는 이쯤에서 그만둬야겠다고 생각했다.

"아. 알았어. 그만할게. 감독님. 왜 이런 콘티를 짜셨어요. 명색이 여자 모델인데 젖소라니요! 예쁘게 해주시지."

지후는 애다의 눈치를 살피며 괜스레 조 감독에게 따지는 시늉을 했다. 조 감독은 그런 지후를 보며 심드렁하게 대꾸했다.

"이게 무슨 화장품 광고야? 우유야. 우유. 말 그대로 전 국민에게 편하게, 기억되기 쉽게, 재미있게 다가가야 한다고."

"들었지? 애다야. 재미있게 가야 된대."

"치."

지후는 조 감독의 눈을 피해 실망한 낯빛의 애다에게 다가가 작은 소리로 속삭였다.

"다행이다."

지후의 낮은 속삭임에 애다는 고개를 들고 그를 바라봤다. 다행이라니, 뭐가?

"나 사실 너, 예쁘게 나올까 봐 걱정했거든."

"그게 무슨 말이야?"

"모든 사람이 다 보는 광고에 네 예쁜 얼굴 보여주기 싫었다고."

애다는 얼굴이 순간 붉어져 자신의 양 볼을 손으로 감쌌다. 그런 애다의 모습을, 지후는 사랑스러운 눈빛으로 바라봤다. 애다가 어떤 모습이든 지후의 눈에는 예뻐 보일 것이다. 그리고 지후는 그녀와 함께 일을 한다는 게 무엇보다 기뻤다. 정말 재미있는 촬영이 될 것 같아 벌써부터 기대가 되었다.

"선애다 씨. 이리 와서 의상 갈아입으세요."

"네."

애다는 스태프가 전하는 말에 걸음을 옮겨 대기실로 들어갔다. 애다의 뒷모습을 바라보고 있던 지후는 수현의 말에 고개를 돌렸다.

"그렇게 좋아? 애다랑 같이 찍는 게? 한시도 눈을 안 떼네."

"당연한 걸 왜 물어?"

"그렇게 싫어하던 TV 광고까지 찍으시고. 그것도 조은우유 광고?"

수현의 어이없어 하는 말투에 지후는 괜히 볼멘소리를 해댄다.

"그럼 어떻게 해? 애다가 다른 남자랑 찍는 걸 나보고 보라고?"

"왜 못 보는데? 이건 일이잖아."

"형이 몰라서 하는 말인데 오랜 시간 동안 서로 한 공간에서 찍다 보면 이게 없었던 감정도 생기는 법이거든."

"아. 예전에 너랑 채은이처럼?"

지후의 표정이 순식간에 굳어졌다. 왜 여기서 또 채은의 이야기를 꺼내는지 모르겠다. 이미 이 년 전에 끝나 버린 관계인데, 지금 애다랑 만나고 있는데 자꾸 왜 임채은 이름이 따라다니는지 모르겠다.

지후의 표정을 보던 수현은 순간 말실수를 했다는 걸 깨달았다. 그저 그를 놀려 줄 심산으로 농담한 건데, 지후에게는 그렇지 않은가 보다. 괜히 미안해졌다.

"지후야. 저기."

"왜 또 여기서 그 여자 이야기가 나와?"

"매우 미안하다. 실수 인정."

"애다 앞에서 임채은 얘기 하기만 해. 그땐 형 얼굴 안 봐."

지후의 차가운 말에 수현은 이내 입을 닫았다. 그들 사이에서는 잠시 동안 어색한 침묵만이 흘렀다. 잠시 후,

"와우! 이거 젖소가 너무 예쁜데?"

뒤에서 들려오는 조 감독의 말에 지후와 수현이 고개를 돌렸다. 대기실에서 나오는 애다의 모습이 보인다. 순간 지후와 수현은 동시에 할 말을 잃고 애다만 빤히 주시했다.

"맙소사."

지후의 입에서 탄성에 가까운 목소리가 흘러나왔다.

'저게 뭐야? 저게 어떻게 젖소야?'

"오. 지후야. 남자 모델 네가 하길 천만다행이다. 다른 남자가 했다면 애다한테 바로 작업 들어가겠는걸? 저 모습을 보고 누가 안 반하겠냐? 지금 남자 스태프들 눈이 하트 뿅뿅이다."

뚱뚱한 젖소 인형 복장을 하고 나올 거라는 지후의 예상과는 달리 애다는 그야말로 반짝반짝 빛나는 요정 같았다. 긴 머리는 풍성하게 웨이브를 줘서 양 갈래로 나누어 목 언저리에서 묶어 가슴 쪽으로 내렸고, 생동감이 넘치는 화장에 왼쪽 눈 아래 반짝이는 작은 별 스티커를 붙여 발랄한 이미지가 되었다.

립글로스만 발랐을 뿐인데 애다의 붉은 입술이 더 돋보였고, 문제는 그걸 다 떠나서 옷이다. 애다의 가는 쇄골과 목, 어깨선이 드러나는 옷! 탱크 탑이 웬 말이더냐. 젖소가 탱크 탑이라니!

상체는 탱크 탑에 하의는 무릎 위까지 오는 짧은 플레어 스커트였다. 몸에 잘 맞는 옷으로 인해 애다의 가는 허리선과 치마 아래로 쭉 뻗은 다리가 돋보였다. 특히, 애다의 하얗고 맑은 피부 때문에 정말 방금이라도 우유에 들어갔다 나온 것처럼 눈이

부신 요정처럼 보였다.

　애다의 쭉 뻗은 가는 다리를 처음 본 지후는 자기도 모르게 침을 꼴깍 삼켰다. 지금 지후는 이 많은 남성들의 눈에서 아무도 못 보게 애다를 꼭꼭 숨겨 버리고 싶었다. 실수다. 이건 완벽한 실수였다. 하지 못하게 말렸어야 했다. 등록금을 내주는 한이 있더라도 말렸어야 했다.

　'애다의 이 모습을 전 국민, 아니, 남성들이 본다고? 오 마이 갓!'

　"지후야."

　넋을 잃은 채 서 있는 지후에게 다가가며 애다는 쑥스러운 듯 입술을 달싹거렸다. 그 입술조차도 움직이지 마. 미치겠거든?

　"······어."

　지후는 탄식에 섞인 말을 뱉으며 주위를 둘러보았다. 스태프들이 애다를 바라보며 그녀의 몸짓 하나하나에 눈이 왔다 갔다 했다.

　'젠장. 다 눈 안 돌려! 아. 그냥 데리고 나가 버릴까? 이씨. 무슨 젖소가 이래?'

　지후는 인상을 찌푸리고는 감독에게 다가가 따지듯이 물었다.

　"감독님. 젖소라면서요! 무슨 젖소가 요정 같아요?"

　"맞잖아. 젖소. 인형 옷을 입을 거라고 생각했어? 그런 고정관념은 버려."

　그렇다. 젖소는 젖소다. 애다의 옷은 하얀 바탕에 검은 반점 무늬가 프린트되어 누가 봐도 젖소가 생각나는 옷이니까. 반면 지후의 복장은 심플했다. 그녀를 더 돋보이게 하려는 건지, 흰 셔츠에 검은 스키니진을 입고 포인트로 목에 젖소 무늬의 스카프를 두른 게 다였다.

"하. 감독님. 젖소 탈 없어요? 얼굴에 탈을 씌우죠. 그게 좋을 것 같은데."

지후의 어이없는 발언에 조 감독은 한심한 눈빛으로 그를 힐끔 쳐다봤다.

"그걸 말이라고 해? 그럼 왜 모델을 얼굴 보고 뽑았겠어? 그냥 동네 아줌마 데려다가 하지. 얼른 준비해. 빨리 시작하자고. 자! 다들 애다 씨 얼굴 그만 보고 모두 스탠바이 해!"

조 감독의 외침에 스태프들이 애다에게서 눈을 떼고 분주하게 자신의 위치로 돌아갔다. 지후는 한숨을 쉬며 수현을 돌아봤다.

"형. 촬영하는 동안 애다에게 시선이 오래 가 있는 놈 잡아내."

"뭐?"

수현은 황당한 표정을 지었다. 뭐, 이런 놈이 다 있나?

"잡히기만 해. 가만두지 않을 테니까."

"하. 너 그걸 말이라고 해? 모델한테 시선이 가는 게 당연한 거잖아."

"아. 몰라. 완전 짜증 나."

"참. 너도 중증이다."

수현은 지후를 어떻게 해야 하나 잠시 고민에 휩싸였다. 지후의 애다에 대한 소유욕에 고개를 절로 흔들며 혀를 내둘렀다. 지후의 이런 모습은 정말 적응이 안 됐다.

지후는 힘 빠진 발걸음으로 세트장 위로 먼저 올라가 있는 애다에게 다가가면서 속으로 주문을 외웠다.

'망해라, 망해라. 우리가 찍은 광고 망해라.'

안 회장이 들으면 난리 날 주문을 지후는 그렇게 계속해서 마음속으로 외쳐 댔다. 오랜 시간이 흐른 후.

"자. 이제 마지막 촬영입니다. 마지막까지 힘내자고요."

여섯 시간째 촬영하고 있는 애다의 얼굴에는 지친 기색이 역력했다. 그런 그녀의 모습에 지후는 걱정이 되었다.

"애다야. 힘들어?"

"응. 넌 어떻게 이런 일을 계속해? 조명 앞에 있으니까 너무 뜨겁고 계속 웃고 있으려니 얼굴에 경련 일어날 것 같아. 허리도 아프고 팔, 다리도 쑤셔. 잉. 사람들의 시선 때문에 실수할까 봐 조바심도 나고. 난 죽었다 깨어나도 모델은 안 되겠어. 지후 네가 정말 대단하단 생각이 들어. 그냥 폼 잡고 사진 찍는 걸 아주 쉽게 봤는데 막상 내가 해보니 장난 아니야."

애다는 정말 죽었다 깨어나도 모델 일은 하지 않을 거라 결심했다. 화려한 스포트라이트를 받는 모델들을 멋지다고만 생각했지, 이런 고통이 따르는지는 정말 알지 못했다. 이런 일을 하는 지후가 다시 보였다. 오히려 존경스럽기까지 했다.

"그래그래, 잘 생각했어. 절대로 모델 같은 거 하지 마. 이젠 조금만 참아. 곧 끝날 거야."

지후는 힘들어하는 애다를 안쓰럽게 바라보며 애가 타는 마음을 달래었다. 보는 눈들이 없었더라면, 당장 그녀의 어깨와 팔다리를 주물러 주고 싶은 마음이었다.

'아. 저 가는 팔다리 어쩔 거야. 살 좀 찌워야겠네. 저 하얀 목에 입술 도장을…… 아, 뭐라는 거야. 정신 차려, 안지후!'

지후 또한 오늘의 촬영이 평소보다 더 힘이 들었다. 애다와 함께 찍어서 즐거울 거란 생각과는 달리 그녀를 보느라 심장이 쿵쾅거리다 못해 밖으로 튀어나올 지경이었다.

"자. 이번에는 두 분이 의자에 앉아서 지후 씨가 멘트 날리면 애다 씨가 여기 있는 우유 한 모금 마시면서 멘트 하시면 돼요. 리허설 한 번 하고 갈게요."

스태프의 말에 지후와 애다는 준비 자세를 하고 표정을 풀며 다시 웃는 얼굴을 했다.

"자. 리허설입니다. 레디, 액션!"

"신선하고 깨끗한 1등급만의 비밀."

"꿀꺽. 맛있다."

"오케이. 좋아. 이젠 들어갑시다!"

그들은 같은 장면을 계속해서 반복해 찍었고, 애다는 우유를 한 모금씩 마실 때마다 무척 힘들어했다. 중간에 한 번씩 게워내면서 힘든 촬영은 계속되어 가고 있었다.

지후는 애다 대신 자신이 우유를 마시고 싶은 심정이었다. 저러다 탈이 나는 건 아닌지 정말 걱정스러워 죽겠다.

'이건 건강에 좋은 우유가 아니라 우리 애다 죽이는 우유라고!'

"저 아가씨야?"

광고 촬영을 보러 온 지성이 수현에게 다가가 물었다.

"응."

"예쁘네."

화장을 하고 의상까지 차려입은 꾸며진 모습이라 제대로 판단은 서지 않았지만, 분위기는 청순한 것 같았다. 성격도 그러려나? 개인적으로 지성은 선호하지 않는 스타일이다. 약한 여자. 딱 질색이었다.

"지후가 반할 만한데? 임채은과는 완전 반대 스타일이네."

"지후 앞에서 채은이 이야기하지 마. 잘못했다간 형제 관계도 끊어야 할 거다."

지성은 애다에게서 시선을 뗐다.

"그 정도야?"

"응."

"저 자식 임채은한테 애증, 뭐 그런 거 아냐?"

수현은 한숨을 내쉰 후, 팔짱을 끼고 고개를 내저었다.

"글쎄. 임채은 때문에 애다 만나는 것 같지는 않아. 완전 애다
한테 푹 빠졌다."

"저 아가씨 우리 집안은 알아?"

"전혀. 지후 몰라? 저 자식 사람 만날 때 집안 이야기 안 하잖
아. 특히 여자한테는 더더욱."

지성은 고개를 끄덕이며 지후와 애다의 모습을 다시 한 번 바
라봤다. 지후는 힘들어하는 애다를 걱정하면서 안쓰러워하는 눈
빛이었다. 그야말로 사랑에 빠진 눈빛이었다. 지성은 지후가 좋
아하는 여자이니 서로가 잘되면 좋겠지만, 괜스레 불안한 마음
이 들었다. 지후의 눈빛을 보니 더 걱정이 앞섰다.

'큰일 났네. 지후야. 나는 네가 이쯤에서 그만뒀으면 좋겠다.
괜히 무서워진다. 네 눈빛을 보니 무서운 마음이 든다.'

지성은 걱정스러운 얼굴로 그 자리에 서서 지후의 행동을 지켜
보았다.

"신선하고 깨끗한 1등급만의 비밀."

"꿀꺽. 맛있다."

쪽.

잠시 정적…….

"컷! 오케이!"

"와! 끝났다!"

조 감독의 오케이 사인에 모두 박수를 치며 허리를 폈다. 그렇지만 애다만 멍한 표정으로 지후를 바라봤다.

"너…… 지금 뭐한 거야?"

"기운 내라는 뽀뽀."

마지막 컷에 애다의 입가에 우유가 묻어 있자, 지후가 그대로 그녀 입술에 입을 맞추며 그 우유를 자신의 입으로 흡입해 버린 것이다. 갑작스러운 지후의 행동에 잠깐의 정적이 흘렀지만, 감독의 오케이 사인에 모두 제정신으로 돌아온 거다.

"쟤네 사귀어? 지후 씨의 마지막 행동은 뭘까? 왜 콘티에도 없는 걸 하지?"

조 감독의 웃음 섞인 말에 수현은 당황하며 얼버무렸다.

'지후 저 자식을 그냥. 잘 참는가 했더니만 마지막에 입술은 왜 갖다 대?'

"그, 그게. 감독님도 아시면서. 원래 지후 좀 엉뚱한 면이 있잖아요. 하하 가끔 저렇게 애드리브를 치죠. 아주 프로 정신이 강한 아이예요. 그죠? 하하."

"오히려 좋은데?"

"네?"

수현은 당혹스러워하며 조 감독을 빤히 내려다봤다. 좋긴 뭐가 좋아?

조 감독은 모니터에 잡힌 그들을 여러 번 재생 반복하면서 보더니 꽤 만족스러운 표정을 지었다.

"마지막 이 애드리브 넣으려고."

"감독님!"

"지후 씨의 갑작스러운 행동에 놀라서 토끼 눈을 한 애다 씨 표정이 좋아. 정말 마시고 싶지 않아? 이 우유?"

'우유가 아니라 애다의 입술이 먹고 싶은 건 아니고요?'

수현은 기가 막혀 말이 나오지 않았다. 아니, 편집하겠다는 소리가 나와야지, 그대로 살리기는 뭘 살려?

조 감독은 모니터 속 애다의 얼굴을 유심히 살펴보더니 아직 세트장에 있는 그녀에게 큰 소리로 말했다.

"애다 씨! 정식으로 모델 데뷔하는 건 어때? 잘할 것 같은데. 하게 되면 내가 도와줄게. 잘하면 스타로 발돋움할 수 있겠어."

"아니요!"

"안 돼요!"

조 감독의 말에 그들이 동시에 외쳤다. 지후와 애다는 웃으면서 서로 마주 보았다.

'나 죽었다 깨어나도 못하겠어. 너무 힘들어. 지후야.'

'잘 생각했어. 절대 하지 마. 나만 볼 거야. 너를 다른 사람한테 보여주기 싫어.'

지성은 지후와 애다의 행동을 바라만 보고 있었다. 조만간 그녀를 만나 이야기를 하고 싶었지만, 과연 지후가 보여줄지는 모르겠다고 생각했다.

"간다."

지성이 수현의 어깨를 치며 몸을 돌렸다.

"가려고? 지후 안 보고?"

"나 있으면 저 자식 곤란해할 것 같아. 나 왔었다는 이야기하지 마. 갈게."

돌아서는 지성을 보며 수현은 짧은 한숨을 내쉬었다.

"지금 뭐 하는 거야? 여기는 왜 들어와? 나, 옷 갈아입어야 해. 얼른 나가…… 읍."

촬영하면서 얼마나 참았던지, 그녀의 입술에, 목에, 어깨에, 얼마나 입을 맞추고 싶었던지. 지후는 그 마음을 참지 못하고 애다의 대기실로 들어와 그대로 그녀를 벽에 밀어붙이고 키스했다.

지후는 애다의 입술에서 천천히 입을 떼고 그녀의 이마에 자신의 이마를 갖다 대며 까만 눈동자를 들여다봤다.

"지후야."

애다는 놀란 마음을 애써 진정시키며 그를 조심스레 불렀다. 지후는 그녀의 입술을 손가락으로 어루만지며, 떨리는 심장을 애써 눌렀다.

"나의 지금 이 마음이 사랑이라면 나…… 너 사랑하나 봐."

"……."

"처음이야. 이런 느낌. 널 아무에게도 주기 싫고 보여주기도 싫어. 네가 오로지 나만 보고 나만 사랑해 줬으면 좋겠어. 보고 있어도 설레고, 떨리고, 만지고 싶고 그래. 이거 사랑 맞지?"

"지후야……."

"사랑해. 애다야."

지후의 고백에 애다의 심장은 심하게 떨려왔다. 너무 떨려서 아무런 말도 할 수가 없었다. 지후는 다시 애다의 떨리는 입술에 조심스럽게 입술을 맞대며 진한 키스를 나누었다. 금방이라도 누가 들어올지 모를 대기실에서 그렇게 둘은 오랫동안 키스를 나누었다.

한편, 수현은 애다가 있는 대기실로 들어간 지후를 보고 조마

조마한 심정으로 발을 동동 구르며 문 앞을 지키고 있었다.

'아, 정말 어쩌려고 그래. 안지후! 빨리 끝내, 이 미친 또라이 자식아!'

*

[신선하고 깨끗한 1등급만의 비밀.

꿀꺽. 맛있다.

신선함을 마시자~ 조은우유~]

빔 프로젝터 영사기가 멈추고 어두운 대회의실에 불이 들어오기 시작했다. 이번 우유 광고에 대한 회의를 하기 위해 안 회장을 비롯한 많은 임원진들이 한자리에 모여 있었다.

"여기까지입니다."

안 회장은 홍보실 실장에게서 이번 우유 광고물 설명을 들었다. 회의에 참석한 많은 임원진은 안 회장의 얼굴을 바라보며 그가 입을 떼기를 기다리고 있었다.

"음. 저거. 마지막 장면 말이야."

마지막 뽀뽀 장면에서 멈춰 있는 화면을 안 회장이 손가락으로 가리키자, 모두의 시선이 그곳으로 향했다.

"네. 회장님."

"저거. 원래 있던 콘셉트인가?"

"아. 조성훈 감독님 말로는 모델 안지후 씨가 애드리브로 한 장면이랍니다."

안 회장의 눈썹이 일그러졌다. 이놈의 자식은 대체 누구를 닮았는지 대중성 있는 광고에 저런 애정행각을 벌이며 애드리브라고 칭하는지 모르겠다.

"조 감독님께서 두 가지 버전으로 보내주셨습니다. 저 마지막 장면이 없는 본래의 광고와 방금 보여드린 광고, 두 가지 버전입니다. 다른 광고도 보시겠습니까?"

"아니야, 됐어. 안 이사는 어떻게 생각해? 현장에도 다녀왔잖아."

안 회장은 오른쪽에 앉아 있는 지성에게 질문을 했다.

"저는 방금 본 광고가 괜찮을 듯싶습니다. 회장님이 오시기 전 다른 임원들의 생각도 알아본 결과 다수결로 저 광고가 선택되었습니다. 그래서 먼저 회장님께 저 광고를 보여드린 겁니다."

"음. 언제부터 방송에 나가지?"

"오늘 회의에 선택된 광고는 수정, 보완, 편집을 통해 한 달 후부터 지상파 및 케이블 방송에 방송되며 지면 광고를 통해 먼저 홍보를 할 생각입니다."

안 회장은 고개를 끄덕이며, 빈 화면을 한참 바라보더니 임원진들을 둘러봤다.

"음. 저걸로 하지. 그리고 안 이사는 잠깐 내 방으로 좀 와."

"네. 회장님."

안 회장이 자리에서 일어나자 모든 임원진이 일어나 가볍게 묵례를 했다. 그러고는 안 회장이 나간 문을 통해 한 명씩 회의실에서 벗어났다. 아무도 없는 회의실 안에는 지후가 애다에게 뽀뽀한 장면이 계속 화면에 떠 있었다.

"그래. 직접 보니 어때?"

안 회장이 소파에 앉으며 애다를 직접 본 소감을 지성에게 물었다. 지성은 광고 촬영 시에 본 애다의 모습을 다시 한 번 떠올렸다.

"직접 만나서 대화를 해보진 않았지만 겉모습만 봤을 때는 청순한 이미지였습니다."

"청순이라?"

"네. 때 묻지 않은 순수함이라고나 할까요? 첫인상은 그랬습니다."

"지후는 어떤 거 같아?"

지성은 잠시 머뭇거리다가 조금은 걱정이 깃든 표정으로 차분하게 말을 했다.

"쉽게 만나는 것 같지는 않았습니다. 지후가 많이 좋아하는 것 같았어요. 아주 불안할 정도로…… 지후의 그런 모습은 처음 봤거든요."

안 회장은 잠시 생각에 잠겼다. 지성은 안 회장이 아무런 말을 하지 않자 다시 한 번 입을 열었다.

"쉽게 헤어질 것 같지 않았습니다. 두 사람 너무 잘 어울렸거든요."

"지성이 네 눈에는 그렇게 보였단 말이지? 음. 지후가 많이 좋아한다……."

안 회장이 눈을 감고 또 한 번 생각에 잠기자, 지성이 그를 불렀다.

"할아버지."

안 회장이 눈을 떴다. 회사에서는 할아버지가 아닌 회장님이라는 호칭을 쓰는 지성이 자신을 할아버지라고 부르자 안 회장은 잠시 놀란 눈을 했다. 지성이 부탁하고자 하는 말이 있는 것이다.

"지후. 그냥 지켜보시는 게 좋을 것 같아요. 그게 지후를 위해서도 좋을 것 같고요."

"지성아. 네가 모르는 한 가지가 있다."

"그게 무슨……."

"그 사람들의 인연이 어디까지인지는 나도 두고 지켜볼 셈이야. 그런데 만약, 우리 지후가 상처받는 일이 생긴다면 난 그 아이를 지후의 짝으로 받아들일 수 없단다."

지성은 안 회장의 말이 이해가 가지를 않았다. 지후가 상처를 받는다고?

"그 사람들의 인연이라니요?"

"과거에서부터 이어진 인연을 말하는 게다. 나도 지후와 애다라는 그 아가씨 둘만의 문제라면 이러지 않아. 누구의 방해에도 변하지 않을 그런 사랑이라면 나도 응원해 주고 싶구나. 내 손자가 좋아하는 아가씨니까 말이야. 하나 운명이라는 건 비켜나갈 수 없는 게지. 얽혀 버린 과거가 미래까지 이어지지 않기를 바랄 뿐이다. 과거의 집착은 무용지물일 테니."

지성은 안 회장의 진지한 이야기를 들으며 곰곰이 생각해 보았다. 하지만 도저히 이해할 수가 없었다.

'지후와 애다 외에 할아버지께서 말씀하신 그 사람들이란 누구일까? 그들의 견고한 사랑을 무너뜨릴 방해물이 존재한다는 뜻인가? 지후와 선애다 씨를 보고 불안한 느낌이 든 이유가 할아버지께서 말씀하신 것에 있다면…… 그렇다면 지후는 어떻게 되는 거지? 우리 지후는 어떻게 되는 거야?'

지성은 근심에 휩싸인 안 회장의 얼굴을 바라보며 작게 한숨을 내쉬었다.

*

[Top model News]

톱 모델 안지후(23세)가 우유 광고 모델로 발탁되어 촬영에 임했다고 조은유업 홍보팀이 밝혔다. 조은유업이 선보이는 새로운 광고는 안지후만의 당찬 매력을 통해 신선도의 중요성을 재미있게 전달하고 있다. 안지후가 TV 광고모델로 나선 것은 오랜만이라 많은 팬들에게 즐거움을 선사할 것으로 보인다.

조은유업 관계자는 "안지후의 깨끗한 이미지, 그리고 모델로서의 인기와 팬들로부터 많은 사랑을 받고 있는 모습이 우유의 신선함을 지켜나가는 자사의 노력과 부합했다"며 모델 선정 배경을 밝혔다. 또한, 조은유업은 회사 직원인 일반인을 모델로 세워 회사의 신뢰성을 더욱더 높였다. 모델로 선정된 S양은 깨끗한 우유 빛깔 피부와 어우러져 프로 모델 못지않은 모습을 보여주기도 했다. 그리고 조은유업 관계자는 "그들의 하얀 피부와 맑은 미소가 어우러진 이번 광고는 남심과 여심을 동시에 사로잡을 것"이라고 설명했다.

한편, 올해 조은유업의 새로운 우유 광고는 한 달 뒤에 지면광고와 지상파, 케이블 TV에서 만나볼 수 있다.

Top model News 이상미 기자

지후는 3월에 있을 S/S 컬렉션 서울 패션위크, 헤이니 정의 무대에 서게 되어 일주일에 두세 번씩 다른 모델들과 호흡 및 동선을 맞추기 위해 연습실에 들렀다. 연습이 끝나고 잠깐 쉬는 시간에 같은 동기인 찬영이 음료수를 건네며 지후 옆에 앉았다.

"땡큐."

"별말씀을. 지후 너 우유 광고 찍었다며?"

"응?"

지후는 음료수 캔을 따다가 들려오는 찬영의 말에 고개를 갸웃거렸다.

'어떻게 안 거야?'

방송은 아직 나가지도 않고 홍보 영상과 지면광고로만 나간 거로 알고 있었다.

"벌써 소문났더라. 네가 잘 안 찍는 TV 광고를 찍었다니까 순식간에 말이 돌던데?"

"그래?"

"같이 찍은 여자 모델 소문이 장난 아니더라?"

지후는 찬영이 건넨 음료수를 먹으려다 멈칫했다.

'대체 무슨 소문들이 나도는 거지?'

지후는 자신도 모르는 소문에 대해 기분이 썩 좋지 않았다. 특히나 애다에 대한 소문에 온 신경이 곤두설 정도로 예민해졌다.

"무슨 소문?"

"프로 모델도 아닌데 장난 아니게 예쁘다고 동기들 사이에서 난리가 났다. 벌써부터 나올 광고 기대된다면서. 어때? 진짜 그렇게 예뻐?"

"아, 뭐 그렇지."

"오. 진짜?"

지후는 웃으면서 음료수 한 모금을 마셨다. 광고 시작 전부터 이러는데, 방송 타면 어떻게 되는 거야? 지후는 호기심 어린 눈동자로 쳐다보는 찬영의 눈빛도 맘에 들지 않았다.

'내 여자야. 이것들아.'

"그런데 걔 남자친구 있어. 다들 마음 접으라고 해."

"누군데? 그러고 보니 너도 꽤 친한가 보다? 같이 찍은 파트너 사생활까지 다 알고?"

"당연하지. 그게 나니까."

찬영의 눈이 커졌다. 찬영은 믿을 수 없다는 듯이 멍한 표정으로 지후를 보았다.

"무슨 소리야? 너라니?"

"내가 바로 그 남자친구라고."

"헉! 진짜?"

"내가 거짓말하는 거 봤어? 걔, 내 거니까 다들 꿈 깨시라고 전해라."

찬영은 잠시 놀란 얼굴로 했다가 주변을 살펴보고는 조심스레 지후에게 물었다.

"야. 그럼 너 완전히 채은 누나는 잊은 거야?"

지후의 표정이 차갑게 굳어져 갔다. 왜 임채은 이야기가 여기서 또 나오는지 모르겠다. 채은과 사귀면서 남들 보란 듯이 애정 행각을 보인 적도 없고, 부러움을 산 적도 없었다. 그런데 왜 늘 꼬리표처럼 그녀의 이름이 따라오는지. 정말 짜증이 나도록 기분이 나빴다.

"왜 다들 나하고 임채은을 연결시켜? 끝난 지가 언젠데. 도대체 다들 왜 그러는 거야?"

"아니, 채은 누나랑 현민 선배 헤어진 이유가 너 때문이라고 해서."

'이건 무슨 소리야? 둘이 헤어진 게 왜 나 때문인가? 오히려 그둘 때문에 피해를 입은 건 난데.'

지후는 왜 그들의 이별에 있어서 자신이 가해자가 되었는지 모르겠다.

"누가 그래?"

"아니야?"

"하. 미치겠네, 진짜."

지후는 자신의 머리를 헝클어뜨렸다. 그 모습을 지켜보던 찬영의 얼굴에 근심이 보였다.

"지후 네가 무대에 잘 서지 않으니까 너 없는 자리에서 이래저래 말들이 많아. 사람들 잘 안 만나고 혼자 화보 촬영만 하는 네가 피해자인 거지."

그냥 각자 자기 위치에서 열심히 일만 하면 될 것을. 남의 사생활에 그렇게 관심이 있는지 모르겠다.

"그리고 네가 조은유업 손자라는 소문이 일 년 전부터 돌다가 최근에 확실시되면서부터 이번 우유 광고도 빽으로 되었다는 말도 있어."

"하. 난 정정당당히 경쟁해서 뽑힌 거야."

"알지. 나도 네 실력을. 그런데 몇몇 선배들이 널 눈엣가시처럼 보는 것 같아. 자기들보다 월등히 잘나가는 널 보고 시샘하는 거지. 거기다 현민 선배가 너 때문에 채은 누나랑 헤어졌다는 소문까지 더해져서 말이야. 그것뿐이냐? 헤이니 정 선생님이 지후 널 맘에 들어 해서 이번 무대에도 세웠다는 말도 있는데."

"돌겠네, 진짜. 더러워서 못 해먹겠다."

이래서 요즘은 런웨이 무대에 서기 싫었다. 특히나 선후배 서열이 심한 남자 모델들 사이에서는 한 번 눈 밖에 나면 고생길이 훤했다. 무슨 군대도 아니고. 아니지, 군대도 이것보단 낫겠다.

말키러브

빌어먹을.

"그러게 모임 때도 잘 참석하고 그러지 그랬어."

"쳇. 거기 가서 맘에도 없는 비위 맞추며 웃으라고? 내가 그 꼴 보기 싫어서 소속사에서 나온 거라고."

"그래. 그거는 네가 엄청 부럽더라. 나쁜 놈. 나도 데려가지."

"아직은 내가 누굴 데려가고 그럴 입장이 아냐. 지금 내 코가 석 자다."

"아무튼 오늘부터 메인 모델 현민 선배랑 다른 선배들도 연습에 참석한다더라. 여자 모델들도 같이. 첫 번째 리허설이니까 큰 소리 안 나게 조용조용히 하자. 우리나, 우리 밑에 있는 후배들이 뭔 죄냐. 안 그래?"

찬영의 말을 듣고 있으니 짜증이 더 밀려왔다. 이럴 땐 애다가 보고 싶었다. 이 짜증 나는 기분을 한방에 잠재워 줄 사랑하는 연인. 애다가 미치도록 보고 싶었다.

"애다야. 수업 끝났어?"

[응. 지금 집에 가는 중이야.]

지후는 아직 오지 않는 몇몇 선배들을 기다리며 복도 벽에 기대어 애다에게 전화를 걸었다. 그녀의 목소리를 들으니 아까 전 밀려왔던 짜증이 달아나는 기분이었다.

"데려다줘야 하는데 미안."

[그게 무슨 소리야. 너 연습하느라 바쁜 거 뻔히 아는데. 나 신경 쓰지 마.]

"사랑해, 애다야."

그녀에게 사랑 고백을 하고 난 이후 하루도 빠짐없이 해온 말이었다. 애다에게서 같은 대답을 들으려고 말한 건 아니지만, 그녀는 단 한 번도 사랑한다는 말을 해주지 않았다. 그게 오늘따라 못내 서운했다.

"애다야. 보고 싶다."

[지후야. 무슨 일 있어?]

"아니. 왜?"

[목소리에 기운이 하나도 없어서.]

'훗. 그래도 내 기분 알아주는 사람은 우리 애다뿐이네.'

목소리 하나에도 걱정해 주는 그녀가 더 생각났다. 오늘은 애다를 품에 안고 아무 생각 없이 자고 싶었다. 지후는 자신을 걱정해 주는 그녀의 목소리에 희미하게 미소를 지었다.

"아무 일 없어. 그냥 밤늦게까지 연습할 생각하니까 피곤해서 그래."

[정말?]

"응."

[내가 가서 힘내라고 말해주고 싶은데. 그렇게 못해서 미안해, 지후야.]

"괜찮아. 대신."

[대신?]

지후는 잠시 뜸을 들였다. 지금 그녀가 자신과 같은 마음이었으면 하는 바람이었다.

"나, 연습 끝나면 너한테 가도 돼? 너무 늦으려나?"

역시나 그녀는 자신의 생각과는 다른가 보다. 애다는 아무런 말이 없다. 또 괜히 말을 꺼냈나 보다.

"보고 싶어서 그래."

[……]

"애다야."

지후는 아무 말이 없는 애다를 조심스레 불렀다.

'무슨 말이라도 좀 해주라. 정말 안 되는 건가?'

[기다릴게.]

휴대폰 너머로 들려오는 또렷한 음성에 지후는 벽에 기대었던 몸을 바로 세우고 눈을 동그랗게 떴다.

"정말?"

[기다릴게. 연습 잘하고 와.]

그녀의 말에 지후는 함박웃음을 지었다. 지금 이 순간 소리라도 지르고 싶은 심정이었다.

"응! 알았어. 애다야. 나 힘내서 연습 열심히 하고 갈게!"

[그래.]

"사랑해, 애다야! 쪽."

지후는 휴대폰에 대고 그녀가 들을 수 있도록 뽀뽀 소리를 날렸다. 그 순간 막 연습실에 들어서던 채은의 발걸음이 멈췄다. 그가 애정 어린 목소리로 통화를 하는 모습을 보던 채은은 복도 코너에서 인상을 찌푸리며 서 있었다.

채은은 벽에 기대어 자신의 휴대폰을 꺼냈다. 몇 번의 터치로 현민과 애다의 사진 목록을 찾아낸 그녀는 망설임 없이 지후의 휴대폰 번호를 눌렀다.

'안지후. 이건 네가 자초한 일이야. 그러니까 내 앞에서 왜 그런 모습을 보이는데?'

채은은 떨리는 손으로 전송 버튼을 누르려다 휴대폰을 든 손을 힘없이 떨어뜨리며 한숨을 내쉬었다. 채은은 벽에 기댄 채로 미끄러져 내려가 주저앉았다.

'하. 못됐다, 임채은. 참, 못났다. 나쁘다, 임채은. 이런다고 지후가 다시 돌아오는 거 아니잖아. 그런데 지후가 다른 여자가 아닌 날 보고 웃어주었으면 좋겠어. 지후야. 자꾸 삐뚤어져 가는 내 마음 좀 잡아줘.'

채은은 지후가 들어가고 없는 텅 빈 복도에서 슬픈 표정을 지으며 한동안 그 자리에서 머물렀다. 한편, 애다와의 기분 좋은 전화 통화를 끝내고 연습실에 들어선 지후는 순간 멈칫했다. 언제 왔는지 선배들이 후배들을 나란히 세워놓고 기다리고 있었다. 그렇게나 선배들이란 걸 티를 내고 대접받고 싶은 모양이었다.

'또 시작이구만. 저 짓 좀 안 하면 안 되나?'

지후는 자신을 바라보는 날카로운 눈빛들을 외면하며 고개를 숙이고 인사했다.

"안녕하십니까."

"이게 누구야? 요즘 잘나간다는 안지후 아냐? 오랜만이다?"

2년 선배 용준의 비꼬는 말투에 지후의 표정이 굳어졌다. 항상 지후한테 화보에서 밀리는 용준이 오늘은 지후를 타깃으로 잡았나 보다. 지후는 늘 있었던 일이라 대수롭지 않게 생각하며 용준을 무시하고 선배들 얼굴을 둘러봤다.

오랜만에 만나는 송현민도 보였다. 현민은 용준의 행동에는 관심이 없는지 그저 벽에 기대고 앉아 휴대폰만 만지작거리고 있었다.

"안지후. 넌 후배들 교육을 어떻게 시키기에 이것들은 선배들이 와도 제대로 인사들을 안 해!"

교육 같은 소리 하고 앉아 있네. 지후는 속으로 욕지거리가 올라오는 걸 애써 참아냈다.

"너부터가 문제야. 자리나 지키고 있을 것이지. 도대체 어딜 갔다 오는 거야!"

"이때까지 저희 연습하며 선배님들 기다렸습니다. 약속 시각에 늦게 온 건 선배님들이잖습니까. 여기서 안 바쁜 사람들이 어디 있어요? 전부 자기들 시간 쪼개가며 연습하는데 선배님들이 먼저 모범을 보여주셔야지 않겠습니까?"

"하. 뭐라고? 안지후! 너 많이 컸다?"

아무도 용준에게 그런 말로 당당하게 받아칠 거라고 예상을 못 했는지 모두의 시선이 지후를 향했다. 현민 또한 휴대폰을 내려놓고 고개를 들어 지후를 놀란 눈으로 바라봤다. 아주 순했던 지후가 그동안 많이 변해 있었다.

그때 채은이 연습실로 들어서더니 분위기가 좋지 않자 슬그머니 진영에게 다가가 작은 목소리로 물었다.

"왜 그래? 무슨 일이야?"

진영은 채은의 물음에 눈치만 보며 아무 말도 않은 채 고개만 흔들었다. 용준은 후배들 앞에서 지후가 자신을 향해 말대답하자 자존심이 상했다. 그때 채은이 연습실에 들어온 모습을 본 용준은 비웃음을 날리며 지후와 채은을 한 번씩 번갈아 바라봤다.

"오호라. 너희 둘! 밖에서 밀회라도 즐기며 들어오셨나 보지? 왜? 이 년 만에 다시 만나니까 아주 애틋해? 그러고 보면 참 너희도 웃겨. 너희 그 몹쓸 사랑은 집에 가서나 하지? 여기 보는 눈들도 많은데."

용준의 한마디로 연습실 안에 싸늘한 정적이 흘렀다. 지후는 이를 악물고 그를 노려보며 주먹을 움켜쥐었다. 용준이 좀 심했다 싶었는지 현민이 천천히 그에게 다가가 제지를 하려는 찰나,

지후의 차가운 목소리가 들려왔다.

"사랑? 웃기고 있네. 선배가 말한 그 몹쓸 사랑이 뭔데? 누구를 말하는 건가? 나랑 임채은?"

지후는 더는 참을 수가 없었다. 채은과 엮이고 싶은 마음은 이제 추호도 없었다.

'선배고 뭐고 저걸 그냥 확!'

"안지후. 너 지금 나한테 반말했냐?"

"어차피 나이도 그리 많지도 않잖아. 선배라는 이유 하나만으로 존댓말 해준 걸 감사하게 생각해. 여기 선배보다 나이 많은 후배들도 있어."

"하."

용준은 어이가 없는지 그저 지후가 말하는 걸 듣고만 있다.

'아주 많이 컸네, 안지후.'

"그리고 말이 나와서 하는 말인데 나 없는 데서 나에 대한 이야기하지 마. 기분 나쁘니까. 궁금한 거 있으면 직접 물어봐. 괜한 헛소문 퍼뜨리지 말고."

이 말은 용준을 향해서 한 말이 아니라, 지금 여기 이 자리에 있는 모든 사람에게 한 말이었다.

"지후야, 그만해."

보다 못한 찬영이 지후에게 다가와 어깨에 손을 올렸다. 언젠가는 지후와 용준이 부딪칠 줄 알았지만, 오늘은 아니었다. 하지만 지후는 멈출 생각이 없는지 계속해서 말을 이어갔다.

"말도 안 되는 소문들 내가 내 입으로 직접 이야기해 줄게. 잘 들어. 두 번 말 안 해. 첫째. 현민 선배랑 채은 누나가 나 때문에 헤어졌다는 소문. 결론부터 말하면 아니야. 안 그래요? 선배님?"

지후는 현민에게 시선을 돌렸다. 모두의 시선들이 현민에게 향했다. 현민은 동기들과 후배들을 둘러보며 한숨을 내쉬었다. 지후에게 피해를 줄 수 없는 일이었다. 지후도 이 년 전에 사랑을 잃어버린 사람인데 어떻게 또 한 번 그에게 상처를 줄 수 있겠는가. 말도 안 되는 소리였다.

"지후 말이 맞아. 우리, 지후 때문에 헤어진 거 아니야. 채은이와 나. 둘만의 문제야. 그러니까 더는 그런 소문 안 났으면 좋겠다."

현민의 단호한 말투에 사람들의 시선이 채은에게 향하더니, 곧 또다시 들려오는 지후의 목소리에 고개를 돌렸다.

"다들 들었지? 그리고 둘째. 내가 빽으로 우유 광고에 뽑혔다는 소문. 그것도 결론부터 말하면 아니야. 요즘 내가 조은유업 손자라고 소문이 나돌던데. 맞아. 우리 할아버지가 회장이야. 일 년 전부터 떠돌던 소문이니 새삼스러울 것도 없지. 안 그래? 그런데 이번 광고는 나도 심사대에 올라 제대로 경쟁해서 뽑혔단 것만 알아둬. 우리 할아버지께서 낙하산을 엄청 싫어하시거든. 못 믿겠으면 조은유업에 전화해서 따지시든지."

지후의 폭탄 같은 발언에 모두 수군대기 바쁘다. 소문으로만 듣던 이야기를 당사자의 입으로 확인하게 된 그들은 지후를 다시 바라보게 되었다. 채은 또한 놀란 얼굴로 옆에 있는 진영의 팔을 툭 건드렸다.

"지후가 하는 말이 무슨 말이야? 조은유업이라니?"

"몰랐어? 하긴 넌 프랑스에 가 있어서 몰랐겠다. 예전부터 은근히 소문 돌았거든. 지후 할아버지가 조은유업 회장이라고. 그래서 너랑 헤어지고 여자애들 몇이 지후한테 들이댔잖아. 어떻게 한번 해보려고. 그런데 넌 지후랑 사귀었으면서도 몰랐어?”

채은은 어안이 벙벙해서 지후를 바라봤다. 정말 몰랐다. 믿을 수가 없었다. 단 한 번도 지후의 입에서 그런 말을 듣지도 못했으며 낌새도 차리지 못했다.

'안지후. 너 도대체 뭐야? 왜? 왜 말 안 한 거야? 무엇 때문에? 어떻게, 어떻게 네가 나한테 그래? 그걸 속이다니. 안지후. 너 정말 도대체 뭐니?'

지후는 자신을 보며 수군대는 목소리가 듣기 싫은지 다시 말문을 이었다.

“셋째. 헤이니 정 선생님이 나 데리고 왔다는 소문. 물론 데려오셨겠지. 그런데 여기 절반 이상이 다들 그렇게 해서 온 거 아니야? 왜 다들 나만 특별대우 받았다고 생각해? 너희 소속사에 가서 물어봐. 오디션 보고 제대로 무대에 선 모델들이 몇 명이나 있는지.”

모두 지후의 말에 아무 말도 못 하고 서로 눈치만 보며 서 있었다. 그때 뒤에서 이 분위기를 잠재우는 밝은 목소리가 들려왔다.

“뭐야. 분위기가 왜 이래? 너희 싸우니?”

연습실을 울리는 목소리에 모두의 시선들이 뒤를 향했다. 헤이니 정은 냉기 어린 연습실 분위기에 일부러 더 밝게 말을 했다. 각자 다른 소속사에서 고른 모델들이다 보니 서로 만나고 싶지 않은 모델끼리도 만나게 된다. 그것 때문인지 분위기가 어느 때보다 좋지 않았다. 총 리허설 첫날부터 이 모양이니 앞날이 캄캄했다. 같은 소속사 모델들만 뽑을 거 그랬나, 하는 후회도 몰려오기 시작했다. 그래도 자신이 만든 옷을 소화해 낼 모델들을 뽑았으니 그건 감수하고 지나갈 요량이다.

"안녕하세요."

"안녕하세요."

그들이 하나둘씩 정신을 차리고 헤이니 정에게 인사를 하자, 그녀는 웃으며 분위기를 바꿔보려 애썼다.

"그래그래. 늦은 시간까지 고생이 많네. 우리 즐거운 마음으로 하도록 하자. 응?"

"……네."

모델들의 목소리에 힘이 하나도 없다. 키는 멀대같이 큰 녀석들이 밥을 굶었는지 개미만 한 목소리가 헤이니 정에게는 마음에 들지 않았다.

"목소리가 왜 이래? 더 큰 목소리로 대답 못 하니?"

"네!"

"좋아."

헤이니 정은 서 있는 모델들 한 명 한 명에게 다가가 인사를 건넸다. 그들은 자신들의 이름을 말하며 그녀와 악수를 했다.

"어머. 역시 내가 안목이 있어. 어쩜 이렇게 다들 잘나고 예쁘니? 나 이번 패션쇼 대박 나겠다! 호호호."

헤이니 정은 웃으며 고개를 돌려 가만히 서 있는 지후에게로 다가갔다. 역시 특히나 이 녀석이 눈에 띄었다. 자신이 직접 골라 데리고 온 녀석. 이번 쇼 주제와 지후의 이미지가 딱 맞아 떨어졌다. 메인으로 세우고 싶은 욕심까지 들 정도다.

"안지후. 맞지?"

"네. 선생님."

"실제로 보니 정말 예쁘게 생겼네."

"네?"

헤이니 정은 지후의 얼굴을 빤히 바라보며 감탄했다. 지후는 뚫어질 듯한 시선에 괜히 민망해하며 입술을 잘근 씹어댔다.

"어쩜. 예쁘장한 그 얼굴에서 어떻게 그런 다양한 모습들을 표현해 내지?"

"그게 무슨 말씀이세요?"

"내가 정말 안지후 데려오길 잘했네."

헤이니 정의 말에 모두의 시선이 지후에게 향했다. 지후는 그들의 시선을 받으며 괜히 헛기침을 해댔다. 그러고는 입가에 어색한 옅은 미소를 지었다.

'선생님. 여기서 저한테 그런 말씀을 하시면 안 되거든요. 그럼 제가 아까 그들에게 당당하게 말했던 말들은 어떻게 되냐고요!'

"웃는 것도 예쁘네. 이러다가 내가 디자인한 옷보다 지후 네가 더 돋보이면 어떡하지? 그럼 곤란한데. 왜 이상훈 선생님이 널 그렇게 욕심냈는지 알겠구나. 호호."

지후의 미간이 살짝 찌푸려졌다. 점점 질투와 시기의 눈빛들이 보이기 시작했다. 이러다 정말 망하겠네.

'그만하시라고요. 선생님, 제발. 아. 나 이러다 생매장당하는 거 아냐?'

"이번 무대에서 지후 너한테 거는 기대가 아주 커! 물론 메인 모델은 아니지만 그만큼 네가 더 돋보일 수도 있겠다. 어디 숨어 있다가 이제야 왔니?"

헤이니 정 선생님의 성격이 이런 줄 알았다면 무대에 서는 걸 다시 생각했을 것이다. 괜히 이 무대에 서게 한 수현 형이 미워지려고 한다.

'오 마이 갓. 이젠 나를 바라보는 저 눈빛들 때문에 무대에 서

보지도 못하고 내려가야 하는 거 아니야? 에고, 내 팔자야. 애다야, 나 어떡해. 잉. 선생님. 제발 분위기 파악 좀 하시라고요!'

"열심히 하자. 지후야! 파이팅!"

헤이니 정이 아주 해맑게 소리를 지르자, 지후 또한 그녀의 분위기에 맞춰줬다.

"네? 아, 네. 파이팅! 하하."

헤이니 정은 아주 마음에 든다는 듯이 지후의 어깨를 두어 번 두드려 준 후 몸을 돌려 모델들에게 외쳤다.

"자! 다들 연습 시작하자! 얼른 동선 파악하고 음악에 맞춰 워킹 준비해! 자기가 나올 순서들은 다 알고 있지? 김 선생, 시작하자. 자자! 고고!"

헤이니 정의 힘찬 목소리에 모두들 자신의 위치로 돌아가 자세를 취했다. 지후는 채은과 현민의 시선을 애써 모른 척 외면하며 발걸음을 천천히 옮겼다.

＊

지후는 고된 연습을 끝내고 주차장에 들어섰다. 차 앞에서 잠깐 스트레칭을 하고 막 차 문을 여는 순간 뒤에서 부르는 목소리에 고개를 돌렸다.

"안지후."

현민이 지후를 향해 걸어오고 있었다. 현민은 그동안 지후와 만나보려고 했지만 늘 시간이 여의치 않았다. 그래서 할 수 없이 주차장에서 그를 불렀다.

"프랑스 다녀와서 처음이네. 그동안 잘 지냈어?"

"네."

송현민. 한때 지후의 롤 모델이었던 선배. 어린 나이에도 불구하고 실력이 좋아 모델들 사이에서도 선망의 대상이 되었던 사람. 처음 모델계에 발을 들였을 때부터 항상 지후를 챙겨주고 형, 동생처럼 가까이 지냈던 사이였다. 지후는 그런 현민을 존경하고 잘 따랐으며 좋아했다. 그 일이 있기 전까지는. 그렇지 않았으면 지금까지도 어색함 없이 잘 지냈을 텐데…… 좋은 형을 놓쳤다.

"아까 용준이가 했던 말들은 신경 쓰지 마. 걔 원래 자격지심이 강해서 그래. 특히 너한테."

"알고 있어요. 그 말 하시려고 저 부르신 거예요?"

"아니."

현민은 한숨을 한번 내쉬고 지후의 눈을 바라봤다. 늦었지만 그에게 꼭 해야 할 말이다. 자신이 의도한 잘못은 아니었어도 지후에게 그렇게 해서는 안 될 일이었다.

"미안하다. 지후야. 너한테 이런 말할 면목은 없지만, 한 번은 사과하고 싶었어."

지후의 인상이 절로 찌푸려졌다. 왜 이제야 와서 다 잊어버린 이야기를 들추고 거기에 대해 사과를 하는지 모르겠다. 그들이 귀국하면서 다시 이 년 전으로 돌아가 버린 느낌이었다.

"채은……."

"형이 왜요?"

그는 이해가 되지 않았다. 그가 생각하기에 현민이 사과할 이유는 없었다. 전혀.

지후가 냉담한 말투로 선배가 아닌 형이라는 호칭을 쓰자, 현민은 놀란 눈으로 그를 바라봤다. 서로 거리낌 없이 친했을 때 지후가 현민을 보고 선배가 아닌 형이라고 불렀기 때문이었다.

"지후야."

"형 잘못 아닌 거 알아요. 솔직히 말해서 형이 채은 누나를 나한테서 뺏어간 거 아니잖아요."

"……."

"임채은이 나 아닌 형을 택한 건데, 그건 어쩔 수 없잖아. 내가 싫고 형이 좋다는데, 사람 마음을 잡아다 내 마음대로 할 수 있는 것도 아니고."

채은의 이름을 말하는 지후의 목소리에는 아무런 감정도 깃들어 있지 않았다. 이대로 지후에 대한 죄책감을 벗어도 되는 건지, 현민은 조금 고민이 되었다.

"그래도 그때 네가 받았을 상처를 생각하면 미안하다고 말하고 싶었어. 어쨌든 나 때문에 너희 둘 사이 그렇게 된 거니까."

"저 이제 아무렇지 않아요. 단 한 번도 형 미워하거나 원망해 본 적 없어요. 앞으로도 그럴 거고요."

"고맙다."

"앞으로 편하게 대해요. 저도……."

rrrr.

"잠시만요."

지후는 손에 들고 있던 휴대폰 벨이 울리자, 현민에게 양해를 구하고 휴대폰 화면을 바라봤다.

〈내 심장♥〉

애다. 지후는 웃음을 지으며 현민이 이 자리에 있다는 것도 망각한 채 서둘러 통화 버튼을 눌렀다.

"정말 잠 안 자고 기다리고 있었던 거야?"

[기다린다고 했잖아.]

"진짜 예쁜 짓만 골라 하네."

[끝났어? 전화 받은 거 보니 끝났나 보네?]

"응. 이제 막 끝났어. 주차장이야. LTE 속도로 날아갈게."

현민은 통화 중인 지후의 표정을 보며 고개를 갸웃거렸다. 말하는 투로 봐서는 여자에게 걸려온 전화인 것 같은데, 사랑하는 여자에게 표현하는 말투와 표정이었다.

[안 돼. 신호, 속도 정확히 지켜서 안전운전하고 와.]

"알았어. 애……."

지후는 옆에 있는 현민을 느끼고, 애다의 이름을 부르려다 멈칫거렸다. 그러고는 휴대폰을 살짝 귀에서 떨어뜨리고 난감한 표정을 지었다.

"아, 미안해요. 형."

"아니야, 괜찮아. 여자친구인가 보네. 다음 연습 때는 편하게 만나자. 먼저 갈게."

"네. 다음에 봬요."

현민은 지후에게 웃으며 자신의 차 쪽으로 발걸음을 옮겼다. 지후는 뒤돌아서는 현민을 바라보고 있다 다시 휴대폰을 들며 차에 탔다.

"미안."

[누구랑 같이 있었어?]

"어. 선배랑. 애다야. 나 이제 출발해."

[그래. 조심해서 와.]

"옛썰!"

지후는 차의 시동을 걸고 애다가 보고 싶은 마음에 주차장을 빠른 속도로 빠져나갔다. 현민은 지후의 차가 주차장에서 빠져나 간 걸 보더니 천천히 자신의 차에 시동을 걸었다. 그러고는 잠시 생각에 빠졌다. 좀 전의 지후의 표정과 말투를 떠올리며, 입가에 씁쓸한 미소를 그렸다. 지후가 임채은에게 완전히 마음이 떠난 이유가 아마도 새로 만나는 여자친구 때문인 것 같다.

'그럼, 임채은은 어떻게 되는 거지? 아직 지후에게 마음이 남 아 있는 것 같던데.'

현민은 자신이 상관할 일이 아니라고 생각하고 머릿속에서 그 들을 지웠다. 그리고 룸미러에 걸린 로켓 펜던트 목걸이를 만지 작거렸다. 그 펜던트 안에 애다의 조그만 사진이 보였다.

'애다야, 당장에라도 너에게 가고 싶지만, 아직은 두려워. 네 가 날 외면하고 차갑게 대할까 봐, 선뜻 용기가 나지를 않아. 겁 난다, 애다야.'

현민은 애다의 사진을 부드럽게 매만지고는 차의 액셀을 거침 없이 밟고 주차장을 빠져나갔다.

"보고 싶어 죽는 줄 알았네."

지후는 애다의 집에 들어서자마자 그녀를 자신의 품에 꼭 껴 안았다. 애다는 지후의 품에서 살짝 고개를 들어 눈을 흘겼다.

"너 엄청 빨리 왔어. 신호 무시하고 속도위반했지?"

"아니야. 네 말대로 안전운전하고 왔어. 늦은 밤이라 그런지 차가 별로 없더라."

"정말이야?"

"정. 말. 이. 야."

지후는 애다를 품에서 떼어내고 칭찬이라도 하는 듯이 그녀의 머리를 부드럽게 쓰다듬어 주었다.

"진짜 기다리고 있었네?"

"당연하지."

"예쁘다."

"응?"

"내 여자가 이렇게 예쁘고 사랑스러운지 오늘 또 한 번 깨달았네."

애다는 자신의 팔을 연신 문지르며, 몸을 부르르 떨었다. 어쩜, 저런 말을 뻔뻔스럽게 잘도 꺼내는지, 역시 안지후답다.

"뭐야. 닭살스럽게."

"뭐 어때? 내가 좋아하고 사랑한다는데."

지후는 그날 대기실에서의 사랑 고백 후, 이젠 시도 때도 없이 사랑한다는 말을 내뱉으며, 애정 표현도 더 과감해졌다. 하지만 지후와는 달리 애교가 별로 없는 애다는 그가 애정 공격을 해올 때마다 아직까진 그 모습이 낯간지럽고 어색했다.

"피곤하지?"

"어. 오랜만에 걷고 또 걷고 그랬더니 다리 아파 죽겠어. 허리도 엄청나게 아파."

지후의 엄살에 애다는 그의 허리를 만지면서 걱정스러운 표정을 지었다.

"어떡해. 파스라도 붙여야 하나?"

"그러게. 남자는 허리가 생명인데."

애다가 아무 말이 없자 지후는 그녀의 눈치를 살피며 장난스럽게 말을 건넸다.

"걱정 마. 내가 아무리 아파도 너 안아줄 힘은 있어. 오늘 허리가 부서지는 한이 있어도 밤새도록 안아줄게."

"이게. 진짜 죽을라고. 내가 그 허리 영영 못쓰게 해줄게. 이리 와!"

애다는 지후의 허리를 발로 차며 때리기 시작했다. 지후는 그녀의 발길질을 요리조리 잘도 피해가며 도망 다녔다. 그러다 한 번쯤은 그녀의 발에 맞아주기도 했다.

"아야. 아파. 애다야, 그만해. 나 진짜 아프단 말이야."

지후는 자신을 발로 차대는 애다의 가는 발목을 잡으며 행동을 제지했다. 애다가 그 반동으로 중심을 잃으면서 옆에 있는 침대로 넘어지려는 순간, 지후가 손으로 그녀의 머리를 받치며 침대 위로 함께 넘어졌다.

"아야."

애다의 머리가 다치지 않도록 잘 받쳤는데, 그녀의 고통 어린 음성에 지후는 놀라서 얼른 고개를 들었다.

"다쳤어? 애다야 괜찮아?"

"이씨. 너 진짜."

"미안."

지후는 애다의 머리와 몸이 괜찮은지 이리저리 살피다가 곧 어색한 느낌에 동작을 멈추고 그녀를 내려다봤다. 애다의 몸 위로 겹쳐진 지후가 이 상황을 어떻게 해야 하나 고민하고 있을 때, 그녀는 지후 아래에서 여전히 인상을 찌푸리고 있었다. 지후가 아무런 말이 없자, 애다는 구겼던 얼굴을 펴며 자신을 빤히 내려다보고 있는 그와 시선을 마주했다.

잠시 후, 이 민망한 자세가 그제야 의식이 되었는지 애다는 헛기침을 하며 고개를 돌려 지후의 시선을 피했다.

"흠. 지후야. 나 무거운데."

"……."

"지후야?"

지후는 그녀의 하얗고 가는 목에 입술을 누르고 싶은 걸 간신히 참아내고 있었다. 자신의 아래에서 붉어진 얼굴로 당황해하는 애다를 보며 참을 수 없는 남자만의 욕구가 서서히 올라왔다. 이러면 안 되는데, 안 되는데 하면서도 자꾸만 이 몸이 배신하려고 한다. 이를 어쩌나?

애다는 다시 고개를 돌려 지후를 바라봤다. 그 순간 그의 보드라운 입술이 입에 닿았다.

지후는 애다에게 베이비 키스를 해주며 망설이는 듯한 어조로 그녀를 불렀다.

"저기, 애다야."

"으, 응?"

"나 오늘 여기서 자고 가면 안 될까?"

애다의 표정이 굳어지자, 지후는 재빨리 핑계 아닌 핑계를 대기 시작했다. 이대로 그냥 냉정하게 가버리라고 할까 봐. 그러면 안 되는데.

"아니, 시간도 너무 늦었고, 피곤하기도 하고. 그래서……."

아무런 반응이 없는 애다를 보고 있자니 슬슬 불안함이 지후를 엄습해 왔다. 아, 오늘도 정말 안 되는 건가?

"……안 돼? 아무 짓도 안 하고 손만 잡고 잘게."

"지후야."

"진짜 얌전히 잠만 잘게. 응?"

그게 잘될지 모르겠지만, 최선을 다해서 손만 잡고 자도록 노

력해 본다고! 지후는 애다의 망설이는 듯한 모습에 더 조바심이
일어났다.

"그게……."

"애다야, 응? 제발."

지후의 애교 섞인 목소리에 애다는 웃음이 나왔다. 애다는 지
후를 보더니 고개를 살짝 끄덕였다. 마침내 얻어낸 그녀의 승낙
에 지후는 웃으며 침대에서 벌떡 일어났다.

"앗싸! 나 샤워하고 올 테니까 자지 말고 기다려. 알았지?"

"알았어."

"진짜로 자면 안 돼!"

"알았다니까."

지후는 애다에게 신신당부해 약속까지 받아낸 후, 욕실로 들
어갔다. 애다는 그 모습을 보며 미소를 지었다. 그렇게나 좋을
까? 누가 보면 로또에라도 당첨된 줄 알겠네.

"지후야. 욕실에 수건 있는 곳 서랍 열어보면 새 칫솔 있어. 그
것 쓰면 돼."

"응!"

지후는 욕실 밖에서 들려오는 애다의 목소리를 들으며 서랍에
서 새 칫솔을 꺼내 양치질을 시작했다.

'딱 걸렸어, 선애다. 사랑하는 여자가 옆에 있는데 손만 잡고
자는 남자가 이 세상에 어디 있어? 순진하기는. 그래, 안지후.
많이 참았다. 이 정도면 됐어. 가만? 나 갈아입을 옷 없는데 어
떡하지? 에이. 티셔츠는 그렇다 쳐도 바지는?'

지후는 자신이 입고 있는 구제 스타일 청바지를 내려다보았다.
이 바지를 입고 자면 분명히 불편할 텐데 걱정이 앞섰다. 한참 바

지를 내려다보던 지후는 음흉한 미소를 지으며 다시 양치질을 하기 시작했다.

"뭐 어때? 어차피 벗을 건데. 옷은 무슨."

지후는 기분 좋게 샤워를 끝내고 팬티만 걸친 채 욕실에서 나왔다. 애다가 이 모습을 보고 깜짝 놀란다 해도 변명할 말이 있으니 당당히 문을 열고 그녀의 이름을 불렀다.

"애다야. 이제 자자."

지후는 침대에 누워 있는 애다에게 가까이 다가갔다. 애다는 눈을 감고…… 잠…… 들어? 잠을 자고 있었다.

'이러면 안 되는데…… 내가 너무 욕실에 오래 있었나? 아닌 것 같은데. 아, 이게 뭐냐고!'

지후는 애다를 조용히 불렀다. 제발 일어나라, 애다야. 응? 계집애. 꿈쩍도 안 한다. 이러면 안 되는데.

"애다야. 선애다."

지후는 애다 얼굴 가까이 다가갔다. 고른 숨소리가 들려온다. 지후의 입에서 탄식에 가까운 안타까운 음성이 흘러나왔다.

"뭐야. 진짜 잠들었네? 이씨, 나쁜 계집애."

지후는 실망한 표정으로 잠이 든 애다의 머리를 조심스레 매만졌다. 그녀의 야윈 얼굴이 신경 쓰였다. 우유 배달과 레스토랑 아르바이트, 거기에 학교 수업까지 들어서 피곤할 텐데도 이 늦은 시간까지 자신을 기다려 주었다. 날짜를 머릿속에서 헤아려 본 지후는 다행히 자정이 지난 오늘이 그녀를 늦게까지 푹 재울 수 있는 토요일이란 걸 깨달았다.

지후는 애다의 이마에 입을 맞춘 뒤 방의 불을 끄고는 침대 위에 올라가 이불 속으로 파고들었다. 다행히 슈퍼 싱글 침대라 그런지 그리 비좁지 않았다. 지후는 애다의 목을 살짝 들어 자신의 팔을 넣어 팔베개를 해주었다. 그러고는 창밖 희미한 불빛으로 보이는 제 브로마이드 사진을 바라보았다.

"부럽다. 넌 매일 애다의 잠자는 모습을 혼자서 본 거야? 잘 지켜라. 아무도 채가지 못하게 잘 지켜야 해. 너만 믿는다."

자신의 사진을 보며 중얼거린 지후는 애다와 얼굴을 마주 보기 위해 몸을 옆으로 틀어 누웠다.

"잘 자. 애다야. 꿈속에서 만나자. 사랑해."

지후는 애다의 입술에 짧은 입맞춤을 하고 두 눈을 감았다. 오늘 하루 일정이 피곤했는지 눈을 감은 지 얼마 되지 않아 그의 고른 숨소리가 들려왔다. 조용한 방에는 희미한 불빛에 의해서 침대에 누워 함께 잠이 든 다정스러운 두 연인의 모습이 비춰졌다.

애다는 평소보다 세 시간이나 더 일찍 잠에서 깼다. 어젯밤 정말 피곤했나 보다. 평소보다 더 일찍 잠든 걸 보면 말이다. 애다는 살며시 두 눈을 뜨고 자신을 향해 누워 있는 지후의 모습을 바라봤다. 어젯밤에 그가 씻고 나올 때까지 기다리기로 했는데 깜빡 잠이 들어버렸다.

애다는 잠든 그의 얼굴을 찬찬히 들여다봤다. 이렇게 가까이에서 그 몰래 얼굴을 보는 건 처음이었다. 지후의 헝클어진 머리, 작은 얼굴에 하얀 피부, 가지런한 눈썹, 웬만한 여자보다 긴 속눈썹. 자세히 보니 속 쌍꺼풀이 있다. 애다는 손을 뻗어 지후의 눈을 살짝 만져 봤다. 손길이 간지러웠는지 지후는 눈을 찡긋거렸다. 이 찡긋거리는 눈을 뜨면 강아지처럼 귀여운 까만 눈동자도 볼 수 있을 것이다.

애다의 손이 눈 사이로 쭉 뻗은 콧날과 핑크빛 입술로 내려왔다. 그리고 지후의 몸…… 몸? 손에서 지후의 맨살이 느껴지자 이불을 살짝 들춰 올렸다. 순식간에 애다의 얼굴이 붉게 변했다.

'헉! 얘 좀 봐. 밤새 팬티만 입고 내 옆에서 잔 거야? 미친 거 아냐? 하긴 갈아입을 옷도 없구나. 그래도 그렇지! 이게 뭐냐고! 이 변태 같은 자식! 으흠. 그래도 모델답게 몸은 좋네. 쳇.'

모델이라 마른 몸매라고 생각했는데 잔 근육이 붙은 적당한 몸이 그의 남성적인 모습을 부각시켰다. 애다는 붉어진 얼굴을 매만지면서 지후의 몸 위로 꼼꼼하게 이불을 잘 덮어주고 조심히 침대에서 일어났다. 혹시나 그가 깰까 봐 최대한 소리가 나지 않게 조심히 몸을 움직였다.

잠시 후, 씻고 나온 애다는 아침을 준비하기 시작했다.

달그락 달그락.

지후는 방문 밖에서 들려오는 소리에 눈을 천천히 떴다. 이렇게 편하게 늦게까지 잔 것도 오랜만이다. 벌써 일어났는지 애다의 모습은 보이지 않았다. 아침에 먼저 일어나 그녀를 꼭 껴안고 사랑의 속삭임을 하려고 했건만, 정말 타이밍이 맞지 않는다.

지후는 애다와 함께 잠들고 일어나는 이 행복함에 기분이 좋아졌다. 입가엔 자연스레 미소가 드리워졌다. 혼자 살고 있는 집에서는 절대로 들을 수 없는 소리. 정말 기분 좋은 아침이다.

"굿모닝."

가스레인지 앞에서 된장찌개의 맛을 보고 있는 애다 뒤로 지후가 백 허그를 하며 팔로 감싸왔다. 그의 다정스러움에 애다의 입꼬리가 살짝 올라갔다.

"지후야. 잘 잤어?"

"응. 그런데 언제 일어났어? 내가 모닝 키스로 깨워주려고 했는데."

"풉. 모닝 키스는 무슨. 얼른 씻고 와. 밥 먹자."

애다는 허리를 감싸고 있는 지후의 팔을 풀며 뒤돌았다. 그는 여전히 팬티 차림으로 서 있었다. 애다는 슬쩍 지후의 몸을 보고는 아무렇지 않은 듯 애써 모른 척했다.

"아침은 된장찌개야. 괜찮지?"

"선애다. 뭐야."

지후의 표정과 말투가 심드렁하다. 무슨 불만이 가득한 사람 같다. 된장찌개를 싫어하나? 지후는 자신의 속옷 차림을 보고 애다가 놀랄 거라는 예상과는 달리 아무런 반응이 없자 입술을 삐쭉 내밀었다.

"왜 아무런 반응이 없어?"

"무슨 반응?"

"원래 남자의 이런 모습을 보면 '꺄악~' 이렇게 놀라야 하는 거 아니야?"

애다는 지후의 모습을 한번 쭉 훑어보더니 심각하게 고민하는 표정을 지었다. 당황스럽긴 했지만 그렇게 소리 지를 정도는 아닌데.

"그래야 하는 거야?"

"헐. 선애다. 너 낯설다."

"왜 그러는 건데?"

"너 혹시 남자 몸 많이 본 거 아니야? 내 몸 보고도 떨리지 않아?"

"그게……."

지후는 애다의 대답을 듣고 싶지 않아 그녀의 말을 가로챘다.

"아니야! 말하지 마! 안 들을래."

"지후야."

"몰라 몰라. 말하지 마."

지후는 귀를 손으로 막으며 애다의 말을 듣지 않은 채 욕실로 쏙 들어가 버렸다. 애다는 그런 지후의 행동을 보고 한숨을 내쉬었다. 이미 아침에 일어나서 몰래 그의 몸을 감상했는데, 모른 척하고 놀란 표정을 지었어야 했나, 하고 생각했다.

'하. 안지후. 도대체 무슨 생각하는 거야?'

애다는 고개를 저으며 다시 몸을 돌려 식사 준비를 시작했다.

한편, 지후는 욕실에 들어가 찬물로 세수하고 거울 속에 비친 자신의 얼굴을 바라봤다. 이제는 애다 입에서 무슨 말이 나올지 솔직히 겁이 났다. 정말로 이런 남자의 모습을 많이 봤다고 한다면 화가 나고 속상할 것 같다.

'뭐야. 뭐가 무서워서 애다의 말을 듣지 않는 건데? 아직도 내가 남자로 덜 느껴지나? 휴.'

지후는 씁쓸한 표정으로 다시 한 번 연거푸 세수를 했다. 기분 좋았던 아침이었는데, 괜히 마음이 울적했다.

"어때? 맛은 괜찮아?"

"응. 맛있어."

지후는 애다가 차려준 아침 식사를 맛있게 먹었다. 애호박, 감자를 넣은 된장찌개에 계란말이, 참치김치볶음, 몇 가지 나물 반찬, 김치, 생선구이…… 지후는 정말 맛이 있는지 맛깔나게 먹어댔다.

"애다 너, 얼굴만 예쁜 줄 알았는데 요리도 잘하네?"

"남들이 보면 웃겠다."

"왜?"

"이게 무슨 요리야? 이건 요리 축에도 끼지 않아."

지후는 입에 숟가락을 문 채 밥상을 다시 한 번 둘러보았다. 화려하지 않은 밥상이어도 지후에게는 대단한 의미의 아침 식사였다.

"그래? 난, 누가 날 위해 이렇게 차려준 아침밥을 먹어본 적 없어서……."

애다는 지후의 씁쓸한 말투에 고개를 들고 그를 빤히 주시했다. 애다와 눈이 마주친 지후는 그녀의 심각한 표정에 생긋 미소를 지었다.

"그래서 너무 행복하다."

"지후야. 맛있게 먹어줘서 고마워."

"우리 이러니까 꼭 신혼부부 같아."

"소꿉놀이가 아니고?"

지후는 숟가락을 내려놓고 애다를 물끄러미 바라봤다. 단 한 번도 그 누구와 꿈꿔본 적이 없는 미래를 지금 애다와 함께 머릿속에서 그려 나가고 있었다. 지후의 시선을 느꼈는지 애다가 입을 오물거리며 고개를 갸웃거렸다.

"왜 그렇게 봐?"

"우리…… 결혼할까?"

"캑! 콜록!"

애다는 지후의 질문에 놀라 사레가 걸려 캑캑거리며 가슴을 때리기 시작했다. 여태까지 지후가 내뱉은 말 중에서 제일 놀라운 말이었다.

"애다야, 괜찮아? 물 먹어. 여기 물."

애다는 가슴을 애써 진정시키며 지후가 건넨 물을 들이켰다. 이제야 좀 살 것 같다.

"하……."

"괜찮아?"

"어."

지후는 애다의 모습에 그제야 안심을 했다. 하지만 서운한 기색은 감출 수가 없었다.

"그런데 내 말이 그렇게 놀랄 정도야? 서운해지려고 하네."

"넌 무슨 결혼이 장난이니?"

애다가 미간을 찡그리며 따지듯이 되묻자, 지후는 심각한 표정으로 진심을 가득 담은 말을 꺼냈다.

"장난 아니거든? 내 인생에서 결혼하자고 말한 사람은 네가 처음이야."

"안지후."

"한집에서 같이 잠들고, 일어나고, 이렇게 마주 앉아 같이 밥 먹고…… 너하고 있으니까 행복해서 그래."

애다는 깊은 한숨을 내쉬고는 다시 한 번 물을 들이켰다. 지후의 눈을 보니 그의 진실됨이 느껴졌다.

"지후야. 무슨 말을 하는지는 알겠는데 결혼은…… 아니야."

"나랑 하기 싫어? 내가 근사하게 프러포즈 안 해서 그러는 거야?"

"그런 뜻이 아니야."

"그럼?"

"우린 나이도 아직 어리고, 해야 할 일도 있고. 결혼이라는 건 많은 책임이 뒤따르는 것 같아. 우리만 좋다고 하는 게 아니거든."

지후는 애다의 말이 무슨 의미인지는 잘 알겠지만, 괜히 그녀에게 투정을 부리고 싶었다.

"나이가 무슨 상관이야? 결혼해야 하는 나이가 정해진 것도 아니고. 그리고 난 널 충분히 책임질 수 있는 능력이 되거든?"

"내가 안 돼. 아직은 내가 준비가 안 됐어."

지후는 애다가 단호하게 거절을 하자 못내 서운했다. 그냥 심각한 것도 아닌 단순히 그녀가 좋아서 내뱉은 말인데 저렇게 정색을 하며 싫다고 하니 기분이 안 좋았다. 농담이라도 한다고 하면 안 되나? 이런 모습을 보면 정말 냉정한 것 같다.

"그럼, 넌 언제 할 건데?"

"글쎄. 아직 생각 안 해봤어."

둘 사이에는 잠시 동안 정적이 흘렀다. 지후는 애써 서운한 마음을 가다듬고, 조심스러운 말투로 물었다.

"애다야."

"응?"

"그럼, 네가 나중에 결혼을 하게 된다면 그 상대는 나였으면 좋겠어."

"……."

"다른 사람하고 하지 말고 나랑 하자고."

"그걸 어떻게 확신해? 사람 마음이 변할 수도 있는 건데."

지후는 애다의 차가운 말에 불안해졌다. 애다 말이 맞다. 사람의 마음은 충분히 변할 수 있다. 채은도 그랬고, 그리고 자신

또한 이렇게 쉽게 마음이 변할지 몰랐으니까. 하지만 애다만큼은 믿고 싶었다. 채은처럼 그녀는 쉽게 마음이 변하지 않았으면 좋겠다.

"너도 변해?"

"응?"

"너도 나 말고 네 주변에 다른 멋진 사람이 나타난다면, 나 버리고 그 사람한테 갈 거야?"

"지후야."

"난 안 변할 자신 있는데. 애다 널 좋아하고 사랑하는 마음, 변하지 않을 자신 있다고."

'그 사람도 지후 너와 같은 말을 했었어. 그런데……'

애다는 지후의 말에 현민을 떠올렸다. 현민은 변하지 않을 거로 생각했다. 많이 사랑했고 믿었던 남자였기에…… 믿었다. 현민을 믿었었다.

'지후는 그 사람과 다른데, 다른 사람인데. 난 왜 지후의 말에 확실한 대답을 못 해주는 거지? 무엇 때문에?'

아무 말이 없는 애다를 보며 지후는 더욱더 불안한 마음이 들었다. 애다가 채은처럼 자신의 곁을 떠난다면, 그땐…… 지후는 채은이 떠날 땐 붙잡지 않았다. 미련도 없었다. 떠난 그 빈자리가 너무 허전해서 가끔 생각나고, 그리운 게 다였다. 떠난 채은이 다시 돌아온대도 받아줄 생각은 애초에도 없었다.

'그런데 애다가 내가 아닌 다른 남자가 좋다고 가버린다면……'

지후는 그 생각만으로도 가슴이 아팠다. 생각만 하는 것도 이렇게 아픈데…… 싫다. 정말 싫다. 애다의 마음이 변하는 건 정말 죽어도 싫다. 어떻게든 붙잡고 싶은 생각이 들었다. 못 보낼 것 같다. 이런 게 사랑인가? 내가 이럴 정도로 애다를 사랑하나?

"애다야."

"응."

"괜찮아. 대답 안 해도."

지후에게 무슨 말을 해줘야 할 것 같은데, 그 질문에 대한 대답은 확실하게 해주지 못할 것 같다. 한번 믿었던 사랑에 데인 상처가 너무나 커서 오히려 지후에게 미안한 마음이 들 뿐이었다.

"네가 맘이 변해서 내 곁을 떠난대도 내가 안 보내."

"지후야."

"절대로 안 보낼 거야."

지후는 애다의 시선을 피해 묵묵히 다시 밥을 먹기 시작했다. 지금은 애다와 눈을 마주치지 못하겠다. 적어도 지금 이 순간만큼은……

＊

"도대체 어디 가는데?"

애다는, 함께 가야 할 곳이 있다는 지후의 말에 그의 아파트로 왔다.

"좋은 곳. 나 옷 좀 갈아입고 올게. 잠깐 기다리고 있어."

애다는 지후가 들어간 드레스 룸을 심드렁하게 바라보다 소파에 앉았다. 습관적으로 거실을 두리번거리다가 테이블 옆에 있는 잡지를 들어 올렸다. 신간이 나왔는지 그동안 보지 못했던 잡지였다. 애다는 잡지를 한 장 한 장 넘기며 지후의 모습을 찾아보았다. 그러던 순간 어느 한 곳에 시선이 집중되었다. 애다의 눈동자가 미세하게 떨려왔다.

송현민. 애다는 현민의 사진과 인터뷰 내용을 읽어보았다. 한국에 귀국해서 첫 런웨이 무대에 선 모습의 사진이었다. 이 년 만에 보는 현민의 모습이었다. 대체 언제 한국에 들어온 건지. 애다의 미간이 조금씩 찡그려졌다.

"애다야. 가자."

"……."

"애다야."

지후는 애다가 아무런 대답 없이 잡지만 뚫어지게 보고 있자, 그녀 곁으로 다가갔다. 애다는 지후의 인기척을 느끼고는 얼른 잡지를 덮으며 소파에서 일어났다.

"으, 응. 다 했어?"

"왜 그래?"

"뭘?"

애다의 어색한 행동에 지후의 시선이 테이블에 올려진 잡지로 향했다. 그녀가 보고 있던 잡지에는 자신의 화보가 실려 있지 않다. 그저 정기 구독으로 보던 잡지였다.

"잡지에 뭐 있어?"

"아, 아니야. 아무것도 없어. 나가자."

애다는 지후를 지나쳐 먼저 현관 밖으로 나갔다. 지후는 그녀가 보았던 잡지에 눈길을 한번 주고는 집 밖으로 나갔다.

"지후야. 도대체 어디 가는데? 나 좀 있다 대전 가야 해."

"알아. 잠깐이면 돼. 나도 오후 늦게 촬영 있어."

잠시 후, 목적지에 도착해 어느 한 건물에 주차한 지후는 차에서 내려 조수석 문을 열어주었다.

"내려."

애다는 어리둥절한 표정으로 차에서 내렸다. 지후는 그런 애다에게 한번 웃어준 후 손을 잡고 목적지를 향해 걸었다.

Twinkle 주얼리 숍.

"여긴 왜 온 거야?"

지후가 주얼리 숍에 들어가자, 애다는 조심스러운 손길로 그의 팔을 붙잡았다.

"몰라서 물어? 설마 밥 먹으러 왔겠니?"

지후는 웃으며 아직까지도 영문 모를 표정을 짓고 있는 그녀를 데리고 직원 앞으로 다가갔다.

"누나."

"어? 지후 왔어?"

애다는 지후가 누나라고 부르는 여직원을 바라보았다. 여직원의 왼쪽 가슴 명찰에는 실장 '고경희'라는 이름이 새겨져 있었다.

"애다야. 인사해. 촬영할 때 액세서리 협찬해 주는 곳이야. 여기는 내 담당 경희 누나."

"아. 안녕하세요. 선애다라고 합니다."

애다의 예의 바른 인사에 경희는 생긋 웃으며 그녀를 찬찬히 살펴보았다. 지후가 그렇게 자랑하던 여자친구를 직접 보게 되니 절로 미소가 지어졌다.

"반가워요. 지후한테 이야기 많이 들었어요."

"네?"

"지후 말대로 정말 예쁘시네요. 지후야. 좋겠다."

경희의 의미심장한 말투에 지후는 씩 웃으며 무슨 비밀의 말을 건네는 양 애다에게 속닥거렸다.

"참고로 수현 형이 작업 걸고 있는 누나야."

"정말?"

애다가 놀란 눈으로 경희를 보자, 경희는 지후에게 눈을 흘기며 입술을 삐죽 내밀었다.

"그 말은 하지 말지?"

"수현 형, 남자가 봐도 괜찮아. 이제 그만 튕기시고 받아주지 그래?"

"안지후. 너 그런 말할 거면 그만 나가시지?"

"무슨 소리야? 여기 온 목적은 달성하고 가야지."

"으이그."

지후는 반짝이는 유리 진열장을 바라보며, 경희에게 물었다.

"내가 저번에 주문한 건 나왔어?"

"응. 잠시만."

경희는 조그만 간이 문을 열고 밖으로 나왔다. 그러고는 유리로 된 테이블 위에 네모난 작은 상자를 올렸다.

"여기. 예쁘게 잘 나왔어."

지후는 경희가 건넨 상자를 열었다. 그 안에는 백금으로 된 커플링이 들어 있었다. 지후는 반지 하나를 꺼내더니 그것을 찬찬히 살펴보았다. 꽤 만족스러운 표정을 짓던 그의 시선이 애다에게 향했다.

"애다야. 손 줘봐."

"응?"

지후는 멍하니 서 있는 애다의 왼손을 가져다 약지에 반지를 끼워주었다. 애다의 눈이 휘둥그레졌다. 두 개의 링이 교차하여 만난 곳에는 조그마한 큐빅이 반짝거리고 있었다.

"애다 씨. 그거 다이아몬드예요. 참깨 다이아몬드. 작지만 예쁘죠?"

애다는 경희의 말에 한동안 말을 하지 못하고 반지와 지후의 얼굴을 번갈아 보았다. 이게 대체 무슨 일인지 모르겠다.

"지후가 직접 디자인한 거예요. 세상에 단 하나뿐인 반지랍니다. 그리고 반지 안에는 지후와 애다 씨 이니셜도 새겼어요."

경희의 말대로 보통의 반지보다 좀 특이한 반지 모양이었다. 대체 언제 이런 것까지 준비를 했는지 모르겠다. 그의 마음이 느껴져 가슴 한구석에서 뭉클한 감정이 올라왔다.

"애다야, 뭐해? 나도 얼른 끼워줘."

애다는 손을 펼치고 기다리고 있는 지후에게 상자에서 반지를 꺼내 끼워주었다. 지후의 반지는 애다와 같은 디자인이지만 다이아몬드는 없이 그저 심플하게 백금으로만 이루어져 있었다. 그렇지 않아도 남자치고는 예쁜 손인데, 반지를 낀 그의 손이 더 반짝거렸다.

"이제 우리 진짜 커플이다. 너 이제 아무 데도 도망 못 가. 그 반지 손가락에서 빼기만 해. 엉덩이 팍팍 해줄 거야."

"고마워, 지후야."

"애다야. 사랑해."

애다에게 짧은 입맞춤과 사랑 고백을 하는 지후의 모습을 보고 경희는 인상을 찌푸리며 못 볼 걸 본 마냥 제 팔을 연신 문질러댔다.

"오우. 안지후. 내 앞에서는 그러지 말지. 수현 씨 말대로 장난 아니구나. 너희?"

"부러우면 누나도 수현 형한테 해달라고 그래."

"뭐? 이게 진짜."

지후는 자신을 때리려고 하는 경희의 손을 살짝 피해, 애다의 손을 잡았다.

"고마워, 누나. 우리 그만 가볼게. 애다야, 가자."

"응? 어."

지후는 서둘러 경희에게 인사를 하고 돌아섰다.

"누나. 나중에 봐."

"그래. 애다 씨 다음에 또 봬요."

"네. 안녕히 계세요."

건물 밖으로 나온 지후는 애다의 손에 끼워진 반지를 매만지며, 깍지를 끼고 거리를 걸었다. 겨우 커플링 하나 맞춘 것뿐인데, 애다가 제 여자가 된 것처럼 괜히 기분이 우쭐해지고 하늘을 붕붕 떠다니는 느낌이었다. 그동안 귀찮아서 이런 반지 따위는 촬영 외에 착용하지 않았는데, 애다와 함께한 반지인 만큼 절대로 이 손가락에서 빼지 않을 거라 다짐했다.

"지후야. 지금 어디 가는 거야?"

애다는 지후의 손을 잡고, 그가 이끄는 대로 발을 움직이고 있다. 지후는 궁금해하는 그녀를 돌아보며 미소를 지었다.

"아직 시간 남았으니까 조금만 나랑 있다 가자. 헤어지기 싫단 말이야."

지후는 하늘을 한번 올려다보고는 애다의 손을 잡지 않은 다른 팔을 뻗어 바람을 느껴보았다.

"날씨 따뜻하고 좋다. 애다야, 우리 나중에 벚꽃축제에 함께 가자."

"응."

지후는 애다의 대답에 만족스러운 표정을 짓고는 휴대폰을 **빼**서 시간을 확인해 봤다. 그녀와 있는 시간은 왜 그렇게 **빨리** 지나가는지. 그냥 이대로 시간이 멈춰 버렸으면 좋겠다.

"음. 영화 보기에는 시간이 촉박하네."

"지금 우리 데이트하는 거야?"

"응. 손잡고 길거리 데이트. 왜 싫어?"

애다는 고개를 저으며 웃어 보였다. 오랜만에 하는 이런 데이트. 정말 꿈꿔왔던 것이다.

"아니. 좋아서. 지후, 너하고 이렇게 손잡고 걸으니까 너무 좋아."

"나도. 애다야, 우리 저기 가서 커피 한잔하고 가자."

"응."

지후는 애다의 손에 깍지를 끼고 커피숍에 들러 창가 쪽으로 자리를 잡고 앉았다.

"뭐 마실래?"

"난 캐러멜 마끼아또."

"잠깐 기다려."

지후가 주문을 하러 자리에서 떠나자, 애다는 창밖의 지나가는 사람들을 바라보았다. 따뜻한 봄 날씨 때문에 그런지 사람들의 옷차림은 한결 가벼워졌고 표정 또한 밝아 보였다.

'엄마. 엄마가 좋아하는 계절이네. 얼른 일어나서 벚꽃축제에 함께 가자. 내 남자친구도 소개시켜 줄게. 정말 내게 따뜻한 봄이 와버렸네. 엄마, 나만 행복해서 미안해…….'

"무슨 생각해?"

지후가 커피를 테이블에 내려놓고, 옆에 함께 앉아 애다의 얼굴을 살폈다.

"엄마 생각."

"엄마?"

"응."

"벌써 보고 싶어?"

애다가 말없이 그저 웃고만 있자, 지후는 심통이 난 표정으로 입술을 삐죽거렸다.

"쳇. 나랑 함께 있으면서 다른 생각을 하다니. 그렇게 빨리 가고 싶어?"

"뭐야. 왜 그래. 엄마잖아."

"아무리 어머니라고 해도 질투 난다."

"뭐? 하여튼 특이해."

"오늘은 내가 촬영 있어서 안 되고. 패션쇼 끝나면 그때 같이 내려가자."

"그래."

서로 애정 어린 눈빛을 교환하고 손에 깍지를 끼며 커피를 마시고 있는데 뒤에서 한 무리의 여학생들 목소리가 들려왔다.

"저기요."

"네?"

"모델 안지후 맞죠?"

"그런…… 데요."

"꺄악. 맞대. 맞대. 얘들아 맞대."

지후와 애다는 여학생들의 비명에 깜짝 놀라 어리둥절해했다. 그녀들은 갑자기 지후와 애다의 맞은편에 앉더니 종이를 내밀며 속사포처럼 이야기를 해댔다.

"아. 오빠. 저 완전 오빠 팬이에요! 사인 좀 해주세요!"

"어? 어…… 그래."

지후는 이런 상황이 낯선지 애다를 한번 바라본 후, 여학생들이 내민 종이에 사인을 해주었다.

"오빠! 실제로 보니까 완전 멋있어요. 캡 짱."

"대박! 완전 얼굴 조그만 해. 피부도 졸라 하얘! 어쩜 좋아!"

"아. 이게 꿈이냐 생시냐! 아, 어떡해! 너무 좋아, 잉."

여학생들의 호들갑에 지후는 민망해졌다. 가끔 이런 경우가 있긴 하지만 애다 앞이라 그런지 괜히 창피했다.

"너희 나 알아?"

"당연하죠! 오빠가 요즘 완전 대세!"

"대세?"

"오빠는 오빠 인기도 몰라요?"

"글쎄. 내가 워낙 그런 쪽에는 관심이 없어서."

"오빠 팬 카페도 있어요."

"팬 카페?"

이건 금시초문이다. 대체 언제 생긴 거지? 지후는 자신이 또 다른 사람들에게 주목을 받고 있다는 생각에 괜스레 묘한 감정이 들었다.

"네! 제발 우리 팬 카페에 한번 들려서 글 좀 남겨주세요! 그리고 우리 팬 미팅 한번 해요. 애들 난리 나겠네."

여학생들은 지후만 뚫어지게 쳐다보다가 그 옆에 있는 애다의 인기척을 느꼈는지 시선이 옮겨졌다.

"어? 이 언니도 엄청 예쁘네. 언니도 모델이에요?"

애다는 여학생들의 갑작스러운 질문에 당혹스러워하며 어색한 표정을 지었다.

"나? 아닌데."

"그럼, 지후 오빠 여친?"

"어, 그게…… 그냥 친구……."

애다가 여학생들의 질문에 당황해하며 말을 얼버무리자, 옆에서 지후의 당당한 목소리가 들려왔다.

"내 애인."

"진짜요? 거짓말!"

지후는 애다의 손을 잡아 테이블에 올리고는 그녀들에게 오늘 맞춘 커플링을 보여주었다. 정말 커플링 맞추기를 잘한 것 같다.

"봤지? 내 애인 맞아. 그리고 사인해 줬으니까 그만 가줄래. 우리 데이트 좀 하게."

"지후야."

지후의 냉정한 말투에 애다는 그의 옷깃을 살짝 잡아당겼다. 어찌 됐든 간에 팬들인데 그렇게 매몰차게 대할 필요는 없다고 생각되었다. 맛있는 거라도 사 먹여서 보내면 좋으련만.

"완전 멋있어."

여학생들의 뜬금없는 말에 지후와 애다는 서로 마주 보고 어깨를 으쓱거렸다.

"오빠의 그 솔직함! 또 한 번 반했어요! 난 오빠의 이 연애 찬성일세!"

애다는 여학생들의 말에 웃음이 나왔다. 애다는 미간을 점점 좁히는 지후를 바라보며 생각했다.

'우리 지후. 사랑받는 남자네. 많은 사람에게 사랑받는 너. 정말 자랑스럽고 좋아 보여. 앞으로도 계속해서 사랑받고 멋진 남

자가 되었으면 좋겠다. 고마워. 지후야.'

지후는 제 손을 꽉 잡는 애다의 손길에 그녀를 바라봤다. 애다가 생긋거리며 고개를 끄덕이자, 지후의 인상이 펴졌다. 팬들 앞에 애다를 보이는 것도 나쁘지가 않았다.

'얘들아. 많이많이 소문내라. 안지후 임자 있다고.'

*

"그래. 광고 효과는 어때?"

"아주 성공적입니다. 요즘 말로 대박이라고나 할까요."

안 회장은 지성의 웃음 섞인 보고를 받으며 고개를 끄덕였다. 자신의 손자라서 걱정했는데 광고가 성공적이라는 말에 괜히 지후가 자랑스러웠다. 항상 모델 일은 그만두고 그만 회사에 들어와 일을 좀 했으면 하는 바람이었는데, 제 위치에서 프로답게 일을 해내는 모습을 보니 여간 기특하지 않을 수가 없었다.

"그거 잘됐구나."

"광고 덕에 우유 매출은 보름 새 10%나 올랐습니다. 그 영향때문에 그런지 요거트와 분유, 치즈 매출까지 꾸준한 상승세를 보이고 있습니다."

"음. 세운유업 상황은 어때?"

"저번 대리점 밀어내기 사건 때문에 주가도 많이 내려간 상태입니다. 지금 추세로 봤을 때는 우리 조은유업이 거의 독점적인 체계라고 보시면 됩니다."

"그래도 방심하지 마. 세운이 언제 무엇을 들고 나올지 모르니까."

"네."

안 회장은 테이블에 놓인 국화차를 들어 한 모금 마셨다. 지성은 그런 안 회장의 모습을 바라보다 조심스러운 말투로 이야기를 꺼냈다.

"그리고 선애다 씨 말인데요."

안 회장은 지성의 말에 찻잔을 내려놓았다. 지성의 입에서 나온 선애다의 이름에 그제야 안 회장은 광고 속에 나왔던 그녀의 모습을 한번 떠올려 봤다. 지후 옆에 선 애다는 정말 말 그대로 차분해 보이고, 순수해 보였다. 그리고 무엇보다 지후와 무척이나 어울렸다.

"성공적인 광고로 선애다 씨의 인적사항을 묻는 전화가 끊임없이 쇄도하고 있습니다."

"어허."

"일반인이고 해서 선애다 씨의 개인 정보가 유출되지 않도록 회사에서 최대한 막고는 있습니다만……."

"새어나가지 않도록 확실하게 막아. 지후를 떠나서 우리가 보호해 줘야 할 우리 직원이야."

안 회장의 단호한 말투에 지성은 알겠다며, 그에게 인사를 하고 회장실에서 나갔다. 직원으로서 애다를 보호하는 것도 있지만 지후와 연관된 아이기 때문에 절대로 외부로 그녀의 정보가 새어나가는 걸 바라지 않았다. 안 회장은 옆에 있는 김 실장에게 고개를 돌렸다.

"김 실장."

"네. 회장님."

"선애다 양 어머님은 좀 어떠신가?"

"아직까지 큰 차도가 없으십니다."

안 회장은 잠시 고민에 빠져 있더니 이내 자리에서 일어나 지팡이를 짚었다.

"음. 애다 양을 한번 만나봐야겠네."

"차 대기시키도록 하겠습니다."

김 실장은 안 회장에게 묵례를 하고는 먼저 밖으로 나갔다.

*

현민은 TV에서 지후와 함께 찍은 광고 속의 애다의 모습을 봤다. 처음엔 그저 닮은 사람이겠거니 생각했다. 그런데 분명 애다였다. 왜 애다가 광고에 출연했는지 궁금하기도 했지만, 무엇보다 그녀의 변함없는 모습에 가슴이 뛰면서 설렜다. 분명 광고를 함께 찍은 지후는 애다에 대해 알고 있을 게 확실했다.

현민은 오늘 마지막 총 리허설에 아침 일찍부터 나와 지후가 오기만을 기다리고 있다. 그가 생각에 잠겨 있을 때 지후가 연습실에 들어오는 모습이 보였다. 현민은 웃으며 지후에게 다가갔다.

"왔어?"

"네."

"요즘 얼굴 좋아 보인다?"

"제가요?"

"응. 여자친구 영향 때문인가?"

지후는 애다를 떠올리며 웃음을 지었다. 보는 사람마다 다 그 소리다. 연애하느라 그렇게 싱글벙글하는 거냐고. 그 소리가 맞기에 지후는 뭐라고 할 수가 없었다. 애다만 생각하면 기분이 좋아지는 건 사실이니까.

"그런 것 같아요."

"그렇게 좋아?"

"네. 생각만 해도 좋아요."

현민은 처음 보는 지후의 행복한 모습에 함께 미소를 지어주었다. 다행이었다. 그가 다시 사랑을 시작하게 되어서. 현민은 잠시 머뭇거리다가 진지한 말투로 이야기했다. 반드시 지후를 통해서 애다의 조그만 정보라도 알아야 했다.

"지후야. 저기……."

"현민 씨! 잠깐 선생님께서 보자는데?"

현민은 자신을 부르는 스태프의 목소리에 하던 말을 그대로 삼켰다. 그는 제 말을 기다리는 지후를 보면서 짧은 한숨을 내쉬었다. 현민은 잠시 망설이다가 지후의 어깨를 두어 번 치고는 돌아섰다.

"좀 있다 연습 끝나고 다시 얘기하자."

"네."

지후는 돌아서서 나가는 현민을 바라보며 고개를 갸우뚱거렸다. 평소의 그답지 않게 긴장하는 모습이었다.

'무슨 말을 하려고 망설인 거지? 무슨 말이기에 아침 일찍부터 나와 기다린 걸까?'

지후는 현민이 밖으로 나간 곳을 한참 동안 응시하더니 이내 몸을 돌렸다.

"지후야."

"어."

거울을 보며 스트레칭을 하고 있는 지후 곁으로 찬영이 다가와 그 옆에 섰다. 찬영은 일찍 온 지후에게 의외라는 듯 한쪽 눈썹을 꿈틀거렸다. 지후는 항상 연습 때면 바쁜 스케줄로 늦게 오는 편이기 때문이었다.

"일찍 왔네?"

"응."

지후는 운동 삼아 애다와 함께 우유 배달을 해주고 아침까지 같이 먹었다. 그러다 보니 약속시각보다 일찍 오게 돼 버렸다. 이젠 그녀와 함께하는 일상이 너무나 자연스러워 행복했다. 피곤하지만 새벽마다 보는 애다의 얼굴이 좋았고, 원래 아침을 잘 먹지 않는데 애다와 함께여서 잠이 오는 걸 뒤로하고 먹는다.

지후는 썰렁한 연습실을 둘러보더니, 시간을 확인해 봤다. 점점 약속의 시간이 다가오는데도 모델들은 두세 명 보이는 게 다였다.

"그러고 보니 많이들 아직 안 왔네?"

"아마 늦게들 올 거다."

"왜?"

"어제 달렸거든!"

찬영은 자신의 주먹 쥔 손을 입가에 가져다 대며 술을 마신 흉내를 냈다. 어제 또 모여서 술들 한잔 거하게 했나 보다. 그러니 모델들이 더럽게 논다는 소문이 도는 거라 생각되었다. 그리고 바람둥이들이 많다는 소문까지 더해서 말이다. 그게 싫어 모임에 참석하지 않는 거다. 그 대가로 왕따 아닌 왕따를 당하고 있지만 말이다.

"대단하다. 오늘 총 연습인데 체력들이 남아도나 보지?"

"지후야. 그게 중요한 게 아니라 어제 말이야."

찬영이 주변을 살펴보더니 지후에게 고개를 약간 숙이고 무슨 비밀 이야기를 하는 양 속닥거렸다.

"용준 선배 발목 다쳤다."

"어쩌다?"

"어제 용준 선배가 너 없는 자리에서 또 구시렁거렸거든."

그 인간은 정말 왜 그런 몰상식한 행동을 하는지 모르겠다. 한심해서 원. 무슨 피해의식에 사로잡힌 인물 같다. 지후는 기분 나쁜 표정으로 괜히 찬영에게 성을 냈다.

"그 인간은 나랑 무슨 원수졌어? 왜 날 못 잡아먹어 안달이야!"

"진정해. 아무튼, 현민 선배가 용준 선배한테 한마디했어. 너에 대해 이야기하지 말라고."

지후는 눈을 동그랗게 뜨고 현민을 떠올렸다. 조금 전에도 무슨 할 말이 있는 눈치였는데, 이 문제를 말하려고 했던 것 같다. 현민과 주차장에서 마음 편하게 말을 주고받았다. 하지만 예전만큼의 관계가 회복되기는 어려웠다.

"현민 선배가 한마디했다고?"

"응. 그래서 용준 선배 혼자 막 술을 들이켜더니 계단에서 꽈당!"

찬영이 너무 리얼하게 표현해서 그런지, 용준이 어떻게 넘어졌는지 상상이 갔다. 지후의 눈살이 절로 찌푸려졌다.

"누가 밀었다는 말도 있고. 아무튼, 그래서 이번 쇼에 용준 선배 빠질 거야."

"쌤통이다."

지후는 찬영에게 고소하단 식으로 말은 했지만, 기분은 좋지 않았다. 이번 컬렉션이 모델들에게는 기다려 왔던 무대이기에 용준이 지금 얼마나 속상해하고 있을지 알기 때문이다. 특히나 용준은 화보에서도 밀려 그나마 런웨이에 서서 이름을 알려야 하는데 그 기회마저 물거품이 된 거다.

"그런데 채은 누나 말이야."

또 임채은 이야기다. 찬영의 입을 그냥 틀어막고 싶은 심정이다. 지후는 찬영의 말을 듣고 싶지 않아 바닥에 털썩 주저앉고는 휴대폰을 꺼내 들었다. 온몸으로 관심 없다는 표현을 하고 있는데 그게 찬영의 눈에는 보이지 않나 보다. 그의 말이 계속해서 이어지는 걸 보면 말이다.

"우울증 증세가 있나 보더라?"

휴대폰을 터치하던 지후의 손이 순간 멈칫거렸다. 우울증이라는 단어에 지후가 인상을 쓰며 찬영을 돌아봤다.

"누가 그래?"

"진영이 누나가 어제 살짝 말해주던데? 약 먹으면서 조절하고 있나 봐."

"참. 무슨 시장바닥도 아니고, 남 일에 왜 그렇게 관심들이 많아?"

정말 그놈의 주둥아리들. 모였다 하면 씹어대기 바쁘다. 지후는 지난번에 자신의 집 앞에 찾아와 채은이 했던 말을 떠올렸다.

'잠이 오질 않아…… 아무리 자려고 해도 잠이 오질 않아. 지후야.'

지후의 입에서 짧은 한숨이 흘러나왔다. 또 시작인가 보다. 채은은 예전에도 쉽게 잠을 이루지 못했다. 외로움을 많이 타는 그녀였기에 지후는 살며시 걱정이 앞섰다.

'안지후. 정신 차려. 너하고는 이젠 아무 상관없잖아.'

지후는 머리를 흔들어대며 채은의 생각을 머릿속에서 지웠다.

"휴. 괜히 신경 쓰이네."

"뭐라고?"

지후의 작은 중얼거림에 찬영이 궁금한 표정으로 되물었다.

"아니야. 아무것도."

잠시 후, 동료 모델들이 하나둘 도착하면서 총 리허설 연습은 시작되었다. 현민과 채은, 그리고 지후는 서로 곁눈질로 힐끔거리며 연습에 집중하려고 애를 썼다. 이제 와서 그만둔다고 할 수도 없다. 일은 일이기에 사사로운 감정은 눌러야 했다.

"자! 오늘 마지막 연습이니까 열심히 하도록 하자!"

"네!"

헤이니 정의 말에 모두 자신의 위치를 잡고 몸을 풀기 시작했다.

"용준이가 빠졌으니까 그 자리를 찬영이랑 동은이가 번갈아 가며 하자. 지금에 와서 모델 한 명 구하기도 힘들고. 아무래도 너희가 좀 도와줘야겠다. 할 수 있지?"

"네."

"오케이. 자. 김 선생님 시작하자고요!"

김 선생의 손짓에 음악이 흘러나왔고, 모델들의 워킹이 시작되었다.

"자자. 허리 쭉 펴고. 시선!"

"속도 너무 빨라! 뒤에 들어오는 모델의 속도를 생각하며 맞춰야지!"

연습실에는 음악 소리와 헤이니 정, 김 선생님이 외치는 소리만 들려왔다. 채은은 킬 힐을 신고 자신의 차례를 기다리고 있었다. 나갈 순서가 돌아오자 채은은 한 걸음씩 발을 내디뎠다. 무대 끝에서 포즈를 취하고 턴을 하며 중간쯤 돌아왔을 때 순간 발을 삐끗하며 넘어지려 했다. 다행히 누군가 자신의 손을 잡아줘, 넘어져 다치는 사태는 피했다.

"그만! 임채은 괜찮아?"

헤이니 정의 말에 음악이 중단되고 모두 채은을 근심 어린 눈으로 바라봤다.

"네. 괜찮아요. 고마……."

채은은 자신의 손을 잡아준 동료에게 고마움을 전하러 고개를 드는 순간 말이 나오질 않았다. 눈앞에 보이는 지후로 인해서.

'지후가 왜? 아…… 나 다음 순서가 지후였구나.'

그저 운 좋게 그 옆에서 넘어져, 지후가 잡아준 것뿐인데 거기에 큰 의미를 부여하고 싶었나 보다. 임채은. 정말 할 말 없게 만든다.

"괜찮아? 대체 무슨 생각을 하며 걷는 거예요? 그러다 다치면 어쩔 뻔했어."

"고마워……."

지후는 채은의 손을 놓아주고 그녀의 발목을 내려다봤다. 다행히도 다치지는 않은 것 같다. 여자 모델들은 킬 힐을 신고 무대에 오르기 때문에 아무리 프로라고 해도 집중을 하지 않으면 그대로 넘어지기 십상이다. 지후는, 아무런 감정 없이 그저 동료로서 채은의 손을 잡아준 것뿐이었다. 그녀가 채은이라는 걸 인식하기도 전에 먼저 팔이 뻗어 나간 것이다.

다시 음악 소리가 흘러나오자 지후는 채은을 뒤로하고 걷기 시작했다. 채은은 그런 지후를 한번 바라본 후 천천히 걸음을 옮겼다. 연습이 계속되는 가운데 헤이니 정의 목소리가 들려왔다.

"자! 고생들 했어. 조금만 쉬었다 자신들이 입을 의상 체크하고 수정할 부분 있으면 이 자리에서 이야기하도록 하자."

"네!"

헤이니 정의 말에 모두 녹초가 되어 그 자리에 주저앉아 다리를 주물러 대기 바쁘다. 지후는 스트레칭을 한 후 애다에게 전화를 걸기 위해 복도로 나왔다. 휴대폰을 들고 전화를 하려는데 복도 끝 창가에 채은이 서 있었다. 지후는 그냥 돌아서려다 채은의 뒷모습을 보고 천천히 그녀에게 다가갔다. 이렇게 계속 일을 해야 하는데 언제까지 이런 식으로 지낼 수는 없는 노릇이었다. 누군가 모델을 그만두기 전에는 말이다.

"여기서 뭐 해요?"

이젠 자연스레 그녀에게 존댓말이 흘러나왔다. 예전에는 상상도 할 수 없는 말투였다. 그만큼 채은에 대한 마음이 정리가 된 것 같다.

채은은 들려오는 목소리에 뒤를 돌아봤다. 지후가 말을 걸어 올 줄은 몰랐다. 그러다 속으로 웃음이 나왔다. 지후는 원래 이런 아이였다. 겉으로는 냉정하고 차갑게 대해도 마음은 여리고 착한 아이였다. 그래서 그 마음을 이용해 다시 지후에게 다가가려던 거였는데, 그가 변해 버렸다.

"그냥. 봄바람이 따뜻하기에……."

"발목은 괜찮아요?"

형식적으로 물어보듯 지후의 목소리는 덤덤했다. 지후의 시선이 채은의 발목으로 향했다.

"응. 괜찮아. 아까는 고마웠어."

"고마울 것까지야. 나 아니어도 누군가는 잡아줬을 텐데."

"지후야."

지후는 채은의 발목에 두었던 시선을 들어 그녀와 시선을 마주했다. 이상하게도 이젠 그녀와 있는 이 자리가 어색했고 무척이나 낯설었다.

"내가…… 그렇게 못 미더웠어?"

"무슨 말이에요?"

"나랑 사귈 때 왜 말 안 했어?"

지후의 한쪽 눈썹이 꿈틀거렸다. 지금 그녀가 하는 말이 이해가 되지 않았다. 그러다 곧 채은이 한 말의 의미를 깨닫고는 자조적인 웃음이 입에서 나왔다.

"훗. 뭐? 우리 집 얘기?"

"……"

"그걸 꼭 말해야 하나? 그거 말하면 뭐가 달라져요?"

"그래…… 그냥 좀 서운한 것뿐이야."

지후의 말대로 달라질 건 없었다. 만약 그와 사귈 때 그 사실을 알았더라면 지후 곁을 떠나지 않았을까? 지후에 대해 많이 알고 있다고 생각했다. 그런데 그는 아니었나 보다. 자신의 모든 걸 줄 만큼 임채은을 사랑하지 않았나 보다. 그런 것조차 비밀에 부쳐서 사귄 걸 보면. 아니면 자신의 이 욕심을 눈치챘을지도 모르겠다.

"그러고 보면 네가 날 많이 사랑하지는 않았나 봐."

"그렇게 말하지 마요. 사랑이라는 건 여러 종류가 있는 것 같아. 그때 난 임채은이란 여자를 사랑했었어요."

"……."

"지금의 사랑과 과거의 사랑이 다르긴 하지만 누나를 사랑했다는 건 부정하지 않아요."

"지금의 사랑?"

채은은 지후의 약지 손가락에 있는 반지를 바라봤다. 커플링이네…… 채은이 하자고 할 때는 거치적거린다며 한사코 거부했던 그였다. 지금의 사랑은 지후의 이런 점도 변하게 했나 보다. 귀찮은 건 딱 질색이었던 그가 말이다.

"과거에 임채은을 사랑했을 땐 그리워하고, 즐겁고, 늘 생각났어. 그런데…… 지금의 내 사랑은 가슴이 떨리고, 심장이 아프고, 마음이 행복하고, 영원히 함께하고 싶어."

잔잔하게 들려오는 지후의 목소리에 채은의 눈동자가 흔들리기 시작했다. 지후의 입가에 걸린 미소를 보고 확신했다. 지금 그가 누구를 떠올리고 있는지 알 수 있을 것 같았다.

"그러니까 누나도 이제 과거에 얽매이지 말고 새로운 사랑 시작해요. 다른 사랑을 하다 보면 또 다른 행복이 찾아올 거야."

"지후야, 미안해."

"어쩜 말이야. 지금까지도 내가 누나랑 만나고 있는데…… 만약 지금의 내 사랑이 앞에 나타난다면 아마도 누나한테서 내가 먼저 떠났을 거야. 그걸 생각하면 누나 마음 이해해요."

그래서 채은의 미안하다는 말은 듣고 싶지 않았다. 채은과 인연이 아니었던 것이다. 정말 채은을 사랑했다면 이렇게까지 애다에게 깊게 빠져 버리지 않았을 것이다.

'정말 그랬을 거야. 애다가 내 앞에 나타났다면 아마 내가 먼저 누나를 배신했을 거야. 애다를 잡기 위해서 누나한테 상처를 주

고 떠났을 거야.'

지후는 찬영에게서 들었던 우울증 얘기가 순간 생각났다. 채은이 이젠 무거운 짐을 내려놓고 편하게 지냈으면 좋겠다.

"그리고…… 밤에 따뜻한 우유를 마시면 잠이 잘 올 거예요."

지후는 고개를 숙이고 있는 채은을 보다가 곧 뒤돌아 연습실로 들어갔다. 지후가 방금까지 서 있었던 빈자리를 보며 채은의 눈에서 눈물 한 방울이 뚝 떨어졌다.

'안지후…… 어쩌면 좋니. 그냥 모른 척 해주지. 네가 이런 남자인 줄 몰랐어. 마냥 어리게만 봤는데…… 네가 이렇게 변한 이유가 새로운 사랑 때문인 거야? 정말로 내가 들어갈 자리는 없는 거니? 정말 나 자신이 한심스럽다. 시간을 다시 되돌릴 수 있다면…….'

채은은 한동안 그 자리를 홀로 지키며, 자신이 저지른 행동에 대해 후회하고, 반성하고, 지후에게 미안해했다. 지후를 버린 걸 후회했고, 현민에게 저지른 일에 대해 반성하고, 그리고…… 그들의 사랑인 애다에게 미안한 마음을 가졌다.

애다에게 전화를 해보았지만 일을 하는지 받지를 않았다. 지후는 할 수 없이 연습실에 들어와 의상 체크를 하며 지루한 시간을 보내고 있었다.

rrrr.

지후는 휴대폰 울리는 소리에 화면을 확인했다.

〈김 실장님〉

할아버지의 비서인 김 실장님에게서 걸려온 전화였다. 그에게서 전화가 걸려올 이유가 딱히 없어 지후는 고개를 갸웃거리며 통화 버튼을 눌렀다.

"김 실장님이 어쩐 일이세요?"

[지후야.]

"네."

[지금 회장님께서 선애다 씨를 만나러 레스토랑에 들어가셨다.]

"네? 뭐라고요!"

갑자기 들려오는 지후의 큰 목소리에 의상 체크를 하고 있던 동료들의 시선이 그에게로 쏠렸다. 지후는 지금 궁금해하는 동료들의 시선 따위는 중요하지 않았다.

'젠장. 빌어먹을⋯⋯.'

"왜 그래? 무슨 일 있어?"

짐을 서둘러 챙기는 지후를 보며, 찬영이 그를 붙잡고 물었다.

"야. 나 의상 체크 다 했어. 이제 가도 되는 거지?"

"그렇긴 하지. 그런데 무슨 일이야?"

찬영의 걱정스러운 물음에도 지후는 재킷을 걸치고 자리에서 일어났다. 그 모습에 찬영은 어리둥절해 있을 뿐이었다.

"나, 가봐야겠어."

"야! 안지후!"

찬영의 부름에도 지후는 아랑곳하지 않고 그에게서 멀어졌다.

"지후야."

지후가 나가는 모습에 현민은 그의 이름을 불렀다. 그렇지 않아도 애다에 관해 물어보려던 참인데, 뭐가 그렇게 급한지 서두르고 있었다. 지후는 현민을 한번 바라보고는 이내 곤란한 표정으로 머리를 긁적거렸다. 그러고 보니 현민이 할 말이 있다고 했다. 하지만 지후는 지금 이러고 있을 시간이 없었다.

"아. 형 미안해요. 우리 나중에 이야기해요. 엄청 급한 일이
생겨서. 먼저 갈게요!"

지후는 서둘러 지하주차장으로 내려갔다. 이럴 수는 없다. 갑
자기 할아버지가 왜 이러시는지 모르겠다.

아무래도 애다에 대해 아신 것 같다. 단 한 번도 자신이 만나
는 여자를 따로 불러 이야기를 나누신 적이 없는 할아버지라 어
떻게 나오실지 감이 잡히지를 않았다. 일단 지금은 무조건 할아
버지와 애다의 만남이 이루어지지 못하게 막아야 했다. 자신이
없는 자리에서 애다가 영문도 모른 채 할아버지를 만나는 걸 원
치 않기 때문이었다.

안 회장은 휴대폰을 귓가에서 떨어뜨리는 김 실장을 보며 물었
다.

"지후 뭐라던가?"

"깜짝 놀라는데요?"

"허허. 부리나케 쫓아오겠군. 여긴가?"

안 회장은 앞에 보이는 레스토랑 건물을 올려다보았다. 이런
곳은 처음이라 좀 낯설었다.

"네. 여기서 선애다 씨 예명은 밀키라고 합니다."

"밀키라……."

지팡이를 짚고 서 있는 안 회장을 본 김 실장은 그에게 살며시
물었다. 혹시나 문전박대나 당하지 않을까 걱정이 되었다.

"회장님. 제가 모실까요?"

"아니야. 됐어. 나 혼자 가지. 자네는 박 기사랑 가서 커피 한

잔하고 오게나."

"네. 회장님."

안 회장은 그 자리에서 헛기침을 두어 번 하더니 가게 문을 열고 들어갔다. 밝은 음악 소리가 귓가를 때리고 입에 군침이 돌 정도로 맛있는 음식 냄새가 풍겨왔다.

"어서 오세요. 예약은 하셨나요? 손님?"

안 회장은 이곳의 유니폼을 입고 친절한 미소로 다가와 묻는 직원을 찬찬히 살펴보았다. 명찰에 달린 이름을 보니 애다가 아니었다.

"아. 예약을 해야 합니까?"

"괜찮습니다. 혼자 오셨나요?"

"아니네. 조금 있다가 한 사람 더 올 겁니다."

"그럼, 자리 안내해 드리겠습니다."

여직원은 웬 노인네가 가게 안에 혼자 들어서자 의아해하며 다가갔다. 하지만 가까이에서 보니 다른 노인들과는 다르게 기품 있고 권위가 있어 보였다. 안 회장은 친절한 여직원의 말에 흡족해하며 그녀가 안내한 테이블에 가 앉았다.

"저기. 이보게."

"네, 손님. 먼저 메뉴판 갖다 드릴까요?"

"여기 밀키라는 직원이 있나?"

"네. 있습니다."

"음. 그렇다면 그 직원한테 주문을 받고 싶은데?"

"알겠습니다. 잠시만 기다려 주세요."

안 회장은 가게 안을 두리번거렸다. 여러 직원이 왔다 갔다 하는 모습이 보이긴 하는데 누가 애다인지 모르겠다. 그때 직원 한 명이 다가와 한쪽 무릎을 꿇고 메뉴판을 테이블에 올려놓았다.

"어서 오세요. 주문하시겠습니까, 손님?"

애다는 할아버지에게 밝게 웃으며 말을 건넸다. 이렇게 제 예명을 기억하고 지정해 주시는 손님들에게는 더욱더 친절한 미소를 보일 수밖에 없었다.

안 회장은 청량하고 맑은 목소리에 고개를 돌렸다. 깔끔한 복장에 환하게 웃음을 짓고 있는 직원이었다. 그녀의 가슴에 달린 명찰을 보니 '밀키'라고 적혀 있다.

'음. 네가 애다구나. 어디 한번 자세히 들여다볼까나?'

안 회장은 애다를 바라보며 의미심장한 웃음을 지었다. 그 웃음에 애다도 안 회장을 보며 환하게 웃어 보였다. 그녀의 미소에 이제야 광고 속에서 환하게 웃음 짓던 얼굴이 보였다. 그 모습은 꾸며진 거라 대수롭지 않게 생각했는데, 지금 제 앞에서 밝게 웃고 있는 애다를 보니 그 모습이 원래의 미소라고 여겨졌다. 벌써부터 호기심이 생겨났다. 어떤 성격일지, 자신이 생각하고 있는 그 모습이 맞을지 무척이나 궁금했다.

지후는 엘리베이터도 아닌 비상계단을 단숨에 뛰어 올라갔다. 여기까지 무슨 정신으로 왔는지 모르겠다. 속도 무시, 신호 무시, 자신이 할 수 있는 교통법규 위반은 다 하고 온 것 같다. 월말에 딱지 엄청나게 날아오겠네.

지후는 계단을 뛰어오르느라 차올랐던 숨을 진정시키며 레스토랑 문을 열고 들어갔다. 그러고는 주변을 두리번거린다.

"어서 오세요. 손님. 예약하셨나요?"

"아니요. 저기……."

"네?"

"일행이 있어서요. 그냥 제가 찾아볼게요."

"아…… 네."

지후는 안내 여직원을 지나, 홀 안으로 들어갔다. 눈으로 할아버지의 모습을 좇아 찾아다녔다.

'이씨. 이 영감님은 어디 계시는 거야? 헉!'

지후는 할아버지를 찾아 두리번거리다 앞에 걸어오는 애다를 발견하자, 얼른 뒤를 돌아 반대편 쪽으로 잽싸게 몸을 피했다. 지후는 애다에게 들키지 않기 위해 벽에 몸을 붙이고 할아버지를 찾았다. 지금 이 상황에서 그녀와 부딪쳐 봤자 좋을 게 하나도 없었다. 어서 할아버지를 모시고 나가야만 했다.

'찾았다. 다행히도 구석 자리군.'

지후는 애다를 한번 바라본 후 그녀가 다니는 동선을 피해 안 회장이 앉은 자리로 조심조심 이동했다. 이게 무슨 첩보작전도 아니고…… 미쳐 버리겠네.

"할아버지!"

지후는 자리에 앉으며 안 회장을 거칠게 불렀다. 지후는 앞에 앉은 안 회장의 얼굴과 홀에서 바삐 움직이는 애다의 모습을 번갈아 바라보며 들키지 않게 노력했다. 그 모습에 안 회장은 한심스러운 표정으로 혀를 찼다.

"쯧쯧쯧. 왔냐?"

"아. 할아버지. 내 뒷조사하고 다녀요?"

"그게 무슨 소리야?"

"왜 시치미를 떼세요. 여기는 어떻게 알고 왔어요!"

지후의 짜증 섞인 말투에 안 회장은 어이가 없어 버럭 소리를 질러댔다.

"이놈이. 밥 먹으러 왔다. 왜!"

안 회장의 갑작스러운 외침에 지후는 얼른 애다의 모습을 찾았다. 혹시나 애다가 보지 않았을까 걱정했는데 다행히 그녀의 모습은 이 자리에서 보이지 않았다.

"아, 소리 좀 낮춰요. 그리고 무슨 영감이 밥 먹으러 여기를 와요?"

"이런 싸가지하고는. 네놈이 근사한 데로 모신다며!"

"그럼, 여기서 나가요. 여기보다 더 근사한 곳으로 모실게."

"시끄럽다. 이놈아. 벌써 주문 다 해놨다."

지후는 목을 쭉 빼고 애다가 있는 쪽을 힐끔거리며 긴장한 모습을 보였다. 그냥 빨리 이곳에서 나갔으면 좋겠는데, 주문까지 해놨다니 정말 미치고 팔딱 뛰겠다.

"할아버지. 애다 만났어요?"

"글쎄다."

"아. 무슨 그런 대답이 있어? 설마 만나서 이상한 말 한 거 아니겠죠?"

안 회장의 인상이 절로 찌푸려졌다. 대체 왜 지후가 이렇게 안절부절못하는 모습을 보이는지 모르겠다.

"이상한 말이라니?"

"애다, 우리 집에 대해서 잘 몰라요."

"그래서?"

"그래서라뇨?"

"우리 집이 어때서! 왜 말을 못해?"

"아니, 그게 아니라…… 설마 만난 거 아니겠죠?"

"주문하신 음식 나왔습니다."

지후는 주문한 음식이 나오자 서빙하는 직원을 바라봤다. 그 직원은 지난번에 봤던 남자 직원 토비였다. 토비는 지후를 보고 반가운 척 인사를 건넸다. 애다와 함께 찍은 광고 속의 지후를 보고 놀라지 않을 수가 없었다. 정말 그는 유명한 모델이었던 것이다.

"어? 또 오셨네요?"

"아…… 네. 반가워요. 토비 씨."

"밀키 아직 퇴근 전인데 왔다고 말씀드릴까요?"

"아니요! 절대. 절대로 말하지 마세요! 아는 척도 하지 마세요."

지후는 손사래를 치며 강하게 거부했다. 그 모습에 토비는 고개를 갸웃거리며 살짝 미간을 좁혔다. 잘나가는 모델이 맞긴 맞는데, 이렇게 볼 때마다 이상한 행동을 하는지. 정말 특이하네. 토비는 지후의 행동에 어정쩡한 웃음을 보여주며 서빙을 하기 시작했다.

지후는 토비가 음식을 내려놓고 자리에서 떠나자 다시 한 번 주변을 살폈다. 그때 애다가 근무 시간이 끝났는지 옷을 갈아입고 나가는 모습이 보였다. 시간을 보니 다섯 시다. 그 순간 애다가 나가면서 뒤를 돌아보자, 지후는 놀라며 잽싸게 테이블 아래로 몸을 숙였다.

잠시 후 고개를 내밀어 보니 애다가 나갔는지 보이지 않았다. 그제야 안심이 된 지후는 한숨을 내쉬며 의자 등받이에 몸을 기댔다. 안 회장은 그런 지후의 행동에 기가 막혀 하면서 혀를 내둘렀다. 대체 이놈이 여기서 뭘 하는지 모르겠다. 무슨 죄지은 사람처럼 들키지 않기 위해 애를 쓰고 있는 모습이었다.

"너 지금 뭐하는 게야?"

"아. 내가 할아버지 때문에 제 명에 못 살아."

"이놈의 자식이 할아비 앞에서 못하는 소리가 없어!"

안 회장의 성난 목소리에 지후는 괜스레 제 머리만 헝클어댔다. 남들이 봤을 땐 건방지다고 할지 모르겠지만, 절대로 그가 할아버지를 무시하거나 업신여겨서 나오는 행동이 아니었다. 이는, 할아버지가 유난히 그를 어렸을 때부터 예뻐하였기 때문에 오갈 수 있는 말이었다. 사실 지후가 제일 존경하는 사람은 할아버지였다. 할아버지의 인품을 잘 알기에 큰 걱정은 되지 않지만, 그래도 애다와 관련된 일이었기에 쉽사리 안심이 되지 않는 것이 사실이었다.

"대체 애다는 어떻게 알아낸 거예요? 뭐, 이렇게 찾아올 정도면 내가 설명 안 해도 다 알았겠네."

"이 할아비가 그렇게 창피해?"

"그건 또 무슨 소리예요?"

"그렇지 않으면 왜 이 할아비한테 소개를 안 해주는 게야?"

"그거야…… 할아버지가 애다한테 이것저것 캐묻고 그러는 게 싫어서요."

"그걸 말이라고 지껄이는 거냐?"

"아. 몰라요. 아무튼, 애다 만났어요?"

"……."

"할아버지!"

지후는 안 회장이 아무런 말을 하지 않자 답답해 돌아버릴 지경이었다. 애다를 만난 것인지 안 만난 것인지, 만났다면 애다에게 상처가 될 말씀을 하신 건 아닌지…… 그저 이 상황이 불안하고 답답했다.

안 회장은 지후의 모습을 살펴보며 고개를 내저었다.

'이놈, 진짜 장난 아니구나. 쯧쯧쯧.'

안 회장은 막내 손자를 보며 한심하단 듯이 혀끝을 찼다. 안 회장은 지후가 오기 전 애다를 만났을 때의 상황을 다시 한 번 떠올렸다.

삼십 분 전.

"어서 오세요. 주문하시겠습니까, 손님?"

안 회장은 친절하게 말을 건네는 애다에게 의미심장한 웃음을 보이며 쓰고 있는 안경을 추켜올렸다.

"이 노인네가 여기는 처음이라 뭘 먹어야 할지 모르겠군. 혹시 추천해 줄 만한 음식이 있나?"

"네. 잠시만요."

애다는 테이블에 놓인 메뉴판을 펼치고 차분하게 설명하기 시작했다.

"음. 여기 보스턴 레몬 코드 스테이크는 씨푸드 메뉴입니다. 마늘소스를 살짝 입혀 맛있게 구워낸 대구 스테이크예요. 토마토 토핑에 레몬버터소스가 제공됩니다. 건강에 좋은 검은 쌀밥과, 제철 채소가 주재료인 시즈널 더운이 제공되고요. 드시기에 불편함이 없으실 겁니다."

안 회장은 슬쩍 메뉴판을 바라보며 애다의 친절한 설명을 들었다. 애다는 노인네들이 알아보기도 힘든, 메뉴판에 적혀 있는 음식 용어를 쉽게 이해할 수 있도록 설명해 주고 있었다. 안 회장은 그런 애다의 모습을 찬찬히 살펴보았다.

지성의 말대로 이미지가 정말 깨끗했다. 눈빛을 보아하니 총기가 어려 있고 말이나 행동으로 봐선 가정교육은 잘 받으며 자란 아가씨 같았다. 지후 자식이 홀딱 반할 만했겠다 싶었다. 지금까지 사십 년간 사람을 상대하며 사업을 해왔다. 그래서 만나는 사람들의 눈빛만 봐도 그 사람의 됨됨이를 쉽게 알 수 있었다.

"어떻게…… 맘에 드시는지요."

"음. 맛있을 것 같네."

"감사합니다. 그리고 사이드 메뉴로는 으깬 감자가 좋을 듯싶습니다."

"그래요. 그걸로 먹읍시다."

"네. 음료는 신선한 과일 주스, 괜찮으십니까?"

"좋소."

"잠시만 기다려 주세요. 주문한 음식 가져다 드리겠습니다."

안 회장은 인사를 하고 돌아서려는 애다를 불러 세웠다.

"이보게."

"네, 손님. 뭐 필요한 거라도 있으신가요?"

애다는 손에 들고 있던 메뉴판을 다시 테이블에 올려놓으며, 그의 말을 듣기 위해 허리를 약간 숙였다. 안 회장은 과연 이 말을 듣고 애다가 어떠한 반응을 보일지 궁금했다.

"애다 양."

애다는 놀란 얼굴로 숙였던 허리를 반듯이 세우고 입가에 머물렀던 웃음기를 지웠다. 이곳에서 일하면서 본명이 불린 건 처음이었다. 그것도 처음 뵙는 손님한테서 말이다.

"선애다 양 맞나?"

"네."

조금씩 긴장되기 시작했다. 처음 뵙는 할아버지이지만 왠지 모르게 낯설지가 않았다. 애다는 혹시나 하는 마음으로 그를 유심히 살펴보았다.

　"내가 지후 할아버지 되는 사람이네."

　역시나 예상이 맞아떨어졌다. 설마 했는데 지후의 할아버지였다. 애다는 최대한 정중하게 고개를 숙여 인사했다.

　"안녕하세요. 처음 뵙겠습니다. 선애다라고 합니다."

　"반가우이. 갑자기 내가 이렇게 불쑥 찾아와 놀라게 해서 미안하네."

　"아닙니다. 괜찮습니다."

　"내가 애다 양한테 할 말이 있는데 잠시 시간 좀 내주겠나?"

　애다는 안 회장의 말에 머뭇거렸다. 이 말을 함과 동시에 그가 오해하지 않기를 바라며 제 입장을 차분하게 설명해 나갔다.

　"죄송합니다, 할아버님. 제가 근무 중이라 지금은 힘들 것 같습니다. 실례가 되지 않는다면 제가 찾아뵙고 다시 인사드리도록 하겠습니다."

　안 회장은 차분하게 자신의 현재 상황을 설명하고 양해를 구하는 애다를 보며 슬쩍 미소를 지었다. 예의가 참 바른 아가씨였다.

　"긴 이야기가 아니네. 잠깐이면 돼. 잠시 앉게나."

　"그럼. 서서 듣겠습니다. 할아버님."

　'직업의식이 아주 강한 친구구만. 당황한 기색도 없이 차분하게 말하는 걸 보니 총명하니 그지없구나.'

　안 회장은 고개를 끄덕인 후 잠시 뜸을 들인 뒤 말문을 열었다.

　"단도직입적으로 말하겠네. 우리 지후랑 그만 헤어져 주게."

　애다는 뜻밖의 말에 잠시 놀란 눈을 했다. 심장이 쿵쾅거리고 손끝은 떨려왔다. 지후가 부잣집 자식인 건 알고 있었지만, 이런 식으로 그와 헤어질 거란 생각은 하지 못했다.

"그리할 수 있겠나?"

애다는 놀란 가슴을 진정시키고 안 회장의 물음에 천천히 입을 열었다. 긴장했는지 애다의 목소리는 떨렸다.

"그 이유를 여쭤봐도 되겠습니까?"

"그 이유라…… 음. 난 우리 지후가 상처를 받지 않길 바라네."

"그 말씀은 저 때문에 지후가 상처를 받을 거란 말씀으로 들립니다."

"그렇다네."

애다는 잠시 안 회장의 시선을 피해 생각에 잠겼다. 이렇게 말씀을 하신 거 보면 자신의 대해 조사를 다 하고 오신 듯하다. 그렇지 않고서야 무턱대고 헤어지라니. 지후도 드라마에나 나올 법한 정략결혼이라도 하는 것인가? 아직 일어나지도 않은 일을 가지고 지후가 상처를 받을 거라니. 제 손자만 중요하고 다른 사람의 상처는 보이지 않는 것인가?

"선견지명(先見之明)이 있으신가요?"

"허허. 선견지명이라. 없다고도 할 수 없지. 내가 온갖 사람들은 다 상대해 온 터라 조금은 있다고 할 수 있겠지."

"죄송합니다만 그게 이유라면 전 동의할 수가 없습니다."

안 회장은 눈썹을 찡그리며 애다의 눈을 바라봤다. 애다가 자신의 말에 이렇게 대답을 할 거란 예상은 전혀 하지 못했다. 그저 멍하니 있거나 눈물을 흘리거나, 그렇게 마음이 여리고 약한 아이일 거라고 여겼다. 하지만 지금의 이 모습을 보니 의외로 강한 아이라고 생각되었다.

"어째서 내 말에 동의를 할 수 없다는 게지?"

"할아버님. 제가 인생을 많이 살아오지는 않았지만 여태까지 많은 상처를 겪고 지내왔습니다. 저뿐만 아니라 모든 사람이 한 번쯤은 그런 일을 겪으며 지냅니다. 그런데 앞으로 다가올 상처가 무서워 지금의 상황을 피해 쉬운 일을 택하게 된다면 사랑뿐만 아니라 다른 모든 일에서도 자신이 하고자 하는 일을 이루지 못할 겁니다."

안 회장은 입술을 굳게 다물고 한쪽 눈썹을 찡그렸다. 애다가 하는 말이 그의 호기심을 불러일으켰다.

"지후도 분명 제가 알지 못하는 상처들을 겪으며 지내왔을 겁니다. 만약 저로 인해 지후가 상처를 받는다면 그건 지후 스스로 이겨나가야 할 몫입니다. 저 또한 마찬가지이고요."

"음……."

"그리고 상처를 받지 않고 헤어진다는 건 있을 수 없는 일입니다. 지후가 상처를 받지 않길 원한다고 하셨죠? 저와 지금 헤어지면 지후는 상처를 받게 될 것입니다. 할아버님께서 저에게 말씀하신 건 모순입니다."

안 회장은 애다의 현명한 대답에 속으로 웃음을 지었다. 지후가 여자 하나는 잘 고른 것 같아 칭찬을 해주고 싶었다. 여린 지후 옆에 강한 애다가 있다면 다행일 거라는 생각이 들었다.

"그럼, 나랑 약속 한 가지 해주겠나?"

안 회장은 긍정의 답도, 부정의 답도 하지 않았다. 다시 헤어지라고 엄포를 놓을 것 같았는데 전혀 다른 말로 부탁을 해왔다.

"만약 애다 양이 우리 지후 곁을 떠나게 된다면 그땐 두 번 다시 우리 지후랑 만나지 말게나."

"……."

"나랑 약속할 수 있겠나?"

애다는 안 회장의 또 다른 질문에 바로 대답을 할 수가 없었다. 그들 사이에서 잠시 정적이 흐르더니 곧 애다의 입이 천천히 열렸다.

"약속…… 하겠습니다."

애다의 대답에 안 회장은 잠시 놀란 표정을 짓더니 이내 다시 담담한 얼굴로 물었다.

"약속을 하겠다고? 지후 앞에 영원히 나타나지 않을 자신이 있나?"

"제가 지후 곁을 떠나게 될 날은 아마 지후를 제 맘 속에서 영원히 지워 버리는 날이 될 겁니다."

안 회장은 굳은 애다의 얼굴을 보고 살짝 인상을 찌푸렸다. 냉정했다. 뾰족한 가시를 세우고 차갑게 말하는 애다를 보니 지후가 걱정이 되었다. 애다의 차가운 모습을 우리 지후가 따뜻하게 보듬어줄 수도 있겠단 생각이 들긴 하지만, 다른 한편으로는 걱정이 먼저 앞섰다. 그러다 어쩌면 애다의 저런 모습에 지후가 반하게 된 것일 수도 있겠단 생각이 들었다.

안 회장이 알고 있는 지후라면 충분히 가능한 일이었다. 앞으로 지후가 힘들어질 수도 있겠단 생각이 들긴 했지만 그건 애다의 말대로 지후가 겪어야 할 몫일 것이다.

"알겠네. 바쁠 텐데도 나에게 시간 내줘서 고맙네."

"아닙니다."

"다음엔 우리 지후와 함께 인사 오게."

"그 말씀은……."

"두 사람의 사랑을 내가 한발 물러서 지켜봄세."

안 회장의 잔잔한 미소에 애다도 슬쩍 웃어 보이며 고개 숙여 인사를 했다.

"감사합니다. 할아버님."

"잠시 후에 지후가 헐레벌떡 뛰어올 거야. 아마 내가 애다 양한테 해코지라도 할까 봐 무서운 게지."

지후의 모습을 떠올리는 애다의 입가에 더 진한 미소가 걸렸다. 지후라면 그럴 것이다. 상상만 해도 웃음이 나왔다.

"그냥 모른 척 해주게. 내가 애다 양과 나눈 이야기도 함께 말이지."

"알겠습니다."

"만나서 반가웠네. 우리 지후가 나를 닮아서 그런지 보는 눈이 있구나."

"감사합니다."

"그래. 바쁠 텐데 그만 가보게."

"네. 할아버님."

애다는 안 회장에게 다시 한 번 고개를 숙여 인사하고 돌아섰다. 그 순간 안 회장이 애다를 다시 불렀다.

"애다야."

애다는 다정하게 자신을 부르는 안 회장의 목소리에 놀란 눈으로 돌아봤다.

"바르게 잘 자라주었구나."

"네?"

안 회장은 애다를 보며 그저 의미심장한 웃음만 보여주었다. 그 모습에 애다는 고개만 갸웃거릴 뿐이었다.

지후는 아무런 말없이 음식만 먹고 있는 안 회장을 못마땅한 눈으로 바라보고 있다.

"할아버지. 음식이 입에 맞으세요?"

"여기 직원이 이 음식을 친절하게 추천해 줘서 먹어보는데 아주 맛이 좋구나."

"할아버지. 저 답답해 죽겠어요. 뭐라고 말씀 좀 해보세요."

  안 회장은 물을 마신 후, 입이 쀼루퉁하게 나와 있는 지후를 보며 물었다.

"그 아이가 왜 좋은 게야?"

"좋아하는 데 이유 있어요?"

"그래도 뭐에 끌렸는지 알고 싶구나."

  지후는 애다를 생각하며 안 회장의 질문에 대답했다.

"그냥. 나도 모르게…… 어느 날 보니까 내 눈이 애다를 보고 있더라고요."

  지후의 진지한 목소리에 안 회장은 손에 들린 포크를 내려놓고 그의 말을 경청했다.

"처음엔 그냥 재밌어서 단순한 호기심인 줄 알았는데…… 어느새 좋아하고 있더라고요. 그러다 정말 없으면 안 될 정도로 사랑하게 돼버렸어요."

"지후야."

  지후는 테이블에 두었던 시선을 할아버지의 눈에 맞추었다. 지후의 눈에 조금의 거짓이라고는 보이지 않았다.

"만약 애다가 너의 곁을 떠나게 된다면 어떡할 거냐?"

"생각도 하기 싫은데요?"

"그래서 만약이라고 했잖아!"

안 회장의 호통에도 지후의 얼굴에 비치는 진지함은 사라지지 않았다.

"만약 그렇다면……."

"그렇다면?"

"나…… 눈물 날 것 같아요."

안 회장의 표정이 순식간에 굳어졌다. 생각지도 못한 대답이었다.

"애다는 내 심장인데…… 그 심장이 내 몸에서 나가 버리면 살아도 사는 게 아니겠죠?"

안 회장은 지후의 눈이 금방이라도 눈물이 떨어질 것처럼 너무 슬퍼 보여 더는 물을 수가 없었다. 괜스레 벌써부터 자신의 마음이 아파졌다.

"그럼, 확실하게 잡아."

"네?"

"확실하게 네 여자로 만들라고!"

"그게 무슨……."

"이런 멍청한 놈. 이 할아비한테 증손자를 떡하니 안기라는 말이야!"

지후는 놀란 눈을 하며 어이없는 표정으로 안 회장을 바라보았다. 이 무슨 말도 안 되는 소리야?

"헉! 진담이세요?"

"쯧쯧쯧. 그렇게 해야 어딜 도망가고 싶어도 도망갈 수 없는 게야."

"설마 우리 할머니도 그런 식으로 해서 잡았어요?"

"흠흠."

"우와. 할아버지 대단하시네. 어떻게 손자한테 사고 쳐서 증손자를 안기라고 할 수 있어요? 제 친할아버지 맞아요?"

"그럼, 도망가게 내버려 두든가!"

지후는 안 회장의 말에 천천히 머릿속을 정리했다. 가만히 생각해 보면 할아버지 말씀에도 일리가 있었다. 아기가 있으면 도망가고 싶어도 도망을 못 갈 것이다. 그것뿐이겠는가? 어쩔 수 없이 결혼도 할 수 있을 테고. 아기? 뭐…… 아직 실감은 안 나지만 아빠가 되는 것도 그리 나쁠 것 같진 않았다. 애다의 남편? 이건 완전 좋다. 그런데 하늘을 봐야 별을 따든가 하지. 그 하늘을 가리고 있는 먹구름을 어떻게 걷어내냐…… 휴. 결국 한숨만 나오는 고민이었다.

"무슨 생각을 그렇게 해? 혼자서 웃다가 찡그리다가."

"할아버지!"

"왜!"

"할아버지는 진짜 대단하셔."

"뭔 소리야 갑자기."

"조금만 기다려. 내가 지성이 형보다 먼저 증손자 안겨줄게."

"참말이야?"

"저만 믿어요. 그럼, 할아버지. 저 먼저 갈게요. 식사 맛있게 하시고 가세요."

"계산하고 가! 이놈아!"

지후가 자리에서 일어나 뒤도 돌아보지 않고 밖으로 나가자 안 회장은 웃음을 한 번 보이며 다시 포크를 들었다.

지후는 가게 밖으로 나와 서둘러 애다가 다니는 학교로 차를 몰았다. 알고 있다. 할아버지는 분명 애다를 만났을 것이다. 둘 사이에 어떠한 대화가 오갔는지 모르겠지만, 할아버지의 반응으로 봐서는 애다가 맘에 드신 게 확실했다. 애다도 성격상 할아버지와의 만남을 이야기하지 않을 것이다. 그럼, 그냥 모른 척 해주면 된다. 어떠한 일이 되었든 애다가 곤란해지지 않도록 그저 모른 척 옆에만 있어주면 된다.

그게 안지후가 선애다를 사랑하는 방식이니까.

＊

"애다야."

애다는 학교 정문 앞에 차를 정차해 놓고 자신을 기다리고 있는 지후를 향해 웃으면서 다가갔다.

"언제 왔어?"

"음. 방금."

"거짓말."

"많이 안 기다렸어. 진짜야."

지후는 애다의 차가운 볼을 따뜻하게 감싸 쥐고 매만졌다. 봄이라고 해도 꽃샘추위로 인해 그녀가 감기에 걸리지 않을까 걱정이 앞섰다. 항상 느끼는 거지만 지후의 손은 마음만큼이나 따뜻했다. 애다는 그의 손길을 느끼며 자신도 똑같이 지후의 볼에 손을 가져다 대고 비벼댔다. 정말 남자면서도 피부 하나는 좋다.

"연습은 다 끝난 거야?"

"응."

"연습실에서 오는 거야?"

"어? 어, 응."

지후의 망설이는 말투에 애다는 다 알고 있다는 듯 웃음을 보였다. 아무튼, 거짓말을 하면 티가 나는 지후. 레스토랑에서 자신을 피해 요리조리 숨기 바빴던 지후의 모습이 떠오르자 웃음이 나왔다.

"왜 웃어?"

"그냥. 네가 나 기다려 주고 데리러 오니까 좋아서."

"배 안 고파?"

"괜찮아. 중간에 희진이랑 이것저것 주워 먹었어."

지후는 고개를 끄덕이고 애다의 손에 깍지를 꼈다. 그리고 차 가까이로 발걸음을 옮겼다.

"가자."

"어디?"

"데이트하러."

지후는 차 조수석 문을 열어 애다를 태운 뒤 자신도 돌아서 운전석에 올랐다. 시동을 걸고 그녀가 춥지 않도록 약하게 히터를 틀었다.

"패션쇼 언제 해?"

"내일모레 시작해서 오 일 동안 열리는데 난 제일 마지막 날이야. 와줄 거지?"

"응. 기대돼."

애다의 눈이 초롱초롱 빛났다. 그 모습이 신기한지 지후가 고개를 갸웃거리며 물었다.

"뭐가?"

"안지후가 얼마나 멋있을지 기대가 돼."

지후의 입꼬리가 양옆으로 올라갔다. 본인 또한 그 무대가 기대되었다. 무엇보다 애다가 오는 패션쇼다. 한 번도 떨리지 않던 무대였는데 애다가 온다는 생각에 벌써부터 긴장되고 떨려왔다.

"그럼, 그 자리에서 외쳐."

"뭘?"

"저기 저 멋진 안지후가 바로 내 남자다! 하고."

"픕."

"헤헤."

그는 정말 마음 같아서는 만천하에 선애다는 내 여자다! 하고 외치고 싶은 심정이었다.

갈수록 이 마음이 커져서 큰일이다.

'나 어떡하니? 애다야.'

지후는 애다의 머리를 부드럽게 쓸어내리고 오른손으로 그녀의 손을 꼭 잡았다. 그녀의 손을 매만지면서 지후는 목적지를 향해 차를 몰았다.

지후는 애다의 손을 잡고 경기도 한 시골 노천카페에 들어섰다. 카페 입구를 따라 담쟁이덩굴이 어우러진 돌담길이 펼쳐져 있어 들어서면서부터 정감 어리게 마음이 편안해졌다. 잔디밭 위에는 돌 징검다리가 놓여 있고 그 옆에는 작은 시냇물이 졸졸 흐르고 있었다. 징검다리를 밟고 카페 안으로 들어가니 천장은 통유리로 되어 있어 밤하늘의 별이 다 보였다. 신기하게도 카페 안에는 진짜 살아 있는 큰 나무들이 자라고 있었다. 지후는 애다를 자리에 먼저 앉히고 물었다.

"뭐 마실래?"

"카푸치노."

"잠시만 기다려."

지후가 잠시 후 파이와 커피를 테이블에 올려놓고 애다 옆에 앉았다. 지후는 포크로 파이를 찍어 그녀의 입속에 넣어주었다. 지후가 주는 파이를 받아먹으며 애다는 주변을 둘러봤다. 다시 봐도 마음이 편안해지는 예쁜 곳이다.

"여기는 어떻게 알았어?"

"지난번에 근처 촬영 왔다가 스태프들이랑 왔었어. 너무 예뻐서 널 꼭 데려오고 싶었어."

"정말 예쁘다."

지후는 파이의 부스러기가 애다의 입술에 묻어 있자, 그것을 조심스럽게 손으로 떼어주더니 제 입속에 넣어 맛을 봤다. 애다는 그의 자연스러운 행동에 미소 짓고, 다시 한 번 두 눈을 빛내며 주변을 둘러본다.

"맘에 들어?"

"응. 서울을 조금만 벗어나면 이런 곳이 있다는 게 신기해."

"저거 진짜 나무야."

지후가 가리키는 곳으로 시선을 돌리자, 카페 한가운데에 큰 나무가 높게 자라고 있었다. 저게 진짜 나무라니. 믿을 수가 없었다.

"놀라워. 실내에 어떻게 나무를 심었지?"

"심은 게 아니라 나무가 있던 자리에 이 건물을 지은 거야."

"우와! 멋지다. 지후야. 저기 위 좀 봐. 별이 너무 잘 보여. 진짜 별 맞지?"

"응."

애다는 고개를 들어 천장 유리에 비치는 별을 보고 감탄 어린 표정을 지었다. 그러던 중 지후의 입술이 볼에 느껴졌다. 지후의 뽀뽀에 애다는 그를 밉지 않게 흘겨보며 작은 목소리로 속삭였다.

"아무튼, 때와 장소를 가리지 않는다니까. 사람들이 보잖아."

"뭐 어때? 사람들도 별로 없고만."

애다가 주변을 둘러보니 큰 나무들에 의해 테이블들이 가려져 그들이 앉은 자리는 사람들에게 잘 보이지 않았다. 지후는 애다의 어깨에 팔을 두르고 하늘에 있는 별을 보며 중얼거렸다.

"별 따고 싶다."

"나도."

애다의 말에 지후는 웃음이 나왔다. 지금 자신이 하는 말의 의미와 애다가 하는 말의 의미가 달랐다. 그녀는 알고 있을까? 반짝이는 별을 자신만 볼 수 있게 꼭꼭 감춰두고 싶다는 걸. 이 마음을 알면 애다는 과연 어떤 표정을 지을까?

지후는 여전히 하늘의 별에 시선을 두고 있는 애다를 향해 사랑스러운 눈길을 보냈다. 그녀의 시선을 따라 하늘의 별을 한 번 더 쳐다보고는 볼멘 목소리로 입을 열었다.

"하늘에 있는 저 별 말고. 다른 별 따고 싶다."

"응?"

애다는 지후가 하는 말이 이해가 되지 않아 의아한 표정으로 돌아봤다. 지후는 그런 그녀의 눈을 보며 슬쩍 미소를 지었다.

"아주 엉큼한 별 있어."

"엉큼한 별?"

"응."

"그게 뭔데?"

"빨리 먹구름을 걷어치워야지 하늘을 볼 텐데……."

애다는 지후가 하는 말의 의미를 몰라 고개만 갸우뚱거렸다. 지후는 그런 그녀의 모습이 귀여워 양 볼을 잡아당겼다.

"어휴. 귀여워."

"압하. 너 이런 딧 똠 하디 마.(아파. 너 이런 짓 좀 하지 마.)"

지후는 애다의 얼굴을 놔주고 볼을 부드럽게 매만져 줬다. 그리고 무슨 할 말이라도 있는 듯 잠시 뜸을 들이더니 천천히 입을 열었다.

"애다야. 나 너한테 할 말 있어."

"말해."

"우리 집 이야기야."

지후의 진지한 말투에 애다는 몸을 바로 하고 그의 말에 귀를 기울였다. 지후는 입을 달싹거리며 짧은 한숨을 내쉬고 긴장된 마음으로 말을 했다.

"조은…… 유업 알지?"

"당연하지. 내가 거기 대리점에서 일하는데."

"그렇지. 우유 광고도 찍고."

"응."

애다는 지후가 말을 해주기를 차분하게 앉아서 기다렸다. 무슨 엄청난 이야기를 하려고 이렇게 뜸을 들이는지 모르겠다.

"그 조은유업…… 회장이 우리 할아버지야."

정말 엄청난 이야기다. 애다의 두 눈이 커지면서 표정이 굳어져 갔다. 잘 사는 집이라고는 생각했는데 재벌일 거라고는 생각도 못했다. 애다는 지후에게 무슨 대답을 해줘야 할지 몰라 망설였다. 지후는 그녀의 눈치를 살피다 조심스럽게 먼저 물었다.

"애다야, 놀랐어?"

"응? 어, 조금."

"놀란 표정이 아닌데? 음. 화가 난 것도 아니고. 설마 알고 있었어?"

"아니."

"그런데?"

애다는 지후를 보며 옅은 미소를 지었다. 그의 긴장된 모습이 고스란히 두 눈에 보인다. 뭘 이런 거 가지고 긴장을 하는지.

"막연히 잘사는 집 아들이라고 생각했으니까. 아니, 지난번에 네가 말한 것처럼 잘사는 집 아들이 아니라 손자인가?"

애다의 태연한 말투에 지후는 괜스레 민망했다. 혹시나 그녀가 왜 미리 말을 하지 않았냐며 화를 내지는 않을까 내심 걱정했던 것이다. 이게 좋은 건지, 나쁜 건지 확신이 서지 않았다.

"애다야. 괜찮아?"

"뭐가?"

"아니……"

"풉. 너희 집에서 나 반대해? 잘사는 집 딸이 아니라서?"

지후는 손사래를 치며 고개를 흔들어댔다. 그런 말도 안 되는 소리가 어디 있단 말인가.

"아니. 절대 아니야."

"그럼, 드라마나 영화에서처럼 정해진 약혼녀라도 있어?"

"내가 그딴 걸 할 거 같아?"

"그럼 뭐가 문젠데?"

"어…… 그러네. 아무 문제 될 게 없네."

지후도 왜 이때까지 애다에게 그걸 말 안 했는지 자신이 한심하게 느껴졌다. 정말 그녀의 말대로 아무 문제 될 게 없는데 왜 미리 말하지 않은 건지 모르겠다. 바보 안지후.

"우와! 나 땡잡았네. 부잣집 자제분을 남자친구로 두고."

애다의 기분 좋은 목소리에 지후 또한 덩달아 기분이 좋아졌다. 알고 있다. 애다는 자신의 배경이 아닌 오로지 안지후라는 남자만 좋아한다는 것을. 그래서 이런 애다가 좋았다. 아니, 상관없다. 자신의 배경을 좋아하더라도 그것을 이용해 곁에 두고 싶은 여자가 애다이니, 그만큼 이 여자를 미치도록 사랑했다.

"어. 맞아. 너 땡잡은 거야. 잘생겼지. 키 크지. 돈 많지. 성격 좋지. 이런 남자가 세상에 어디 있어? 완전 제대로 된 명품이네."

"그러네."

"무엇보다 이런 남자가 너만 보잖아."

애다는 지후의 진심 어린 말투와 눈빛에 괜히 가슴이 설레고 두근거렸다. 지후는 애다의 손을 꽉 쥐었다.

"그러니까 절대로 내 손 놓지 말고 꽉 잡고 있어. 알았지?"

"응."

애다의 대답이 만족스러웠는지 지후는 웃으며 그녀의 머리를 쓰다듬어 줬다.

'정말 그래야 해. 내 손 놓으면 안 돼. 애다야.'

"예쁘다. 선애다."

"……."

"네가 내 곁에 있어서 정말 행복해."

"고마워, 지후야."

"난 다른 대답 듣고 싶은데."

"응?"

"사랑해, 애다야."

지후가 듣고 싶은 말이 무엇인지 알아챈 애다는 심하게 두근거리는 제 가슴을 진정시키고자 애를 썼다. 지후의 사랑 고백은 항상 가슴을 떨리게 했다.

　"사랑한다고."

　"어. 고마……."

　"그 대답 말고."

　지후의 눈빛이 너무나 진지했다. 장난기 어린 표정은 사라지고 오로지 사랑을 하고 있는 남자의 얼굴이 그에게서 보였다.

　"사랑해. 안지후가 선애다를 미친 듯이 사랑한다고."

　"나, 나도……."

　지후는 간절한 눈빛으로 애다의 말을 기다렸다. 애다는 지후의 눈빛을 외면할 수가 없었다. 정말로 지후의 눈빛은 그녀의 대답을 원했기 때문에…….

　"나도…… 사랑해. 지후야."

　지후는 애다의 대답을 듣자마자 그대로 그녀의 입술에 자신의 입술을 포개며 키스를 나누었다. 그녀의 부드러운 혀를 감아올리며 마치 사탕을 빨듯이 키스를 했다. 한참 키스를 나눈 후 입술을 살며시 뗀 지후는 애다를 보며 웃었다.

　"고마워. 대답해 줘서."

　지후는 비록 애다 스스로가 아닌 자신이 원해서 사랑한다는 대답을 들었지만, 심장이 너무나 떨려와 정말 세상을 다 얻은 것처럼 하늘을 나는 기분이었다.

　'언젠가는 애다도 수시로 내게 고백하는 날이 올 거야…….'

　지후는 사랑스러운 애다가 자신 곁에 있다는 것에 대해 모든 신에게 감사하고 또 감사했다.

'감사합니다. 애다를 제게 보내주셔서…….'

지후는 애다를 자신의 품에 꼭 감싸 안았다. 지후와 애다의 얼굴에는 행복한 미소가 머물렀다.

얽혀 버린 시선

    서울시가 주최하는 글로벌 패션 S/S 컬렉션의 화려한 막이 올랐다. 뉴욕, 파리, 런던, 밀라노에 이은 5대 패션위크로의 도약을 위하여 매 시즌 전략적인 비즈니스를 진행하고 있는 서울 패션위크가 시작된 것이다.

    SEOUL COLLECTION, GENERATION NEXT(1년 이상에서 5년 미만의 디자이너를 대상으로 진행되는 컬렉션), SEOUL FASHION FAIR(국내 대표 패션업체가 참가하는 전시회) 이렇게 세 가지 프로그램으로 진행되는 서울 패션위크는 대한민국 최상 디자이너들의 비즈니스 행사이자 정상급 디자이너 패션쇼로 자리매김하고 있는 국내 최대의 컬렉션이었다.

    그 SEOUL COLLECTION의 무대에, 지후가 선다.

    성대하게 열렸던 패션위크의 마지막 날 토요일, 애다는 디자이너 헤이니 정의 작품을 보기 위해 지후가 준 초청장을 들고 행사장에 들어섰다. 애다는 지후가 사준 검은색 시스루 원피스를 입고 긴 머리는 위로 틀어 올려 가늘고 흰 목덜미를 드러냈다. 많은 연예인과 유명 인사들이 초청된 가운데에도 불구하고 애다의 모습은 그들 못지않게 세련되고 감각적이었다.

"애다야."

"수현 오빠."

수현은 지후의 명령(?)으로 애다가 잘 도착했는지 확인하러 나왔다. 수현은 평소와 다른 애다의 모습에 감탄 어린 눈빛을 하며 입을 다물지 못했다.

"이야. 진짜 예쁘네. 지후 긴장 좀 해야겠는데?"

"왜 그래요. 쑥스럽게."

"혹시 들어올 때 스태프들이 연예인인 줄 알고 포토존으로 가라고 하지 않았어?"

"글쎄요. 제가 그 정도는 아닌 것 같은데?"

"무슨 소리야. 너도 엄연히 광고 찍은 모델이다! 그것도 베일에 숨겨진 모델."

"에이 뭐예요. 진짜."

애다는 수현이 자꾸 띄워주자 민망해서 어쩔 줄을 몰랐다.

입에 사탕을 물었나? 왜 저렇게 사람 녹이는 말만 해대는지. 부끄러워 얼굴을 들지 못하겠다.

"조심해. 예리한 눈빛을 가진 기자들이 언제 들이댈지 몰라."

"이젠 시간이 지나 그 광고 많이 나오지도 않는데요, 뭘. 사람들 다 잊었을 거예요."

"그런가? 아무튼, 오늘 진짜 예쁘다."

수현은 애다를 데리고 행사가 진행되는 패션쇼장에 들어갔다.

패션쇼장에는 가운데 우뚝 솟아 있는 런웨이 무대를 중심으로 화려한 조명이 빛나고 있었다. 또한 쇼가 시작되기 전이라 잔잔한 음악이 흘러나오고 있었으며, 여태까지의 헤이니 정 패션쇼 무대가 빔 영사기를 통해 보이고 있었다.

애다는 이번 패션쇼장이 처음은 아니었다. 현민과 사귀었을 때 몇 번 오긴 했지만, 이번만큼은 오로지 지후를 보기 위해서인지 설레는 마음으로 주변을 둘러보았다.

"애다야, 이 자리야. 여기 앉아 있으면 지후가 너 쉽게 알아볼 수 있을 거야."

"고마워요, 오빠. 그런데 지후는 지금 바빠요?"

"응. 이십 분 전에 리허설 끝내고 지금 백 스테이지에서 정신없이 준비하고 있어."

"지후한테 잘하라고, 힘내라고 전해주세요."

"응. 잠시만."

수현은 자신의 휴대폰을 꺼내 애다의 모습을 찍어 저장시켰다. 그 모습에 애다는 고개를 갸웃거리며 물었다.

"지금 뭐하는 거예요?"

"백 마디의 말보다 너의 지금 이 모습을 보면 지후가 진짜 잘할 것 같아서."

"정말 못 말려."

"지후가 언제 나올지 알려주고 싶은데 그럼 재미없을 것 같아. 두 눈 크게 뜨고 지후 잘 찾아봐."

"네."

"그럼 나, 가볼게. 이따 보자."

"네. 오빠."

애다는 주변을 둘러보다가 조심스레 자리에 앉아 손가락에 있는 커플링을 매만졌다. 그리고 지후가 아무런 실수 없이 잘해내주기를 마음속으로 간절히 바랐다.

"준비 다 했어?"

"응."

수현은 준비를 다 끝내고 대기하고 있는 지후를 바라봤다. 지후는 약간 웨이브 진 펌 머리에 화이트와 밝은 그레이가 조합된 셔츠, 블랙 재킷을 걸치고 발목까지 오는 팬츠를 입고 있었다. 블랙 재킷을 입어서 그런지 지후의 뽀얀 피부가 더 돋보였다.

"완전 미소년으로 만들어놨네."

"그러게. 봄에 나타난 멋진 왕자님 같지 않아?"

"풉. 왕자는 무슨."

"왜 그래, 또. 애다 왔어?"

"옜다. 너의 공주님."

지후는 수현이 건네는 휴대폰 화면 속 애다의 모습을 보고 놀란 눈을 하며 물었다.

"애다 이러고 왔어?"

"어."

"얘 미친 거 아냐?"

지후의 뜬금없는 욕지거리에 수현은 한심하단 듯이 고개를 절레절레 흔들었다.

'또 시작이군.'

"왜 불안해?"

"이씨. 이렇게 예쁘게 해가지고 오면 어떡해."

"그렇게 불안하면 무대에서 '저 여자는 내 여자다' 하고 폭탄선언하든지."

"맘 같아서는 정말 그러고 싶다. 형. 얼른 그 사진 나한테 전송하고 지워."

"뭐?"

"형이 애다 사진 갖고 있을 이유 없잖아."

"참. 너 정말 심하다는 생각 안 들어?"

"전혀."

수현은 지후를 한번 흘겨본 후, 그의 휴대폰에 사진을 전송시켰다. 정말 갈수록 병이 심각해지는 지후다.

"백 스테이지는 정신이 하나도 없구나. 밖에 있는 사람들은 모를 거야. 무대 뒤의 모습은 아수라장이라는 걸."

수현은 제 앞으로 정신없이 왔다 갔다 하는 모델들과 스태프들을 보며 혀를 내둘렀다.

"다 그렇지 뭐."

"시작 삼 분 전입니다! 준비하세요!"

스태프의 말에 지후가 일어서며 자신의 위치로 걸음을 옮겼다.

"잘하고 와. 난 여기서 너 다음 의상 준비해 놓을게."

"알았어. 파이팅!"

지후는 수현에게 장난기 있는 웃음을 보이며 돌아섰다. 오랜만에 갖는 패션쇼라 그런지 긴장이 앞섰다. 그리고 무엇보다 애다가 와 있다는 생각에 떨리는 마음은 쉽게 가라앉지 않았다. 지후는 옷매무새를 다듬고 제자리에 섰다. 그리고 두리번거리다 제 앞에 서 있는 채은의 모습을 보았다. 채은은 몸매의 선이 그대로 드러난 직선 실루엣의 롱 드레스를 입고 있었다. 지후는 조금 불안해져 그녀의 어깨를 툭 건드렸다.

"누나."

채은이 고개를 돌렸다. 지후의 시선이 그녀의 발아래에 가 있다.

"발 조심해요. 무대에 많이 서봐서 걱정은 안 하지만…… 그래도 조심해요. 다른 생각은 하지 말고."

"그래. 지후 너도 잘해."

이젠 서로의 마음이 정말 편해졌는지, 동료로서 서로의 무대에 응원을 해주고 있었다. 지후와 채은이 서로 마주 보고 웃을 때 현민이 뒤에서 지후를 불렀다.

"안지후, 잘해라. 너는 강심장이니까 잘할 거라 믿어."

"저보다 형이 더 잘해야죠. 메인 모델인데."

현민은 지후에게 웃음을 보여주며 채은을 돌아봤다. 서로 마주 보는 눈이 어색하지만 현민은 애써 그 마음을 지우고 그녀에게 옅은 미소를 보여줬다.

"임채은. 너도 잘해."

"……네. 선배님."

그들은 그렇게 어색함을 뒤로하고 마음에서 맴도는 긴장감 속에 시작 신호를 기다렸다. 아무쪼록 지나간 감정 따위는 잊어버리고 무사히 쇼가 잘 끝나기를 바랐다.

행사장에 불이 꺼지면서 런웨이 무대에만 조명이 집중됐다. 음악이 흘러나오면서 첫 모델이 등장했다. 애다는 보고 있던 팸플릿을 무릎에 내려놓고 지후가 나오기만을 기다리며 무대에 시선을 두었다. 옷의 색깔과 분위기에 맞게 조명이 변화되면서 음악과 어우러져 마치 런웨이 공간만 딴 세상 같았다. 그 위를 걷는 모델들은 신비함을 내뿜으며 마치 근접할 수도 없는, 사람이 아닌 하나의 신처럼 느껴졌다.

애다는 여자 모델이 나올 때는 옷에 시선을 두었고 남자 모델들이 나올 때는 얼굴을 확인한 후에 옷을 바라보았다. 네다섯 명이 지났을까…… 드디어 기다리던 지후가 보였다. 지후는 무표정한 얼굴에 자신감 있는 걸음으로 런웨이를 걸었다.

지후의 워킹을 처음 본 애다는 미소를 지으며 그에게서 시선을 떼지 않았다. 항상 개구쟁이처럼 잘 웃고 애교 많던 지후의 런웨이 위의 모습은 올림포스의 열두 신 가운데 가장 어리고 또 가장 세련된 외관을 갖추었으며, 화려한 샌들을 신고 날렵한 몸매를 자랑한 헤르메스의 모습을 연상시켰다.

애다는 지후가 무대 끝에서 잠시 포즈를 취하고 턴을 돌 때 자신을 보고 희미한 미소를 보여준 모습을 보며 슬쩍 입꼬리를 올렸다. 지후가 들어가자 다시 무릎에 두었던 팸플릿을 들었다. 그가 다시 옷을 갈아입고 나오려면 좀 시간이 걸릴 것이다.

애다가 팸플릿에 시선을 두고 있을 때 현민이 무대에 들어섰다. 세계적인 모델이 무대에 들어서자 여기저기서 카메라 플래시가 터졌다. 현민이 포즈를 취하고 턴을 돌자 그제야 애다가 고개를 천천히 들었다. 애다는 무대 뒤로 걸어가는 현민의 뒷모습을 슬쩍 바라본 후, 다시 걸어 나오는 모델에게 시선을 옮겼다. 그리고 지후가 나온 모습을 단 한 번도 빠짐없이 눈에 담았다.

어느새 쇼는 막바지에 다다랐고 메인 모델인 현민이 끝을 장식하기 위해 걸어 나왔다. 현민이 무대 끝으로 다가와 서 있을 때 애다의 시선이 자연스레 그쪽으로 향했다. 그 순간, 그녀의 표정이 서서히 굳어지더니 놀란 눈이 동그랗게 커졌다.

'왜, 왜 여기에 현민 오빠가 있는 거야? 지후가 서는 무대에 현민 오빠도 서는 거였어?'

애다는 멍한 얼굴로 무대에 시선을 두었다. 몸이 천천히 떨려와 손가락 하나 까딱할 힘이 없었다. 다 잊었다고 생각했다. 아무렇지 않을 거라 생각했다. 그런데 자신의 눈앞에 그토록 사랑했던 현민이 나타난 거다.

조명의 색이 변화되면서 사람들의 갈채와 박수 소리가 들려왔다. 헤이니 정은 현민의 손을 잡고 무대를 걸어 나오며 관객들에게 밝은 얼굴로 인사했다. 그녀 뒤로 모델들이 박수를 치며 나란히 걸어 나왔다. 하지만 애다에게는 그 많은 박수 소리는 들리지 않았다. 너무 놀라고 믿을 수가 없어서 오로지 그녀의 시선은 맨 앞에 서 있는 현민에게 향했다.

현민은 주변을 둘러보며 인사를 했다. 그러다 자신을 빤히 바라보는 시선에 고개를 돌려 그 시선과 마주쳤다. ……애다다. 그토록 보고 싶었던 그녀. 애다였다. 애다를 본 현민의 심장은 급속도로 뛰기 시작했고, 둘은 시간이 멈춘 듯이 그렇게 서로를 바라보았다.

지후는 마지막 무대를 장식하며 애다를 바라보았다. 그런데 그녀가 이상했다. 애다는 한곳을 주시하고 있었다. 그 시선을 따라 천천히 고개를 돌렸다. 현민이다. 애다가 자신이 아닌 현민을 바라보고 있었다. 현민을 보니 그 또한 애다를 떨리는 눈빛으로 바라보고 있었다. 지후는 심장이 추락하는 느낌을 받았다.

'뭐야. 왜 애다가 내가 아닌 송현민을 보고 있는 거지? 왜…… 현민 선배는 그런 눈빛으로 애다를 바라보고 있는 거야. 이 기분 나쁜 감정은 뭐야. 왜 이렇게 불안한 마음이 드는 건데?'

애다와 현민을 번갈아 보는 지후의 두 눈동자는 불안하게 흔들리기 시작했다.

'선애다. 고개 돌려. 고개 돌리고 날 봐. 내가 네 눈앞에 있는데 넌 왜 그런 떨리는 눈동자로 그를 보고 있는 건데. 선애다. 애다야. 고개 좀 돌려, 제발. 날 좀 보라고!'

지후는 당장에라도 무대 아래로 내려가 현민이 애다를 보지 못하도록 아무도 볼 수 없는 곳으로 숨겨 버리고 싶은 심정이었다. 지후는 손에 힘줄이 나타나도록 두 주먹을 불끈 쥐었다.

하지만 그것도 잠시. 지후의 주먹 쥔 손은 심히 떨려왔다. 지후의 불안한 모습을 뒤에서 채은이 안타까운 눈으로 바라봤다. 채은은 애다를 보고 있는 현민을, 현민을 보고 있는 애다를, 그리고 그런 애다를 보고 있는 지후를…… 천천히 시선을 바꿔가며 바라보았다. 그렇게 한동안 박수 소리가 끝날 때까지 단 한 발자국도 움직이지 못하고 네 사람의 시선이 얽혀 있었다.

쇼를 마친 모델들이 백 스테이지로 들어선 후 의상을 갈아입기 시작했다. 지후는 아무 생각 없이 동료들을 따라 무대 뒤로 내려와 의자에 털썩 주저앉았다. 마치 꿈을 꾸면서 환상을 본 것 같다. 애다가 바라본 사람은 현민이 아닐 것이다. 그래, 분명 헛것을 본 게 맞을 거다. 오랜만에 무대에 서서 긴장이 되어 잘못 본 게 맞을 것이다. 애다도 그 많은 모델들 사이에서 자신의 모습을 찾으려고 했던 거다. 확실했다. 그렇게 믿고 싶었다.

'애다가 그럴 일이 없다. 애다. 그래…… 애다…… 애다!'

지후는 애다 생각에 곧 정신을 차리고 자리에서 벌떡 일어나 창백해진 얼굴로 천천히 걸음을 옮겼다. 그 모습을 막 백 스테이지에 들어선 수현이 바라봤다.

"지후야. 너 어디 가?"

수현이 지후의 얼굴 표정을 보며 그의 어깨를 잡아 돌려세웠다. 지후는 영혼이 몸에서 빠져나간 사람처럼 힘없이 중얼거렸다.

"애다…… 애다한테 가야 해."

"가긴 지금 어딜 가? 얼른 옷 갈아입어."

"형. 나 애다한테 가야 해. 애다한테……."

수현은 지후의 불안해하는 행동을 보고 무슨 일이 일어났을 거란 예감이 들었다. 지후의 이런 넋 나간 모습을 처음 봐서 당혹스러울 뿐이었다.

"너 지금 상태 안 좋아 보여. 내가 애다 데리고 올 테니까 빨리 의상 갈아입어."

"……."

"안지후!"

아무런 대답이 없는 지후를 보며 수현은 그의 손에 옷을 쥐여주고 걱정 어린 표정을 지었다. 이런 상태로 있다간 무슨 일이 일어날 것 같다. 이 상황을 해결할 수 있는 사람은 애다뿐이라는 생각에 수현은 지후를 안심시키는 말을 꺼냈다.

"지후야. 정신 차려. 무슨 일인지 모르겠지만, 애다 꼭 데리고 올게. 아무 일 없을 거야. 그러니까 꼼짝 말고 여기서 기다려."

수현은 지후를 의자에 앉혀놓고 애다를 찾기 위해 백 스테이지를 나갔다. 지후는 자신의 손에 들린 옷을 내려다보더니 자리에서 일어나 입고 있던 재킷을 벗고 떨리는 손으로 셔츠의 단추를 풀었다. 자꾸만 손이 떨려서 단추를 푸는 손이 헛나간다. 제기랄.

"헉헉. 하아."

급하게 패션쇼장으로 뛰어 들어온 수현은 애다가 앉아 있던 곳을 둘러보았다. 어디에도 그녀의 모습이 보이지 않았다. 수현은 가쁜 숨을 몰아쉬며 행사장 밖으로 뛰어갔다. 층마다 건물의 복도를 돌며 찾아봐도 애다의 모습은 흔적조차 보이지 않았다.

"대체 어디를 간 거야. 애다야. 어디 있니? 지후 걱정하잖아."

수현은 휴대폰을 꺼내 애다에게 전화를 걸었다. 휴대폰 너머로 그녀의 목소리가 들리기를 바랐건만 무심하게 신호만 갈 뿐 전화를 받지 않았다. 계속해서 음성사서함으로 넘어가는 소리에 수현은 한숨을 내쉬며 머리를 헝클어뜨렸다. 마치 12시 종이 울리고 신데렐라가 사라졌듯이 애다도 그렇게 사라져 버렸다. 신데렐라의 구두도 남겨두지 않은 채…….

도대체 무슨 일이 일어난 건지 모르겠다. 무슨 일이기에 지후가 그런 불안한 표정을 짓고 있는 건지. 왜 애다는 흔적도 없이 사라져 버린 건지, 도통 알 수가 없었다. 수현은 난생처음 본 무대 뒤 지후의 얼굴이 떠오르자 가슴이 답답해졌다. 애다를 찾아 데리고 가야 하는데 어떻게 해야 할지를 모르겠다.

수현은 힘 빠진 걸음으로 천천히 지후가 있는 곳으로 걸음을 돌렸다. 지후는 옷을 다 갈아입고 엄마를 기다리는 아이처럼 고개를 숙이며 입을 굳게 다문 채 얌전히 의자에 앉아 있다. 하지만 그의 눈에는 여전히 생기가 없었다.

지후는 수현의 신발이 시야에 보이자, 천천히 고개를 들었다. 수현의 뒤를 슬쩍 돌아봤지만, 그렇게 기다리고 기다리던 그녀의 모습은 보이지 않았다.

"……애다는?"

지후는 예상이라도 한 듯이 무미건조한 말투로 물었다. 하지만 감정이 깃들지 않은 목소리와는 달리 표정이 너무 불안해 보여 수현은 뭐라고 대답을 해야 할지를 몰랐다.

"애다는…… 어디 있어?"

"없어."

지후는 의자에서 일어나 수현을 빤히 쳐다봤다. 수현이 애다를 찾아 데리고 오리라고 믿었다.

'제발 거짓말이라고 해. 아니면 나 놀래주려고 장난치는 거라고 해. 제발.'

"지후야. 다 찾아봤는데도 없어."

지후는 자신의 휴대폰을 꺼내 애다에게 전화를 걸었다. 그 모습에 수현이 한숨을 내쉬며 침착한 어조로 말을 건넸다.

"전화도 안 받아."

지후는 수현의 말이 들리지 않는지 애다에게 몇 번이고 계속해서 전화를 걸었다. 그의 불안 증세가 더 심해지는 것 같다.

"지후야. 애다 집에 갔을 거야. 급한 일이 있어서 너한테 말도 못하고 집에 갔을 거야. 그러니까……."

"송현민."

수현은 지후의 입에서 나온 낯익은 이름에 말을 멈추었다. 지후는 손에 쥐고 있는 휴대폰이 망가질 정도로 강하게 힘을 주고 있었다. 그 모습에 수현의 인상이 찌푸려졌다.

"송현민. 현민 선배 어디 있어?"

"지후야. 갑자기 그게 무슨 말이야? 송현민을 왜 찾아?"

지후는 갑자기 무슨 생각인지 수현을 밀치고 백 스테이지 안을 돌아다녔다. 지후의 행동에 수현이 놀라며 그의 뒤를 따라갔다.

정신없이 현민을 찾아 헤매는 지후를 보며 수현은 이해할 수 없다는 표정으로 뒤에서 그의 이름을 재차 불러댔다.

"지후야. 너 왜 이래?"

지후는 의상을 갈아입고 있는 동료들을 돌려세우며 현민의 모습을 찾았다. 찬영은 막 의상을 갈아입고 옷매무새를 다듬는 중에 지후와 마주쳤다.

"어? 지후야! 옷 다 갈아입었네? 야. 오늘 너 완전 멋지……."

"송현민 어디 있어?"

"응?"

찬영은 평소와는 다른 지후의 모습에 당혹스러워하며 바로 말을 잇지 못했다. 그의 눈빛이 너무나 차갑고 서늘했다.

"현민 선배 못 봤어?"

"혀, 현민 선배? 글쎄…… 그러고 보니 아까부터 안 보이네. 인터뷰하나? 왜. 무슨 일로 그러는 건데? 지후야, 너 왜 그래?"

지후는 찬영의 걱정 어린 말을 무시하고 백 스테이지 밖으로 나가 주변을 둘러보았다. 많은 기자가 몰려 있는 것을 확인한 후 그곳으로 걸음을 옮겼다. 하지만 거기에는 헤이니 정이 웃는 모습으로 기자들과 인터뷰를 하고 있을 뿐 그 어디에도 현민의 모습은 보이지 않았다.

"지후야. 그만해. 너 대체 왜 이래?"

수현이 답답한 나머지 지후의 어깨를 잡고 돌려세웠다. 지금 지후는 제정신이 아니었다. 애다를 찾다가 왜 갑자기 현민을 찾아 헤매는지 알 수 없었다.

"형. 애다 더 찾아봐."

"뭐?"

"더 찾아보라고!"

"……지후야."

수현은 지후의 성난 외침에 깜짝 놀라 입을 다물지 못했다. 단 한 번도 화가 나서 소리를 지른 적이 없는 그였다. 지후는 자신의 어깨에 올려진 수현의 손을 냉정하게 쳐 내며 빠르게 돌아섰다. 그런 그의 뒷모습을 보며 수현은 그저 답답한 한숨만 내쉬었다. 누가 속 시원하게 어떤 상황인지 이야기라도 해주었으면 좋겠다.

채은은 기자들과 인터뷰를 하기 위해 대기하고 있는 중 지후의 모습을 발견했다. 지후가 수현에게 소리를 지르고 사라진 모습을 지켜본 그녀는 천천히 그 뒤를 따랐다.

현민은 멍하니 그 자리에 꼼짝도 않고 서 있던 애다의 손목을 잡고 비상계단을 통해 지하 쪽으로 내려갔다. 지하주차장 비상구 계단에 들어선 현민은 그제야 걸음을 멈추고 애다를 벽에 밀쳤다. 애다는 차가운 벽이 등에 닿자 미간을 찌푸렸다. 하지만 그것도 잠시, 자신의 볼을 따뜻하게 만지는 손길에 앞에 서 있는 남자의 얼굴을 바라봤다.

현민이다. 애다는 떨리는 손길로, 흔들리는 눈동자로, 자신을 만지며 바라보고 있는 그의 모습에 아무런 행동도 취할 수가 없었다. 누군가 자신에게 움직일 수 없는 마법을 걸어놓은 것처럼 전혀 움직일 수가 없었다. 그저 움직일 수 있는 건 현민을 바라보고 있는 눈동자뿐이었다.

"하. 맞네. 애다…… 맞네."

"……."

"사랑하는…… 애다가 내 눈앞에 있네."

현민은 자신의 눈에서 눈물이 흐르는 것도 알아채지 못하고 그저 앞에 있는 애다를 소중한 보물 다루듯이 조심히 어루만지고 있었다.

"보고 싶었어. 애다야."

"……."

"너무 보고 싶어서, 너무 그리워서, 정말이지 죽는 줄 알았어."

"……."

"고마워. 내 앞에 이렇게 나타나 줘서 너무너무 고마워."

애다는 아무 말을 하지 않은 채 현민의 눈물만 바라보고 있었다. 현민은 주먹을 꽉 쥐고 있는 애다의 손을 살며시 잡으며, 천천히 그녀 앞에 무릎을 꿇었다.

"지, 지금 뭐하는 거야."

"애다야. 잘못 했어."

"……오빠."

"미안해. 너무 늦은 거 아는데…… 염치없지만 나 한 번만 용서해 줘."

"……."

"잘못했어. 잘못했어. 애다야. 흑. 흑."

애다는 무릎을 꿇고 있는 현민 앞에 천천히 앉았다. 이렇게 우는 현민의 모습은 처음이었다. 그를 보고 놀란 마음이 쉽게 진정되지를 않았다. 그가 울고 있었다. 그토록 사랑했던 남자가 제 앞에서 울고 있었다. 항상 반짝반짝 빛나던 남자가…… 태양이었던 그가…… 이 년 만에 나타나 잘못했다며 무릎 꿇고 빌면서 한 번만 용서해 달라고…… 그렇게 좋아했던 그 눈에서 눈물을 흘리며 울고 있었다.

애다는 현민을 보며 마음이 아팠다. 그를 떠나보내고 단 한 번도 원망해 본 적이 없었다. 아픈 고통을 안겨줬던 이 년 전의 그날도 충격을 받고 배신에 몸서리쳤지만 원망을 해본 적이 없다. 그래서 찾지도 않고 붙잡지도 않았다. 그렇다고 그를 기다린 건 아니었다. 그가 원하던 꿈을 알았기에…… 그 꿈을 이루기 위해서 언젠가는 곁을 떠날지도 모른다고 생각했기에, 그만큼 그를 사랑했기 때문에 원망을 해본 적이 단 한 번도 없었다.

"애다야. 나 한 번만 봐줘. 제발…… 나 한 번만 봐주라."

애다는 하염없이 눈물을 흘리며 울고 있는 현민을 보며 맘속에 담아두었던 말을 꺼냈다.

"일어나. 이제 와서 이게 다 무슨 소용이야. 그만 일어나. 이런 모습 오빠한테 안 어울려. 항상 당당하고 자신감 넘치던 모습은 어디 갔어…… 다리 아프겠다. 일어나, 오빠."

현민은 생각지도 못한 애다의 따뜻한 말에 그대로 그녀를 당겨 품에 안았다.

"네 옆에 있을게. 다시는 네 곁을 떠나지 않을게. 그러니까…… 나 좀 봐주라."

애다는 현민에게서 천천히 벗어나 자리에서 일어났다. 아직까지도 손목을 잡고 있는 현민의 손을 떨쳐 내자 힘없이 그의 손이 아래로 내려갔다. 애다는 차디찬 바닥에 앉아 있는 현민을 뒤로 하고 천천히 계단 아래로 내려갔다. 도대체 무슨 일이 일어난 건지 알 수 없었다. 아무것도 떠오르지 않았다. 이곳에 왜 온 건지, 무엇 때문에 이 자리에 와 있는 건지. 아무 생각이 나질 않는다. 심지어 누굴 만나러 온 건지조차도 모르겠다. 머릿속은 온통 백지상태가 되어버렸다.

'엄마…… 보고 싶다. 엄마가 좀 가르쳐 줘.'

지후는 가쁜 숨을 몰아쉬며 지하 주차장까지 내려왔다. 애다가 여기 있을 리 만무하지만, 어느 곳에서도 그녀의 모습은 보이지 않았다. 애다뿐만 아니라 현민조차도 찾을 수가 없었다.

"헉. 헉. 애다야, 어디 있는 거야."

지후는 벽에 몸을 기대며 가쁜 숨을 진정시켰다. 수현 형 말대로 집에 돌아간 거였으면 좋겠다. 애다와 현민을 연관 지어 생각한 건 자신의 착각이길 바랐다. 착각이나 오해였다면 정말 좋겠는데, 그랬으면 좋겠는데…….

지후가 지친 기색으로 천천히 몸을 돌려 주차장과 연결된 복도로 한 걸음 내디디려는 순간 뒤에서 들려오는 문소리에 걸음을 멈추었다.

지후는 문소리가 들린 반대편 비상계단 입구 쪽으로 고개를 돌렸다. 그의 눈이 커졌다. 그렇게 찾아 헤매던 애다가 보였다. 걱정했던 마음을 애써 진정시킨 지후의 입가에 안도의 미소가 떠올랐다.

"애……."

쾅.

지후는 애다를 부르려 입을 뗀 찰나 다시 문이 열리고 닫히는 소리에 시선을 옮겼다. 애다가 나왔던 그 문에서 현민이 나오는 게 보였다.

'왜? 거기서 애다랑 현민 선배가 같이 나오는 거지? 설마…….'

지후는 애다가 밖으로 뛰어나간 모습을 멍하니 바라만 봤다. 그녀 뒤로 현민의 차가 빠져나가는 걸 보고 그제야 지후도 제 차를 찾았다. 지후는 차 문 앞에서 이리저리 옷을 더듬었다.

"젠장!"

지후는 차 키가 없는 걸 확인하고는 몸을 돌렸다. 애다가 나간 곳으로 쫓아가려는 순간, 그의 발걸음을 붙잡는 목소리가 뒤에서 들려왔다.

"둘이 연인 사이야."

지후는 말도 안 되는 소리를 지껄이는 그녀를 돌아봤다. 채은이 안타까운 표정으로 보고 있었다. 지후는 잘못 들었을 거라 생각하며 그녀에게 다시 물었다.

"뭐라고?"

"둘이 연인 사이라고."

채은은 지후를 뒤따라와 그들의 모습을 지켜봤다. 이제는 지후도 모든 것을 알아야 할 때였다. 이게 숨긴다고 되는 일은 아니었다. 그 타이밍이 하필이면 오늘 이 자리였던 것뿐이었다.

지후는 어이가 없어 차가운 표정으로 그녀를 노려봤다. 지금 어디서 그런 재수 없는 말을 꺼내는 건지. 지후의 두 손에 주먹이 불끈 쥐어졌다.

"방금 나한테 뭐라고 했어? 연인?"

"아. 정정할게. 연인 사이였어. 이 년 전에."

였어? 과거형으로 정정하는 채은을 보니 더 화가 치밀어 올랐다. 자신도 모르는 애다의 과거 이야기를 채은을 통해 듣고 있었다. 그것도 전혀 듣고 싶지 않은 이야기를 말이다.

"너도 알지? 현민 선배가 이 년 전에 사랑에 빠져서 자랑을 해 댔던 그 여자 말이야."

"……."

"그녀가 바로 지금 네가 만나고 있는 저 여자라고."

"하. 무슨 개수작이야. 임채은."

지후는 주체할 수 없는 분노가 치밀어 올랐다. 할 수만 있다면 채은의 입을 틀어막고 싶었다. 채은은 자신을 잡아먹을 듯한 지후의 눈빛을 외면하고 계속해서 말을 이었다.

"현민 선배랑 나. 프랑스에서 사귄 적 없어."

"지금 내가 너희 이야기 듣자고 여기 있는 줄 알아?"

지후의 서늘한 말투에 채은은 그와 시선을 마주치지 못하고 말을 이어나갔다.

"그 이유가 뭔지 알아? 현민 선배가 그동안 단 한 번도 마음속에서 떠나보낸 적 없는 그 여자 때문에. 재계약을 할 수 있음에도 포기하고 한국으로 날아온 이유! 바로 애다. 선애다 그녀 때문이라고! 아직도 내 말 무슨 뜻인지 모르겠어?"

"……."

"지후 넌! 그녀를 향한 현민 선배의 사랑이 얼마나 큰 줄 모를 거야. 아마 상상도 할 수 없을걸?"

"그 입 다물어."

"너만 그만두면 돼. 지후 너만 마음 정리하면……."

"그 입 닥치라고!"

지후의 분노 어린 외침에 채은은 말을 멈추었다. 지후의 화난 모습을 처음 본 채은은 제 몸이 조금씩 떨려오는 걸 느꼈다. 그 느낌을 들키기 싫어 떨리는 손가락을 오므리며 두 주먹을 힘주어 쥐었다.

"뭐? 누가 누굴 사랑해? 너희 뭐야. 송현민하고 임채은! 너희 둘 뭐냐고!"

"지후야……."

"너희가 이제 와서 애다와 내 앞에 나타나 도대체 뭘 하려고 하는 거야? 너희가 다시 사랑할 자격이나 있다고 생각해?"

"……."

"건들지 마. 애다 건들기만 해. 너희 둘. 내 손으로 죽여 버릴 거니까."

지후는 이를 악물며 무서운 눈빛으로 채은을 노려본 후, 애다가 나간 주차장 밖으로 뛰어나갔다. 채은은 지후의 차가운 목소리와 자신을 향한 마지막 눈빛에, 두려움에 떨며 그 자리에 주저앉고 말았다.

'하…… 안지후, 널 어쩌면 좋니. 지후야, 제발…… 여기서 멈춰. 제발…… 흑. 흑. 흡.'

채은은 떨리는 입술을 깨물며 흘러내리는 눈물을 삼켰다. 결국, 그들 사이에서 상처받는 사람은 지후가 될 것이다. 지후가 상처받는 모습은 두 번 다시 보고 싶지 않았다. 그 생각에 채은의 눈에서는 눈물이 계속해서 흘러내렸다. 그가 그토록 애다를 사랑하는지 몰랐다.

'지후야…….'

지후는 빠르게 달려 나온 건물 밖에서 여기저기 고개를 돌리며 애다의 모습을 찾았다. 숨을 몰아쉬며 휴대폰을 꺼내 떨리는 손으로 그녀에게 전화를 걸었다.

'받아. 애다야…… 제발 전화 받아. 전화 좀 받아. 제발…….'

"선애다! 전화 좀 받으라고!"

수현은 도로에 서서 소리를 지르며 전화를 거는 지후의 모습

을 바라봤다. 정말 제정신이 아닌 것 같다. 수현은 지후에게 다
가가 그를 진정시키려 애를 썼다.

"지후야. 애다 집에 있을 거야. 그러니까……."

"차 키."

"지후야."

"내 차 키 달라고!"

수현이 옷에서 차 키를 꺼내 들자 지후는 잽싸게 키를 빼앗아
다시 주차장 쪽으로 달려갔다.

"지후야!"

수현은 안타까운 눈빛으로 달려가는 지후의 뒷모습을 체념한
듯 바라보기만 할 뿐이었다. 제발 저 미친 듯이 날뛰는 지후의
마음을 애다가 제대로 좀 잡아주었으면 좋겠다.

쾅쾅쾅. 쾅쾅쾅.

"애다야! 선애다!"

쾅쾅쾅. 쾅쾅쾅.

"애다야! 애다야! 애다…… 야. 애다……."

지후는 애다의 집 문을 두드리던 손길을 천천히 내려 그대로
문에 기댄 채 주르륵 미끄러져 주저앉았다. 애다에게 전화를 걸
었다. 이제는 신호도 가지 않고 전화기가 꺼져 있다는 소리만 들
려올 뿐이었다.

'애다야…… 어딜 간 거야. 걱정되잖아. 제발 돌아와. 돌아오
기만 해. 제발…… 돌아와…….'

지후는 어느새 어둑어둑해진 밤하늘을 바라보며 눈물만 글썽
인 채 그렇게 언제 올지 모를 애다를 하염없이 기다렸다.

＊

애다는 행사장에서 달려 나와 택시에 올랐다. 택시비가 얼마나 많이 나올지 모르겠지만 애다는 그런 생각조차 하지 않은 채 무조건 대전으로 향했다. 엄마가 보고 싶었다. 복잡한 마음을 해결해 줄 엄마가 필요했다. 애다는 그대로 창문에 기대어 두 눈을 감았다. 눈을 뜨면 모든 게 꿈이었던 것처럼 다시 원래대로 돌아왔으면 좋겠다.

현민은 애다가 택시를 타고 가는 모습을 보고 그 뒤를 따라 차를 몰았다. 택시는 서울 톨게이트를 빠져나가 고속도로로 들어섰다. 현민은 의아한 표정을 지으며 택시를 놓칠세라 긴장을 하고 핸들을 쥔 손에 힘을 주었다.

'어딜 가는 거야…… 애다야.'

얼마나 달렸을까. 택시가 대전의 한 국립병원에 도착하자 현민도 차를 세웠다. 택시에서 애다가 내리는 모습을 본 현민은 재빨리 차에서 내려 그녀의 뒤를 따라갔다.

애다가 병실 문을 열고 들어가자, 엄마를 간호해 주시는 간병인인 박씨 아주머니가 뒤를 돌아봤다.

"애다 왔니?"

"네."

"그런데 얼굴이 왜 그래? 무슨 일 있어?"

"아니요. 아줌마 이만 들어가세요. 수고하셨어요."

"그래. 그럼 내일 올게."

"네."

박씨가 병실 문을 열고 나가자, 애다는 여전히 잠을 자듯이 누워 있는 엄마 곁으로 다가가 보호자용 의자에 앉았다. 그러고는 엄마의 손을 잡고 엎드려 눈을 감았다.

현민은 애다가 들어간 병실 문 앞에 서서 입원한 환자 이름을 확인했다. 이혜숙.

"하……."

애다의 어머니 이름이다. 그 이름을 확인한 순간 현민의 눈동자는 불안하게 흔들리기 시작했다. 왜 애다의 어머니가 연고지도 없는 이 대전에 있는 건지. 대체 자신이 없는 동안 애다에게 무슨 일이 생긴 건지, 많은 의문점이 생겨나기 시작했다.

현민은 손을 쥐었다 폈다 하며 떨리는 손길을 천천히 들어 올려 문손잡이를 잡았다. 그때 누군가 문을 열고 나오자 현민은 한 발 뒤로 물러서며 병실에서 나오는 아주머니를 바라봤다. 박씨는 현민의 얼굴을 슬쩍 한번 보더니 그대로 그를 스쳐 지나갔다.

"저기, 아주머니."

현민은 돌아서 가는 아주머니를 불렀다. 박씨는 뒤에서 들려오는 목소리에 걸음을 멈추고 현민을 돌아봤다.

오랜 시간이 지난 후.

엄마의 손을 잡고 침대에 몸을 기대고 엎드려 있던 애다의 눈꺼풀이 조금씩 움직였다. 애다는 연신 눈을 깜박거리며 이곳이 어디인지를 생각했다.

'나…… 잠이 든 건가?'

애다는 엎드렸던 몸을 일으키고 벽에 붙은 시계를 보며 시간을 확인했다. 5시 50분. 창문으로 고개를 돌렸다. 창문을 통해 병실 안으로 들어오는 새벽녘 빛에 정신을 차리고자 고개를 두어 번 흔들었다. 그러고는 엄마의 얼굴을 한번 매만진 후 조심히 입을 열었다.

"엄마. 그만 일어나. 일어나서 나한테 뭐라고 말 좀 해. 일어나서 나 좀 안아줘……"

애다는 엄마의 손을 만지작거리다 자신의 손가락에 있는 반지를 무심코 바라보았다. 아무런 생각 없이 반지를 매만지던 애다는 순간 멈칫거렸다.

"……지후. 지후!"

애다는 그제야 정신이 온전히 들었는지 자리에서 벌떡 일어났다. 왜 이제야 지후가 생각이 났는지 모르겠다. 애다는 두리번거리더니 핸드백을 들어 그 안에서 정신없이 휴대폰을 찾기 시작했다. 이리저리 핸드백 속을 뒤적거리던 애다는 휴대폰이 보이지 않자, 급기야 핸드백을 뒤집어 흔들어대며 바닥에 물건들을 쏟아냈다. 바닥에 널브러진 물건들 사이에 휴대폰은 꺼져 있었다. 전원을 켜보았지만, 배터리의 수명이 다 되었는지 1초 만에 다시 화면은 어두워졌다.

'하. 선애다. 어디다 정신을 팔아넘긴 거야. 지후가 걱정할 텐데…….'

애다는 지후를 생각도 못 한 채 행사장을 나온 자신의 어리석음에 한숨을 내쉬었다. 왜 이렇게 생각이 없는지 모르겠다. 지후 성격으로 잠을 자지도 못하고 걱정하고 있을 게 분명했다. 그런데도 정작 본인은 태연하게 이곳에 와서 잠이나 자고. 정말 뭐라 할 말이 없었다.

애다는 공중전화로라도 전화를 해야겠다 싶어 병실을 나섰다.

순간 병실 밖 복도 의자에 앉아 눈을 감고 있는 현민의 모습에 걸음을 멈췄다.

그는 멋지게 빛나던 어제와는 달리 많이 초췌해진 모습이었다. 현민은 인기척을 느끼고 감았던 눈을 떴다. 고개를 드니 자신을 내려다보고 있는 애다가 보였다.

"애다야……."

"어떻게 여기 있어?"

현민을 향하는 애다의 목소리는 어제와는 사뭇 달랐다. 애다의 입에서는 그 어느 때보다 더 차가운 음성이 흘러나왔고 그를 보는 눈빛에는 아무런 감정도 깃들어 있지 않았다.

"어제 네가 그렇게 나가고 걱정돼서 따라왔어."

현민의 힘없는 목소리에 애다는 깊은 한숨을 내쉬었다. 그의 초췌해진 얼굴을 보고 있노라니 냉정하게 굴지도 못하겠다. 하필이면 왜 엄마의 병실 앞인지. 그래서 더더욱 못하겠다.

"밤새 여기서 이러고 있었던 거야?"

현민은 의자에서 천천히 일어나 애다 앞에 선 후, 병실 문을 한번 바라보고 하고 싶은 이야기를 입 밖으로 간신히 꺼냈다.

"어머니…… 만나 뵙고 싶어."

"……."

"부탁이야."

"돌아가."

애다는 현민의 모습을 보고 싶지 않았다. 어떻게 엄마의 얼굴을 보고 싶다고 하는지, 정말 양심이라는 게 있기는 한 걸까?

"애다야."

"엄마, 지금 의식 없으셔. 오빠 만나도 아무런 의미가 없어."

"도대체…… 나 없는 동안 너한테 무슨 일이 일어난 거야."

현민은 지금 북받쳐 오르는 감정을 제어할 수가 없었다. 애다 혼자서 그동안 어떻게 버텼는지, 그 생각을 하면 마음이 아파져 자신이 원망스럽고 스스로가 너무 미웠다.

"나…… 얼마나 너한테 큰 죄를 지은 거지?"

"……."

"어떻게…… 어떻게 혼자서 감당했어?"

현민의 말에 애다의 눈에선 그동안 참았던 눈물이 흘러내렸다. 울음소리를 내지 않기 위해 입을 굳게 다물고 눈물이 더 이상 흘러내리지 않도록 두 눈에 힘을 주었다. 현민은 그런 애다의 모습에 천천히 다가가 그녀를 품에 안았다.

"미안해…… 미안해, 애다야. 너무너무 미안해……."

"흑…… 흡."

"미안해…… 혼자 둬서 미안해……."

"흑, 흡. 흑……."

그렇게 참으려고 했건만 이놈의 눈물은 끊임없이 흘렀다. 그동안 힘들고 아팠던 게 한꺼번에 쏟아지는 바람에 흐르는 눈물을 어떻게 할 방도가 없었다.

한참을 그렇게 현민의 품에서 울던 애다는 진정이 되었는지 자신을 안고 있는 그를 밀어냈다.

"들어가서 엄마 보고 나와."

"애다야."

"그래도 엄마한테는 오빠가 아들이잖아."

애다는 현민에게서 몸을 돌려 복도 의자에 앉았다. 현민은 얼굴에 손을 갖다 댄 후 마른세수를 했다. 그러고는 천천히 병실 문을 열고 들어갔다. 잠을 자듯이 누워 있는 애다의 엄마를 보자 현민의 눈에서는 참을 수 없는 눈물이 쏟아졌다. 침대에 다가가지도 못하고 멍하니 그 자리에 서서 한동안 눈물을 흘렸다.

잠시 후 현민은 숨을 크게 한번 몰아쉬고 천천히 애다의 엄마에게 다가갔다. 그러고는 울음 섞인 말투로 조심히 입을 열었다.

"어머니…… 죄송해요…… 흑, 흑. 죄송해요."

현민은 침대 앞에서 무릎을 꿇고 그저 죄송하다는 말만 계속 반복해 댔다.

애다의 엄마를 만난 건 현민이 고등학교 3학년이었던 때였다. 현민과 애다는 같은 고등학교 선, 후배였다. 신입생인 애다에게 첫눈에 반한 현민은 잘 보이기 위해 그녀의 집에서 우유 배달 알바를 했다.

애다의 엄마 혜숙은 현민이 공부를 해야 할 나이에 알바를 핑계 삼아 딸과 친해지려고 하는 모습을 눈여겨봤다. 그녀는 서글서글하고 착해 보이는 행동에 현민을 아들처럼 대했다. 현민 또한 친어머니가 일찍 돌아가시고 회사 중국지사에 가 계시는 아버지 대신 할머니 손에서 자랐다. 그런 현민에게는 애다의 엄마 혜숙은 친어머니 같은 존재가 되었다. 현민이 어린 나이에 모델계에 첫발을 내디뎠을 때도 혜숙은 현민을 격려해 주고, 아껴주고 응원해 준 사람이었다.

"어머니…… 제가 애다 마음 아프게 했어요. 흑, 제가…… 제가 애다 곁에 있었어야 했는데…… 애다 너무 힘들게 했어요. 죄송해요. 정말. 죄송해요. 흑, 흑. 이젠 절대로 애다 힘들게 하지 않을게요. 흑, 흡. 한 번만 용서해 주세요……."

애다는 병실 밖까지 들려오는 현민의 울먹이는 목소리에 가슴이 아파왔다. 현민은 자신에게 연인이자, 오빠이자, 아빠 같은 존재였다. 엄마 앞에서 목 놓아 우는 현민을 쉽게 미워할 수가 없었다. 정말 사랑한 가족 같은 존재였는데…… 그랬는데…….

현민이 떠나고 엄마는 일주일 후에 사고를 당했다. 그 사고로 정신이 없던 그때. 애다에게는 현민을 미워하고 원망할 시간조차도 주어지지 않았다. 시간이 흘러 잊은 줄로만 알았는데…… 그를 다시 만나게 된 지금, 이 마음이 도대체 뭔지…… 애다는 현민을 향한 이 감정이 대체 어떤 건지 전혀 갈피를 잡지 못했다.

애다가 사라진 지 정확히 24시간 하고도 한 시간이 지났다. 지후는 애다의 집 앞에 차를 세워놓고 그 안에서 단 한숨도 자지 않으며 그렇게 그녀를 기다렸다.

띠링.

지후는 문자 오는 소리에 천천히 휴대폰을 들었다. 또 수현 형인가 보다. 지후가 걱정된 수현은 밤새 전화를 하고 문자를 보냈다. 정작 기다리고 기다리던 사람에게는 오지 않고 말이다. 지후는 모르는 번호로 온 메시지를 확인했다. 문자와 함께 첨부 파일이 들어와 있었다.

〈네 두 눈으로 직접 확인해.〉

지후는 떨리는 손길로 첨부 파일을 열었다. 그것을 확인한 지후의 심장이 쿵 내려앉았다. 현민과 애다가 다정스럽게 웃으며 껴안고 찍은 사진. 지후의 눈동자가 불안한 듯 움직였고 입술이 파르르 떨리기 시작했다. 지후는 두 손을 들어 자신의 떨리는 입술을 매만지며 그대로 핸들에 머리를 묻었다.

"하…… 하."

숨을 제대로 쉴 수 없을 만큼 가슴에 통증이 밀려왔다. 지후
는 고개를 들고 주먹으로 가슴을 세게 내려쳤다. 어느 정도 숨이
진정되자 지후는 현민과 애다의 사진을 망설임 없이 삭제했다.
그리고 사진 목록에서 수현이 보내준 애다의 사진을 찾았다.

"제발…… 돌아와. 애다야. 아무것도 묻지 않을게…… 그러니
까 제발 돌아와."

지후는 눈에 눈물이 맺혀오자, 그대로 눈을 감아버렸다.

현민과 애다는 초저녁이 다 되어서야 서울에 도착했다. 차 안
에서 둘은 한마디의 말도 하지 않았다. 현민은 창문에 머리를 기
대고 눈을 감고 있는 애다를 힐끔 쳐다본 후, 그녀가 알려준 집
으로 묵묵히 차를 몰았다.

지후는 감고 있던 눈에 헤드라이트 불빛이 비치자 미간을 찡그
리며 천천히 눈을 떴다. 애다의 집 앞에 낯익은 차가 멈추자 지
후는 운전석 의자에 기댔던 몸을 바로 하며 차에서 내리는 두 남
녀를 바라봤다.

애다가 차에서 내리자 현민도 함께 따라 내리며 그녀를 불렀다.

"애다야."

애다는 현민이 부르는 소리에 걸음을 멈췄다. 현민은 천천히
다가가 등을 보이고 있는 그녀를 품에 안았다.

"애다야. 우리…… 다시 시작하자."

"……."

"애다……."

그때, 누군가가 현민을 애다에게서 떨어뜨려 벽에 밀쳤다. 그
바람에 그는 그녀에게 하던 말을 멈추었다.

"지후야!"

애다는 현민이 자신의 몸에서 떨어지자 뒤를 돌았다. 언제 나타났는지 지후가 현민을 벽에 밀치고 주먹으로 그의 얼굴을 가격할 찰나 애다가 이름을 크게 불렀다. 지후는 그 외침에 현민의 얼굴을 주먹으로 내리치려던 것을 멈추었다. 힘주어 주먹 쥔 손이 떨려왔다. 이를 악물고 억지로 참아냈다. 현민이 애다를 뒤에서 껴안으며 했던, 다시 시작하자는 그 말에 참을 수 없는 분노를 느꼈다. 그래서 그대로 현민을 벽에 몰아세우고 한 대 칠 기세로 덤벼들었다.

"안지후?"

현민은 자신을 죽일 듯이 노려보며 주먹을 들고 있는 지후를 놀란 눈으로 바라봤다.

"지후. 네가 여기……."

"네 직업이 모델이라는 걸 감사히 여겨. 안 그랬음 지금쯤 네그 잘난 얼굴 아작을 내버렸을 테니까."

지후는 이를 악물고 현민의 멱살을 놓아주며 그대로 돌아섰다. 그리고 멍하니 서 있는 애다의 손목을 낚아채 자신의 차로 걸음을 옮겼다.

현민은 애다를 차에 태우고 떠나는 지후의 모습을 보고 어안이 벙벙했다.

'왜 지후가 애다를…… 설마! 지후 여자친구가 애다였어?'

현민은 지후의 차가 떠난 자리를 멍하니 바라보며 한참 동안 그렇게 그녀의 집 앞에 머물렀다.

애다는 굳은 얼굴로 말없이 운전만 하는 지후를 보았다.

"지후야."

"……."

"지후……."

"지금부터 한마디도 하지 마."

애다는 난생처음 들어보는 지후의 낮고 차가운 음성에 입을 다물었다. 그가 단단히 화가 난 것 같았다.

"안전벨트 매. 핸들을 잡고 있는 내가 갑자기 무슨 일을 저지를지 모르니까."

애다는 천천히 떨리는 손으로 안전벨트를 잡아당겼다. 지후는 다시 정면에 시선을 두었다.

지후는 애다의 입에서 무슨 말이 나올지 너무 두려웠다. 만약 그녀에게서 원치 않은 말을 듣게 된다면 운전하는 자신의 심경에 변화가 생겨 그녀를 다치게 할 수도 있는 문제니까.

지후의 차는 그의 아파트에 도착했다.

"내려."

애다는 지후의 화난 목소리에 움찔거리며 두 손을 맞잡고 앉아 있을 뿐이었다.

"네 발로 내릴래. 아니면 내가 억지로 끌어 내릴까?"

애다는 지후의 말에 천천히 차에서 내렸다. 지후는 애다가 내리자마자 손목을 잡고 그대로 엘리베이터에 몸을 실었다. 애다는 지후의 낯선 행동에 아무런 말도 못하고 그저 그가 끄는 대로 힘없이 움직였다.

지후는 집에 들어서자마자 침실로 들어가 애다를 침대 위에 넘어뜨렸다. 그리고는 재킷을 벗고 셔츠의 단추를 하나씩 풀기 시작했다. 애다는 지후의 행동에 놀라 몸을 움직였다. 그러나 그가 위에서 버티고 있어 빠져나갈 수가 없었다.

"지후야. 읍."

지후는 애다의 입을 입술로 가로막으며 그녀의 입안을 여기저기 헤집고 다녔다. 애다가 그에게서 벗어나려고 몸부림을 치자, 지후는 애다의 손목을 머리 위쪽으로 눌러 잡고 움직일 수 없게 가두었다. 그의 거친 키스에 애다의 입 안쪽이 터졌는지 피비린내가 스며들어 왔다. 지후가 키스를 멈추고 목에 입술을 갖다 대자 애다는 떨리는 목소리로 그를 불렀다.

"지후야…… 하지 마."

하지만 화가 머리끝까지 난 지후에게는 애다의 떨리는 목소리가 들리지 않았다. 지후는 마치 먹이를 앞에 두고 며칠은 굶주린 사자처럼 행동에 거침이 없었다.

"지……."

지후는 자신을 부르는 애다의 입에 다시 키스하고 치마를 조금씩 위로 걷어 올리며 그녀의 허벅지 안쪽을 매만졌다. 애다는 그의 아래에서 몸부림을 쳤다. 그녀가 가냘픈 몸으로 아래에서 움직이려고 애쓰는 모습에 지후는 입술을 뗐다.

"지후야. 제발……."

지후는 애다의 간절한 목소리에 그녀의 얼굴을 바라봤다. 창백해진 얼굴에 겁에 질린 눈을 한 그녀의 입술은 파르르 떨리고 있었다.

"젠장. 빌어먹을."

지후는 애다에게서 몸을 일으킨 뒤 침대를 등받이 삼아 방바닥에 털썩 주저앉았다. 너무너무 화가 났다. 태어나서 이렇게 감정 조절이 안 되고 분노가 치밀어 오른 적은 처음이었다. 자신도 이렇게까지 마음의 제어가 안 될 줄은 몰랐다. 그저 애다가 돌아오기만을 바랐다. 돌아오면 아무 일 없었던 것처럼 다시 웃어주고 안아주면 될 줄 알았다. 하지만 현민과 같이 있는 애다를 본 순간 기다리면서 했던 결심은 순식간에 무너져 내렸다.

가져야 했다. 강제로라도 이 여자를 가져야만 살 수 있을 것 같았다. 그래야만 안심이 될 듯싶었다. 억지로라도 옆에 두고 싶었다. 옆에 두기 위해서는 이 방법밖에 없었다. 그런데…… 애다의 겁에 질린 얼굴을 마주하는 순간 아무것도 할 수가 없었다.

'미친놈. 질투에 눈이 멀어서 애다에게 무슨 짓을 하려고 한 거야…… 나쁜 새끼. 미친 자식 같으니라고.'

애다는 떨리는 손으로 옷매무새를 다듬은 후, 방바닥에 두 발을 내딛고 천천히 일어났다. 애다가 옆을 지나치자 지후는 재빨리 그녀의 손목을 잡았다. 애다는 손목을 잡는 지후의 손길에 다시 한 번 움찔거렸다.

"……가지 마."

"……."

"가지 마. 애다야."

애다는 지후의 간절한 목소리에 그를 내려다봤다. 눈물을 글썽이며 두려움 가득한 표정으로 자신을 바라보고 있었다.

"지후야."

"미안해."

"……."

"아프게 해서 미안해. 애다야."

"……."

"입술…… 아프게 해서 미안해."

"……."

"무섭게 해서 미안해."

"……."

"잘못했어. 내가 다 잘못했어. 그러니까 제발…… 가지 마."

금방이라도 눈물이 떨어질 것 같은 지후의 눈을 보며 애다는 마음이 아파 고개를 돌렸다.

"지후야. 나 안 가."

애다의 차분한 음성에 지후의 눈동자가 흔들렸다. 그녀의 가는 손목을 잡고 있는 그의 손이 떨렸다. 애다는 그런 그를 보며 입가에 옅은 미소를 지었다.

"안지후. 네 얼굴 지금 못 봐주겠어. 얼굴이 그게 뭐야. 예쁜 얼굴 다 어디 가고……."

애다는 지후 앞에 앉아 그의 얼굴을 조심히 매만졌다. 지후는 애다의 따뜻한 손길에 떨렸던 심장이 조금씩 진정되어 가는 것을 느꼈다. 그렇게나 불안했던 마음이 애다의 미소와 손길에 제자리를 찾아가고 있다.

"나, 아무 데도 안 가. 그러니까 가서 좀 씻고 와."

"정말…… 아무 데도 안 갈 거야?"

"응. 안 가."

"정말?"

아직도 불안한지 지후는 애다를 보며 계속해서 확신을 받아냈다. 애다는 그런 지후의 마음을 이해했는지 고개를 끄덕이며 미소를 보여주었다.

"응. 그리고 미안해. 연락 못 해서."

"애다야."

"걱정 많이 했지? 미안해. 어제는……."

"괜찮아. 아무 말 하지 마. 안 해도 돼."

애다는 지후의 괜찮다는 한마디에 그에 대한 미안함과 고마운 마음이 동시에 들었다. 많이 궁금하고 물어볼 말도 많을 텐데 말이다.

"지후야."

"이렇게 다시 나한테 왔으니까 괜찮아."

"……."

"너만 내 옆에 있으면 난 괜찮아. 괜찮아, 애다야."

'정말 괜찮아…… 애다 네가 내 앞에서 사라진 하루가 내겐 지옥이었어. 네가 밤새 송현민과 무슨 이야기를 하고 뭘 하고 왔는지 너무도 궁금하고 물어보고 싶지만 그럴 용기가 안 나. 너의 대답이 너무 무서워서…… 나를 떠나 송현민한테 간다고 할까 봐. 다시 시작한다고 할까 봐, 널 놓아달라고 할까 봐…… 너무너무 불안해. 또다시 그런 지옥은 경험하고 싶지 않아. 그러니까 모른 척할래. 나에겐 너의 과거보다 내 현재, 너하고의 미래가 더 소중하니까. 그러니까 아무 말 하지 마. 애다야.'

지후는 애다에게 하고 싶은 말을 속으로 애써 삼켰다. 지금은 무엇보다 그녀가 다시 곁으로 돌아온 게 더 중요했다.

애다는 지후를 보며 가슴 속 어디에선가 감정이 북받쳐 올라왔다.

'이 감정. 가슴 떨리는 이 감정. 날 바라보는 지후의 저 눈. 나를 꼭 잡고 있는 지후의 손. 지후의 얼굴을 보고 아파오는 심장. 하…… 사랑이다. 지후를 사랑하고 있는 거다. 선애다가…… 안지후를 사랑한다. 앞에 있는 이 남자를…… 사랑하고 있다. 지후의

아픔이 내게도 전달되는 이 아픔. 사랑이다. 지후를 사랑한다.'

애다는 자신의 마음을 깨달으며 망설임 없이 그대로 지후를 품에 안았다.

"미안해. 지후야. 마음 아프게 해서 미안해."

지후는 애다의 따뜻한 품에 안겨 어리둥절한 표정을 지었다.

"지후야, 고마워. 아무것도 물어보지 않아서 고마워."

"애다야."

"그리고…… 사랑해. 지후 너를…… 사랑해."

지후는 귓가에 들려오는 말에 고개를 들고 그녀를 바라봤다. 믿기지 않았다. 애다의 입에서 사랑한다는 고백이 나온 것이 믿기지 않았다.

"방금…… 뭐라고 그랬어?"

"사랑해."

애다의 눈에서 눈물이 흘러내렸다. 지후는 그녀의 눈물을 닦아주며 조심스럽게 물었다.

"다시 말해봐."

"사랑해."

"한 번 더."

"사랑해, 지후야."

애다의 진실된 고백에 지후의 눈에 그렁그렁 맺혀 있던 눈물이 흘러내렸다.

'하…… 애다의 사랑한다는 그 말 한마디에 두렵고 걱정했던 모든 이 마음이 아무 일 없다는 듯 이렇게 녹아내리나? 애다의 사랑한다는 말 한마디 때문에? 아…… 정말 나 미쳤나 보다. 무섭다. 애다에 대한 내 사랑이 나 자신도 정말 무섭다.'

지후는 감동 어린 얼굴로 애다의 입술에 입을 맞췄다.

"아."

애다가 입술이 아픈지 소리를 내며 찡그리자 지후가 얼른 입을 떼며 그녀의 입술을 어루만졌다.

"아파? 미안."

지후의 걱정스러운 말투와 부드러운 손길에 애다는 웃음을 지었다.

"괜찮아."

"그런데…… 이거 꿈 아니지?"

"응."

"꿈이라면 깨지 않았으면 좋겠다."

정말 그랬으면 좋겠다. 어제와 오늘 이틀 동안 지옥과 천국을 오가는 기분이었다. 애다 때문에 정말 심장이 남아돌지 않았다.

"꿈 아니야."

"사랑해, 애다야."

"나도. 사랑해, 지후야."

"내가 더 사랑해."

애다는 웃음이 나왔다. 지후를 두고 잠깐이나마 다른 생각을 했다는 것에 대해 미안한 마음이 들었다. 어떻게 지후를 잊어버릴 수가 있었는지, 다시 생각해 봐도 자신이 참 한심스러웠다.

"이제야 우리 지후 같네."

"너 때문에 정말 내가 미친다."

"미안. 가서 좀 씻어. 너 얼굴 진짜 못 봐주겠어."

"너도 마찬가지야."

그럴 것이다. 애다의 모습 또한 지후처럼 마찬가지일 것이다.

화장한 상태로 계속해서 울었는데 얼굴이 온전할 리가 만무했
다. 애다는 괜스레 부끄러워졌다. 지후에 대한 사랑을 깨닫고 나
니, 사랑하는 남자에게 이런 추한 모습을 보여주는 게 창피했다.
그런 애다의 모습이 귀여웠는지 지후는 우스갯소리로 그녀에게
물었다.

"같이 씻을까?"

"너무 앞서가는데?"

"풉. 기다려. 아무 데도 가지 말고. 여기 꼼짝 말고 있어."

"응."

지후는 고개를 끄덕이며 대답하는 애다의 볼에 입을 맞춘 뒤
욕실로 들어갔다. 애다는 지후가 들어간 욕실 문을 바라보며 입
가에 잔잔한 미소를 지었다. 그리고 그를 향해 두근거리는 심장
부근을 살며시 어루만졌다.

'고마워, 지후야. 사랑해.'

지후는 기분 좋게 샤워를 하고 나온 후 집 어딘가에 있을 애다
를 불렀다.

"애다야."

지후는 애다의 목소리가 들리지 않자 집 안 여기저기 둘러보며
침실 문을 열었다.

"애다야."

점점 불안한 마음이 다시 들기 시작했다. 지후는 그 마음을 애
써 눌러가며 드레스 룸, 서재, 또 다른 방들을 열어보며 그녀의
이름을 불렀다.

"애다야. 선애다. 애다야!"

지후는 어디에도 애다의 모습이 보이지 않자, 손톱을 깨물며 벗어놓은 재킷을 들어 차 키를 찾았다. 망설임 없이 현관 쪽으로 몸을 돌리는 순간 그녀가 집에 들어오는 모습이 보였다.

"다 씻었어? 지후야. 왜 그래?"

애다는 놀란 기색으로 서 있는 지후를 보며 걱정이 된 듯 그의 얼굴을 살폈다. 지후는 떨리는 손으로 애다를 품에 안았다.

"지후야."

"너 없어진 줄 알고 무서웠어."

"……."

"다시 또 사라졌을까 봐 돌아버리는 줄 알았어."

"지후야. 말했잖아. 나 어디에도 안 간다고."

애다는 지후의 품에서 벗어나 웃으면서 손에 든 비닐봉지를 흔들었다.

"너 어제부터 아무것도 안 먹었지? 냉장고 보니까 먹을 만한 게 없어서 앞에 마트 다녀왔어."

"하…… 다음부턴 나랑 같이 가."

"응. 알았어."

지후는 그제야 안심이 되었는지 애다가 들고 있는 비닐봉지를 손에 옮겨 쥐며 말했다.

"내가 할게. 너도 가서 좀 씻어. 너도 엄청 피곤해 보인다."

"응. 그런데…… 나 갈아입을 옷 있어?"

지후는 애다가 입고 있는 원피스를 보며 잠시 생각하더니 입가에 장난기 어린 미소를 지었다.

"그냥 벗고 있어."

"뭐? 안지후. 너……."

"헤헤. 찾아볼게."

지후는 애다의 흘겨보는 시선을 살짝 피하고는 드레스 룸에 들어가 그녀가 입을 만한 티셔츠를 가져다줬다.

"여기. 이거 애다 네가 입으면 미니원피스 되겠다."

"씻고 올게."

애다는 지후가 건넨 옷을 받고 욕실로 들어갔다. 지후는 주방에 들어가 그녀가 사온 물건을 하나씩 꺼냈다.

"잠깐!"

애다는 갑자기 욕실 문을 열고 나와 식탁에 올려놓은 비닐봉지 속을 뒤적거리기 시작했다. 지후는 갑작스러운 애다의 행동에 영문을 몰라 그녀만 물끄러미 바라봤다. 애다는 마트에서 구입한 속옷을 잽싸게 빼서 손에 쥐고 다시 욕실로 들어갔다.

지후는 순식간이었지만 애다가 꺼내 가는 물건을 보며 미소를 지었다.

"귀여워 죽겠네. 애다야! 새 칫솔 꺼내났어!"

"응! 알았어!"

지후는 욕실 안에서 들려오는 애다의 목소리에 웃음을 보이며 다시 비닐봉지에서 물건을 하나씩 꺼냈다.

지후는 애다와 함께 먹을 늦은 저녁 준비를 했다. 그러던 중 조심히 욕실 문을 열고 주방으로 들어오는 애다의 인기척을 느꼈다.

"뭐 만들어? 맛있는 냄새 난다."

뒤에서 들려오는 애다의 목소리에 지후는 몸을 돌렸다.

"다 씻었……."

지후는 말을 잃고 멍하니 애다를 바라보았다. 지후의 티셔츠가 큰 탓에 그녀의 쇄골이 그대로 드러난 반면 길이는 또 길지 않은 터라 엉덩이 아래를 겨우 가리는 짧은 원피스가 된 것이다. 그리고 물기에 젖은 머리카락에서 나는 향긋한 체리 향이 지후의 코까지 스며들어 왔다. 애다는 지후의 노골적인 시선에 민망해했다.

"왜…… 왜 그렇게 봐?"

"하. 이런 느낌이구나."

"응?"

"내 집에서 내 여자가 샤워하고 내 옷을 입고 있는 것."

애다의 볼이 핑크빛으로 물들어갔다. 애다는 지후의 시선을 따라 자신이 입고 있는 옷을 내려다봤다. 이렇게 남자 옷을 입고 있는 자체가 부끄러웠다. 그렇다고 지후 말대로 벗고 있을 수는 없는 노릇이었다.

"되게 묘하네."

"무슨 말이야?"

"이상해. 기분이 좋다기보다 뭔가 막 이상한 게 스멀스멀 올라와."

"뭐라는 거야?"

지후는 애다를 보며 환한 미소를 보여주었다. 이렇게 사랑스러운 여자가 눈앞에 있는 것만으로도 가슴은 벌써부터 심하게 요동치기 시작했다.

"이건 기분 좋은 거 이상이야. 뭐라고 표현할 수 없을 만큼."

"좋은 거지?"

"응. 매우. 엄청. 몹시."

애다는 웃으며 지후에게 다가가 그의 입술에 뽀뽀를 했다. 애다가 먼저 해주는 입맞춤에 지후는 그녀의 머릿결을 쓸어내렸다.

"선애다. 그거 알아? 너 지금 엄청나게 위험한 짓 한 거야."

"위험한 짓 하더라도 밥은 먹고 하자. 배고파 죽겠어."

지후는 애다의 말에 웃으며 방금 만든 오므라이스를 식탁에 올려놓고 그녀를 앉혔다.

"자, 먹자."

"맛있겠다. 잘 먹을게."

"애다 너, 오늘 나 건들면 안 돼. 옆에 누워서 나 재워줘."

"응?"

지후는 애다를 힐끔 쳐다보며 피곤한 듯 하품을 하는 흉내를 냈다. 그리고 최대한 힘이 없는 연기를 하기 시작했다.

"너 때문에 나 한숨도 못 잤어."

"아……."

"그러니까 나 건들지 마. 잠만 잘 거야."

"풉."

"왜 웃어?"

"알았어. 안 건드릴게. 가만히 잠만 잘게."

지후의 모습이 너무 귀여웠다. 정말 잠을 이루지 못했는지 그의 충혈된 눈이 그것을 증명하고 있었다. 아마 기다리면서 애간장이 다 탔을 것이다. 정말 그 일에 대해서 할 말이 없었다. 너무 미안해서.

"건들면 절대 안 돼. 내 몸 털끝 하나 손대지 마."

"그러면 다른 방에서 잘게."

"그건 절대 안 돼."

지후의 단호함에 애다는 얼굴에서 웃음기를 거두고 그를 빤히 쳐다봤다. 대체 어쩌라는 거니? 지후야.

"말했잖아. 건들지 말고 내 옆에서 재워주라고."

"……."

"나 걱정시킨 벌이야."

"응. 그 벌 달게 받을게."

지후와 애다는 서로 마주 보고 웃으며 늦은 저녁 식사를 맛있게 먹었다. 선애다. 그 벌이 뭔 줄이나 알고 그렇게 해맑게 웃고 있니?

지후는 애다가 다시 곁으로 온 것이 아직도 믿기지 않은지 밥을 먹을 때마다 그녀가 앞에 있는 걸 계속 확인했다.

'다시는 절대로 내 품에서 벗어나지 못하게 할 거야. 애다야.'

＊

"선배가 여기 웬일이에요?"

채은은 현민이 연락도 없이 찾아오자 모르는 척 그를 외면하며 물었다. 분명 이렇게 화가 난 상태로 온 거 보면 지후와 애다의 관계를 알았을 것이다.

"너 알고 있었지?"

"뭘요?"

"지후."

채은은 현민의 낮은 음성에 눈가를 살며시 떨며 애써 또 한 번 모른 척 되물었다.

"뭘 말하는 건지 모르겠네."

"지후가 지금 만나고 있는 여자."

채은은 현민의 시선을 피해 몸을 돌렸다. 그 모습에 현민은 채은의 어깨를 잡고 거칠게 돌려 세웠다.

"그 여자가 애다라는 거 몰랐어?"

"알았으면, 뭐가 달라져요?"

현민은 채은의 말에 기가 막혔다. 어쩜 이렇게 뻔뻔할 수가 있는 건지…… 이미 알고 있었다는 그녀의 뉘앙스에 화가 머리끝까지 차올랐다. 지후가 지금 만나는 여자가 애다라는 걸 안 순간 하늘이 무너져 내리는 줄 알았다. 왜 하필 또 지후인지. 채은도 모자라 애다까지. 정말 미쳐 버릴 것 같다.

"왜 말 안 했어? 나한테는 말해줬어야지!"

"그걸 왜요? 내가 왜 선배한테 그 말을 해줘야 하는데요?"

"임채은!"

"말해주면 그 여자 지후한테 보내줄래요?"

현민은 핏발 선 눈으로 채은을 힘껏 노려보았다.

"선배가 그렇게 사랑하는 그 여자! 깨끗이 잊고 지후한테 보내줄 거냐고요!"

"입 닥쳐."

"그러지도 못할 거면서 왜 나한테 이러는 건데!"

현민은 채은의 외침에 두 주먹을 불끈 쥐었다. 마음 같아서는 한 대 때리고 싶었다. 누구 때문에 이렇게 된 건데. 누구 때문에 인생이 이렇게 꼬여 버린 건데!

"돌려놔."

현민의 서늘한 음성에 채은은 흠칫 몸을 떨었다.

"임채은 너 때문에 벌어진 일들이야."

"그게 무슨 소리예요?"

채은은 불안하게 흔들리는 눈동자로 그의 얼굴을 주시했다.

"너만 아니었으면 애다랑 나 헤어질 이유 없었어."

"……."

"애다랑 헤어지지 않았다면 지후랑 애다가 만날 일도 없었고."

"선배……."

"네가 이렇게 만든 거야. 네 욕심 때문에 모든 게 엉망이 된 거라고!"

채은만 아니었으면 애다하고는 아무 문제가 없었을 것이다. 하지만 이제 와서 후회한들 아무 소용이 없는 일, 그렇다면 다시 애다를 찾을 수밖에 없었다.

"대체 뭘 어떻게 돌려놓으라는 거예요?"

"지후 다시 찾아."

채은은 현민의 말에 심장이 내려앉는 느낌을 받았다. 아무런 말도 못하고 현민의 냉기 어린 얼굴만 바라보았다.

"수단과 방법을 가리지 말고 지후 다시 찾으라고."

"지금…… 나보고 지후를 그 여자한테서 떼놓으란 말이에요?"

"왜? 못하겠어?"

"선배! 지후가 그 여자를 얼마나 사랑하는 줄 몰라서 이래요? 그런데 내가 무슨 수로 둘을 떼어놔?"

"네 전공이잖아!"

미쳤다. 현민은 지금 제정신이 아니었다. 채은은 그의 눈빛에 두려움을 느끼며 한 발 뒤로 물러섰다.

"한 번을 했는데 두 번을 못해?"

"하……."

"나랑 애다 갈라놓은 것처럼 둘 사이 갈라놓으라고."

"송현민!"

"해! 하라면 하라고!"

"못해요."

현민은 채은의 단호한 말에 한쪽 입술을 말아 올리며 그녀를 노려봤다. 무서워하면서도 고개를 젓는 그녀를 보니 웃음이 나왔다.

"뭐?"

"나 지후한테 다시는 그런 상처 못 줘요. 지후한테 그런 짓 못 하겠다고요!"

"그럼, 난? 나는…… 너 때문에 잃어버린 내 사랑은…… 어떻게 하냐고!"

현민은 채은에게 다가가 그녀의 어깨를 꽉 움켜잡았다. 두려움에 떨고 있는 채은은 눈에 보이지도 않았다. 오로지 지후에게서 애다를 다시 찾아야겠다는 생각만 가득했다.

"좋아. 이 년 전 네가 나에게 했던 행동. 술에 약 타서 정신도 없는 나에게 안겨놓고 그걸로 빌미 삼아 협박했던 것. 만천하에 다 까발릴 거야. 내가 못할 것 같아? 네가 나에게 했던 협박. 이젠 내가 한번 해봐야겠어."

"선배…… 어떻게 그런 말을……."

"내가 몰랐을 것 같아? 그땐 내가 너무 어려서 내 인생이 망가질까 봐 그냥 넘어갔는데 이번엔 안 넘어가. 나 이제 무서울 것 없어. 모델 일 그만두면 그뿐이야. 이젠 미련도 없어. 그런데 넌 아니잖아?"

현민은 멍한 표정으로 서 있는 채은을 내려다보며 비웃음을 날렸다. 이제 정말 무서울 것 하나도 없다고. 임채은.

"시골에 계신 네 부모님 빚 갚으려면 너 일해야 하잖아. 아니야?"

"송현민."

채은은 온몸이 소름이 돋아 부르르 떨며 이를 악물었다.

"나 혼자 안 망가져. 애다를 다시 찾기 위해서는 무슨 일이든지 할 거야. 그러니까 지후 다시 찾아. 두 번 말 안 해. 너 하나 때문에 이렇게 얽혀 버린 우리 네 사람! 네가 다시 원래대로 돌려놔."

현민은 채은을 밀치고 그대로 현관 밖으로 나가 버렸다. 채은은 그 자리에 털썩 주저앉으며 손으로 입을 막고 울었다.

"아악! 흐. 흑. 흑. 어쩌면 좋아…… 지후야. 나 어떡해…… 흑. 흑."

채은은 자신이 벌려놓은 네 사람의 관계에 대한 죄책감으로 하염없이 눈물만 흘렸다. 이 상황을 어떻게 해야 하는 건지. 할 수만 있다면 정말 이 년 전으로 돌아가고 싶은 마음이었다.

＊

"흠흠. 애다야. 자?"

"……응."

불 꺼진 방, 침대 옆 협탁에 있는 스탠드 불 하나만 켜놓은 채, 지후는 침대에서 천장을 보며 누워 있고, 애다는 지후에게 등을 지고 왼쪽 옆으로 누워 있다. 한숨도 못 자 피곤할 텐데도 지후의 눈은 말똥말똥 빛났다. 한 이불 속에 같이 있는 것만으로도 지후의 심장은 계속해서 요동치고 있고, 쉽게 그 마음이 진정되지 않아 잠을 이루지 못하고 있었다. 반면 애다는 잠이 오는지 눈을 반쯤 뜨고, 지후가 하는 질문에는 겨우 대답만 하고 있었다.

"거짓말. 자는 사람이 어떻게 대답해?"

"······넌 잠 안 와? 얼른 자."

지후는 목소리가 잠긴 애다를 힐끔 쳐다보며 인상을 찌푸렸다. 어떻게 이런 상황에서 잠이 오는지. 정말로 자신을 사랑하는지 의심이 갔다. 두근거리고 잠을 이루지 못하는 게 정상이거늘 어째 이렇게 편하게 잠을 잘 수가 있단 말인가. 정말 말도 안 되는 소리였다.

"너는 내가 옆에 있는데 잠이 와?"

애다가 잠이 들었는지 아무 말을 하지 않았다. 지후는 그런 그녀의 등 뒤에 큰 목소리로 버럭댔다.

"애다야!"

"으, 응? 뭐라고 했어?"

"넌 내가 옆에 있는데 어떻게 잠이 올 수가 있어?"

"왜? 넌 내가 있어서 잠이 안 와?"

"응."

애다는 혼자서 자던 지후가 불편함을 느낀 줄 알고 미안한 마음이 들었다. 어제 잠도 제대로 자지 못했을 텐데, 아무래도 그를 편하게 잘 수 있도록 도와주어야겠다.

"그럼, 내가 다른 방에서 잘까?"

이 바보가 지금 무슨 말을 하는 거야? 눈치가 없어도 이리 없나? 지후는 말을 못하는 제 마음이 답답할 뿐이다.

"아니. 내가 하는 말의 의미는 그런 게 아니잖아."

지후는 입이 뾰루퉁해졌다.

'이 여자가 진짜 모르는 건가. 모른 척하는 건가? 내가 지금 얼마나 큰 인내심으로 참고 있는지 알기나 하는 거야? 미치겠네. 진짜. 안지후 네가 언제 여자 눈치 봤다고 이러는 거야? 그냥 덮

쳐 버려? 나 사랑한다잖아. 그럼 문제 될 거 없잖아. 어쩐담?
아! 이놈의 먹구름. 물러가라!'

고개를 돌려 애다의 등을 보던 지후의 입에서 또 한 번 큰 소
리가 흘러나왔다.

"선애다!"

"아. 왜."

정말 귀찮다. 애다는 자꾸만 말을 시키는 지후 때문에 약간
짜증이 몰려왔다. 잠이 들려고 하면 깨우고, 또 잠이 들면 깨우
고. 정말 미치겠다. 대체 원하는 게 뭐니?

"혼자 자면 어떡해. 빨리 나 재워주고 자."

"자장가라도 불러줘?"

"아니."

"그럼?"

"그게……."

지후가 머뭇거리자 애다는 고개만 뒤로 젖혀 그를 졸린 눈으로
바라봤다. 한참을 그렇게 보고 있어도 지후는 눈동자만 굴리며
아무 말도 못 하고 있다.

"말을 해. 어떻게 해줘야 잠이 오는데?"

'그걸 말을 해야 아니? 애다야. 정말 죽을 것 같다.'

지후는 애다가 눈치껏 알아주길 바랐지만, 그녀는 순진한 얼
굴로 눈만 깜빡대고 있다. 그 모습에 더 고민이 되는 지후다. 정
말 오늘은 참지 못할 것 같은데, 이 일을 어쩌나? 애다야. 제발,
어떻게 안 되겠니?

"어…… 그게…… 그게 말이지……."

애다는 다시 고개를 바로 하고 눈을 감았다. 그러고는 이불을

더 끌어당겨 덮었다. 피곤함을 없애기 위해서는 잠을 자야 했다.

"그냥 눈 감고 있으면 잠이 올 거야. 눈 감고 있어 봐."

"이씨. 넌 왜 나 안 보고 등 돌려서 자는 건데?"

"건들지 말라며."

"뭐?"

"잠만 잔다며. 건들지 말라고 한 사람이 누군데 이제 와서 그래?"

그럼 건들라고 하면 건들 거니? 지후는 순간 당혹스러운 표정을 짓더니 입술을 깨물며 조심스레 물었다.

"야. 그건…… 그런다고 진짜 안 건드는 거야?"

"응. 난 너무 말을 잘 듣는 아이거든."

"쳇. 언제부터 내 말을 그렇게 잘 들었다고."

"시끄러워. 얼른 자."

애다는 더 이상 지후의 말을 듣고 싶지 않은지 이불을 더 끌어올려 머리까지 덮어버렸다. 제발 그 종알거리는 입을 닫아주었으면 좋겠다.

지후는 이제 한숨을 내쉬며 구시렁대기 시작했다. 오늘도 그냥 넘어가야 하나? 참을 만큼 참았잖아. 안지후.

"나쁜 애다."

"……."

"미운 애다."

"……."

"못된 애다."

"……."

"바보, 멍청이, 둔탱……."

"야!"

애다는 급기야 참다못해 소리를 지르며, 몸을 돌려 발로 지후를 이불 속에서 차댔다.

"지후 너, 나가서 자. 너랑 도저히 못 자겠어!"

"아야! 그만해. 아프잖아."

"시끄러워! 빨리 나가!"

지후는 이불 속에서 파닥거리는 애다의 발목을 잡고 웃으며 말했다.

"어어. 야. 애다 너. 나 건들지 말랬지? 어딜 감히 내 몸에 손을 갖다 대?"

"손이 아니고 발이거든? 그리고 이거 놔라!"

"어쨌든 간에 내 몸 건들었잖아."

"그래서 뭐 어쩌라고? 그래 건들었다. 어떡할 건데!"

애다는 지후가 얄미운지 계속해서 발로 그를 밀어내려 애를 썼다. 지후는 그 틈을 놓치지 않고 애다의 가는 발목을 힘주어 더 꽉 붙잡았다.

"이렇게."

지후는 애다의 두 발을 자신의 다리 사이에 끼워놓고 손으로 팔을 잡은 뒤 그녀의 몸 위로 올라갔다. 애다는 자신의 위에서 장난기 어린 미소를 짓고 있는 지후의 모습에 당혹스러운 표정을 지었다.

"안지후. 뭐, 뭐야. 빨리 내 다리랑 팔 좀 풀지?"

"싫은데?"

제 몸을 꼼짝도 못 하게 해놓고, 위에서 실실 웃음을 쪼개는 지후를 보고 있던 애다는 당혹스러운 표정도 잠시, 인상을 찌푸렸다.

"너 죽고 싶지?"

"아니."

"빨리 비켜."

"그러게 나한테 해보지도 못할 거면서 왜 덤비는데?"

"네가 하도 옆에서 종알대니까 그렇지!"

애다의 성난 목소리에도 지후는 뭐가 그렇게 좋은지 입가에서는 미소가 떠날 줄을 몰랐다. 지금 애다를 내려다보고 있는 이 순간에도 지후의 심장은 쿵쾅거리며 설레는 마음을 진정시킬 수가 없었다. 애다의 모습이 예뻐서…… 그녀가 너무나 욕심이 났다.

"헤헤. 목소리 들으니 잠 다 깬 것 같네?"

"나 잠 깨워서 좋아?"

"응."

"뭐가 그렇게 좋아? 나랑 놀고 싶어?"

"응."

"그래. 어떻게 놀아줄까?"

지후는 장난기 어린 미소를 지우고 애다를 그윽한 눈빛으로 바라보며 차분하게 말했다. 제 진심이 애다에게 그대로 잘 전달됐으면 좋겠다.

"사랑놀이하자."

"응?"

"너랑…… 사랑놀이하고 싶다고."

애다는 지후가 하는 말의 의미를 깨닫고 순간 얼굴이 붉어졌다. 그의 집에서 이렇게 하룻밤 묵을 때부터 예상을 한 건 사실이지만 막상 이런 상황이 다가오니 어찌해야 할지를 몰랐다.

"사, 사랑놀이?"

"응."

"그게 뭔데?"

애다의 목소리가 떨렸다. 마주 보는 시선을 피하며 입을 달싹거리는 그녀를 보던 지후의 입에서 웃음소리가 흘러나왔다.

"품. 완전 여우. 다 알면서."

"그, 그게."

"애다야."

지후의 다정스러운 목소리에 애다의 가슴이 조금씩 떨려왔다. 입안의 침은 바싹 말라가고 긴장감이 온몸을 지배하고 있다.

"나, 너랑 사랑하고 싶어."

"……."

"내가 널 얼마나 사랑하고, 소중하게 여기고, 아끼고 있는지 보여주고 싶어."

"지후야……."

"내 사랑 받아줄 거지?"

지후는 제 시선을 피하는 애다의 얼굴을 부드럽게 감싸고 간절한 표정으로 그녀를 내려다봤다.

애다는 지후의 진심 어린 표정과 말투, 눈빛에 천천히 고개를 끄덕거렸다. 더는 지후를 거부할 이유가 없었다. 지후를 사랑한다는 사실을 깨달은 순간, 그의 모든 것을 받아들이기로 마음먹었었다. 안지후. 정말 사랑하지 않을 수 없게 만드는 남자였다.

"응. 우리 사랑놀이하자."

"고마워. 애다야."

지후는 애다의 승낙에 벅차올라 천천히 그녀의 입술에 키스했다. 아직까지도 약간 부어 있는 애다의 입술에 그 어느 때보다 조심스럽게, 부드럽게 입을 맞췄다. 여린 속살을 혀로 쓸어내리며 조금씩 그녀의 향에 취해갔다.

애다는 지후가 하는 키스의 배려에 눈물이 나올 것 같았다. 키스 하나로도 그가 얼마나 지금 이 순간을 소중하게 여기고 조심스러워하는지, 지후의 마음이 고스란히 느껴졌다.

지후는 입술을 떼고 베이비 키스를 몇 번 나눈 뒤 애다의 이마, 코, 볼에 입을 맞추며 귓가에 속삭였다.

"애다야, 사랑해."

지후의 고백에 애다는 미소를 지으며 그의 볼에 입을 맞췄다.

"나도. 사랑해, 지후야."

지후는 자신이 지을 수 있는 최대한 환한 미소를 지으며 애다의 목에 입술을 댔다.

태초의 모습으로 돌아간 둘은 서로 눈을 맞추고 애정 어린 시선을 보내면서 서로를 꼭 껴안았다. 말을 하지 않아도 알 수 있었다. 서로가 얼마나 사랑하고 이 시간을 소중히 생각하는지…….

"정말 꿈만 같아. 애다야, 나 이렇게 행복해도 되는 거야?"

"너의 그 행복이 나로 인한 거라서 내가 더 고마워."

"애다야, 약속해. 절대로 내 곁을 떠나지 않겠다고."

"지후야."

"약속해. 정말 나 이제 너 아니면 안 돼."

지후의 음성이 떨렸다. 지금 그녀를 안으려고 하는 이 순간에도 왜 이렇게 불안한 건지. 어떻게 해야만 애다를 온전히 제 품에 둘 수 있을까?

애다는 차가운 미소가 아닌 따뜻한 미소를 지후에게 보여주었다. 그 미소에 지후의 불안한 마음이 조금씩 사라져 갔다.

'그렇게 웃어줘. 항상 그 미소를 나에게만 보여줘, 애다야.'

"약속할게, 지후야. 사랑해."

"사랑해, 애다야."

*

창문으로 비춰 들어오는 따뜻한 아침 햇살에 지후의 미간이 찌푸려졌다. 어젯밤 애다하고 함께한 행복감 때문에 눈을 뜨고 싶지 않다. 너무나 기뻐서…… 행복해서…… 지후는 이게 꿈이라면 깨고 싶지 않을 만큼 행복했다. 그렇게 처음 애다를 품에 안은 후 그 기쁨을 다시 한 번 맛보고 싶어서 잠들어 있는 그녀를 새벽에 한 번 더 깨워 안았다.

지후는 천천히 옆을 더듬었다. 그런데 한참을 더듬어도 애다의 몸이 만져지질 않자 눈을 번쩍 뜨고 자리에서 일어났다. 애다가 잠들었던 자리는 원래부터 아무도 없었던 것처럼 사람의 온기가 느껴지지 않았다.

'정말 꿈이었나? 설마…….'

지후는 침대 아래 벗어놓은 옷을 빠른 속도로 입은 다음 침실 문을 열고 나왔다.

"애다야."

이름을 불러도 아무런 대답이 들리지 않고 사랑하는 그녀의 모습이 보이지 않았다. 말도 없이 사라진 애다에 지후는 순간 불안한 느낌이 들었다.

"애…….."

지후는 주변을 살피다 테이블 위에 시선을 돌렸다. 테이블 위에는 어제 애다가 입었던 자신의 티셔츠와 우유, 작은 쪽지가 놓여 있었다. 지후는 테이블에 놓인 쪽지를 들어 올렸다. 정갈하고 예쁜 글씨로 적혀 있었다.

　– 지후야. 나 배달하러 가. 일어나서 나 없어졌다고 놀랄까 봐 쪽지 남기고 가는 거야. 아침 잘 챙겨 먹고 푹 쉬어. 사랑해.

지후는 애다의 쪽지를 손에 쥐고 텅 빈 집을 둘러보았다.
'이 집이 이렇게 컸던가? 항상 나 혼자 지내던 집이었는데 애다하나 없어졌다고 이렇게 텅 비어버린 느낌이 들다니…… 나 때문에 잠도 못 잤을 텐데. 그 몸으로 무슨 배달이야.'
지후는 애다가 없는 이 집이 너무 싫었다. 언제 어디서나 제 옆에 꼭 묶어두었으면 좋겠단 생각이 들었다.
'보고 싶다…. 밤새 같이 있었어도 또 보고 싶다. 애다야…….'

쾅쾅쾅.
"애다야!"
애다는 우유 배달을 끝내고 집에 와 부족한 잠을 자고 있었다. 그러다 밖에서 문을 두드리는 소리에 잠에서 깨어났다. 눈을 비비며 무거운 몸으로 문을 열자 문 앞에는 지후가 서 있었다. 애다는 놀란 표정으로 그의 이름을 불렀다.
"……지후야."
지후는 문이 열리자마자 애다를 품에 안았다. 그녀를 안고 있으니 모든 게 제자리를 찾은 듯 마음이 따뜻해져 왔다.

"보고 싶었어."

"엥? 우리 안 본 지 여섯 시간밖에 안 된 거 같은데?"

"무슨 소리야. 나한테는 육 년 같았어."

이 정도면 병이다. 애다는 지후의 몸을 밀어내고 그를 가만히 쳐다봤다. 현민의 존재를 알아서 그런 걸까? 지후의 집착이 예전보다 더 커져 버린 것 같다. 지후의 지금 마음이 어떨지는 충분히 이해가 갔지만 다른 한편으로는 그가 걱정스러웠다.

지후는 집 안으로 들어서며 막 잠에서 깬 애다에게 미안함을 느꼈다.

"미안. 자고 있는데 깨웠네?"

"응. 너 미워 죽겠어."

"자더라도 뭐 먹고 자야지. 내가 죽 사 왔어. 이것 먹고 자자."

"나, 잠 오는데…… 잉."

지후는 애다를 억지로 앉히고 죽을 꺼냈다. 그러고는 숟가락으로 죽을 떠서 뜨겁지 않게 입으로 후후 불어 식혀주었다.

"안 돼. 이것 먹고 자. 안 그래도 나 만나서 더 살 빠진 것 같단 말이야."

애다는 지후가 떠주는 죽을 받아먹었다. 그의 정성스러움에 고마움이 느껴졌다.

"애다야."

"응?"

"너 우유 배달 그만하면 안 돼?"

"왜?"

"많이 힘들어 보여. 살도 더 빠지는 것 같고. 그래서 속상하단 말이야."

애다는 지후의 따뜻한 걱정에 웃음이 나왔다. 지후에게도 미안했다. 하지 말라고, 괜찮다고 해도 늘 새벽에 함께 일어나 일을 도와주는 그였다.

"그렇지 않아도 오늘까지만 한다고 일주일 전부터 말해놨었어."

"정말? 그럼 이제 안 하는 거야?"

"응. 학교까지 다니면서 하려니까 힘드네. 나중에 방학하면 다시 하려고."

"잘 생각했어. 말 나온 김에 레스토랑도 그만둬."

"안 돼. 그건."

"왜? 돈 때문에 그런 거라면 내가 줄게. 우리 사무실에 나와서 일해. 그냥 학교만 다니면 안 돼?"

평소하고는 다르게 완강한 태도로 자꾸만 일을 그만두라는 지후가 의심스러웠다. 그동안은 걱정하면서도 자신이 하는 일에 크게 간섭을 하지 않는 지후였다.

"도대체 왜 그러는 건데?"

"불안해서."

애다는 지후의 말에 아무런 대답도 못하고 그의 얼굴만 빤히 쳐다봤다. 어떻게 하면 지후의 불안이 사라지게 할 수 있을지, 애다는 심각하게 고민하기 시작했다.

"내 옆에 항상 두고 싶어서. 나, 어떻게 하냐. 너한테 완전 미쳤나 봐. 왜 이러는지 나도 모르겠어. 그냥 네가 안 보이면 불안해. 네 마음, 네 몸 다 가졌는데…… 네가 날 두고 아무 데도 가지 않는다고 약속했는데도…… 불안해. 그게 뭔지 모르겠지만 지금 내 마음이 그래."

"지후야……."

지후는 애다에게 말하지 않았지만 이 불안감의 이유를 잘 알고 있었다. 바로 송현민, 애다의 전 연인. 그녀의 과거가 큰 문제가 되는 건 아니지만, 그래도 둘은 한때 정말 사랑했던 연인 사이가 아닌가? 그리고 채은도 현민에게 갔다. 애다는 그러지 않을 거라 믿고 있지만, 냉정한 이성은 자꾸 그 믿음을 무너뜨리려고 한다. 애다는 힘없이 고개를 숙이고 있는 지후의 손을 잡았다.

"네 맘 알겠어. 그런데 지후야…… 일은 그만둘 수 없어. 그건 네가 이해해 줘. 학교 졸업하는 날까지만. 알았지?"

"응."

"자. 그럼 다시 죽 떠줘. 아."

애다가 밝게 웃으며 입을 벌리고 재촉하자, 지후는 옅은 미소를 지으며 숟가락으로 죽을 떠서 그녀의 입에 넣어주었다.

"그럼, 그 피곤한 몸으로 좀 있다가 레스토랑에 갈 거야?"

"아니. 오늘은 누. 구. 때문에 내가 잠을 못 자서 하루 쉰다고 연락했어."

"……."

"그 누구가 누군지는 알겠지?"

"글쎄. 누구야, 도대체?"

지후는 딴청을 피우며 애다의 입속에 죽을 떠 넣어줬다. 지후의 그런 모습에 애다는 눈을 한번 흘기며 웃었다. 정말 말이나 못 하면 밉지나 않지. 바보 안지후.

"자. 이제 죽 다 먹었으니까 나 잘래. 그만 돌아가."

애다가 자리에서 일어나며 침대로 다가가자, 지후가 서둘러 강아지처럼 그녀의 뒤를 따라다녔다.

"애다야. 내가 재워줄게."

"됐거든!"

애다의 버럭대는 소리에 지후는 장난기 가득한 얼굴로 씩 웃었다. 그 모습에 애다는 기가 막힐 뿐이었다.

"아니, 무슨 상상하는 거야? 그냥 재워준다는데 왜 소리를 질러?"

"퍽이나."

"진짜로. 설마 내가 피곤해하는 네 몸을 건들겠어?"

"어."

"아이참. 진짜 옆에서 팔베개만 해줄게."

지후의 고집에 애다는 의심쩍은 눈빛을 보냈다. 애다의 눈빛에 지후는 장난기 어린 미소를 지우고 진지한 목소리로 다시 이야기했다.

"진짜라니까."

"뭐…… 한번 믿어보지."

"자자. 마누라."

"마누라는 무슨."

"어허. 서방한테 말버릇 하고는. 빨리 와, 자자."

지후는 애다의 손을 잡고 침대에 눕힌 뒤 옆에 누워 팔베개를 해주었다. 피곤한 그녀의 얼굴을 보니 미안한 마음이 들었다.

"지후야. 오늘 촬영 없어?"

"응. 패션쇼 끝난 뒤로 좀 한가해."

"그날 너 완전 멋졌는데."

지후는 패션쇼 날의 기억을 떠올리고 싶지 않았다. 그날은 자신에게 정말 최악의 날이었으니까. 지후가 아무런 말이 없자 애다는 그를 가만히 불렀다.

"지후야⋯⋯."

"그만 자. 잠 온다며."

"응. 나 좀 있다 깨워줘. 학교 가야 해."

"응. 내가 데려다줄게. 얼른 자."

"응."

잠시 후. 정말 피곤했는지 애다는 깊은 잠이 들었고, 지후는 그녀의 잠자는 모습을 바라보며 머리를 만지작거렸다. 곁에서 잠깐 잠을 자려는 그때 침대 옆 협탁에 올려놓았던 애다의 휴대폰 진동 소리가 들려왔다.

지후는 애다가 깰까 봐 조심히 그녀의 머리에서 자신의 팔을 빼고 휴대폰을 들여다봤다. 저장되어 있지 않은 번호. 지후는 혹시나 하는 예감에 집 밖으로 나가 전화를 받았다.

"여보세요."

[⋯⋯.]

"여보세요."

[지후?]

역시나 예감이 맞았다. 현민이다. 지후는 속으로 현민에게 욕을 하며 태연하게, 최대한 자연스럽게 전화를 받았다.

"그런데요? 누구시죠?"

[하⋯⋯ 애다는?]

"누구신데 애다를 찾아요?"

[안지후.]

"⋯⋯."

[애다 바꿔.]

"지금 자는데?"

[뭐?]

"지금 내 옆에서 잔다고."

[……]

"앞으로 전화하지 마. 끊어."

[안지후.]

"아, 왜 자꾸 내 이름을 함부로 불러? 부르지 마, 내 이름. 기분 나쁘니까."

[우리 만나서 할 이야기가 있지 않아?]

"아니. 없는데?"

[만나. 만나서 이야기해.]

"싫어."

[내가 다시 애다 데리고 사라지길 바라는 거야?]

현민의 말에 휴대폰을 쥔 손에 힘이 들어갔다. 다시 한 번 그날의 잔상이 떠올랐다. 만약 눈앞에서 현민이 이딴 소리를 했다면 바로 주먹이 날아갔을 것이다.

"한 번만 더 그딴 짓 해봐. 내가 가만히 있을 것 같아?"

[그러니까 만나자고. 왜? 뭐가 두려워서 날 안 만나겠다는 거야?]

"……"

[내가 못할 것 같아? 애다…… 네 눈앞에서 사라지게 해줄까?]

"송현민!"

[그러니까 나와. 좋은 말할 때.]

뚝.

지후는 치밀어 오르는 화를 다스리려 노력했다. 언젠가는 한번 만날 현민이었지만 이런 상황을 원한 건 아니었다.

"젠장. 씨……."

지후는 이 상황이 정말 짜증나고 싫었다. 그냥 아무도 없는 곳에 가서 애다와 단둘이 행복하게 살고 싶은 심정이 들었다. 정말싫다. 지후는 벽에 몸을 기대고 그저 깊은 한숨만 내쉬었다.

지후는 자고 있는 애다를 깨워 차에 태우고 학교까지 데려다줬다.

"지후야, 고마워. 데려다줘서."

"응."

"조심해서 가."

"차비 안 줘?"

"으이그. 쪽. 됐지?"

"응."

애다의 짧은 입맞춤에 급속도로 기분이 좋아진 지후다. 잠깐이라도 학교에 보내기가 싫어졌다.

"끝나고 데리러 올게."

"괜찮아. 그러지 마."

"싫은데?"

"나도 싫거든! 일 없을 때 푹 쉬어. 간다!"

손을 흔들며 학교 안으로 들어가는 애다를 보며 지후는 얼굴에 미소를 서서히 거두었다.

"휴…… 가볼까? 안지후! 꿀릴 거 없어. 자신감을 가져. 애다의 현재 남자친구는 바로 나라고. 가진 자의 여유를 부리고 오면돼. 파이팅!"

지후는 현민과의 약속 장소로 차를 몰았다.

바에 들어서니 현민이 바텐더 앞에서 양주를 마시며 앉아 있다. 지후는 현민 옆에 앉았다. 지후의 인기척에 현민은 마시던 술을 내려놓았다.

"왔어? 마실래?"

"아니. 차 가지고 왔어."

"훗. 이제 나한테도 반말이네."

"내가 존댓말할 이유는 없는 것 같은데? 알잖아? 나 원래 싸가지 없는 거."

"훗. 역시 안지후네."

현민의 알 듯 모를 듯한 웃음에 지후는 그를 힐끔 바라봤다. 남은 지금 속이 타들어갈 지경인데 현민의 여유로운 모습에 화가 슬슬 치밀어 올랐다.

"나한테 할 이야기가 뭐야?"

"애다."

현민의 입에서 애다 이름이 나오자 지후는 긴장이 되었다. 그럴 필요 없어, 안지후. 정신 똑바로 차려.

"애다가 뭐?"

"애다. 갈수록 좋아지지?"

"……."

"어떨 땐 차갑고 냉정한 것 같기도 하고, 또 어떨 땐 착하고 마음이 굉장히 여려서 눈물도 많고……."

"무슨 말을 하고 싶은 거야?"

지후는 현민이 애다에 대해 잘 아는 것처럼 말하는 게 듣기 싫었다. 하지만 현민은 지후를 힐끔 쳐다본 후 계속해서 말을 이어 갔다. 마치 지후가 어떻게 나올까 그의 반응이라도 살피는 것처럼 말이다.

"그리고…… 애다 잘 때 꼭 왼쪽 방향으로 누워서 잔다."

"송현민!"

지후의 주먹 쥔 두 손이 부르르 떨렸다. 지후는 현민의 말에 화가 치밀어 올라 저 면상을 한 대 갈겨주고 싶은 마음이 거세졌다. 미친 자식. 감히 누구 앞에서 그딴 소리를 지껄이는 거냐고!

"나한테 하고 싶은 요점만 말해. 그딴 식으로 치사하게 자극하지 말고."

현민은 화가 나 있는 지후를 보고 단호하게 말했다.

"안지후. 애다랑 그만 헤어져."

"뭐라는 거야?"

지후의 비꼬는 말투에 현민의 눈썹이 꿈틀거렸다.

"이건, 애다를 떠나서 너의 동료로서 이야기하는 거야."

"……."

"결국에 상처받는 건 네가 될 거야. 그러니 이쯤에서 그만해."

"웃기고 있네. 임채은도 그렇고, 선배도 그렇고. 왜 나보고 그만하래?"

"지후야."

"지나가는 사람들 다 붙잡고 이야기해 봐. 이게 상식적으로 말이 되는 소리야?"

"안지후."

"애다가 지금 만나고 있는 사람은 바로 나야. 우리 둘이 좋아서 만난다는데 왜 이상한 날파리들이 끼어서 나한테 이래라저래라 하는 건데?"

"……."

"나보고 그만하라고 그러면 내가 그래야 해? 왜? 싫은데?"

"애다랑 나. 그렇게 쉽게 끝낼 가벼운 사이 아니야."

"그럼 무거운 사이라도 돼?"

현민은 지후의 비꼼에 인상을 찌푸렸다. 지후를 쳐다보고 있으니 그의 눈동자가 미세하게 떨리고 있었다. 말은 그렇게 해도 지후의 불안한 모습이 고스란히 현민의 눈에 다 비쳤다.

"그리고 끝낼 사이가 아니라 선배와 애다는 벌써 끝났어."

"다시 돌아오게 할 거야."

"……."

"애다. 쉽게 나 못 잊어. 그래서 너도 불안해하고 있는 거 아니야?"

"……."

"바로 네 옆에 두면서도 네가 불안해하고 있는 이유. 그게 나라는 존재 때문이잖아."

"무슨 소리야? 내가 왜 불안해?"

현민은 일부러 더 도발적인 발언을 했다.

"네 얼굴에 다 드러나. 나, 애다 마음 쉽게 돌릴 수 있어. 내가 못할 거 같니?"

지후는 한숨을 내쉬며 현민의 시선을 피해 조금 마음을 진정시켰다.

"선배가 저번에 나한테 그랬지? 나한테 미안하다고, 사과하고 싶다고."

"그랬지."

"그럼 그거 애다로 갚아."

"뭐?"

"애다 건들지 마."

정말…… 제발…… 현민이 이쯤에서 그만뒀으면 좋겠다. 진심
으로.

현민은 채은에 대한 문제로 지후에게 미안한 마음을 가지고
있었지만, 그 일로 애다를 포기할 마음은 추호도 없었다.

"안지후. 그건 애다하고는 별개의 문제야."

"그렇겠지. 임채은에 대한 사과였으니까."

"알면서 왜 그래?"

현민의 말이 맞았다. 애다가 옆에 있는데도 지후가 불안해하는
이유. 바로 송현민 때문이었다. 이 년 전 현민이 자신 앞에서 사
랑에 빠진 얼굴로 애다를 자랑했었다. 현민의 이야기로만 들었을
때는 둘의 사이는 정말 가족 같아 떼려야 뗄 수 없는 관계였다.

그것뿐만 아니라 현민은 애다의 어머니에게도 인정받은 남자
였다. 애다를 프랑스에 데려가 결혼할 거라고 말했던 남자, 그게
바로 송현민이다.

그 당시 지후는 채은을 만나고 있어서 현민이 말하는 애다의
이름을 건성으로 들었었다. 만약 그때 애다의 얼굴을 한번 봤더
라면 어떻게 됐을까? 아마도…….

"선배하고 난 왜 이렇게 꼬이는 거지?"

"글쎄. 어디서부터 어떻게 잘못됐는지 한 사람만이 알겠지."

"그 사람이 임채은이라는 거야?"

"……."

"채은이 잘못만은 아니야."

지후의 말에 현민은 미간을 찡그렸다. 채은 때문에 모든 게 꼬
였는데 그녀 잘못만은 아니라니. 현민은 지후의 말이 맘에 들지

않았다.

"그게 무슨 소리야. 이제 와서 옛날 여친 두둔이라도 해주고 싶은 거야?"

"만약 선배가 그때 애다를 보여줬다면……."

"그랬다면 이런 일도 안 일어났겠지. 후회해. 한 번이라도 너희한테 애다를 소개해 주지 못한 걸 후회해."

"아니."

지후는 현민의 눈을 똑바로 직시하며 한 치의 망설임도 없이 말했다.

"그때 선배가 애다를 보여줬다면 난 무슨 수를 써서라도 애다를 선배한테서 빼앗았을 거야."

"뭐?"

"선배와 채은이한테 상처를 주고 애다를 내 여자로 만들었을 거라고."

현민은 놀란 눈으로 지후를 바라봤다. 단호한 그의 모습에 잠시 할 말을 잃었다.

"그렇게 됐다면 악역은 임채은이 아니라 내가 됐겠지."

"너……."

"그리고 이 년 전 선배의 잘못된 선택으로 인해 애다와 내가 만난 거야. 선배가 정말로 애다를 원했다면 그 꿈을 버리고 애다 곁에 있었어야 했어. 만약 내가 선배 입장이었다면 난 그렇게 했을 거야."

"……."

"그러니까 애다와 나 건들지 마. 선배는 애다 다시 찾을 자격 없어. 무엇보다 애다가 날 사랑한다는데 선배가 끼면 곤란하지.

안 그래?"

"안지후."

"선배로서 대접해 주는 건 오늘까지야."

지후는 할 말을 다 했다는 듯 자리에서 일어나 미련 없이 현민을 뒤로하고 밖으로 나갔다.

'안지후. 애다를 향한 마음이 그 정도야? 나한테서 빼앗았을 거라고? 네가? 나한테서 애다를? 과연 그럴까? 그건 두고 보면 알겠지. 시시각각 변하는 게 사랑이야. 나도 너의 선택을 기대해 볼게.'

현민은 날카로운 눈빛을 빛내며 지후가 나간 문을 바라봤다.

지후는 차에 올라타 눈을 감고 머리를 운전석 의자에 기댔다.

"애다. 쉽게 나 못 잊어. 그래서 너도 불안해하고 있는 거 아니야?"

"애다랑 나. 그렇게 쉽게 끝낼 가벼운 사이 아니야."

"나, 애다 마음 쉽게 돌릴 수 있어."

지후는 한숨을 쉬며 휴대폰을 들었다. 지금 혼자 있다가는 큰 사고를 칠 것만 같았다. 애다는 수업 중이고…….

잠시 생각한 지후는 수현에게 전화를 걸었다.

[뭐야. 살아 있었어?]

"형, 지금 어디야?"

[몰라.]

"뭐야. 아직도 삐쳤어?"

[너 진짜. 그러는 거 아니다. 내가 너 때문에…….]

"미안해. 술 사줄게. 어디야?"

[지성이랑 같이 있어.]

"형이랑? 어딘데?"

[강남에 자주 가는 단골집.]

"알았어. 금방 갈게."

아무래도 오늘은 술을 좀 마셔야겠다. 지후는 전화를 끊고 애다에게 문자를 보냈다. 데리러 가지 못해 미안하다고…….

지후는 휴대폰을 내려놓고 차에 시동을 건 후 수현이 있는 곳으로 향했다.

강남의 한 양곱창집.

지후는 3층으로 지어진 건물 지하에 차를 주차한 후 엘리베이터를 타고 가게 로비로 들어섰다.

"어서 오세요, 지후 씨. 오랜만이에요."

룸으로 이루어진 내부에 깔끔한 조명과 아기자기한 인테리어들이 눈에 띄는 이곳은 지후의 할아버지부터 이어진, 오래된 단골 가게다.

"네. 형, 여기 와 있죠?"

"그럼요. 이쪽으로 오세요."

지후는 김 사장님을 따라갔다.

"여기입니다."

"고맙습니다."

"별 말씀을. 뭐 필요한 거 있으면 말씀하세요."

"네."

지후는 김 사장에게 가벼운 눈인사를 하고 문을 열어 룸 안으로 들어갔다.

"지후 왔어? 빨리 왔네?"

"근처에 있었어."

지후는 수현의 말에 대답하며 자리에 앉았다. 그리고 재킷을 벗어 한쪽에 두고 형들을 바라봤다.

"누구 만나고 오는 길이야?"

지성이 지후의 잔에 소주를 따르며 물었다. 지후는 오랜만에 본 형을 향해 살짝 미소를 지었다.

"아니. 잠깐 일이 있어서."

"그런데 오랜만에 본 내 동생 얼굴이 별로 안 좋아 보인다? 무슨 일 있어?"

"없어, 그런 거."

지후는 지성이 따라준 술을 마신 후 수현을 돌아봤다. 수현의 표정을 보니 아직도 마음이 안 풀린 모양이다. 지후는 수현의 잔에 소주를 따르며 웃었다.

"형. 미안해. 화 풀어라, 응?"

"쳇. 네 행동을 보니 애다랑 별일 없나 보군."

"응."

"그날 도대체 애다 어디 간 거야?"

"그냥. 형 말대로 급한 일이 있어서 잠깐 어디 갔었나 봐."

"것 봐, 내가 뭐랬어! 어휴. 진짜 지후 너 때문에 내가 그때만 생각하면! 어휴. 정말 생각도 하기 싫네."

지성은 수현과 지후의 대화를 들으며 동생의 얼굴을 찬찬히 살펴보았다. 지후가 오기 전 수현에게서 패션쇼가 있던 날의 이야기를 대충 들었다. 그런데 지금 지후의 얼굴을 보니 입은 웃고 있지만, 눈빛은 근심이 어려 있었다. 분명 무슨 일이 있는 것 같은데…….

"형. 소현이 누나는 언제 온대?"

지후가 일부러 화제를 돌리며 지성의 술잔에 소주를 따르며 물었다.

"올가을에."

"그럼 결혼은 언제 할 거야?"

"오는 대로 바로 할 거야."

"부럽네. 좋겠다."

수현은 지성의 말에 장난기가 어린 어조로 대꾸했다.

"누가 내 동생 너한테 준대? 어디서 결혼이야?"

지성은 요즘 수현의 행동에 웃음만 나올 뿐이다. 하나밖에 없는 동생을 그리 주기 싫으나? 자신 같은 1등 신랑감이 어디 있다고. 요즘 형님 대접도 꼬박꼬박 해주고 있건만.

"또 왜 그래요, 형님. 왜? 경희 씨랑 잘 안 돼? 그래서 지금 소현이랑 나 질투하는 거야?"

"쳇. 넘어올 듯하면서도 안 넘어오네. 무슨 여자가 그렇게 튕기는지."

"픕."

형들의 대화를 듣고 있던 지후가 피식거리며 웃자, 수현이 그를 죽일 듯이 흘겨봤다.

"넌 왜 웃어?"

"그냥. 웃음이 나오네."

"이씨. 그나저나 너 그날 왜 그렇게 송현민을 찾은 거야?"

수현의 질문에 웃고 있던 지후의 얼굴이 순식간에 굳어졌다. 왜 이곳에서 또 현민의 이름을 들어야 하는 건지.

"송현민?"

지성이 물어보자 수현은 앞에 놓인 양곱창을 먹으며 입을 열었다.

"어. 지후 선밴데 그날 갑자기 이 자식이 송현민을 찾고 난리더라고. 애다를 찾다가 송현민을 찾다가."

지후가 굳은 얼굴로 아무런 대답을 하지 않자, 지성은 그의 얼굴을 살피며 물었다.

"도대체 무슨 일이야?"

"응?"

"너 얼굴 안 좋아 보여. 말해. 무슨 일인지."

"아니야. 아무 일 없어."

"내가 너 몰라? 빨리 말해. 또 뒷조사 들어가기 전에."

"형."

"뒷조사 들어갈까?"

지성이 지금 이 자리에서 말하지 않으면 바로 알아보겠다는 듯 지후를 강한 눈빛으로 쳐다봤다. 수현 또한 그제야 지후의 얼굴을 살피며 그가 말하기를 기다렸다.

"그게……."

"너 설마 임채은 문제야?"

"그건 또 무슨 소리야?"

수현의 뜬금없는 말에 지성이 그를 바라봤다. 왜 수현의 입에서 임채은 이야기가 나오는 건지, 지성은 도통 알 수가 없었다. 지성의 물음에 수현은 순간 자신이 말실수를 했음을 깨달았다.

하지만 지성의 눈빛에 말을 하지 않을 수가 없었다. 수현은 지후의 눈치를 보면서 조심스레 입을 열었다.

"아니, 채은이랑 송현민, 프랑스에서 사귀다 최근에 헤어졌거든."

"수현이 말이 사실이야? 너 임채은한테 미련 남아서 송현민이라는 작자랑 문제 있는 거야?"

"미쳤어! 여기서 임채은 이야기가 왜 나와?"

지후가 인상을 쓰며 소리를 지르자 지성이 단호한 말투로 다시 물었다.

"그럼, 뭐야. 임채은이 아니면 네가 이러는 이유 단 하나밖에 없어. 선애다 씨야?"

지성의 물음에 지후의 굳어진 표정은 쉽게 풀리지 않았다. 눈치 빠른 지성의 입에서 애다 이름이 나온 걸 보니, 대충 상황을 파악한 것 같다. 이래서 형 앞에서는 항상 말조심하는 편인데, 수현 때문에 망했다.

"선애다, 송현민. 연관 있어?"

지성의 차가운 말투에 지후는 대답을 쉽게 하지 못했다. 그 모습에 지성은 지후를 향해 버럭 소리를 질렀다.

"안지후!"

"그게……."

지성의 큰 소리에 지후가 천천히 입을 열었다. 애다와 현민의 관계를 제 입으로 말하고 싶지 않았지만, 지금은 피할 수 없는 상황이었다. 자신이 아는 지성이라면 어떻게든지 알아낼 테니까.

잠시 후, 지후가 한 이야기를 듣고 지성과 수현은 아무 말도 하지 않은 채 그저 놀란 얼굴로 바라볼 뿐이다. 한동안 방 안에는 침묵만이 흘렀다.

"둘이 헤어져."

지성의 폭탄 같은 발언에 지후가 놀란 얼굴로 그를 바라봤다. 지후는 지성이 저런 말을 할 거라고는 전혀 예상하지 못했다. 수현 또한 지성의 말에 놀라며 입을 다물지 못했다.

"지금…… 나보고 애다랑 헤어지라고?"

"그래."

"왜?"

"몰라서 물어?"

"몰라. 왜 그래, 다들? 내가 이상한 거야? 왜 다들 나보고 그만두래? 우리가 무슨 죄 졌어? 도대체 이유가 뭐야? 왜 헤어지라는 건데?"

"이야기 들어보니까 송현민이라는 사람, 너하고 악연이야."

"뭐?"

"임채은도 모자라 이젠 선애다까지."

"그게 무슨 상관이야."

"임채은은 그렇다 쳐도 애다 씨하고는 깊은 관련이 있는 사람 같은데 너 그거 감당할 수 있어?"

"있어."

지후의 확신에 찬 말투에 지성은 걱정스러운 표정을 지으며 아까와는 다른 말투로 입을 열었다.

"그런데…… 할 수 있다면서 왜 그렇게 불안해하는데?"

"……."

"지후 네 말대로 너랑 애다 씨 죄 지은 거 없어. 그런데 도대체 뭐가 불안해서 지금 이러는 건데! 애다 씨가 너랑 헤어지겠대?"

"아니."

"그것도 아닌데 너 혼자 왜 그러냐고. 네가 그러니까 그 인간이 너 더 자극하는 거 아니야! 정신 차려. 안지후! 애다 씨 믿어 봐. 네가 자꾸 그런 모습 보이면 아마 애다 씨도 불안해져 널 떠나게 될지도 몰라."

지후는 지성의 충고에 정신이 번쩍 들었다. 형의 말대로 불안해할 이유가 전혀 없었다. 애다의 사랑 고백까지 들은 마당에 그럴 필요가 없는 거다. 정신 똑바로 차려, 안지후.

지성은 얼마 전 안 회장이 한 말을 떠올렸다.

'할아버지께서 말씀하신 게 바로 이거야? 과거의 인연과 사람들이 지후, 애다, 송현민, 임채은. 이 네 사람을 말씀하신 건가? 그렇다면 할아버지는 벌써 이 사실을 알고 계신다는 말인데…… 지금까지 지후와 애다를 가만히 놔두신 걸 보면 허락하신 건가? 도대체 할아버지의 속내가 뭐지?'

수현은 아무런 말이 없는 두 형제를 번갈아 바라보다가 조심히 말을 꺼냈다.

"지후야. 내가 보기엔 너 이러는 거 송현민에 대한 열등감 같다."

지후는 수현의 말에 어리둥절한 표정으로 그를 바라봤다. 수현의 말이 쉽게 이해되지 않았다.

"열등감? 내가? 왜?"

"너, 항상 송현민 아래라고 생각하잖아."

"……."

"네 우상이었고 롤 모델이었던 사람. 그리고 네가 의지하고 잘 따랐던 형이었잖아."

"……."

"무엇보다 네가 이루지 못한 꿈을 이룬 사람이니까. 송현민은 모델계에서 최고 대우를 받으며 프랑스로 갔고, 거기다 임채은까지. 넌 송현민을 이길 수 없다고 네 마음속에 그렇게 정의를 내려버린 것 같아. 그래서 애다도 당연히 송현민이 쉽게 **빼앗아** 갈 수 있다 생각하고 있는 거야."

맞다. 수현의 말이 맞다. 현민은 지후가 이루지 못한 것을 이루었다. 꿈, 사랑…… 모두 다 그랬나 보다. 수현의 말대로 자신은 현민을 이길 수 없다고 무의식적으로 그런 생각을 하고 있었나 보다. 그래서 이렇게 불안해했을까? 채은도 사랑한다고 해놓고는 쉽게 현민에게 돌아섰다. 그래서 애다도 그럴 거라고 생각했나 보다. 채은과 애다는 다른 사람인데……

'지성이 형 말대로 애다를 믿어도 되겠지? 애다가 날 믿는 것처럼…….'

"만약 송현민이 허튼 수작 부리면 나한테 말해."

지후는 지성의 말에 이때까지 하고 있던 생각을 떨쳐 내고 형을 바라봤다.

"말로 안 되면 힘으로라도 그 자식 떨어뜨려 줄 테니까. 아예 모델계에 발도 못 붙이게 할 수 있어."

"헐. 형 유치하게 왜 이래? 이게 무슨 동네 아이들 싸움이야?"

"사랑 싸움에 어른이 어디 있고 애들이 어디 있어? 안 되면 머리 쪽수로 밀어붙여야지."

"하하. 맞다. 지성이 네 말이 백번 옳다. 오! 지후는 좋겠네. 이렇게 든든하고 멋진 형이 두 명이나 있어서."

"진짜 유치해서 형들하고 못 놀겠네."

지후는 말로는 투덜댔지만, 자신의 편에 서서 힘이 되어주는 두 형한테 고마움을 느꼈다. 하지만 형들의 도움을 받지는 않을 것이다. 이건 애다와의 둘만의 문제이기 때문에. 형들로 인해 현민이 망가진다면 그녀가 맘이 아플 거다. 자신에게는 죽도록 미운 현민이지만 애다에게는 그렇지 않을 수도 있었다. 적어도 지금의 제 연인인 애다의 과거는 존중해 줄 필요가 있다.

'나를 만나기 전의 과거니까. 그게 애다가 말한, 사귀는 동안에 서로 지켜야 할 예의니까.'

애다를 믿을 것이다. 지금 이 상황에서 할 수 있는 건 애다를 믿는 방법밖에는 없다. 사랑하니까…….

*

애다는 학교 수업을 마치고 지후가 보낸 문자를 확인한 후 지하철역 방향으로 발걸음을 옮겼다.

rrrr.

애다는 휴대폰 벨소리에 걸음을 멈추고 전화를 받았다.

"네. 아줌마."

엄마의 간병인 박씨 아주머니한테 전화가 오자, 긴장을 감출 수가 없었다.

[애다야.]

"네. 엄마한테 무슨 일 있어요?"

[아니야. 아무 일 없어.]

박씨의 말에 애다는 긴장을 놓고 안도의 한숨을 내쉬었다.

"그럼, 무슨 일로 전화하셨어요?"

[어, 그게 말이지.]

"……."

[저번 주말에 병원에 같이 온 남자 말이야.]

"같이 온 남자요?"

[왜 그 키 크고 잘생긴 남자 말이야. 엄마 병실 앞에서 서성거리던.]

"아……."

애다는 현민을 떠올리며 박씨에게 재차 물었다.

"네. 그런데요?"

[엄마랑 무슨 사이야?]

"네? 그게 무슨……."

아주머니의 뜬금없는 말에 애다는 고개를 갸웃거렸다. 갑자기 아주머니가 현민에 대해 묻는 것이 이해가 되지 않았다.

[아니. 어제 그 사람이 병원에 다시 왔더라고.]

"오빠가요?"

[아, 오빠야? 친오빠?]

"아, 뭐. 그런데 오빠가 왜요?"

애다는 박씨에게 현민을 뭐라고 소개를 해야 할지 몰랐다.

[그 사람이 저번에 너랑 같이 왔을 때 나한테 물어보더라고. 네 엄마 어떻게 된 건지. 그래서 사람도 착해 보이고 해서 대충 내가 말은 했는데…….]

"그런데요?"

[아니 어제 갑자기 오더니 자신이 병실에 있을 테니 나보고 들어가라 하더라고. 마침 나도 집에 군대에 간 아들이 휴가 나와서 가봤어야 했거든.]

"……."

[그런데 그 사람이 꼬박 밤새우며 네 엄마 병실 지키더라. 다음에 또 오겠다면서 무슨 일 생기면 연락하라고 연락처를 주고 갔거든.]

"……네."

[혹시나 안 좋은 사람이면 어쩌나 싶어서 너한테 확인 전화하는 거야. 어떡하지? 다음에도 그 사람 오면 뭐라고 해야 하는 거야? 엄마 맡겨도 되는 사람이야?]

애다는 마른침을 삼킨 뒤 박씨에게 말했다.

"네. 괜찮아요. 엄마한테는 아들 같은 사람이에요. 오빠도 우리 엄마를 친엄마처럼 생각하니까 안심하셔도 돼요."

[그래? 알았어. 그럼.]

"엄마한테 무슨 일 생기면 바로 연락주세요."

[그래 알았어. 그만 끊을게.]

애다는 통화를 끝내고 현민을 떠올렸다. 엄마와 오빠는 정말 모자처럼 다정했었다. 친자식인 자신이 질투할 정도로 말이다. 저와의 관계를 떠나서 현민에게 엄마는 친엄마 이상이었으니 그 마음을 모른 척할 수가 없었다. 병실에서 목 놓아 울던 현민의 모습을 떠올리며 마음 한구석에 아련함과 씁쓸함이 동시에 밀려왔다.

'내가 사랑하는 사람은 지후. 그렇다면 현민 오빠에 대한 감정은 뭐지? 나에게 상처를 줬던 사람인데…… 예전 현민 오빠한테 떨렸던 심장은 이제 지후로 향했는데. 그럼 현민 오빠는? 그냥 마음이 아픈 사람…… 가족 같은 존재인가? 잘못을 해도 용서하고 다시 받아줄 수 있는 가족? 그런 건가?'

애다는 고개를 흔들어 복잡한 생각을 떨쳐 냈다.

"애다야."

애다는 자신의 이름을 부르는 소리에 천천히 고개를 들었다. 현민이 집 앞에서 벽에 기대어 바라보고 있었다.

"오빠……."

현민은 입가에 미소를 지으며 애다에게 천천히 다가갔다. 언제 올지 모를 그녀를 기다리면서 제발 매몰차게 대하지만 않았으면, 하는 바람이었다.

"이제 오는 거야?"

"응."

"어디 갔다 와?"

"학교."

애다의 무미건조한 말투에 현민은 그녀의 머리를 떨리는 손길로 살짝 쓰다듬었다. 이런 애다가 좋았다. 변하지 않는 모습의 그녀가 너무 그리웠다.

"아직도 열심히 사네. 기특하다."

"아줌마한테 이야기 들었어. 엄마 병원에 갔었다며."

"응."

"고마워."

애다의 뜻밖의 말에 현민은 놀란 얼굴이다. 그녀가 다시는 찾아가지 말라며 냉정하게 말할 줄 알았는데 생각지도 못한 말에 약간 당황스러웠다.

"내가 어머니 찾아뵈어도 괜찮아?"

"응. 엄마도 좋아하실 거야."

"고맙다. 애다야."

잠시 둘 사이에 침묵이 흐른 후 현민이 조심스레 먼저 입을 열었다.

"저기…… 애다야."

"응?"

"지후 말이야."

"……."

"내가 아끼는 후배였어. 너도 알지? 내가 예전에 너한테 귀여운 동생 하나 생겼다고 말하던 거."

아…… 생각났다. 현민 오빠가 귀엽고 멋진, 괜찮은 동생 하나 생겼다고 말했던 거. 애다는 고개를 끄덕거리며 무심한 눈빛으로 현민을 대했다.

"응. 생각나."

"그게 지후야."

그게 지후였구나. 이상하게 이런 상황이 놀랍지가 않다. 오히려 덤덤했다. 아마도 지후에 대한 사랑을 깨달아서 그런가 보다.

"나 때문에 오빠랑 지후 사이 멀어진 거야?"

"아니야. 프랑스 가기 전에 서로 다른 안 좋은 일이 있어서 좀 서먹했어. 너 때문이 아니야."

"응."

현민은 애다의 손을 천천히 잡았다. 그녀의 손가락에 끼워진 반지를 보고 잠시 멈칫하던 그는 그 반지를 매만지며 슬픔에 깃든 목소리로 물었다.

"나는 이제 안 되는 거야?"

"……."

"난 아직도 진행 중인데…… 넌 끝난 건가?"

애다는 현민이 잡았던 손을 뒤로 빼며 그의 시선을 피하지 않고 말했다.

"미안해."

"네가 왜 미안해?"

"모르겠어, 나도. 그냥 미안하네."

"애다야."

"응."

"지후 사랑하니?"

"응."

한 치의 망설임도 없이 대답하는 애다를 보며 현민은 마음이 아파왔다. 짐작은 했지만 그녀의 입에서 직접 들으니 생각했던 것보다 너무 큰 고통이었다.

"애다야."

"……."

"너한테 나 다시 받아달라는 말 안 해. 그냥 옆에만 있게 해줘."

현민이 하는 말이 이해가 되지 않아 애다는 어리둥절한 표정을 지었다. 엄마의 옆에는 있어도 되지만 자신은 아니었다. 현민을 향했던 마음들이 더 차갑게 식어가고 단단해지고 있었다.

"그게 무슨 말이야?"

"단 한 번도 너 잊은 적 없어. 지금도 널 사랑하는데…… 네가 날 너무 매몰차게 대하면 견딜 수가 없을 것 같아서…… 너에 대한 마음 정리할 때까지 만이라도 옆에 있게 해주라. 밀어내지 말고……."

이 남자. 끝까지 이기적이다. 지금 그게 말이 되는 소리인가?

애다의 표정이 차갑게 변했다. 아무 말도 하지 말고 모른 척 살아 가지, 왜 이제 와서 이러는데?

"오빠."

"네가 힘들 때마다 기댈 수 있는 친오빠처럼 그렇게 있을게. 안 될까?"

애다는 현민의 간절한 눈빛을 애써 외면하며 냉담한 어조로 말했다.

"안 돼. 오빠."

"애다야."

"너무 늦었어."

"……."

"오빠가 엄마 만나는 건 말리지 않아. 하지만 나하고는 아니 야. 오빠가 그런 감정으로 날 대하고 만난다면 난 오빠를 곁에 둘 수 없어."

"날…… 용서 못 하는 거니?"

"용서라고 할 것도 없어. 오빠를 원망해 본 적도 없으니까."

애다는 이제는 현민에 대한 연민도 사라져 버렸다. 그저 그가 안타까울 뿐이었다. 이런 상황은 정말 아니었다. 그의 쓸데없는 고백이 오히려 독이 되었다.

'이건 아니야. 오빠.'

현민은 애다의 차가운 거절에 마음 한구석에 아련하게 아픔이 몰려왔다.

"지후 때문이야?"

"난 지후에게 아픔을 주기 싫어."

애다의 목소리는 여전히 차갑다. 하지만 지후의 이름을 말하는 그녀의 눈빛이 순간 변했다. 아무래도 지후의 모습을 떠올린 것 같다.

"내가 지후를 사랑한다고 깨달은 순간 지후의 아픔이 나한테도 느껴졌거든."

"애다야."

"지후는 나에게 물어보지도 않아. 오빠에 대해서."

애다는 지후의 모습을 떠올리며 살짝 미소를 지었다. 항상 웃게 해주는 그가 오늘따라 너무 보고 싶었다.

"지후 걔가 그런 애야. 궁금한 것도 많고, 물어보고 싶은 것도 많을 텐데 전혀 확인하려고 들지도 않고 물어보지도 않아. 그냥 내 옆에서 웃게 하고, 아껴주고, 안아주는 애야."

현민의 입에서 절로 한숨이 새어 나왔다. 애다에게서 지후를 아끼는 소리를 들으니 마음이 아파 제대로 설 수 있는 힘이 없어졌다. 자신만의 것이었는데. 항상 저를 응원해 주고 밝게 웃어준 그녀였는데, 이제 그것이 지후에게 향하고 있었다.

"그런데 내가 어떻게 그래. 지후하고 약속했어. 떠나지 않기로. 옆에 있기로. 그러니까 다시는 나 찾아오지 마."

머리로는 애다의 사랑을 빌어주고 싶었지만, 이 못난 가슴은 그녀를 놓을 수 없다고 외치고 있었다. 애다가 지후가 아닌 자신을 향해 웃어주었으면, 하는 바람이었다.

"만약 네가 아닌 지후가 먼저 널 떠난다면 어떡할 건데?"

애다는 단 한 번도 지후가 자신의 곁을 먼저 떠날 거란 생각을 하지 않았다. 그런데 현민의 말을 듣는 순간 '아차' 하는 마음이 들었다. 현민과 만났을 때도 그런 생각을 했으니까.

"사람 일은 어떻게 될지 모르는 거야. 너하고 내가 과거의 연인이었듯이 지후에게도 네가 아닌 과거의 연인이 있었겠지.”

“그게 무슨 소리야?”

“말 그대로야. 지후 너무 믿지는 마. 걔도 남자야. 갈게.”

현민은 미동도 하지 않은 채 가만히 서 있는 애다를 한번 바라본 후 등을 돌려 그 자리에서 벗어났다.

‘송현민. 너 정말 최악이다. 도대체 어디까지 망가질 건데. 이렇게까지 하면서 애다를 찾고 싶니? 그래. 할 수만 있다면 그렇게라도 하고 싶어. 이렇게 해서라도 애다를 곁에 둘 수 있다면 어떤 더럽고 악랄한 짓을 해서라도 그녀를 찾고 싶어. 애다가 받은 상처. 내가 평생토록 옆에서 치료해 주면 되니까.’

나쁘다 송현민. 정말 눈뜨고 못 봐줄 정도로 최악이다.

애다를 등지고 돌아가는 현민의 마음속에서 선과 악이 대립하며 계속해서 싸워대고 있었다.

∗

지성은 지후와 수현을 보내고 한남동 저택으로 돌아왔다. 2층으로 올라가려는 순간 거실 소파에서 인기척이 느껴졌다. 계단을 오르던 지성이 뒤를 돌아봤다.

“아직 안 주무셨어요?”

안 회장은 읽고 있던 책을 내려놓으며 다가오는 손자를 올려다봤다.

“술 마신 게야?”

“네. 수현이와 지후랑 한잔했어요.”

지성이 소파에 앉으며 안 회장을 바라봤다. 그 의미심장한 미소를 유심히 살펴보던 안 회장은 안경을 살짝 콧등으로 내렸다.

"왜 이 할아비한테 웃음을 날리는고?"

"할아버지. 지후 허락하신 거예요?"

"음. 가만히 지켜보자고 한 사람이 누군데. 그게 너 아니냐."

"제가 드린 말씀 때문에 허락한 거 아니시잖아요."

안 회장은 허탈한 웃음을 보이며 테이블에 올려둔 신문을 들어 올렸다. 그러고는 우스갯소리를 했다.

"지후 이 녀석이 너보다 증손자를 빨리 안겨준다더구나."

"네?"

"그래서 얼씨구나 좋다 하고 허락했다."

안 회장의 말에 지성은 웃음을 보였다. 역시 지후다. 자신은 할아버지가 한없이 어려운 반면 지후는 그렇지 않나 보다. 강건한 할아버지를 설득할 수 있는 사람은 이 세상에 아마 지후 녀석밖에 없을 것이다. 그러니 모델 일을 한다고 했을 때도 큰 반대를 하지 않았다. 항상 그랬다. 할아버지는 지후한테만큼은 아주 관대하셨다.

"고맙습니다."

"네가 왜?"

"그냥요. 모두다."

"네 동생이기 이전에 내 손자다. 누가 그러더구나. 상처 없는 헤어짐은 없다고."

안 회장은 잠시 애다와 만났던 상황을 떠올린 후 말을 이었다.

"지후가 상처를 받지 않게 하려면 헤어지게 해서는 안 되지 않겠느냐. 그렇게 사랑한다고 하니 말이다."

"우리 할아버지 완전 낭만적이시네."

안 회장은 지성을 한번 흘겨본 후 테이블에 놓았던 국화차를 마시곤, 덤덤하게 말을 이어갔다.

"우리 지후. 잘할 것이다. 너무 걱정 말아라."

지성은 안 회장의 말에 조심스레 입을 열었다. 그 네 사람의 일에 대해서.

"다 알고 계셨군요."

"내 손자 일인데 내가 모른다는 게 말이 되더냐? 지후가 겪어야 할 일이니 우리는 그저 뒤에서 묵묵히 지후가 하는 걸 지켜보기만 하면 된다. 지후가 어떠한 선택을 하든 간에 말이다."

지성은 안 회장을 바라보며 조용히 한숨을 내쉬었다.

"술 마셨어?"

"응. 술 냄새 나?"

지후는 형들과 헤어진 후 애다가 보고 싶어 곧장 그녀 집으로 왔다. 그러고는 옷소매를 들어 킁킁거리며 냄새를 맡아봤다.

"너한테 오려고 조금밖에 안 마셨는데. 싫어?"

"괜찮아. 많이 안 나. 얼굴 보니까 술에 취한 것 같지는 않네."

"헤헤. 누구랑 마셨는지 안 궁금해?"

애다는 꿀물을 타며 건성으로 물었다.

"누구랑 마셨는데?"

"아주 예쁜 아가씨랑."

애다는 꿀물을 탄 머그컵을 지후에게 건네며 웃었다. 그의 눈을 보니 질투라도 해주기를 바라는 눈빛이다.

"그래? 좋았겠네?"

"뭐야. 재미없어."

자신이 원하는 대답이 아니었는지 지후는 입이 뿌루퉁해지며 그녀가 건넨 꿀물을 들이켰다. 그 모습이 귀여워서 괜히 놀려주고 싶은 마음이 드는 애다다.

  "뭐가 또?"

  "넌 나한테 질투도 안 하냐?"

  "아닌 거 아니까."

  "응?"

  "이 세상에 지후 너한테 나보다 더 예쁜 아가씨가 어디 있어?"

  "저 자신감은 도대체 어디서 나오는 거야?"

  애다는 지후의 불만 어린 말투에 그저 웃으며 바라볼 뿐이다. 지후는 애다가 말없이 웃고만 있자, 실없는 웃음만 내뱉었다.

  "하여튼 애다, 너한텐 난 왜 이리 약하냐."

  정말 애다에게는 그 어떠한 말도 못하겠다. 아마 애다의 질투는 평생을 보지 못할 수도 있을 것이다. 그게 서운할 수도 있겠지만, 그녀가 옆에 있다면 상관없었다.

  "수현 형이랑 지성이 형이랑 한잔했어."

  "지성이 형?"

  "아, 애다 넌 한 번도 안 봤지? 내 친형."

  애다의 입가에 잔잔한 미소가 드리워졌다. 그리고 지후가 눈치채지 못하도록 정말 궁금하단 듯이 물어봤다.

  "지후 너랑 닮았어?"

  "나보다 조금 못생겼어."

  "나이는?"

  "나보다 다섯 살 위. 수현 형이랑 동갑."

  "키는?"

"178…… 뭐야."

"하는 일은?"

"야. 선애다. 넌 무슨 우리 형한테 이렇게 관심이 많아?"

"헤헤."

이 바보. 애다는 절로 웃음이 나왔다. 지후가 이럴수록 더 놀리고 싶은 마음이 드는 건 왜일까? 그런 애다의 마음도 모른 채 지후는 괜히 지성한테 쓸데없는 질투를 했다. 막상 애다에게서 받고 싶었던 질투는 받지 못하고 오히려 자신이 해대고 있다. 그것도 친형을 상대로 말이다.

"선애다. 꿈 깨라. 올가을에 결혼할 약혼녀가 있으신 몸이다."

"아, 정말? 에잇. 아쉽다."

"이게 진짜."

애다는 지후를 놀리는 맛이 아주 쏠쏠했다. 수현 오빠가 하는 말이 이제야 조금은 이해가 갔다. 시시각각 변하는 지후의 표정에 미소가 절로 지어졌다.

"나중에 형 소개시켜 줄게."

"응."

"애다야."

애다는 나지막하게 자신을 부르는 지후를 바라봤다. 무슨 할 말이 있는 듯한 표정이다.

"응."

"너는 나하고 만나면서 바라는 거 없어?"

"바라는 거?"

"응. 예를 들어 믿음이라든지. 이런 행동은 하지 말았으면 하는 거. 뭐 대충 그런 거 있잖아."

"믿음? 음. 난 말이야."

생각에 잠긴 애다의 모습을 보고 지후는 긴장된 마음으로 그녀의 대답을 기다렸다. 처음이다. 애다가 무언가를 바라는 거. 그녀의 부탁이라면 무엇이든 들어주고 싶은 마음이다.

"지후 네가 나한테 거짓말은 안 했으면 좋겠어."

"거짓말?"

"응."

지후는 애다의 의외의 대답에 고개를 갸웃거렸다. 지금까지 애다에게 거짓말을 한 적이 있던가? 다행히 한 번도 없었다. 지후는 마음속으로 안도의 한숨을 내쉬며 살짝 웃어 보였다.

"애다야. 거짓말이라고 해도 하얀 거짓말은 괜찮지 않아?"

"하얀 거짓말?"

"응."

"그런 게 어디 있어? 하얀 거짓말의 기준은 누가 정하는 건데?"

또 그런다. 애다의 차가운 말투. 이 목소리를 들을 때마다 심장이 두근대며 떨린다는 걸 그녀는 알고 있을까? 그저 편하게 내뱉은 말에 애다는 심각하게 받아들이고 있는 것 같다.

"그건 거짓말하는 사람의 변명에 불과해. 듣는 사람이 먼저 판단할 수 없도록 자신에게 이롭게 둘러대는 말이잖아."

"그런가?"

"응. 차라리 하얀 거짓말을 할 바엔 말하지 않고 숨기는 게 나을지도 몰라."

"그러다 들키면?"

"그땐 그 사람이 왜 숨겼을까, 그 이유를 먼저 알아봐야 하지 않을까?"

"뭐야, 그게. 정말 이기적이네."

'이기적이라. 난 이기적인 사람일까?'

애다는 지후의 말에 잠시 생각하더니 더는 자신의 이야기를 하고 싶지 않아 서둘러 그에게 같은 질문을 했다.

"그러면 너는? 지후 너는 나한테 바라는 게 있어?"

"응. 믿음."

"믿음?"

"난 널 믿을 거야. 그러니까 너도 어떠한 상황이 닥쳐도 날 믿어줬으면 좋겠어."

애다는 고개를 끄덕거리며 따뜻한 미소를 지후에게 돌려주었다. 그리고 낮게 읊조리듯이 중얼거렸다.

"믿음과 거짓말. 어느 게 더 중요할까?"

"둘 다."

지후가 즉각 대답을 했다.

"맞다. 둘 다 중요하네. 그런데 때로는 거짓말이 믿음을 가려 버리는 수가 있어."

'거짓말이 믿음을 가린다.'

지후는 애다가 한 말의 의미를 깨우치려고 생각을 해보았지만 아직까지는 그 말이 크게 와 닿지는 않았다. 쉽게 던진 질문인데 왜 이렇게 어려운 답변들이 되어버린 거지?

"아. 머리 아파. 그만 생각할래."

지후는 괴롭다는 듯이 머리를 감싸며 그대로 침대에 벌러덩 누워버렸다. 능청스럽게 침대에 눕는 모습에 애다는 황당한 표정을 지었다.

"야! 안지후. 너 거기서 뭐 해? 빨리 일어나. 집에 안 가?"

애다는 침대에 누워 꼼짝도 안 하는 지후의 팔을 억지로 잡아 당기며 일으켜 세우려고 애쓰는 중이다.

"무슨 소리야? 내가 왜 집에 가?"

"뭐라고?"

"여기서 자고 갈 거야."

"안 돼. 얼른 돌아가."

"싫어."

지후의 고집에 애다는 제 허리에 손을 올렸다. 그런 해맑은 눈동자로 쳐다보지 마라, 안지후.

"안지후, 너 진짜."

지후는 애다가 자신을 내쫓을까 봐 그녀의 눈치를 보며 슬슬 엄살을 부리기 시작했다.

"아, 애다야. 나 이제 술기운이 올라오나 봐. 머리 아파. 몸에 힘도 없고. 에구구. 온몸이 쑤시네. 꼼짝도 못 하겠다."

"어디서 엄살은! 빨리 일어나!"

애다는 지후의 팔을 다시 잡아당기며 그를 일으키려 했다. 지후는 웃음을 지어 보이더니 그대로 그녀를 잡아 당겨 침대에 눕히고 그 위에 올라탔다.

"뭐, 뭐야. 저리 비켜."

"애다야. 우리 사랑놀이 또 하자."

"뭐? 이게 진짜!"

지후는 애다의 입술에 키스를 한 후 그녀의 가슴에 손을 살짝 올렸다.

"뭐 어때? 볼 거 다 본 사이에. 내외하기는."

애다의 얼굴이 빨개졌다. 지후는 애다의 볼에 입을 다시 맞추었다.

"이게 처음이 어렵지. 한 번 불이 붙으면 끄기가 힘들거든."

"뭐? 너 진짜……."

지후는 그대로 애다의 입술에 키스를 했다.

"애다야, 사랑해."

"사랑해, 지후야."

이불 속에서 지후는 팔베개를 해주며 그녀의 부드러운 머릿결을 어루만졌다.

"애다야. 우리 벚꽃 구경 가자."

지후의 뜬금없는 제안에 애다의 귀가 솔깃해졌다. 그렇지 않아도 한번 구경하고 싶었는데 그 마음을 읽기라도 한 것처럼 신기했다.

"벚꽃 구경?"

"응. 지금 벚꽃 한창이잖아. 좀 있으면 다 져 버릴 거야."

"그래. 가자. 언제 가지?"

지후는 머릿속에 스케줄을 떠올리더니 이내 입가에 미소를 지었다. 이왕 말 나온 김에 바로 가면 좋을 듯싶었다.

"내일 너 수업 없지?"

"응."

"그럼, 너 일 끝나고 가자."

"저녁에?"

"응. 저녁에 보는 벚꽃도 예뻐."

"그래. 그러자."

애다는 지후의 몸에 팔을 두르고 더 깊숙이 그의 품에 파고들었다. 지후는 이마에 뽀뽀를 해주고 그녀를 따뜻하게 안아주었다.

"애다야. 다음 주말에는 어머니 뵈러 대전 가자."

"응?"

애다는 지후가 꺼내는 뜻밖의 말에 그의 품에서 벗어나 몸을 일으켰다. 생각지도 못한 지후의 말에 좀 당황스러웠다.

"갑자기 왜?"

"갑자기는 무슨. 한번 뵙기로 했는데 시간이 안 돼서 계속 미뤄왔잖아. 어머니께 인사드리고 싶어."

괜히 현민에게 뒤처지기 싫었다. 애다의 어머니는 현민을 알고 있었다. 그게 싫었다. 이제 애다의 곁은 현민이 아닌 안지후라는 것을 알려드리고 싶었다. 그리고 평생 그녀 곁에 있을 거라는 약속도 하고 올 것이다. 무엇보다 애다의 가족에게 인정을 받고 싶은 마음이 지금 그 무엇보다 거셌다.

"원래는 이번 주말에 가고 싶은데 내가 촬영이 있어. 다음 주에는 일정 다 뺄 거야. 그러니까 같이 가자."

애다는 지후의 시선을 피해 잠시 머뭇거렸다. 그리고 병실에 누워 있는 엄마를 떠올렸다. 지후에게 부담을 주기 싫은 건 지금도 변함이 없지만, 그가 나중에 이 사실을 알면 서운해할 것이 분명했기에 지금이 그 기회라고 생각되었다.

"그래. 엄마한테 인사드리러 가자."

"응."

지후는 애다에게 한번 웃어 준 후 그녀를 품으로 잡아당겨 다시 한 번 진하게 입을 맞췄다.

"예쁘다."

애다는 지후의 손을 잡고 길을 걸으며 벚꽃의 아름다움에 감탄했다. 어둠 속에서 보는 벚꽃은 조명과 잘 어우러져 더 신비로운 자태를 뿜어냈고, 지후와 애다의 머리 위로 흩날리는 꽃잎은 깨끗하고 하얗게 내리는 봄의 눈 같았다.

"이 꽃잎 치우려면 청소부 아저씨들 고생하겠네."

"뭐야. 안지후. 넌 그런 것까지 걱정하는 거야?"

"응. 괜히 걱정되네."

"그렇게 걱정되면 청소해 주고 가."

"그럴까?"

애다는 지후의 농담에 웃음을 지었다. 그리고 아름답게 흩날리는 벚꽃을 다시 한 번 바라봤다.

"곧 있으면 애다 네 생일이네?"

애다는 놀란 눈으로 벚꽃을 구경하던 시선을 지후에게 옮겼다. 은근히 꼼꼼한 면까지 보이는 지후다.

"기억하고 있었어?"

"당연하지. 뭐 받고 싶은 거 있어?"

"글쎄. 아직까지는 생각 안 해봤는데."

"워낙 내가 잘나서 받고 싶은 선물도 생각이 안 나지?"

지후의 농담 같은 말투에 웃음이 나왔다. 항상 이렇게 사람을 절로 웃게 만드는 재주가 있다.

"으휴. 넌 언제쯤 그 자뻑 병을 고칠래?"

"고치긴 뭘 고쳐? 원래 잘난 사람인데."

지후는 거만한 표정을 지으며 애다의 어깨에 팔을 둘렀다. 그러자 애다는 그의 어깨에 머리를 기대었다. 그때 눈에 반가운 게 보였다.

"어? 솜사탕이다."

애다가 솜사탕을 파는 노점상에 시선을 두며 지후의 어깨에 기댔던 머리를 들었다. 옛 생각에 잔잔한 미소가 드리워졌다. 지후는 솜사탕과 애다의 모습을 번갈아 보더니, 벤치에서 일어났다.

"사줄까?"

애다가 고개를 끄덕이자, 지후는 솜사탕 하나를 사가지고 와 그녀의 손에 쥐여주었다.

"아이처럼 이런 걸 좋아하네?"

"지후 너는 별로야?"

"이거 무슨 맛인지 모르겠어. 달기만 하고."

"왜? 한번 먹어봐."

"싫어. 어렸을 때 먹어봤는데 별로 맛이 없더라고."

"어렸을 때?"

지후는 고개를 끄덕이며 하늘에 흩날리는 벚꽃을 잡으려고 손바닥을 펼쳤다.

"응. 할아버지가 나 어렸을 때 솜사탕 사준 게 기억나. 정확히 몇 살 땐지는 기억이 안 나는데, 아마 내가 울어서 사준 것 같아. 그런데 막상 먹어보니 맛이 너무 없었어."

애다도 지후를 따라 하늘을 향해 손바닥을 펼쳤다. 벚꽃이 쉽게 손바닥 위로 내려앉지 않았다.

"나도 일곱 살 땐가? 그때 솜사탕을 처음 먹어봤어. 어떤 남자아이가 솜사탕을 먹고 있었는데 그게 너무 맛있어 보이는 거야."

"남자? 도대체 어떤 놈이야?"

지후는 애다를 힐끔 쳐다보며 퉁명스러운 말투로 대꾸했다. 애다의 입에서 남자 얘기가 나오는 건 다 맘에 들지 않았다.

"별걸 다 질투하네. 걱정하지 마. 내 기억에 그 아이는 나보다 키도 작은 어린아이였으니까."

"쳇. 어려도 남자는 남자야."

"아무튼, 그 솜사탕이 먹고 싶어 집에 있는 우유를 하나 주면서 바꿔 먹자고 그랬어."

애다의 말에 호기심이 생겨났다. 애다의 추억이 가슴 깊이 스며들어왔다. 그 느낌이 묘해서 지후는 기분 좋은 설렘을 느꼈다.

"그래서 바꿨어?"

"응. 이 우유 마시면 키 큰다고 그러면서 그 꼬마를 꼬드겨 바꿔 먹었지."

"단순하네."

"그런데 그 꼬마가 막 화냈어."

"왜?"

"자기 꼬마 아니라면서 마구 화내더라."

"웃긴 놈이네."

"어? 잡았다."

애다가 손에 잡힌 벚꽃 꽃잎을 보며 환한 미소를 지은 후 눈을 감았다. 지후는 가만히 그녀를 지켜보다가 나지막한 목소리로 물었다.

"애다야, 뭐 하는 거야?"

"소원 빈 거야."

"무슨 소원?"

"비밀."

"에이. 그게 뭐야."

"날리는 벚꽃 꽃잎을 잡으면 소원이 이루어진대."

"정말? 그래서 무슨 소원 빌었는데?"

"비밀이라니까."

"가르쳐 줘. 궁금해."

지후가 어린아이처럼 계속 졸라대자 애다는 살짝 웃으며 작게
속삭였다.

"그 꼬마한테 솜사탕 뺏어서 미안하니까 멋진 남자로 자라게
해달라고."

"뭐야. 무슨 소원이 그따위야? 안 되겠다. 나도 잡아야겠다."

지후는 냉큼 일어나서 떨어지는 벚꽃 꽃잎을 잡으려고 손을 뻗
어가며 팔짝팔짝 뛰었다. 애다는 어린아이처럼 뛰어다니는 지후
를 보고 고개를 절레절레 흔들며 손에 쥔 솜사탕을 뜯어 먹었다.
입안에 사르르 녹는 맛에 기분이 좋아졌다.

"에이. 진짜 안 잡히네."

지후는 지친 나머지 투덜대며 벤치에 앉아 옆에서 솜사탕을 먹
고 있는 애다를 물끄러미 바라보았다.

"맛있겠다."

"응?"

애다는 지후의 말에 솜사탕을 들이밀었다.

"먹어볼래?"

"그거 말고."

지후는 애다의 입술에 묻어 있는 솜사탕을 바라보다가 고개를
기울여 그녀의 입술에 입을 맞췄다.

"맛있네. 네 입술에 묻은 솜사탕이 더 맛있다. 애다 입술 솜사탕."

"픕. 뭐야."

애다는 지후의 행동에 그저 웃음만 나왔다. 이런 지후의 행동이 싫지가 않았다. 오히려 더 좋아서 큰일이었다. 이제 엉뚱한 행동을 하는 지후에게 익숙해져 버렸나 보다.

"애다 입술 솜사탕은 나만 먹어야지. 특허 내야겠다."

"정말 못 말려."

지후는 다시 애다의 입술에 제 입술을 포개며 키스를 했다. 애다는 그의 키스를 받으며 혹여나 지나가는 사람들이 볼까 커다란 솜사탕으로 지후와 자신의 얼굴을 살짝 가렸다. 그리고 조금 전에 빌었던 소원을 되뇌었다.

'이 행복이 영원하기를……'

벤치에 앉아 키스하는 두 연인 위로 하얀 벚꽃 꽃잎이 내려앉았다. 어둡지만 신비로운 조명이 더해져 그 둘의 모습은 마치 한 폭의 그림을 연상케 했다.

＊

"오늘? 나 대전 가야 하는데……."

[잠깐이면 돼.]

애다는 대전 가기 전 스튜디오에 잠깐 들렀다가 가라는 지후의 말에 약간 망설였다. 갑자기 뜬금없는 지후의 제안에 어떻게 해야 하나 고민을 하느라 바로 대답을 못 해주자, 지후가 다시 한 번 애다의 이름을 불렀다.

[애다야.]

"알았어. 어디로 가면 돼?"

[지난번에 왔던 곳.]

"응. 알았어."

[기다릴게.]

애다는 통화를 끝내고 서둘러 집을 나섰다. 무슨 일인지 모르지만 지후를 먼저 빨리 만나야 했다. 애다는 지후에게 가는 도중 박씨 아주머니께 오늘 좀 늦어질 거라며 죄송하다는 말을 남겼다.

한편, 지후는 애다가 온다는 소리에 촬영 준비하는 내내 기분이 좋았다. 그 모습에 수현은 고개를 내저으며 물었다.

"그렇게 좋아?"

"응."

지후는 수현의 질문에 배시시 웃으며 대답했다. 지후는 오늘 사진작가인 이현수 선생님께 부탁을 했다. 애다의 생일 선물로 무엇을 해줄까 고민하다가 연인 커플 화보를 찍기로 결정했기 때문이다. 이 작가는 지후를 놀리면서도 흔쾌히 승낙을 해주었다.

"안지후. 어떻게 그런 생각을 했어?"

수현이 웃으며 물었다.

"그냥. 갑자기 생각한 거야. 우리 둘만의 단 하나뿐인 화보집을 소장한다는 거. 정말 좋을 것 같아서."

"애다가 좋아하겠다."

"그치? 좋아하겠지? 헤헤. 아. 또 감동받으면 어떡하지?"

"으이그."

수현은 지후의 해맑은 웃음에 같이 절로 기분이 좋아졌다. 애다와 만나면서 지후는 부쩍 웃음이 늘고 일할 때도 늘 기분 좋게 활동했다.

잠시 후, 촬영 준비를 끝낸 지후와 수현은 대기실 밖으로 나와 세트장 위에 올라서 인테리어 소품들을 매만지며 콘셉트를 구상했다. 설레는 마음에 지후와 수현의 입가에는 미소가 지어졌다. 스튜디오 안에서 몇몇 스태프들이 소곤대는 말을 듣기 전까지는 말이다.

"야. 너 그거 들었어?"

"뭐?"

"임채은."

지후와 수현은 스태프들의 입에서 채은의 이야기가 흘러나오자 웃음을 거두었다. 듣고 싶지 않아도 한 공간에 있다 보니 고스란히 그들의 귀에 들려왔다.

"임채은이 왜?"

"자살 시도했대."

"뭐? 진짜?"

스태프들이 하는 말에 지후와 수현은 순식간에 굳은 표정으로 변했다.

"우리 사촌 형이 병원에서 근무하는데 임채은이 수면제 과다복용으로 응급실에 실려 왔대. 평소에도 우울증 증세가 있었나 봐."

"우울증으로 자살 시도한 거야?"

"그런데 그게 확실치는 않아."

"그게 무슨 말이야?"

"수면제 복용한 양으로 봐서는 자살 정도는 아니었대. 진짜로 잠이 안 와서 그렇게 먹은 것 같기도 하고. 그래서 그런지 언론에 흘러들어 가지는 않은 것 같은데…… 뭐, 본인만 알겠지?"

"그런데 왜 그런 소문이 난 거야?"

"원래 소문에 소문이 더해지면 더 크게 되잖아. 특히나 이 바닥이."

수현은 미동도 않은 채 굳은 얼굴로 선 지후를 보며 걱정스러운 표정을 지었다. 방금까지 애다를 생각하며 짓던 미소가 지후의 얼굴에서 사라졌다.

"지후야."

"아니…… 겠지?"

지후의 마음이 충분히 이해가 갔다. 채은의 이야기가 아니었더라도 주변의 아는 사람에게 그런 일이 있었더라면 모두 이런 반응이었을 게 분명했기 때문이다.

"형. 아닐 거야. 그치?"

"그럼, 소문이 와전된 걸 거야."

그때 스튜디오에 애다가 들어서는 모습을 본 수현은 지후의 어깨를 치며 작은 목소리로 속삭였다.

"지후야. 애다 왔어. 어떻게 된 일인지 내가 알아볼게. 표정 풀어. 애다 걱정하겠다."

수현은 지후에게 준 시선을 애다에게 돌리며 반갑게 웃어줬다. 수현의 모습에 그녀 또한 살짝 고개 숙여 인사를 했다.

"애다 왔어?"

"네, 오빠. 그런데 어디 가세요?"

"어. 좀 볼일이 있어서. 그럼 나중에 보자."

"네."

애다는 수현에게 웃음을 보여준 뒤 세트장에 서 있는 지후의 모습을 확인하고는 그에게 다가갔다.

"지후야."

애다의 목소리에 지후는 그녀를 보며 환하게 웃어줬다.

"왔어?"

"응. 그런데 왜 이러고 있어?"

"응? 아, 아니야. 아무것도."

애다는 지후의 모습에 고개를 갸우뚱거리다가 그의 웃는 모습에 곧 다른 말로 화제를 돌렸다.

"지후야. 그런데 나 여기 왜 오라고 그랬어?"

애다의 질문에 그제야 온전한 정신으로 돌아온 지후는 그녀의 머리를 부드럽게 쓰다듬으며 말했다.

"선물 주려고."

"무슨 선물?"

"그게⋯⋯."

"지후 씨. 준비됐나?"

지후는 이 작가의 등장에 고개를 끄덕이며 애다의 손을 잡고 그 앞으로 다가갔다. 오늘 정말 어렵게 시간을 내주신 선생님이시다.

이 작가는 지후 옆에 있는 애다의 모습을 유심히 살펴보았다. 작은 얼굴에 흰 피부. 모델로서 전혀 손색이 없는 얼굴이었다.

"애다야, 인사해. 여기는 아주 유명한 사진작가 이현수 선생님이야."

애다는 지후의 갑작스러운 소개에 당혹스러운 표정을 지으며 예의 바르게 인사를 했다.

"안녕하세요. 선애다라고 합니다."

"오! 지후가 자랑할 만한데? 아주 예쁘네. 그러지 말고 진짜 모델 할 생각 없어요?"

"안 돼요."

지후의 단호한 말에 이 작가는 웃음을 지었다. 그래도 제 여자 얼굴 팔리게는 하고 싶지 않나 보다. 소유욕 강한 놈 같으니라고.

"왜 안 돼? 마스크 보니까 마구 셔터를 눌러대고 싶고만."

"안 돼요. 선생님. 절대로 안 돼요."

지후가 손사래 치며 고개까지 흔들어대자 애다는 영문도 모른 채 얼떨떨했다.

"지후야. 지금 뭐 하는 거야? 너 촬영하는 거 구경하라고?"

지후는 애다의 궁금해하는 얼굴에 씩 미소를 지으며 그녀의 귓가에 속삭였다.

"아니. 오늘은 너와 내가 주인공이야."

"무슨 말이야?"

애다는 지후가 하는 말이 도통 이해가 가지 않았다. 주인공? 지후를 보니 의미심장한 미소만 보여주고 있을 뿐이다.

"내가 너한테 생일 선물로 준비한 거야. 오늘 너하고 같이 커플 화보 찍을 거야. 오늘 찍어야지 네 생일에 맞춰서 화보집이 나오거든."

애다는 깜짝 놀란 표정으로 말을 잇지 못했다. 지후가 준비한 선물이 너무나 뜻밖이었다. 그에게 깊은 고마움과 애정을 느끼며 애다는 슬쩍 미소를 지었다.

"고마워. 지후야. 정말 잊지 못할 생일 선물이 될 것 같아."

"모델 남친 뒀다 뭐해? 이럴 때 써먹어야지. 대기실에 의상이랑 준비해 놨어. 갈아입고 와. 그리고 스태프들이 헤어랑 메이크업도 해줄 거야."

"응."

애다는 고개를 끄덕이며 지후가 가리키는 대기실로 들어갔다. 그 둘의 모습을 옆에서 지켜보고 있던 이 작가는 지후를 툭 치며 웃어 보였다.

"지후 씨. 그리고 보면 정말 멋진 남자야."

"그렇죠? 저도 그렇게 생각해요. 애다 쟤는 복 받은 거라니까요."

"못 말리겠다."

지후와 이 작가는 애다가 준비하고 나오는 동안 오늘 촬영할 콘셉트에 관해서 이야기를 나누었다.

잠시 후, 애다는 웨이브 진 긴 머리를 하고 몸에 딱 맞는 연한 보랏빛의 반팔 블라우스와 허리라인을 그대로 살려주는 사선 무늬로 된 연갈색 치마를 입고 나왔다. 반면 지후는 흰 셔츠에 청바지를 입은 심플한 모습으로 세트장 위에 섰다.

"역시 내 안목은 대단해."

지후는 애다를 훑어보면서 꽤 만족스러운 표정을 지었다. 애다는 지후의 말이 무슨 말인가 하고 그의 시선을 따라 자신이 입고 있는 옷을 내려다봤다.

"오늘 애다 네가 입을 의상 내가 골랐거든."

"정말? 이 옷 예쁜데."

"네 거야."

"협찬이 아니고?"

"어. 그것도 생일 선물."

애다의 눈이 커졌다. 그에게 고마운 마음이 들면서도 미안하고, 또 다른 한편으로는 부담도 되고. 아무튼, 심정이 복잡 미묘

했다. 그런 애다의 마음을 알았는지 지후의 진지한 목소리가 들려왔다.

"안 받는다는 말은 하지 마. 생일 선물이잖아. 안 받는다고 하면 그건 주는 사람에게 예의가 아니야."

생일이라는 말을 강조하는 지후를 보며 애다는 천천히 고개를 끄덕였다.

"고마워, 지후야."

"받아줘서 내가 더 고맙다."

지후와 애다가 서로 마주 보며 애정 어린 눈빛을 주고받는 중 이 작가의 목소리가 들려왔다.

"자, 준비됐죠? 콘셉트는 순수, 큐티, 그리고…… 섹시로 갈 거야."

이 작가는 긴장하고 있는 애다의 마음을 편하게 해주기 위해 일부러 장난기 있는 말투로 말을 건넸다.

"먼저 순수! 애다 씨. 긴장할 필요 없어요. 그냥 자연스럽게 지후랑 놀면 돼요. 옆에서 지후가 잘 리드할 거예요. 나 없다고 생각하고 그냥 편안하게, 자연스럽게 행복한 미소를 지어요. 카메라 의식하지 말고요. 자. 지후 씨, 시작하자. 나 비싼 작가다."

이 작가의 말이 떨어지자 스튜디오 안에 음악이 흘렀다. 지후는 이 작가의 말에 웃음을 보이며 애다를 데리고 창가가 있는 세트장 앞에 주저앉았다.

"이리 와."

지후가 두 팔을 벌리며 손짓하자 애다는 그의 앞에 앉았다. 지후는 애다 뒤에 앉아 백 허그 자세로 그녀의 허리에 팔을 둘렀다. 애다의 몸이 잔뜩 긴장되며 경직되자, 지후는 간지럼을 태웠고 애다는 웃음을 터뜨렸다. 둘의 자연스러운 모습에 이 작가는 카메라 셔터를 눌러댔다.

시간이 조금씩 흐르면서 애다는 촬영 중이라는 것도 잊은 채 지후와 다정한 모습을 보여줬다. 프로인 지후가 옆에서 잘 리드해 줘 더 자연스러운 모습이 나온 듯했다. 서로 이마를 맞대며 웃기도 하고 같이 스마트 폰을 보며 애다는 지후의 품속에서 행복한 미소를 보였다.

무사히 순수 콘셉트가 끝나고 다음은 큐티 콘셉트 촬영.

선물 상자가 많이 쌓여 있는 세트장. 지후와 애다는 색이 다른 반팔 커플 티에 청바지, 털모자를 쓰고 세트장 위로 올라갔다. 지후는 풍선을 애다 손에 쥐여주고 자신도 한 손에는 풍선을, 다른 한 손에는 작은 케이크를 들고 그녀에게 다가갔다.

"지후야. 이거 진짜 케이크야?"

"아니. 가짜."

"정말? 진짜 같아. 먹음직스럽게 생겼다."

"애다야. 이거 잠깐 들어봐."

애다는 지후의 풍선을 쥐었다. 양손에 풍선 줄을 잡고 있는 애다의 코에 지후는 케이크 크림을 묻혔다.

"뭐야! 진짜잖아! 지후, 너!"

"헤헤. 속았지?"

지후의 장난에 애다는 인상을 찌푸렸고, 이 작가는 그 모습을 카메라에 담기 시작했다. 이 작가는 사진을 찍으며 중얼거렸다.

"역시 안지후네. 긴장된 애다 씨 표정을 자연스럽게 끌어낼 수 있는 거 보면."

지후의 도움으로 이 작가는 아무런 요구를 하지 않은 채 그들이 장난치고 노는 모습을 카메라에 담아냈다.

마지막으로 섹시 촬영. 커다란 소파가 있는 세트장.

애다는 스모키 화장을 하고 쇄골과 어깨선이 드러난 검정 티셔츠, 짧은 검정 핫팬츠를 입었다. 그래서 그런지 애다의 하얗고 가는 다리가 눈이 부실 정도로 빛이 났다.

지후는 검은 셔츠에 블랙 스키니 진, 애다와 같은 스모키 화장을 하고 세트장에 올랐다. 의상이 약간은 불편한지 아까와는 다르게 애다의 얼굴에서 미소가 사라졌다. 아마도 콘셉트가 그 이유인지…… 섹시. 자신하고는 전혀 연관이 없는 단어에 애다는 다시 긴장하기 시작했다. 지후는 소파 위에 누워 애다를 불렀다.

"애다야. 이리 와."

애다는 엉거주춤 지후에게 다가갔다. 지후가 애다의 팔을 부드러운 손길로 잡아당기자, 그녀의 몸이 지후의 몸 위로 살짝 올라간 자세가 되었다.

"애다야."

"으, 응?"

애다는 민망한 자세에 어디에 눈을 둬야 할지 몰랐다. 단둘이 있는 것도 아니고 많은 스태프 사이에서 이런 자세로 있으려니 여간 불편한 게 아니었다.

"나, 지금 너 때문에 심장이 마구 뛰어."

"응?"

"이때까지 이런 거 찍으면서도 떨리지 않던 내가…… 애다 너 하나 때문에 심장이 엄청 뛴다고."

"정말?"

"응. 만져 봐. 내 심장."

지후는 애다의 손을 가져다 단추 세 개가 풀린 자신의 셔츠 속으로 넣었다. 지후의 몸은 생각보다 너무 따뜻했고 애다는 손바닥으로 그의 뛰고 있는 심장을 느꼈다. 이 작가는 역시나 때를 놓치지 않고 그들의 모습을 카메라에 담아내기 시작했다.

"정말…… 뛰네?"

"응. 눈을 감고 다시 한 번 느껴봐. 내가 너 때문에 정말 미쳐버리겠다."

애다는 지후의 가슴을 만지며 눈을 감았다.

쿵. 쿵. 쿵. 쿵.

지후는 눈을 감고 있는 애다의 입술에 입을 맞추고 싶은 것을 간신히 참아내고 있지만, 점점 이성의 끈이 풀어 헤쳐지고 있었다. 정말 이 여자. 사람 미치게 하는 데는 선수인가 보다. 애다의 섹시한 모습에, 그녀의 향에 취해 지후의 손이 천천히 애다의 몸 위를 배회하기 시작했다. 지후는 한쪽 팔로 애다의 허리를 감쌌고, 다른 한 손으로는 그녀의 긴 머리카락을 어루만졌다. 그러다가 애다의 머리를 자신의 얼굴 쪽으로 당겨 그대로 입을 맞췄다.

"굿! 멋지다. 아주 잘했어요! 야! 지후 씨. 끝났어. 이제 그만 떨어져!"

이 작가의 말에 곧 정신을 차린 애다는 지후를 밀어내고 얼굴이 빨개진 채 고개를 숙였다. 왠지 모르게 창피해졌다. 지후는 애다의 입술을 손가락으로 어루만지며 이 작가를 향해 입술을 삐죽 내밀었다.

"아이참. 선생님. 이럴 때는 모른 척 해줘야 되는 거예요. 왜 이렇게 눈치가 없으세요?"

"지후 씨 지금 이 비싼 몸 데려다 사진 찍게 해놓고 그런 말이 나오남?"

지후는 애다의 손을 잡고 이 작가에 다가갔다. 그리고는 입가
에 함박 미소를 지으며 장난스럽게 이야기했다.

"모델이 좋으니까 선생님께서도 승낙하신 거잖아요."

"그래. 내가 지후 씨 부탁이니까 들어준 거지 다른 애들은 얄
짤없어."

이 작가는 지후와 애다가 찍은 사진을 컴퓨터에 옮기고 사진을
그들에게 보여주었다. 지후는 의자를 하나 가져와 애다를 앉히
고 함께 모니터링했다.

"이야. 진짜 멋지다. 내 작품이지만 최고야. 지후 씨. 이거 개
인 소장하기에는 너무 아깝다. 전시 한번 할까?"

"안 돼요, 절대. 사진 원본도 다 주셔야 해요."

"알았어. 아. 암만 생각해도 아까운데……."

이 작가는 지후와 애다의 사진을 보며 너무 아쉬워했다. 연인
이라 그런지 그들의 사진은 매우 자연스러웠고 보는 이들로 하여
금 절로 미소 짓게 만들었다. 지후와 애다도 마음에 들었는지 서
로 얼굴을 마주 보며 웃었다. 지후는 애다의 기분이 좋은 것 같
아 다행스러운 마음이 들었다.

"애다야. 어땠어?"

"재미있었어. 광고하고는 또 다른 느낌이야. 그냥 신나게 놀다
가는 느낌?"

"다행이다. 피곤하지는 않아?"

"응. 너랑 해서 더 좋았어. 지후야. 이제 나 옷 갈아입고 그만
가야겠어. 많이 늦었다."

지후는 애다가 간다는 말에 많이 아쉬워했다. 정말이지, 그녀

와 한시도 떨어지고 싶지 않았다.

"……그래. 그런데 어떡하지? 나 바로 촬영 계속해야 해서 못 데려다주겠어."

"괜찮아. 지하철 타면 터미널 금방 도착해. 그나저나 너 피곤해서 어떡해?"

"걱정 마. 애다 너랑 같이해서 에너지가 더 솟아났어."

"뭐라도 챙겨 먹고 일해. 가서 전화할게."

"응. 내일 올라올 때 연락해. 마중 나갈게. 그리고 오늘 의상은 내가 집에 가져다 둘게."

"응."

애다는 대기실로 들어가 의상을 갈아입은 후 메이크업을 지우고 지후의 배웅을 받으며 터미널로 향했다.

지후는 애다를 보내고 씁쓸한 마음으로 다시 본 촬영에 임했다. 오랜 시간이 흐른 후.

"오케이! 수고했어요!"

"수고하셨습니다."

촬영은 자정이 넘어서고 새벽 두 시가 되어서야 끝이 났다. 지후는 이 작가에게 다가가 감사의 인사를 전했다.

"선생님. 오늘 정말 감사했어요."

"고마우면 다음에 술 한잔 사."

"네. 제가 정말 근사한 데 가서 모실게요. 그리고 이거요."

"이게 뭐야?"

이 작가는 지후가 건네는 봉투를 받았다.

"제 개인적인 부탁인데도 선생님이 절대로 돈은 안 받는다고 하셔서 사모님이랑 함께 가시라고 뮤지컬 티켓이랑 호텔 뷔페 식사권 넣었어요."

"고마워, 지후 씨. 이거는 기꺼이 받을게. 우리 마누라 엄청 좋아하겠다."

"오히려 작은 거라서 제가 더 민망하네요."

"내가 누누이 말했지? 자네랑 작업할 때가 제일 신나고 재미있다고. 오히려 내가 더 고맙다."

"네."

지후가 웃으며 인사를 하자 이 작가는 돌아서던 걸음을 멈추고 그를 불렀다.

"지후 씨."

"네?"

"정말 잘 어울리더라. 내가 커플 사진 많이 찍어봤지만, 오늘처럼 이렇게 예쁘고, 사랑스러운 커플은 처음이야. 나도 찍으면서 즐거웠어. 빈말 아니야. 간다. 다음에 보자."

지후는 이 작가의 칭찬에 씩 웃으며 고개를 끄덕였다. 애다와 잘 어울린다는 말은 언제 들어도 정말 기분 좋은 말이다.

"고맙습니다. 조심히 가세요."

지후는 다시 한 번 이 작가에게 감사의 인사를 전하며, 의상을 갈아입기 위해 대기실로 들어갔다.

수현이 운전하는 차의 조수석에 앉아 지후는 피곤한 기색으로 창문 밖을 바라보고 있다. 수현은 그런 지후를 보며 할 말이 있는지 계속 입을 달싹거리더니 조심스레 말을 꺼냈다.

"지후야. 채은이 말이야."

지후는 애다와 함께하면서 까맣게 잊고 있었던 채은에 대한 이야기가 나오자, 고개를 돌려 수현을 바라봤다.

"알아보니까 단순한 불면증으로 인한 수면제 과다복용이었대."

"……."

"그러니까 신경 쓰지 마."

"정말이야?"

"응. 소문이 사실이라면 언론이 가만히 있었겠냐?"

지후는 다시 시선을 창문 밖으로 돌리며 애다를 생각했다.

'애다야. 너도 송현민을 보면 이런 느낌이야? 사랑도 아닌데 마음 한구석 저편에 나도 모르는 불편함이 느껴지는 거. 채은이보다 너를 먼저 만났더라면 더 좋았을 텐데…… 아니다. 지금이라도 내게 와줘서 너무 고맙다. 보고 싶어, 애다야.'

지후는 한강 가로등 불빛만 바라보다가 지그시 눈을 감았다.

*

주말의 끝자락 일요일.

애다는 대전에서 고속버스를 타고 막 서울에 도착했다. 짐을 챙겨 버스에서 내린 애다는 터미널 안으로 들어갔다.

"애다야."

애다는 제 이름을 부르며 다가오는 지후를 보고 웃어 보였다. 어제 터미널로 마중 나온다던 그가 도착 시간에 맞춰 기다리고 있었다. 지후는 애다에게 다가가 품속으로 자연스럽게 그녀를 끌어안았다.

"보고 싶어 죽는 줄 알았네."

"뭐야. 어제도 봐놓고는."

"말했잖아. 내 눈앞에 있어도 계속 보고 싶다고."

애다는 지후의 품에서 살짝 벗어나 그의 얼굴을 빤히 바라봤다. 지후는 애다의 시선에 고개를 갸웃거리며 미소를 지었다.

"왜 그렇게 봐?"

"어제 늦게까지 촬영했으면서 안 피곤해? 그냥 오늘은 쉬지."

"너하고 있는 게 쉬는 거야. 가자."

지후는 자신을 걱정해 주는 애다가 고마웠다. 그녀의 손을 꼭 잡고 터미널 주차장으로 향하는 길. 이런저런 다정한 이야기를 나누며 주차장에 도착한 지후는 애다를 차에 태우고 시동을 걸었다.

"지후야. 어디 갈 거야?"

"물주 만나러."

"물주? 누구?"

"가보면 알아. 오늘 저녁은 그 물주가 해결해 줄 거야. 돈 많은 인간이니까 비싼 거 먹어. 알았지? 오늘 왕창 뜯어내자."

지후는 어리둥절해 있는 애다를 보며 한번 웃어주고는 약속 장소로 차를 몰았다.

강남의 커피 전문 매장.

"형."

지성은 지후가 부르는 소리에 창밖에 두었던 시선을 옮겨 걸어오는 지후와 애다를 바라봤다. 생각보다 둘이 참 잘 어울렸다.

그렇게나 좋을까? 지후의 얼굴이 싱글벙글이었다.

"왔어?"

"애다야. 우리 형이야. 안지성."

애다는 생각지도 못한 만남에 당혹스러워하며 지성에게 고개 숙여 인사를 했다.

"안녕하세요. 선애다라고 합니다."

지후는 당황해하는 애다를 먼저 앉히고 그 옆에 앉았다. 그리고 지성을 향해 애다를 소개했다.

"여기는 말 안 해도 알지? 내 반쪽."

지후의 소개에 지성은 웃음을 지으며 애다를 바라봤다. 광고 촬영 때는 꾸며졌던 모습이었는데 지금은 그때와는 상반된, 수수하고 내추럴한 모습이었다. 화려하게 예쁘기보다는 청순하게 예뻤다. 하지만 눈매를 보니 강아지보다는 고양이 과에 가까운 인상이었다. 채은이 장미였다면 애다는 들꽃 같은 분위기. 어쨌든 같은 형제라서 그런가? 채은보다는 애다 쪽이 더 눈길이 가고 맘에 들었다.

애다는 지성에게 슬쩍 눈길을 줬다. 지후와 닮은 듯한 얼굴. 저 하얀 피부는 집안 내력인가? 하지만 지후하고는 다른 느낌이 났다. 지후가 미소년의 이미지라면 지성은 좀 더 남자다운 이미지였다. 지후가 좀 더 나이를 먹고 세월이 흐르면 저런 이미지가 될 수 있을까?

지후는 지성과 애다가 서로 아무 말도 없이 바라보고만 있자 입이 뾰루퉁해지며 한쪽 눈을 찡그렸다.

"뭐야? 둘이 왜 이래? 설마 눈 맞았어?"

지후는 아무리 결혼할 여자가 있는 친형이라지만 애다를 바라보고 있는 게 눈에 거슬렸다. 지후는 애다의 작은 얼굴을 제 손으로 가리며 투덜댔다.

"형. 그만 봐."

지성은 그제야 입을 열었다.

"아, 미안. 애다 씨. 반가워요. 인정하기 싫지만, 저 질투 많은 놈과 한 핏줄인 안지성이라고 해요."

지성은 애다에게 악수를 청하기 위해 손을 내밀었다. 지성의 인사에, 애다가 자신의 얼굴을 가리고 있던 지후의 손을 쳐 내고 그가 내민 손을 맞잡으려는 순간, 지후가 먼저 그 둘의 악수를 제지하고 그녀의 손을 잡아당겼다. 그 모습에 지성은 기가 차는지 헛웃음을 쳤다.

"하. 너 뭐하는 거냐? 내 손 민망하게."

"어디서 스킨십이야?"

"이게 어떻게 스킨십이야? 인사지."

"인사는 말로 해도 돼. 굳이 손을 잡고 인사할 이유는 없지."

지성은 지후의 말에 어이가 없었다.

'아주 중증이네, 이 자식. 병원에 가봐야 하는 거 아니야?'

"난, 네 형이야."

"원래 가까운 사람들이 더 무서운 거야."

지성은 지후와 말이 통하지 않자 애다를 보며 볼멘소리를 해댔다.

"애다 씨. 잘 생각해야 해요. 이 자식 무서운 놈이에요. 이런 놈하고 계속 만나고 싶어요?"

"형!"

애다는 두 형제의 대화에 웃음을 지었다. 누가 봐도 지성의 말은 농담이건만, 발끈하는 지후의 모습을 보니 어이가 없으면서도 귀여웠다.

"그러게요. 저도 다시 한 번 생각해 봐야겠어요."

"애다야."

지후는 애다의 말에 놀란 눈을 하며 그녀의 손을 꼭 움켜잡았다. 지성은 장난기 어린 말투로 애다에게 말했다.

"정말 아깝다. 애다 씨. 딱 내 스타일인데. 내가 소현이만 아니었음……."

"형. 미쳤어? 소현이 누나한테 전화할까?"

지후의 긴장되는 마음은 느껴지지 않는지 애다는 지성의 말을 받아치기 바쁘다.

"그러게요. 저도 지후만 아니었음……."

"선애다!"

지후는 두 사람의 대화에 조금씩 짜증과 뒤섞인 화가 스멀스멀 기어 올라왔다. 이 인간을 보여주는 게 아니었다. 밥 사준다며 애다를 데리고 나오라고 해서 나온 건데, 이게 지금 뭐하자는 시추에이션인지 모르겠다.

"응?"

누구는 지금 가슴이 조마조마하고 있는데 아무렇지 않은 표정으로 눈만 깜빡이는 애다다. 지후는 그 모습에 지성만 없었더라면 바로 입을 맞추었을 것이다. 항상 어른스럽고 차분한 애다였는데 지성 앞에서는 또 다른 모습을 보여주었다.

형 앞에서는 영락없는 어린 여자였다. 그래서 괜히 그 모습에 질투가 났다. 이럴 때는 애다보다 더 나이가 많았으면 좋겠는데, 동갑이란 사실에 짜증이 몰려왔다. 친구 같은 연인도 좋지만 때로는 오빠 소리도 듣고 싶은 게 사실이었다. 그리고 애다의 애교 있는 모습도 보고 싶었다. 너무 욕심인 건가?

"정말이야? 정말로 나만 아니면 형한테 반했을 거야? 정말로?"

지성은 지후의 심각한 표정에 참고 있던 웃음이 터졌다. 어째 저렇게 순진할꼬.

"하하하. 아, 이제 더는 못하겠다. 애다 씨. 이러다 지후 이 녀석, 나하고 형제의 연을 끊을지도 몰라요. 그러고도 충분히 남을 놈이거든요."

"네. 더 이상 놀리면 안 되겠어요. 아마 절 생매장시킬지도 모르죠."

지후는 지성과 애다의 웃는 소리에 그제야 화를 가라앉히며 짜증 섞인 말투로 말했다.

"뭐야! 둘이 나 놀린 거야?"

"그럼, 그걸 진심으로 받아들였냐?"

"형."

"매우 쏘리하다. 애다 씨, 성격이 나랑 비슷하네요. 어쩜 그렇게 내 장난을 잘 받아쳐요? 센스 죽이네."

"제가 그런 쪽에는 눈치가 좀 빨라요."

애다는 지성의 성격이 마음에 들었다. 지성은 상대방을 편하게 해주는 성격이었다. 그래서 오늘 처음 만났는데도 불구하고 그의 장난에 기꺼이 동참할 수가 있었다.

"우리 지후 놀리는 거 재밌죠?"

"네. 너무 재밌어요."

"그만 좀 하지?"

지후의 눈빛에 지성과 애다는 미소 지으며 입을 다물었다. 지후는 웃음을 참는 듯한 애다의 모습에 입술을 삐죽 내밀며 물었다.

"애다야. 뭐 마실래?"

"나? 음. 카페라떼."

"알았어. 잠시만."

지후가 커피를 주문하러 자리에서 일어나자, 지성이 애다에게 다시 말을 걸었다.

"예상과 참 다르네요."

"뭐가요?"

"애다 씨 봤을 땐 정말 청순가련형이라고 생각했거든요. 그런데 막상 대화해 보니 강해 보여요."

지금까지와는 다른 지성의 진지한 말투에 애다는 입가에 미소를 간직한 채 고개를 살짝 내저었다.

"아니에요. 저 눈물도 많고 여려요. 제 입으로 말하기는 쑥스럽지만…… 그리고 말씀 놓으세요."

"그럴까? 나도 지후랑 비슷해서 누구한테 존댓말 쓰는 거 어색해. 특히 나보다 어린 사람한테는."

"풉. 그거 지후 욕이에요?"

"그런가? 아무튼, 편하게 오빠라고 불러. 아주버님이라고 부르면 더 좋고."

애다는 잠시 놀란 눈을 하다가 피식 옅은 웃음소리를 냈다.

"오빠가 더 좋겠네요."

지성은 지후가 애다에게 반한 이유를 알 것만 같았다. 말을 하면 할수록 끌리는 타입이었다. 그리고 나이에 비해 어른스러운 모습도 보였다.

"애다야."

지성의 진지한 말투에 애다는 살짝 긴장하며 그를 바라봤다.

"네?"

"우리 지후, 정말 눈물 많은 아이야."

"그게 무슨……."

지성의 시선이 저 멀리 서 있는 지후에게 향했다.

"겉으로는 장난기 심하고 말 함부로 해도 속은 굉장히 여리고 착한 애야."

"저도 알아요."

"지후 열네 살 때 부모님 돌아가시고 우리 둘, 할아버지 밑에서 자랐어. 부모님 돌아가신 날 지후는 영정 앞에서 단 한 방울의 눈물도 흘리지 않았어. 그 모습을 보고 정말 냉정한 놈이구나 하고 생각했는데 그날 밤 자기 방에서 정말 서럽게 통곡하고 울더라."

애다의 표정이 굳어져 갔다. 그날의 지후 심정이 어땠을지 느껴져서 마음 깊이 아련해졌다.

"쟤가 그런 애야. 혼자서 아파하고. 그러면서 겉으로는 아무렇지 않게 웃고…… 지후는 웃음 속에 눈물이 있어. 난 우리 지후가 더 이상 눈물 없이 웃었으면 좋겠어. 핏줄이라서 그런지, 지후가 아프면 나도 아프더라. 아마도 부모님 없이 자란 끈끈한 혈육의 정이라고나 할까?"

애다는 아파지는 마음을 애써 누르며 지성이 한 말을 되새겼다. 웃음 속의 눈물. 애다는 지성이 한 그 말의 의미를 알 듯했다.

"지후는 정말 행복한 아이예요."

"응?"

지성은 지후에게 두었던 시선을 그녀에게 향했다. 애다가 미소를 보였다.

"이렇게 자신을 아껴주고 사랑하는 사람들이 주변에 많으니까요. 수현 오빠도 있고, 할아버님도 계시고. 거기에다 지성 오빠까지. 그래서 지후가 사랑을 할 줄 아나 봐요. 자신이 많은 사랑을 받아서 그 사랑을 보여줄 수 있는 거죠."

"……."

"그 따뜻한 사랑을 다른 사람이 아닌 저에게 보여주는 걸 보면 전 정말 행복한 여자네요. 지후를 사랑해 주는 할아버님, 수현 오빠, 지성 오빠한테 고마워해야겠어요."

지성은 애다의 말을 듣고 괜스레 고마워졌다. 애다라면 지후를 맡겨도 될 것 같았다.

'애다야, 우리 지후 잘 부탁해.'

"애다 너까지 지후를 사랑해 주면 더 좋겠지? 지후에게는 우리의 사랑보단 네가 주는 사랑이 더 크니까."

애다가 지성을 향해 슬쩍 고개를 끄덕이는 순간, 지후가 커피를 가지고 와 그녀 옆에 앉았다.

"애다야. 여기."

애다가 커피를 건네받자, 지후는 조금 전과는 다른 분위기에 고개를 갸웃거렸다.

"무슨 이야기를 그렇게 해?"

"네 욕했어."

지성의 태연한 말투에 지후의 표정이 구겨졌다. 정말 이 형이 왜 이래?

"진짜. 형 계속 이럴 거야?"

"하하. 흥분하기는."

"그나저나 우리 애다, 뭐 사줄 거야?"

"애다야. 뭐 먹고 싶어?"

지후는 지성이 갑자기 애다에게 친근하게 말을 놓자, 의심 섞인 눈빛으로 그를 흘겨봤다.

"뭐야. 언제 그렇게 친해진 거야?"

"야. 앞으로 제수씨가 될 사람하고 친해지면 좋지. 안 그래?"

"제수씨?"

"어. 생각만 해도 좋지?"

지후는 지성이 애다를 부르는 호칭에 슬쩍 미소를 지었다. 정말 그런 날이 하루빨리 왔으면 하는 바람이었다.

"어. 좋아. 헤헤. 애다야. 뭐 먹을래? 비싼 거 먹어."

"글쎄. 뭐가 좋을까?"

애다가 고민하는 얼굴을 하자 지성이 웃으며 물었다.

"곱창 좋아해? 양곱창."

"형! 무슨 또 곱창이야? 애다야. 다른 거 먹어. 저 인간은 무조건 곱창이래."

"네. 좋아요. 저 완전 좋아해요."

지후가 그러거나 말거나 애다는 정말 좋은지 환하게 미소를 보이며 고개를 끄덕거렸다. 지후는 그런 애다의 얼굴을 찬찬히 살펴보며 걱정스러운 표정을 지었다.

"진짜? 애다야. 괜히 형한테 잘 보일 이유 없어. 먹기 싫으면 안 먹어도 돼."

"아니야. 나 진짜 좋아해. 없어서 못 먹어."

"헐. 너는 어째 매일 먹는 게 그래? 감자탕에, 곱창에⋯⋯."

"오빠. 저 완전 좋아해요. 그거 먹으러 가요."

애다의 말에 지성은 웃으며 자리에서 일어났다. 정말 보면 볼

수록 괜찮은 그녀다.

"진짜 애다 성격 맘에 드네. 가자! 곱창 먹으러!"

"네. 소주도 시켜주실 거죠?"

지성과 애다가 서로 웃으며 자리에서 일어나 커피숍을 나가자, 지후는 어이없는 웃음을 지으며 그 뒤를 따랐다.

"맛있게 먹었어?"

"응. 맛있었어."

지성과의 저녁 식사를 끝내고 집으로 돌아가는 길이었다. 지성과 애다는 생각보다 성격이 잘 맞았고, 그 덕분에 화기애애한 시간을 보냈다.

"거짓말인 줄 알았는데 진짜 잘 먹더라."

"진짜라니까. 입에서 살살 녹더라."

"거기다 소주까지?"

"네가 운전한다며 안 먹는 바람에 지성 오빠랑 둘이만 마셨잖아."

애다의 뾰루퉁해진 입술을 보며 지후는 슬쩍 웃었다. 지성이 주는 대로 다 받아 마셔서 얼마나 걱정했는지 모른다. 형에게 그만 먹이라고 소리를 지르지 않았다면 아마 애다는 정신을 잃었을 것이다.

"그런데 그렇게 마시고도 왜 이리 멀쩡해?"

"내가 또 한술 하잖아."

"자랑이다. 아무튼, 나 없는 데서 술 마시기만 해. 나랑 있어서 그 정도로 봐준 거야."

"응."

지후는 웃으며 오른손으로 애다의 손을 꼭 잡았다. 가족들에게 애다를 소개하고 인정받아서 정말 좋았다. 이젠 애다의 집에서 자신이 인정받으면 되었다. 그리고 아무 탈 없이 사랑하고, 결혼하고…… 생각만 해도 기분이 좋아졌다.

　"지후야, 그런데 왜 이쪽으로 가?"

　애다는 자신의 집이 아닌 지후의 집으로 향하자, 의아한 표정으로 물었다.

　"왜긴? 당연히 우리 집으로 가야지."

　"왜?"

　"그럼 술 마신 여자를 혼자 집에서 자라고 놔둬?"

　애다는 당연하단 듯이 말하는 지후를 보며 어이가 없었다.

　"그건 또 무슨 이론이야? 술 마신 여자는 당연히 집으로 보내야지!"

　"그건 다른 여자 이야기고. 내 여자는 내 집으로 데리고 가야지."

　"뭐?"

　"우리 가서 재미있는 놀이 하자."

　지후가 말하는 재미있는 놀이는 분명 사랑의 놀이겠지. 정말 안지후. 못 말린다.

　지후는 저를 흘겨보는 애다의 시선을 외면하고 자신의 집을 향해 차를 몰았다.

＊

　지후는 애다의 레스토랑 알바가 끝날 시간이 되어가자, 데리러 가기 위해 차에 올랐다. 애다를 만나러 가는 시간은 언제나 설레고 너무 기분이 좋았다.

rrrr.

휴대폰을 바라본 지후는 낯이 익은 번호에 순간 멈칫거렸다. 잠시 받을까 말까 고민하다가 고개를 흔들고 휴대폰을 내려놓았다. 벨소리가 끊기자, 지후는 차에 시동을 걸었다. 그러자 이번에는 메시지가 들어왔다.

지후는 휴대폰 화면을 빤히 바라보다가 메시지를 확인했다. 지후의 눈동자가 미세하게 흔들렸다.

〈무서워…… 아파…….〉

지후는 한숨을 내쉬며 잠시 고민하다가 휴대폰을 내려놓고 애다에게 가기 위해 차를 몰았다. 지후는 굳은 표정으로 정면만 바라보며 묵묵히 운전만 했다.

"평소에도 우울증 증세가 있었나 봐."

"단순한 불면증으로 인한 수면제 과다복용이었대."

"잠이 오질 않아. 아무리 자려고 해도 잠이 오질 않아…… 지후야……."

"무서워…… 아파……."

"자살 시도했대."

끼이익.

지후는 도로 한쪽에 거칠게 차를 정차했다. 내내 머릿속에서 맴도는 말에 더는 운전을 할 수가 없었다.

"하…… 미치겠네."

지후는 핸들에 머리를 기대며 한숨을 내쉬었다. 이 복잡한 마음은 무엇인지. 왜 이런 생각이 드는지. 차라리 메시지를 보지 말걸. 귀를 닫아버릴걸.

'안지후. 대체 왜 이러는 거야. 너하고는 상관없는 일이잖아. 고민할 게 뭐 있어.'

자꾸만 머리가 아파졌다. 채은에 관한 말이 계속해서 머릿속에 맴돌았다. 지후의 고민은 한동안 계속되었다.

"애다야……."

이 마음이 좀 진정이 될까 그녀를 생각하며 또 생각했다. 지금 옆에서 이런 마음을 잡아줬으면. 과연 애다라면 어떻게 했을까? 현민이 이런 상황이라면 애다는 어떠한 선택을 했을까? 아무런 감정이 이제 남아 있지 않는데, 왜 이런 마음이 자꾸만 드는 건지. 정말 무슨 사고를 내는 게 아닐까 걱정이 앞섰다.

점점 답답해져 왔다. 지후는 몇 번이고 숨을 내쉬더니 핸들에 묻었던 고개를 들었다. 그리고 휴대폰을 들어 다시 한 번 메시지를 확인했다. 지후는 한참 동안을 생각하더니 결심이 섰는지 다시 차를 출발시켰다.

애다는 레스토랑 일을 마무리하고 탈의실에서 옷을 갈아입었다. 끝나는 시간에 맞춰 데리러 오겠다던 지후를 생각하니 입가에는 절로 미소가 지어졌다.

"점장님! 저 퇴근하겠습니다."

"그래. 애다 씨, 수고했어."

애다는 점장님께 인사를 하고 레스토랑을 나와 지후를 찾아 두리번거렸다. 항상 먼저 와서 기다리던 지후의 모습이 보이지 않았다.

"아직 안 왔나?"

애다는 지후가 올 때까지 음악을 들으며 기다리기로 했다. 휴대폰을 꺼내 이어폰을 귀에 꽂으려는 순간, 뒤에서 누군가 자신의 이름을 불렀다.

"애다야."

애다는 환한 미소를 지으며 돌아봤다. 애다의 얼굴이 조금씩 굳어져 갔다. 기다리던 지후가 아니었다. 왜 지금 지후가 아닌 그가 있는지, 이해할 수가 없었다.

"오빠가 여기 어쩐 일이야?"

현민은 애다의 굳은 얼굴과 차가운 말투를 애써 모른 척하며 천천히 그녀 앞으로 다가갔다.

"네가 날 반겨주지 않을 거라는 걸 아는데…… 그냥 내 발이 너한테 왔어."

애다는 현민의 시선을 외면했다. 현민과 더는 이렇게 개인적으로 만날 이유가 없었다. 이미 다 잊고 새롭게 출발한 사람한테 왜 이러는 건지.

"애다야, 미안. 그냥 얼굴 한번 보고 싶었어."

"돌아가. 지후 금방 올 거야. 지후한테 오해받을 짓 하고 싶지 않아."

애다는 현민에게 차갑게 대꾸하고 다시 이어폰을 귀에 꽂으려다가 그의 말에 멈칫거렸다.

"지후 안 올 거야."

애다는 인상을 찌푸렸다. 지금 현민이 무슨 말을 하고자 이러는 건지 알 수가 없었다.

"그게 무슨 소리야?"

"지후를 믿니?"

"믿어."

단호한 애다의 말에 현민은 씁쓸한 미소를 지었다.

"내가 저번에 말했지? 지후 너무 믿지 말라고."

애다는 현민의 말을 듣고 싶지 않았다. 지금 이 상황이 너무나 싫었다.

"하고 싶은 말이 뭐야?"

"지후…… 이 순간 네가 아닌 다른 사람을 선택했어."

대체 뭐라는 거야? 현민이 말하는 다른 사람이 누구인지, 도통 알 수가 없었다.

"내가 너를 아직까지 못 잊은 것처럼 지후 또한 과거의 연인을 못 잊었다고 말하고 싶은 거야. 남자란 다 똑같거든. 지후라고 해서 다를 게 없다는 뜻이지."

"거짓말."

"애다야."

"지후가 말했어. 믿으라고. 그럼, 난 지후 말대로 지후를 믿으면 되는 거야. 오빠 말 더는 듣고 싶지 않아. 그만 돌아가."

왜 여기까지 와서 지후 이야기를 하는 건지, 현민에게 화가 났다. 애다는 지후를 믿으면서도 불안감을 쉽게 떨칠 수가 없었다. 현민은 애다의 표정에 마음이 아프면서도 끝까지 지후만 생각하는 그녀에게 서운한 나머지 언성을 조금 높였다.

"그럼, 나도 믿었어야지."

"……."

"왜 난 믿지 않았어? 그때 그날! 내가 무슨 일이 있었는지 왜 물어보지도 않고 이해하려고 하지도 않았냐고! 내 전화도 안 받고 만나주지도 않고. 날 믿는다고 해놓고는 왜 그랬어."

"오빠……."

억울하다는 듯 소리치는 현민을 보고 애다는 아무런 말도 못한 채, 안타까운 눈으로 그를 바라보고 있을 뿐이었다.

그때는 정말 왜 현민을 믿지 못했을까? 왜 그의 전화를 받지 않고 홀로 프랑스로 떠나보냈을까?

애다는 지금도 그때 왜 그랬는지 자신의 마음을 알지 못했다. 그렇다고 그때의 선택을 후회하지는 않았다. 현민의 상처를 돌아볼 여유가 없었다. 그 상황이 제게는 너무 충격적이었고, 엄마의 사고까지 더해져 정말 세상을 놓고 싶은 마음뿐이었다.

믿었던 현민이었는데…… 만약 지후라면, 지금의 지후가 그렇다고 한다면, 지금도 그때처럼 지후를 외면하게 될까? 믿는다고 해놓고?

＊

지후는 빌라 주차장에 차를 세워놓고 차 안에서 건물을 올려다봤다. 여길 왜 온 건지 모르겠다. 확인만 하고 가자는 마음으로 온 건데…… 괜찮은지, 아무 일 없는지. 그리고 애다한테 가면 된다. 두 눈으로 확인해야 이 찝찝한 마음을 완전히 비울 수있을 것 같았다.

'그래. 안지후. 그냥 확인만 하면 돼. 그녀의 메시지가 아무것도 아니었다는 걸 확인만 하면 돼. 빨리 가서 확인만 하고 애다에게 바로 가면 돼.'

지후는 휴대폰을 들어 애다에게 전화를 걸었다.

[여보세요.]

"애다야."

[어. 어디야? 빨리 와.]

"기다리게 해서 미안해."

[괜찮아. 어디야? 다 왔어?]

"그게…… 조금 시간이 걸릴 것 같아."

[왜?]

"어. 갑자기 수현 형이 지난번에 찍었던 사진 문제로 스튜디오에 들러야 한다고 해서. 잠깐 들렀다 갈게. 금방이면 돼. 집으로 가 있어. 빨리 마치고 집으로 내가 갈게."

지후는 애다가 아무런 말이 없자 그녀를 불렀다.

"애다야."

[알았어.]

냉정하게 전화가 끊겼다. 애다의 목소리가 평소하고는 달랐다. 지후는 그저 자신의 기분 탓이라고 느껴졌다. 아니, 그럴 거라고 애써 생각했다. 그런데 왜 자꾸만 이렇게 심장이 두근거리고 떨리는 건지.

거짓말, 애다가 싫어하는 거짓말. 거짓말을 했다. 애다가 하지 말라던 거짓말을 처음으로 해버렸다. 누군가 제 심장을 바늘로 콕콕 쑤셔대듯이 따끔거렸다. 하얀 거짓말도 거짓말이라던 애다였는데…… 마음은 애다에게 향하면서 왜 자꾸 눈은 바로 앞에 보이는 건물을 향하는지 알 수 없었다.

'괜찮을 거야. 아무 일 없을 거야. 빨리 확인만 하고 가자.'

지후는 조금 망설이다가 차에서 내려 빌라 안으로 걸음을 옮겼다.

애다는 힘없이 휴대폰을 귓가에서 떨어뜨렸다. 그 모습을 보고 현민은 말없이 그녀 앞에 서 있을 뿐이었다. 정말 일이 생겨서 스튜디오에 갔을 거라 믿고 싶었다. 현민의 말에 현혹되지 않고 지후를 믿어야만 한다. 지후 말대로 집에 가서 기다리면 얼마 되지 않아 그가 올 것이다. 애다는 현민을 뒤로하고 천천히 지하철 역 방향으로 몸을 틀었다. 현민은 그런 애다가 걱정되어 뒤에서 따라 걸었다.

rrrrr.

다시 전화가 왔다. 애다는 지후일 거라 생각하며 얼른 통화 버튼을 누르고 귀에 가져다 댔다.

"여보세요?"

[어. 애다야. 나.]

애다의 얼굴에 실망감이 깃들어졌다.

"수현 오빠."

[어. 별일은 아니고, 지후가 전화를 안 받네? 지후랑 같이 있지?]

이건 또 무슨 소리인가? 자꾸만 지후에 대한 믿음이 깨지려 하고 있었다. 어서 와서 좀 잡아줘, 지후야.

"네? 그게……."

[옆에 있으면 말 좀 전해줘. 내일 잡힌 스케줄 미뤄졌다고.]

"……."

[미리 말해줘야지 내가 한소리 안 듣거든.]

"지후…… 오빠랑 있는 거 아니었어요?"

[무슨 소리야? 너 만나러 간다고 그랬는데?]

정말 그런 거야? 현민의 말대로 정말 그런 거야? 아니지?

[그럼, 조금 기다려 봐. 오겠지. 아무튼, 내 말 꼭 전해줘.]

'했다. 지후가 내게 거짓말을 했다……'

애다는 멍하니 그 자리에 서서 미동도 하지 않은 채 바닥만 보고 있었다. 현민은 그녀에게 다가갔다.

"애다야."

애다의 입에서 차가운 음성이 흘러나왔다.

"오빠 알지?"

"……."

"지후가 어디 있는지."

"애다야."

애다는 고개를 들고 현민에게 물었다. 그러면 안 되는데, 또 상처받을 수도 있으니까 그러면 안 되는데, 왜 자꾸 확인을 하고 싶은 건지 모르겠다.

"가르쳐 줘. 지후 만나야겠어."

현민은 애다의 서늘해진 눈빛에 아무런 말도 할 수가 없었다. 분명 자신이 원하던 대로인데…… 그런데 애다의 눈빛을 본 순간 뭔가 크게 잘못된 방향으로 가는 느낌이 들었다. 현민은 자신의 대답을 기다리고 있는 애다에게 채은의 집 주소를 말해줬다.

애다는 곧장 도로에 내려가 택시를 잡아 탔다.

'송현민. 대체 무슨 짓을 한 거야? 애다에게 또 한 번 상처를 줄 거야? 말해야 해. 애다의 저런 얼굴을 보고 싶었던 게 아니잖아. 아니야. 애다가 상처받으면 내가 곁에 있으면 돼. 그럼 애다는 다시 나에게 맘을 열 거야.'

"하. 뭐가 맞는 거야? 도대체 어떤 게 정답이냐고!"

현민은 애다가 타고 간 택시의 뒷모습만 바라본 채 한동안 그렇게 서 있었다.

＊

"오지 마. 제발 오지 마. 지후야."

채은은 전화를 받지 않은 지후에게 메시지를 보내고 한참을 불안한 눈동자로 혼자 중얼거리며 거실을 왔다 갔다 했다. 오지 않았으면 했다. 지후가 오지 않기를 바랐다. 하지만 다른 한편으로는 지후가 왔으면 좋겠다는 생각도 있었다. 만약 온다면 조금이나마 자신을 생각해 준다는 의미니까. 자신이 아는 지후라면 올 것이다. 겉으로는 냉정한 척해도 마음이 여리고 정도 많은 아이다.

채은은 불안한 마음을 진정시키려 신경안정제 약을 찾아 손바닥에 털어냈다. 그런데 손이 너무 떨린 나머지 약통이 바닥에 떨어졌다. 채은이 바닥에 떨어진 약들을 약통에 주워 담으려 손을 뻗는 순간, 초인종 소리가 울렸다. 채은은 떨리는 마음으로 천천히 현관으로 다가가 문을 조심스레 열었다.

지후가 보이자, 채은은 순간 다리에 힘이 풀려 휘청거렸다. 지후는 다행히 아무 일 없는 채은을 보고 안심하려는 찰나, 그녀가 휘청거리자 재빨리 부축하며 거실 소파에 앉혔다. 그러고는 천천히 채은의 안색을 살폈다.

"어떻게 된 거야? 어디 아파?"

채은은 지후의 걱정 어린 말투에 눈물이 났다. 그렇게 물어오면 너무 미안해서 어떻게 해야 할지를 모르겠다. 이제 와서 후회한들 아무 쓸모없는 짓이거늘.

"왜 왔어. 오지 말지."

"그게 무슨……."

지후는 울고 있는 채은을 바라보다가 거실 바닥에 떨어져 있는 약들을 발견하고 놀란 눈으로 그녀를 다시 돌아봤다.

"이게 다 뭐야? 설마, 진짜……."

"아니야. 아니야, 지후야."

재차 아니라고만 하는 채은의 말에 지후는 어리둥절한 표정만 지었다. 지금까지 보지 못했던 채은의 나약한 모습. 그리고 거실 바닥에 굴러다니는 새하얀 알약들. 정말 소문처럼 심각한 상황으로 홀로 지내고 있었던 건가? 왜?

"미안해. 지후야, 정말 미안해. 흐, 흑."

대체 뭐가 미안해서 이렇게 우는 건지. 지후는 울고 있는 채은을 바라보며 아무런 행동도 취할 수가 없었다. 채은의 눈물을 닦아줄 수가 없었다. 그렇게 되면 정말 애다에게 미안하니까…….

지후는 더는 이곳에 있을 이유가 없었다. 그저 채은이 무사한 것만 확인하려고 왔을 뿐. 그럼, 이제 할 일은 끝이 난 것이다. 애다에게 가야만 했다. 지후가 돌아서 움직이려는 순간, 채은의 목소리가 들려왔다.

"지후야. 미안한데 방에서 가운 좀 가져다줘."

지후는 그제야 채은이 슬립 차림이라는 것을 깨달았다. 지후는 한숨을 내쉬며 방에서 가운을 가지고 나왔다.

딩동.

초인종 벨소리에 지후가 멈칫거렸다. 소파에 앉아 있는 채은을 바라봤지만, 그녀는 무슨 생각인지 그저 가만히 허공에 시선을 두고 움직이지 않았다.

지후는 아픈 사람처럼 멍한 표정을 짓고 있는 채은을 보며 할 수 없이 현관으로 다가가 문을 열었다.

문을 열고 그 앞에 있는 얼굴을 마주한 순간, 너무 놀라 손에 들고 있던 가운을 떨어뜨리고 말았다. 순간 지후의 머리는 새하얀 백지 상태가 되었다. 아니라고, 이건 현실이 아니라고. 어째서 그녀가 여기 있는지 믿을 수가 없었다.

놀란 얼굴로 손에 들고 있던 가운을 떨어뜨린 지후의 모습에, 애다는 허리를 숙여 그 가운을 집어 들었다. 그러고는 아무런 말 없이 지후의 손에 가운을 쥐여주었다.

지후는 입이 얼어버린 것처럼 아무런 말을 할 수가 없었다. 무슨 생각을 하는지 전혀 알 수 없는 애다의 표정을 본 순간, 그녀의 이름조차 부를 수가 없었다. 무표정한 얼굴 위에 보이는 애다의 서늘해진 눈빛을 보고는 더더욱 입이 열리지 않았다.

애다는 그저 자신의 얼굴만 멍하니 바라보고 있는 지후의 시선을 외면하며, 그의 뒤로 보이는 집 안 거실을 슬쩍 보았다. 낯선 여자가 슬립 차림으로 소파 위에 앉아 있었다.

애다는 자신의 심장이 바닥으로 추락하는 소리를 들었다. 지후가 다른 여자랑 있는 모습. 굉장히 낯설었다.

'저 여자가? 지후의 옛 연인. 하…… 생각보다 많이 아프네.'

바닥으로 떨어진 심장에 조금씩 생채기가 났다. 애다는 지후에게서 등을 돌렸다.

'애다가 여기 왜 온 거야? 어떻게 알고 여기를 온 거지? 지금 무슨 일이 일어난 거야. 내가 꿈을 꾸고 있나? 방금까지 내 눈앞에 있던 애다는 어디 간 거야?'

"지후야."

채은의 목소리에 그제야 정신이 조금씩 돌아왔다. 이 빌어먹을 상황. 애다가 어떻게 여길 왔는지 모든 게 파악되는 순간이었다. 지후가 사라진 애다를 붙잡기 위해 걸음을 떼는 순간, 뒤에서 채은의 목소리가 애타게 들려왔다.

"가지 마. 지후야, 가지 마."

무슨 오기였을까. 이왕 이렇게 된 거 지후를 붙잡고 싶었다. 채은은 자신을 두고 가려는 지후의 뒷모습을 차마 볼 수가 없었다. 그래서 붙잡았다. 하지 말아야 할 말을 하면서까지……

"가지 마. 너 지금 가면 나 죽어버릴 거야."

정말 그럴 수도 있어. 약해진 지후의 마음을 이용하면서 그를 붙잡고 싶었다.

"지후야, 그러니까 가지…….."

"죽어, 그럼."

채은은 지후의 싸늘한 눈빛과 차가운 말투에 더는 말을 할 수가 없었다.

"그렇게 죽고 싶으면 죽으라고. 당신 하나 죽는다고 해서 내가 눈 하나 깜빡할 것 같아?"

"……지후야."

"죽는 사람만 억울할걸? 살아 있는 사람은 언제 그랬냐는 듯 당신 같은 사람 잊고 잘 먹고, 잘살고 있을 거야. 당신 죽으면 누가 슬퍼하기라도 한대? 당신 부모만 슬퍼하겠지."

채은의 눈동자가 심하게 흔들렸다. 지후가 이렇게까지 말할 줄 몰랐다. 그저 달래주거나, 그러지 말라고 옆에서 설득시킬 줄 알았다.

"그렇게 죽고 싶으면 지금 내 눈앞에서 죽어."

채은은 주변도 얼어버리게 할 만큼 낮고 냉기 어린 지후의 말투에 온몸을 떨었다. 채은은 떨리는 몸을 두 팔로 감쌌다. 그녀의 얼굴은 더 창백해지며, 입술은 파르르 떨려왔다.

"당신이 원하던 게 이거야? 애다하고 나. 이렇게 되기를 바랐던 건가? 그런데 어쩌지? 애다하고 설령 잘못되더라도 당신 같은 여자한테 돌아가고 싶은 마음 추호도 없는데."

지후는 어리석은 제 행동에 깊은 후회를 했다. 그래도 한때나마 사랑했던 여자에 대한 배려라 생각했는데, 다 부질없는 짓이었다. 애다의 상처 입은 눈을 본 순간 정말이지, 채은이 아닌 자신이 죽고 싶었다. 정말 죽고 싶은 사람은 자신인데, 왜 죽겠다는 말로 또 한 번 절망에 빠뜨리는지, 그런 채은이 너무나 미웠다.

"어디까지 망가질 거야. 대체 어디까지 망가질 거냐고!"

"지후야."

채은은 지후의 외침에 그의 이름만 중얼거렸다.

"나한테 조금이라도 미안한 마음이 있다면 그런 말 못해. 날 조금이라도 위한다면 그런 말 못한다고! 뭐? 죽는다고? 내가 알던 임채은이란 여자는! 적어도 이런 모습은 아니었어. 이렇게 추하고 어리석고 잔인한 여자는 아니었다고! 지금 자신을 잘 들여다봐. 정말로 당신이 원하는 게 무엇인지!"

"……."

"정말 고맙네. 그나마 남아 있던, 당신에 대한 이 찝찝한 기분. 말끔하게 씻어줘서 정말 고마워. 이젠 두 번 다시 보지 말자."

지후는 울고 있는 채은을 뒤로하고, 서둘러 그녀의 집을 뛰쳐나갔다. 지후가 머물렀던 자리를 보며 채은은 소파에 그대로 엎드려 울었다.

"흐흑. 미안해. 지후야, 미안해. 흐흑. 미안해. 흡. 미안해."

채은은 이젠 두 번 다시 못 볼 지후를 생각하며 눈물을 그치지 못했다. 이젠 정말 용서받지 못한 일을 한 것이다. 지후를 사랑했었던 순수한 마음은 대체 어디로 사라진 건지. 끝없는 욕심에 두 번이나 지후에게 상처를 안겨주었다.

'임채은. 벌 받아. 다 네가 저지른 일이잖아.'

이젠 더는 방법조차 찾을 수가 없다. 길 잃은 아이처럼 그렇게 홀로 버티며 썩어버린 제 심장을 저 깊숙이 눌러야만 했다.

지후는 채은의 빌라를 뛰쳐나와 애다를 찾았다. 정말 미쳐 버릴 것만 같다. 그녀를 지금 찾지 못한다면 절대로 자신을 용서할 수가 없을 것 같았다. 애다의 모습이 보이지 않자 도로변까지 나온 지후는 휴대폰을 찾으러 자신의 옷을 더듬었지만, 곧 차에 놔두고 온 걸 깨닫고는 지하철역 방향으로 달려갔다. 그녀를 찾을 수 있기를 간절히 바라며, 지후는 떨려오는 몸을 애써 눌러댔다. 지후는 시야에 애다가 보이자, 안심하며 뛰어가 그녀의 가는 손목을 붙잡았다.

애다는 손목을 붙잡히자 소리를 지르려다 숨을 헐떡거리는 지후를 보고 입을 닫았다.

지후는 애다만 찾으면 다 말할 수 있을 것만 같았다. 모든 걸 다 말하고 사과하면 될 줄 알았다. 애다의 눈빛을 보기 전까지는. 애다의 눈빛은 지후가 그동안 볼 수 없었던, 서늘하고 차갑고…… 그 눈빛을 마주하는 사람조차 꽁꽁 얼려 버리는 느낌이 들어 아무런 행동도 할 수 없을 만큼 냉혹했다.

"애, 애다야."

지후는 몸이 떨려 그녀의 손목을 놓고 주먹을 불끈 쥐었다. 그녀의 차가운 눈빛이 자신을 향할 거라고는 생각도 못 했다. 아니 상상조차 하기도 싫었다. 하지만 그 상상이 현실로 일어났다.

"애다야. 그게…… 어떻게 된 거냐 하면……."

입을 여는 지후의 목소리는 무척이나 떨렸다.

"말해."

지후는 머릿속을 정리하기 시작했다.

'말해야 해. 안지후. 애다한테 말해야 해. 오해라고…… 네가 본 건 오해라고. 그런데 어디서부터 말을 해야 하지? 거짓말해서 미안하다고? 임채은은 예전에 만났던 여자라고? 아니면 임채은이 죽을 것 같아서 걱정되어 찾아갔다고? 왜? 왜 그랬냐고 물어보면 뭐라고 대답해야 하는 거지? 안지후! 빨리 말하라고!'

지후는 뒤죽박죽된 제 머릿속에 당황하며, 어디서부터 말을 해야 할지 몰라 떨리는 주먹을 움켜쥐며 입술만 계속 깨물어댔다. 차마 애다의 눈은 보지 못하겠다. 그 눈빛을 본 순간 정말 아무런 말도 할 수 없을 것 같았다.

"안지후."

"애다야…… 나 믿어야 해. 무조건 나 믿어야 해."

"믿어. 그러니까 말해."

"……그게."

지후가 계속 시선을 피하며 머뭇거리자, 애다는 낮고 차가운 음성으로 이야기했다.

"넌 나한테 거짓말을 했어."

애다의 말에 지후는 놀란 눈으로 고개를 들었다.

"애, 애다야. 그건……."

"난 널 믿었어."

"알아."

"그런데 넌 지금 나에게 아무런 말도 하고 있지 않아."

"그게 어디서부터 어떻게 말을 해야 할지…… 무서워서. 네 눈빛이 너무…….

끼이익. 그때 지후와 애다가 서 있는 도로변에 낯익은 차가 빠른 속도로 정차하더니 현민이 내렸다. 현민은 차에서 내리자마자, 애다를 돌려세웠다.

"애다야. 가자. 박씨 아주머니한테 연락 왔어."

현민의 슬픔이 깃든 눈과 급히 전하는 말의 의미를 깨닫고, 애다는 엄마에게 무슨 일이 생겼다는 걸 알 수 있었다.

"……오빠."

"서둘러. 빨리!"

현민이 애다의 손목을 잡고 차에 태우려는 순간, 지후가 그녀의 다른 손을 재빨리 붙잡았다. 지후는 애다가 현민과 사라지려고 하자, 몸속에 있는 모든 장기들이 뒤섞인 듯한 느낌을 받았다.

"가지 마."

지후의 말에 애다가 돌아봤다. 지후의 얼굴은 불안함이 가득한 표정이었다.

"그 손 놔. 안지후."

"못 놔. 네가 놔."

현민은 애다를 바라보며 답답한 심정으로 빠르게 이야기했다.

"애다야. 이럴 시간 없다고!"

현민의 말에 애다가 다시 차에 타려고 몸을 틀자, 지후는 그녀의 손을 더 세게 움켜잡았다.

"말할게. 애다야. 다 말할 테니까 가지 마. 제발 가지 마. 내 앞에서 사라지지 마. 다 말할 테니까 가지 말라고. 제발……."

애다는 제 손목을 잡고 있는 지후의 손을 떼어냈다. 애다가 손을 밀쳐 내자 지후는 아슬아슬하게 붙잡고 있던 심장이 바닥으로 곤두박질치는 것을 느꼈다.

현민은 그제야 애다를 서둘러 차에 태우고 지후를 홀로 남겨둔 채 그 자리에서 떠났다.

"……애다야. 선애다!"

지후는 애다가 다시 한 번 제 눈앞에서 사라지자, 그만 다리에 힘이 풀려 바닥에 주저앉고 말았다. 심장을 움켜쥔 그의 얼굴이 고통으로 일그러졌다.

이제야 알겠다. 애다가 한 말의 의미를…… 때로는 거짓말이 믿음을 가린다.

"애다야. 제발…… 흐. 흑."

지후는 숨을 쉴 수 없을 만큼의 고통으로 한참을 그 자리에 앉아 있다가 결국엔 정신을 잃고 그대로 쓰러졌다.

*

꿈을 꿨다. 두 번 다시는 꾸고 싶지 않을 지독한 악몽이다. 이 악몽에서 벗어나고 싶다…… 지후의 꺼풀이 조금씩 움직였다. 눈을 뜨니 하얀 천장에 있는 불빛으로 인해 눈이 부셨다. 지후의 눈에 비친 세상은 온통 하얀색이다.

'나…… 죽은 건가? 여기는 어디지? 내가 왜 여기 있지?'

"지후야. 정신이 좀 들어?"

지후는 익숙한 목소리에 시선을 돌렸다.

'다행이다. 죽진 않았나 보네. 정말 꿈이었나 보다. 다행이다.'

수현은 지후가 눈을 뜨자 그제야 안도의 한숨을 내쉬었다. 병원에서 연락을 받고 얼마나 놀랐던지. 걱정하실까 봐 안 회장님과 지성이한테는 말도 못 꺼냈다. 지성이 알면 가만히 있지 않을 테니까.

"……형."

"내가 누군지는 알겠어?"

"응. 그런데 여기 어디야?"

지후가 천천히 몸을 일으키자, 수현이 그가 앉을 수 있도록 도와줬다. 지후는 팔에 꽂혀 있는 주삿바늘을 바라보며 인상을 찌푸렸다.

"이게 뭐야?"

"하. 너 이 자식. 내가 얼마나 놀란 줄이나 알아?"

"무슨 말이야? 그리고 여기는 어디야?"

지후는 수현이 하는 말을 귓등으로 흘리고 주변을 둘러보았다. 기억이 나지 않았다. 왜 이곳에 있는지.

"너 기억 안 나? 길 한복판에서 쓰러졌었어. 그 이후로 꼬박 이틀 동안 깨어나질 않았다고. 의사 말로는 별 이상이 없다는데 네가 깨어나질 않으니까 잘못된 줄 알았다고 이 자식아."

지후는 지금 이게 어떤 상황인지 전혀 이해가 가지 않았다.

"내가 쓰러졌다고? 어디서? 나는 애다 만나러 가고 있었는데?"

"애다? 네가 쓰러진 곳은 애다 집 방향이 아니었어."

"형이 도대체 무슨 말을 하는지 모르겠어. 애다…… 애다는?"

전혀 모르겠다는 듯한 지후를 보고, 수현은 걱정스러운 표정을 지었다.

"지후야."

"휴대폰. 내 휴대폰 어디 있어? 애다 기다리는데, 전화해 줘야 해."

수현은 바지 주머니에서 지후의 휴대폰을 꺼내 건네주었다. 지후는 애다에게 전화했지만 전원이 꺼져 있다는 소리만 들려왔다.

수현은 한숨을 쉬며 입을 열었다.

"하. 안지후. 너 그 휴대폰 어디다가 뒀었는지 기억나?"

지후는 수현의 질문에 그를 빤히 바라봤다.

"무슨 소리야?"

"휴대폰, 네 차에 있었어."

"……."

"네 차는 임채은 빌라 주차장에 있었고."

지후의 표정이 점점 굳어지기 시작했다. 제 휴대폰이 차에 있었다는 건 그렇다 치고, 임채은? 임채은이라니?

"임채은이 전화했었어. 자기 집 앞에 네 차가 있다고. 너 무슨 일 있는 거 아니냐고."

"그게 무슨…… 내 차가 왜 임채……."

지후는 말을 멈추었다. 그리고 갑자기 머릿속에 파노라마처럼 떠오르는 장면들로 인해 표정이 순식간으로 차갑게 굳어졌다.

'임채은. 애다. 송현민. 하. 그게 꿈이 아니었어?'

지후는 침대에서 벗어나려다가 팔에 꽂힌 주삿바늘이 거치적거리자 단숨에 바늘을 빼버렸다. 놀란 수현이 그를 붙잡았다.

"지후야. 갑자기 너 왜 이래?"

"애다한테 가야겠어. 내 차 키 어디 있어?"

"그게 무슨 소리야? 지금 이 몸으로 운전을 하겠다는 거야?"

"형. 가야 해. 나 지금 애다 봐야 한다고."

"안지후!"

지후가 막무가내로 병실을 나가려고 하자 수현이 그를 붙잡으며 돌려세웠다.

"같이 가. 그럼. 내가 운전할게. 너 이 상태로 가다간 사고 난다고."

수현의 단호한 말에 지후는 천천히 고개를 끄덕였다.

쾅쾅쾅.

"애다야! 선애다!"

지후는 문을 두드리며 그녀의 이름을 계속해서 불러대자, 보다 못한 수현이 지후를 데리고 집 앞에 있는 평상에 앉혔다.

"지후야. 그만해. 애다 없는 것 같아."

"하."

지후는 고개를 숙인 채 한동안 아무 말도 하지 않았다. 수현은 지후 옆에 앉아 하늘을 한번 쳐다보고는 다시 그에게 시선을 돌렸다.

"도대체 무슨 일이야."

"……."

"너 임채은 집에 갔었어?"

"……."

"안지후."

"……나 어떡하지?"

고개를 못 들고 땅만 바라보고 있는 지후에게 수현이 재차 물었다.

"왜 갔어? 너 애다 만나러 간다고 그랬잖아."

"나도 모르겠어. 내가 왜 그랬는지."

"……임채은이 죽을까 봐?"

지독한 악몽이라도 좋으니 그저 꿈이기를 바랐건만, 잔인하게도 현실은 지후가 스스로를 더 용서할 수 없게 만들어 버렸다. 지후는 자꾸만 옆에서 재촉하는 수현에게 그때의 상황을 이야기했다.

"전화가 왔었어. 애다한테 가려고 하는데 전화가 왔어. 전화받지 않으니까 문자가 오더라. 그 문자를 보지 말걸 그랬어."

지후가 후회하는 듯한 말투로 고개를 숙이자, 수현이 그의 어깨에 가만히 손을 얹었다.

"하긴. 만약 채은이에게 무슨 일 생겼더라면 큰일 날 뻔했겠네. 너한테 전화하고 문자 보내고 난 후에, 정말 무슨 일이 생겼으면 당장 너부터 조사했을 거다."

마음 약한 지후를 이용한 채은이 미우면서도, 수현은 그녀를 이해했다. 지후에게 말은 안 했지만 수현이 알아본 바로는 채은은 극심한 우울증 증세를 치료해 왔다. 지후와 채은이 애틋하다고 할 정도의 연인은 아니었지만, 그녀가 걱정되었을 거란 생각은 했다. 수현 본인도 그러했는데, 지후는 오죽했을까? 미우나 고우나 첫정을 준 여자인데 말이다.

"그럼, 왜 길에 쓰러져 있었던 거야?"

지후는 그때의 상황을 떠올리는 게 괴로운 듯 눈을 감았다.

"애다가…… 애다가 왔었어."

수현은 놀란 눈으로 지후의 말에 귀를 기울였다. 그곳을 어떻게 알고 찾아왔을까?

"임채은 집에 있는 날 봤어. 돌아서 가는 애다를 길가에서 붙잡았고. 난 애다에게 단 한마디도 못했어. 심지어 미안하다는 말도 못했어."

"지후야."

"날 믿는다면서 말하라고 했는데…… 못했어."

지후의 슬픈 표정에 수현은 안타까운 눈빛으로 그를 바라봤다. 수현은 지후의 어깨를 어루만지며 토닥거렸다.

"괜찮아. 애다가 믿는다잖아. 그러니까 지금이라도 말해. 그러면 돼."

"못 하겠어."

"무슨 말이야?"

"날 바라보는 애다의 눈빛이 너무 무서워서…… 못하겠어. 날 믿는다고 말하는 그 입에서 내 이야기를 듣고 무슨 말이 나올지 겁이 나. 다시 내 손을 잡고 웃으면서 안아주면 좋겠는데…… 그러지 않고 돌아설까 봐…… 너무 겁이 나."

지후의 이런 나약한 모습은 처음 봤다. 수현은 지후의 연애사를 늘 옆에서 지켜봐 왔다. 항상 여자를 만나면 가볍게 흘러가듯이 만나왔다. 하지만 지금의 지후는 사랑 앞에 잔뜩 겁먹은 아이 같았다. 이런 녀석이 아닌데, 왜 애다 앞에서는 이렇게 나약한 존재가 되는지 모르겠다.

"형이 몰라서 그러는데, 걔가 생긴 건 그렇게 생겼어도 냉정하고 정말 차가운 애야. 그 차가움이 나한테 향할까 봐……."

지후가 말을 잇지 못하고 눈물을 흘리자 수현은 그를 품으로 끌어당겨 머리와 등을 따뜻하게 어루만져 주었다.

"지후야. 그래도 말해야 해. 여기서 늦어지면 하고 싶어도 기회가 없어. 서로 오해와 불신만 쌓이게 될 거야."

"흐. 흡."

지후는 울음소리가 나지 않도록 이를 악물며, 수현의 품에서 눈물만 흘렸다.

"애다 한번 믿어 봐. 미리 겁먹지 말고. 두려워하지 말고."

수현은 지후의 울음이 잦아들 때까지 그를 따뜻하게 감싸주며, 괜찮다는 말만 계속 되풀이해 줬다.

잠시 후, 어느 정도 진정이 되었는지 지후는 수현에게서 몸을 일으켜 휴대폰을 꺼냈다.

"애다 휴대폰 꺼져 있다며. 어디다 하려고?"

지후는 수신 목록에 저장되어 있던 현민의 전화번호를 찾아 전화를 걸었다. 몇 번의 통화음이 지나자 그가 전화를 받았다.

[여보세요.]

"나야."

[어.]

"애다 지금 어디 있어?"

현민에게서 아무런 대답이 없자, 지후는 더 조바심을 내며 재촉했다. 지금 이 순간, 현민에 대한 미움보다는 애다가 걱정되어 죽을 것 같다. 현재 안지후는 그를 미워할 자격이 없었다.

"말해줘. 애다 지금 어디 있는지."

[하…….]

지후는 현민의 깊은 한숨 소리를 들으며 그가 어서 말해주기를 기다렸다. 잠시 후 현민의 목소리가 들려왔다.

[대전에.]

"대전?"

[대전 국립병원 장례식장이야.]

쿵. 순간 지후의 심장이 내려앉았다. 장례식장이라니? 설마 애다에게 무슨 일이 생긴 걸까? 지후는 불안한 표정을 지으며 조심히 물었다. 입에서는 떨리는 음성이 흘러나왔다.

"애다한테…… 무슨 일 있어?"

[어머니 돌아가셨어.]

'어머니라니. 누구? 설마 애다 어머니? 갑자기 왜?'

지후가 아무런 말도 하지 않자, 현민의 말이 이어졌다.

[오늘 발인이야. 용인 봉안당으로 모실 거야.]

지후는 충격받은 표정으로 휴대폰을 떨어뜨렸다.

"왜 그래? 애다한테 무슨 일 있어?"

"……."

"지후야."

지후는 초점 잃은 눈으로 한곳만 응시하며 중얼거렸다.

"어떡해. 우리 애다…… 어떡하지?"

지후의 눈에서 눈물이 다시 흐르자, 수현은 그의 어깨를 흔들며 재차 물었다.

"지후야! 무슨 일인데 그래!"

"형…… 어떡해. 우리 애다 어떡해……."

지후가 머리를 감싸며 고개를 숙이자, 수현은 한숨을 내쉬며 하늘만 바라보았다.

현민은 지후하고의 전화 통화를 끝내고 애다를 바라봤다. 상복 차림으로 영정 앞에 앉아 있는 애다는 영혼이 빠져나간 눈빛으로 입을 굳게 다문 채 그저 엄마의 사진만 바라볼 뿐이다.

박씨 아주머니의 전화를 받고 애다를 데리고 병원으로 왔다. 하지만 왔을 때는 이미 늦었고 어머니의 임종을 함께할 수 없었다. 애다는 충격으로 그 자리에서 정신을 잃었고 하루가 지나서야 깨어났다. 현민이 할 수 있는 건 장례 준비와 애다의 곁에 있는 것뿐이었다.

'송현민. 도대체 애다한테 무슨 짓을 한 거야. 힘들어하는 애다 모습 안 보여? 넌 여기 있어도 애다를 위로해 줄 수가 없어. 무슨 낯짝으로 그녀 곁에 있겠다는 거야.'

현민은 뒤늦은 후회를 해봐도 이미 소용없는 일이란 걸 알았다. 애다는 무슨 생각을 하는지 지금까지 울지도 않고 입을 굳게 다문 채 그렇게 영정 앞에 앉아 있기만 했다. 아무도 찾지 않은 쓸쓸한 빈소를 보며 현민은 그녀에게 다가갔다.

"애다야."

"……."

"이제 갈 시간이야."

"……."

"어머니 좋은 곳으로 모시자."

애다는 현민의 말을 듣고 자리에서 일어나 빈소 앞에 있는 엄마의 영정 사진을 들고 밖으로 나갔다. 현민은 눈물을 삼키며 그녀의 뒤를 따랐다.

＊

지후는 검정 넥타이와 슈트를 입고 차에서 내려 봉안당 안으로 들어갔다. 화장터에 들어서니 상복을 입은 애다와 현민이 보였다. 지후는 차마 애다 곁에 더는 다가가지를 못하고, 입구에 서서 그녀의 뒷모습만 바라봤다.

　인부가 애다에게 유골함을 건넸다. 애다는 떨리는 손으로 엄마의 유골함을 어루만졌다. 아직까지 손에 느껴지는 따뜻한 온기 때문이었을까…… 그제야 애다는 참고 참았던 눈물을 폭포수처럼 쏟아내기 시작했다.

　"엄마…… 흐, 엄마…… 흐, 흑. 이렇게 가버리면…… 흐, 나 어떡하라고. 흐, 흑. 흡. 나 혼자 남겨두고…… 가면 어떡해. 흐, 흐. 어떻게…… 내 얼굴 한번 보지도 않고 흐, 흑. 이렇게 가버리면 어떡해…… 흡. 나 혼자 어떻게 살라고…… 흐, 흑. 엄마…… 엄마…… 흑."

　애다가 유골함을 안고 주저앉아 울자 현민은 그녀의 가는 어깨를 감싸 안았다.

　'죄송해요, 어머니. 죄송해요…… 잘못했어요…… 저 용서하지 마세요…….'

　애다가 통곡을 하며 우는 모습을 처음 본 지후는 큰 충격을 받았다. 지후는 애다 곁에서 아무것도 할 수 없는 자신에게 화가 났다. 심지어 지금 이 순간 그녀를 안아주며 위로해 줄 수도 없었다. 울고 있는 애다의 모습에 지후는 걱정만 앞섰다. 저러다 탈진으로 쓰러지는 건 아닌지. 그만 울었으면 좋겠다.

　그녀의 우는 모습이 너무 싫었다. 슬퍼서…… 마음 아파서 우는 모습은 차마 못 보겠다. 저 눈물을 제 손으로 닦아주고 싶었다. 울지 말라고, 내가 옆에 있으니 넌 혼자가 아니라고…… 내 손 잡으라고. 평생을 함께하겠다고······ 잘못했다고, 미안하다고······ 그렇게 안아주고 사과하며 위로해 주고 싶었다.

애다는 유골함을 잘 안치한 후 유리벽을 어루만졌다.

'엄마. 잘 있어. 하늘에서 나 잘 지켜봐 줘. 엄마 이름에 먹칠하지 않도록 열심히 살게. 사랑해. 엄마.'

현민은 애다의 어깨를 잡고 토닥거렸다.

"애다야. 그만 가자."

애다는 현민의 이끌림에 천천히 몸을 돌려 봉안당을 빠져나왔다. 그리고 현민이 열어준 조수석에 몸을 실으려고 하는 순간, 손목을 잡는 손길이 느껴졌다. 그 손길을 따라 고개를 드니 슬픈 얼굴을 한 지후가 서 있었다.

"애다야."

아무런 말이 없는 애다를 바라보며 지후는 현민에게 말했다.

"애다, 내가 데리고 갈게."

현민은 지후의 말에 애다를 바라봤다. 지후의 얼굴만 쳐다보고 있는 애다를 보며, 현민은 고개를 끄덕이고는 차에 올라 그 자리에서 벗어났다.

현민의 차가 떠나자 지후는 애다의 얼굴을 바라봤다. 다행이다. 자신을 바라보는 그녀의 눈빛이 바뀌었다.

"가자."

지후는 애다를 제 차에 태운 뒤 봉안당을 벗어났다.

"집으로 가줘. 쉬고 싶어."

애다의 메마른 목소리에 지후는 고개를 슬쩍 돌려 그녀를 바라봤다. 애다는 고개를 창가 쪽으로 돌리고 눈을 감고 있었다. 지후는 아무런 말없이 애다의 집을 향해 운전을 했다.

집에 도착하자 애다는 그대로 욕실로 들어가 씻고 나왔다. 애다는 상복을 벗고 편한 옷으로 갈아입은 후, 침대 속으로 들어가 벽을 보고 누웠다. 지후는 자신에게는 단 한 번도 눈길 주지 않는 애다를 보며, 다가가 침대 위에 걸터앉았다.

"애다야."

"……."

"미안해……."

여전히 등을 보인 채 아무런 대꾸도 하지 않는 애다를 보며, 지후는 욱신거리는 심장을 애써 진정시켰다. 제발 그녀가 돌아봐 주었으면 좋겠다. 애다야, 제발.

"거짓말해서 미안해."

"……."

"잘못했어. 다시는 안 그럴게."

지후는 그녀의 가는 어깨를 만지려다가 이내 손을 거두었다. 정말 최악이다. 이렇게 아파하는 애다를 보면서도 그녀가 용서하기 바라는 이기적인 마음 때문에 자신을 더 최악으로 몰아가는 지후였다.

"어떻게 위로해야 할지를 모르겠어. 네가 지금 얼마나 아픈지. 얼마나 힘든지…… 네 곁에서 안아주고 위로해 주고 싶은데……."

"……지후야."

작은 목소리에 지후는 모든 신경을 애다에게 집중하며, 그녀의 목소리에 귀를 기울였다.

"괜찮아. 괜찮으니까 위로 같은 거 안 해줘도 돼."

자신을 밀어내는 듯한 말투에 지후는 마음이 아파왔다. 제발 이러지 마. 애다야.

"애다야…… 그날……."

"말하지 마."

애다의 냉정한 말투에 지후는 입을 다물었다. 이젠 말할 기회조차 주어지지 않는 건가? 늦어버린 건가?

"알고 있어. 오해 같은 거 안 해."

"……."

"그러니까 나한테 그 상황을 설명할 필요 없어. 분명 그럴 수밖에 없었던 사정이 있었을 거야."

"애다야."

지후는 애다의 말에 용기를 내어 천천히 그녀에게 손을 뻗었다. 그녀의 말이 왜 이렇게 고마운지. 적어도 자신을 버리지 않을 것 같다는 생각에 조금의 희망이 생겨났다.

"돌아가."

하지만 뒤이어 들려오는 말에 애다에게 뻗었던 손을 멈춰야만 했다.

"혼자 있고 싶어. 그러니까 그만 돌아가."

"……."

'싫어. 너하고 있고 싶어. 애다 네 곁에 있고 싶어.'

지후는 차마 그 말을 하지 못하고 한참을 침묵했다.

오랜 시간이 흐르고 난 후, 또 한 번 돌아가라는 애다의 냉정한 말에 어쩔 수 없이 집을 나섰다. 그렇게 오래 옆에 앉아 있었는데도 단 한 번도 돌아보지 않았다.

지후는 온몸이 떨리고 아팠다.

'감기가 오려나 보다. 지독한 몸살이다. 일 년에 한 번 오는 이 감기몸살. 몸도, 마음도…… 너무 아프다.'

애다는 지후가 나가는 소리를 듣고 감았던 눈을 떴다. 오늘은 지후의 얼굴을 보고 싶지 않았다. 아무런 신경을 쓰지 않고 혼자 있고 싶었다.

'온몸이 아프다. 감기 기운인가? 너무 울었나? 배도 아프고, 열도 나고. 몸도, 마음도…… 너무 아프다.'

지후와 애다는 그날 밤 소리 소문 없이 자신들에게 찾아온 고통과 아픔에게서 벗어나고자, 밤새도록 힘겹게 싸워야만 했다.

*

[선배와 난 벌 받을 거야.]

현민은 채은이 하는 말을 들으며 아무런 대답도 못 한 채 휴대폰만 귓가에 대고 있다.

[그 두 사람한테 씻지도 못할 상처를 안겨줬어.]

상처…… 현민은 애다를 생각하며 손을 이마에 짚었다. 제 욕심 때문에 또 한 번 그녀를 힘들게 하고 깊은 상처를 줬다. 그녀의 웃는 모습을 볼 수 있을까?

[많이 아플 거야. 이제 우리가 할 수 있는 건 아무것도 없어.]

어쩌면 이대로 가만히 있는 게 그들을 도와주는 건가? 아니면 어떻게 해야 하는 거지?

[그들한테 미안하다며 용서를 구할 수도 없어.]

"……."

[선배. 내 말 듣고 있어?]

"……응."

[아파…… 지후가 아플 걸 생각하면 너무 아파. 선배도 그렇지

않아?]

　아프다. 애다가 아플 걸 생각하면 마음이 찢어질 듯이 아파왔
다. 현민은 글썽거리는 두 눈을 감았다. 이렇게 아플 줄 알았더
라면 애다를 놓아줄 걸 그랬나 보다. 결국엔 그 아픔이 자신에게
향한 줄도 모르고 그녀를 아프게 하다니. 빌어먹을 송현민. 꼴좋
다. 이게 네가 원한 사랑이야?

　[……미안해요.]

　"……."

　[이제 와서 이런 말을 하는 내가 정말 뻔뻔스럽지만…… 미안
해, 선배.]

　뻔뻔스러운 건 다 똑같은데, 오히려 그들에게 상처를 준 사람
은 난데…… 네가 왜?

　[나 때문에…… 내 욕심 때문에 세 사람한테 상처 줘서 미안
해.]

　현민은 뒤늦은 채은의 사과에 천천히 입을 열었다.

　"채은아."

　[…….]

　"미안하다. 네 말대로 너와 나 서로에게만 미안하다고 사과할
뿐. 정작 용서를 구해야 할 사람들한테는 한마디의 말도 못하는
나 자신이 너무 미워."

　[선배…….]

　이제 와서 이게 다 무슨 소용이란 말인가? 현민은 애다뿐만
아니라 지후에게도 상처를 준 자신이 원망스러웠다. 그 바보 같
은 자식. 정말 진심을 다해 애다를 사랑한 것 같은데. 왜 이제야
와서 그의 사랑이 보이기 시작한 건지. 송현민. 정말 최악이다.

[떠날 거야. 프랑스로 가서 다시 시작할 거예요.]

"그래."

[평생 내 죄를 가슴에 품고 그렇게 용서를 빌며 살 거예요.]

"그래."

현민은 전화를 끝내고 급히 집 밖으로 나갔다. 말해야 했다. 애다에게 용서를 다시 한 번 구해야 했다. 알고 있었다. 애다는 용서하지 않을 거라는 걸. 그 결과를 뻔히 알지만, 말은 해야 했다. 정말 미안하다고…… 너의 상처에 다시 한 번 커다란 생채기를 내서 미안하다고…….

*

애다는 밤새도록 배가 아픈 것을 참았다. 식은땀을 흘리며 이를 악물고 참고 있는데 어느새 날이 밝았는지 창문을 통해 환한 빛이 들어왔다. 애다는 배의 통증이 점점 심해지자 침대에서 일어나 휴대폰을 찾았다. 지후밖에 생각나지 않았다. 미운데…… 정말 미운데 아프니까 왜 지후밖에 생각이 나질 않는지.

"아, 아……."

휴대폰이 협탁 위에 있는 걸 확인한 애다는 배를 움켜쥐고 손을 뻗다가 그만 바닥에 주저앉고 말았다.

"아…… 아파. 아. 엄마……."

애다는 두 손으로 배를 감싸며 몸을 웅크렸다.

한편, 현민은 애다의 집 앞에 와 있었다. 문을 두드리려는 순간 그는 창문 밖으로 흘러나오는 신음에 창가로 걸음을 옮겼다.

"애다야. 애다야. 거기 있어? 무슨 일이야?"

"아…… 아파……."

현민은 애다의 목소리에 현관문을 열려고 했다. 문이 잠겨 있자 주변을 두리번거리며 쓸 만한 물건이 있나 찾아보았다. 문을 열 수 있을 만한 물건이 보이지 않자 급한 맘에 문고리를 발로 여러 번 차댔다.

드디어 문고리가 떨어져 나가면서 문이 열리자, 현민은 허술한 문을 보며 낮은 욕지거리를 뱉었다. 얼른 안으로 들어가 애다를 찾았다. 애다가 바닥에 웅크리고 누워 있었다.

"애다야. 왜 그래? 어디 아파?"

"……오빠. 배가…… 배가 너무 아파……."

한 마디, 한 마디 힘겹게 내뱉는 목소리에 현민은 애다를 번쩍 들어 안고 집 밖으로 나갔다. 그녀를 차에 태우고 현민은 최대한의 빠른 속도로 병원을 향해 차를 몰았다.

'애다야. 나 어떡해야 하니? 어떻게 해야 너의 미소를 다시 볼 수 있을까? 어떻게 해야 해? 너한테 정말 미안해서 죽을 것 같아. 미안해, 미안해 애다야. 아프지 마, 제발 아프지 마.'

현민의 눈에서는 자기도 모르게 눈물이 흘러내렸다.

현민은 잠들어 있는 애다를 바라보며 눈물을 글썽인 채 조금 전 의사가 했던 말을 떠올렸다.

'안타깝지만 유산되었습니다. 임신 초기에는 조심해야 하는데 산모가 최근에 큰 스트레스를 받았거나 힘든 일이 있었나 봅니다. 편하게 안정을 취해주시고 보살펴주세요.'

아. 어쩌면 좋니. 애다야. 현민은 손으로 두 눈을 가리며 괴로움의 한숨을 내쉬었다. 정말, 하늘은 얼마만큼의 시련을 그녀에게 주려고 그러시는 건지. 그녀가 고통스러워하는 모습을 보라고 자신을 벌하시는 건지. 그저 하늘이 원망스러웠다.

"……오빠."

잠에서 깬 애다가 현민을 불렀다. 현민은 눈을 가리고 있던 손을 내리고 그녀 곁에 다가갔다.

"애다야. 괜찮아?"

"어떻게 된 거야?"

"병원이야."

애다는 현민의 말에 그제야 배가 많이 아팠던 것을 떠올렸다. 애다는 천천히 몸을 일으켜 앉았다.

"뭐래? 나 어디 아프대?"

말없이 시선을 피하는 현민을 보고 애다는 불안함이 엄습해왔다.

"오빠."

"애다야."

"의사 좀 불러줘. 내가 어디가 아픈지 알아야겠어."

자신의 말에도 미동을 하지 않는 현민을 보고, 애다는 침대에서 일어나려고 했다. 현민은 그녀의 팔을 붙잡고 눈물을 글썽였다.

"……애다야."

왜 그래? 불안하게. 애다는 현민의 심상치 않은 표정에 손에 힘을 주며 주먹을 쥐었다.

"내가 하는 말 잘 들어."

이상하게 듣고 싶지가 않았다. 현민이 저런 식으로 말을 하니 어떠한 이야기도 듣고 싶지 않았다.

"아플 거야. 내가 하는 말 들으면 많이 아플 거야……."

"말해."

마음은 듣지 말라고 그렇게 외쳐 대고 있건만, 입에서는 냉정한 말투가 흘러나왔다. 현민은 눈물을 손으로 훔치며 입을 열었다.

"아기……."

"아기?"

"임신이었대."

애다는 너무 놀라 눈도 깜빡이지 못했다. 아기라니, 무슨?

"임신 6주였는데…… 유산됐어."

"거짓말."

애다는 믿을 수 없다는 표정이었다. 현민은 그녀에게서 고개를 돌렸다. 차마 그녀의 아픈 얼굴을 보지 못하겠다.

"오빠 왜 그래? 나한테 왜 그러는 거야? 내가 더 상처를 받길 원해? 그래서 지금 거짓말로 날 한 번 더 죽이는 거야?"

"애다야."

"아, 아기? 아기라고? 유산? 왜? 왜!"

현민은 애다의 외침에 놀라 고개를 들었다. 애다의 입술은 떨리고 있었고 눈동자도 불안하게 흔들리고 있었다.

"애다야."

"아악! 어떻게 그래! 세상에 신이 존재한다면 나한테 이럴 수 없어! 이게 말이 돼? 이게 말이 되냐고!"

애다가 발작을 일으킬 정도로 몸부림을 치자, 현민은 그녀가 움직일 수 없도록 끌어안았다.

"애다야. 제발."

"흐, 흑. 나한테 왜 이래! 이건 너무하잖아! 엄마! 내 아기 데리고 가면 어떡해! 엄마 미워! 엄마 밉다고! 흐, 흑. 아악! 하아. 흡, 흑."

"애다야."

"아, 아. 지후 얼굴 어떻게 보라고! 지키지 못한 우리 아기. 내 잘못이야. 내가 어리석어서 못 지켰…… 흐, 흑. 내 잘못이라고!"

미칠 것 같았다. 정말 죽어버리고 싶을 정도로 미칠 것 같았다. 현민은 애다의 슬픔을 보면서 심장이 갈기갈기 찢기는 것만 같은 고통을 느꼈다.

"애다 네 잘못 아니야. 그러니까 제발 진정 좀 해."

"아아. 아앙. 흐, 흡흡. 흑."

"애다야…… 제발."

"이럴 수 없어. 흐, 흑. 몰랐어. 어떻게 모를 수가 있어…… 흐, 흑, 흑. 미안해서 어떡해. 아기한테…… 미안해서. 흐, 흑."

애다는 현민의 품에서 이젠 마르고 없을 줄 알았던 눈물을 하염없이 쏟아냈다. 애다는 울다가 지쳐 탈진 증세를 보였다.

한참 후, 다시 힘겹게 눈을 뜬 애다가 현민을 불렀다.

"오빠. 나 좀 일으켜 줘."

"애다야. 괜찮아?"

현민은 애다를 일으켜 앉혀주었다.

"뭐라도 좀 먹어야지. 죽이라도 먹을래?"

"아니. 됐어."

현민은 잠시 머뭇거리다 애다에게 조심히 말을 건넸다.

"미안하다. 정말 너무 미안해서……."

"오빠."

"응."

"그렇게 말하지 마. 더는 미안하다는 말 듣고 싶지 않아."

현민은 애다의 차가운 말투에 죄인처럼 고개만 숙이고 있을 뿐이었다. 몇 분간의 침묵이 흘렀고 고개를 들어보니 애다는 무표정한 얼굴로 침대 끝 부분에 시선을 두고 있었다.

"애다야. 지후한테 연락하자. 내가 할게."

"하지 마."

애다의 단호한 말에 현민은 의아해했다.

"그게 무슨 말이야. 당연히 지후도 알아야지."

"절대 안 돼. 지후한테 입도 뻥긋하지 마."

안 된다. 지후가 알게 하고 싶지 않았다.

'내 말 한마디에도 겁먹으며 두려워하는 지후인데, 이런 내 모습을 보면 지금보다 몇 배, 아니 몇 만 배 더 아파할 거야. 어쩌면 견디지 못할지도 몰라. 마음이 여려 눈물도 많은 그 아이. 차라리 지후보다 좀 더 강한 내가 안고 가면 돼. 어쩌면 지금의 이정도가 지후한테는 치료할 수 있는 상처가 될 수 있을 거야. 여태까지 지후에게 아무것도 해준 게 없잖아. 그 흔한 선물 하나 못 해주고. 늘 받기만 하고. 심지어 아이까지 잃고…… 여기서 관두자. 더는 가지 말자. 선애다 그만해. 이제 그만하자. 모든 걸 내려놔. 이제 지쳐서 아무것도 하기 싫어. 사람들이 싫고 사랑도 싫어. 다 싫어. 그냥 다 몰랐던 그때로 돌아가고 싶을 뿐이다. 다 싫다. 정말로…….'

애다는 결심이라도 선 듯 현민을 똑바로 바라보았다.

"오빠. 부탁이 있어. 내 부탁 꼭 들어줘. 오빠한테 처음이자 마지막으로 하는 부탁이야."

현민은 애다의 눈빛에 그녀의 말만 듣고 있었다.

*

"이제야 정신이 좀 들어?"

지후는 수현의 목소리에 눈을 찡그리며 침대에서 천천히 일어났다. 머리가 어지럽고 온몸이 아파왔다.

"형이 왜 내 집에 있어?"

수현은 한숨을 쉬며 바닥에 주저앉았다. 지후의 꼴이 아주 말이 아니다.

"너 때문에 내가 진짜 제 명에 못 살 듯싶다."

"왜?"

"왜? 네가 지금 나보고 왜라고 그랬어?"

"형."

"야. 인마. 너 밤새도록 열이 40도 가까이 갔어. 네 걱정돼서 집에 왔으니 다행이지. 하마터면 너 골로 갈 뻔했어! 넌 도대체 목숨이 몇 개야? 진짜 돌아버리겠네."

아팠다. 애다의 집에서 그렇게 나와 집까지 무슨 정신으로 왔는지 모르겠다. 집에 오자마자 침대에 누워버렸다.

지후는 어지러운 머리를 흔들어대더니 침대에서 일어나 욕실로 들어갔다. 수현은 사가지고 온 죽을 다시 데우기 위해 주방으로 들어갔다.

지후는 욕실에서 씻고 나온 뒤 옷을 갈아입고 나갈 채비를 했다. 그 모습에 수현은 부리나케 달려와 그를 붙잡았다.

"야! 너 어디 가?"

"애다한테."

"미쳤어? 너 지금 아직까지 열이 있어. 그러지 말고 병원 가자."

"안 돼. 가야 해."

"야. 그럼 죽이라도 먹고 가. 너 그러다 또 쓰러진다."

"안 돼. 지금 가야 해. 애다 혼자 있어. 옆에 있어줘야 돼."

"그럼 내일 가. 지금 밤이다."

지후는 자신의 팔을 잡은 수현의 손을 떼어내고 집을 나갔다. 수현은 한숨을 내쉬며 머리카락을 헝클어뜨렸다.

"정말 사랑 힘들게 한다. 도대체 뭐가 문제야? 하."

수현은 걱정스러운 눈빛으로 지후가 나간 현관문만 멍하니 바라보았다.

*

지후는 애다의 집 문이 고장난 걸 보고는 급하게 집안으로 들어섰다.

"애다야."

"누구세요?"

애다의 집을 들어가니 웬 낯선 아주머니가 청소를 하고 있었다. 지후는 어리둥절한 표정으로 아주머니에게 물었다.

"애다 어디 갔어요?"

"아. 그 아가씨. 이사 갔어요."

"네? 이사라니요? 어제까지만 해도 있었는데요?"

"나도 몰라요. 갑자기 어떤 말쑥한 청년이 오더니 급한 일이 생

겼다고 집을 빼야 한다면서 몇 가지 중요한 물건만 챙기고 가버렸
어요. 도대체 무슨 일인지……."

　주인으로 보이는 아주머니는 청소한 쓰레기를 비우러 밖으로
나갔다. 정말 황당한 일이었다. 어제까지만 해도 분명 애다는 이
곳에 있었다. 그런데 갑자기 이사라니. 왜?

　지후는 애다에게 전화를 걸었다. 하. 없는 번호란다. 전화를
안 받는 것도 아니고 꺼져 있는 것도 아니고, 없는 번호라니. 이
게 무슨…….

　지후는 애다가 지냈던 방으로 들어갔다. 많은 가구가 있었던
건 아니지만 모든 물건이 그대로 있었다. 그녀의 옷장을 열어보
았다. 옷이 없다.

　'하. 뭐야, 선애다. 어디 간 거야?'

　다시 애다에게 전화를 걸었지만, 아까와 똑같은 메시지만 되
풀이될 뿐이다.

　'날 두고 또 사라진 건가? 어디로? 도대체 어딜 간 거야. 왜?
내가 그렇게 미웠어?'

　지후는 벽에 붙어 있는 자신의 사진 앞에 섰다. 정말 믿을 수
없는 일이 벌어졌다. 아직 꿈에서 덜 깼나? 선애다. 너 왜 그래?
왜? 벌을 주더라도 직접 보고 주란 말이야.

　"말해봐. 애다 어디 간 거야? 넌 알고 있지 않아? 애다에게 무
슨 일이 생긴 거야? 도대체 무슨 일이냐고!"

　지후는 자신의 사진 앞에서 중얼거리다 소리를 지르며 벽에 붙
어 있던 사진을 찢어버렸다.

　다음 날.

런웨이 무대가 끝나고 현민은 백 스테이지에서 의상을 갈아입은 후 자신의 물건을 챙기고 있었다.

"뭐야!"

"안지후. 네가 여기 무슨 일이야?"

지후는 아는 체하는 모델 동료 선후배들을 무시하고 현민을 찾았다. 현민은 누군가 자신의 어깨를 잡자 뒤를 돌아봤다.

퍽! 현민은 지후가 날리는 주먹에 그대로 뒤로 넘어졌다. 지후의 갑작스러운 행동에 사람들이 몰리면서 그를 말렸다.

"지후야! 너 왜 그래!"

"야! 이 자식아! 넌 선배도 몰라? 어딜 와서 주먹질이야!"

지후는 자신을 말리려는 주변인들에게 무서운 얼굴로 소리쳤다.

"한 발자국도 오지 마! 나 건드는 새끼 다 죽여 버릴 거니까."

지후의 표정과 목소리에 모두 그 자리에 멈춰, 현민과 지후의 얼굴만 번갈아 보았다. 지후는 다시 넘어져 있는 현민에게 다가가 그의 멱살을 쥐며 말했다.

"애다 어디 있어?"

현민은 지후의 손을 잡아떼며 입가에 흐르는 피를 손등으로 닦아냈다. 지후는 다시 화가 치밀어 올랐다.

"송현민!"

"이 많은 사람들 앞에서 애다 이름 오르락내리락하게 만들고 싶어? 나가서 얘기해."

현민은 자리에서 일어나 옷을 턴 후 걸음을 옮겼다. 현민이 나가려고 하자, 구경하고 있던 동료들이 홍해 바다 모세의 기적처럼 길을 터주었다. 지후는 그의 뒤를 따라 나갔다.

"아, 자식. 더럽게 아프네."

현민이 입가를 어루만지며 인상을 찌푸렸다. 지후는 그런 현민을 무시하고 재차 물었다.

"애다 어디 있냐고."

"몰라, 나도."

"뭐? 지금 나랑 장난해? 애다 집에 갔었어. 네가 한 짓이잖아!"

"맞아."

"그런데 애다가 어디 있는지 모른다고?"

"난 애다 부탁만 들어줬을 뿐이야. 어디 있는 줄은 몰라."

"송현민!"

지후는 답답함과 화가 치밀어 올랐다. 정말 미쳐 죽어버릴 것만 같다.

"말해줘. 애다한테 제대로 된 사과도 못 했어. 그러니까 어디 있는지 말하라고."

현민은 지후의 시선을 피하며 한숨을 내쉬었다.

"애다 지금 혼자 있잖아. 주변에 아무도 없어. 옆에 누군가 있어줘야 한다고!"

"……."

"송현민!"

현민은 지후가 화를 내자 마음을 애써 가다듬었다.

"애다, 찾지 마."

"뭐?"

"애다, 내버려 둬."

"그게 무슨 소리야?"

"내가 하는 말 무슨 말인지 몰라?"

현민은 지후의 얼굴을 바라봤다. 아파하는 지후의 얼굴이 고스란히 다 보였다. 하지만 현민이 애다를 위해 해줄 수 있는 건 이것밖에 없었다. 몸도 마음도 지쳐 버린 애다를 생각하면 마음이 아팠다. 그러니 지후야. 네가 이해해. 넌 남자니까 네가 그냥 버티라고.

"애다, 너한테서 떠난 거야. 너 보기 싫다고, 더는 만나기 싫다면서 떠나 버렸다고."

"하. 미친. 내가 그 말을 믿을 것 같아?"

지후는 어이없다는 듯 실소를 내뱉었다. 믿을 수가 없었다. 아니, 믿고 싶지 않았다.

"그렇게 가르쳐 주기 싫어? 그래서 나한테 그따위 말을 하는 거야?"

"지후야."

"됐어. 내가 찾아. 내가 반드시 찾을 거라고."

지후는 현민을 죽일 듯이 노려본 후 그를 뒤로하고 그 자리에서 떠났다. 현민은 지후의 뒷모습을 보며 애다를 생각했다.

'애다야. 나 잘한 거 맞지? 네가 시키는 대로…… 잘한 거 맞지?'

*

"안녕하세요. 저 애다 남자친구인데요. 애다 오늘 학교 나왔어요?"

지후는 애다가 다니는 학교 정문에서 같은 과 친구 희진을 붙잡아 그녀에 관해 물었다.

"아, 애다 학교 안 나온 지 며칠 됐어요. 휴학했다는 소문도 있고. 잘 모르겠네요."

희진의 말에 지후의 표정이 실망감으로 물들었다. 지후는 지갑에서 쪽지를 꺼내 희진에게 건넸다.

"이거 제 연락처인데요. 혹시 애다 소식 들으면 저한테 연락 좀 해줄래요?"

"네. 그럴게요."

지후는 희진에게 인사를 한 뒤 그녀 뒤로 보이는 학교를 한번 바라보고는 그 자리를 떠났다. 희진은 지후의 뒷모습을 바라보다 그가 떠나자, 휴대폰을 들었다.

"애다야, 나야. 방금 찾아왔어."

[…….]

"네가 말하라는 대로 하긴 했는데……."

[고마워. 희진아.]

희진은 씁쓸한 마음으로 지후가 떠나고 없는 자리를 한번 바라보더니 가던 길을 재촉했다.

지후는 애다가 사라진 그날부터 그녀가 갈 수 있는 곳은 다 찾아다녔다.

"애다, 일 그만뒀어요."

"이혜숙 씨라…… 그분 따님이 오셔서 봉안당 옮겼는데. 어디로 모신 줄은 저도 잘 모르겠네요."

심지어는 어머니의 유골함까지 옮겼다. 지후는 애다를 전혀 이해할 수가 없었다. 이렇게까지 하면서 떠난 이유가 뭘까? 몇 번을 생각해 봐도 알 수가 없었다. 자신을 믿는다고 했다. 그런데 이렇게 말도 없이 사라질 정도로 자신이 미웠던 걸까? 지후에게 애다가 없는 하루하루는 고통이고 지옥이었다. 다시는 떠나지 않겠다던 애다였는데…… 지후는 주차장에 차를 세워두고 휴대폰을 꺼냈다. 앨범에서 애다의 사진을 찾아 어루만지다 동영상 목록을 열었다.

　[생일 축하합니다. 생일 축하합니다. 멋진 당신의 생일을. 당신이 태어난 행복한 하루 오늘은 당신의 날 축복받으며 태어난 당신의 생일을 축하합니다.]

　수현의 생일에 레스토랑에서 애다가 부른 생일 축하 노래였다.

　'아마 이때부터였을 거야. 네가 내 마음속에 들어온 날. 한시도 눈을 뗄 수 없게 만들었던 그녀. 처음으로 환하게 웃는 모습을 보게 된 날. 사랑이 이렇게 아프고 괴로운 거였다면 시작하지 말걸 그랬어. 이렇게 널 보지 못하고 이별할 줄 알았다면…… 그냥 고백하지 말고 친구로 남을걸 그랬어…….'

　지후는 그대로 핸들에 고개를 숙였다. 차 안에는 동영상 속 애다의 목소리만이 울려 퍼지고 있었다.

　'어디 있는 거야. 애다야. 보고 싶어. 내가 없는데 넌 편하게 있을 수 있어? 혼자 어디서 아프거나 울고 있는 거 아니지? 제발 나타나라. 응?'

*

안 회장은 회장실 창문 밖을 바라보며 뒷짐을 지고 서 있다. 그 뒤로 김 실장이 머뭇거리다 천천히 입을 열었다.

"선애다 씨 어머니인 이혜숙 씨가 며칠 전 숨을 거두셨다고 합니다."

아무 말이 없는 안 회장을 바라보며 김 실장은 다시 한 번 입을 열었다.

"그리고······."

"······."

"선애다 씨 행방이 불분명합니다."

안 회장은 그제야 뒤를 돌아 김 실장을 보았다. 그가 전하는 말을 이해할 수가 없었다.

"그게 무슨 소리야?"

"말 그대로 선애다 씨가 사라졌습니다. 집, 학교, 직장. 어디에도 없습니다."

이게 무슨 일인지 모르겠다. 애다가 갑자기 사라지다니? 안 회장의 눈살이 찌푸려졌다.

"어허. 지후 그놈은 어쩌고 있어? 애다의 어머니 장례식장에 가긴 한 거야?"

"들어온 보고로는 송현민 씨가 함께했다고 합니다."

송현민? 안 회장은 잠시 그의 이름을 기억해 내고는 재차 다시 물었다.

"지후는 뭘 하고?"

"그전에 지후가 임채은 씨 집에 방문한 걸로 압니다."

"임채은? 왜?"

안 회장은 한쪽 눈썹을 꿈틀거리며 김 실장을 바라봤다. 이 네 사람에게 대체 무슨 일이 생긴 건지, 원.

"그 이유는 잘…… 그런데 지후가 들어가고 잠시 후에 선애다 씨가 들어갔다고 합니다."

안 회장은 깊은 한숨을 내쉬었다. 아무래도 지후가 크나큰 실수를 하지 않았나, 싶은 생각이 들었다.

"그런데 회장님. 그것보다 더 중요한 보고가 있습니다."

"뭐야."

김 실장은 잠시 뜸을 들이다 안 회장의 안색을 살피며 조심히 말을 꺼냈다.

"선애다 씨 행방을 찾다 병원 기록을 알아봤는데……."

"……."

"며칠 전 유산을 했답니다."

안 회장은 너무 놀라 말을 잇지 못했다. 이런 변고가 있나? 어머니의 장례에 아기까지. 세상에나.

"지후 아기인 거야?"

김 실장이 뭘 알겠는가? 하지만 안 회장은 그 아기가 지후의 아기일 거라는 걸 믿어 의심치 않았다. 안 회장은 이마에 손을 갖다 대더니 천천히 소파에 앉았다.

"어허. 무슨 이런 일이 있나. 그래서 애다가 사라졌다?"

"네."

"지후는?"

"선애다 씨를 찾아다니고 있는 것 같습니다."

안 회장은 한숨을 내쉬며 생각에 잠겼다.

'이런. 그 어린 것이 얼마나 마음이 아팠을꼬. 어머니에다 아기까지 잃었으니. 쯧쯧.'

김 실장은 정적을 깨고 안 회장에게 물었다.

"어떡할까요? 사람을 시켜 선애다 씨를 찾아볼까요?"

안 회장은 김 실장의 질문에 바로 대답을 하지 않았다. 그리고 애다의 모습을 다시 한 번 떠올렸다.

"만약 저로 인해 지후가 상처를 받는다면 그건 지후가 스스로 이겨나가야 할 몫입니다. 저 또한 마찬가지이고요."

"그렇다면 애다 양이 우리 지후 곁을 떠나게 된다면 두 번 다시 우리 지후랑 만나지 말게나."

"……."

"나랑 약속할 수 있겠나?"

"약속…… 하겠습니다."

"이유는?"

"제가 지후 곁을 떠나게 될 날은 아마 지후를 제 맘 속에서 영 원히 지워 버리는 날이 될 겁니다."

안 회장은 애다하고 처음 대면한 날을 떠올리며 인상을 찌푸렸 다. 그즈음 다시 김 실장의 목소리가 들려왔다.

"저기, 회장님."

"아니야. 찾지 마."

안 회장은 눈을 뜨고 정면을 주시했다. 깊게 패인 주름살이 그 의 마음을 대신해 주고 있는 느낌이었다. 그 아이들이 참으로 안 쓰러웠다. 하지만 제가 도와줄 수 있는 문제는 아니었다. 사람 마음이란 게 다 그런 거고, 인연이라면 다시 만나게 될 것이며, 그렇지 않다면 또 다른 소중한 인연이 기다리고 있을지도 모르니 말이다.

"그 아이 절대로 먼저 지후 앞에 나타나지 않을 게야. 우리가 찾는다고 해도 아무런 소용이 없어. 이게 인력으로 해결될 문제가 아닌 거지. 그리고 지후한테 붙여두었던 사람도 다 철수 시켜. 이제 나에게 더는 보고하지 말게나."

"네. 회장님."

김 실장은 안 회장에게 묵례를 한 후 회장실 밖으로 나갔다.

'여기서 그들의 인연은 끝이 난 겐가? 우리 지후와 애다가 다시 만나게 된다면 그건 인연이 아니라 운명이겠지. 모쪼록 그 두 아이가 빨리 제자리를 찾았으면 좋겠군.'

안 회장은 깊은 한숨을 내쉬며 소파에 머리를 기댔다.

*

"이 자식 왜 이러고 있어?"

지성은 바에서 술을 마시고 엎드려 있는 지후를 보며 수현에게 물었다.

"난들 아냐? 연락받고 너랑 지금 같이 왔잖아."

지성은 인상을 찌푸렸다. 단 한 번도 지후의 이런 모습을 본 적이 없었다. 망가져 버린 동생을 보고 있노라니 마음 한구석에서 울분이 터져 나왔다.

"누가 그걸 몰라? 지후 요즘 무슨 일이냐고? 지후 이렇게 취할 정도로 술 마셔서, 내가 호출받은 거 처음이야. 최수현. 넌 뭘 알고 있지?"

수현은 지성의 질문에 대답을 하지 않고 엎드려 있는 지후만 안쓰러운 눈빛으로 바라보았다.

"애다 때문이야? 지후 이러는 거 그 이유밖에 없어. 또 무슨 문제야?"

수현은 눈을 감고 있는 지후의 머리를 넘겨주며 한숨을 내쉬었다.

"애다가 사라졌어."

"그게 무슨 말이야?"

"말 그대로야."

지성은 잠시 놀란 눈을 하더니 지후를 바라봤다. 왜, 무엇 때문에 애다가 사라져서 제 동생을 다 죽어 나가게 하냔 말이다. 핏줄이 더 강해서 그런지 오늘따라 애다가 너무 미웠다.

수현은 지성의 차갑게 굳은 얼굴을 애써 외면하고 지후의 어깨를 흔들면서 깨웠다.

"지후야. 정신 차려봐. 안지후."

"어? 형이네?"

"정신이 좀 들어?"

지후는 술에 취해 웃으면서 수현을 바라보았다. 입은 웃고 있지만, 눈은 슬퍼 보여 수현은 그의 시선을 피해 말을 걸었다.

"지후야. 집에 가자."

"형. 애다 좀…… 찾아주라."

지후의 목소리가 너무나 간절해서 수현은 입술을 깨물었다. 대체 어디서부터 잘못되어 이들의 사랑이 이렇게 무너졌을까? 애다를 보며 행복해했던 지후의 모습이 생각이 나서 더 안타까웠다.

"아무리 찾아봐도 없어. 실종신고할까? 그럼 찾을 수 있을까? 아님, 사람 시켜서 찾아볼까? 내 힘으로는…… 찾을 수가 없어.

도저히."

"지후야."

지후는 고개를 떨어뜨리며 다시 테이블에 힘없이 엎드렸다.

"안 가르쳐 줘. 송현민도 애다가 어디 있는지 모른대. 나보고 찾지 말래. 내가 싫어서…… 미워서 떠났대. 정말일까? 내가 정말 보기 싫을까? 애다야…… 보고 싶어."

지후의 울먹이는 목소리를 들으며 지성의 인상이 구겨졌다. 지후 입에서 나온 송현민. 결국 그들이 이들의 사랑을 방해했단 말인가? 부모님을 먼저 하늘로 보내고 그 앞에서는 덤덤했던 지후가 홀로 방 안에서 통곡하며 서럽게 울었던 때가 생각이 났다. 그 후로 단 한 번도 울지 않았던 지후였다. 이렇게 나약한 모습도 보이지 않았었다. 이 아이가 무슨 죄가 있기에, 그의 여린 마음을 이용해서 왜 불행을 안기는 건지. 정말 화가 났다.

"송현민. 결국엔 그놈 짓이야?"

지성의 차가운 말투에 수현은 그를 돌아봤다. 그 누구보다도 형제애가 강한 그들이었다.

"맞지? 송현민."

"지성아. 그런 거 아니야. 지후하고 애다 사이에 잠깐의 오해가 있었어."

"그 오해 뒤에는 송현민이 있겠지. 아니야?"

"그건 나도 잘 모르겠어. 내가 아는 건 지후가 임채은을 만났다는 거야."

지성은 지후를 보고는 이를 악물었다. 그렇지 않아도 맘에 들지 않았던 임채은이었는데.

"임채은? 그럼 그 두 연놈 짓이네."

"지성아."

지성은 한쪽 입술을 말아 올리며 실소를 내뱉었다. 이미 끝나 버린 옛 연인들이 나타나서 이 무슨 개지랄을 한 건지. 아직 나이 어린 애들이다. 모든 게 서툴고 오로지 예쁜 사랑만 했던 녀석들이었다.

"훗. 우리 지후가 이러는 거 그 둘이 한 짓 맞지?"

"지성아. 그런 거 아니야."

"아니긴 뭘 아니야? 내가 봤을 땐 지후와 애다 전혀 문제없었어."

지성은 날카로운 눈을 빛내며 수현에게 말했다.

"지후 좀 부탁할게."

지성이 돌아서서 나가자 수현은 한숨을 내쉬었다. 아무래도 지성이 가만히 있을 것 같지 않았다. 지후보다 더 무서운 놈이 지성이니까. 수현은 다시 지후의 이름을 부르며 흔들어 깨웠다.

"지후야. 그만 가자. 정신 차려."

지후가 아무 대답이 없자 수현은 그를 업고 밖으로 나갔다.

'이 자식, 살 빠졌네. 애다야. 얼른 다시 와라. 이러다 우리 지후 죽겠다.'

＊

지성은 다음 날 회사에 출근하자마자 급하게 어딘가로 전화를 했다.

"나야. 해줘야 할 일이 있어."

"그 전화 그만 끊어라."

지성은 이른 아침부터 회사에 방문한 안 회장을 보며, 하던 말을 멈추고 전화기를 내려놓았다. 지성이 의아한 표정으로 안 회장을 보며 자리에서 일어났다.

　"회장님. 아침부터 제 방엔 무슨 일이세요?"

　"이리와 앉아. 회장이 아니라 할아버지로서 할 말이 있으니."

　지성은 안 회장과 마주 보며 자리에 앉았다. 안 회장은 굳은 얼굴의 지성을 보며 입을 열었다.

　"지후. 그냥 내버려 둬라."

　"할아버지. 그게 무슨 말씀이세요?"

　"지후랑 애다. 그냥 두라고."

　"애다 찾아야죠. 지후가 지금 얼마나 아파하는지 아세요?"

　지성은 안 회장의 말에 서운함을 느꼈다. 찾지 말라니, 왜? 오히려 더 나서서 도와줘야 하는 거 아닌가? 지성은 안 회장의 의도를 알 수 없었다.

　"찾으면? 애다 찾아서 다시 지후한테 보내려고?"

　"그건 지후가 알아서 하겠죠. 저희는 찾아주기만 하면……."

　"마음 정리하고 떠난 아이다. 억지로 붙여준다고 해서 둘이 잘될 거라고 생각하는 게야? 만나더라도 지금은 아니다. 애다 그 아이. 시간이 필요해."

　안 회장은 애다에게 시간을 주고 싶었다. 그게 언제까지가 될지 모르겠지만, 그 현명한 아이가 선택하고 떠난 길이었다. 그 누구도 애다의 일에 이래라저래라 할 수가 없었다.

　"그럼, 우리 지후는요? 할아버지는 지후 걱정도 안 되세요?"

　"잘 버틸 거다."

　"할아버지. 그건 할아버지가 모르고 하시는 소리예요. 저러다 지후 죽는단 소리 나온다고요!"

안 회장은 인상을 찌푸렸다. 동생을 아끼는 지성의 마음이 충분히 이해가 갔지만 이건 도가 지나쳤다.

"마음이 아파도 애다 그 아이보다는 덜 아플 게야. 그놈의 자식이 뭐가 부족해서 죽는다는 소리를 해! 가족이 없어, 돈이 없어! 겨우 여자 때문에 그런 거라면 난 그런 손주 필요 없다."

"할아버지!"

안 회장은 자리에서 일어서며 무서운 말투로 지성에게 말했다.

"지성이 너도 이 할애비 말 무시하고 네 멋대로 했다간 내 가만두지 않을 게다. 그리고 송현민, 임채은도 가만히 둬라."

"어떻게 그래요? 지후하고 애다가 누구 때문에 그런 건데?"

"안지성. 그게 정말 지후와 애다를 위한 일이라고 생각하는 게야? 벌을 주더라도 지후와 애다가 줘야 해. 너와 난 아니라는 거지. 이 할애비 말 무슨 말인지 모르겠느냐?"

"……."

"많이 화가 나더라도 참아라. 앞으로 조은유업을 이끌어가야 할 너. 그런 사사로운 마음으로 기업을 다스린다면 넌 이 회사를 이끌어갈 재목이 못 된다."

안 회장은 따끔한 충고를 한 뒤, 지성을 뒤로하고 밖으로 나갔다. 지성은 안 회장이 나가자 한숨을 쉬며 고개를 숙였다. 자신의 마음을 진정시켜 줄 연인이 필요했다. 오늘따라 소현이 너무 보고 싶었다. 나도 이러는데, 지후는 오죽하랴…… 지후가 빨리 제자리를 찾았으면 좋겠다. 내가 사랑하는 사람들이 더는 울지 않았으면 좋겠다.

지성은 아픈 마음을 위로받고자 휴대폰을 꺼내 사랑하는 연인 소현에게 전화를 걸었다. 자고 있을 텐데도 기꺼이 반겨주며 자신을 분명 따뜻하게 위로해 줄 거다. 우리 지후도 빨리 애다가 어루만져 주기를…….

*

지후는 집에서 애다에게 건네지 못한 둘만의 커플 화보집을 넘겨보고 있었다. 수현은 그런 지후의 옆에 앉아 안쓰러운 얼굴로 그를 바라볼 뿐이었다.

"형."

눈은 화보집을 향한 채, 지후가 침묵을 깨고 수현을 불렀다.

"응."

"오늘 애다 생일이야."

수현은 지후의 무표정한 얼굴과 무미건조한 말투에 더 마음이 아파왔다.

"애다, 미역국 먹었을까? 내가 끓여주려고 했는데……."

"……."

"커플 사진 예쁘게 나왔지?"

"응. 예쁘다."

수현의 예쁘다는 말에 지후의 무표정한 얼굴에는 슬픈 웃음이 지어졌다.

"이거 찍을 때만 해도 애다가 사라질 거란 생각 못 했어. 너무 행복했거든."

"지후야."

"오늘 애다 생일인데…… 아무것도 못 해주네."

수현은 지후와 함께 화보집을 바라보다가 사진 위에 물방울이 떨어져 흘러내리는 걸 보고 멈칫했다. 눈물이었다. 지후가 눈물을 흘리고 있었다. 수현은 차마 지후의 얼굴을 보지 못했다. 분명 입은 웃으면서 눈에선 눈물을 흘리고 있을 거다. 지후의 슬픈 음성을 들으면서 그저 모른 척 가만히 있었다.

"잘 있을까? 밥은…… 잘 먹고 있겠지? 살 더 빠지면 어떡해? 내가 옆에서 챙겨줘야 하는데…… 혼자서 얼마나 외로울까…… 내가 옆에서…… 외롭지 않게 안아줘야 하는데. 아프면 어떡하지? 내가 옆에서…… 돌봐줘야 하는데……."

지후의 울먹이는 목소리에 그의 아픔을 그대로 느낀 수현도 눈물이 맺혔다.

"애다 곁에는…… 나, 안지후가 있어야 하는데…… 흐, 흡. 내가…… 꼭…… 흑. 있어야 하는데…… 흑, 형, 애다 보고 싶어…… 흐, 흑. 너무…… 보고 싶어서 죽을 것 같아. 흐."

결국에 소리를 내며 우는 지후를 수현은 따뜻하게 안아줬다.

"지후야, 걱정 마. 애다 잘 지내고 있을 거야. 그러니까 너도, 이제 그만 아파해."

"보고 싶어…… 흐, 흑. 애다가…… 너무 보고 싶어. 흑."

지후는 수현의 품에서 애다를 그리워하며 하염없이 눈물만 흘렸다.

4월의 마지막 따뜻한 봄날. 행복했고…… 아름답고…… 그리고 아파했던 둘의 미성숙한 사랑은 그렇게 끝이 났다.

끝난 게 아니야

삼 년 후.

찰칵, 찰칵.

지후는 연갈색 체크무늬 셔츠에 청색 스키니 진, 밝은 밤색 재킷을 걸치고 카메라 앞에 서서 포즈를 취하며 사진 촬영에 임하고 있다. 이제 미소년다운 모습은 많이 사라지고 남자다운 눈빛을 빛내게 되었다.

"오케이. 수고했어요."

"수고하셨습니다."

지후는 스태프들에게 인사를 한 후 채성민 포토그래퍼 옆에서 함께 모니터링을 했다. 그가 사진들을 체크할 때마다 지후는 프로다운 눈빛으로 유심히 살펴보았다.

"지후 씨. 어때? 괜찮은 것 같은데. 딱히 수정 볼 게 없네."

"네. 저도 괜찮은 것 같아요."

"색만 더 화사하게 보정해 보는 것도 괜찮을 것 같아."

"네. 선생님이 어련히 알아서 하시겠죠."

지후의 웃음 섞인 목소리에 채 작가는 그의 어깨를 살며시 두드렸다. 지후와 오랫동안 작업을 해와서인지 시간이 지나도 그와의 서먹함은 없었다.

"역시 안지후야. 군대 갔다 와서 더 멋져진 것 같아."

"원래 멋졌거든요."

"뭐? 하하, 넉살하고는."

채 작가는 스태프가 가져다준 커피를 지후에게 건네며 말했다. 군 생활로 공백기가 있어도 그는 변함이 없었다. 여전히 알아주는 모델이었고 사진작가들이 선호하는 피사체였다.

"어때? 요즘 바쁘지? 군대 갔다 와서 여기저기 불려 다니며 작업하고. 이현수 선생님이 지후 씨랑 작업해야 한다면 난리던데."

"저야 좋죠. 군대 다녀와도 잊지 않고 저 찾아주셔서 제가 더 감사할 뿐이에요."

"무슨 그런 소릴. 지후 씨 마스크는 모든 포토그래퍼들이 계속 작업하고 싶어 하는 걸 몰라서 그래? 한마디로 죽이잖아."

채 작가의 말에 지후는 쑥스러운 표정을 지었다.

"선생님. 저 띄워주지 마세요. 날아간단 말이에요."

"하하. 그럼 안 되지. 날아가지 못하게 꽁꽁 묶어둬야겠다."

"헤헤."

"참. 그리고 군대 가기 전 밀라노에는 왜 안 갔어?"

지후는 커피를 손에 쥐고 잠시 머뭇거리며 씁쓸한 미소를 지었다. 밀라노로 갈 수 있는 기회를 지후는 한 치의 망설임도 없이 거절했었다. 그리고 군대를 택했다.

"그냥요."

"왜? 좋은 기회였잖아. 지후 씨 헤이니 정 무대에 선 거 보고 밀라노뿐만 아니라 세계 여러 곳에서 콜한 걸로 아는데. 왜 군대에 간 거야?"

지후는 다시 커피를 한 모금 마시며 대수롭지 않게 이야기했다.

"제 꿈을 아직 못 이뤘거든요."

"꿈? 모델한테는 세계 진출이 꿈 아니야?"

"글쎄요. 다른 사람들은 몰라도 제 꿈은 그게 아니거든요."

"그래? 뭔데?"

"있어요. 그런 거."

지후는 오랜만에 만나 작업한 채 작가와 이야기를 한 후 대기실로 들어갔다.

지후는 의상을 갈아입던 중, 휴대폰 벨소리가 울리자 화면을 확인했다. 지후의 입가에 절로 미소가 지어졌다.

"어. 자기야."

지후의 다정한 목소리에 상대방은 아무런 말이 없었다. 지후는 피식 웃으며 되물었다.

"왜 대답이 없어? 내가 보고 싶어 전화한 거 아니야?"

[안지후.]

"목소리가 왜 그래? 무슨 기분 나쁜 일 있어?"

[까분다.]

지후는 웃음을 지으며 의자에 편하게 앉았다.

"아이. 또 왜 그럴까? 만나서 찐한 키스 어때?"

[네가 드디어 미쳤구나? 죽고 싶어 환장했지?]

지후는 이제 그만 장난쳐야겠다고 생각했다.

"그럼, 애인이 아니고서야 허구한 날 나한테 전화를 해대는데 내가 이렇게 하는 건 참아줘야지."

[지후야. 제발 그러지 마라. 우리 경희 운다.]

"경희 누나 봐서 이 정도인 줄 알아."

지후는 수현의 애원하는 말투에 웃음을 지었다. 시간이 흘러도 여전히 변함없이 제 곁을 지켜준 수현이었다. 아마 그가 곁에 없었더라면 정말 힘든 날들을 보냈을 것이다.

[일 끝났지?]

"어."

[그럼, 나와. 저녁에 경희가 맛있는 거 사준대.]

"저녁? 비싼 거 먹는다고 해."

[빌어먹을 놈.]

지후는 통화를 끝내고 휘파람을 불며 수현과 만날 약속 장소로 차를 몰았다. 벚꽃이 날리는 따뜻한 봄. 절로 웃음이 지어지는 날씨다. 지후는 차창 밖으로 손을 내밀어 따뜻한 봄바람을 손길로 느껴보았다.

이런 날, 아직까지 죽도록 생각이 나는 사람이 있고 떠오르는 추억이 있다. 너도 그래?

*

[Top model News]

얼마 전 군 복무를 마치고 돌아와 한결 더 남성적인 매력으로 여심을 사로잡고 있는 안지후(26세)의 화보가 공개돼 화제다.

안지후는 최근 톱 모델 뉴스 매거진과 함께한 화보에서 올봄 트렌드를 반영한 위트 넘치는 패션을 선보여 눈길을 끌었다. 어반 시크 콘셉트로 진행된 이번 화보 촬영에서 안지후는 S/S 시즌의 패션은 물론 평소 개구쟁이 같은 모습에서 진지한 남자의 모습까지 매력적인 모습으로 시선을 사로잡았다.

이를 본 네티즌들은 "역시 안지후가 대세", "댄디와 카리스마 모두 잘 어울리는 남자", "남자친구 삼고 싶다", "피부 미남 종결자" 등 뜨거운 반응을 보였다. 안지후의 미공개된 컷은 톱스타 매거진 4월호에서 만나 볼 수가 있다. 또한, 앞으로 있을 더 나은 화보 및 광고 촬영을 통해서 그의 활동을 기대해 본다.

Top model News 이상미 기자

"지후야. 여기."

지후는 수현이 부르는 소리에 창가로 다가가, 그와 맞은편 자리에 앉았다.

"왜 여기서 봐? 경희 누나는?"

"예약되어 있는 고객 때문에 좀 늦는다고 하더라. 뭐 마실래?"

"됐어. 커피 마시고 왔어. 그나저나 갑자기 경희 누나가 왜 저녁을 사준대?"

"왜긴. 너 전역하고 나서 밥 한 끼 못 사줬다고 오늘 사준대."

"쳇. 전역한 지 6개월이 지났고만. 이제 와서 사준대? 왕창 뜯어먹어야지."

"경희 돈이 곧 내 돈이다. 싼 거 먹어라. 그리고 일은 잘 끝났어?"

수현이 커피 한 모금을 마시며 지후에게 물었다. 요즘 지후는 매니저 없이 홀로 일을 끝냈다. 매일 곁에 붙어서 떨어지지 않았는데, 이젠 제법 혼자서도 일을 잘 해냈다. 하긴 모델 경력이 몇 년인데.

"내가 누구야? 나 안지후야."

"으이그. 너는 어째 군대를 다녀와도 그 모양이야?"

"내가 어때서? 내가 일 잘해서 사장인 형한테 돈이 들어오는 줄이나 아셔."

지후는 군대 가기 전 회사를 수현에게 넘겼다. 그라면 그 누구보다도 잘 이끌어 갈 거라고 생각했다.

"나, 사장 하기 싫다. 다시 네가 해."

"싫어. 귀찮아. 그리고 곧 경희 누나랑 결혼하려면 사장이란 명칭이 좋잖아. 안 그래?"

"나쁜 놈. 너 아니어도 우리 회사에 온다고 하는 애들 많아."

"오, 그러세요? 좋겠어요. 찬영이, 동은이, 진영이 누나……또 누가 들어왔어?"

"신인들 몇 명 계약했어."

"잘됐네."

지후는 고개를 끄덕이며 테이블에 놓인 냅킨을 집어 들었다. 손으로 냅킨을 가지고 종이접기하듯이 만지작거리며 중얼거렸다.

"다들 좋겠다. 형도 곧 경희 누나랑 결혼하고. 우리 형도 소현이 누나랑 결혼해서 알콩달콩 잘 살고. 부럽네."

"지성이네는 아직 아기 소식 없지?"

수현은 제 동생과 결혼한 지성을 떠올리며 물었다. 그 냉철한 놈이 아주 소현 앞에서는 끔뻑 죽는 시늉을 다했다. 그러니 제 동생을 그에게 보낸 거였지만.

"응. 그동안 많이 떨어져 지내서 그 시간이 아까워 둘만의 시간을 더 즐길 거래."

"할아버지 서운하시겠다."

"응. 증손자 보고 싶다는 말 매일 입에 달고 사셔. 나도 조카 보고 싶은데."

수현은 열심히 냅킨을 접고 있는 지후의 손을 바라봤다. 지후의 하얗고 가느다란 긴 손가락에는 여전히 커플링이 자리 잡고 있었다. 수현은 덤덤하게 물었다.

"지후야. 아직도야?"

수현의 말에 지후는 약간 멈칫거리더니 이내 웃으며 다 접은 비행기 모양의 냅킨을 테이블 위로 날려 보냈다.

"에이. 종이가 아니라서 금방 추락하네."

지후는 자신을 빤히 바라보는 수현을 외면하며 창밖으로 시선을 돌렸다. 많은 커플이 벚꽃이 날리는 길가를 정답게 오고가고 있었다. 수현이 무엇을 물어보는지 알고 있지만, 그의 질문에 대답을 해줄 수가 없었다.

사랑과 이별의 열병. 너무나 심하게 앓았다. 그것을 지켜본 수현이었기에 그가 걱정하는 대답을 해줄 수가 없었다.

"형. 저 커플들 예쁘지?"

"어디?"

수현은 지후의 말에 창밖을 바라봤다. 지후가 손가락으로 한곳을 가리켰다.

"저기. 솜사탕 먹고 있는 고등학생들."

"그러네. 귀엽다."

지후는 그들을 바라보며 미소를 지었다. 솜사탕…… 벚꽃…….

"맛있겠다. 먹고 싶네."

"지후야. 솜사탕 좋아해? 하나 사주리?"

"아니. 그거 말고."

"그럼, 뭐?"

"있어. 내가 따로 특허 낸 나만의 솜사탕."

수현은 이해할 수 없다는 듯 고개를 갸웃거리며 여전히 창밖에 시선을 두고 있는 지후의 옆모습을 바라봤다.

"형."

한동안 둘 사이에 침묵이 흐르고 지후의 목소리에 그 정적이 깨지자, 수현은 여전히 창밖에 시선을 두고 있는 그를 바라봤다.

"왜?"

"……잘 지내고 있겠지?"

수현은 지후가 말하는 사람이 누구인지를 깨닫고 한숨을 내쉬었다. 삼 년이다. 이제 잊을 만도 한데, 지후는 아직도 진행형인가 보다.

삼 년 전 지후는 애다의 생일날 그렇게 한없이 울고 난 후, 그 뒤로 다시는 애다를 찾지 않고 입 밖으로 그녀 이름을 꺼낸 적도 없다. 미친 듯이 죽어라 일만 했다. 지방으로, 해외로. 닥치는 대로 일만 해댔다. 수현은, 지후가 점점 제자리를 찾는 것 같아 안심이 되었다. 다시 웃으면서 평소와 다르지 않게 장난도 치고 그렇게 지냈다. 밀라노에 갈 수 있던 기회를 뿌리치고 군대를 택한 지후가 이해가 되질 않았지만, 그의 선택이니 뭐라 할 수도 없었다.

그렇게 삼 년이 지나 잊을 줄로만 알았는데…… 아니었나 보다. 손가락에 여전히 자리하고 있는 커플링. 오늘 뜬금없이 애다의 안부를 묻는 지후. 도대체 무슨 생각인 건지. 지후의 말에 수현은 다시 긴장했다.

"형. 우연이라도 다시 만날 수 있을까?"

"지후야."

"만나면 뭐라고 해야 하지? 내가 정말 싫어서 떠난 거냐고 물어볼까?"

"안지후."

"그런데 형. 내가 싫다는 말보다 더 무섭고 두려운 게 뭔 줄 알아?"

"뭔데?"

잠시 뜸을 들이던 지후가 창문 밖을 바라보고 있던 시선을 거두고 손가락에 있는 커플링을 매만지며 입을 뗐다.

"잊었을까 봐."

덤덤하게 말하는 지후를 보며 수현은 놀란 눈을 했다. 그게 두려운 거니? 너의 존재를 애다가 잊었을까 봐?

"나를 모른다고 할까 봐. 안지후라는 이름도 잊고 나라는 존재도 다 잊어버리고. 그렇게 살고 있을까 봐…… 그래서 이제 만나는 것도 무섭다."

"지후야."

"나 잊지 말라고 사진 많이 찍고 심지어 광고 촬영까지 했어. 그럼, 어디에선가 날 보고 다시 올 거라고 생각해서."

그랬던 거야? 그래서 그렇게 죽어라고 일만 해댔어? 수현은 애다에게 자신의 존재를 각인시키기 위해 몸부림을 쳐 댔던 지후가 안쓰러웠다.

"그런데 이젠…… 그만할까 봐."

지후는 손에서 반지를 뺐다. 오랫동안 반지를 끼고 있던 탓에, 약지에는 하얀 자국이 흔적으로 남아 있었다.

"이 흔적이 지워지면…… 내 마음도 지워지겠지?"

"……."

"그렇게 뛰어대던 심장이 이젠 뛰지도 않아. 다시 보면 뛰게 될까? 허전하네. 반지가 사라지니까 손가락이 엄청 허전해."

"지후야."

"그만 놓아줄래. 우리의 인연은 삼 년 전에 끝났나 봐."

지후는 다시 고개를 들어 창문 밖을 바라봤다. 고등학생 커플은 어디를 갔는지 이젠 보이질 않았다. 삼 년 전 그녀가 지후 곁에서 신기루처럼 나타났다 사라진 것처럼…… 보이질 않았다.

지후는 수현과 경희를 만나고 집으로 돌아와 책상 서랍에서 작은 상자를 꺼냈다. 상자 안에 든 화보집을 꺼내 들었다가 그것을 차마 펼쳐 보지는 못한 채 다시 상자에 넣어두었다.

"미안해. 이번에는 네 주인 못 찾아주겠다. 신데렐라가 구두신고 도망가 버렸어."

지후는 화보집을 보며 중얼거리다가 손에 든 반지를 잠시 매만지더니 함께 상자에 넣었다.

"정말 너무하네. 추억의 증거라고는 이것밖에 없다니. 하. 이럴 줄 알았으면 더 잘해줄걸. 영화를 본 적도 없고. 심지어 꽃다발 한 번 안겨준 적도 없네. 근사한 레스토랑 가서 칼질 한 번 하게 해준 적도 없고, 연인들의 코스인 놀이동산도 못 가보고. 단둘이 기억할 만한 여행도 못 갔네. 하. 안지후. 그동안 뭐했냐? 그러면서 널 잊지 않고 기억해 주길 바라는 거야? 나쁜 놈이네, 정말. 안지후. 최악의 남자친구였네. 애다가 떠날 만도 하겠다……."

애다에게 기억할 만한 좋은 추억거리도 못 만들어주었다고 생각하니 지후는 마음이 아파왔다. 그녀의 가슴에 생채기만 냈을 뿐, 아무것도 해준 게 없었다. 그래서 제 곁을 떠난 애다를 미워하거나 원망할 수 없었다. 지후는 자신을 채찍질하며 상자의 뚜껑을 닫고 그것을 가만히 어루만지며 중얼거렸다.

"이 상자를 다시 열어보는 날이 있을까? 차마 버리진 못하겠다."

지후는 책상 맨 아래 서랍을 열고 다시 상자를 넣어두었다.

"잘 지내."

애다에게 하는 말인지, 상자에게 하는 말인지 모를 슬픈 목소리가 지후의 입에서 흘러나왔다.

며칠 후.

서울에 위치한 선유도 공원에서 야외촬영이 진행되었다. 지후는 야외촬영을 끝내고 실내 촬영을 하기 위해 전시관 안으로 들어왔다. 스태프들이 준비하는 동안 지후는 전시관 안에 있는 2층 발코니에 나와 봄바람을 맞으며 공원 주변을 내려다보았다. 곳곳에 유치원생들이 소풍을 왔는지 노란 옷에 가방을 메고 줄을 서서 아장아장 걷고 있었다.

지후는 그 모습이 너무 예뻐 발코니 난간에 팔을 걸치고 사랑스러운 미소로 아이들을 내려다봤다.

'병아리들 같네. 귀여워.'

그때 한 아이가 넘어지자 앞에 인솔하던 교사가 다가와 일으켜주며 안아주었다.

'아프겠다. 조심 좀 하…….'

지후는 그들의 모습을 바라보다가 표정이 점차 굳어졌다. 그는 발코니 난간에 기대었던 몸을 일으키며 한곳에 시선을 집중했다.

정확히 그 아이를 일으키며 안아주던 교사에게.

단발을 묶은 꽁지머리 스타일에 하얀 피부. 멀어서 잘 안 보이지만 분명히 알고 있는 얼굴. 갑자기 심장이 멎은 듯한 이 느낌. 지후의 눈동자가 흔들리면서 손끝이 점차 떨려왔다. 애다다. 제 몸을 다시 이렇게 만들어 버리는 오직 한 사람. 애다였다. 믿을 수 없게도 애다를 보았다.

지후는 그녀의 모습을 넋 놓고 바라보고 있다가 유치원생들이 그 자리를 떠나자, 서둘러 전시관 안으로 들어갔다.

"지후 씨. 이제 다 됐어요. 촬영 들어가요."

"잠시만요. 잠깐 급한 일이 생겨서. 금방 올게요."

"지후 씨!"

지후는 자신을 부르는 스태프의 말을 무시하고 전시관 밖으로 뛰어 나왔다. 밖으로 나온 지후는 애다가 머물렀던 자리에 와서 두리번거렸다. 어느새 저만치 유치원생들이 버스에 타는 모습이 포착되었다. 그 버스를 놓칠세라 죽을힘을 다해 뛰어갔지만, 버스는 지후의 마음도 모르고 냉정하게 떠나가 버렸다.

"헉, 헉……."

지후는 버스가 떠난 자리에 멈춰 서서 가쁜 숨을 진정시킨 뒤 관리사무실로 방향을 틀었다.

"저기요. 오늘 여기 공원에 소풍 온 아이들 어디 유치원이죠?"

"유치원생이요? 잠시만요."

지후는 담당자가 컴퓨터에서 예약 현황을 확인하는 모습을 바라보며 초조한 마음을 다스렸다. 어서 빨리 애다를 만나고 싶은 마음뿐이었다.

"오늘 세 군데에서 왔는데요."

"어딘데요?"

"그런데 무슨 일로…….."

"아. 제가 찾아야 할 사람이 있어서요. 꼭 찾아야 해요. 부탁드립니다."

담당자는 지후의 모습을 한 번 바라봤다. 그의 눈에서, 목소리에서 간절함이 묻어나왔다. 그러고 보니 낯설지 않은 얼굴이다.

"한 곳은 서울에 있는 어린이집이고, 다른 한곳은 일산에 위치한 유치원이네요. 그리고 다른 하나는…… 아. 양평에 있는 유치원인데요."

지후는 담당자의 말에 생각에 빠졌다. 애다와 관련이 있는 곳은 서울 외에는 없었다. 그래도 다행이라고 생각해야 하나? 생각보다 가까운 곳에 그녀가 있었다. 이렇게 가까이에 있었는데 삼 년 동안 보지를 못했다니, 가슴이 답답해졌다.

"서울, 일산, 양평…… 거기 유치원 이름 좀 알려주세요."

지후는 관리사무실에서 나와 전시관으로 걸음을 옮기며 생각했다.

'애다였어. 분명히 애다였어. 하…….'

지후는 걸음을 멈추고 천천히 심장 위에 손을 갖다 댔다. 멈춰 있던 심장이 다시 그녀로 인해 뛰기 시작했다.

'젠장. 잊기는 개뿔.'

지후는 관리사무실에서 받아 온 종이를 꽉 움켜잡으며 한참을 그렇게 그 자리에 서 있었다.

＊

지후는 차 안에서 유치원 앞에 붙어 있는 간판을 뚫어져라 쳐다봤다. 그러면서 마음은 초조한 듯 입술을 이로 잘근잘근 씹어대고 있다. 서울, 일산에 위치한 유치원을 둘러보고 확인했지만 애다의 모습은 보이질 않았다. 그리고 여기가 마지막. 자신이 잘못 본 게 아니라면 분명 애다는 여기에 있어야만 했다.

　차 안에 있는 시계를 힐끔 바라봤다. PM 7:00. 벌써부터 긴장이 되고 몸이 떨려왔다. 애다를 만나면 뭐라고 해야 하는 건지, 혹시나 정말 안지후 따위는 모른다고 할까 봐, 벌써부터 두려워졌다.

　애써 마음을 다스리고 있는 도중 유치원 입구에 사람들의 목소리가 들려왔다. 퇴근 시간인지 교사들이 유치원 입구를 나서고 있었다.

　"수고하셨어요. 선생님."

　"잘 가요. 내일 봐요."

　"선생님. 안녕!"

　동료 교사들끼리 서로 인사하며 입구에서 제각각 헤어졌다. 지후는 긴장된 몸으로 허리를 곧추세우고 교사들 사이에서 애다의 모습을 찾았다.

　"애다……."

　지후는 애다의 모습이 보이자 믿기지 않아 그녀의 뒷모습을 차 안에서 계속 주시했다.

　"하. 선애다. 정말 애다네?"

　변하지 않았다. 삼 년 전에 비해서 좀 더 말랐지만 분명 그녀였다. 비록 긴 머리에서 짧은 머리로 바뀌었지만, 애다를 못 알아볼 정도는 아니었다.

지후는 차에서 내려 애다의 뒤를 따랐다. 지금 당장 그녀에게 달려가 품에 안고 싶은 마음이 굴뚝같았지만 그럴 수가 없었다. 자신을 보자마자 또 달아나 버릴까 봐, 자신을 보고 '누구세요?' 하고 물을까 봐.

지후는 애다의 뒤를 천천히 따라갔다. 애다와 걸음을 맞추면서 발을 움직였다. 살아 있어서, 아프지 않고 잘 지내고 있어서…… 다행이었다.

애다는 동료 교사들과 헤어지고 약속 장소인 번화가로 걸음을 재촉했다. 약속 장소인 커피숍에 다다른 그녀는 망설임 없이 문을 열고 가게 안으로 들어가 주변을 두리번거렸다. 창가에 앉아 책을 보고 있는 그를 보고 애다는 그의 맞은편에 앉았다.

"오빠."

"왔어?"

현민은 보던 책을 내려놓고 애다를 바라봤다. 그녀의 모습을 보니 절로 미소가 드리워졌다.

"오랜만이다. 잘 지냈어?"

"응. 엄마 기일 다가오니까 온 거야?"

"겸사겸사."

현민은 애다의 얼굴을 찬찬히 살펴보았다. 이 년 만에 보는 애다의 얼굴색이 좋아 보여 안심이 됐다. 혹시나 안 만나줄 수도 있을 것 같아 걱정했는데, 이 자리에 나와준 그녀가 고마웠다. 매년 애다의 어머니 기일에 맞춰 양평 봉안당에 찾아갔다. 하지만 애다를 단 한 번도 만나지 않고 돌아왔다. 차마 그녀 앞에 나설 수가 없었다. 너무 미안해서…… 그녀에게는 평생 씻지 못할 죄를 지었기 때문에. 그리고 애다 또한 자신을 멀리했기 때문에 더욱 다가갈 수 없었다. 그렇게 현민은 자신의 마음을 서서히 정리했다. 그리고 이제야 그녀를 편하게 마주할 수 있었다.

"오빠가 나한테 갑자기 연락해서 놀랐어."

"나와줘서 고마워."

"이제 오빠 마음 정리됐나 보네? 나한테 만나자고 한 걸 보면."

현민은 애다의 말에 쓸쓸한 미소를 지으며 고개를 끄덕였다.

"응. 미안해. 애다야."

"뭐가 그렇게 미안해? 내가 이제 그런 말 하지 말랬잖아."

현민은 잠시 뜸을 들이다가 말문을 열었다.

"애다야."

"응."

"나, 약혼해."

"축하해."

한 치의 망설임도 없이 축하의 인사를 전하는 애다를 보고 현민은 희미한 미소를 지었다. 이런 거짓말을 해서라도 그녀를 편하게 해주고 싶었다. 아니 어쩌면 이런 말을 해야지만 스스로가 애다를 놓을 수 있을 것만 같았다.

"누군지 안 물어봐?"

"좋은 사람일 거라 생각해."

"오늘이 널 보는 마지막이 될 거야."

"응."

"하지만 어머니는 매년 찾아뵐 거야."

"응."

현민은 애다의 행복을 무참히 밟아버리고, 책임감 없이 놓아버린 게 너무 죄스러웠다. 모델을 은퇴하고 기획사를 차리면서 지후를 우연이라도 마주칠 일은 없었다. 지후한테 말하고 싶었다. 하지만…… 다른 사람도 아닌 애다의 부탁이라서 차마 말을 할 수가 없었다.

"애다야."

"……."

"괜찮아?"

"응."

괜찮아 보이지 않아. 이 년 만에 본 애다는 어딘지 모르게 외로워 보였다.

"안 아파?"

"응."

아파 보여. 네 마음이 정말 아파 보여, 애다야.

"안 힘들어?"

"응."

힘들잖아. 아프고 힘들다고 말을 해. 그러면 당장에라도 지후한테 가서 그놈 멱살이라도 잡아끌고 올게. 현민은 짧은 한숨을 내쉬고 다시 물었다.

"안 보고 싶어?"

애다는 지금 현민이 누구를 지칭하며 이런 질문을 하는지 알고 있었다. 삼 년이다. 잊을 거라 생각했다. 그저 보지 않으면 잊을 거라 생각했다. 그래서 일부러 잡지, 인터넷, 등 지후와 관련된 매체는 보질 않았다. 심지어 TV 광고에 지후가 나오는 모습을 보고 그것마저 멀리했다. 그런데…….

"애다야. 안 보고 싶어?"

다시 한 번 들려오는 현민의 목소리에 애다는 고개를 숙이며 대답했다.

"……응."

현민은 애다의 모습에 마음이 아파왔다. 시간을 다시 되돌릴 수만 있다면…… 정말 그럴 수만 있다면.

지후는 길 건너편 커피숍 창가에 애다와 현민이 만나는 모습을 보고 절망했다.

'안지후. 도대체 뭘 바란 거냐? 뭘 위해서 삼 년을 잊지 못하고 기다린 거야. 애다는 나 같은 놈 벌써 잊은 것 같은데. 이제 와서 뭘 어떻게 할 건데…… 자그마치 삼 년이야. 하지만 이건 너무하잖아. 왜 하필 다른 사람도 아닌 송현민인데. 차라리 다른 사람이라면 널 빼앗아 오기라도 하지. 내가 없는 동안 넌, 송현민 곁에 있었던 거야? 이럴 줄 알았으면 걱정하지 말걸 그랬네. 완전 바보 됐다. 안지후.'

지후는 그 자리에서 뒤돌아 힘 빠진 걸음으로 터벅터벅 걸어갔다. 그러고는 유치원 앞에 세워둔 자신의 차를 타고 미련 없이 양평을 벗어나 서울로 돌아갔다.

다음 날.

애다는 오늘도 어김없이 일을 마치고 유치원 앞에서 동료들과 헤어진 후 집으로 발걸음을 옮겼다. 가방에서 핸드폰을 꺼내는 그때, 누군가 자신의 손목을 잡고 거칠게 몸을 돌리는 바람에 손에 쥐고 있던 휴대폰을 떨어뜨렸다. 애다는 떨어진 휴대폰을 주울 생각도 못 하고, 놀란 표정을 지었다. 생각도 못 한 사람이 눈앞에 있었다.

"⋯⋯지, 지후야."

지후는 애다의 얼굴을 보며 비릿한 웃음을 보였다. 현민과 만나는 모습을 보고 돌아선 날 잠을 이룰 수가 없었다. 억울했다. 너무 억울해서 확인하고 싶었다. 이제 더는 애다 입에서 나올 말이 두렵지 않았다.

"하. 이거 고마워해야 하나? 그래도 날 기억은 하네?"

애다는 지후의 비꼬는 말투에 미간을 찌푸렸다. 지후의 말투가 굉장히 낯설었다. 그리고 무엇보다 그는 많이 변해 있었다. 삼년이라는 시간 동안 어떻게 지냈는지, 살이 많이 빠져 그의 턱선은 날카로워져 있었다.

"손 좀 놔줘. 아파."

"아파? 겨우 이 정도로?"

애다는 지후의 손을 냉정하게 뿌리치고 떨어진 휴대폰을 들었다. 그리고 그것을 힘주어 잡으며 최대한 침착하게 말을 건넸다.

"어떻게 왔어?"

"차 타고."

애다는 지후를 돌아봤다. 여전히 화가 난 표정이었다. 그러면서 대답은 왜 그 모양이야?

"지금 나랑 장난해? 내가 물은 건 그게 아니잖아. 어떻게 날 찾았냐고."

"내가 지금 장난하는 거로 보여? 하. 왜? 어떻게 찾았는지 궁금해? 알면 또 사라지려고?"

"지후야."

애다는 놀란 가슴을 진정시키고 차분한 말투로 지후에게 다시 말했다. 삼 년 만에 만난 지금. 서로가 진정할 필요가 있었다.

"가자. 여기서 이러지 말고 어디 들어가서 이야기해."

애다가 앞으로 걸어가자, 지후도 그녀의 뒤를 따라갔다. 반가운 표정을 짓지 않을 거라는 건 알고 있었지만, 그녀의 냉정한 태도에 또 한 번 심장이 갈기갈기 찢어지는 기분이었다.

'화가 난 걸 알면 풀어줘, 애다야. 네가 다정하게 부르는 그 한마디면 난 다 녹아내리잖아. 알면서 나한테 왜 그래?'

어제 현민과 애다가 만난 커피숍에서 지후는 인상을 찌푸렸다. 왜 하필 또 똑같은 자리인지. 이것조차 너무나 싫었다. 지후는 앞에 앉은 애다를 바라봤다. 애다는 지후의 얼굴을 보지 않고 테이블에만 시선을 두고 있다. 둘 중 누구도 먼저 말문을 열지 못하고 한동안 침묵만이 흘렀다.

잠시 후, 지후가 먼저 입을 뗐다.

"왜 그랬어."

이 말 한마디에 모든 게 내포되어 있었다. 왜 그렇게 말도 없이 사라진 건지. 그렇게 안지후라는 남자가 미웠는지. 사랑은 했었는지. 왜 또 하필이면 송현민인지…….

"이유 좀 알자. 난 도저히 이해가 안 돼. 몇 번을 생각해도 이해할 수가 없어. 너무 억울해서 잠도 안 와."

여전히 아무런 말도 하지 않고 입을 닫은 애다를 보며 지후는 다시 화가 치밀어 올라왔다.

"선애다. 뭐라고 변명 좀 해봐."

변명? 무슨 변명? 애다가 지후에게 할 수 있는 말은 단 한마디였다. 그에게 말도 하지 않고 모든 걸 혼자 감수해 내려고 했던 거. 차마 그가 아파하는 걸 보지 못해 떠났다는 말은 못하겠다. 지금 지후의 모습은 그것보다 더 아픈 것 같아서.

"미안해. 지후야."

'미안? 도대체 뭐가? 날 떠난 게? 아님 송현민을 다시 만난 거?'

지후는 애다의 손가락을 슬쩍 쳐다봤다. 오래전에 반지를 뺐는지 자국도 보이지 않았다. 자신의 손가락에는 아직도 반지 자국이 선명한데, 넌 왜 그렇게 매정하니, 애다야.

"내가 그렇게 미웠어? 그럼, 나한테 욕이라도 퍼붓지. 옆에서 정신 차리게 뺨이라도 때리지 그랬어. 나쁜 놈이라고…… 그렇게 옆에서 했어야지."

"아니야."

"그럼 뭔데? 송현민 시켜서 집도 이사하고, 휴대폰 번호도 바꾸고. 도대체 뭐야? 맘이 변하기라도 한 거야?"

"……."

"하. 맞나 보네?"

"지후야."

"됐어. 나랑은 삼 년 동안이나 연락 한번 없더니 송현민과는 계속해서 만나왔다?"

"……."

"얼굴 봐서 반가웠다. 잘 지내."

지후는 차가운 말 한마디를 남긴 채 애다를 홀로 남겨두고 그 자리를 떠났다.

'애다야, 지금이라도 아니라고 해. 제발 송현민과는 아니라고 해. 제발.'

애다는 지후가 머물렀던 자리를 바라보며 소리 없는 눈물을 흘렸다. 붙잡고 싶었다. 그렇게 그리워하고 보고 싶었던 지후를 본 순간 붙잡고 싶었다.

애다는 지후가 자신을 잊을 줄로만 알았다. 삼 년이 지났으니 자신을 잊고 새롭게 출발할 줄 알았다. 그런데 다시 찾아온 걸 보고 그게 아니란 걸 알았다. 지후를 붙잡고 싶었지만 그럴 수 없었다. 여기서 그만둬야 했다. 지후가 오해하게 내버려 둬야 잊을 것이다. 그를 다시 제 곁에 두는 건 이기적이고 몹쓸 마음이었다. 이제 와 어떻게 뻔뻔스럽게 그를 다시 붙잡을 수 있단 말인가.

애다는 손을 들어 목 언저리를 만졌다. 지후와의 커플링은 목걸이로 걸고 있었다. 차마 버릴 수가 없었다. 애다는 한참 동안 그 자리에 머물렀다가 천천히 커피숍을 나와 집으로 향했다.

지후는 애다에게서 매몰차게 돌아섰지만 차마 발걸음이 떨어지지 않았다. 이 바보. 등신…… 애다가 커피숍에서 나와 걷는 걸 보고, 지후는 길 건너에서 그녀의 뒤를 따랐다. 지금이라도 저 손을 잡고 도망가고 싶었다. 아무도 없는 곳에 애다를 가둬놓고 그 누구도 보지 못하게 해버리고 싶었다. 이제 내게서 마음이 떠났다고 해도 소용없었다. 다른 사람을 사랑한대도…… 그냥 옆에 두고 싶었다. 아직도 그녀를 보며 뛰는 이 심장 때문에 정말 미쳐 버리겠다.

지후는 애다가 들어간 빌라를 올려다봤다. 잠시 후 2층 한곳에 불이 켜진 걸 확인한 지후는 몸을 돌렸다.

'나 이제 어떡하니, 애다야. 자꾸 또 네가 욕심이 나서 어쩌면 좋냐고.'

며칠 후.

애다는 퇴근을 하고 집으로 걸음을 재촉했다. 유치원 행사 때문에 야근을 했더니 더 피곤했다. 지후와 그렇게 다시 헤어지고 열심히 일만 했다. 그래야만 그를 잊을 수 있을 것 같아서. 여태까지 그가 없이도 잘 버티며 살아왔으니 앞으로도 분명 그렇게 지낼 수 있을 거라 마음을 애써 다잡았다.

빌라 계단을 올라 2층 현관 앞에선 애다는 뒤에서 느껴지는 인기척에 도어록을 누르던 손을 멈추고 천천히 뒤를 돌아봤다.

"하."

순간 심장이 멎는 줄 알았다. 그렇게 오해하고 가서 다시는 찾아오지 않을 줄 알았는데, 3층으로 올라가는 계단에 지후가 앉아 있었다.

"지, 지후야."

"이제 와? 늦었네?"

지후는 자리에서 일어나 애다 앞에 섰다. 술을 마셨는지 그에게서 옅은 술 냄새가 풍겼다. 애다의 인상이 자연스럽게 찌푸려지자, 지후 또한 표정이 굳어졌다.

"이제 내 얼굴 보는 것도 싫어?"

"술 마셨어?"

"응. 맨정신으로는 너 얼굴 못 볼 것 같아서."

"하. 그만 돌아가."

"선애다. 한 가지만 묻자."

지후에게서 돌아서려던 애다는 그의 말에 한숨을 내쉬었다.

"말해."

"날…… 사랑은 했니?"

"……응."

"그런데 지금은 아니야?"

"……응."

사랑은 했었다는 말에 다시 한 번 기대를 했다가도, 지금은 아니라는 말에 또 한 번 절망감을 맛보는 지후였다.

'대체 내가 얼마나 큰 죄를 지었기에. 자꾸만 밀어내려고 하는 거야, 애다야.'

"미안해. 애다야, 미안해. 내가 잘못했어. 그러니까 그 변했다는 마음…… 아니지? 그치?"

"맞아."

애다는 지후의 시선을 피해 차가운 말투로 대답했다.

"사람은 누구나 변해. 사랑도 변하는 건 당연한 거 아냐?"

"선애다."

"변한 걸 어떡해. 지금 생각해 보니까 너 사랑하지 않았나 봐."

"무슨 소리야?"

"그냥. 네가 나 좋아하니까, 만나준 거야. 얼굴도 잘생겼고, 거기다 돈도 많고. 어떤 여자든…… 너 같은 남자가 이렇게 목매는데 싫다고 할 여자가 어디 있어?"

지후는 애다의 말에 어이없는 웃음을 지었다. 선애다, 이제 연기도 잘하네. 아주 제대로 상대방을 미치게 만들고 있었다.

"하. 그걸 나보고 믿으라고? 거짓말도 잘하네. 나보고 거짓말한다고 뭐라고 하더니."

"이제 너 만날 이유 없어. 그만 돌아가. 그리고 다시는 찾아오지 마."

"그래서…… 날 버리고 다시 만난 게 송현민이야?"

지후의 슬픈 눈동자가 그대로 애다의 심장에 와서 박혀 버렸다. 마음과는 다르게 애다의 입에서는 자꾸 차가운 목소리만이 흘러나왔다. 대체 왜 이러는 거니. 지후잖아. 왜 자꾸 지후에게 아픔을 주는 건데?

"……어. 내가 힘들 때, 항상 옆에 있던 사람은 지후 네가 아니라 현민 오빠였어."

"힘들 때?"

"응. 엄마 돌아가실 때도 그랬고…… 그리고…….

"선애다!"

지후의 화가 난 외침에 애다는 말을 멈추고 그를 올려다봤다. 지후의 이런 모습은 난생처음이었다.

"네가 언제 나한테 그럴 기회라도 줬어? 난 네 어머니를 단 한 번도 뵌 적 없어. 왜 말 안 했어? 말을 안 한 건 너야! 내가 모르는 건 송현민이 알고 있었어. 왜! 어떻게 나도 모르는 걸 송현민이 알고 있는 건데!"

애다는 그의 성난 외침에 두 주먹을 쥐었다. 몸이 떨려서 도저히 그대로 가만히 있을 수가 없었다.

"어머님이 병환으로 누워 계신다는 걸 왜 숨겼어! 거짓말할 바엔 차라리 말을 하지 않고 숨기는 게 낫다고? 아니! 틀렸어. 그게 얼마나 이기적인 소리인 줄이나 알아? 차라리 거짓말을 하는 게 나. 그러면 변명이라도 하지. 그런데 넌 뭐야? 사람 감쪽같이 속여 놓고 말 안 하고 있으면, 그게 상대방에 대한 배려라고 생각한 거야? 끔찍해. 그게 더 끔찍하다고! 나중에 알았을 때는 그게 얼마나 비참하고 상처받는 일인 줄 알기나 해? 그러면서 뭐? 너, 힘들 때 내가 없었다고? 그걸 지금 말이라고 하는 거야!"

지후가 거침없이 화내는 소리에 애다도 울부짖었다.

"그래! 나 이기적이고 나쁜 년이야. 그러니까 그만하고 가라고! 네가 못 미더웠나 보지. 그래서 숨길 수밖에 없었나 봐. 나, 이제 이런 여자인 줄 알았으니까 그만하자고!"

쾅! 지후는 애다의 말에 너무 화가 나 주먹으로 벽에 붙어 있던 벨을 쳐 버렸다. 얼마나 세게 쳤던지 그게 깨지면서 플라스틱 파편이 튀어 애다의 볼에 상처를 냈다. 그 상처로 애다의 하얀 피부에는 핏방울이 맺혔고, 지후 또한 손에는 피가 흘러내렸다.

"……지쳤어. 지후야, 나 좀 내버려 둬. 나 같은 애 잊어. 이기적이고, 나쁘고, 차갑고, 냉정한 나 같은 애 잊으라고."

애다는 피가 흐르는 지후의 손을 한번 바라본 후, 잠깐 멈칫하더니 그대로 집으로 들어가 버렸다. 애다는 현관문에 기대어 주저앉은 뒤, 두 손으로 입을 틀어막고 울었다.

'미안해 지후야…… 내 옆에 있으면 넌 또 다른 상처를 받게 될 거야. 그러니까 이쯤에서 그만해. 나의 이 차갑고 이기적인 모습에 정말 진저리가 나. 나의 이 몹쓸 마음이 널 더 상처 주게 될 거야. 미안해. 차라리 나쁜 아이라고 날 미워해. 그럼 될 거야…… 못 하겠어. 다시는 못 하겠어…… 사랑 같은 거 못 하겠어. 그 사랑 받을 자격이 없잖아, 나.'

지후는 애다가 집으로 들어가자, 천천히 계단을 내려갔다. 눈에서 눈물이 흘러내렸다. 그녀의 아픈 눈동자가, 슬픈 목소리가 눈에 다 보였다. 그렇게 차갑게 밀어내는 애다지만, 그 모습이 진심이 아니라는 게 다 보였다. 너무나 사랑해서 그녀의 숨겨져 있던 속내까지 다 보이는 마당에 뭘 그만둬? 대체 얼마나 아팠던 거야? 나 없이 얼마나 혼자 외롭게 지낸 거냐고.

'거짓말…… 다 거짓말…… 선애다, 나쁜 계집애. 그러고 나면 마음이 편해져? 그렇게 나한테 매몰차게 대하면 마음이 한결 편해지냐고. 나보다 더 아프면서…… 그만하자고? 이렇게 쉽게 그만할 것 같았으면 너 찾지도 않았어. 그래. 넌 그만해라. 난 다시 시작할 테니. 다시 네 맘 돌려놓을 거라고. 이 심장이 멈출 때까지 할 거야. 한번 해보자. 누가 이기는지.'

*

오늘은 봄비가 내렸다. 전날 지후와 싸우고 난 애다는 오늘 하루 계속 울적한 마음으로 아이들을 돌본 게 미안했다. 자신의 이런 마음이 봄비와 함께 쓸려 내려갔으면 하는 바람이었다.

해가 진 저녁. 우산을 쓰고 퇴근한 애다는 동네 어귀에 들어섰다. 땅만 보고 걷다가 빌라 근처에 다다라 시선을 올린 애다는 걸음을 멈췄다. 지후가 빌라에서 나와, 우산을 쓰고 있었다.

'또 무슨 일이야……'

애다는 지후가 자신을 보지 못한 게 다행이라 생각하고, 빠른 걸음으로 빌라 안으로 들어갔다. 그런데 집 문손잡이에 하얀 비닐봉지가 걸쳐져 있다. 그 안에 든 물건을 확인하니 소독약, 상처에 바르는 연고, 면봉, 밴드가 들어 있었다. 지후가 놔두고 간 것이었다. 어제 그렇게 큰소리로 싸웠으면서도 자신의 얼굴에 난 상처를 봤나 보다.

애다는 순간 울컥했다. 글썽이는 눈물을 억지로 삼킨 애다는 숨을 한번 크게 들이마시고 내쉰 뒤, 문손잡이를 잡았다. 하지만 문을 열지 못하고 갑자기 뒤돌아서 빠른 속도로 계단을 내려갔다. 빌라 입구에서 지후를 찾았다. 지후가 차에 타려고 하는 모습이 보였다. 애다는 하늘을 한번 쳐다보고는 우산 없이 지후에게 달려갔다.

"지후야!"

지후는 자신을 부르는 소리에 뒤를 돌아봤다. 애다가 우산도 없이 비를 맞으며 다가오고 있었다. 지후는 놀라 얼른 애다에게 다가가 제 우산을 씌워주었다. 한 우산 속에 함께 있는 지후와 애다는 서로 얼굴만 바라보았다.

"왜 비를 맞아. 우산 없어?"

지후는 애다가 감기에 걸리지는 않을까 걱정스러운 표정이었다. 애다는 그의 얼굴을 보고 있다가 천천히 말을 건넸다.

"저, 저기. 집에 가서…… 차 한잔하고 갈래?"

지후가 아무런 말없이 빤히 내려다보고만 있자, 애다는 순간 민망해졌다. 괜히 말을 했나…….

"바쁘면 그냥 가."

"아니. 하나도 안 바빠."

즉각 대답하는 지후의 말에, 애다는 살며시 웃음을 지으며 뒤돌았다.

"가자. 그럼."

지후는 갑자기 돌아선 애다가 빗속으로 다시 들어가자, 정신을 바로 차리고, 그녀가 비를 맞지 않도록 우산을 가까이 해줬다.

어제 애다의 얼굴에 난 상처를 봤다. 자신 때문에 상처가 생겨 마음이 쓰였다. 그래서 그냥 연고만 주고 가려고 했는데…… 애다의 뜻밖의 제안에 마음이 두근거렸다.

'애다야, 나 조금은 기대해도 되는 거지?'

애다의 집에 들어선 지후는 주위를 둘러보았다. 방이 두 개, 주방, 거실…… 20평 남짓해 보이는 집이었다. 예전 옥탑방보다는 더 넓고 좋아 보여 안심이었다. 지후가 거실에서 앉지도 못하고 머뭇거리며 서 있을 때, 욕실에서 애다가 수건으로 비에 젖은 머리를 털며 나왔다.

"왜 그러고 서 있어? 앉아."

지후는 그녀의 말에 소파에 앉았다. 애다는 냉장고 문을 열며 지후에게 물었다.

"뭐 마실래? 주스, 커피, 녹차…… 아니면 따뜻한 우유 줄까?"

"……나 이제 우유 안 마셔."

애다는 지후의 대답에 냉장고 안에 두었던 시선을 돌려 그를 바라봤다.

'왜? 그렇게나 우유를 좋아했으면서.'

궁금해하는 애다의 얼굴에, 지후가 씁쓸한 미소를 지었다.

"네 생각나서."

"……."

"우유만 보면 네 생각나서 도저히 마시지 못하겠더라."

애다는 아파오는 마음을 애써 감추며, 냉장고에서 주스를 꺼내 컵에 따라 지후에게 건넸다.

"주스 괜찮지?"

"응. 고마워."

애다는 주스를 마시는 지후를 보며 바닥에 앉았다. 그리고 지후의 오른손에 감긴 붕대를 바라봤다.

"많이…… 다친 거야?"

지후는 애다의 시선이 제 손에 머무르자 웃음을 지었다.

"아니. 별로 안 다쳤는데 약국에서 이렇게 감아놨어. 흉터는 안 생길 거래."

"다행이네."

애다가 고개를 끄덕였다. 애다의 모습을 보던 지후는 그녀의 얼굴을 살폈다.

"약 안 발랐어?"

"응. 집에 사다놓은 연고가 없었어."

"바로 안 바르면 흉 지는데……."

"연고 사다놓은 것 봤어. 고마워."

지후는 주스 컵을 테이블 위에 내려놓고, 현관문 옆에 있는 약이 든 비닐봉지를 가져와 그 안에서 소독약과 면봉을 꺼냈다. 그러고는 애다 앞에 앉아 면봉에 소독약을 묻히고 그녀의 상처 난 볼에 조심히 갖다 댔다. 애다는 지후의 행동에 순간 얼굴을 뒤로 젖혔다.

"내가 할게. 이리 줘."

애다가 손을 뻗으며 면봉을 빼앗으려고 하자, 지후는 얼른 뒤로 손을 뺐다.

"안 돼. 내가 해줄게."

"……."

"아니…… 그게. 소독약은 쓰라려서 남이 해주는 게 좋거든."

말도 안 되는 변명을 하며 자신의 시선을 피하는 지후를 보고, 애다는 면봉을 뺏으려던 손을 내렸다. 지후는 애다가 손을 내리자 말라 버린 면봉에 다시 소독약을 묻혀 천천히 그녀의 볼에 발라주었다. 가느다란 면봉을 잡고 있는 손이 무척이나 떨렸다. 마치 처음 애다를 만났을 때의 기분이었다.

지후는 애다를 힐끔 쳐다보며 떨리는 마음을 애써 달랬다. 정말 쓰라린지 애다는 약간 인상을 찌푸렸다. 지후는 그녀가 흠칫하자 얼굴의 상처에 입김을 불어주었다.

"호……."

애다는 지후의 숨결이 볼에 닿자 두근거려 당황스러웠다. 지후는 입김을 불어주다가 애다의 얼굴이 가까워지자, 순간 그녀의 입술에 키스하고 싶다는 생각이 들었다.

'하…… 예전에는 아무 때나 내가 하고 싶을 때 저 입술을 맛보았는데…… 진짜 미치겠네.'

"흠."

애다가 헛기침을 하자 정신이 제자리로 돌아온 지후는 당황해하며, 얼른 연고를 꺼내 다른 면봉에 묻히고는 조심히 다시 발라주었다. 그러고는 밴드를 붙여주었다.

"애다야, 미안해. 나 때문에 예쁜 얼굴 상처 났네."

"괜찮아."

"픕."

갑자기 웃는 지후를 보며, 애다가 물었다.

"왜 웃어?"

"아니. 볼에 밴드 붙이니까 누구랑 크게 한바탕 싸우고 온 일진 같아."

"일진?"

"응. 머리까지 잘라서 더 어려 보여."

애다가 아무 말 없이 아래에 시선을 두자 지후는 급 민망해졌다. 분위기 좀 바꿔보려 했는데 어찌 된 게 더 싸해졌다.

"재미없어? 난 그냥 귀여워서 그런 건데……."

"그만 가. 더 늦어지면 서울 가기 힘들어져."

"괜찮아. 양평에 별장 있어. 어제도 거기서 잤어."

"……."

"……."

"지후야. 내가 쉬고 싶어서 그래."

여전히 차가운 애다의 태도에 지후는 마음이 아팠다. 예전에도 겨우 마음을 열었던 그녀였는데, 그걸 알면서도 왜 이렇게 조바심이 나는지 모르겠다. 삼 년도 기다렸는데 겨우 이걸 가지고 그래? 안지후. 버려. 조금씩 풀어지고 있잖아.

"저기. 애다야. 내일 토요일인데 뭐 할 거야?"

"글쎄. 요즘 야근을 많이 해서 집에서 쉴까 해."

지후는 잠시 뜸을 들이다가, 그녀의 눈치를 살피며 입을 뗐다.

"그럼, 나랑 영화 볼래?"

애다는 무표정한 얼굴로 그의 얼굴을 바라봤다. 뜻밖의 제안이었다. 애다는 자꾸만 약해지려는 마음 때문에 지후의 시선을 피해 버렸다.

"그게…… 요즘 재미있는 영화도 많이 나오고, 그래서……."

"지후야."

"너랑 영화 보고 싶어. 한 번도 극장에 가본 적 없잖아."

"……."

"애다야, 가자. 응?"

"너 왜 그래?"

"뭐가?"

모른 척하는 지후를 보고, 애다는 한숨을 쉬었다.

"내가 말했잖아. 너한테서 마음 떠났다고."

"알아. 그냥 욕심 없어. 네 옆에만 있게 해줘. 그냥 친구로 있을게."

"그게 말이 돼?"

"내 마음 정리할 때까지만. 삼 년이나 간직했던 마음이야. 그런데 어떻게 한순간에 그 마음을 정리해? 넌 가능할지는 모르겠지만 난 그렇게 쉽게 안 돼."

"지후야."

"너한테 바라는 거 없어. 나, 다시 사랑해 달라고 안 할게. 그냥…… 옆에만 있게 해줘. 아직까지 너만 보면 뛰는 이 심장 때문에 정말 미쳐 버릴 것 같아."

지후의 말에 애다는 조금씩 흔들렸다. 예나 지금이나 지후는 변함이 없었다. 정작 자신은 이렇게나 변해 버렸는데, 그는 예전과 똑같았다.

"안지후. 내 옆에 있으면 더 마음 정리 못해. 그러니까……."

"넌 어떻게 너만 생각해? 이게 네가 말한 사귀는 동안의 예의야? 시작을 함께했으면 끝도 함께해야 하는 거야. 너만 끝났다고 해서 끝난 게 아니라고."

"……."

"그냥 모른 척 해줘. 나한테 정말 미안하면 그냥 모른 척 해달라고."

"날 그렇게 나쁜 여자로 만들고 싶어?"

"괜찮아. 어차피 나쁜 여자로 찍힌 거 여기서 더 나빠지겠어?"

"……."

"너 나쁜 거 알아. 정말 차갑고 냉정하고 이기적인 것도 알아."

"알면서 왜 그래?"

"몰라 나도. 그래도 좋은 걸 어떡해. 사람 마음이 마음대로 되는 것도 아니잖아."

애다는 더 이상은 안 되겠다 싶어 자리에서 일어났다.

"그만 돌아가. 늦었어."

지후는 애다의 말에 천천히 자리에서 일어나 현관 쪽으로 힘없는 발걸음을 옮겼다. 뭐가 그렇게 너의 마음을 굳게 닫혀 버리게 한 거니? 애다야. 제발 좀 돌아봐 주라.

"우유만 보면 네 생각나서 도저히 마시지 못하겠더라."
"너랑 영화 보고 싶어. 한 번도 극장에 가본 적 없잖아."
"네 옆에만 있게 해줘. 그냥, 친구로 있을게."
"그냥 모른 척 해줘. 나한테 정말 미안하면 그냥 모른 척 해달라고."

자꾸만 지후가 했던 말이 귓가에 맴돌면서 떠나지를 않았다. 애다는 결국 현관문 앞에 선 지후의 뒷모습을 보며 말했다.

"가자."

지후는 애다의 말에 고개를 돌리고, 그녀의 말이 무슨 뜻일까 생각했다.

"가자고. 내일 영화 보러."

"정말?"

"응."

지후는 애다의 말에 환한 미소를 지었다.

"알았어. 내일 내가 일찍 데리러 올게."

"일찍은 무슨. 영화를 아침부터 보려고?"

"어? 아니. 아무튼, 내일 올게. 사라, 아니 고마워. 애다야."

지후는 애다를 보면 습관적으로 했던 사랑한다는 말을 삼켰다.

"조심해서 가."

"응. 잘 자."

지후는 아쉬워하며, 애다의 집을 나섰다. 현관문이 닫히고 지후의 모습이 사라지자, 애다는 그 자리에 털썩 주저앉았다.

'나쁘다…… 선애다. 너 정말 나쁘다. 하지만 어떡해. 지후를 보니 더는 매몰차게 못 하겠어. 상처받는 얼굴 더 이상은 보지 못하겠어. 다시 시작해도 되는 걸까? 정말 괜찮은 걸까? 아. 어떻게 해야 하는 거야…… 저렇게 다가오려고 하면 더 이상은 못 버티잖아. 안지후. 널 어쩌면 좋니…….'

지후는 양평 별장으로 운전하며 생각했다. 오늘 아침에 필요한 짐들을 양평 별장에 옮겨놓았다. 다시 시작하려고 마음먹은 이상 가까이 있을 거다. 그동안 못해본 것들 다 해볼 거다.

'이렇게 매일 눈도장 찍는데 선애다 네가 잘 버틸 수 있을 것 같아? 아무리 나에게 차갑게 대해도, 너의 속은 착하고 여리다는 걸 알아. 네가 지금 내가 아닌 다른 사람을 사랑한다 해도 반드시 돌려놓을 거야. 두고 봐. 선애다. 다시 내게로 오는 순간, 절대로 두 번 다시는 내 품 안에서 안 보낼 테니…….'

다음 날.

정말 지후는 아침 일찍부터 왔다.

"안지후. 아침부터 와서 뭐 하자고?"

"애다야. 이거."

애다는 지후가 건네는 장미꽃에 어이없는 표정을 지었다.

"이게 뭐야?"

"뭐긴, 꽃이잖아."

"그걸 누가 몰라? 이걸 갑자기 왜 주냐고."

"우리 첫 영화 보는 기념."

"뭐?"

지후는 애다의 어이없어 하는 시선을 외면하고, 주방에 들어가 냄비를 찾았다.

"너, 지금 뭐 해?"

지후는 애다의 말을 무시하고, 사가지고 온 미역과 소고기를 꺼내더니 여기저기서 국간장과 마늘을 찾았다.

"안지후. 너 지금 뭐 하는 거냐고 묻잖아."

"밥은 있지?"

"지후야!"

애다의 큰 소리에 그제야 지후가 돌아봤다.

"미역국 끓여주려고."

"갑자기 웬 미역국?"

"너 생일에 끓여주려고 했는데 못 했어. 그래서 오늘 해주려고."

지후는 멍하니 서 있는 애다에게 한번 웃어준 후, 하던 일을 계속했다. 애다는 지후의 뒷모습을 보며 가슴이 아려왔다. 잠시 후, 정말 지후는 애다에게 줄 미역국을 끓였다. 지후는 애다를 식탁에 앉히고는 숟가락을 그녀의 손에 쥐여주었다.

"처음 끓여본 거야. 맛은 장담 못 해. 맛없어도 맛있을 거라 생각하며 먹어. 그러면 너무 고마울 것 같아."

애다는 천천히 국을 떠먹었다. 하지만 곧이어 들려오는 지후의 목소리에, 애다는 멈칫했다.

"생일 축하해. 애다야."

애다는 그대로 숟가락을 놓고, 자리에서 일어나 욕실로 들어갔다. 애다가 갑자기 욕실로 들어가자 지후는 당황스러웠다.

"뭐야? 애다야, 왜 그래? 맛이 없나?"

지후는 숟가락으로 미역국을 떠먹어봤다.

"못 먹을 정도는 아닌데……"

지후는 애다가 들어간 욕실을 바라보며, 고개를 갸웃거렸다.

애다는 욕실에 들어서자마자 눈물을 훔쳤다.

'안지후. 정말……'

고마웠다. 이런 나를 잊지 않고 사랑해 줘서 무척이나 고마웠다. 생일 축하한다는 그 한 마디에 눈물이 나왔다. 정말…… 지후야, 널 어쩌면 좋니.

애다는 지후에게 울었던 흔적을 보여주지 않기 위해 세수를 했다.

"울었어?"

"아니. 갑자기 미역국 먹다가 눈에 뭐가 들어가서. 따가워서 눈을 비볐더니 빨개졌어."

"애다야."

"밥 먹자. 너도 얼른 먹어."

지후는 애다의 빨개진 눈을 보고 울었다는 걸 확신했다. 그런데 애다가 저렇게 말도 안 되는 변명을 하니 뭐라 할 수도 없었다. 그냥 모른 척할 수밖에.

"맛있어. 고마워, 지후야."

"응. 오히려 너무 늦게 끓여줘서 미안. 많이 먹어. 애다야."

"응."

지후는 고개를 숙이며 밥을 먹고 있는 애다를 한참 바라보다가, 자신도 숟가락을 들어 밥을 뜨기 시작했다.

'선애다 바보. 그렇게 눈물도 많고 마음도 여리면서 냉정한 척하기는…… 이제 그만해. 너 힘들잖아. 애다야…….'

"애다야. 여기."

애다는 지후가 건네는 팝콘을 들었다. 고소한 냄새 때문에 입안에 군침이 돌자, 팝콘 하나를 집어 입안에 넣었다.

"맛있어?"

"응."

애다가 고개를 끄덕이자, 지후는 웃음을 지었다.

"나도 한입 줘."

애다는 들고 있던 팝콘을 지후에게 내밀었다. 지후가 팝콘을 손으로 받지 않자 애다의 시선이 그에게 향했다. 지후가 슬쩍 웃으며 양손에 든 콜라를 들어 보였다.

"양손에 이게 있어서. 먹여주면 안 돼?"

"콜라 이리 줘. 내가 들게."

애다가 손을 뻗으며 콜라를 가져가려고 하자, 지후가 두 손을 번쩍 들어 올렸다.

"어. 안 돼. 콜라 쏟을까 봐 못 주겠어. 그냥 내가 들고 갈게."

지후는 두 손을 내리고 그녀 앞에서 입만 벌렸다.

"아."

애다는 지후의 행동에 속으로 웃음이 나왔지만 억지로 웃음을 참아가며 팝콘을 그의 입안으로 넣어줬다. 물론 그의 눈은 마주치지 않고 피하면서…….

"맛있다. 헤헤."

"영화 시작하려면 멀었어?"

지후의 귀여운 행동에 제 마음이 들킬까, 애다는 얼른 말을 돌렸다.

"아니. 다 됐어. 들어가자."

지후는 VIP 상영관에 들어가 애다를 먼저 자리에 앉혔다. 보통 상영관 의자와는 다르게 편해 보이는 소파형의 의자를 보며, 애다는 어리둥절한 표정을 지었다.

"커플석이야."

지후의 한마디에 애다는 고개를 끄덕이며, 편한 자세로 앉았다. 드디어 불이 꺼지고 영화가 상영되었다.

두근. 두근. 두근. 콩닥. 콩닥. 콩닥.

누구의 심장 뛰는 소리인지는 몰라도 확실한 건 지후와 애다, 둘 다 영화에는 집중을 못 하고 있었다. 함께 옆에 붙어서 앉아 있는데 영화가 눈에 들어올 리가 없었다. 눈은 정면을 주시하고 있지만, 마음의 눈은 서로에게 향해 있는 두 사람이었다. 지후는 손을 쥐었다 폈다 반복만 하고 있었다.

'아, 미치겠네. 여기서 손을 잡으면 애다가 뿌리칠까? 아니면 가만히 있을까? 예전 같으면 이런 게 무슨 고민이냐고 웃겠지만, 지금은…… 설마 이 어둡고 조용한 곳에서 날 무안 주지는 않겠지? 사람들도 있는데…… 그래. 나중에 한소리 듣더라도 지금은 더는 못 참겠다.'

지후는 긴장으로 인해 바짝 마른 입술을 혀로 한번 적신 후, 결심한 듯 애다의 손을 살며시 잡았다. 애다가 약간 손을 움찔거리자 더 세게 잡아버리는 지후다.

'손 빼지 마. 빼지 마. 손 빼면 안 돼.'

다행히도 애다는 가만히 있었다. 애다의 시선이 느껴졌지만, 지후는 모른 척 그녀의 시선을 피하고 스크린만 볼 뿐이다.

애다는 바짝 붙어 있는 지후로 인해, 자꾸만 콩닥콩닥거리는 심장 소리가 들킬세라 마음을 애써 진정시키고 있는데 갑자기 그가 손을 잡자 순간 움찔거렸다. 하지만 그 순간도 잠시, 지후가 더 꽉 잡아오는 손길 때문에 어찌할지도 모르고 당황스러웠다. 지후를 슬쩍 바라보니 영화만 보고 있었다. 그는 편안해 보이는데 괜히 자신만 이러는 것 같아 약간 민망해졌다.

지후는 애다가 가만히 있자 용기를 얻어 그녀의 손에 깍지를 꼈다. 그러고는 살짝 미소를 보였다. 마치 사랑을 처음 시작하는 연인들처럼 설레고 떨려왔다. 이미 삼 년 전에 다 경험한 스킨십인 데다가 잠까지 같이 잔 사이인데도 불구하고, 이제 와서 손하나 잡은 것으로 이렇게 다시 떨리고 설렐 수 있다는 게 신기할 뿐이었다.

따뜻했다. 지후의 손은 여전히 따뜻했다. 그러고 보니 삼 년 전에는 언제 처음 손을 잡았는지 기억도 안 났다. 애다는 여전히 변함이 없는 지후의 따뜻한 손길에 괜스레 눈가가 붉어졌다. 다행이었다. 어두워서 얼굴이 보이지 않아 다행이었다. 그렇지 않으면 분명 지후는 또 안절부절못할 테니까…….

'애다야…… 천천히 하자. 이제 이 손 절대 안 놓을게. 이렇게 어렵게 잡은 네 손. 소중하게 여기며 절대로 안 놓을게. 네가 무슨 이유로 날 이렇게 차갑게 대하는 줄은 모르겠지만, 이해할게.
내 사랑으로 조금씩 너의 마음 열어줄게. 그러니까 여기서 더는
멀어지지만 마. 네가 한 발자국 멀어지면 내가 두 발자국 움직여
먼저 기다리고 있을게. 네가 힘들 때도…… 항상 변함없이 있을
게. 사랑하니까.'

'지후야…… 미안해. 너한테 차마 하지 못한 말이 있어. 네가
아파할까 봐 못하겠어. 지후 네가 알아버릴까 봐 널 떠나고 멀리
한 건데…… 못하겠어, 이제. 나중에 네가 이 사실을 알면 날 원
망할지도 몰라. 하지만 그거 내가 감당할게. 그러니까 항상 웃
어. 지후야. 웃음 속에서 눈물 보이지 말고, 행복하게 웃기를 바
랄게. 내 옆에 있는 게 너의 행복이라면 그렇게 할게. 너의 행복
이 곧 나의 행복이니까. 내 손 다시 잡아준 너. 이 어리석고 차가
운 나를 따뜻한 손으로 잡아준 너. 겁쟁이인 나를 용기 있게 손
잡아준 너. 잊지 않을게. 고마워, 지후야. 고마워.'

서울 시내가 한눈에 보이는 호텔 고급 레스토랑에 지후와 애
다, 단둘이 룸 안에 마주 보고 앉아 있었다.

"코스로 시켰어. 괜찮지?"

"……."

"왜 대답이 없어? 다른 거 시킬까?"

"아니, 괜찮아."

잠시 후, 음식이 하나둘씩 나오기 시작했다. 지후는 접시 위에
있는 스테이크를 썰어서 애다 앞의 접시와 바꿔갔다.

"손도 아프면서. 내가 할게."

"괜찮아. 하나도 안 아파. 약사가 오버해서 이렇게 감아놓은

거야."

"그래도……."

"와인 한잔할래?"

"……."

"여기는 소주 안 판다."

"풉."

지후가 잔에 와인을 따르며 내뱉는 말에 애다가 웃음을 지었
다.

"애다야. 그거 알아?"

"뭘?"

"나 다시 만나고 오늘 처음 소리 내어 웃었다."

"……."

"웃으니까 예쁘네."

"……."

"나, 네 웃는 모습에 반했었는데."

괜히 민망해진 애다는 와인 잔을 들어 한 모금 마셨다.

"은근히 와인도 취한다. 조심해, 선애다."

"뭘?"

"내가 좋아하는 여자가 술에 취하면 집에 안 보내는 거 알지?"

지후의 말에 당황한 애다의 얼굴이 붉어졌다. 애다는 이번에
는 와인 대신 물을 마셨다.

'귀여워 죽겠네.'

지후는 애다의 행동이 너무 귀여워 정말 미쳐 버릴 것만 같았
다. 당장 품에 안고 뽀뽀하고 싶은 심정을 억누르면서 고기만 아
그작 아그작 씹고 있을 뿐이었다.

어느새 음식을 다 먹고 디저트로 애다는 아이스크림을, 지후는 커피를 앞에 두었다. 아이스크림을 먹는 애다를 바라보고 있던 지후가 침을 꼴깍 삼켰다. 정확히 그녀의 입술에 묻은 아이스크림을 보고.

'예전 같으면 뽀뽀해서 저 아이스크림을 먹었을 텐데.'

지후는 아쉬워하며 손가락으로 애다의 입술을 닦아줬다. 애다는 그의 갑작스러운 행동에 눈이 커다래졌다.

"아니. 그게…… 아이스크림이 묻어서."

지후는 입술을 삐죽 내밀며 커피 한 모금을 마셨다.

'아, 오늘 겨우 손잡고…… 뽀뽀는 언제 해야 하는 거야? 진짜 돌겠네.'

지후의 이런 속사정도 모르고 애다는 얄밉게 아이스크림만 먹고 있었다. 아이스크림을 다 먹은 애다는 고급스러운 룸 안을 둘러보며 물었다.

"지후야. 그런데 여긴 왜 온 거야? 영화만 볼 거 아니었어?"

"배고프잖아."

"음식 맛보니까 비쌀 것 같아."

"별로 안 비싸."

"그래도……."

지후는 잠시 생각하다가 애다의 이름을 조심스럽게 불렀다.

"애다야."

"응."

지후의 진지한 말투에 애다는 순간 긴장이 되었다.

"생각해 봤는데, 너랑 만날 때 한 번도 널 이런 곳에 데리고 온 적이 없더라."

"……."

"영화 한 번 본 적도 없고, 꽃다발 한 번 안겨준 적도 없고, 심지어 놀이동산도 못 가보고…… 그리고 단둘이 여행도 못 가봤더라. 그게 정말 미안했어. 남들 다하는 거 한 번도 못 해준 게."

애다는 지금 지후가 하는 말이 이해가 가질 않았다. 미안하다고? 왜? 겨우 그것 못 해준 게 미안하다고? 아니야, 지후야. 아니야.

"지후야. 넌 날 보겠다고 추운 겨울에 한 시간 동안 학교 앞에서 기다려 줬어. 내가 우니까 호주에서 당장 날아와 아침도 차려주고, 함께 우유 배달도 해주고, 나 때문에 그렇게 꺼리던 광고도 같이 찍어주고, 멋진 카페에도 데려가 주고, 나 사라졌다고 밤새도록 걱정하며 기다려 주고, 심지어 죽까지 떠먹여 주는 너였어."

"애다야……."

"그뿐인 줄 알아? 일없을 땐 매일 데려다주고, 데리러 오고. 팬들 앞에서 당당하게 내가 여자친구라고 말해준 너. 생일 선물이라며 함께 화보도 찍어준 너. 그게 바로 내 앞에 있는 안지후야. 남들이 못 해준 걸 오히려 더 많이 해준 게 너야."

어느새 애다의 눈에서 눈물이 흘러내렸다.

"울지 마……."

"그런데 네가 해준 거에 비하면 난 아무것도 해준 게 없어. 흐, 흡. 그 흔한 선물 하나 해준 적도 없고, 너에게 상처만 주고…… 떠나지 않겠다고 흑, 네 곁에 있겠다고 약속했는데, 그것 또한 지키지 못했어."

"애다야. 그만해. 너 계속 울잖아."

"그런데 넌 어땠어? 삼 년 동안이나 나 잊지 않고 찾아주고.

흑, 흐. 그렇게, 차갑게 흐, 매몰차게 대했는데도…… 내가 좋다고, 흐, 흡. 이런 내가…… 흑흑. 그래도 좋다고…… 오히려 흑, 흑. 네가 미안하다고 말하면…… 흑흑, 흐흡…….."

지후는 자리에서 일어나 애다에게 다가가 품에 안았다.

"그만해. 애다야. 네 마음 다 알아. 진심으로 날 그렇게 대한 거 아니란 걸 알아. 그러니까 자책하지 마. 너 잘못한 거 없어."

"흐, 흑, 흐."

지후는 애다의 앞에 한쪽 무릎을 꿇고, 그녀의 눈물을 닦아줬다. 애다의 우는 모습에 지후의 눈에도 눈물이 고였다.

"힘들 때 옆에 있어주지 못해서 미안해. 삼 년 동안 외롭게 혼자 둬서 미안해. 화내서 정말 미안해. 그리고 너무 늦게 찾아와서…… 미안해, 애다야."

"흐, 흑."

"다시는 혼자 두지 않을게. 약속할게. 절대로 거짓말도 안 할게. 무슨 일이 있어도 네 손 두 번 다시는 놓지 않을게."

"흐, 흐, 흑."

애다의 눈물은 멈출 기미가 보이지 않았다. 지후의 말에 오히려 더 많은 눈물을 흘리고 있었다.

"사랑해, 애다야."

"흡, 흡."

"그동안 아무 일 없이…… 건강하게 다시 내 앞에 나타나 줘서. 정말 고마워."

"……지후야. 흐, 흑."

"사랑해. 사랑해, 애다야."

애다는 지후의 고백에 팔로 그를 감싸며 품에 안았다.

"흐, 흑…… 사랑해. 사랑해……지후야. 흑. 미안해. 마음 아
프게 해서…… 흐, 미안해."

지후는 자신을 안고 있는 애다의 팔을 풀고 그녀의 얼굴을 감
쌌다. 양 볼에 흘러내리는 눈물을 닦아주면서 그녀의 입술에 입
을 맞췄다.

애다는 따뜻한 그의 키스를 받아들였다. 지후의 사랑이 어떤
것인지 알기에 더는 그를 밀어낼 수가 없었다. 더 이상 감정을 속
여가며 지후에게 상처를 주고 싶지 않았다. 애다는 그의 고백을
듣고 그동안 가슴에 담아두었던 속내를 드러내고 말았다.

지후는 그토록 원했던 애다의 마음을 듣고, 가슴이 벅차올랐
다. 그녀가 그동안 현민을 만나왔다 해도, 지금은 아무런 걸림돌
이 되지 않았다. 그의 눈에는 오로지 애다만 보일 뿐이었다.

둘은 그렇게 오랫동안 따뜻하고, 떨리고, 가슴 설레는 키스를
나누었다.

이젠 두 번 다시는 서로 떨어지지 않을 것을 다짐하면서…….

지후는 침대에 엎드려 턱을 괴고, 옆에서 곤히 잠들어 있는 애
다의 얼굴을 바라보며 웃음을 지었다. 어제 얼마나 울었는지 아
직도 그녀의 눈이 조금 부어 있다. 하지만 그 눈마저 사랑스러워
손가락으로 살짝 어루만져 보았다.

어제 저녁, 둘은 서로의 마음을 다시 확인하고 곧장 호텔 스위
트룸을 잡아 함께 밤을 보냈다. 지후는 당장에라도 그녀를 안고
싶었지만 그럴 수 없었다. 애다가 너무 많이 울어 거의 탈진증세
를 보였기 때문에…… 안아주면서 다독여 주다 보니 어느새 함께
잠이 들어버렸다. 조금 아쉬웠지만, 앞으로 기회는 얼마든지 있

으니까.

지후는 자신을 향해 누워 있는 애다를 보다가 살며시 장난기가 발동됐다. 손가락으로 볼을 콕 눌러보기도 하고, 입술을 살짝 건드려 보기도 했다. 조금이라도 움찔거리기를 바랐는데 애다가 전혀 반응이 없자 입을 내밀었다. 이내 포기하고 다시 베개에 머리를 갖다 대려는 순간, 애다의 목에서 무언가가 반짝거리는 게 눈에 띄었다. 지후는 손을 뻗어 조심스레 그 물체를 확인했다. 커플링.

'뭐야, 안 버렸어? 바보. 이러면서 그렇게 날 밀어낸 거야? 어떡하니, 애다야. 너와 나 바보 커플로 등극하겠다.'

지후는 애다의 짧아진 머리를 부드럽게 쓰다듬은 뒤 천천히 그녀의 입술에 가까이 다가갔다. 입술과 입술이 거의 맞붙을 찰나 애다가 눈을 떴다. 갑작스레 두 눈을 뜨고 자신을 빤히 바라보는 애다의 모습에 지후는 순간 당황한 웃음을 지었다.

"아, 하하. 애다야. 잘 잤어? 굿 모닝."

"너…… 방금 뭐 하려고 한 거야?"

"응? 뭐? 내가 방금 뭐 하려고 했는데? 아무 짓도 안 했거든?"

"안지후."

"진짠데. 막 하려고 하는데 네가 눈뜨는 바람에 못 했거든? 미수에 그쳤다고."

애다는 장난기 어린 미소를 짓고 있는 지후의 뒷목을 잡아 얼굴 가까이 당겼다. 애다의 행동에 놀란 그의 눈이 커졌다.

"하려면 제대로 해야지. 왜 도둑키스 하려고 해?"

"응?"

애다는 지후에게 그대로 입술을 붙였다.

"이렇게 눈뜨고 있을 때 하라고."

"선애다. 완전 대담해졌어. 이거 분명히 네가 먼저 시작한 거다. 나중에 딴말하기 없기."

애다는 갑작스레 변한 지후의 얼굴을 보며 당황스러움을 내비쳤다.

"지, 지후야. 그게 아니라 꺄악!"

갑자기 품 안으로 들어와 간지럼을 태우는 지후로 인해 애다는 소리를 질렀다.

"하지 마. 지후야. 간지러워! 아악."

지후는 어느새 애다의 몸 위로 올라가 그녀를 내려다보며 웃었다.

"떨리지?"

"응?"

애다가 반문하자 지후가 진지한 어투로 다시 입을 열었다.

"애다야. 두근거리지 않아? 난 지금 두근거리다 못해 심장이 밖으로 튀어나올 것 같아."

지후의 말에 애다는 그의 손을 잡아 제 심장 위에 가져다 댔다.

"느껴져?"

지후는 애다의 가슴 언저리에 올려진 자신의 손을 한번 바라보고는 그녀의 눈을 바라봤다.

"지후야. 네 거야."

지후는 애다에게 환한 미소를 지어주며, 그녀의 입술에 살며시 입을 맞췄다.

"각오해. 그동안 못했던 거 지금 할 거니까."

지후는 애다에게 입을 맞추며 손을 그녀의 옷 속으로 넣으려

했다. 그 순간, 애다가 그의 팔을 잡았다. 애다의 행동에 지후가 입술을 떼고 영문 모를 표정을 지었다.

"지후야."

"응?"

애다가 지후에게 씨익 웃음을 날렸다. 순간 지후는 그 미소에 불안해졌다.

"왜? 안 돼?"

"아쉽지만, 다음 기회에."

"뭔 소리야? 온갖 유혹은 다 해놓고."

"그날이야."

"그날이라니?"

"마법."

"마법? 그게 뭔데?"

"그게 뭘까? 잘 생각해 봐."

지후는 그녀가 한 말의 의미를 깨닫고는 인상을 찌푸렸다.

"젠장."

"이제 그만 비켜주지 않으련?"

"어떻게 안 될까? 나 죽을 것 같은데."

"안지후."

지후는 이를 악물며 이름을 부르는 애다를 보고, 옆으로 비켜서 그대로 침대에 엎드려 베개 밑으로 얼굴을 넣었다.

"아악!"

"매우 쏘리 해, 지후야."

애다는 얄밉게도 웃으며 그대로 욕실 안으로 들어가 버렸다.

"아악. 선애다! 마녀 같은 계집애!"

닫힌 욕실 문에 기댄 애다는 얼굴에서 미소를 지우고 어두워진 표정으로 고개를 숙였다. 그러고는 조심스레 손을 올려 배를 어루만졌다.

*

지후는 아침 일찍 양평 별장에서 애다의 집 앞에 도착해 그녀가 나오기를 기다리고 있었다.

"지후야."

지후의 방문에 애다가 웃음을 지었다.

"아침부터 왜 왔어?"

"보고 싶어서. 가자. 유치원까지 데려다줄게."

"걸어가도 되는 거리야."

지후는 애다를 차에 태운 뒤 운전석에 올라 그녀의 안전벨트를 매줬다.

"그러게 어제 별장에서 같이 자자니까."

"안 돼. 집에 계획안이랑 수업자료들이 있어서 가지고 가야 된단 말이야."

"그럼, 너희 집에서 재워주든가."

"그건 절대 안 돼. 이 동네가 얼마나 좁은데. 교사로서 도리에 어긋난 짓을 했다간 아이들 얼굴 못 본단 말이야. 소문이 얼마나 무서운 건데."

"도리는 무슨. 그럼, 방법은 하나밖에 없네."

"응? 뭐라고?"

"아니야, 아무것도. 자. 출발!"

지후는 기분 좋게 액셀을 밟으며 차를 출발시켰다. 걸어서도 십오 분밖에 안 되는 거리라 차로 오니 순식간에 유치원 앞에 도착했다.

"고마워. 갈게."

"애다야."

"응?"

"나, 오늘 서울 가야 해. 일이 있어서."

"알았어."

"전화할게."

"응. 운전 조심해서 가."

애다가 차에서 내려 유치원 안으로 들어간 것까지 보고 나서야 지후는 서울로 향했다.

"그래서 애다랑 다시 만났다고?"

"응."

사무실로 와 대뜸 그동안의 이야기를 풀어놓은 지후를 보고 수현은 놀란 얼굴이다.

"이거 좋아해야 하는 거 맞아?"

"당연한 거 아니야?"

"아니, 너무 놀라워서."

"나도 그렇게 생각해."

"왜 사라졌었대?"

"나도 몰라."

안 물어보다니. 궁금하지도 않나, 저 자식은? 수현은 소파에 느긋하게 앉아 잡지만 넘겨보고 있는 지후를 어이없는 표정으로 바라봤다.

"왜 안 물어봐?"

"곤란할까 봐. 애다가 말할 때까지 기다릴 거야."

"헐."

"중요한 건 다시 내게 왔다는 거야. 그거면 됐어. 난."

"대단하다. 안지후. 그러다 또 사라지면? 안 불안해?"

지후는 보고 있던 잡지를 덮어 테이블 위로 던지며, 수현을 향해 웃음을 보였다.

"왜, 왜 웃어? 불안하게?"

"형. 그래서 내가 생각한 게 있는데 말이야."

"뭔데?"

"애다가 내 곁에서 영원히 떠나지 않게 하는 방법."

"······."

"뭘 것 같아?"

저 자식이 갑자기 왜 저래? 수현은 대답은 않고 말만 둘러대는 지후를 보며 입을 열었다.

"도대체 뭔데 그렇게 뜸을 들여?"

"결혼."

"뭐?"

지후는 자신감 있는 표정으로 웃어 보였다.

"결혼할 거라고. 애다랑."

"헉!"

"왜 그래? 그게 놀랄 일이야?"

"아니, 뭐. 그, 그건 아니지만······ 애다가 허락할까?"

"강제로라도 할 거야."

"웃기네. 결혼은 너 혼자 하냐?"

"걱정하지 마. 할 거야. 그리고…… 중요한 건 말이야."

지후가 음흉한 미소를 지으며 수현을 바라봤다. 뭐야? 쟤 또 왜 저래? 불안하게…… 수현은 지후의 표정에 인상을 찌푸렸다.

"내가 형보다 먼저 결혼할 거야."

"뭐?"

"그럼, 난 스케줄이 있어서 그만 퇴장합니다. 사장님."

지후가 손을 흔들며 문을 열고 나가자 닫힌 문을 향해 수현이 버럭 소리를 질렀다.

"야! 안지후!"

지후는 저녁 늦게 촬영을 끝내고 대기실에 앉아 애다에게 전화를 걸었다.

"밥은 먹었어?"

[응. 지후 너는?]

"안 먹었어. 배고파."

[어떡해. 뭐라도 먹어야지.]

애다가 걱정해 주는 말은 언제 들어도 좋았다. 지후의 입가에 자연스레 미소가 지어졌다. 삼 년 전 한창 사랑했을 때의 그 느낌이 들어 정말 행복했다.

"널 먹으면 안 될까?"

[지후야. 혼나요.]

"네."

요즘 애다는 직업병에 걸린 사람처럼 지후를 아이들 다루듯이 대했다. 지후 또한 그런 애다가 귀여워 그녀의 말에 아이처럼 대답도 잘해줬다.

"애다야. 나 보고 싶어도 참아요."

[네.]

"내일 주말이니까 아침에 갈게요."

[네.]

"헤헤. 이거 계속하니까 은근히 재미있다."

[그치? 히히. 지후야, 피곤하겠다.]

"어. 완전 쓰러질 것 같아."

그때 누군가 대기실의 문을 열고 들어오는 소리에 지후는 고개를 돌렸다. 지후는 그의 등장에 표정이 순식간에 굳어지면서 천천히 자리에서 일어났다.

[지후야. 그래도 뭐라도 먹고 자. 알았지?]

"……."

[지후야.]

지후는 휴대폰 너머로 들려오는 애다의 목소리에 곧 정신을 차렸다. 눈은 앞에 서 있는 그의 얼굴을 노려보며.

"어. 알았어. 사랑해, 애다야."

전화를 끊고 지후는 굳은 얼굴로 앞에 선 그를 보았다. 두 번 다시 볼 일이 없을 거라 생각했는데 왜 또 그가 나타났는지, 죽어 있었던 그에 대한 분노가 다시 살아났다.

"무슨 일이야? 여긴 어떻게 알고 왔어?"

"마음만 먹으면 네 스케줄이야 알아내기 쉽지."

"송현민."

지후는 현민의 얼굴을 보고 있자니 속에서 천불이 일어날 것만 같았다. 또 무슨 일이기에 내 앞에 나타난 걸까? 하필 애다를 다시 만난 이 시점에 나타난 그가 지후는 썩 맘에 들지 않았다. 지성이 형 말대로 악연 중에도 이런 악연은 없었다. 정말이지 돌아버릴 것만 같았다. 할 수만 있다면 현민을 사라지게 하고 싶었다.

"애다 다시 만나는 거야?"

"그렇다면 어떡할 건데."

"언제 만난 거야?"

"그거 알면. 또 어떤 개수작을 부리려고?"

아직도 자신을 경계하며 분노 어린 시선을 보내는 지후를 보며 현민은 씁쓸한 웃음을 지었다.

"미안하다. 지후야."

"뭐?"

현민의 갑작스러운 사과에 지후는 당황스러웠다.

'이건 또 뭐 하자는 플레이야? 하다하다 안 되니 방법을 바꿨나?'

지후가 의심쩍은 눈빛을 보내자 현민은 한숨을 내쉰 뒤 입을 열었다.

"네가 오해할까 봐 말하는 건데, 나 곧 약혼해."

현민은 지후에게도 거짓말을 했다. 그래야 저 분노를 잠재울 수 있을 테니까.

"약혼?"

"물론 애다가 아닌 다른 여자하고."

'뭐? 약혼? 도대체 뭐야, 이거?'

지후는 지금 혼란스러웠다. 도대체 현민은 무슨 말을 하려고 찾아온 걸까?

"너무 늦었지만 지후 너랑 애다에게 사과하고 싶었어. 애다가 아파하는 모습을 보고 내 사랑이 잘못되었다는 걸 깨달았지. 얼마 전 애다를 이 년 만에 만났어."

'얼마 전? 그럼 애다랑 계속 만나오고 있었던 게 아냐?'

지후는 현민을 향한 의심쩍은 눈빛을 계속 보내며 그가 하는 말에 귀를 기울였다.

"널 잊었을 거라 생각했는데 아니었어. 삼 년 전이나 지금이나 널 향한 애다의 마음은 변함이 없었어."

"……."

"더는 애다가 가슴 아파하는 모습을 못 보겠다 싶어서 찾아온 거야. 그런데 이렇게 다시 만나는 거 보니 너희 둘 운명인가 보다."

생각도 못 했다. 현민은, 지후가 휴대폰 너머로 애다의 이름을 부르면서 사랑 고백하는 모습을 보고 허탈한 마음이 들었다. 그들은 정말 운명인가 보다. 그 누구의 도움 없이도 다시 만나서 사랑하는 걸 보면 말이다. 선애다. 이제 행복하니?

"날 찾아와서 무슨 말을 해주고 싶었던 건데? 애다가 어디 있는지 알려주고 싶었던 거야?"

"아니. 내가 너한테 들려주고 싶은 말은 삼 년 전 애다가 떠난 이유야."

"……!"

이유? 애다가 떠난 진짜 이유…… 지후는 떨려오는 손을 힘껏 쥐었다.

"애다는 절대로. 스스로 먼저 너한테 말하지 않을 거야."

"……."

"왜냐면, 네가 아파하는 모습을 못 보겠대."

"그게 무슨 소리야?"

"애다 자신도 아파하면서 차마 네가 아파하는 모습은 더 못 보겠다고 하더라."

"……."

"애다가 나에게 처음이자 마지막으로 부탁했었어. 내 입장에서는 어쩔 도리가 없었다. 지후야."

"……."

"이제 와 말하게 돼서 정말 미안하다."

'뭐야. 도대체 뭐기에 이러는 거야. 뭔데…… 내가 듣지 말아야 하는 건가?'

지후는 현민의 입에서 나올 말이 두려웠다.

'애다가 아팠다고? 무엇 때문에? 얼마나 아팠기에 말도 안 하고 사라진 거야. 그리고 내가 아파할 거라니…… 애다야. 너한테 무슨 일이 있었던 거야? 내가 곁에 없을 때 너한테 무슨 일이 일어난 거냐고. 항상 내가 곁에 있었는데. 네 곁에 없던 날은 네가 사라지기 전날. 봉안당에서 돌아온 다음 날. 심한 감기에 걸린 날. 그날 단 하루. 그날 너도 아팠었어?'

"……방금 뭐라고 그랬어?"

"지후야."

지후는 현민이 한 말 때문에 머릿속이 혼란스러웠다. 믿기지 않았다. 정말 믿을 수가 없었다. 어떻게 그런 일이 일어난 거지?

"내가…… 지금 똑바로 들은 거 맞아? 맞게…… 들은 거야?"

현민은 믿기지 않는다는 듯이 충격받은 표정을 짓고 있는 지후를 보며 걱정이 앞섰다. 지후가 비틀거리며 의자에 털썩 주저앉았다.

"지후야, 괜찮아?"

"하아……."

'아기…… 아기라고? 애다가…… 애다가…….'

밀려오는 아픔에 입술이 떨리기 시작했고 어느새 두 눈은 빨갛게 충혈되었다. 발끝에서부터 머리끝까지 관통하는 아픔에 몸에서 영혼이 빠져나간 것처럼 아무런 힘이 전해지질 않았다. 제 몸이 아닌 것 같았다.

"……왜, 왜 말 안 했어. 왜 이제야 말을 해. 그때…… 말했어야지."

현민은 지후를 잠시 동안 지켜보다가 입을 열었다.

"미안하다. 이 년 전에, 정말 하루는 큰맘 먹고 너에게 말하려고 했는데 이미 넌 군대 가고 없더라. 할 수가 없었어. 그날이었어. 봉안당에 어머니 모시고 온 다음 날."

"하아."

"애다에게 용서를 빌려고 아침에 찾아갔었는데 그런 일이 일어난 거야."

바닥에 시선을 두고 있던 지후는 후두둑 눈물을 쏟아냈다. 그녀가 그날 얼마나 아파했을지. 얼마나 무섭고 두려웠을지. 그게 느껴져서 눈물을 멈출 수가 없었다.

"애다, 많이…… 아팠어?"

"……응. 많이."

어떡해. 애다야. 네 아픔을 몰랐던 나는 어떻게 해야 해? 왜 그랬어. 왜 혼자 아파했냐고.

"마, 많이…… 울어, 울었어?"

"응. 탈진까지 할 정도로 많이 울었어."

왜 울어. 말하지 이 바보야. 그래야 네 눈물 닦아줄 수 있잖

아. 왜 혼자 우냐고.

"아, 아기는…… 얼마나 됐었는데?"

"6주."

"하아."

너와 내 아기잖아. 왜 그걸 혼자 감당해? 이 바보 같은 여자야. 난 아빠 될 자격도 없는 놈이네, 정말.

"애다 몸은, 몸은…… 괜찮대?"

"……응."

지후는 현민에게 질문을 하나씩 할 때마다 심장이 너무 아파와 숨도 제대로 쉴 수가 없었다. 현민 또한 지후의 눈물을 차마보지 못하고 고개를 돌려 버렸다.

지후는 현민과 헤어진 후 집으로 가지 않고 곧장 양평으로 왔다. 애다의 집 앞에 차를 세우고 그녀의 집을 올려다봤다. 아직 잠이 들지 않았는지 불이 켜져 있었다. 지후는 가슴을 매만지며 마음을 진정시켰다.

'선애다. 바보. 나 아플까 봐 내 곁을 떠나는 그런 바보 천치가 세상에 어디 있어. 난 마음만 아프면 되지만 넌 몸도, 마음도 나보다 더 아팠잖아. 나한테서 상처받고, 그 상처가 아물기도 전에 어머니까지 돌아가시고…… 거기다 아기까지…… 어떻게 버텼어. 혼자서 어떻게 버티며 살았어? 그 아픔을 어떻게 견뎠어…… 완전 바보. 바보 선애다. 내가 그렇게 약해 보였어? 네가 나 없는데서 혼자서 울고 아파했을 생각하니까 미치겠다. 정말.'

지후는 울컥하는 마음을 애써 달래며 숨을 크게 내쉬었다. 그리고 룸미러에 비친 얼굴 상태를 한번 확인한 후, 차에서 내려 그녀의 집으로 향했다.

"지후야. 집에 안 갔어?"

애다는 갑작스레 찾아온 지후를 보고 놀란 표정을 지었다. 지후는 애다를 품에 조심스레 안았다.

"왜 그래. 무슨 일 있어?"

"아니, 보고 싶어서. 보고 싶어서 도저히 집에 갈 수 없었어. 그래서 곧장 여기로 온 거야."

지후의 낮게 가라앉은, 잠긴 음성에 애다는 걱정이 되었다. 지후의 얼굴을 확인하고 싶어 그의 품을 벗어나려고 하는데 지후가 풀어주질 않았다.

"지후야."

"잠시만. 잠시만 이러고 있자."

서로 가만히 안고 있는 상태에서 지후가 입을 열었다.

"애다야."

"응."

"이제는 나 없는 데서 혼자 아파하지 마."

애다는 지후가 왜 이러나 싶어 어리둥절하기만 했다.

"대답해. 나 없는 데서 혼자 아프면 안 돼."

"……응."

"앞으로 나 없는 데서 혼자 울어서도 안 돼."

"……응."

"그리고 무엇보다, 나보다 항상 너를 먼저 생각해."

"그게 무슨 말이야?"

"말 그대로 내 걱정하지 말고 너만 생각하라고."

"지후야."

애다는 지후의 이상한 말에 그의 얼굴을 올려다봤다. 애다는 손을 들어 지후의 얼굴을 매만졌다.

"지후야. 울었어?"

"아니."

"어디 아파?"

"전혀."

"안색이 안 좋아 보여."

"피곤해서 그래."

이렇게 힘이 없는 지후의 모습은 무척이나 낯설었다. 무슨 일이 있는 게 분명했다.

"정말? 정말 아무 일 없는 거야?"

"응. 아무 일 없어."

아니다. 지후가 뭘 숨기는 것 같았다. 직감적으로 애다는 그가 알아버린 것 같다는 예감이 들었다.

"거짓말하지 말랬지. 무슨 일이야?"

"······."

"안지후."

"······."

"너······ 설마 알아버린 거야?"

"······."

"현민 오빠, 만났어?"

애다의 얼굴이 순식간에 굳어지자 지후는 다시 그녀를 꽉 껴안았다. 자신이 알아버렸다는 걸 알게 하고 싶지 않았는데······.

'아, 정말 난 얼굴에 다 드러나나 보다. 이런 얼굴이 좋은 점만 있는 게 아니라니까. 젠장.'

지후는 애다가 아파하며 다시 어디론가 가버릴까 봐 달아나지 못하게 힘을 주어 더 세게 안았다.

"애다야. 괜찮아. 나 괜찮아. 그러니까 아파하지 마. 생각하지도 마."

"……."

"네 잘못 아니야. 네가 잘못해서 아기 놓친 거 아니야. 그런 거 아니니까 자책하지도 말고 힘들어하지도 마."

"……."

"누구에게나 있을 수 있는 일이야. 충분히 일어날 수 있는 일이야. 그러니까 그만 아파하고 앞으로 우리에게 있을 좋은 일만 생각하자."

"지후야……."

"미안해, 애다야. 옆에 있어주지 못해서 정말 미안해."

"고마워."

생각보다 편안해 보이는 애다의 말투에 지후는 살며시 그녀를 놓아주었다.

"나 원망하지 않고 그렇게 말해줘서…… 고마워, 지후야."

촉촉이 젖은 애다의 눈가를 어루만져 주며 지후는 살며시 웃었다.

"사랑해. 사랑해, 애다야."

"응. 나도. 나도 사랑해, 지후야."

지후는 그대로 고개를 숙여 애다의 입술에 입을 맞췄다. 더 이상 힘든 일은 없을 거라 믿으며 그동안 서로가 아파하고 받았던 상처를 어루만지듯이 그렇게 따뜻한 키스를 오랫동안 나누었다.

"나보고 지금 가라고?"

"응."

지후는 집에 가라는 애다의 말에 어이없어 했다. 아니, 서로 아픔의 상처를 치료하고 어루만지며 보듬어주지는 못할망정 지금 가라니. 분위기 좋았는데, 가라고? 선애다 또 왜 이래? 이제 마법도 끝났겠고만.

"나, 이제 막 왔어. 피곤해 죽겠거든? 그런데 가라니. 가다가 사고 나면 어떡할 건데?"

"양평 별장으로 가."

"애다야. 너 왜 그래? 별장은 뭐 걸어서 가니? 차 가지고 가야 하거든?"

"대리 불러줄게."

"선애다. 누가 너 잡아먹는대?"

갑작스러운 애다의 눈 흘김에 지후는 순간 움찔했다. 속마음이 들킨 것 같아 괜히 양심에 찔렸다. 저 눈빛은 여전히 무섭네.

"아니. 그냥 손만 잡고 잘게."

"……."

"진짜…… 뭐, 거짓말은 못 하겠고. 아악! 몰라. 그냥 자고 갈래. 못 가. 죽어도 못 가!"

지후는 소파에 드러누워 배 째라는 심보로 고집을 피웠다. 그런 지후의 행동을 보며 애다는 어이없는 표정으로 한숨을 내쉬었다.

"지후야. 그게 아니라 나 일해야 해."

"일? 무슨 일?"

"여기 이거 안 보여?"

지후는 그제야 몸을 일으키고 애다의 시선을 따라 거실에 흐
트러져 있는 물건들을 확인했다.

"이게 다 뭐야?"

거실에는 색종이, 가위, 풀, 매직 등…… 다양한 문구 용품들
이 펼쳐져 있었다. 애다는 한숨을 쉬며 바닥에 주저앉아 가위를
들고 색종이를 오리기 시작했다.

"지금 뭐 해?"

"일이라고 했잖아. 월요일에 있을 수업 준비. 주말 동안 이거
해놔야 한단 말이야. 너랑 놀아줄 시간 없어. 그러니까 그만 가
라고."

애다는 순식간에 가위질을 몇 번 해대더니 나뭇잎을 만들어냈
다. 그리고 꽃, 풀, 나무…… 등 가위질 하나로 뚝딱뚝딱 요술 부
리듯이 척척 오려내고 있다.

"우와! 완전 신기해. 애다 너 요술쟁이 같아!"

지후는 감탄 어린 눈빛으로 애다 옆에 앉아 어린애처럼 좋아
했다.

"아이들이랑 그냥 놀아주면 되는 거 아니었어? 이런 일도 해?"

"안지후. 유치원 일이 얼마나 힘든 줄이나 알아? 놀아주다니.
어디 가서 그런 소리 하지 마. 무식하단 소리 듣는다. 교육! 난
교육자야. 그리고 이건 우리 아이들 미술 시간에 필요한 수업 자
료고."

"우와! 우리 애다 대단하네. 선생님 소리 그냥 듣는 거 아니구
나?"

"당연하지. 그러니까 이제 그만 가주었으면 좋겠는데? 너 때문
에 일이 뒤처지잖아."

지후는 애다를 무시하고 가위와 색종이를 들어 올렸다.

"너 뭐하는 거야?"

"도와줄게. 내가 도와주면 빨리 끝날 수 있는 거지?"

"네가 도와준다고?"

"응. 재미있을 것 같아. 학교 다닐 때 해보고 안 해봤는데."

"……."

"그런데 나뭇잎 어떻게 만들어?"

애다는 그의 손에 들린 가위를 빼앗았다.

"안지후 어린이. 너 가르치다간 시간 더 오래 걸려. 이게 보기엔 쉬워 보여도 꽤 어렵거든. 정 도와주고 싶으면 내가 잘라놓은 거 저 커다란 종이에 붙여. 내가 그림 그려놓은 것 위에 풀로 붙이면 돼."

"알았어."

지후는 정말 신이 난 표정이었다. 집중 모드로 들어가서 열심히 하고 있는 지후를 보며 애다는 행복한 미소를 지었다.

잠시 후, 일을 다 마무리하고 애다는 기지개를 켜며 자리에서 일어났다.

"으아! 다 됐다. 고마워, 지……."

애다는 소파에 누워 어느새 잠들어 있는 지후를 바라봤다. 애다는 방에서 이불을 가져와 지후의 몸 위에 꼼꼼하게 잘 덮어주었다. 그러고는 지후 앞에 앉아 손을 어루만졌다. 지후 손가락에 있는 우리 둘만의 커플링. 한참을 지후의 반지를 만지작거리다 애다는 목에서 목걸이를 풀어 반지를 제 손가락에 다시 꼈다. 이제야 모든 게 제자리를 찾은 기분이었다.

애다는 지후의 머리카락을 쓰다듬은 뒤 소파에 머리를 기대고 그의 손을 잡으며 눈을 감았다.

　얼마의 시간이 흘렀을까…… 지후는 불편한지 몸을 뒤척이다가 제 손을 잡고 있는 손길에 살며시 눈을 떴다. 애다가 소파에 기대어 잠이 들어 있었다. 지후는 애다를 향해 미소를 보낸 뒤 자리에서 일어나 잠들어 있는 그녀를 안아 올렸다.

　애다는 제 몸이 떠오르는 걸 느끼며 눈을 살짝 떴다.

　"음. 지후야……."

　"쉬…… 그냥 자. 침대까지 데려다줄게."

　지후는 침실 문을 열고 침대에 조심히 애다를 눕힌 후, 그녀 옆에 누웠다. 애다에게 팔베개를 해주고 잠든 그녀의 머리카락을 부드럽게 어루만지며 눈을 감았다.

　'애다야, 잘 자. 사랑해.'

＊

　"그러니까 지금 우리 집에 가자고?"

　"응."

　애다는 아침부터 일어나 깔끔하게 단장을 한 후, 지후를 이끌고 무조건 서울로 가자며 운전을 시켰다. 애다가 갑자기 왜 이러는지 모르겠다. 집이라니…… 내 집으로 간다면 얼씨구나 좋구나 하는데 왜 한남동으로 가자고 그러냐고.

　"애다야. 갑자기 왜 그래? 거기는 왜 가자고 그러는데?"

　"할아버님 뵈려고."

　"우리 할아버지? 할아버지를 왜?"

　"할아버님을 봬야 할 이유가 있어."

"무슨 이유?"

"용서를 구해야 하거든."

"용서? 너 우리 할아버지한테 잘못한 거 있어?"

애다는 더 이상은 말하기 싫다는 듯이 입을 굳게 다물고 창문 밖을 바라봤다. 지후는 갑작스러운 애다의 행동에 불안해졌다.

'아직 할아버지한테 다시 만난다고 말 못 했는데, 지성이 형도 모르는데…… 어떡하지? 설마 할아버지가 뭐라 그러시지는 않겠지?'

지후의 불안도 모른 채 애다는 안 회장과의 첫 대면에서 했던 약속을 떠올렸다.

"만약 애다 양이 우리 지후 곁을 떠나게 된다면 두 번 다시 우리 지후랑 만나지 말게나."

"……."

"나랑 약속할 수 있겠나?"

"약속…… 하겠습니다."

"이유는?"

"제가 지후 곁을 떠나게 될 날은 아마 지후를 제 맘 속에서 영원히 지워 버리는 날이 될 겁니다."

용서를 빌어야 했다. 할아버님과 한 약속을 어겼으니 죄송하다고…… 한 번만 더 기회를 달라고…… 그렇게 용서를 빌어야 했다. 애다는 지후 모르게 한숨을 내쉰 뒤 창가에 머리를 기대고 눈을 감았다.

"지후 네가 아침부터 무슨 일이야?"

지성은 일요일 아침부터 본가에 온 지후를 보며 의아해했다.

"어? 어…… 그게."

"안녕하세요."

지성은 지후 뒤로 따라 들어오는 애다를 보며 잠시 멍한 표정을 지었다. 왜 여기에 그녀가 있는 거지? 지성은 믿기지가 않는 듯 조심스레 물었다.

"애, 애다?"

애다는 지성의 놀란 얼굴에 웃음을 보였다. 이렇게 인사를 건네는 자신이 참 뻔뻔하다고 생각하면서도 그에게 미안했다.

"늦게나마 결혼 축하드려요. 오빠."

"어? 어…… 그래."

"자기야. 누구 왔어?"

주방에 있던 소현이 거실에서 나는 소리에 밖으로 나왔다.

"어. 지후 왔어."

"지후?"

소현은 지후를 보자 반가워하며 그에게 달려가 얼싸안았다. 오랜만에 본가에 들른 지후가 그렇게 좋을 수가 없었다.

"지후야! 아, 아니 도련님!"

지후는 소현이 자신을 껴안자 애다의 눈치를 보며 당황해했다. 이 눈치 없는 형수 같으니라고!

"아, 누나 이것 좀 봐."

지후는 소현을 억지로 떼어놓고 괜히 애다의 표정을 살폈다. 죄 지은 것도 없는데 왜 이렇게 긴장이 되는지 모르겠다.

"애, 애다야. 우리 형수님. 수현이 형 동생이기도 해."

"안녕하세요. 선애다라고 합니다."

"뭐야. 우리 도련님 날 배신한 거야? 어쩜 이럴 수가 있어? 오랜만에 본가에 오면서 여자를 달고 오다니! 어떻게 한마디의 말도 없이. 지후 너 완전 나빠!"

소현의 오버스러움에 지성은 혀를 차며 그녀의 팔을 잡아 제 옆에 세웠다.

"소현아. 분위기 봐가면서 해야지. 이름 못 들었어? 애다라잖아. 선애다."

"엥? 선애다? 애다? 애다? 그…… 자기가 말한 그 애다?"

소현의 커다래진 눈을 보며 지성이 가볍게 고개를 끄덕였다. 애다는 소현의 행동에 미소를 지으며 들고 있던 꽃다발을 그녀에게 건넸다.

"저기…… 여기. 뭘 사가지고 와야 할지 몰라서요. 지성 오빠 결혼했다는 말 듣고 축하드리고 싶었어요."

"네? 아…… 네 고마워요."

소현은 애다가 건넨 꽃다발을 받고 그녀를 뚫어지게 살펴보았다. 이 아가씨가 지후의 애다. 지후가 오매불망 기다리던 애다란 말이야?

"누나. 아니 형수님. 뭘 그렇게 쳐다봐요? 우리 애다 민망하게."

소현은 지후의 말에 그제야 정신을 차리고 애다에게 웃어 보였다.

"아. 초면에 죄송해요. 말로만 듣던 애다 씨가 눈앞에 있어 믿기지가 않아서…… 제가 그만 실례했네요."

애다는 소현의 밝음과 귀여움에 미소를 지었다. 남매라더니 수현 오빠랑 성격도 닮은 것 같았다.

"괜찮아요. 지후는 좋겠어요. 이렇게 아름다우신 분을 형수님으로 맞이해서."

"어머머. 자기야 들었어? 나보고 아름답대! 지후야, 아니 도련님은 좋겠다. 나 같은 형수 둬서. 호호."

지후는 소현을 보며 말도 안 된다는 투로 입을 열었다. 또 시작이다. 최소현.

"애다야. 왜 그런 거짓말을 해. 거짓말은 나쁜 거야. 애다 네가 훨씬 예뻐."

지후의 말에 순간 소현의 얼굴에서 미소가 사라졌다. 귀여운 지후가 바로 배신을 때려 버렸다.

"자기야. 지후 나한테 뭐라고 한 거야? 한마디로 내가 예쁘지 않다는 거지?"

"설마. 그럴 리가 있겠어? 지후 쟤가 살짝 미친 거야. 그러니까 자기가 이해해. 내 눈에는 우리 소현이가 제일 예쁘니까."

"그래그래. 이 마음씨 넓은 내가 이해해야지. 지금 보니 우리 애다 씨가 훨씬 아깝네. 애다 씨. 그냥 지후 두고 제가 멋진 남자 소개해 드릴까요? 제 주변에 좌악 깔렸는데."

"네?"

"형수!"

지후의 큰 소리에 지성, 소현, 애다는 살며시 웃음을 지었다. 흥분하기는, 안지후. 쯧쯧쯧.

"누가 온 게야? 왜 이리 아침부터 소란스러워?"

안 회장의 등장에 모두들 긴장한 얼굴로 제자리에 굳은 듯이 서 있었다.

"할아버지. 애다 왔어요."

지성의 말에 안 회장이 미간을 좁히며 그들 틈에 있는 애다를 보았다. 애다는 안 회장에게 고개를 숙이며 인사했다.

"그동안 안녕하셨어요. 할아버님."

안 회장은 애다의 인사에 아무런 대답도 하지 않고 물끄러미 바라보기만 했다. 지후는 인사를 받아주지 않는 할아버지 때문에 애다가 민망해할까 봐 억지로 웃으며 할아버지 곁에 다가갔다.

"하하. 할아버지. 저 왔어요. 애다 오랜만에 보니 반갑지? 애다가 할아버지한테 인사해야 한다며 여기로 오자고 해서 데리고 왔어요. 정말 예의 바르지 않아? 하하."

"따라 들어오너라."

안 회장은 애다에게 무뚝뚝하게 얘기하고는 서재로 들어가 버렸다. 싸늘해진 분위기에 지성, 소현, 지후는 괜히 애다의 눈치만 보았다.

애다는 한숨을 내쉰 뒤 서재로 향했다. 애다가 움직이자 남은 이들 또한 그녀의 뒤를 따랐다.

안 회장은 서재 안의 소파에 앉아 애다를 기다렸다. 그런데 애다뿐만 아니라 뒤로 지후, 지성, 소현이 함께 들어오자 안 회장은 인상을 찌푸렸다.

"너희는 왜 들어와?"

"할아버지. 따라 들어오라면서요. 우리가 시끄럽게 해서 혼내시려고 들어오라 하신 거 아니세요?"

소현의 애교 섞인 대답에 안 회장은 찌푸렸던 인상을 펴고 웃는 얼굴을 했다.

"아가. 걱정하지 말고 나가거라. 아무 일 없을 테니."

"네? 아…… 네."

애다가 걱정되어 같이 따라 들어온 소현은 민망해져선 옆에 서 있는 지성의 옆구리를 손가락으로 찌르며 나가자고 눈짓을 보냈다. 지성은 소현의 눈짓에 지후와 애다를 한번 바라본 뒤 아내와 함께 서재 밖으로 나갔다.

"너는 왜 안 나가?"

"저요?"

지후는 애다의 손을 꽉 잡았다. 혼자 두지 않기로 약속했는데 어떻게 혼자 나갈 수 있단 말인가.

"제가 왜 나가요?"

"뭐야?"

"애다 혼내시려고요? 그럼 같이 혼날게요. 할아버지, 애다 잘못한 거 없어요. 다 내 잘못이니까……."

"지후야."

지후는 애다의 부름에 하던 말을 멈추고 그녀를 돌아봤다.

"괜찮아."

지후는 애다의 미소에 손을 더 꽉 움켜잡았다.

'같이 있어줄게.'

애다는 지후에게 살짝 미소를 보이며 고개를 내저었다.

'괜찮아. 아무 일 없어. 그러니 걱정하지 말고 나가 있어.'

지후는 애다의 속마음을 읽은 듯 안 회장을 한번 바라본 후, 그녀의 손을 놓고 서재 밖으로 걸음을 옮겼다. 지후가 거실 밖으로 나오자 기다렸다는 듯이 지성과 소현이 그의 팔을 잡고 거실 소파에 앉혔다.

"어떻게 된 거야? 언제 만났어?"

"뭐예요? 여기 왜 온 거예요? 할아버지랑 무슨 일이래요? 분위기 왜 저래요?"

지후는 지성과 소현의 말에 귀찮다는 듯이 제 양팔을 잡고 있
는 두 사람의 손을 쳐 냈다.

"뭘 그렇게 궁금해해? 다 봤으면서."

"안지후."

지후는 지성의 낮은 음성에 흠칫하곤 입을 삐죽였다.

"며칠 전 우연히 다시 만났어."

"우연?"

"응. 내가 애다를 우연히 봤고, 그래서 다시 만났고, 여기까지
온 거야. 됐어?"

"뭐가 이리 간단해요?"

기대에 찬 눈을 했던 소현은 김샜다는 표정으로 소파에 몸을
기댔다. 하지만 지성은 더 물어볼 말이 있는 듯싶었다.

"왜 그랬대? 왜 갑자기 사라진 거야?"

"그건, 말할 수 없어."

"왜?"

"아, 뭘 그렇게 알려고 해. 그냥 모른 척해."

"어떻게 모른 척해? 네가 그동안 얼마나 힘들어했는데."

"애다가 더 힘들었어. 그것만 알아. 나보다 애다가 더 아프고
힘들었어. 그리고 날 위해서 그랬다는 것만 알아둬."

지후가 그렇게까지 말하니 지성은 더는 묻지 못했다. 지후는
무슨 생각인지 갑자기 자리에서 일어나더니 서재로 다가가 귀를
문에 바싹 댔다. 그런 지후의 행동에 지성과 소현이 황당한 표정
을 지었다.

"도련님. 거기서 뭐 해요?"

"무슨 이야기하는지 들어보려고."

"들어서 뭐 할 건데?"

"조금이라도 큰 소리가 나거나 애다 우는 소리가 들리면 바로 들어가게."

"쯧쯧."

지성이 혀를 차며 고개를 흔들었다. 하지만 소현은 웃기만 했다.

"오. 우리 도련님한테 저런 모습도 있었어?"

"소현아. 쟤 완전 애다 바보야. 앞으로 저런 모습 종종 보게 될 거다. 나중에 놀려먹으면 얼마나 재밌는데."

"그래? 완전 재밌겠다."

지성과 소현의 음흉한 생각은 전혀 모른 채 지후는 온 신경을 서재 안으로 향했다.

"에이. 하나도 안 들리네. 무슨 방음이 이렇게 잘 되어 있어?"

"지후야, 걱정 마. 설마 할아버지가 애다 혼내겠니?"

"그치?"

"그래요. 그러니까 그만 이리 와서 앉아 있어요."

지후는 어쩔 수 없다는 듯이 지성과 소현의 맞은편에 앉았다.

"형수."

"왜요?"

"형수 드레스도 만들어?"

"드레스? 무슨 드레스요?"

"웨딩드레스."

"웨딩…… 드레스?"

웨딩드레스라는 단어에 지성과 소현이 놀라며 그를 바라봤다.

도대체 무슨 이야기를 하려고…… 설마.

"너 결혼하게?"

지성의 물음에 지후는 당연하단 듯한 표정을 지었다.

"응."

"헉!"

"왜 놀라? 수현이 형도 그렇고 형도 그렇고."

"아니. 뭐 갑작스러워서……."

"애다 씨도 하겠대요?"

"그건 아직……."

"음. 아직 프러포즈 못 하셨구나?"

지후가 고개를 끄덕이자, 소현이 웃으며 바싹 지후를 향해 몸을 기울였다.

"그래서 나한테 부탁하려고? 나보고 웨딩드레스 디자인해라?"

"응. 형수 솜씨를 한번 봐야겠어."

"어머머. 안지후가 나 무시하네. 이래 봬도 나 해외 유학파 디자이너야!"

"그러니까. 솜씨 좀 한번 보여주라고."

"해주면 나한테 뭐 해줄 건데요?"

"해주긴 뭘 해줘? 싫으면 관둬요. 형수보다 유명한 디자이너 많으니까."

"헐."

"아니, 잘나가는 안지후의 피앙세 웨딩드레스를 만든다는 거에 대해 더 영광스러워해야 하는 거 아냐?"

"잉. 자기야!"

소현이 울상을 지으며 지성을 바라봤다.

"안지후. 네가 죽고 싶지? 내가 너 결혼 못 하게 방해해 볼까?"

"……."

"이게 어디서 감히 형수한테."

지성의 한마디에 지후는 떨떠름한 표정을 지었다.

"아, 알았어. 내가 형수 무대 한번 선다."

"진짜?"

소현은 언제 그랬냐는 듯이 금세 얼굴이 환해지며 예뻐 죽겠다는 표정으로 지후를 바라봤다.

"진짜로 내 무대에 설 거야?"

"그렇다니까? 올 F/W 컬렉션에 서줄게."

"오. 대박. 다른 무대는 안 돼. 내 무대에만 서야 해."

"아, 알았다고."

"자기야. 들었지. 이거 계약 성립이야. 자기가 증인해."

소현이 흥분하며 좋아하자 지성은 고개를 갸웃거렸다.

"지후가 무대에 서는 게 그렇게 대단한 일이야?"

"그럼! 요즘 잘나가잖아. 신인 디자이너 무대에 지후 같은 모델이 서주기만 하면 난 완전 이슈가 되는 거라고. 호호호."

"오, 그래? 저 녀석이 그렇게 잘나가?"

"그럼. 앗싸. 좋아 내가 만들어줄게. 사이즈는 어떻게 돼? 사이즈 재야 되는데?"

"사이즈?"

"응. 몰래 할 거 아니에요?"

"사이즈는…… 내가 알아."

지후가 건성으로 대답하자 지성과 소현이 의심쩍은 눈빛을 보냈다.

"네가 어떻게 알아?"

"응?"

"오. 우리 도련님 남자구나?"

"뭐라는 거야?"

"푸하하하하."

지후는 자신을 보고 이상한 상상을 하며 웃는 부부를 보면서 어이없는 표정을 지었다.

"수현이 형 결혼식이 언제랬지?"

"6월."

"6월? 알았어. 형수, 5월 안에 무조건 만들어내."

"5월? 무슨 소리야. 지금이 4월이야. 일주일 후면 5월이라고. 무슨 말도 안 되는 소리를……."

"난 형수님 능력을 믿어. 그리고 수현이 형보다 무조건 먼저 결혼할 거야."

지성은 인상을 찌푸렸다. 아니, 왜 수현을 들먹이는지. 지후의 정신상태가 의심스러웠다.

"그건 또 무슨 심보냐?"

"도련님. 5월은 예식장 잡기도 힘들어. 벌써 예약 끝났을걸?"

"그건 걱정하지 마시고 무조건 한 달 안에 만들어요."

지후의 고집에 지성과 소현은 서로를 바라보며 입만 떡 벌렸다.

"이리와 앉아라."

애다는 안 회장의 말에 조심스레 그의 맞은편에 앉았다. 긴장되고 떨려서 절로 주먹이 쥐어졌다. 너무 죄스러워서 차마 고개를 들지 못하겠다.

"그래. 무슨 일로 찾아왔는고."

애다는 입속에 고인 침을 삼킨 후 천천히 말문을 열었다.

"죄송합니다. 할아버님."

"죄송이라니? 네가 하는 말이 무슨 말이지 모르겠구나."

"제가 할아버님과 한 약속을 지키지 못했습니다."

"약속이라니?"

애다는 안 회장의 반문에 고개를 들고 그의 얼굴을 바라봤다. 안 회장은 무슨 생각을 하는지 전혀 알 수 없는 표정을 짓고 있었다. 말씀하시는 투로 봐서는 그리 노기 어린 것 같지도 않았다.

"제가 지후 곁을 떠나면 다시는 지후와 만나지 않겠다던 약속 말입니다."

"음…… 그랬지. 그런 약속을 했구나."

"그런데 제가 그 약속을 어겼습니다. 할아버님. 용서해 주세요. 잘못했습니다."

"애다야."

"네."

안 회장은 애다의 얼굴을 찬찬히 살폈다. 예전보다 더 야윈 얼굴. 하지만 총기 어린 눈빛은 여전했다.

"너는 약속을 지켰다."

"네? 그게 무슨……."

"너는 약속대로 지후 곁을 떠난 뒤 단 한 번도 지후 앞에 나타나지 않았다."

"……."

"널 찾은 건 지후 그 녀석이지. 네가 아니지 않느냐."

"……."

"내 말이 틀렸느냐. 보아하니 지후 그 녀석이 다시 네 손을 잡은 거 같은데."

"할아버님."

"내 손주지만 안 봐도 훤하다. 그 녀석이 어떻게 나왔을지. 그러니 나한테 미안해하거나 잘못을 빌지 말거라."

애다는 안 회장의 마음이 고마워 울컥했다. 이렇게 나오실지 몰랐다. 호되게 혼내며 다시는 지후 곁에 있지 말라고, 힘들게 하지 말라고 하실 줄 알았다.

"아닙니다. 할아버님. 제가 지후를 아프게 했습니다. 그 잘못은 용서를 빌고 싶습니다."

"네 말대로 그건 지후의 몫이지. 네 잘못이 아니다. 아마 지후보다 네가 더 아팠지 싶은데."

"네? 그게 무슨……."

"몸은 괜찮은 게냐?"

"……."

"너는 이미 내게 증손주를 안겼다. 비록 손안에 품지는 못했지만 내 마음으로 품었다."

애다는 안 회장의 갑작스러운 말에 놀랐다. 애다의 눈동자가 심하게 흔들렸다. 할아버님이 모두 알고 계셨다.

안 회장의 따뜻한 말에 애다는 참았던 눈물을 흘렸다. 이렇게 고마우신 분한테 대체 무슨 짓을 한 건지. 안 회장이 그토록 사랑하는 손자에게 아픔을 주었다.

"죄송합니다."

"네 잘못이 아니다. 자책할 필요 없다."

"고맙습니다."

"다음엔 지후랑 둘이 함께 오라는 말 기억하느냐?"

"네……."

"너무 늦게 왔구나. 이 할애비가 너무 오래 기다렸지 않느냐."

"할아버님……."

"이젠 더는 외로워 말거라. 우리가 너의 가족이 되어줄 테니 지후를 한번 믿어보거라. 내 손주지만 저런 놈 없다. 내가 보장하마. 앞으로 넌 우리 지후 곁에서 단 한 발자국도 떨어지지만 않으면 된다. 만약 또 떠날 시엔 내가 절대로 용서치 않을 것이니."

"명심하겠습니다. 할아버님. 두 번 다신 그런 일 없을 겁니다."

안 회장은 애다의 대답에 흐뭇한 미소를 지었다. 변함없이 반듯한 모습 그대로였다. 마냥 어리고 철딱서니 없는 지후를 옆에서 잘 이끌어줄 거라 믿었다. 늙은 사람의 욕심이라며 누가 뭐라고 해도 안 회장은 애다에게 부족한 지후를 맡기고 싶은 심정이었다.

"애다야."

"네."

"외롭고 마음이 아플 때는 우유를 마셔보거라."

"네?"

애다는 의미 모를 말에 고개를 갸웃거렸다.

"난 네가 한 말 때문에 그렇게 실천을 했더니 정말 효과가 있더구나."

"제가 한 말이요?"

안 회장은 대답은 않고 그저 미소만 보여주었다.

애다가 서재에서 나오자 지후는 얼른 자리에서 일어나 그녀에게 다가갔다. 그러고는 애다의 얼굴을 감싸고 그녀의 안색을 살폈다.

"울었어?"

"응?"

"할아버지한테 혼났어?"

"아니…….."

지후는 애다의 말을 다 듣지 않고 서재 안쪽으로 대뜸 소리 질렀다.

"할아버지! 애다 울렸어요?"

"뭐야?"

"내 이럴 줄 알았어. 왜 혼내요? 애다가 뭘 잘못했다고?"

"지후야. 너 왜 그래? 그런 거 아니야."

애다가 놀라 지후의 팔을 잡고 말렸다. 안 회장은 지후의 모습에 혀를 차며 지성을 불렀다.

"지성아!"

"네! 할아버지."

"이 자식 다시 군대 보내 버려."

"네?"

"꼴 보기 싫으니까 당장 다시 보내!"

안 회장의 말에 지후는 벙찐 표정만 지었다. 다시 군대 가라고? 무슨 그런 말도 안 되는 소리를. 놀라고 황당하여 지후는 애다를 돌아봤다. 그러자 애다가 아니라는 듯 자꾸만 눈치를 주었다.

'이런. 할아버지 죄송해요.'

∗

지후는 깔끔한 검정 슈트 차림에 한 손에는 꽃으로 엮은 리스를 들고 차에서 내렸다. 앞에 있는 봉안당 건물을 한번 바라본 후 천천히 걸음을 뗐다. 건물 안에 들어선 지후는 '故 이혜숙' 유골함이 들어 있는 유리벽 앞에 섰다. 유리벽 안에는 부모님과 함께 찍은, 애다의 어린 시절 사진이 들어 있었다.

지후는 그 사진을 보며 희미하게 웃음을 보인 뒤 들고 온 꽃 리스를 유리벽에 조심스레 걸었다. 그러고는 한 발짝 뒤로 물러서더니 큰절을 올렸다.

"어머님. 안지후라고 합니다. 이제야 찾아봬서 너무 죄송해요."

지후는 소리 없는 한숨을 한번 내쉰 뒤 다시 입을 열었다.

"어머님 뵈니까 살아 계셨으면 저 엄청 예뻐해 주셨을 것 같아요. 애다가 어머님 닮아서 그렇게 예뻤구나……. 어머니, 어머님께서 애다 다시 저한테 보내주신 거 맞죠? 그랬을 거라 믿어요. 애다 마음 아프게 하지 말라고, 혼자 외롭게 두지 말라고…… 그래서 제 눈에 다시 띄게 하신 거라 믿어요. 약속하겠습니다. 애다 행복하게 해줄게요. 제 심장이 뛰고 있는 한, 아니 멈춰서도 애다만 바라보면서 평생을 사랑하며 행복하게 해줄게요."

지후는 앞으로 다가가 유리벽을 어루만지며 미소를 지었다.

"하늘에서 저희 부모님 만나셨죠? 외롭지 않으실 거예요. 앞으로 지켜봐 주세요. 우리가 어떻게 예쁜 사랑을 하는지. 그리고 무엇보다 애다 낳아주셔서 감사드립니다."

지후는 한참 동안을 그 자리에 머무르며 쉬이 발걸음을 떼지 못했다.

＊

애다는 지후와 만나기로 한 약속 장소로 가고 있는 중이다. 지후는 대뜸 주말 아침부터 전화해서는 서울로 올라오라고 했다. 그것도 런웨이 무대가 있는 행사장으로.

애다는 지후가 말한 건물에 도착해서는 행사장을 찾아 두리번거렸다. 행사장을 찾아 문을 열고 들어가 보니 안에는 아무도 없는지 어둡고 적막만이 흐르고 있었다.

"지후야."

애다가 지후의 이름을 부르자 어디에선가 음악 소리가 흘러나왔다. 애다는 익숙한 노래를 들으면서 런웨이 쪽으로 걸어갔다. 그러자 런웨이 무대 뒤쪽 벽에 설치된 빔 영사기가 켜지더니 지후와 애다가 삼 년 전에 찍은 커플 화보 사진들이 음악에 맞춰 동영상처럼 보이고 있었다.

사진 속 그들은 어느 커플 못지않게 행복해 보였다.

애다는 눈물을 글썽거리며 손을 가슴 위로 갖다 댔다. 음악이 끝나자 동영상도 멈췄다. 애다는 뭉클했던 마음이 쉽게 진정되지를 않아 계속해서 심장 부근만 어루만졌다. 그때 갑자기 런웨이 무대에 불이 켜지더니 무대 뒤에서 케이크를 든 지후가 나타났다.

지후는 촛불이 꺼질세라 조심스러운 발걸음으로 노래를 부르며 런웨이 무대를 걸었다.

"생일 축하합니다. 생일 축하합니다. 사랑하는 애다의 생일 축하합니다."

지후는 생일 축하 노래를 부르며 런웨이 무대 끝에 섰다. 멍한 표정으로 올려다보고 있는 애다를 보며 지후는 환하게 웃으면서 무대 끝에 걸터앉았다. 무대가 높아서인지 지후가 걸터앉았는데도 애다는 그를 올려다봐야 했다.

"애다야. 생일 축하해."

"……."

"뭐해? 얼른 초 불어. 소원 빌고."

애다는 지후가 내미는 케이크에 시선을 두고 입김을 불어 초를
껐다.

"후."

"감동 받았지? 나 멋지지 않아? 우와. 며칠 새 우리 애다 생일
두 번이나 치르네. 오늘은 진짜 생일이다. 그치? 이 케이크 내가
만든 거야. 잘 만들었지?"

평범해 보이는 생크림 케이크 위로 지후가 직접 쓴 듯한 글씨가
보였다.

— 애다야. 매우, 엄청, 몹시, 베리 베리 생일 축하해.

"지후야, 고마워."

"진짜 고마워?"

"응."

"고마우면 나랑…… 결혼할래?"

애다는 뜬금없는 말에 놀라서 그를 바라봤다. 지금 이게 그렇
다면…… 애다는 마음을 가다듬고 지후에게 물었다.

"지금 프러포즈하는 거야?"

"응."

"이렇게?"

"응. 왜 맘에 안 들어?"

"이거 내 생일 이벤트 아니야?"

"생일 이벤트 겸 프러포즈?"

애다는 지후를 보며 장난기 어린 미소를 지었다. 이젠 아주 재미 붙었나 보다. 지후의 당황하는 모습이 보고 싶어졌다.

"싫어. 그냥 생일 축하만 받을래."

"뭐? 그러는 게 어디 있어? 내가 얼마나 준비 많이 했는데."

역시나 반응 한 번 빠르다. 지후의 표정을 보니 생각도 못 한 대답이었는지 무척이나 당혹스러워했다.

"어떻게 생일 축하 이벤트를 프러포즈랑 함께 날로 먹으려고 해?"

"뭐야. 그럼 내 청혼 거절하는 거야? 다시 프러포즈해야 해?"

"음. 내 부탁 하나 들어주면 이 자리에서 승낙할 수도 있어."

"그게 뭔데?"

지후는 애다의 음흉한 미소에 불안한 기분이 들었다. 도대체 무슨 부탁을 하려고…….

"노래."

"노래?"

"응. 나만을 위해 노래 불러주면 한번 생각해 볼게."

지후는 애다의 말에 당황한 듯 입을 열었다. 노래라니. 지후가 정말 자신 없어 하는 부분이었다.

"저기, 애다야. 나 노래 못 불러. 아까 생일 축하 노래 들어봤 잖아."

"그러니까."

"응?"

"그러니까 다시 해보라고. 얼마나 못 부르는지 들어보게."

"애다야."

"모든 면에서 완벽한 안지후가 노래를 못 부른다는 단점이 있었네?"

"너 엄청 얄미워."

"나도 알아. 지후야, 나만 들을게. 나한테만 불러주는 것도 안 돼? 그래도 음치는 아니더고만."

"아, 그게……."

지후가 곤란한 듯 머뭇거리자 애다가 눈을 살며시 흘겼다.

"좋아. 부르기 싫으면 부르지 마. 그까짓 결혼 안 하면 그만이니까. 나 아쉬울 것 없다."

"애다야."

"히히. 그러니까 얼른 시작!"

짝짝짝. 애다가 박수까지 치며 기대에 찬 눈으로 지후를 올려다봤다. 지후는 체념한 듯 머릿속으로 부를 노래를 생각했다. 잠시 후 지후는 한숨을 한번 내쉬곤 천천히 입을 열었다.

"흠. 흠. 웃지 마."

"알았어."

"음…… 나랑. 나랑."

지후는 첫 음절의 음정을 잡아보더니 애다의 눈을 보며 노래를 부르기 시작했다.

"나랑 결혼해 줄래~"

애다는 무대에 걸터앉아 제 눈을 바라보며 노래를 부르는 지후에게 또 한 번의 감동을 느꼈다. 무반주로 노래를 부르는 지후의 목소리는 너무 감미로웠고 그의 모습은 런웨이에 서는 어느 모델들보다 더 빛나 보였다.

노래가 끝나자 지후는 손에 들고 있던 케이크를 옆에 내려놓고 무대에서 살짝 뛰어 내려와 애다 앞에 섰다. 그러고는 애다를 들어 자신이 방금까지 앉아 있었던 무대에 걸터앉혔다.

애다는 어리둥절해하며 지후를 바라보았다. 지후의 큰 키 때문인지 둘은 아까와는 다르게 시선을 마주할 수 있게 되었다. 지후는 애다를 사랑스러운 눈길로 바라보다가 주머니에서 작은 상자를 꺼냈다. 그 안에서 꺼낸 것은 불빛에 반짝거리는 발찌였다. 지후는 발찌를 그녀의 하얗고 가는 발목에 채워줬다.

"이게 뭐야? 생일 선물이야?"

"아니. 프러포즈 선물."

"응?"

"보통 반지들을 많이 하는데 난 발찌를 했어."

"왜?"

"도망가지 말라고. 이거 족쇄야."

"뭐?"

"반지는 결혼식 할 때 끼워줄 거야."

"뭐야. 안지후."

지후는 애다에게 다가가 그녀의 얼굴을 두 손으로 감쌌다.

"애다야. 나랑 결혼해 줄래?"

애다는 환한 웃음을 짓고 고개를 끄덕였다.

"응. 지후야. 너도 나랑 결혼해 줄래?"

"당연하지."

서로의 사랑을 다시 한 번 확인한 두 사람은 입을 맞췄다. 아무도 없는 런웨이 무대에서 그들만의 아름다운 쇼가 펼쳐졌다.

*

햇살이 따뜻한 5월. 깨끗한 바다가 보이는 전경에, 뒤로는 발
리에서도 최고급으로 손꼽히는 풀빌라가 있다. 애다는 지후와 함
께 인도네시아의 발리 섬에 와 있다.

"지후야. 여긴 갑자기 왜 온 거야? 촬영 다 끝난 거 아니었어?"

애다는 촬영이 있으니 발리에 함께 가자는 제안에 그를 따라
나섰다. 어제 지후의 개인 촬영이 다 끝난 걸로 알고 있는데, 풀
빌라 안의 촬영장 같은 분위기에 의아해했다.

"오늘은 우리 둘만의 결혼식 파티하려고."

"응? 뭘 한다고?"

"결혼식."

"무슨 소리야?"

"말 그대로 너랑 나, 여기서 결혼할 거라고."

애다는 지후의 말이 이해가 되지를 않았다. 물론 결혼을 승낙
했지만, 갑자기 결혼식이라니…… 여기서? 하객도 없이 둘이?

"애다야. 여기서 우리 결혼 화보 사진도 찍고 결혼식도 올릴
거야."

"지후야."

지후는 멍해 있는 애다를 보며 웃음을 지었다. 일도 하고, 결
혼사진도 찍고, 거기다 결혼식까지…… 생각만 해도 기분이 좋았
다.

"빨리 와. 스태프들 기다리시잖아. 이번 사진도 이현수 선생님
께서 찍어주실 거야."

지후는 애다의 손을 잡고 풀빌라 안으로 들어갔다. 웨딩 화보

사진은 일사천리로 진행되었다. 이현수 작가는 사랑스러운 커플을 카메라에 담으면서 연신 감탄했고 스태프들도 부러운 눈길로 지후와 애다를 축하해 주었다.

바닷가를 배경으로 모래밭에 낙서하며 찍은 흑백사진은 그야말로 예술적인 경지에까지 이르렀다. 또한, 발리의 자연을 배경 삼아 장난치는 귀여운 모습까지 담아냈으며, 실내 촬영에서는 여러 의상을 갈아입고 모델다운 포스로 둘만의 웨딩 화보를 완성했다.

풀빌라 안에 마련된 에메랄드 바다색이 훤히 보이는 야외 결혼식 세트장.

애다는 소현이 디자인한 웨딩드레스를 입고 지후 앞에 섰다. 어깨가 드러난 탑 스타일의 귀엽고 앙증맞은 웨딩 미니드레스에 꽃 화관을 머리에 쓴 애다는 마치 하늘에서 막 내려온 천사 같았다. 이런 애다의 모습을 자신만 볼 수 있다는 생각에 지후는 뿌듯했다.

'하객 없이 둘이 결혼식을 한 건 아주 잘한 행동이야.'

여전히 남들 눈에 보여주기 싫어하는 지후의 소유욕도 모른 채, 애다는 입이 뿌루퉁해 있었다.

"애다야, 왜 그래? 이런 기분 좋은 날엔 웃어야지."

"무슨 소꿉놀이하는 것 같아. 축하해 주는 사람 없이 단둘이 하는 게 이상해. 우리 정말 결혼하는 거 맞아?"

"축하해 주는 사람 없어서 서운했어? 그런 거라면 걱정하지 마. 잠시 기다려 봐."

지후는 휴대폰을 꺼내 영상통화로 전화를 걸었다.

[안지후!]

"왜 소리는 지르고 그래?"

지후는 지성의 외침에 전혀 동요하지 않고 오히려 뻔뻔스럽게
대꾸했다.

[너 지금 이게 말이 된다고 생각해?]

"남들과 똑같은 결혼식은 식상해. 형. 오늘 같은 날 그냥 축복
해 줘. 자. 다들 모였지?"

[너 한국 오기만 해. 가만 안 둬.]

"한 달 있다가 갈 거야."

[뭐? 한 달?]

"수현이 형 결혼식 때 보자."

[안지후!]

"시끄럽고 빨리 다들 돌아가며 한마디씩 해. 시작!"

애다는 지후의 행동에 그저 어이가 없었다. 정말 못 말리겠다.
지후는 애다의 어깨를 감싸고 휴대폰을 들어 그녀에게 보여주었
다. 애다가 화면에 보이자 언제 그랬냐는 듯 지성이 웃으며 축하
의 인사를 건넸다.

[애다야. 아니 제수씨. 결혼 축하해요! 이렇게 결혼식 올리게
해서 미안. 이게 전부 지후 저놈이 한 짓이니까 우리 원망하지 말
아줘. 한국 오면 한 번 더 근사하게 올려줄게.]

[자기야. 이젠 내 차례야. 동서, 나야. 어머머. 너무 예쁘다.
역시 내가 드레스 하나는 잘 만들었네. 애다 동서야. 이번 F/W
컬렉션에 지후 도련님과 같은 무대에 서면 안 될까? 그럼 나, 완
전 대박치겠는데.]

지후는 소현의 말에 인상을 찌푸렸다. 어디서 감히.

"형수. 꿈도 꾸지 마. 애다가 무대에 설 일은 절대 없을 테니.

쓸데없는 소리 말고 빨리빨리 해. 나, 빨리 결혼식 해야 해. 다음 수현이 형."

[안지후! 넌 진짜! 어떻게 나보다 먼저 결혼식을 할 수 있어? 나쁜 놈.]

지후는 잔소리가 듣기 싫어 얼른 애다를 화면에 비춰줬다.

[하하. 애다야. 결혼 축하해. 앞으로 네가 지후를 데리고 살려면 고생 좀 하겠지만 어쩌겠니? 불쌍한 지후 거둘 사람 너밖에 없는데. 하하. 너무 예쁘다. 행복하게 살아!]

[애다 씨! 나야, 경희. 내 부케 애다 씨 주려고 했는데 지후가 선수 쳤어. 잉. 그래도 애다 씨니까 봐줄게. 축하해, 애다 씨!]

애다는 그들의 축하에 웃음을 지었다. 이렇게 좋은 사람들과 가족이 된다는 생각에 벌써부터 마음이 울컥했다.

[다음. 할아버지 빨리요.]

안 회장이 안 하겠다며 뒤로 빼는 모양인지 소현이 안 회장을 부르며 그를 채근했다.

[흠흠. 그래 우리 막내 손주 며늘아가. 난 아무것도 바라는 게 없다. 거기서 한 달을 지낸다고? 그럼 올 때 증손주와 함께 오면 너희 둘이 결혼식하는 걸 나무라지 않겠다. 이상.]

[오! 들었지? 증손주란다!]

안 회장의 말에 옆에서 놀려대자 지후는 얼른 통화 종료 버튼을 눌러 버렸다.

"참, 말들 많아. 그냥 축하한다고 한마디만 하면 될 것을. 안 그래?"

"고마워. 지후야."

"뭐가?"

"혼자인 나에게 이런 소중한 가족을 선물로 줘서."

"이젠 너와 나. 새로운 가족이 탄생한 거야. 우리 행복하게 잘
살자."

"응."

지후는 주머니에 두었던 반지를 꺼내 애다의 손가락에 끼워주
었다.

"혼인 서약! 나 안지후는 이 세상에서 가장 아름다운 선애다를
아내로 맞이하여 평생을 사랑하고 아껴줄 것을 하늘에 계신 우
리 부모님들 앞에서 맹세합니다."

"나 선애다는 이 세상에서 가장 멋진 안지후를 남편으로 맞이
하여 평생을 사랑하고 존경할 것을 하늘에 계신 우리 부모님들
앞에서 맹세합니다."

"이로써 안지후와 선애다는 부부가 되었음을 선포하는 바입니
다. 애다야, 사랑해."

"나도 사랑해, 지후야."

"사랑한다는 말보다, 내 마음을 표현할 수 있는 더 커다란 말
이 있었으면 좋겠어. 그만큼 애다 너를 사랑해."

"지후야."

"너랑 평생을 함께하고 싶은 내 꿈. 이뤄줘서 정말 고마워, 애
다야."

"나랑 함께해 줘서 고마워, 지후야."

혼인 서약을 끝으로 그들은 서로의 사랑과 믿음을 맹세하는
키스를 나누었다. 둘의 사랑을 축복이라도 하듯 하늘에서 따뜻
한 햇살이 내려왔다. 마치 이 세상에 그들만이 존재하듯이 키스
를 하고 있는 지후와 애다에게 밝은 빛을 비춰주었다.

하늘에 계신 양가 부모님께서 축복해 주는 것처럼…… 그렇게.

∗

[Top model News]

톱 모델 안지후(26세)가 지난 5월 발리에서 결혼식을 올렸다. 또한, 그의 피앙세와 함께 찍은 웨딩 화보 사진이 톱 모델 매거진을 통해 공개되어 화제다. 공개된 웨딩 사진은 실제 커플이 찍은 만큼 기품 있고 우아한 분위기를 연출해 냈으며 젊은 부부답게 장난기가 어린 미소와 밝고 행복한 모습 또한 연출해 냈다.

몇 년 전 조은유업 광고에 함께 출연하며 사랑을 키워온 것으로 알려진 두 사람의 웨딩 화보는 포토그래퍼 이현수가 촬영해 더 화제를 모았다. 이번 웨딩 화보가 공개되면서 일부 네티즌들 사이에서는 촬영 장소에 대한 궁금증이 증가하고 있다. 일부 네티즌들은 "지난달 발리에서 웨딩 화보 촬영했던데 거기서 촬영했나?", "역시 아름답네. 둘이 너무 잘 어울린다", "나도 발리에서 웨딩 촬영하고 싶다", "안지후는 이제 품절남이다. 아쉽다"는 등의 다양한 반응을 보였다.

발리의 럭셔리한 풀빌라에서 진행된 이번 화보 촬영에서 선애다 양은 다양한 웨딩드레스와 이브닝드레스를 입고 늘씬한 신부의 자태를 뽐냈다. 촬영을 진행한 관계자에 따르면 선애다 씨는 촬영할 때마다 다양한 모습을 보여 어떤 디자인의 드레스라도 소화해 내어 촬영장의 모든 스태프들이 그녀에게 찬사를 보냈다고 한다.

그들의 웨딩 화보와 커버는 '톱 모델 매거진' 6월호에서 확인할 수 있다.

Top model News 채민경 기자

오 년 후.

"안민휼! 너 엄마가 화장지 가지고 놀지 말랬지!"

"엄마. 이거는 제 먹떠리(목도리)예요. 예쁘지요?"

애다는 머리가 돌아버릴 지경이었다. 올해 다섯 살이 된 아들 민휼은 지후의 얼굴뿐만 아니라 엉뚱한 성격까지 닮았다.

"민휼아. 화장지 가지고 이렇게 놀면 안 돼. 화장지에서 먼지가 나와 네 몸 속으로 다 들어간단 말이야. 그렇지 않아도 감기 기운 있는데 기침하면 어떡할 거야."

"병원 가면 돼요."

"그래그래. 하지만 병원도 자주 가면 안 되는 거야."

"왜요? 난 의사 쩐쨍님(선생님) 좋은데."

"의사 선생님? 선생님이 왜 좋아?"

"그게……."

"아들!"

지후는 보금자리인 집에 막 들어서며 민휼을 불렀다.

"아빠!"

"민휼아. 짜잔. 아빠가 우리 민휼이 주려고 변신로봇 장난감 사 왔지롱."

"우와! 아빠 떼고!(최고!)"

민휼은 장난감 선물에 기분이 좋아져 넓은 거실을 여기저기 뛰어다녔다.

"민휼아. 방에 가서 블록으로 로봇 집도 만들어줘."

"집?"

"응. 집. 오래오래! 튼튼하게 만들어줘야 해. 악의 무리들이 쳐들어오지 않게. 오래오래! 튼튼하게. 알았지?"

"응. 아빠."

민휼은 지후의 말에 고개를 끄덕이며 방으로 달려 들어갔다. 지후는 민휼이 들어가자 애다의 손목을 잡고 얼른 침실 문을 열고 들어갔다.

"자기야. 내가 민휼이 선물 그만 사오라고 했지? 지금 있는 장난감도 머리 아프단 말이야."

"알았어, 알았어. 다음부턴 조립형 장난감으로 사올게."

"그건 또 무슨 말이야? 장난감 그만 사라니까?"

"그럼 어떻게 하냐? 매일 밤마다 민휼이가 가운데 끼어서 너 만지지도 못하게 하는데. 민휼이한테는 집중해야만 하는 장난감을 사줄 수밖에 없단 말이야."

"안지후."

"아, 몰라, 몰라. 이럴 시간 없어."

지후는 잽싸게 애다를 침대에 눕혔다. 그러더니 위로 올라가 입을 맞추며 그녀의 옷 속으로 손을 집어넣어 가슴을 매만졌다. 애다는 지후의 입술에서 겨우 벗어나 그를 제지하며 입을 열었다.

"자기야. 지금 뭐 하는 거야?"

"아, 나 지금 미치기 일보 직전이야. 그러니까 좀 가만히 있어."

"안지후! 너 혼나요!"

"네. 혼나더라도 할 일은 마저 하고 혼날게요."

"너 지금 여기서 안 떨어지면 앞으로 각방이야."

지후는 애원하는 눈빛으로 그녀를 보았다.

"선애다. 너, 너무하는 거 아니야? 네 서방 정말 죽는 거 보고 싶어서 그래?"

"자기야. 이번 주말에 민휼이 한남동에 갈 거야."

"응? 왜?"

"할아버지가 제주도 여행을 마치고 올라오셨어."

"정말?"

"응. 그래서 민휼이 보내래. 앞으로 주말에는 계속 쭉 데리고 주무신대."

"앗싸!"

지후는 어느새 기분이 좋아져 얼굴에 싱글벙글 웃음을 한가득 걸었다. 하지만 그 기분도 잠시, 임신을 한 형수가 걱정되었다.

"그런데 민휼이 한남동에 가면 형수 괜찮을까?"

"그렇지 않아도 지금 배불러 있어서 걱정했더니 괜찮다고 보내래. 민휼이 보고 싶다면서."

"그래? 완전 좋다. 헤헤."

"그렇게 좋아?"

"응. 애다야. 우리 주말에 민휼이 동생 만들자."

"뭐?"

애다는 지후의 말에 정색했다. 민휼이 낳으면서 얼마나 아팠는데, 그 고통을 또 맛보라고?

"지후야. 나, 그날 죽다가 살아났어. 너도 그만 낳자며. 그런데 왜 말이 틀려?"

"자기야. 나도 그날 생각만 하면 마음이 아픈데…… 딸 하나만 낳자. 너 닮은 아이로. 응?"

"싫어."

"야. 수현이 형이 얼마나 딸 자랑을 하는지 알아? 내가 봐도 예쁘더라. 애교도 많고. 제 엄마 손도 못 대게 하는 민휼이 자식보다 훨씬 예쁘더라니까?"

"언제는 민휼이가 제일 예쁘다며?"

"예쁘지, 당연히. 하지만 밤에는 그렇게 얄미울 수가 없단 말이야."

지후의 심통 어린 말투에 애다는 웃음이 나왔다.

"그리고 형수 배 속에 있는 아기들도 딸 쌍둥이잖아. 우리 민휼이가 지금까지 할아버지 사랑 독차지했지만 형수가 아기 낳아 봐. 그것도 딸 쌍둥이로. 바로 찬밥이다."

"설마 그러시기야 하겠어? 그래도 첫 증손주인데."

"네가 우리 할아버지를 몰라서 그래. 민휼이가 아들로 태어나서 처음엔 약간 실망하신 눈치더라니까?"

"정말?"

"그래, 생각해 봐. 그렇지 않아도 지성이 형이랑 나 키우면서 아들들은 다 필요 없다고 하신 분이야."

지후는 애다가 고민을 시작하자 회심의 미소를 지었다. 조금만 하면 넘어오겠군.

"지성이 형 부부한테 아기가 안 생겨서 걱정했는데 일타쌍피로 한 번에 둘을 만들었잖아. 태어나 봐. 오죽하겠어?"

"음."

"그러니까 우리가 이쯤에서 둘째를 가져야 된단 말씀이야. 그것도 딸로."

"그러다 또 아들이면?"

"그럴 일 없어. 딸이라고 굳게 믿어."

"음."

"그리고 딸을 낳을 수 있는 방법이 있어."

"뭔데? 그런 것도 있어?"

"응. 초저녁에 스릴 있게 긴장된 마음으로 하면 딸이래. 그러니까 지금 한 번 하자."

"뭐?"

지후가 다시 애다의 옷을 벗겨내려고 손을 가져다 대려는 찰나, 뒤에서 방문을 열고 민휼이 들어왔다.

"아빠. 그런데 이거 어떻게 노보뜨(로봇)로 변신해? 지금은 자동찬데."

"어? 어, 그게."

"그런데 아빠 지금 뭐 해? 엄마 위에 왜 올라가 이쩌?"

애다는 민휼의 물음에 얼른 지후를 밀어내며 옷을 정돈하고 웃었다.

"민휼아. 엄마가 몸이 아파서 아빠가 마사지 해준 거야."

"마싸지?"

"응. 민휼이도 엄마가 로션 발라주면서 마사지 해주지? 그런 거랑 비슷한 거야."

"아. 그렇구나."

지후는 애다의 거짓말에 콧방귀를 뀌었다. 아들한테 말하는 거 보면 애다도 순 뻥쟁이다.

"흥. 어디서 애한테 거짓말이야."

지후는 애다가 흘겨보는 눈빛을 외면하며 민휼에게 다가갔다.

"아들. 너 동생 생겼으면 좋겠지?"

"동생?"

"응. 동생."

"응. 좋아. 우리 반 세인이도 이번에 동생 생겼대."

"세인이? 세인이가 누구야? 여자야?"

"응. 민세인. 내 여자친구야."

"오. 아들 벌써부터 여자친구를 뒀어? 역시 내 아들. 예뻐?"

"응. 완죤 예뻐."

"엄마보다 더 예뻐?"

"응. 더 예뻐."

민흘이 초롱초롱 눈을 빛내자 애다는 어이가 없어졌다. 그런 애다의 모습을 보며 지후가 씩 웃었다.

"봐봐. 아들 키워봤자 소용없다니까. 그래서 딸이 필요한 거라고."

애다는 지후의 놀림에 팔짱을 끼고 남편과 아들의 대화를 듣고 있었다. 들으면 들을수록 가관이었다.

"아들. 언제 한번 세인이 데리고 와. 이 아빠가 엄마보다 예쁜지 한번 봐줄게. 아빠는 이때까지 엄마보다 예쁜 여자를 보지 못했거든."

"아니야. 진짜 예뻐. 세인이 엄마도 예쁘고 세인이 아빠도 엄청 멋있쩌."

"뭐? 아빠보다 세인이 아빠가 더 멋있어?"

"응. 세인이 아빠는 의사야. 나, 안 아프게 항상 웃으면서 치료해 줘."

"의사?"

"응. 저번에 의사 선생님이 엄마 보고도 웃어줬쩌."

지후는 민흘의 말에 뒤돌아 애다에게 인상을 쓰며 물었다.

"민흘이 말이 무슨 말이야? 왜 그 의사 나부랭이가 널 보고 웃어?"

"여보세요. 안지후 씨. 그냥 환자들 대하는 접대용 미소야. 설마 그걸 질투하는 건 아니지? 그분 유부남이에요. 그것도 민휼이 유치원 같은 반 아이 아빠라고."

"그건 모르는 일이야. 안 되겠네. 내가 가서 눈도장 확실히 찍고 와야겠어. 어디서 감히 안지후 마누라한테 웃음을 날려? 아들. 너 어디 아픈 데 없어?"

애다는 지후의 행동에 기가 찼다.

"그럼, 내일 민휼이 데리고 자기가 병원 다녀와."

"왜? 진짜 민휼이 어디 아파?"

"그게 아니라 내일 영유아 건강검진 예약되어 있어. 감기 기운도 조금 있고."

"오케이. 알았어. 아들. 내일 아빠랑 함께 병원 가는 거야. 알았지?"

"응."

애다는 의기양양한 모습을 보이는 붕어빵 같은 두 부자를 보며 한심해했다. 하지만 그 모습도 잠시 금세 그녀의 얼굴에는 행복한 미소가 드리워졌다.

〈튼튼아이 소아과〉

지후는 아파트 앞에 위치한 병원 건물을 바라보았다. 지후는 민휼의 손을 잡고 물었다.

"아들. 여기야?"

"응. 여기야."

지후는 고개를 끄덕이며 민휼을 들어 안고는 병원으로 들어갔다. 그러고는 접수대에 있는 간호사에게 다가갔다.

"우리 아들 건강 검진하러 왔는데요."

간호사는 어디선가 본 것 같은 얼굴의 남자가 아이를 안고 들어오자 조금 놀랐다. 아이 아버지라기엔 너무 어려 보이는 얼굴이라 아이와 번갈아 보는데 그 시선을 받은 지후는 속으로 혀를 찼다.

아무래도 조만간 은퇴를 고려해 봐야 할 것 같다. 일찍 결혼해서 아이 아빠가 되었지만, 그는 모델계에서 아직 한창의 나이였다. 이렇게 함께 다닐 때마다 가족들이 사람들의 시선을 받는 것은 원치 않았다.

간호사가 민망할 정도로 빤히 쳐다보고 있자, 지후는 인상을 살짝 찌푸렸다.

"저기요. 접수 안 받아요?"

"네? 아, 네. 아이 이름이."

"안민휼이요. 예약되어 있다고 하던데요."

간호사는 그제야 정신을 차리고 예약 확인을 했다.

"네. 원장님 담당이네요. 그런데 민휼이 아버님이시구나."

"왜요? 무슨 문제 있어요?"

"그게 아니라 꼭 삼촌 같아서요."

"아. 얼마나 기다려야 하죠?"

"네. 지금 들어가신 분 나오면 바로 들어가시면 돼요."

지후는 접수대에 간호사들이 모여서 자신을 보고 수군대면서 흘끔거리는 모습을 애써 무시했다. 기다리는 동안 민휼이의 키와 몸무게, 머리 둘레 등 각종 신체검사를 했다.

잠시 후.

"안민휼 어린이. 들어오세요."

간호사의 말에 지후는 민휼을 데리고 진료실로 들어갔다.

"어? 우리 민휼이 왔네? 잘 지냈어?"

"네. 쩐쨍님."

원장은 민휼이를 보더니 환한 미소를 지으며 반겼다. 지후는 민휼을 반기는 원장을 주의 깊게 살폈다. 꽤 젊은 것 같은데 원장이라니. 그만큼 실력이 있는 의사인가?

"어? 오늘은 삼촌하고 온 거야?"

"아니요. 아빠예요."

"우와. 민휼이 아빠 멋지시네. 민휼이가 아빠를 닮아서 이렇게 멋있구나."

지후는 원장의 말에 괜히 머쓱해져선 책상 앞에 놓인 명패를 슬쩍 바라봤다.

'전문의 민하율.'

지후는 잘생긴 원장의 얼굴을 보며 다음부턴 무슨 일이 있어도 민휼이는 자신이 데리고 병원에 올 거라 다짐했다. 앞으로 애다는 절대 못 오게 할 것이다. 그나마 이 남자가 아이 아빠라는 걸 다행이라고 생각해야 하나? 총각이었다면 여러 여자 울렸겠다.

"민휼이 아버님."

"네? 아, 네."

"민휼이가 아빠를 닮아서 그런지 또래보다 키는 큰 편에 속해요. 다른 신체적 결함도 없고 건강하게 잘 자라고 있네요. 그리고 다른 사항은……."

"감기 기운이 좀 있다고 그랬어요."

"그래요? 어디 우리 민휼이 진찰 한번 해볼까?"

"네."

어찌 됐든 간에 지후는 아이를 친절하고 꼼꼼하게 진찰해 준

의사가 맘에 들었다. 그래도 애다는 안 보내.

"음. 심한 건 아니네요. 항생제 빼고 이틀 약 처방 받으시면 괜찮아질 거예요."

"네. 고맙습니다."

"쩐쟁님. 세인이는 어디 있쩌요?"

"세인이? 엄마랑 집에 있을 거야."

"집에요? 그럼 저 놀러 가도 돼요?"

"그럼. 대신 부모님께 허락 꼭 맡고 가야 해."

"네. 아빠. 나 세인이 집에 놀러 가도 되지요?"

"응? 집이 어딘데?"

지후의 물음에 원장 하율이 웃으며 말했다.

"민휼이랑 같은 아파트예요. 몇 번 놀러 왔어요."

"네."

"아이들을 같은 유치원에 보내다 보니 엄마들끼리도 서로 잘 알더라고요."

"아. 그렇군요. 아들. 그럼 엄마한테 말하고 세인이 집에 가자. 아빠가 데려다줄게."

"응. 알았쩌. 아빠."

"감사합니다. 선생님."

"네. 열나거나 심해지면 다시 오세요."

지후는 원장에게 눈인사를 건네며 민휼을 안고 진료실 밖으로 나왔다.

"아들. 세인이 집에서 오래오래 놀다 와. 아빠가 데리러 갈 때까지. 알았지?"

그래야 동생이 생기거든. 처방전을 받은 후 지후는 민휼의 손을 잡고 병원을 나섰다. 두 부자의 뒷모습을 보고 그제야 생각이 났는지 접수대의 간호사들이 호들갑을 떨어댔다.

"맞다. 모델 안지후다."

"안지후? 저 남자가?"

"그래. 어디서 봤다 했더니 안지후였어. 여기 잡지 어딘가에 있을 텐데……."

"여기 있다."

간호사들은 서로 머리를 맞대며 지후가 실린 잡지 화보 사진을 보느라 정신이 없었다.

"완전 멋있어."

"실제로 보니까 더 대박이야."

"그런데 벌써 아이 아빠야? 아깝다."

지후는 병원 안에서 자신이 유명인사가 된지도 모르는 채 민휼을 목말 태우며 행복한 미소를 지었다. 이 세상에서 최고로 행복한 남자가 자신인 것처럼…….

행복한 남자가 별거 있겠는가? 사랑하는 여자 그리고 귀여운 아이들과 함께 지내는 일상. 서로 위해주고, 아껴주고, 사랑하는 그런 일상이 지속된다면 정말 이 세상에 남부럽지 않은 행복한 사람일 것이다.

마음이 부자인 사람. 그게 바로 안지후다.

이십사 년 전.

"회장님. 올해 1/4분기 대리점 매출 현황입니다."

안 회장은 김 실장이 건넨 서류를 들여다봤다.

"음. 여기가 어디 대리점이지?"

"네. 동호 대리점입니다."

"음. 그래. 차 준비하게나. 곧 출발하지."

"네. 회장님."

조은유업은 창업 이래 매년 분기마다 대리점 매출 현황을 조사했다. 그 결과 매출 현황이 좋은 대리점은 회장이 직접 방문하여 격려하고 포상금을 지원했다.

안 회장이 곧 나갈 채비를 하고 자리를 뜨려는 순간 올해 일곱 살이 된 막내 손자가 서재 문을 열고 들어왔다.

"할아버지."

"오. 내 새끼. 이리 오렴."

꼬마 지후는 인자한 할아버지의 음성에 냉큼 달려가 안 회장 품에 안겼다.

"할아버지. 어디 가세요?"

"오냐. 할아버지가 일이 있어서 나가봐야 한단다."

"저도 같이 가요. 엄마 아빠는 지성이 형 학교에 갔어요."

"학교에? 저런. 그럼 우리 지후 혼자 있는 게야?"

"네. 저 심심해요."

"오냐. 그럼 오늘은 이 할애비랑 놀러 가자꾸나."

"와! 신난다."

안 회장은 지후의 머리를 쓰다듬고 밖으로 나갔다.

안 회장은 조은유업 동호점 앞에 차가 멈추자 눈을 떴다. 내리기 전 옆을 돌아보니 지후는 어느새 잠이 들어 있었다. 안 회장이 미소를 지어 보이고는 차에서 내리려는 찰나 지후가 잠에서 깨어 울음을 터뜨렸다. 지후는 잠에서 깨면 우는 버릇이 있었다.

"아앙. 할아버지. 어디 가요? 나, 엄마 아빠 보고 싶어요."

우는 걸 보니 지후가 아직 잠에서 덜 깬 모양이었다. 안 회장은 우는 지후를 달랬다.

"지후야. 잠깐 여기 있거라. 이 할애비 빨리 다녀올게."

"싫어요. 아앙."

안 회장은 당혹스러움에 주변을 두리번거리다가 솜사탕 파는 가게가 눈에 띄자 김 실장에게 솜사탕 하나를 사오라 시켰다. 김 실장이 솜사탕을 사와 지후에게 건네주었다.

"지후야. 잠깐 이거 먹고 있거라. 이 할애비 얼른 다녀올게."

"응. 알았어요."

안 회장은 그제야 안심하고 박 기사에게 당부했다.

"지후 좀 보고 있거라."

"네. 회장님."

차에서 내려 대리점으로 향하던 안 회장은 가게 입구에 서 있는 여자아이를 발견했다. 그 아이는 반짝이는 눈으로 하늘을 바라보고 있었다. 안 회장은 아이에게 다가갔다.

"아가야. 여기서 뭐 하는 게냐? 하늘에 뭐가 있느냐?"

아이는 할아버지의 목소리에 시선을 돌렸다.

"저 아기 아니에요. 애다예요. 선애다."

"애다? 이름이 예쁘구나. 몇 살인고?"

"일곱 살이요."

"오. 우리 지후랑 같은 나이로구나. 그런데 왜 하늘을 바라보고 있었던 게냐?"

"우리 아빠요."

"아빠?"

안 회장이 궁금해하며 묻자 꼬마 애다는 손가락을 하늘로 가리키며 말했다.

"아빠가 저기 있거든요. 그래서 아빠랑 대화 중이었어요."

"그렇구나."

안 회장은 일 년 전 먼저 하늘로 떠나보낸 지후의 할머니가 생각났다. 안 회장은 애다를 따라 하늘로 시선을 옮겼다.

'임자. 잘 지내고 있는가. 자네가 없으니 무척 외롭구먼.'

"할아버지."

안 회장은 애다의 부름에 고개를 돌렸다.

"할아버지도 많이 외로우세요?"

"응? 외롭다라…… 그래. 요즘 들어 부쩍 외롭구나."

애다는 안 회장의 씁쓸한 표정에 우유 하나를 건넸다.

"할아버지. 이거요."

"응? 이건 우유 아니냐."

"네. 마음이 아프고 외로울 땐 우유를 드셔보세요."

"우유를?"

"네. 아빠가 그랬어요. 마음이 아프고 외로울 때 우유를 마셔 보라고요. 그럼 잠도 잘 오고 아픈 마음이 깨끗한 우유로 인해 싹 사라진댔어요."

"허허. 그렇구나. 아주 고맙다. 애다야."

안 회장은 똑 부러지게 말하는 애다가 기특해 머리를 쓰다듬었다. 그때 김 실장이 다가왔다.

"회장님. 안으로 들어가시지요."

"음. 그래야지. 애다야. 안에 엄마 계시느냐."

"네. 안에 계세요."

"그래. 그럼 이 할애비는 들어가 보마. 오늘 애다 너의 고마움 은 꼭 기억하도록 하마."

"네."

안 회장은 애다에게 웃어준 후 가게 안으로 들어갔다.

지후는 차 안에만 있는 게 답답했는지 차 문을 열었다. 놀란 박 기사가 지후를 불렀다.

"지후야. 어디 가는 거야?"

"아저씨. 저 잠깐 여기 앞에 있을게요. 답답해서요."

"그래. 그럼 어디 가지 말고 내 눈 보이는 데에 있어."

"네."

지후는 차 밖으로 나오자 그제야 숨이 트였다. 주변을 두리번
거리던 지후는 좀 전에 안 회장이 들어간 가게 문을 바라봤다.
가게 앞에 한 여자아이가 서 있는 것을 본 지후는 그쪽으로 다가
갔다. 가까이서 본 여자아이는 하얀 얼굴에 키도 자신보다 컸다.
어린 마음인데도 지후는 여자아이를 본 순간 가슴이 두근거렸
다. 마치 동화책 속에서만 봐왔던 공주님 같았다. 신데렐라, 백
설공주보다 더 예쁜 아이.

"야. 너 이름이 뭐야?"

애다는 말을 거는 아이의 목소리에 고개를 돌렸다. 자신보다
작은 꼬마 아이다. 애다는 남자아이가 묻는 말에는 대답을 하지
않고 그 아이가 들고 있는 솜사탕을 바라볼 뿐이었다.

"너 손에 든 거 뭐야?"

"이거? 솜사탕."

"솜사탕?"

"응. 왜? 먹고 싶어?"

"응."

"그럼, 이름 가르쳐 줘. 솜사탕 줄게."

애다는 지후가 묻는 말에는 대답을 않고 옆에 있는 우유를 하
나 집어 지후에게 건넸다.

"이 우유랑 바꿔 먹자."

지후는 애다가 건넨 우유를 보며 인상을 찌푸렸다.

"난 우유 싫어해. 안 먹어."

"꼬마야. 우유는 몸에 좋은 거야."

"나, 꼬마 아니거든!"

지후는 자신을 꼬마라고 부르는 애다 때문에 화가 났다.

"나보다 키가 작잖아. 그러니까 꼬마지."

"아니야. 나, 꼬마 아니란 말이야."

"그럼, 이 우유 먹어. 우유 많이 먹으면 키가 커지거든."

"정말? 그럼, 나 키 커지면 꼬마라고 부르지 않을 거야?"

"당연하지. 나보다 키가 큰데 내가 어떻게 꼬마라고 부를 수 있겠어?"

지후는 애다가 건넨 우유를 받아 들더니 솜사탕을 건넸다.

"너 먹어."

"정말 나 먹어도 돼?"

"응. 많이 먹어. 다 먹어도 돼. 더 먹고 싶으면 내가 또 사줄게."

"응."

애다는 지후가 건넨 솜사탕을 잘도 받아먹었다. 애다의 먹는 모습에 지후 또한 기분이 좋아졌다.

"지후야. 여기서 뭐 하는 게야."

지후는 안 회장의 목소리에 고개를 돌렸다.

"할아버지."

"아이고. 우리 지후 여기서 할아버지 기다린 거야?"

"응? 아니요."

"그럼?"

안 회장의 물음에 지후는 아무런 대답도 하지 않고 멍하니 한 곳만 응시하고 있었다. 그 시선을 따라가 보니 애다가 솜사탕을 맛있게 먹고 있었다.

"요놈. 이 아이가 맘에 드는 게야?"

"응. 예뻐."

안 회장은 지후의 말에 웃음을 보이며 애다에게 물었다.

"애다야. 우리 지후 어떠냐? 친구 할래?"

애다는 지후를 물끄러미 바라봤다.

"싫어요."

지후는 애다의 말에 곧 실망하며 시무룩해졌다. 안 회장은 억지로 웃음을 참고 물었다.

"왜 싫은 게야?"

"나보다 작잖아요. 난 키 작은 남자 싫어요. 아기 같아요."

"하하하하."

안 회장은 크게 웃었다. 상처받은 지후의 마음도 모른 채 한참을 그렇게 소리 내며 웃었다.

"애다야!"

애다는 집 안에서 엄마가 부르는 소리에 두 귀를 쫑긋 세웠다.

"응. 엄마. 나 여기 있어."

"빨리 들어와. 점심 먹어야지."

"네."

애다는 안으로 들어가려다 아직까지 자신을 보고 있는 지후를 한번 쳐다보더니 안 회장에게 인사했다.

"할아버지. 안녕히 가세요."

지후는 자신에게는 인사도 않고 들어가 버린 애다 때문에 입이 뾰루퉁해졌다.

'쳇. 나쁘다. 그래도 예쁘니까 내가 한번 봐주지. 가만…… 그런데 이름이 뭐라고 그랬지?'

안 회장은 애다가 들어간 문만 죽어라고 노려보고 있는 지후의 손을 잡으며 몸을 돌렸다.

"지후야. 이제 그만 돌아가자꾸나."

지후는 안 회장과 손을 잡고 걸으며 말했다.

"할아버지."

"응?"

"나 이제부터 우유 열심히 매일매일 먹을 거예요."

"우유를? 갑자기 왜? 그렇게 싫어하던 우유를 먹는다고?"

"네. 키 많이 많이 커서 멋진 남자가 되어 나타날 거예요."

"……"

"꼭이요!"

지후는 애다가 준 우유를 그 자리에 서서 벌컥벌컥 마셔댔다.

'두고 봐. 정말로 멋진 남자가 되어서 네 앞에 나타나 줄 테니. 그리고 날 좋아하게 만들 거야. 꼭.'

지후는 다시 한 번 뒤를 돌아 애다가 들어간 가게를 바라보며 다짐하고 또 다짐했다. 그 후부터 꼬마 지후는 우유를 하루도 빠짐없이 마시게 되었다.

그로부터 십육 년이 지난 그들의 나이 스물셋이 되던 추운 겨울, 그들은 한 아파트 복도에서 재회하게 되었다. 술에 취해 널브러진 지후와 우유 배달하던 애다가…… 그때부터 그들의 이야기는 다시 시작되었다.

⟨The End⟩

작가후기

동화처럼 순수한 이야기를 써보고 싶었습니다. 밀키 러브를 쓰면서, 나의 20대는 어땠나? 하며 돌아보기도 했답니다. 글을 쓰면서 저도 오랜만에 20대로 돌아가 주인공들과 함께 사랑하고, 행복했던 날이 계속되었던 것 같아요.

많은 작품이 있지만, 특히 밀키 러브는 제가 계속 글을 쓸 수 있게 해준 작품입니다. 그래서 더 고맙고, 애틋하고, 사랑하는 작품입니다.

대표작이라고 할 수 있는 밀키 러브를 우리 독자님들과 함께해서 더 기쁘고, 이렇게 책으로 만날 수 있어서 더더욱 행복하답니다.

밀키 러브를 통해 조금이나마 웃었으면 좋겠다는 생각이 들어요.

책으로 나오기까지 감사할 분들이 참 많습니다. 우선 밀키 러브가 더 좋은 글로 만나볼 수 있게 도와주신 우리 조윤희 팀장님(항상 밝은 목소리로 예쁘게 말씀해 주신다는……), 그리고 제 작품을 좋아하시고 항상 최고라고 말씀해주시는 나정희 팀장님(그 마음 변치 말아요, 제발…….) 그리고 요즘 정말 바빴던 제 담당인 이규희 편집자님(정말 행복했어요…….)

그리고 그 외 청어람 관계자님들께 감사드려요. 밀키 러브가 나오기까지 여러분들의 수고가 있었습니다. 꾸벅!

또한 글 쓸 때마다 옆에서 힘내라고 해주시는 동료 작가님들과 우리 뚜이 월드 독자님들께도 무한한 사랑과 감사를 전합니다.

마지막으로 내 사랑하는 가족들. 그리고 며느리 글 쓴다고 늘 자랑스러워해 주시고 책 나오기를 손꼽아 기다렸던 우리 아버님께 이 책을 바칩니다. 하늘에 계신 아버님께서 웃고 있으실 거라 믿어요.